주변부 고전의 번역과 횡단 1

외국인의 한국시가 담론 연구

주변부 고전의 번역과 횡단 1

# 외국인의 한국시가 담론 연구

이상현 · 윤설희

**역락**

이 책은 2007년 정부(교육과학기술부)의 재원으로 한국연구재단의 지원을 받아 수행된 연구임(NRF-2007-361-AM0059)

이 책에서 우리가 고찰한 '외국인의 한국시가 담론'이란 외국인이 한국의 가집(歌集)을 수집·조사한 문헌학적 탐구, 당시 한국시가에 대한 그들의 학술적 담론 및 번역 실천 등을 포괄한다. 범박한 차원에서 이를 거칠게 요약하자면, 외국인들의 한국시가를 매개로 한 활동 전반을 지칭하는 일종의 수행적 개념이라 일컬을 수 있겠다. 이 책은 2014~2017년 사이 이러한 외국인의 한국시가 담론을 주제로 발표했던 우리의 원고들을 고치고 다듬어 새롭게 다시 엮은 것이다. 물론 이 책의 연원을 따져본다면 훨씬 더 이른 시기로 소급할 수 있을 것이다.

2006년 전재진 동학이 '개화기 『남훈태평가』 판본과 한남서림'을 주제로 한 발표에 대한 토론을 담당했던 기억이 떠오른다.[1] 그를 통해 19세기 방각본 가집이었던 『남훈태평가』가 개화기 출판문화 속에서 외국인에게 한국의 시가를 대표하는 가집으로 유통된 사실을 알게 되었고, 당시 기존 논의를 살펴보니 게일(James Scarth Gale, 1863~1937)의 『남훈태평가』 소재 시조 번역에 대한 본격적인 연구가 이루어지지 않은 사실을 발견했다. 이처럼 소중한 연구주제를 발견했음에도 불구하고 그 당시 나의 모든 관심은 게일의 『구운몽』과 『천예록』에 관한 번역물에 있었다. 따라서 이를 연구할 수 있는 여력 또한 마음의 여유가 없었다. 단지 당시 작성했던 토론문을 잘 보관하며 언젠가 이 과제를 본격적으로 검토해보겠다는 생각을 마음속에만 담아두고 있었다.

2009년 봄, 게일의 한국 고전서사 번역을 주제로 한 박사논문을 마무리한 후에야 비로소 이 주제를 검토해볼 여유가 생겼다. 그러던 중 성균관

---

1) 이 때 전재진 동학의 발표문은 논문으로 게재되었다[「『남훈태평가』의 인간과 개화기 한서림 서적발행의 의의」, 『인문과학』 37, 성균관대 인문과학연구소, 2007].

대 국어국문학과 조교로 근무하던 윤설희 동학이 20세기 가집과 시가사를 주제로 향후 학위논문을 준비한다는 사실을 알게 되었다. 이에 20세기 한국의 시가사를 서양, 한국 근대 지식인의 시선으로 함께 조명할 수 있는, 서로에게 소중하고 유익한 공부를 할 수 있는 가능성을 느꼈다. 윤설희 동학과는 춘당(春塘) 김학성 선생님의 고전시가 수업을 함께 배운 소중한 추억이 있었고, 또한 그가 수업시간에 보여준 성실함과 진지함을 잘 기억하고 있었다. 그래서 나는 함께 공부해 보기를 제안했고, 고맙게도 윤설희 동학은 흔쾌히 이에 응해주었다.

우리는 게일의 한국문학론, 한국시조 번역물을 함께 읽어나갔다. 하지만 이 때 우리의 공부는 한 편의 논문을 완성할 수준이 못되었다. 물론 그이유는 이 연구주제에만 모든 시간을 할애하고 집중할 수 없었던 각자 나름의 바쁜 사정 때문이기도 했다. 하지만 무엇보다 우리의 구상을 보다 구체화시킬 수 있는 중요한 계기를 제공해 준 것은 아무래도 이 주제와 관련하여 학계에 제출된 중요한 선행연구들 덕분이었다.[2] 그럼에도 우리에게는 어떤 해소되지 않는 갈증이 있었고, 이는 이 책을 준비하게 된 가장 중요한 이유였다.

그것은 무엇보다도 게일의 시조번역과 문학론을 거시적으로 조망할 맥락의 문제와 관련된다. 게일을 비롯한 외국인, 한국인들의 한국 이중어 사전에 관한 황호덕 선생님과의 공동연구 그리고 나의 박사논문을 수정·보완하는 과정을 통해, 이 맥락의 전체상과 그에 대한 구성문제가 녹록치 않은 난제이자 중요한 문제라는 사실을 충분히 느꼈기 때문이다.[3] 물론

---

2) 여러 업적들이 있지만 특히, 김승우가 이 분야를 개척한 그의 논문들을 집성한 단행본(『19세기 서구인들이 인식한 한국의 시와 노래』, 소명출판, 2014)과 근대초기 영역시조를 총체적으로 조망한 강혜정의 박사학위논문(「20세기 전반기 고시조 영역의 전개양상」, 고려대학교 박사학위논문, 2013)을 들 수 있을 것이다.

3) 황호덕·이상현, 『개념과 역사, 근대 한국의 이중어사전』 1~2, 박문사, 2012 ; 이상현, 『한국 고전번역가의 초상, 게일의 고전학 담론과 고소설 번역의 지평』, 소명, 2013.

우리가 이 책을 통해 그러한 맥락을 충분히 구현했다고는 평가할 수 없다. 다만 이 책의 초고가 된 개별 논문들을 집필하며, 게일의 한국시가 담론의 맥락을 구성할 윤곽을 부족하게나마 어느 정도 그릴 수 있었을 따름이다. 적어도 우리는 외교관이자 유럽 동양학자 '모리스 쿠랑(Maurice Courant, 1865~1935)'에서 개신교 선교사 '게일'로 이어지는 외국인 한국학의 계보를 발견할 수 있었기 때문이다.

이처럼 우리가 게일, 쿠랑의 한국시가 담론을 읽어낼 수 있는 거시적 맥락에 대해 고민했던 가장 큰 이유는 사실 한국의 시가문학이 한국문학에서 점하는 양적인 위상의 문제 때문이었다. 이 책에서 우리가 고찰한 쿠랑, 게일 두 사람의 한국시가 담론, 더 엄밀히 말한다면 국문 고전시가이자 '시조'로 제한되는 한국문학의 연구범주 그 자체는 사실 당시 한국문학의 전체상을 말하기에는 매우 부족한 것이다. 쿠랑의 『한국서지(*Bibliographie Coréenne*)』(1894~1896, 1901)에 수록된 전체 문헌서지 3,821항목 중에서 국문 고전시가에 관한 문헌서지는 11항목에 불과하다. 또한 게일이 추후 출판을 위해 남겨놓은 그의 가장 중요한 유산, 매 권 대략 200면의 분량을 지닌 『일지』 19권 중에서, 이에 부응하는 바는 8면에 불과하다.[4]

물론 외국인의 한국시가 담론이 지닌 연구사적 의의가 전혀 없다고는 일축(一蹴)할 수 없다. 한국문학 중에서 이렇듯 미비한 분량임에도 불구하고, 외국인의 한국문학론에 있어 국문 고소설과 함께 고전시가가 차지하는 중요한 위상, 그 역사적 실상 자체를 면밀히 성찰할 필요가 있기 때문이다. 하지만 우리가 이 책에서 강조하고 싶은 바는 다른 곳에 있다. 그것은 그들의 한국시가 담론에 대한 연구는 그들이 남긴 방대한 한국학 유산을 연구하기 위한 중요한 초석이 될 수 있다는 사실이다. 즉, 외국인의 한

---

4) 모리스 쿠랑, 이희재 옮김, 『한국서지』, 일조각, 1997[1994]; R. King, "James Scarth Gale, Korean Literature in Hanmun, and Korean Books," 서울대 규장각한국학연구원 편, 『해외 한국본 고문헌 자료의 탐색과 검토』, 삼경문화사, 2002, pp. 237-261.

국시가 담론이라는 이 작은 초점을 통해, 외국인의 한국학 나아가 근대 한국학의 형성과정 그 자체를 조망해볼 수 있는 단초를 얻을 수 있다.

특히 이 점은 2009년 우리가 본격적으로 시작했던 공부가 이처럼 매우 늦게 결실을 맺을 수밖에 없었던 가장 근본적인 이유이기도 하며, 이 책에서 우리가 외국인의 한국시가 담론 연구를 통해 제시하고 싶었던 목표이기도 하다. 우리는 이 연구를 통해 단지 '외국인 혹은 타자에 의한 한국학'을 조명하고자 하지 않았다. 오히려 '외국인과 한국어/한국고전의 만남' 그 자체가 상징하는 이 특별한 역사적 사건이 지닌 의미 그 자체를 곱씹고자 하였다.

그것은 19세기 중후반 이후 한국의 고전시가가 대면한 새로운 문화생태라고 말할 수 있을 것 같다. 한국의 시가는 한국의 출판문화 혹은 한국인이 향유하는 제한된 시공간을 넘어, 일종의 혼종성을 지닌 작품이자 서구문화와 다른 이문화의 산물, 번역되어야 할 외국어이자 외국문학, 한국민족을 알기 위해 살펴 볼 중요한 연구대상으로 새롭게 소환되며 형상화되었기 때문이다. 이러한 한국 고전시가의 통(通)국가적 지형도는 비단 고전시가 장르 그 자체만으로 한정되는 것이 아니다. 한국의 언어와 고전이 한국이라는 국경·민족적 경계를 넘어 외국인이 개입할 수 있는 전지구적 장소에 재배치된 현장 속에 포괄되기 때문이다.

즉, 우리는 이러한 연구를 통해 묻혀진 '한국시가사'이자 더불어 '한국학술사'의 현장과 역사를 복원해보고 싶었다. 그것은 근대 민족국가의 일국 중심주의적 시각과 논리에서는 규명되지 못했던 바, 서구/일본/한국과 같은 복수의 주체와 언어를 그 원천으로 했던 과거 한국학 형성의 역사와 현장이다. 이와 관련하여 이 책의 1부와 2부는 각각 '재외의 공간'과 '한국'에서 출현한 외국인의 한국시가 담론을 살폈다. 1부에서는 한국의 시가가 '문학이라는 근대적 지식'에 의거해 새롭게 재편되는 양상을 주목하고, 외국인들의 학술네트워크 속에서 한 편의 문학론으로 유통되는 모습을 보여

주고자 노력했다. 2부에서는 한국의 시가가 '번역되어야 할 외국문학'으로
소환되고, 동시에 한국인에게 역시 시가의 존재양상이 근대 국민국가 단
위의 민족문화를 구성하는 '고전'이자 '정전'으로 전환되는 모습을 묘사해
보고자 했다. 더불어 우리가 검토했지만, 쉽게 입수할 수 없는 자료 몇 종
을 이 책에 함께 담았다.5)

   이러한 우리의 기획에 이 책이 얼마나 부합된 것인지를 판단하는 것은
당연히 이 책을 읽을 여러 동학들의 몫이라고 할 수 있다. 그렇지만 이 부
족한 책 자체가 우리 두 사람의 힘만으로 나올 수 없었던 저술인 만큼 감
사의 인사를 전할 분들이 있다. 먼저, 대학원 수업시간 한국의 고전시가를
가르쳐 주셨던 은사 김학성 선생님께 안부의 인사를 전하고 싶다. 물론
못난 두 제자의 저술이 얼마나 선생님의 가르침에 부합한 것인지는 자신
이 없다. 또한『게일 유고(James Scarth Gale Papers)』소재『남훈태평가』소
재 시조 번역물의 존재, 게일이 남긴 유산에 대한 많은 고민을 함께 공유
해주셨던 로스 킹(Ross King) 선생님께 감사의 인사말을 드린다.6) 또한 이
책에서 쿠랑의 초상을 살필 수 있게 해주었던 선행작업, 쿠랑의 서한문에

---

5) 오카쿠라 요시사부로(岡倉由三郞)의 한국문학론(「朝鮮の文學」,『哲學雜誌』8(74-75), 1893)
   과『게일 유고』소재 영역시조 및 문학론, 게일이 남긴『남훈태평가』에 대한 해제문(J. S.
   Gale, "Korean Song," *The Korea Bookman* 1922. 6.)이 그것이다.

6) 더불어 비록 우리가 검토할 수 없는 언어의 문제 때문이기도 하지만, 러시아에서 이 주제와
   관련하여 나온 중요한 선행연구를 검토하지 못한 우리의 지적 불성실함에 대한 사과의 말씀
   을 킹 선생님께 드리고 싶다.(R. King, "James Scarth Gale and the Christian Literature
   Society(1922-1927): Salvific Translation and Korean Literary Modernity (Ⅰ)," In : Won-jung
   Min (ed.), *Una aproximacion humanista a los estudios coreanos*. Ebook distributed by
   Patagonia, Santiago, Chile, 2014, pp. 1-2) 이 주제와 관련된 러시아 측의 연구성과(A. A.
   Gur'eva, "Poeticheskii sbornik 'Namkhun tkhepkhën-ga(Pesni velikogo spokoistviia pri
   iuzhnom vetre: ksilograf iz rukopisnoi kollektsii Sankt-Peterburgskogo filiala Instituta
   Vostokovedeniia RAN)," *Vestnik tsentra Koreiskogo iazyka i kul'tury* 8, 2005, pp. 33-39; A.
   A. Gur'eva, "Antologiia traditsionnoi koreiskoi poezii 'Namkhun tkhepkhën-ga' (Pesni velikogo
   spokoistviia pri iuzhnom vetre)(po ksilografu iz kollektsii Instituta Vostochnykh Rukopisei
   RAN), Avtoreferat dissertatsii no soiskanie uchenoi stepeni kandidata filologicheskikh nauk.
   Sankt-Peterburg, 2012)에 관한 검토는 후일의 과제로 남겨놓을 수밖에 없다.

대한 연구와 재구작업을 동참해 주었던 콜레주 드 프랑스(Collège de France) 한국학연구소의 선생님들께도 감사의 말씀을 전하고 싶다.7)

더불어 이 책의 초고 논문에 도움을 주셨던 선생님들께 인사를 드린다. 이진숙, 김채현 선생님은 한국문학 전공자로서 우리가 해결할 수 없었던 영어, 일본어에 관한 여러 어학적 문제들을 해결해 주셨고, 함께 작성한 소중한 옥고를 이 책에 수록하는 것을 허락해주셨다. 더불어 쿠랑의 저술에 대한 어학적 감수와 러시아대장성 『한국지』에 관한 서지적 감수를 제공해 주신 이은령, 한지형 두 분 선생님께도 감사를 드린다.

이 분들은 모두 부산대에서 함께 연구를 하며 만난 소중한 인연들이기도 하다. 즉, 이 책은 현재 함께 공부하고 있는 김인택 단장님과 부산대 인문한국(HK) [고전번역+비교문화학연구단] 선생님들, 점필재연구소의 "근대 초기 외국인 한국고전학 역주자료집성 편찬사업"팀 선생님들, 인문학연구소의 "19세기 한국어·한국고전의 문화생태와 서울–파리의 학술네트워크"팀 선생님들과의 교류의 산물이기도 하다.

더불어 이 책의 출판과 관련하여 감사의 인사를 드릴 분들이 계시다. 이 책은 본래 정출헌·김승룡 선생님, 점필재연구소 HK연구원 선생님들과 함께 기획된 것이었다. 이 책의 출판을 허락해 주신 인문학연구소의 김용규 선생님, 출판과정을 도와주신 서민정 선생님, 이 책의 편집을 담당해주신 역락 출판사의 박윤정 과장님께도 감사의 인사를 드린다. 물론 개별 시가 작품의 번역 용례를 구축하고 문학론을 구성하는 학술개념어의 문제를 천착하기로 한 애초의 기획을 우리는 이 책에서 구현하지는 못했다. 다만 이 책이 이 연구의 지평을 향한 하나의 디딤돌이 될 수 있기를 바랄 뿐이다.

마지막으로 항상 응원해주는 지도교수인 최박광 선생님 또한 나의 부

---

7) 우리의 공동작업은 올해 6월경 『『콜랭 드 플랑시 문서철』에 새겨진 젊은 한국학자의 영혼 : 모리스 쿠랑 평전과 서한자료집』이라는 제명의 책으로 세상에 나오게 될 것이다.

모님과 조모님, 여동생들에게 고마운 마음을 전한다. 또한 이 책을 준비하는 과정에서 나는 본의 아니게 윤설희 동학이 박사학위를 받고, 동반자를 만나 결혼하고 소중한 아이를 얻어 돌보는 모습을 보게 되었다. 나는 연구자이자 어머니로서의 삶을 병행하는 그의 모습을 깊은 존경심을 갖고 바라보게 된다. 이 책을 준비하는 과정 속에서 그의 고생과 열정에 감사할 따름이다. 윤설희 동학, 그의 배우자 손동우씨, 자녀 지훈군에게 감사의 인사를 전하며, 세 사람이 늘 행복하기를 진심으로 기원할 뿐이다.

2017년 5월 19일
금정산 기슭에서
저자를 대표하여 이상현

## ●차례 ●

# 여는 글
# 묻혀진 한국시가사의 역사와 그 현장을 찾아서

### 외국인 한국시가 담론 연구를 위한 예비적 고찰

## 들어가며 : 게일과 『남훈태평가』

게일(James Scarth Gale, 1863~1937)이 『남훈태평가(南薰太平歌)』를 접한 것은 그의 회고에 따르면 1892년 혹은 그 이전 시기로 소급해볼 수 있다. 한국에 입국한 후 시간이 얼마 지나지 않은 시기이자 한국어와 한국문화를 익혀가던 시기, 그는 이 가집(歌集)을 볼 수 있었던 셈이다. 『남훈태평가』는 그에게 어떠한 의미를 지닌 것이었을까? 적어도 첫 만남에 있어서는 '책'이자 '문학텍스트'였을 것이다. 그는 '『한영자전(韓英字典)』(1897) 편찬의 협력자'이자 '양기탁(梁起鐸, 1871~1938)의 부친'인 양시영, 그의 지인으로부터 목판본 『남훈태평가』를 받아볼 수 있었다. 하지만 『남훈태평가』 소재 한국시가는 서적이자 문학 작품으로 한정할 수 없는 의미를 함께 지니고 있었다. 그에게 이 가집은 20세기 초두에 "어슴푸레한 저녁 어스름 사이로 실려 오던 부드러운 음색"으로 들을 수 있었던 노래이기도 했기 때문이다.[1]

---

1) J. S. Gale, "Korea Song," *The Korea Bookman* 1922. 6, p. 13 ; J. S. Gale, 황호덕·이상현 역, 「J. S. 게일, 「한국이 상실한 것들」」, 『개념과 역사, 근대 한국의 이중어사전』2, 박문사,

그에게 『남훈태평가』는 말 그대로 한국인의 시가문학 즉, '한국의 시문학 작품'과 '한국인의 가곡'이 수록된 '책'이자 한국인의 노래 그 자체였던 셈이다. 하지만 우리는 분명히 말할 수 있다. 게일에게 『남훈태평가』가 지닌 의미는 단지 '한국의 책, 문학텍스트, 노래'로 한정될 수 없다. 이 속에는 19세기 말~20세기 초 묻혀진 한국시가사의 역사와 그 현장이 담겨져 있기 때문이다. 우리는 '외국인' 게일과 『남훈태평가』라는 '한국고전'의 만남이라는 이 관계 자체가 상징해주는 역사적 현장을 성찰해 볼 필요가 있다.[2] 나아가 이 조건에 부응되는 인물이 비단 게일이라는 외국인 개인으로 한정되는 것도 아니라는 사실을 상기해볼 필요가 있다. 이는 '대한제국의 멸망'이라는 사건 이전 한국을 접촉했던 다른 외국인들에게도 발견할 수 있는 공통된 모습이라고 볼 수 있기 때문이다. 오늘날 프랑스 동양언어문화학교(Institut National des Langues et Civilisations Orientales) 도서관 소장 자료를 통해서도 이 접촉의 흔적을 발견할 수 있다. 이곳에도 역시 아래와 같은 『남훈태평가』 판본이 소장되어 있기 때문이다.[3] 적어도 이 역사적 사건이 『남훈태평가』의 유통을 과거와는 다른 차원으로 전환시켜 준 것은 틀림이 없다.

---

2012, 174면("What Korea Has Lost," *The Christian Movement in Japan and Formosa*, Kobe, 1926).

2) 외국인과 한국문학(혹은 한국고전)와 관련하여 이러한 문제제기 및 관점은 "이상현·이은령, 「19세기 말 고소설 유통의 전환과 '민족지'로서의 고소설 : 모리스 쿠랑 『한국서지』 한국고소설 관련 기술의 근대 학술사적 의미」, 『비교문학』 59, 한국비교문학회, 2013."에서 제시된 바 있다.

3) 국립중앙도서관에 마이크로필름으로 보관된 자료이다. 그 청구기호는 'COR-I.356(M古 3-2002-84)'이다.

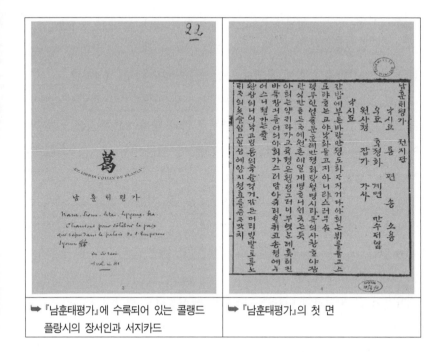

➡ 『남훈태평가』에 수록되어 있는 콜랭드 플랑시의 장서인과 서지카드

➡ 『남훈태평가』의 첫 면

상기의 『남훈태평가』는 모리스 쿠랑(Maurice Courant, 1865~1935 ; 이하 '쿠랑'으로 약칭)이 『한국서지』(1894~1896, 1901)의 문헌서지를 집필하고 <춘면곡>을 번역하던 당시 사용했던 판본이다.4) 또한 구한말 한국주재 외교관으로 근무했던 빅토르 콜랭드 플랑시(Victor Collin de Plancy, 1853~1922 ; 이하 '플랑시'로 약칭)가 수집한 한국의 도서이기도 하다. 우리는 이들 외국인들로 인해 변모된 『남훈태평가』의 새로운 형상을 상상해볼 필요가 있다.

『남훈태평가』는 외국인 장서가에 의해 한국이라는 제한된 장소를 벗어나, 제국의 문서고 속에 재배치된다. 이 속에서 『남훈태평가』는 한국의 출판문화 혹은 한국인이 향유한 제한된 시공간에서만 소통되는 시가가 아니다. 일종의 혼종성을 지닌 작품이며, 서구문화와 다른 이문화의 산물, 번

4) 모리스 쿠랑, 이희재 역, 『한국서지』, 일조각, 1997[1994], 201-203면.

역되어야 할 외국 문학작품, 한국 민족을 알기 위해 살펴 볼 중요한 연구 대상으로 형상화된다. 이는 비단 『남훈태평가』로 한정되는 사안이 아니며, 한국 고전 전반에도 함께 투영해보고 성찰해보아야 할 지점이다.

또한 게일과 『남훈태평가』의 접촉이라는 사건에는 쿠랑, 플랑시와는 다른 또 다른 고찰의 지점이 존재한다. 두 사람과 달리 게일은 1888~1927년 이라는 매우 오랜 시간을 한국에서 머물렀기 때문이다. 게일은 입국초기에 이미 『남훈태평가』를 접했고, 1895년 이 가집 소재 시조를 개신교 선교사의 영미 정기간행물(*The Korean Repository*)을 비롯한 여러 저술에서 번역하여 수록했다. 또한 1910~1920년대에도 또 다른 영미 정기간행물(*The Korea Bookman, The Korea Mission Field*)의 지면, 혹은 그의 미간행 유고에서도 그의 영역시조를 볼 수 있다.

따라서 근 40여년에 이르는 한국이라는 시공간과 한국시가의 근대적인 이행이라는 문제도 간과할 수 없는 셈이다. 비록 게일은 『남훈태평가』에 수록된 동일한 시조 작품을 번역대상으로 삼았지만, 19세기 말과 1910~1920년대의 번역이 지닌 맥락은 결코 동일할 수 없다. 아마도 우리는 이에 대해서 한국 학술장의 변화 혹은 한국 사회문화의 근대적인 이행과 관련하여 많은 이야기를 할 수 있을 것이다. 하지만 게일의 아래와 같은 언급은 우리가 이 책에서 말하고 싶은 요지를 매우 압축적으로 보여준다.

> "한국의 현 세대들은 그들의 선조들이 음악이라고 불렀던 것을 조화롭지 못한 소리들이라 비웃고 있으나, 한편 정작 외국 것의 모방이라 할 그들 자신의 시도들에 대해서는 망각하고 있다. … (중략) … 필자는 아직도 20년 전 어슴푸레한 저녁 어스름 사이로 실려오던 부드러운 음색의 목소리를 들을 수 있었다. 그러나 이제 그 즐거웠던 부드러운 음색의 기원은 <올드 그림즈(Old Grimes)>, <조지아 행진곡>, <클레멘타인> 따위를 연주하는 금관악기 아래 묻히고 말았다."5)

19세기 말 게일에게 시조는 한국인이 애호했던 하나의 문화양식이었다. 따라서 한국인을 위해 한국어 성서번역 및 찬송가 번역을 추진해야 될 개신교 선교사라는 입장에서는 이 양식을 이해하고 학습해야 될 필요성이 있었다. 하지만 상기 인용문이 보여주는 1920년대 『남훈태평가』와 이 속에 수록된 시조는 오랜 시간 세월에 낡은 책자가 된 모양만큼 다른 형상으로 변모되어 있었다. 적어도 게일의 시선 속에서는 한국인에게 망각되어져 가며 소멸되어가는 하나의 전통으로 형상화되고 있기 때문이다. 1920년대 게일의 번역 실천을 보면, 서구화[일본화]로 인해 오염되며 병들어가는 한국의 문화유산을 '보존'하기 위한 목적과, 당시 한국어・문학이 표상하는 '한국인의 내면이자 영혼'을 '구제'하기 위한 목적을 발견할 수 있다.6)

이는 『남훈태평가』 소재 시조작품의 번역에도 마찬가지였다. 즉, 『남훈태평가』 소재 시조번역은 게일 개인의 선택뿐만 아니라, 그에게 이 가집을 추천해주었던 우리의 선인이 과거 향유했던 예술적 향취도 함께 남겨져 있었던 셈이다. 옛 선인들이 향유했던 이 향취는 이미 당대에도 소멸되고 있었다. 또한 오늘날 우리가 이 자취를 옛 선인만큼 공감하는 일은 그리 쉬운 일은 아닐 것이다. 이 책에서 고찰하고자 하는 '외국인의 한국시가 담론'은 이처럼 매우 다층성을 지닌 연구대상이다.

다만 이 책에서 우리가 수행할 작업을 거칠게 요약해 본다면, 우리는 우리가 거론할 외국인들을 우리와 상관없는 외국인이 아니라 한 사람의 연구자이자 한국시가의 새로운 향유자로 재조명해 볼 것이다. 또한 굳이 우리의 연구방법을 이야기해야 한다면, 우리는 외국인들의 저술을 중심으

---

5) J. S. Gale, 황호덕・이상현 역, 「J. S. 게일, 「한국이 상실한 것들」, 앞의 책, 174면.

6) R. King, "James Scarth Gale and the Christian Literature Society: Salvific translation and the crusade against 'mongrel Korean,'" 『한국문학과 번역 프로시딩 자료집』, 서울대학교 규장각 한국학연구원, 2013. 3. 15.

로 그들이 한국시가를 어떻게 읽었으며 혹은 한국시가를 이해하기 위해 어떠한 자료와 논문을 참조했는지를 실증적으로 고찰해보고자 한다. 이를 통해 외국인들이 19세기 말에서 20세기 초 한국시가를 통해 근대 지식을 생산했던 활동을 복원해보고자 한다.

즉, 우리가 이 책에서 말하고자 하는 '외국인의 한국시가 담론'이란 외국인들의 한국시가를 매개로 한 활동 전반을 지칭한다. 예컨대, 외국인이 가집을 수집·조사한 문헌학적 탐구, 당시 한국시가에 대한 학술적 인식 혹은 이에 대한 번역 실천 등을 포괄한 일종의 수행적 개념으로 이 용어를 활용할 것이다. 더불어 통시적인 측면에서 본다면, 게일과 『남훈태평가』의 오래된 인연이 잘 보여주는 범위 즉, 19세기 말 한국의 문호개방 이후부터 1920년대까지 외국인의 실천들을 포괄해보고자 한다.

이와 관련하여 이 책에서 우리가 논하고자 하는 세부 요지는 크게 세 가지인데, 우리는 1~3절에 각각의 개관을 간략히 정리해 볼 것이다. 1절에서는 선행연구를 검토하며 재외의 공간 그리고 한국에서 거의 동시기에 출현한 외국인의 한국시가 담론을 함께 주목하여 양자의 상호관계를 면밀히 고찰할 필요성이 있음을 이야기할 것이다. 이후 2~3절에서 각각 모리스 쿠랑으로 대표되는 19세기 말 '재외 외국인의 한국시가 담론'과 게일로 대표되는 '한국 개신교 선교사의 한국시가 담론'을 고찰할 주요 논점을 제시할 것이다. 이 논점을 거칠게 요약하자면 크게 두 가지이다. 첫째, 재외 외국인의 한국시가 담론을 고찰하는 핵심적인 논점은 한국의 시가가 '문학이라는 근대적인 지식'으로 재편되는 과정과 당시 이 지식이 유통되던 학술네트워크의 존재이다.(2절) 둘째, 한국 개신교 선교사의 한국시가 담론과 관련하여 우리가 논하고자 하는 초점은 한국시가를 '내지인'이라는 그들의 입장에서 이해/번역하고자 시도와 이 속에 개입되어 있는 시조의 근대적 재편과정이다.(3절)

## 1. 재외의 공간과 한국에서 출현한 외국인의 한국시가 담론

한국시가론을 비롯한 한국문학에 대한 학술적인 논의는 주로 20세기 초, 경성제국대학의 교수진을 필두로 한 일본인 학자들로부터 시작된 것이라고 일반적으로 이해되어 왔다. 하지만 우리에게 남겨진 다양한 기록들의 실체는 한국 문학에 대한 학술적인 접근이 19세기 말 한국에 체류했던 외국인들의 실천 속에서도 그 단초를 발견할 수 있음을 증언해준다. 이러한 관점에서 최근, 그동안 논의되지 않았던 서구인들의 한국문학 관련 저술들에 대한 집중적인 연구가 이루어져 왔다.

먼저, 한국의 고소설 연구 분야에서는 『구운몽』 영역본과 같은 개별 영역(英譯)작품에 대한 연구에서 시작하여 이제 그 성과가 고소설 및 설화 영역본 전반, 번역자 게일에 대한 연구로 그 지평이 확장되었다.[7] 또한 고전시가 분야에서는, 그 시기적 연원을 19세기 말로 소급하여 호머 헐버트(Homer Bezaleel Hulbert, 1863~1949)를 비롯한 개신교 선교사들의 초기 한국문학 담론이 조명되었고 한국시가 번역 및 한국시가 인식에 대한 논의부

---

7) 19세기 말부터 20세기 초, 외국인들의 한국문학 관련 기록에 대한 논의는 주로 선교사들의 논저들을 중심으로 한 것이 대부분이다. 특히 제임스 게일이 출간했던 고소설 및 필기, 야담류의 번역서들에 대한 논의는 연구자들로 하여금 19세기 말 외국인들의 한국문학 담론에 대한 다양한 관심을 불러일으켰다. 제임스 게일이 출간한 고소설, 필기, 야담류 등의 번역서에 대한 최근의 주목할 만한 논의로는 장효현, 「한국 고전소설 영역의 諸문제」, 『고전문학연구』 19, 한국고전문학회, 2001 ; 장효현, 「<구운몽>영역본의 비교」, *Journal of Korean Culture 6*, BK21 Korean Studies, 2004 ; 이상현, 「제임스 게일의 『구운몽』 병역과 문화의 변용」, 성균관대 석사학위 논문, 2005 ; 오윤선, 『한국 고소설 영역본으로의 초대』, 지문당, 2008(初出 : 오윤선, 「韓國 古小說 英譯의 樣相과 意義」, 고려대학교 박사학위논문, 2005) ; 백주희, 「J. S. Gale의 *Korean Folk Tales* 연구 : 임방의 『천예록』 번역을 중심으로」, 성균관대 석사학위 논문, 2008 ; 이상현, 『한국 고전 번역가의 초상 : 게일의 고전학 담론과 고소설 번역의 지평』, 소명출판, 2013[初出 : 이상현, 「제임스 게일의 한국학 연구와 고전서사의 번역 : 게일 한국학 단행본 출판의 변모와 필기, 야담, 고소설의 번역」, 성균관대 박사학위 논문, 2009 ; 이상현, 「<춘향전> 소설어의 재편과정과 번역 : 게일 <춘향전> 영역본 출현과 그 의미」, 『고소설 연구』 30, 한국고소설학회, 2010] 등이 있다.

터, 개별 인물 혹은 민요를 포함한 보다 다양한 차원의 진전된 연구가 이루어지고 있는 추세이다.8) 외국인들의 한국 문학에 대한 저술들은 당대 한국 문학의 일면을 살필 수 있게 한다는 점에서 이상의 논의들 또한 중요한 가치를 인정받을 수 있지만, 그 실상을 면밀히 살피기 위해서는 여전히 연구되어야 할 지점들이 남겨져 있다. 무엇보다 여전히 고찰되지 못한 자료의 존재들 자체가 이러한 새로운 연구의 필요성을 가장 여실히 보여주는 증거라고 볼 수 있다.

19세기 말이라는 시기, 서구인의 한국시가론 및 한국문학론으로 그 대상을 한정할 지라도, 근대 지식의 생산 주체는 비단 한국 내 개신교 선교사 집단과 그들의 영미 정기간행물(The Korean Repository, The Korea Review)로 한정되지 않는다. 재외의 공간에서 출현한 한국학 저술들, 구한말 한국 주재 외교관 혹은 외국어 학교 교사의 신분으로 한국을 일정기간 머물렀던 외국인의 한국문학론 역시 상당히 중요성을 지닌 논저이기 때문이다.

---

8) 19세기 말 외국인들의 시가 번역 및 시가 인식에 대한 대표적인 논의로는 다음과 같은 김승우의 연구를 들 수 있다 ; 김승우, 『19세기 서구들이 인식한 한국의 시와 노래』, 소명출판, 2014(初出 : 「구한말 선교사 호머 헐버트(Homer B. Hulbert)의 한국시가 인식」, 『한국시가연구』 31, 한국시가학회, 2011 ; 「한국시가(詩歌)에 대한 구한말 서양들의 고찰과 인식 – James Scarth Gale을 중심으로」, 『어문논집』 64, 민족어문학회, 2011 ; 「호머 헐버트(Homer B. Hulbert)의 아리랑 논의에 대한 분석적 고찰」, 『비교한국학』 20(2), 국제비교한국학회, 2012 ; 「선교사 프레더릭 S. 밀러(Frederick S. Miller)의 한국시가론」, 『비교한국학』 21(1), 국제비교 한국학회, 2013 ; 「19세기 말 『미국민속학보(the Journal of American Folklore)』에 소개된 한국시가의 특징 – 애나 스미스(Anna T. Smith)의 한국 자장가(Nursery Rhymes) 고찰」, 『우리문학연구』 40, 한국문학회, 2013 ; 「19세기 말 프랑스인들의 한국시가 고찰」, 『온지논총』 38, 온지학회, 2014) ; 김승우의 논의는 비단 헐버트로 한정되지 않는 외국인 한국시가 담론의 자료적 얼개를 학계에 제시해주었다고 평가할 수 있다. 이밖에도 송민규의 논의들『The Korean Repository』에 소개된 ODE 연구」, Journal of Korean Culture 22, 한국어문학국제학술포럼, 2013 ;「『The Korean Repository』에 소개된 LOVE SONG 연구」, 『현대문학이론연구』 52, 현대문학이론학회, 2013 ;「『The Korean Repository』에 소개된 SONG 연구」, 『비교한국학』 21(1), 국제비교한국학회, 2013와 신은경의 "A Reception Aesthetic Study on Sijo in English Translation : The Case of James S. Gale," Seoul Journal of Korean Studies 26, 2013 ; 강혜정, 「20世紀 前半期 古時調 英譯의 展開樣相」, 고려대학교 박사학위논문, 2013 등의 논의를 들 수 있을 것이다.

나아가 이들은 결코 개신교 선교사와 동떨어져 있는 존재가 아니었다. 일
례로 후일 서구어로 된 한국학 논저를 집성한 원한경(元漢慶, H. H.
Underwood, 1890~1951)은 재외의 공간에서 출현한 한국문학 논저를 중요한
초기 업적으로 인식했다.9) 재외의 공간에서 출판된 외국인들의 한국문학
론 논저 역시 19세기 말 개신교 선교사의 한국문학론에 있어 중요한 선행
연구이자 동시대적 연구성과였기 때문이다. 이러한 그들의 실천은 개신교
선교사와 일종의 협업적 관계였다. 즉, 우리가 이 책에서 시도하는 바는
일차적으로 기존논의의 연구대상의 외연을 '한국의 개신교 선교사'라는 집
단과 '영어'라는 언어의 지평보다는 상대적으로 넓게 설정하는 것이다.10)
또한 이를 기반으로 19세기 말 재외의 공간에서 출현한 외국인의 한국시
가 담론과 19세기 말~20세기 초 한국 개신교 선교사의 한국시가 담론, 양
자가 지닌 관계와 그 계보를 정밀하게 고찰하고자 한다.

　사실 우리는 양자의 관계와 역사를 어느 정도 범위에서는 일정량 상정
할 수 있다. 왜냐하면 현재 한국어학 분야는 외국인 한국어학의 역사적
계보에 대한 연구성과들이 상대적으로 축적되어 있으며 잘 정리되어 있기
때문이다.11) 외국인의 한국시가 담론은 역시 이러한 외국인의 한국어학과

---

9) H. H. Underwood, "A partial Bibliography of Occidental Literature on Korea," *Transactions of the Korea Branch of Royal Asiatic Society* 20, 1931, pp. 39-45.

10) 물론 프랑스 측의 한국시가 담론에 관한 김승우의 논문(「19세기 말 프랑스인들의 한국시가 고찰」, 『온지논총』 38, 온지학회, 2014)과 한국주재 일본인 민간학술단체의 한국시가 담론을 연구한 유정란의 논문(「일제강점기 재조일본인의 국문시가 연구에 대한 고찰」, 고려대학교 석사학위논문, 2016 ; 「일제강점기 재조일본인(在朝日本人)의 시조번역 양상과 그 의미 : 호소이 하지메(細井肇)의 『통속조선문고』를 중심으로」, 『반교어문연구』 44, 반교어문학회, 2016)은 이러한 한계를 극복하고자 한 시도라고 평가할 수 있다. 하지만 우리의 책에서 주목하는 바는 이 연구성과들과 달리 외국인 한국시가 담론의 공유와 그들의 학술네트워크라는 측면이다.

11) 小倉進平, 『朝鮮語學史』, 刀江書院, 1940 ; 김민수 외, 『외국인의 한글연구』, 태학사, 1997 ; 고영근, 『민족어학의 건설과 발전』, 제이앤씨, 2010 ; 황호덕·이상현, 『개념과 역사, 근대 한국의 이중어사전』 1~2, 박문사, 2012.

분리된 역사적 산물은 아니었다. 이러한 사정은 일차적으로 한국학의 하위분야가 전문화되어 있지 않았던 당신의 형편 때문이기도 하다. 즉, 한국시가 관련 논저를 저술한 외국인들이 곧 한국어학 관련 논저를 제출했던 인물들이기도 했기 때문이다. 또한 외국인들이 한국어 연구를 위하여 한국의 고유어 즉, 한글(국문)자료를 찾게 될 때, 한국의 국문시가는 고소설과 함께 가장 중요한 자료이기도 했기 때문이다. 따라서 우리는 외국인의 한국어학 연구에 관한 선행연구 성과를 참조하여 외국인의 한국시가 담론을 고찰할 필요가 있다. 이처럼 분과화가 미처 진행되지 못한 당시 한국학을 총체적으로 조망하기 위해서는 한국어학, 한국문학이라는 개별 분과학문의 제한된 시야로는 부족하기 때문이다. 즉, 외국인 한국시가 담론에 관한 연구는 총체적인 외국인 한국학을 살피는 데 일조(一助)할 수 있다. 더불어 외국인 한국시가 담론을 둘러싼 거시적인 문맥을 재구할 경우, 19세기 중후반 이후 한국의 언어와 고전이 한국이라는 국경·민족적 경계를 넘어 외국인이 개입할 수 있는 전지구적 장소에 재배치된 현상, 또한 이를 바탕으로 한국인의 언어와 고전의 실상에 바탕을 둔 외국인의 새로운 한국학이 출현하는 과정을 면밀히 살펴 볼 수 있다.

먼저, 이러한 외국인이자 서구인 한국학의 시원을 이야기한다면 비공식적 차원에서 한국을 접촉하며, 한국에서 오랜 체험을 바탕으로 탄생한 파리외방전교회의 한국어학적 성과물(『한불자전』(1880), 『한어문전』(1881))을 들 수 있을 것이다.12) 우리가 살피고자 하는 외국인 한국시가 담론의 시원적

---

12) 이에 대해서는 아래의 성과들을 참조 ; 파리외방전교회, 윤애선, 이은령, 김영주 역, 『(현대 한국어로 보는) 한불자전』 소명출판, 2014 ; 부산대 인문학연구소 편, 『한불자전 연구』, 소명출판, 2013 ; 강이연, 「최초의 한국어 문법서 GRAMMAIRE CORÉENNE 연구」, 『프랑스어문교육』 29, 한국프랑스어문교육학회, 2008 ; 이은령, 「『한어문전』의 문법기술과 품사 구분 : 문화소통의 관점에서 다시 보기」, 『프랑스학연구』 56, 프랑스학회, 2011 ; 이은령, 「『한어문전 Grammaire Coréenne』과 19세기 말문법서 비교 연구」, 『한국프랑스학논집』 78, 한국프랑스학회, 2012 ; 윤애선, 「개화기 한국어 문법 연구사의 고리 맞추기」, 『코기토』 73, 부산대 인문학연구소, 2013 ; 윤애선, 「파리외방전교회의 19세기 한국어 문법 문헌 간

위치를 점하는 인물들은 이러한 파리외방전교회의 유산을 상속한 외국인들이었으며, 비단 한국 개신교 선교사 집단만으로 한정되지 않았다. 유럽의 동양학 아카데미즘이 구축한 동양학의 지적 유산과 통역 기술을 습득한 외교관들이자 유럽 동양학자들 역시 동일한 조건 아래 놓여 있었기 때문이다.

이를 반영하듯이 한국 개신교 선교사와 유럽 동양학자(혹은 한국주재 외국인)의 한국학에 있어 한국시가 담론은 1893~1895년 사이 거의 동시기적으로 출현했다. 이러한 한국시가 담론의 출현은 기본적으로는 과거 유럽 동양학자들이 축적한 역사 비교언어학 혹은 언어·문헌학(philology)의 전통과 한국 문헌의 만남이라는 사건에 바탕을 둔 것이었다. 또한 이러한 축적된 성과를 바탕으로, '동양학'에서 '한국학'이 돌출하는 과정 속에서 비로소 그 모습을 드러냈다. 즉, 외국인들의 한국시가 및 고소설의 번역, 이에 대한 비평적 담론의 출현은 한국의 문호가 개방된 이후, '한국어' 연구에서 '한국문헌'으로 그 연구범주가 확대되는 19세기 말 외국인 한국학 연구의 흐름에 부응한다.13)

---

영향 관계 분석」,『교회사연구』 46, 한국교회사연구소, 2014.

13) 이에 대한 가장 대표적인 사례는 영국 외교관이었던 애스턴(W. G. Aston)의 초기 한국학 논저를 말할 수 있을 것이다. 그는 한국어 계통론에 있어 큰 의의를 지닌 업적인 '한일 양 국어의 동계설'을 주장했다.(고영근,『민족어학의 건설과 발전』, 박문사, 2010 ; 이상현, 「고전어와 근대어의 분기 그리고 불가능한 대화의 지점들」,『코기토』 73, 부산대 인문학연구소, 2013 ; 이상현, 「한국어사전의 '전범'과 '기념비':『한불자전』의 두 가지 형상 그리고 19C 말~20C 초 한국의 언어-문화」, 부산대 인문학연구소 편,『한불자전연구』, 소명출판, 2013) 또한 최근 애스턴이 수집·조사한 한국고서와 그가 편찬한 한국어학습서인 Korean Tales에 관한 다음과 같은 일련의 연구성과를 들 수 있으며, 이는 애스턴의 연구가 한국어학 분야에만 한정되지 않았음을 잘 보여준다(박재연·김영, 「애스턴 구장 번역고소설 필사본『隨史遺文』연구: 고어 자료를 중심으로」,『어문논총』 23, 국민대 어문학연구소, 2004; Uliana Kobyakova, 「애스턴문고 소장『Corean Tales』에 대한 고찰」,『서지학보』 32, 한국서지학회, 2008 ; 박진완, 「러시아 동방학연구소 애스턴 문고의 한글자료」,『한국어학』 46, 한국어학회, 2010; 허경진·유춘동, 「러시아 상트베테르부르크 국립대학과 동방학연구소에 소장된 조선전적에 대한 연구」,『열상고전연구』 36, 열상고전연구회, 2012 ; 허경진·유춘동, 「애스턴의 조선어학습서『Corean Tales』의 성격과 특성」,『인문

따라서 19세기 말 외국인의 한국 문학론은 하나의 담론으로써 그들의 학술네트워크 속에서 공유·유통되는 지식으로 접근할 필요가 있다. 그들의 논저들은 전문 학술잡지 및 학술저서의 형태로 출판이 가능했다. 이를 통해 상호 참조·공유되며 그 타당성이 논해질 수 있는 학술적 기반이 존재했던 것이다. 이 점이 가능했던 까닭은 한국을 논하는 그들의 서구어는 그들 각국의 표준·균질화된 공통어, '국민어'이자, 서구적 근대 분과학술 개념으로 수렴되는 '학술어'였기 때문이다. 이러한 학술적 기반의 차이로 인해, 이 시기 서구어는 한국어보다 한국을 근대 학술의 영역에서 체현(體現)시키며 유통시킬 수 있는 권위와 힘을 지닌 '강한' 언어였다. 요컨대, 서구어가 한국어보다 더 쉽게 필요한 근대적 지식을 생산하고 배치시킬 수 있는 언어였던 시기가 존재했던 셈이다.[14)

우리는 이러한 외국인 한국시가 담론의 계보와 역사를 조망하기 위해서 두 사람의 외국인을 주목해볼 것이다. 구한말 한국주재 외교관이자 유럽 동양학자였던 **쿠랑**과 한국 개신교 선교사였던 **게일**, 두 사람으로 각기 대표되는 '재외 외국인'과 '개신교 선교사'의 한국시가 담론을 고찰해 볼 것이다. 우리가 두 사람을 연구의 구심점으로 삼은 이유는 물론 그리 복잡한 것이 아니다. 쿠랑과 게일은 그 생애와 저술 활동 전반을 통시적으로 고찰할 수 있을 만큼 우리에게 잘 조명된 외국인이기 때문이다. 또한 동시에 이에 비해 두 사람의 한국시가 담론이 심층적으로 조명되었다고는 볼 수 없기 때문이다.[15) 하지만 무엇보다도 두 사람은 당시 외국인의 한

---

과학』 98, 연세대 인문과학연구소, 2013; 정병설, 「러시아 상트베테르부르크 동방학연구소 소장 한국 고서의 몇몇 특징」, 『규장각』 34, 서울대 규장각한국학연구소, 2013).

14) 언어와 지식의 편성과 분배가 근본적으로 불균형하고 불공평하다는 시각은 탈랄 아사드, 「영국 사회 인류학에서의 문화의 번역이라는 개념」, 제임스 클리포드, 조지 E 마커스 편, 이기우 역, 『문화를 쓴다－민족지의 시학과 정치학』, 한국문화사, 2000을 참조했다.

15) 쿠랑과 게일의 생애 전반을 면밀히 조망한 선행연구로는 다니엘 부셰의 논문(전수연 옮김, 「한국학의 선구자 모리스 꾸랑」, 『동방학지』 51·52, 연세대 국학연구원, 1986[D. Bouchez, "Un défricheur méconnu des études extrême-orientales Maurice Courant", *Journal*

국시가 담론이 형성, 공유되는 모습과 그 변모와 관련하여, 여러 가지 생산적인 논의의 지점을 제공해 줄 수 있는 인물이기 때문이다.

쿠랑이 출판한『한국서지』, 특히 그의 저술에 수록된「서론(introduction)」은 한국 개신교 선교사 나아가 한국주재 일본 민간 학술단체의 한국문학 및 역사 연구에도 상당히 큰 영향력을 발휘한 논저라고 평가할 수 있다. 게일 역시 이러한 쿠랑의 영향력에 있어서 예외적인 인물은 아니었다.16) 물론 쿠랑은 한국에는 근대 국민국가 단위의 고유성과 예술성을 충실히 담지한 문학작품이 존재하지 않는다는 일종의 '한국문학부재론'을 이야기했다.

하지만 우리는 그 이면을 함께 주목해볼 필요가 있다. 이는 '시·소설과 같은 언어예술', '작자의 상상력의 산물'이라는 근대적 문학개념을 통해 그들에게는 지극히 낯선 한국의 시가문학을 고찰했기에 비롯되었던 것이며, 또한 애초에 한국 국문시가의 재발견 자체가 서구적 음성 중심주의이자 국민국가 단위의 민족문화가 지닌 고유성을 조명하기 위한 시도였다는 사실을 염두에 둘 필요가 있기 때문이다. 근대 국민국가 단위의 민족문화가 지닌 고유성 모색을 위하여 한국시가를 소환하는 모습 그리고 근대적 문학개념을 한국시가에 투영하는 양상은 우리에게 많은 성찰의 지점을 제공해줄 수 있다. 이는 한국의 근대 지식인 역시 한국시가를 소환한 방식이기도 했기 때문이다.

또한 쿠랑의 한국학은 일종의 미완의 기획이었다는 역사적 사실 그 자

---

*Asiatique*, Tome CCLXXI, 1983])과 리처드 러트의 저술(R. Rutt, *James Scarth Gale and his History of Korean People*, Seoul: the Royal Asiatic Society, 1972)을 들 수 있다. 또한 쿠랑이 플랑시에게 보낸 서한 전반을 고찰한 이은령·이상현, 「모리스 쿠랑의 서한과 한국학자의 세 가지 초상: 『플랑시 문서철(PAAP, Collin de Plancy Victor)』에 새겨진 젊은 한국학자의 영혼에 대하여」, 『열상고전연구』 44, 열상고전연구회, 2015을 더불어 참조할 수 있다.

16) 이 점에 대해서는 이상현, 「『삼국사기』에 새겨진 27년 전 서울의 추억: 모리스 쿠랑과 한국고전세계」, 『국제어문』 59, 국제어문학회, 2013, 213-222면을 참조.

체를 주목해야 한다. 19세기 말 재외의 공간에서 출현한 서양인의 한국시가 담론은 을사늑약과 한일합방이라는 역사적 사건 이후 그 맥이 이어지지 못하는 양상을 보여주기 때문이다. 이 점은 한국학의 다양한 분야에서 활발하며 왕성한 집필활동을 보여준 한국 개신교 선교사 헐버트의 경우 역시 마찬가지이다. 물론 이 점과 관련하여 1910년대 이후 한국학은 제국 일본의 학술편제 속에 재편되어간 것이라고 분석할 수도 있을 것이다. 그렇지만 근대 일본 혹은 한국 지식인과 서양인의 접점은 분명히 존재한다. 우리의 책에서 게일을 한국 개신교 선교사의 한국시가 담론을 보여준 대표적 인물로 배치한 점은 사실 이러한 접점 때문이기도 하다.

물론 여기에는 게일의 미출간 유고에 수록된 한국시가 담론 자료를 학계에 소개하기 위한 우리의 부차적인 목적도 있다. 하지만 더 큰 이유는 다른 곳에 있다. 게일의 한국시가 담론을 비롯한 그의 한국학 전반은 1910년대 이후 전환기 한국 사회문화의 변동과 한국 지식인들의 개입이 반영되어 있다. 이와 관련하여 우리가 제시하고자 하는 바는 시조 장르의 근대적 재편 혹은 시조의 정전화 과정과 관련된 역사적 흔적이 게일의 한국시가 담론 속에 깊이 반영되어 있다는 가설이다.

물론 이러한 게일에 대한 탐구가 얼마나 한국 개신교 선교사 집단을 대표하는 것인지를 쉽게 단정할 수는 없다. 다만 우리는 이 책에서 '개신교 선교사'와 '한국문학 연구자[혹은 번역가]'라는 두 가지 게일의 정체성을 함께 염두에 두며, 그의 영역시조와 시가 담론을 탐구할 것이다. 이를 통해서 19세기 말~20세기 초 외국인들이 공유했던 한국학 학술네트워크 속에서 개신교 선교사의 한국시가 담론이 지닌 위상과 특수성을 밝혀 보고자 한다. 따라서 이 책에서는 게일을 '한국문학연구자'로 보는 기존의 관점보다 '선교사'라는 그의 정체성을 더욱 더 주목해보도록 할 것이다. 이를 통해 쿠랑, 게일로 대표되는 1890년대에서 1920년대 초 외국인 한국시가 담론의 역사와 계보를 고찰해 볼 것이다.

## 2. 쿠랑과 재외(在外) 외국인의 한국시가 담론:
한국시가의 발견과 한국문학부재론

우리가 1부에서 고찰할 연구대상은 19세기 말, 더 엄격히 그 시기를 말하자면 1893~1900년 사이 재외(在外)의 공간에서 출현한 외국인의 한국시가 담론이다. 오카쿠라 요시사부로(岡倉由三郞, 1868~1936 ; 이하 '오카쿠라'로 약칭)의 한국문학론(1893), 쿠랑의 『한국서지』(1894), 러시아 대장성『한국지』(1900) 소재 한국시가 담론에 대해 살펴보고자 한다.17) 오카쿠라가 한국의 가집(歌集)『남훈태평가』와 시조를 발견하며 이를 외부에 소개하는 모습, 쿠랑이 중국/한국 측 문헌자료와 외국인의 선행연구를 참조하며 한국시가 문학의 전체상을 구성하는 모습, 러시아 대장성이 당시 재외/한국에서 유통되던 서구인의 한국문학론[및 한국시가론]을 집성하는 모습 등을 고찰해 볼 것이다. 특히, 외국인의 입장에서 본다면 지극히 낯선 이문화인 한국의 시가를 발견하며 이를 근대적인 문학개념으로 재조명한 양상, 이로 인해 외국인들이 공유했던 '한국문학부재론'이 유통되던 당시의 현장을 드러내 보고자 한다.

이 시기 한국시가 담론을 생산한 세 주체는 그들의 국적, 혹은 그들의 논저가 출현한 장소로만 한정한다면, 매우 이질적인 존재들이라고도 볼 수 있다. 하지만 그들의 논저를 연대기적으로 배치할 때, 우리는 외국인 한국시가 담론의 형성 및 유통과정을 읽어낼 수 있다. 왜냐하면 쿠랑은 오카쿠라의 논문을 『한국서지』 집필을 위해 참조했으며, 러시아 대장성 측은 쿠랑의 『한국서지』를 『한국지』 집필을 위해 활용한 바 있기 때문이

---

17) 岡倉由三郞, 「朝鮮の文學」, 『哲學雜誌』 8(74-75), 1893 : 모리스 쿠랑, 이희재 역, 『韓國書誌』, 일조각, 1997[1994](*Bibliographie Coréenene*, Paris : E. Leroux, 1894) ; 러시아 대장성 지음, 한국정신문화연구원 옮김, 『국역 한국지』, 전광사업사, 1984(Составлено въ канцелярiи М инистра Финансовъ, *Описанiе Кореи (съ картой)*, С.-Петербургъ : изданiе Министерст ва Финансовъ, типографiя Ю. Н. Эрлиха 'Ju. N., 1900).

다. 또한 세 주체 모두 재외의 공간과 한국에서 출현하던 한국학 논저의
존재들을 충분히 잘 인식하고 있었다.

우리는 1부에서 이러한 상호참조가 가능했던 기반이자 토대를 주목해
보고자 한다. 그것은 외국인들이 '서울–도쿄–요코하마–옌푸–텐진–상하이–
파리–런던–상트페테르부르크' 등의 시공간을 횡단하며 형성한 일종의 '신
앙과 앎의 공동체'[18]와 관련된다. 즉, 그들이 한국과 한국고전을 접촉하고
그들의 앎을 공유하며 학술적 실천을 수행할 수 있었던 학술네트워크가
이미 형성되어 있었다는 점이다. 이렇듯 당시 학술네트워크의 실상을 엿
볼 수 있고, 재외 외국인들의 한국시가 담론을 함께 엮어 볼 수 있는 이유
는 이 시기 우리가 쿠랑의 행보를 알 수 있으며, 그의『한국서지』(1894~
1896, 1901)라는 저술이 존재하기 때문이다.

이는 단지 쿠랑의『한국서지』가 당시 외국인들이 도달한 하나의 이정
표이며 동시에 새로운 한국학의 좌표를 제시한 우수한 성과물이라는 점
때문만이 아니다. 쿠랑의『한국서지』는 외국인 한국시가 담론의 계보를
구성해 줄 자료적 실상이자 동시에 19세기 외국인 한국문학론 전반의 전
체상을 보여주는 저술이다. 쿠랑의 이 업적 역시 외국인의 한국학 논저가
전무(全無)한 상태에서 돌출된 것은 아니었다. 즉,『한국서지』를 비롯한 그
의 논저 나아가 19세기 재외 외국인의 한국학 논저는 전문 학술잡지 및
학술저서의 형태로 출판이 가능했다. 이를 통해 외국인에게 상호 참조·
공유되며 그 타당성이 논해질 수 있는 학술적 기반이 존재했던 것이다.

쿠랑이 참조했으며 참고문헌으로 제시했던 선행연구업적들은 이러한
사실을 잘 보여준다. 그것은 애스턴(W. G. Aston, 1841~1911), 사토우(E. M.
Satow, 1843~1929), 로니(L. de Rosny, 1837~1914) 등 유럽 동양학자 혹은 외교관
들의 한국학 논저들이다. 우리는 쿠랑의 저술을 통해 파리외방전교회에서 유

---

18) 이언 F. 맥닐리·리사 울버턴, 채세진 역,『지식의 재탄생: 공간으로 보는 지식의 역사』,
   살림출판사, 2009. 129면.

럽 동양학자로 이어지는 새로운 한국학의 출현 과정을 발견할 수 있다. 이들의 한국학은 한국어와 한국고전을 발견하고 이를 기반으로 중국, 일본에 통합되어 있던 '동양학'으로부터 '한국학'이 돌출되는 계기를 만들었다. 외국인에게 한국시가는 한국문학 연구에서 한 분야로써 조명되었다. 따라서 외국인의 한국시가 담론 역시 이러한 학술적 동향과 일정량 궤를 같이했으며 이 점에서 예외가 아니다. 예컨대, 쿠랑의 참조문헌을 통해 우리는 오카쿠라의 한국시가 담론(1893)을 발견할 수 있다. 또한 오카쿠라 역시 파리외방전교회 또한 미국외교관이자 의료선교사였던 알렌(Herace Newton Allen, 1858~1932)의 업적을 자신과 동시기의 주요한 한국문학 관련 논저로 인식하고 있었다.

쿠랑의 저술이 지닌 또 다른 미덕은 그의 저술이 사실 이후 유럽의 동양학자보다는 한국의 개신교 선교사나 한국주재 일본인 학술단체의 한국학에 상당한 영향력을 끼쳤다는 측면이다. 특히 『한국서지』에 수록된 「서론(introduction)」의 경우, 번역빈도 및 사례를 감안해보면 그 영향력은 오히려 저술 그 자체보다 큰 것이었다. 『한국서지』 1~3권이 출판된 이후 바로 이 저술에 대한 서평이자 부분적인 번역이 1897년 *The Korean Repository*에 실렸고, 1901년 게일 역시 「서론」의 일부분을 번역한 바 있다.[19] 한국주재 일본인 민간학술단체에서도 사정은 동일했다. 아사미 린타로(淺見倫太郎, 1869~1943)의 번역본을 통해 쿠랑의 「서론」은 유통되었기 때문이다. 아사미 린타로의 원고는 조선총독부 독서회에서 강연되고 『조선예문지』라는 제명으로 1912년 출판된 바 있었다.[20] 러시아대장성이 출판한 『한국지』에도 쿠랑의 「서론」이 집성되어 있다. 비록 완역의 형태는 아니었지만, 당시로 본다면 「서론」 전반의 내용 중 그들이 생각한 가장 중요한 핵심내용을

---

19) A. H. Kenmure, "Bobliographie Coréene," *The Korean Repository* Ⅳ, 1897 ; J. S. Gale, "Introduction of the Chinese into Korea," *The Korea Review* Ⅰ, 1901 ; J. S. Gale, "The Ni-T'u," *The Korea Review* Ⅰ, 1901.

20) 모리스 쿠랑 『한국서지』 「서론」의 완역본인 小倉親雄, 「(モーリスクーラン)朝鮮書誌序論」, 『挿畵』, 1941에 수록된 「譯註者小言」과 「譯註者 後期」를 통해 이러한 사정을 알 수 있다.

잘 간추려 제시했으며, 1900년 이전 개신교선교사의 한국학 논저 일부를 함께 포괄했다. 이러한『한국지』의 자료선택 및 발췌번역을 통해서 우리는 서구의 학술네트워크에서 유통되는 한국시가론의 양태를 고찰할 수 있으며, 한국의 시가가 문학이라는 서구적이며 근대적인 지식으로 공유·전유·재편될 때 발생하는 여러 문제점들을 살펴볼 수 있다.

더불어 쿠랑이 보여준 한국학 연구의 행보가『한국서지』의 출간 이후에도 멈추지 않고 오히려 더욱 활발했던 사정을 주목할 필요가 있다. 그는 러시아대장성의『한국지』뿐만 아니라, 개신교선교사의 영미정기간행물(The Korean Repository, The Korea Review, The Transactions of the Korea Branch of Royal Asiatic Society)을 주시했다. 물론 쿠랑이 플랑시에게 보낸 서한을 펼쳐보면, 그의 새로운 한국학 논저 집필을 향한 염원은 을사늑약 이전의 서한을 통해서 발견할 수 있을 뿐이다. 1910년대 이후 쿠랑의 서한에서 한국은 추억의 장소일 뿐이며, 새로운 학술적 연구의 대상은 아니었다. 나아가 1919년을 전후로 한 그의 서한을 보면, 한국에 관한 추억 역시 희미해져 가고 있는 것처럼 보이기도 한다.

우리는 1905년 이전 쿠랑의 초상 혹은 그의 저술을 오카쿠라, 쿠랑, 러시아 대장성의 한국시가 담론을 고찰한 글의 화두로 배치했다. 그 이유는 첫째, 한국의 문호개방 이후부터 대한제국의 멸망이라는 사건 사이에 형성·유통되고 있던 한국학의 양상을 제시하기 위해서이다. 둘째, 각 시기 쿠랑이 보여준 한국학 연구의 수행적 맥락을 함께 보여주기 위해서이다. 이러한 쿠랑의 초상과 더불어 우리가 1부에서 고찰할 세부 내용의 개요를 정리해보면 아래와 같다.

## 1) 한국시가집의 발견과 시조의 번역

우리의 책 1장에서는 오카쿠라가 1893년『哲學雜誌』8권 74~75호에 게재한 한국문학론(「朝鮮の文學」)을 고찰할 것이다. 쿠랑이 참조한 19세기 말

대표적인 외국인의 한국문학 논저라 할 수 있는 오카쿠라의 논문이 지닌 당대의 학술사적 의미를 조망해볼 것인데, 특히 그의 문학론이 지닌 다음과 같은 세 가지 특징을 주목해볼 것이다.

> ① 서구적 문예물 혹은 국민문학이라는 기준에서 바라본다면 부족한 한국 국문문학의 현황을 기술한 '한국문학부재론'이라는 성격을 지니고 있다는 점.
> ② 19세기 말 고소설 출판·유통문화, 그 중에서도 한국의 세책문화를 증언해준 자료라는 점.
> ③ 고소설 혹은 설화를 번역하거나 살핀 다른 한국문학 논저들과 달리 『남훈태평가』라는 '한국의 국문시가'를 거론하고 있다는 차별성을 지닌 논저라는 점.

①과 관련하여, 그가 제시한 '한국문학부재론'이 그만의 독창적인 견해가 아니라 19세기 서구인의 한국문학론에서 발견할 수 있는 통념적인 논의였던 사실을 고찰해볼 것이다. 더불어 19세기 외국인의 한국문학론과 다른 오카쿠라의 한국문학론이 지닌 변별성을 조명해 볼 것이다. 이와 관련하여 한국의 일본어 교사로 왔던 그의 이력이 잘 보여주듯, 그의 한국문학론과 당시 한국을 체험했던 외국인들 간의 공유점이 바로 ②라는 사실을 주목해 볼 것이다. 이 점이 한국을 체험하지 못했던 외국인과의 차별점이라는 사실을 논해보도록 할 것이다.

③과 관련하여, 오카쿠라 본인이 자신의 논문이 시조창 가집 『남훈태평가』를 외국에 최초로 소개한 사례였고 당시로서는 한국(국문)시가라는 한국문학의 새로운 영역을 개척한 논의라는 점을 밝힌 바를 주목해볼 것이다. 이러한 그의 인식의 저변에는 파리외방전교회, 알렌 등의 저술이 있었고, 이 저술의 존재를 그가 분명히 인식하고 있었던 사실을 살펴볼 것이다. 이를 바탕으로 오카쿠라 한국문학론의 가장 큰 특징이라고 할 수 있

는 그의 한국시가론과 함께 시조창 가집 『남훈태평가』 소재 시조 6수에 대한 그의 역주(譯註)작업이 지닌 의미와 가치를 규명해볼 것이다.

### 2) 한국시가문학의 집성과 '문학텍스트'로서의 고시가

이 책의 2장에서는 모리스 쿠랑(Maurice Courant, 1865~1935)의 저서 『한국서지』(1894)에 기록된 한국시가 관련 서술을 고찰할 것이다. 『한국서지』를 통해 살필 수 있는 그의 한국시가 담론과 관련하여 주목할 내용은 다음과 같다.

> ① 쿠랑의 『한국서지』는 한국의 시가문학을 중국시가/ 한국에서 작성된 중국시가/ 국문시가로 유형화함으로써 한국시가 문학의 전체상을 조망하고자 하는 목적에서 서술되고 있다는 점.
> ② 한국시가문학의 유형 가운데 '국문시가'에 특히 의미를 부여하고, 그를 한국의 대표적인 국민문학으로 소환하여 문학 텍스트로서의 국문시가의 문학적 탐구를 수행하고자 했다는 점.

따라서 본 장에서는 쿠랑이 『한국서지』를 통해 한국의 시가문학 관련 문헌 서지를 수집, 정리한 방식에 대한 고찰을 통해 그가 조사한 한국, 서양, 동양 논저의 실상을 살피고, ①과 같이 한국시가 문학의 전체를 집성하고자 했던 면모를 살펴볼 것이다. 따라서 그가 한국에서 출판된 중국시와 한국인의 한문시가, 국문시가 총 세 가지 영역으로 한국시가문학을 유형화 한 양상을 그가 참조한 자료의 실상을 토대로 검토해 볼 것이다. 이에 『대동운부군옥』을 비롯한 한국인, 서양인의 저술을 토대로 쿠랑이 중국시와 한국인의 한문시가의 존재양상을 서술한 면모와 아울러 이와 같이 특별한 저술이 부재한 상황에서 현지 조사와 한국인의 구술 증언을 토대로 국문시가의 존재양상을 서술한 면모의 의의를 상세히 살펴보고자 한다.

특히 ②와 관련하여, 쿠랑이 중국시와 한국인의 한문시가와 달리 국문시가의 경우, 별도의 텍스트 번역 작업을 수행함으로써 국문시가 작품에 특별한 의미를 부여하고 있는 모습에 주목하여 그 의미를 고찰하고자 한다. 국문이 표상하고 있는 한국의 고유성에 주목하여 그 국문시가에 문학적 가치를 부여하고, 문학텍스트로서의 국문시가의 특성-국문시가 장르명칭에 대한 언급, 율격 모색을 위한 시도-을 고찰하고자 했던 면모를 살펴보고자 하는 것이다. 이를 통해 비록 쿠랑의 노력이 결과적으로는 '문학'이라는 서구의 근대적 지식과 음악과 미분화된 형태의 '시가'라는 한국 국문시가 사이의 균열로 말미암아 일정한 한계점을 노정하고 있는 것이었지만, 한국의 한문시가와 국문시가를 토대로 한 한국시가문학의 전체상의 구상과 그리고 그것의 문학적 가치의 발견이라는 점에서 지니는 문학사적 의의를 짐작해 볼 수 있을 것이다.

### 3) 한국시가론의 유통과 학술네트워크

이 책의 3장에서는 러시아 대장성의 『한국지(Описание Кореи)』(1900) 소재 한국시가 관련 기록물을 중심으로 그에 반영된 19세기 말 외국인의 한국문학론의 양상을 고찰하고자 한다. 특히 1장에서 고찰할 오카쿠가 요시사부로의 논저와 2장에서 고찰할 쿠랑의 논저를 본 장의 연구 대상인 『한국지』와 함께 살펴봄으로써, 재외의 공간에서 출현한 이상의 시가관련 기록물들이 '문학'이라는 지식의 유통과 공유라는 측면에서 어떠한 연관성을 지니는지를 고찰할 것이다. 『한국지』에 새겨진 한국시가론의 유통과 학술네트워크의 일면을 고찰하기 위하여 주목할 내용은 다음과 같다.

① 『한국지』가 인용한 다수의 외국인의 한국 문학론 가운데 특히 쿠랑의 『한국서지』 「서론」(1894)이 그 서술의 기반이라 할 수 있을 만큼 가장 큰 영향력을 미치고 있다는 점.

② 『한국지』의 한국시가론의 유통과 학술네트워크에 대한 논의를 위해서는 반드시 외국인의 한국시가론의 시원이자 쿠랑의 중요한 참조문헌이었던 오카쿠라의 논저(1893)와의 관련성을 살펴볼 필요가 있다는 점.

③ 『한국지』가 참조했던 개신교 선교사 헐버트의 시가론(1896)과의 대비를 통해, 오카쿠라·쿠랑, 『한국지』의 한국시가론이 지닌 의미를 살펴보아야 한다는 점.

따라서 『한국지』가 인용하고 있는 다수의 한국 문학론에 대한 정리를 통해 즉, 이 저술에 집성된 외국인 한국 문학론의 중심기조를 살피는 과정을 통해 ①에서 언급된 바와 같이 쿠랑의 저술이 그에 미친 영향력을 고찰할 것이다. 아울러 쿠랑의 저술에 있어 중요한 참조가 되었던 논저이자 쿠랑의 논의와 함께 한국시가론의 시원의 위치에 놓여있다고 할 수 있는 오카쿠라 요시사부로의 한국 문학론(시가론)에 대한 고찰(②)도 수행해 볼 것이다. 이를 통해 『한국지』에 반영되지 않은 쿠랑과 오카쿠라 논저의 내용을 살펴보고, 『한국지』가 한국의 시가문학을 소환하는 방식의 특징을 고찰할 것이다.

그리고 나아가 『한국지』에서 배제된 개신교 선교사들의 시가번역 및 시가론의 문제와 더불어 그 중에 유일하게 반영된 헐버트의 논저(1896)의 특징을 살펴보고자 한다. 특히 『한국지』가 인용하고 있는 헐버트 논의의 일부분과 동시에 반영하지 않은 논저에 대한 고찰을 통해 쿠랑과 오카쿠라가 살피지 못한 한국시가문학의 모습이 담겨져 있는 헐버트의 한국 문학론의 특징을 살펴보고자 한다. 이를 통해 『한국지』가 지향했던 한국시가론의 의의와 '문학'이라는 근대 지식 개념의 범주 위에서 소환된 한국시가의 특징과 그 지식의 학술적 유통의 일면을 고찰할 수 있을 것이다.

## 3. 게일과 한국 개신교 선교사의 한국시가 담론 :

### 시조의 근대적 재편과 내지인의 관점

우리가 2부에서 고찰할 연구대상은 1895~1922년 사이 한국 개신교 선교사의 한국시가 담론이다. 또한 2부에서 집중적으로 살펴볼 인물은 한국 개신교 선교사 게일이며 특히, 그의 미간행 유고 속에 수록된 한국시가 담론이다. 재외 외국인과는 다른 한국 개신교 선교사의 한국시가 담론이 지닌 특징인 '내지인의 관점', 게일이 보여주는 시조 장르 및 시가어 인식의 변모양상, 한국 근대지식인 육당 최남선(六堂 崔南善, 1890~1957)의 한국시가 담론과의 접점을 조명해볼 것이다. 한국시가를 재외 외국인과는 달리 '내지인의 관점'이라는 시각에서 접근한 한국 개신교 선교사 게일의 한국시가 담론, 또한 1910년대 이후 시조의 근대적 재편과정과 한국 근대지식인의 한국시가 담론이 공존하던 당시의 현장을 묘사해 보고자 한다.

한국 개신교 선교사의 한국시가 담론은 우리가 1부에서 살펴본 재외 외국인의 한국시가 담론과 학술적인 차원에서 비교해본다면, 사실 매우 비전문적인 수준의 논의라고 평가할 수 있다. 특히, 제국의 동양학 아카데미에서 어학적이며 지적인 훈련을 받은 유럽 동양학자의 동시기적 성과들과 비교해볼 때, 이러한 사정은 더욱 더 눈에 띈다. 그렇지만 한국 개신교 선교사들이 자신의 입장을 논리화한 방식인 '내지인의 관점'은 근대 지식 혹은 학술적인 차원으로 한정되지 않는 새로운 고찰의 지점을 제시해 준다.[21]

그렇다면 '내지인의 관점'이라는 무엇인가? 이는 우리의 책에서 창조한 학술개념이 아니다. 왜냐하면 한국 개신교 선교사의 저술에서 '내지인의

---

21) 이하 이에 대한 주요한 입론은 이상현, 『한국 고전번역가의 초상, 게일의 고전학 담론과 고소설 번역의 지평』, 소명출판, 2013, 47~86면에 바탕을 둔 것이다.

관점'이라는 수사이자 논리를 발견하는 것은 그리 어렵지 않기 때문이다. 알렌이 한국의 설화와 고소설을 번역하여 출판한 저술(1889)의 「서문」은 이러한 지향점을 아래와 같이 잘 보여준다.

> 내가 이 책을 쓰는 목적은 한국인이 반미개인이라는 다소 강하게 남아있는 잘못된 인상을 고치는 곳에 있다. 그리고 나는 이 목적을 달성하기 위해서 한국 사람들의 생각, 삶, 풍속을 그들의 **구전설화**(native lore)로 보여주는 것이 가장 효과적인 방법이라고 믿기에, 특별히 엄선된 작품이 아니라 삶의 다양한 국면을 보여주는 작품들을 번역한 것이다.22)

알렌은 한국의 실상을 깊이 알지 못하는 서구인의 '한국인=반미개인'이라는 편견을 고치기 위해, 설화집을 편찬했다고 자신의 저술 목적을 밝혔다. 요컨대, 그는 가축과도 같은 미개한 야만인이자 심지어는 식인종으로까지 규정되는 한국인들의 또 다른 모습을 제시해보고자 했다. 또한 이는 그의 개인적인 사견이 아니라, 어디까지나 한국인들의 목소리이자 구전설화, 고소설 작품에 의거한 것이었다. 물론 이는 한국에 대한 서구인의 지극히 부정적인 언급과 비교해볼 때, 단지 상대적으로 한국의 긍정적인 잠재력을 서술하는 것으로 보일 수도 있다.

하지만 알렌을 비롯한 한국 개신교 선교사들이 이러한 언급을 할 수 있었던 까닭은 그들이 놓인 실제의 특수한 입장과 관점에 의거한 것이기도 했다. 이 점을 명확히 제시한 인물이 바로 헐버트이다.23) 이를 거칠게 요약하자면 한국 개신교 선교사들의 입장과 견해는 "우연한 기회에 한국을 방문한 여행가들의 피상적인 견해"와는 다른 것이었다. 그들의 논의는 오

---

22) H. N. Allen, *Korean Tales-Being a Collection of Stories Translated from the Korean Folk Lore*, New York & London : The Nickerbocker Press., 1889, p. 3.

23) H. B. Hulbert, 신복룡 역, 『대한제국멸망사』, 집문당, 2006, 17면, 33면(*The Passing of Korea*(1906)).

랜 시간 한국, 한국인과의 생활 속에서 생산한 "비유적으로나 문자 그대
로 내지인의 지식"이었기 때문이다. 즉, 그들의 논리의 밑바탕에는 오랜
시간 한국을 체험한 그들의 체험이 놓여 있었으며, 그들은 이러한 논리를
통해 한국을 변호하며 그들이 보기에 진정한 한국의 모습을 묘사하고자
했던 것이다.24)

이와 더불어 근대 초기 서양인의 한국문학 담론에 있어서 한국 개신교
선교사가 차지하고 있는 비중이 매우 크다는 사실을 주목할 필요가 있다.
서구인의 동양학 관계 서목에서 한국문학이 하나의 독립적인 주제항목으
로 수록된 서적은 1928년경에 출현한다.25) 1906~1926년 사이의 서구인
논저 서목을 집성한 이 책에서 한국문학 관련 문헌서지는 총 22종인데, 이
중에서 개신교 선교사 관련 저술은 14편을 점하고 있었다. 나아가 이 서
목의 조사기간과 그 대상 자료에는 한국 개신교 선교사가 출판한 중요한
영미 정기간행물이 누락되어 있음을 감안할 때, 그 비중은 더욱 더 큰 것
이었다.26) 또한 한국의 개신교 선교사들의 공적은 한국문학론의 생산이
아니라 한국의 구술문화 및 문학에 관한 가장 중요한 매개자였던 점에 있
다. 알렌의 서문이 말해주듯, 한국문학 작품의 번역은 있는 그대로의 한국
인을 보여줄 가장 훌륭한 전략이자 방식이었기 때문이다.

물론 한국 개신교 선교사와 한국인 사이에는 관찰자와 관찰대상이라는
'객관적 거리'가 분명히 존재했다. 그렇지만 한국 개신교 선교사들은 한국
을 공감하고 이해하고자 노력했다. 나아가 한국인을 위해 한국어로 그들

---

24) A. Schmid, 「오리엔탈 식민주의의 도전 : Anglo-American 비판의 한계」, 『역사문제연구』
12, 역사문제연구소, 2004, 168면 ; 류대영, 『초기 미국선교사 연구』, 한국기독교연구소,
2001, 175-197면.

25) O. Nachod, *Bibliography of the Japanese Empire*, London : E. Goldston, 1928, pp. 689-690.

26) 예컨대, *The Korean Repository*(1892, 1895-1899)와 *The Korea Magazine*(1917-1919) 잡지 2
종 자체가 누락된 셈이며, *The Korea Review*의 경우에도 1901-1905년에 발행분들이 빠진
셈이다.

의 선교 사업을 펼쳐야 했던 그들의 입장과 처지는 재외 외국인과는 가장 큰 변별의 지점이었다. 이 점은 게일이라는 인물 또한 그의 한국시가 담론에도 공유되는 바이다. 게일은 근대초기 영미권 최초로 한국의 시조를 번역·소개했으며 당시 가장 많은 수의 시조를 번역한 인물이다. 따라서 한국 개신교 선교사의 한국시가 담론을 고찰함에 있어, 매우 중요한 인물이라고 볼 수 있다. 이러한 중요성으로 말미암아, 이미 선행연구를 통하여 게일의 영역시조 전반에 대한 저본 및 번역양상, 그 기반이 되는 그의 중요한 한국학 논저들이 함께 조명된 바 있다.

예컨대, *The Korean Repository* 소재 게일의 영역시조와 그의 초기 문학론이 최근 한국문학 전공자들에게 주목받았다. 또한 이 잡지에 수록된 영역시조의 저본 확정 및 작품 편제에 관한 고찰이 이루어졌다.27) 뿐만 아니라 게일의 초기 영역시조와 그의 문학론을 살피는 방향에서 그 고찰의 범주를 점차 넓혀, 게일 시조 영역 전반을 집성한 연구성과도 제출되었고,28) 게일의 새로운 영역시조와 함께 그가 과거 번역했던 영역시조가 여러 저술(*Korean Sketches*(1898) ; *The Korea Bookman*(1922.6); "A History of the Korean People," *The Korea Mission Field*(1924~1926))들에 재수록되는 양상과 그에 따라 달라지는 영역시의 형식과 번역의 의미맥락도 상세히 규명된 바 있다.29) 하지만 여전히 게일의 영역시조에 대한 추가적인 고찰의 지점

27) 김승우, 『19세기 서구인들이 인식한 한국의 시와 노래』, 소명출판, 2014, 4-5장. ; 송민규, 「『The Korean Repository』에 소개된 ODE 연구」, *Journal of Korean Culture* 22, 한국어문학 국제학술포럼, 2013 ; 송민규, 「『The Korean Repository』에 소개된 LOVE SONG 연구」, 『현대문학이론연구』 52, 현대문학이론학회, 2013 ; 송민규, 「『The Korean Repository』에 소개된 SONG 연구」, *Comparative Korean Studies* 21(1), 국제비교한국학회, 2013.

28) 신은경은 기존의 선행성과를 기반으로, 지금까지 출판물 속 게일 시조영역 전반("A Reception Aesthetic Study on Sijo in English Translation - The Case of James S. Gale," *Seoul Journal Of Korean Studies* 26, 2013)에 대한 검토를 수행했다.

29) 강혜정은 그의 박사학위 논문(「20세기 전반기 고시조 영역의 전개양상」, 고려대 박사학위논문, 2013)을 통해 근대초기 한국의 시조영역 전반을 집성·검토한 성과를 학계에 제출했으며, 게일의 『남훈태평가』 소재 시조작품에 대한 1~3차 번역과정과 각 번역시기가

이 남겨져 있다.

게일의 한국시가 담론 자체를 본격적으로 고찰한 연구는 아니지만, 유영식의 저술과 로스 킹(Ross King)의 논문은 여기에도 적용시켜 볼만한 유효한 시사점을 제공해 준다.30) 무엇보다 두 사람이 제시해준 그간 볼 수 없었던 게일의 서간 및 미간행 자료, 『게일유고(James Scarth Gale Papers)』 소재 『일지(Diary)』의 존재가 잘 말해주듯이, 우리가 검토할 자료적 지평은 출판된 게일의 저술로만 한정될 수 없으며, 미간행 영역시조가 있다. 이 책에서는 『朝鮮筆景(Pen-picture of Old Korea)』(1912)과 『일지』에 수록된 게일의 영역시조를 살펴보고자 한다.

비록 이 미간행 유고는 1910년대 이후에 기록된 것이며, 외국 및 한국의 지식인에게 유통된 것이 아니다. 하지만 이 자료는 우리가 고찰하고자 하는 시대범위를 충분히 포괄해 줄 수 있다. 시기적으로 본다면, 그가 『남훈태평가』 소재 시조에 대한 번역물을 권두시로 선보인 1895년 4월 The Korean Repository부터 『남훈태평가』라는 가집 그 자체를 소개한 1922년 The Korea Bookman에 수록된 게일의 한국시가 담론과도 긴밀히 관련되기 때문이다.31) 따라서 이러한 고찰을 통해 우리는 유럽 동양학자, 한국개신교선교사, 한국 근대지식인의 한국시가 담론이 지닌 계보와 그 상관관계를 조명해 볼 수 있는 것이다.

우리는 먼저 게일의 한국시가 담론의 연원이자 그 논리, '내지인의 관점'에 대해 살펴볼 것이다. 『조선필경』에 수록된 그의 영역시조의 연원이 1890년대 게일의 원산에서의 선교사역과 The Korean Repository 소재 영

---

지닌 맥락을 짚어준 바 있다.

30) 유영식, 『착호 목쟈 게일의 삶과 선교』1~2, 도서출판 진흥, 2012 ; R. King, "James Scarth Gale, Korean Literature in Hanmun, and Korean Books," 서울대 규장각한국학연구원 편, 『해외 한국본 고문헌 자료의 탐색과 검토』, 삼경문화사, 2012.

31) J. S. Gale, "Ode on Filial Piety," The Korean Repository Ⅱ, 1895. 4 ; J. S. Gale, "Korean Song," The Korea Bookman 1922. 6.

역시조 및 문학론과 긴밀히 관련되며, 이 속에는 한국 개신교 선교사로의 그의 정체성이 잘 반영되어 있는 사실을 조명해볼 것이다. 둘째, 게일이 보여준 시조 장르 및 시가어 인식의 변모양상을 주목해 볼 것이며, 이러한 그의 인식의 변모는 시조의 근대적 재편과정에 조응되는 것이라는 가설을 제기할 것이다. 마지막으로 한국의 근대지식인 육당 최남선(六堂 崔南善, 1890~1957)과 게일 두 사람의 한국시가 담론의 공유/변별점을 고찰하며 우리의 가설을 점검할 것이다. 2부의 각 장에서 살펴볼 내용을 간추려보면 아래와 같다.

### 1) 개신교 선교사의 시조번역과 '내지인의 관점'

이 책의 4장에서는 게일의 『朝鮮筆景(Pen-picture of Old Korea)』(1912)에 수록된 영역시조를 고찰하고자 한다. 캐나다 토론토대 '토마스피셔 희귀본 장서실'에 보관된 미간행 책자형 자료인 『朝鮮筆景』에는 '한국의 시가' (Korean Songs and Verses)라는 제목 하에 총 18수의 영역시가가 그 중에서도 시조의 경우 『남훈태평가』 소재 작품 총 17수가 번역되어 수록되어 있음을 살필 수 있다. 본 장에서는 『朝鮮筆景』 소재 영역 시조의 수록 양상과 번역상의 특징을 살피고 그에 반영된 내지인의 관점을 조망하고자 하는데, 특히 다음과 같은 사실에 주목하여 논의를 이끌어 가고자 한다.

> ① 『朝鮮筆景』에 수록된 영역시조에는 그 이전(The Korean Repository)에 진행된 게일의 시조 영역과는 달라진 문학담론이 반영되어 있다는 점.
> ② 『朝鮮筆景』 영역시조에는 게일이 개신교 선교사의 입장에서 오랜 시간 한국을 체험하며 체득하게 된 '내지인=한국인'이라는 입장에서 한국의 시가문학을 이해하고자 했던 게일의 지향점이 투영되어 있다는 점.

①과 관련하여『朝鮮筆景』에 수록된 게일의 영역시조를 재수록/초출 작품으로 나누어 보고, 그 번역 및 수록 양상의 특징을 고찰하고자 한다. 특히 게일이『朝鮮筆景』에 재수록하고 있는 영역시조가 The Korean Repository 소재 작품임에 주목하여 이들이 서로 연속성 위에 놓여있다는 전제 위에서 재수록 영역 시조 작품의 양상과 재번역 양상의 특징을 살펴보고자 한다. 그러한 논의를 통하여『朝鮮筆景』에는 게일이 이전의 시조 번역 작업에서 보여주지 않았던 변별된 문학담론, 특히 음악적 담론이 소거된 형태의 시조의 문학적 담론에 주목하고 있는 면모를 고찰하고자 한다. 아울러 당대의 다른 외국인들의 문학론과의 비교 검토를 통하여 게일을 비롯한 개신교 선교사들의 한국 문학 담론이 지닌 가치를 살펴볼 것이다.

또한『朝鮮筆景』영역시조의 창작연원에 대한 고찰과 동시에「문학에 관한 片言」(1895.11)을 살펴봄으로써 게일이 내지인이자 한국인이자 번역자의 입장에서 작품의 형상을 재현해 내고자 했던 면모를 고찰할 것이다. 특히 후자에서 살필 수 있는 음악과 회화의 복합체로서의 한국의 시조를 해외에 소개하고자 했던 그의 실험은 그가 경험했던 옛 조선의 형상을 재현해 내고자 했던 시도였음에 주목하여 그 가치와 의의를 살펴보고자 한다.

## 2) 시가어의 재편과정과 번역

5장에서는『게일 유고(James Scarth Gale Papers)』소재 영역시조(1912~1921)를 고찰하고자 한다. 그의 미간행 영역시조인『朝鮮筆景』과『일지』에 수록된 영역시조의 특징을 살피는 한편, 그 이전의 출판물에 수록된 영역시조를 함께 논의함으로써 그를 통해 게일의 한국시가에 대한 담론이 변모하는 양상을 살펴보고자 하는 것이다. 이를 위하여 본 장에서 주목하는 바는 다음과 같다.

① 『朝鮮筆景』 소재 영역시조를 통해 시조 장르가 음악에서 문학으로 재편되는 면모를 살필 수 있다는 점.

② 『朝鮮筆景』, 『일지』 수록 영역시조와 1922년 이전 게일의 출판물에 수록한 영역시조의 전반적인 흐름을 함께 살펴보면, 게일의 시조 번역에 변화가 일어난 기점으로 『일지』를 지적할 수 있다는 점.

③ 『일지』 소재 영역시조를 통해 시가어-시조의 언어가 구어에서 문학어로 재편되는 면모를 살필 수 있다는 점.

①과 관련하여 그가 1912년 6월 서울에서 작성한 『朝鮮筆景』의 「서문(Preface)」의 내용을 고찰하고자 한다. 그를 통해 1910년대를 전후로 급격히 변모되기 이전의 조선, 즉 과거 게일이 경험했던 옛 조선의 모습과 그 형상 속에 존재하는 『남훈태평가』 소재 시조작품들의 모습을 짐작할 수 있을 것이다. 또한 『朝鮮筆景』 소재 영역시조를 표제화하는 방식에 대한 고찰을 통하여, 이전의 출판물에서 그가 시조를 명명했던 방식과 『朝鮮筆景』의 경우의 차이점을 통해 게일의 시조 장르에 대한 문학적 인식이 변모한 모습을 살펴보고자 한다.

또한 ②에 대한 논의를 위하여 게일의 간행, 미간행 영역시조 자료들을 함께 살피고, 시조의 기록순서에 따라 그 전반적인 흐름을 살펴보고자 한다. 마지막으로 ③과 관련하여 『일지』에 수록된 42편의 영역시조를 게일의 다른 저술들과의 대비를 통해 수록양상을 정리하고, 『남훈태평가』 소재 시조 작품을 선별하는 방식이 이전과 달라진 부분을 고찰하고자 한다. 아울러 『일지』에서 시조를 영역하는 과정에서 그가 부연한 기록을 살펴봄으로써 시조 속에 나타난 전고들에 대한 그의 주해작업이 지니는 의미를 고찰하고자 한다. 이를 통해 게일이 시조를 문학텍스트로서의 운문 그 자체로, 그리고 시조를 구성하는 한자어 문맥들을 문학어로 풀이하고자 했던 면모를 살필 수 있을 것이라 기대한다.

### 3) 고시조 소환의 주체, 고시조 담론의 지평

이 책의 마지막 장이자 닫는 글에서는 게일의 한국시가 담론과 육당 최남선(六堂 崔南善, 1890~1957)의 조선 시가 담론의 접점을 모색해 보고자 한다. 이를 위해 1910년을 전후한 시기에 이루어진 게일의 영역시조 및 문학론을 비롯하여 최남선의 시조관련 활동의 특징을 함께 고찰해 보고자 한다. 1910년대를 기점으로 한 이들의 시조와 관련한 문학 활동이 지니는 의미와 그로 인하여 문학담론의 변화가 이루어지는 지점에 대한 모색을 위하여 본 장에서 주목하는 바는 다음과 같다.

> ① 게일과 최남선은 그들이 활동했던 당대에까지 창작 향유되었던
> 시조를 '근대성'을 담보로 한 당대의 문학장을 기준으로 옛 것과
> 새 것으로 구분 짓고, 옛 것에 해당하는 텍스트를 '고시조'로 인식
> 하였다는 점.
> ② 최남선과 게일이 행한 시조 관련 활동들은 시조를 조선의 문학의
> 일부분으로 대상화함으로써 근대 지식의 한 분과로 범주화하는
> 작업이자, 고전으로 인식하고 정립시키고자 하는 예비적 작업이
> 었다는 점.
> ③ 게일과 최남선은 서로 다른 담론 층위에서 시조를 대상화 하였기
> 에 시조에 대한 공통되는 담론을 공유함과 동시에 변별되는 담론
> 을 지니고 있다는 점.

①과 관련하여 『게일유고』 소재 『朝鮮筆景』과 『일지』에 기록된 게일의 시조에 대한 기록과 잡지 『소년』을 통해 최초로 시조를 소환하여 제시한 최남선의 시조 관련 저술을 함께 고찰하고자 한다. 이를 통해 1910년대를 전후한 조선 사회의 급박한 변화는 문학장에 있어서도 다름없었고, 이에 문학을 당대의 것과 당대 이전의 것, 즉 현재와 과거의 문학으로 구분 짓는 작업을 시도한 그들의 문학담론을 살필 수 있을 것이라 생각한다.

또한 ②와 관련하여 게일의 『朝鮮筆景』과 『일지』의 시조 번역의 특징과 더불어 최남선의 시조 관련 논저 「朝鮮 國民文學으로의 時調」, 「時調 胎盤으로의 朝鮮民性과 民俗」(1926)을 함께 고찰함으로써 시조는 각각 한국의(혹은 조선의) 문학으로, 국문학으로서의 가치를 지닌 근대적 지식으로 범주화 하고자 했던 각각의 노력을 살펴보고자 한다. 아울러 ③과 관련하여 게일이 서구인을 위시한 외국인들의 한국학 학술 네트워크 속에서 조선의 시가문학인 시조를 소개하고 관련 이론을 개진하였다면, 최남선은 조선의 그리고 조선인, 조선 지식인들의 학술 네트워크 속에서 시조를 소환하고, 정리·재편하였다는 점에서 교집합은 물론, 변별되는 지점이 놓여있다는 사실을 염두에 두고 그 의미를 고찰하고자 한다. 이처럼 우리는 1910년대 조선과 서양의 근대 지식인의 시조 관련 활동들을 고찰함으로써 근대 학술 담론 위에서 논의된 시조의 다양한 존재양상을 살필 수 있을 것이라 기대한다.


## 나오며 : 묻혀진 한국시가사와 학술사의 복원을 위하여

지금까지 우리는 이 책에서 이야기하고자 하는 내용 전반을 거칠게나마 제시해 본 셈이다. 이를 요약하는 것으로 '외국인의 한국시가 담론 연구를 위한 예비적 고찰'을 마무리해보도록 한다. 우리가 이 책에서 살필 '외국인의 한국시가 담론'이란 19세기 말~20세기 초 외국인들이 한국시가를 통해 한국에 관한 근대 지식을 생산하고자 했던 활동 전반을 지칭한다. 즉, 이 책에서는 외국인들이 가집에 대한 문헌학적 수집과 조사활동, 시가를 번역했거나 혹은 학술적 논의를 생산한 활동 전반을 포괄하는 용어로 활용하도록 한다. 우리는 이러한 외국인의 한국시가 담론에 대한 탐구를 통해, 19세기 말~20세기 초 묻혀진 한국시가사의 역사와 현장을 고찰해 볼 것이다.

이 역사와 현장은 근대 초기 외국인의 개입으로 말미암아 한국의 문화생태가 변모되고 한국시가가 새롭게 배치된 일종의 통(通)국가적인 지형도라고 말할 수 있다. 이는 한국과 서구문명 혹은 한국시가와 외국인의 접촉이라는 역사적 사건으로 말미암아 생성된 한국시가의 새롭고 한편으로는 다층적인 형상들이 관련된다. 우리는 한국시가가 한국과 한국인 향유자라는 제한된 시공간을 벗어나 일종의 혼종성을 지닌 작품이자 서구문화와는 다른 이문화의 산물, 번역되어야 할 외국문학 혹은 한국 민족을 알기 위해 연구해야 될 대상으로 소환되는 모습을 조명해 볼 것이다.

우리는 한국시가가 놓이게 된 이 새로운 문화생태계의 모습을 조망하기 위해, 19세기 말 거의 동시적으로 출현한 재외 외국인과 한국 개신교 선교사의 한국시가 담론이 지닌 관계망과 그 계보를 추적할 것이다. 특히 우리는 구한말 한국주재 외교관이자 유럽 동양학자 쿠랑과 한국의 개신교 선교사 게일, 두 외국인을 주목해 볼 것이다. 쿠랑을 비롯한 재외 공간에서 출현한 외국인의 한국시가 담론을 고찰하며, 한국시가가 발견되며 그들의 학술네트워크에서 유통되는 양상을 조명할 것이다. 게일로 대표되는 한국개신교 선교사의 한국시가 담론을 탐구하며 그들의 '내지인이라는 관점'을 조명해 볼 것이며 또한 1910년대 이후 시조의 정전화 과정과 한국 근대 지식인과의 접점을 살펴볼 것이다.

이를 통해 우리가 복원하고 싶은 바는 묻혀진 '한국시가사'이자 또한 '한국학술사'의 현장과 역사이다. 그것은 일차적으로 외국인이 한국의 시가와 그 유통현장에 접촉하며 개입하게 된 19세기 말~20세기 초 시가사의 한 국면이기도 하다. 또한 한국시가를 한국문학과 같은 근대 학술분과 영역으로 소환한 학술사의 현장이기도 하다. 즉, 이는 한국의 근대 학술사를 반추해볼 때 우리가 대면하게 되는 사건이자 현상 요컨대, 서구인,

일본인, 한국인이 함께 공존했던 현장이며 또한 서구문명 및 제국 일본을 통한 학술사상 및 개념어의 유입 등과 번역의 과정이다. 이는 근대 민족국가의 일국 중심적인 논리로 인하여 그 역사적 과정의 전개와 역동적 실체가 가리어졌던 하나의 사각(死角)이라고 평가할 수 있다. 우리는 외국인 한국시가 담론 연구를 통하여 이와 같은 복수의 주체와 언어를 그 원천으로 했던 과거 한국학 형성의 역사와 현장, 그 한 단면을 복원해 볼 것이다.

제 1 부

# 재외(在外) 외국인의
# 한국시가 담론 :

## 한국시가의 발견과 한국문학부재론

제1장

# 한국시가집의 발견과 시조의 번역

오카쿠라 요시사부로(岡倉由三郞)의 한국문학론(1893)과 『남훈태평가』

## 들어가며 : 19세기 말 외국인 한국학과 '한국문학부재론'

### 1) 모리스 쿠랑의 『한국서지』와 19세기 말 동양학 학술네트워크

외국인의 한국시가 담론, 혹은 외국인의 한국문학론을 연구하고자 할 때, 우리가 대면해야 될 가장 중요한 서적은 모리스 쿠랑(Maurice Courant, 1865 ~1935)의 『한국서지』(1894~1896, 1901)이다.[1] 무엇보다도 쿠랑의 저술은 19세기 말 한국 서적과 문학의 존재를 알려준 저술이며 동시에 '한국 문헌 자료를 기반으로 하거나 혹은 이를 포괄한 한국학'이라는 새로운 연구 지평을 개척해준 업적이었기 때문이다. 1931년 서구어로 된 한국학 논저 즉, 서구인의 한국학 논저목록을 집성한 원한경(元漢慶, H. H. Underwood, 1890~ 1951)도 이 저술의 중요성을 결코 간과하지 않았다.

원한경은 당시 『한국서지』가 모두가 당연히 알고 있을 "1894년 출현한 기념비"적인 저술이며, 어떤 서구인들도 이루지 못한 업적으로 한국의 삶

---

1) 모리스 쿠랑, 이희재 옮김, 『한국서지』, 일조각, 1997[1994](*Bibliographie Coréenne*, Paris, 1894~1896, 1901(이하 *BC*로 약칭)).

에 새 장을 연 "여러 방면에서 가장 위대한 단일 업적"이라고 고평했다. 또한 쿠랑의 저술에 수록된 「서론(Introduction)」을 "한국의 책들과 문학에 관한 흥미로운 논의"라고 이야기했다.[2] 이처럼 원한경이 쿠랑의 『한국서지』와 별도로 「서론」을 언급해야 했던 이유가 있다. 사실 결과적으로 볼 때 쿠랑의 『한국서지』보다 그의 저술에 수록된 이 「서론」이 한국을 연구한 외국인들에게 더 많은 영향력을 끼쳤기 때문이다.

다니엘 부세(Daniel Bouchez)는 약 170매에 이르는 「서론」이 지닌 당시의 학술적 가치와 가능성을 잘 지적해주었다. 『한국서지』와 이 책에서 제시된 수많은 문헌서지는 일반 독자가 통독해야 하는 대상으로 본다면 그리 적합한 수준이 아니었다. 이는 오히려 아주 제한된 수의 관련 지식인들이 참고해야 하는 전문적이며 학술적인 성격을 지닌 것이었기 때문이다. 19세기 말 한국의 문학을 "그 존재조차 모르고 있는 일반 대중에게 소개하고자 한 저자의 원래 의도를 고려"해 볼 때, "좀 더 무던하고 덜 학문적이며 단숨에" 읽을 수 있는 책이 더 적합한 것이었다. 「서론」은 상대적으로 『한국서지』 보다는 이 점에 훨씬 잘 부합되는 성격을 지닌 것이었으며, 이를 별도로 출판하는 전략은 부세의 지적처럼 매우 효과적이었을 것이다.[3]

물론 쿠랑의 「서론」 역시 당시로 본다면 매우 학술적이며 전문적인 논문이었다. 하지만 이 글은 어디까지나 광대한 한국의 고전세계를 한 편의 논저라는 축소된 형태로 재현해준 것이었다. 따라서 「서론」은 『한국서지』보다 훨씬 더 이른 시점에 한국문학 및 문헌학 분야의 입문서로 주목받았

---

2) H. H. Underwood, "Occidental Literature on Korea," *Transactions of the Korea Branch of Royal Asiatic Society* 20, 1931, p. 11 ; H. H. Underwood, "A partial Bibliography of Occidental Literature on Korea," *Transactions of the Korea Branch of Royal Asiatic Society* 20, 1931, p. 40.

3) 다니엘 부세, 전수연 역, 「한국학의 선구자 모리스 꾸랑(上)」, 『동방학지』 51, 연세대 국학연구원, 1986, 174면[D. Bouchez, "Un défricheur méconnu des études extrême- orientales Maurice Courant," *Journal Asiatique*, Tome CCLXXI, 1983].

고 영어와 일본어, 한국어로 번역된 다수의 사례를 발견할 수 있다.4) 쿠랑의 「서론」은 오늘날에도 유심히 살펴볼 만한 많은 학술적 가치가 여전히 남겨져 있다. 이와 관련하여 빅토르 콜랭드 플랑시(Victor Collin de Plancy, 1853~1922 ; 이하 플랑시로 약칭)에게 보낸 쿠랑의 서한(1892. 6. 17, 중국 베이징)을 주목해볼 필요가 있다.

한국에 관한 유럽 논저들에 대한 주석을 「서론」 안에 넣기로 합의한 것을 기억하실 것입니다. 저는 이 주석을 위한 자료를 가지고 있지 않습니다. 이와 관련된 저작물들을 갖고 있지도 않고, 다만 이와 관련된 약간의 카드만이 있을 뿐입니다. ― 게다가 「서론」을 쓰는 것은 당연히 공사님의 권리입니다. 아마도 공사님께서는 그 「서론」을 준비하시고, 제게 보내주신다면 제가 가진 자료로 「서론」을 보완하도록 하겠습니다. 공사님께서 기꺼이 이 점을 받아주신다면 제가 「서론」을 쓰는 것보다 좀 더 빨리 인쇄에 착수할 수 있을 것입니다. 「서론」에 대해서는 공사님께서 저보다 더 무한한 역량이 있으시다는 것을 강조하여 말씀드립니다. 필요하거나 유익할 것으로 생각되는 주제에 관해 통찰력을 갖추셨고 또한, 공사님께서는 일본과의 흥미로운 비교도 하실 수 있기 때문이죠. 반면에 저는 세부사항들과 문헌들 속에서 갈피를 잡지 못하고 있고요.5)

주지하다시피 플랑시는 본래 『한국서지』의 공동저자였으며, 한국 주재 프랑스 공사를 역임했던 인물이다. 우리는 상기 쿠랑의 서한을 통해, 아직

---

4) A. H. Kenmure, "Bobliographie Coréene," *The Korean Repository* Ⅳ, 1897. pp. 201-206, pp. 258-266 ; J. S. Gale, "Introduction of the Chinese into Korea," *The Korea Review* Ⅰ, 1901, pp. 155-162 ; "The Ni-T'u," *The Korea Review* Ⅰ, 1901, pp. 289-292 ; W. M. Royds, Introduction to Courant's "Bibiliógrapie Coreene," *Transactions of the Korean Branch of the Royal Asiatic Society* 25, 1936 ; 淺見倫太郞, 「朝鮮古書目錄總敍」, 『朝鮮古書目錄』, 京城 : 朝鮮古書刊行會, 1911[『朝鮮總文志』, 朝鮮總督府, 1912] ; 小倉親雄, 「(モーリスクーラン)朝鮮書誌序論」, 『揷畵』, 1941 ; 김수경 역, 『조선문화사서설』, 범장각, 1946 ; 박상규 역, 『한국의 서지와 문화』, 친구문화사, 1974.

5) *PAAP, Collin de Plancy* v.2[마이크로 필름] ; 이하 본문에서 인용시 "일자"로 약칭하도록 하며, 다만 쿠랑이 머문 장소를 강조할 필요가 있을 경우 "일자, 장소"로 표시할 것이다.

그의 「서론」이 집필되기 이전의 모습을 볼 수 있다. 또한 「서론」의 집필을 플랑시에게 부탁하는 모습을 발견할 수 있다. 물론 「서론」의 집필을 마무리한 인물은 쿠랑이었으며, 쿠랑은 그의 「서론」에 대한 플랑시의 칭찬에 감사를 표시했다(1895. 8. 2, 중국 톈진). 하지만 이러한 사실보다 주목해야 할 점은 쿠랑과 플랑시의 기획 그 자체이며, 두 사람이 "한국에 관한 유럽 논저들에 대한 주석을 「서론」 안에 넣기로 합의한" 사실이다. 이 기획은 당연히 쿠랑의 「서론」에 잘 반영되어 있다. 이러한 외국인의 선행연구 업적은 특히 「서론」의 참고문헌에 잘 정리되어 있다.[6] 우리는 이를 통해 그가 한국에 관한 지식을 생산하기 위해 참조한 유럽 동양학의 토대를 살펴볼 수 있다. 또한 우리는 19세기 말 동양학 학술네트워크에서 유통되던 외국인의 한국학, 특히 이 책의 중심적인 고찰대상이라고 말할 수 있는 당시 외국인의 대표적인 한국문학론을 발견할 수 있다.

### 2) 오카쿠라 요시사부로의 한국문학론과 한국문학부재론

쿠랑이 그의 「서론」에서 작성한 참고문헌 목록을 펼쳐보면, 당시 유통되던 외국인의 한국학 논저 목록을 볼 수 있다. 예컨대, 파리외방전교회의 『한불자전』(1880), 『한어문전』(1881), 한국주재 외교관이었던 제임스 스콧(James Scott, 1850~1920)의 영한사전(1891) 등의 한국어학서, 퍼시벌 로엘(Percival Lowell, 1855~1916), 오베르트(Ernst Jakob Oppert, 1832~1903)의 한국견문록이자 민족지, 클로드 샤를 달레(Claude-Charles Dallet, 1829~1878)의 『한국천주교회사』(1874)과 윌리엄 그리피스(William E. Griffis, 1843~1928)의 한국학 단행본, 프랑스 동양학자 레옹드 로니(Léon de ROSNY, 1837~1914)의 한국학 저술 등이 그것이다.

또한 이 참고서지에 정리된 미국 외교관이자 의료 선교사였던 알렌

---

6) 모리스 쿠랑, 이희재 옮김, 앞의 책, 1997[1994], 75-80면(*BC* 1, pp. CXCIX-CCXIII).

(Horace Newton Allen, 1858~1932)이 편찬한 한국설화집(1889), 저명한 일본학자이자 한국에서 영국외교관을 역임했던 애스턴(William George Aston, 1841~1911)의 논문은 이 시기의 대표적인 한국문학 관련 저술이라고 볼 수 있다. 나아가 쿠랑의 이러한 참고논저 목록을 통해 1장에서 우리가 고찰할 매우 흥미로운 일본인의 논문 1편을 발견할 수 있다. 이 논문은 오카쿠라 요시사부로(岡倉由三郎, 1868~1936 ; 이하 '오카쿠라'로 약칭함)가 1893년 『철학잡지(哲學雜誌)』 8권 74-75호에 발표했던 한국문학론(「朝鮮の文學」)이다. 이 글 역시 19세기 말 대표적인 외국인의 한국문학 논저이다. 그리고 이는 고소설 혹은 설화를 번역하거나 살핀 다른 한국문학 논저들과 달리, '한국의 국문시가'를 거론하고 있다는 차별성을 지닌 글이기도 하다.[7] 쿠랑이 오카쿠라의 논문을 참조할 수 있었던 이유는 물론 간단하다. 그가 『한국서지』의 출판 및 인쇄를 준비하던 장소가 바로 일본이었기 때문이다.

물론 오늘날 한국문학 연구자들에게 오카쿠라의 한국문학론은 사실 그리 낯선 글이 아니다. 이 글은 오오타니 모리시게(大谷森繁)에 의해 19세기 말 고소설 출판·유통문화, 그 중에서도 한국의 세책문화를 증언해준 자료로 조명 받아 익히 잘 알려져 있기 때문이다.[8] 하지만 그 전문(全文)이 번역되어 소개된 적이 없었기에 오로지 세책 고소설의 자료로써 참조·인용되었을 뿐이었다. 이에 따라 오카쿠라가 그 글을 통해 한국시가에 대해 논했으며, 아울러 『남훈태평가』 소재 시조를 번역하여 소개한 사실은 잘 알려지지 않은 형편이었다.

그 이유는 무엇일까? 이는 오카쿠라의 논문에서 주로 참조·인용된 부분이 오늘날의 입장에서 본다면, 사실 가장 가치 있는 진술이었기 때문이

---

7) 岡倉由三郎, 「朝鮮の文學」, 『哲學雜誌』 8(74-75), 1893 ; 인용할 때에는 인용한 글의 면수를 별도 각주 없이 본문에 함께 표기하도록 한다. 이하 인용문의 강조 밑줄은 인용자의 것이다.
8) 大谷森繁, 『朝鮮後期 小說讀者研究』, 고려대 민족문화연구원, 1985 ; 大谷森繁, 「조선후기 세책 재론」, 『한국 고소설사의 시각』, 국학자료원, 1996 ; 이윤석·大谷森繁·정명기, 『세책 고소설 연구』, 혜안, 2003.

다. 오카쿠라의 논문은 '19세기 말 한국문학의 현장을 증언하는 자료'로서는 중대한 가치를 지니고 있지만, 한 편의 '문학론'으로 보기에는 미흡한 글이었다. 왜냐하면 그의 논의는 초기의 한국문학론으로 서구적 문예물혹은 국민문학이라는 기준에서 바라본다면, 부족한 한국 국문문학의 현황을 단편적으로 기술하는 수준이었기 때문이다. 요컨대 그 중심 논지와 결론을 살펴보면 당시 한국의 문학장에는 중국고전 중심의 한문문학이 지배적인 위치에 있었고, 국문(언문·한글)은 그에 비해 위상이 낮고 널리 활용되지 못했기에 국민문학이라는 차원에서 이야기할 수 있는 한국의 고유성과 수준 높은 문예미를 보여주는 국문문학이 없다는 것이었다. 이러한 논지는 곧 '한국문학부재론'이라 일컬을 수 있는 담론이었다.

하지만 그의 논문은 마땅히 오늘날이 아니라 당대의 시각에서 그 학술사적 의의를 조망해야 할 논저이다. 사실 이러한 한국문학부재론은 당시 오카쿠라만이 제기한 독창적인 견해는 아니었다. 그 대표적인 사례로 19세기 외국인 한국학 연구 논저에 대한 연구사적 성격을 지닌 그리피스의 저술(1882)을 들 수 있는데, 우리는 오카쿠라의 진술 속에서도 그와 동일한 논리를 살필 수 있다. 또한 그리피스가 참조문헌으로 활용한 당시의 가장 중요한 한국학 자료였던 한국에 온 파리외방전교회 신부들의 서간을 모아 재구성한 샤를 달레의 『한국천주교회사』(1874) 「서설」을 살펴보아도, 이와 같은 논리를 그리 어렵지 않게 발견할 수 있다.[9] 한국문학부재론은 곧 19세기 말 외국인의 한국문학 기록에서 발견할 수 있는 통념이자 통설이었던 셈이다.

즉 오카쿠라의 한국문학론은 국학·조선학으로 통칭되는 한국 근대지식인의 한국문학에 대한 연구가 아니라 외국어로 쓰인 서구인·일본인의

---

9) C. C. Dallet, 안응렬·최석우 역주, 『한국천주교회사』(上), 분도출판사, 1979, 135~138면 (Histoire de L' Eglise de Coree, 1874); W. E. Griffis, 신복룡 옮김, 『은자의 나라, 한국』, 집문당, 1999, 449면(Corea, the hermit nation, 1882).

업적들 속에서 그 위상과 의미를 보다 명백히 밝힐 수 있는 논저인 것이다. 한국이 근대학술의 차원에서 논해지던 19세기 말 한국의 담론공간은 한국의 지식인들뿐만 아니라 서양인, 일본인이라는 연구 주체들의 활동의 장이기도 했기 때문이다. 따라서 한국 및 재외의 공간에서 출현한 '복수의 언어를 원천으로 한 근대초기 한국학'이야말로 오카쿠라의 논문을 살필 수 있는 맥락이다. 이를 통해 우리는 오카쿠라 한국문학론이 지닌 근대 학술사적 의미를 도출해 볼 수 있기 때문이다.

또한 고소설 분야의 선행연구에서 주목받은 측면 즉, 오카쿠라가 19세기 말 한국의 세책문화를 직접 마주할 수 있었고, 이를 상세하게 증언하였다는 사실도 주목할 필요가 있다. 이는 샤를 달레, 그리피스 등에서 보이는 간헐적인 한국문학 관련 기록과 그의 논문 사이의 매우 중요한 차이점이다. 오카쿠라의 한국문학론은 한국의 국문서적이 유통되었던 현장에 대한 증언을 담고 있는 논저로, 한국을 직접 체험한 외국인의 한국문학론이라는 변별점을 지니고 있었던 것이다.[10] 따라서 그의 논문은 개항 이후, 구미의 외교관, 선교사, 외국어 교사들이 한국인, 한국문화를 접촉하고 생산한 연구들 속에서 자리매김할 수 있다. 정리하자면 오카쿠라의 논문은 그가 직접 체험한 19세기 말 한국 사회를 바탕으로 생성된 '한국문학부재론'인 것이다. 나아가 오카쿠라 본인의 자평(自評)처럼, 시조창 가집 『남훈태평가』를 외국에 최초로 소개한 사례였고 당시로서는 한국(국문)시가라는 한국문학의 새로운 영역을 개척한 논의였다.

1장에서는 오카쿠라의 논문이 점하고 있는 이러한 근대 학술사적 위상에 관하여 살펴볼 것이다. 이에 1절에서는 일본 제국대학을 졸업하고 한국의 일본어교사로 왔던 오카쿠라라는 인물에 대해 간략하게 고찰하고,

---

10) 이상현·이은령, 「19세기 말 고소설 유통의 전환과 '민족지'로서의 고소설: 모리스 쿠랑 『한국서지』 한국고소설 관련 기술의 근대 학술사적 의미」, 『비교문학』 32, 한국비교문학회, 2013.

그의 한국문학론과 당시 한국을 체험했던 외국인들의 공유점이 무엇인지를 살펴보도록 할 것이다. 이를 바탕으로 2~3절에서는 그의 논문 전문을 최대한 제시하면서 이에 대한 세밀한 분석을 병행하고자 한다. 특히 2절에서는 오카쿠라의 한국 문학론이 왜 한국문학부재론으로 귀결될 수밖에 없었는지를 고찰해볼 것이다. 더불어 한국을 체험하지 않은 재외 외국인의 한국문학부재론과 오카쿠라의 논의의 변별점이 무엇인지도 살펴볼 것이다. 또한 3절에서는 오카쿠라 한국문학론의 가장 큰 특징이라고 할 수 있는 그의 한국시가론과 함께 시조창 가집『남훈태평가』소재 시조 6수에 대한 그의 역주(譯註)작업이 지닌 의미와 가치를 고찰하도록 할 것이다.

## 1. 19세기 말 외국인 한국학과 오카쿠라 한국문학론의 위상

오카쿠라 요시사부로는 일본의 영어학자로서, 아울러 메이지시대 저명한 '미술사가'이자 '미술교육자'인 오카쿠라 텐신(岡倉天心, 1862~1913)의 동생으로 잘 알려진 인물이다. 그는 1868년 일본 요코하마에서 태어나, 1887년 도쿄 제국대학 문과대학 선과(選科)에 진학한 후 1890년 졸업했다. 또한 1891~1893년 사이 한국의 서울에서 일본어를 가르친 후 귀국하여, 1896년 도쿄 고등 사범학교의 강사가 되어 이듬해부터 영어 및 영문학을 담당했다.[11] 즉, 일본의 영어 교육자였던 오카쿠라가 한국을 체험한 시기

---

11) 이후 그의 이력을 정리해보면, 1902년부터 3년간 영국, 독일, 프랑스에 유학했으며, 1925년 릿쿄(立教)대학교수를 역임했다. 1926년 일본에서 처음으로 NHK라디오에서 영어강좌를 담당했다. 이후 영어발음 연습카드를 고안하고, 또한 라디오와 통신교육에 의한 영어강좌를 처음 실시하여, 영어학습열풍을 일으킨 인물이기도 하다. 1921년 이치카와 산키(市河三喜, 1886~1970)와 함께 총 100권에 이르는『研究社英文學叢書』의 주간이었으며, 1926년 『新英和大辭典』을 편찬한 인물이다. 사전과 함께 그의 대표저술로는 영국을 중심으로 널리 읽힌 바 있는 The Japan Spirit (1905), 자신의 영어교육론을 집대성한 고전적 명저인 『英語教育』(1911) 등을 들 수 있다. 즉, 우리는 「朝鮮の文學」을 통해서 조선을 연구한 외국인 연구자 오카쿠라에 초점을 맞추고 있지만 일반적으로 오카쿠라는 『英學入門』(1906),

는 한국인의 일본어 교육을 위해 입국한 1890년경이었다. 그는 1891년 6월 20일 조선 정부의 초청으로 관립일어학교[日語學堂]의 교사를 맡아, 2년여 동안 그 직무를 역임했다.[12] 그가 부임했던 일어학당은 1895년 관립일어학교, 1906년 관립 한성일어학교, 1908년 관립 한성외국어학교 일어부로 변천하면서 1911년 11월까지 존속하여, 일본어 보급에 큰 역할을 담당했던 곳이었다. 오카쿠라가 이곳에 부임할 수 있었던 이유는 어디까지나 그의 최종 학력과 전공 때문이었다. 그는 동경대학 문과대학 선과에 입학하여 언어학과 국문학 양과를 배웠다. 언어학과 주임교수 체임벌린(Basil Hall Chamberlain, 1850~1935)에게 비교언어학・일본문법・아이누어・유구어(琉球語)・조선어 등을 배웠다. 그가 가장 흥미를 느낀 수업은 일본문법 수업이었으나, 조선에도 큰 관심을 지니게 되었다. 이에 그는 동기생이도 했으며 후일 일본 도서관의 근대화에 큰 공적을 남긴 와다 만키치(和田万吉, 1865~1934)를 통해 조선에서의 일어학당 설립 소식을 듣고, 조선어 연구에 대한 희망을 품고 한국에 입국한다.[13]

---

『英語發音學大綱』(1906), 『ぐろうふ文典』(1909), 『英語敎育』(1911), 『英文典』(1911), 『英語小發音學』(1922), 『新英和中辭典』(1929) 등의 다수의 저서를 통해서 알 수 있듯이 일본사회 속의 영어학 발전에 앞장 선 학자로서 평가되어진다. 특히 『英語敎育』(1911)은 그의 영어교육론을 살펴 볼 수 있는 명저로 영어교육의 목적을 시작으로 여기서 다루고 있는 많은 테마는 현재에도 문제가 되어 있으며 한번 읽어 볼 가치 있는 문헌으로 손꼽힌다(柾木貴之, 「國語敎育と英語敎育の連携前史-明治期・岡倉由三郎「外國語敎授新論」を中心に」, 『言語情報科學』8, 東京大學大學院總合文化研究科言語情報科學專攻, 2010, 167-181면; 佐藤義隆, 「日本の外國語學習及び敎育の歷史を振替える─日本の英語學習及び敎育目的論再考─」, 『岐阜女子大學紀要』31, 2002, 43-52면; 윤수안, 「'제국 일본'과 '영어교육' - 오카쿠라 요시사부로를 중심으로」, 고영진・김병문・조태린 편, 『식민지 시기 전후의 언어문제』, 소명출판, 2012).

12) "日語學堂을 漢城府 南部 鑄洞에 開設하고 日本人 岡倉由三郎을 敎師로 삼다."라는 『統理交涉通商事務衙門日記』, 1891년(高宗 28년) 6월 20일자 기사가 있다. 또한 당시 조선정부가 오카쿠라와 맺은 근무조건 계약서인 「本語學校敎師雇傭契約書」(奎23069)가 있다.

13) 稻葉継雄, 홍준기 옮김, 『구한말 교육과 일본인』, 온누리, 2006, 248-251면; 더불어 오카쿠라가 시가와 관련된 작업을 수행한 점은 그의 恩師라고 할 수 있는 체임벌린의 영향력을 조심스럽게 추론해볼 수 있다. 체임벌린은 일본문화와 언어를 연구하며 폭 넓은 업적을 남긴 인물이었다. 특히, 그는 일본의 고전시가문학을 연구한 저술, The Classical Poetry of

그는 한국에 체류한 서구의 외교관 및 선교사들과 함께, 초기 한국어학
사에 공적을 남긴 인물이기도 하다. 이러한 사실을 가장 잘 보여주는 자
료가 바로 안확(安廓, 1886~1946)의 「조선어의 가치」(『學之光』 4, 1915.2)이다.
여기에서 오카쿠라는 조선어 연구에 있어서 중요한 인물 중 한 사람으로
거론된다.

> 西洋人에도 '시볼트'Siebold, '짤넷'Dallet '언더우드'Underwood '쩨일'
> Gale 等이 此에 硏究하야 朝鮮辭典及 文法 等을 著하얏스며 日本에서는
> 一八九一年 **岡倉由三郞[오카쿠라 요시사부로, 1868~1936: 인용자]**이 京城
> 日語學校 教授로 在할 時부터 硏究를 始하고 一八九八年 日本政府가 金澤
> 庄三郞[가나자와 쇼사부로, 1872~1967:인용자] 宮崎道三郞[미야자키 미
> 치사부로, 1855~1928:인용자] 등을 朝鮮에 留學케 하얏스니 金澤庄三郞은
> 『日漢兩國同系論』을 著하얏고 及 一九〇四年 日本國學院大學에 韓語科를
> 設하고 教授하며 硏究하얏나니라. 英國의 外交官으로 東洋에 來한 人은
> 普通外交官 試驗 以外에 其國 言語에 關한 試驗을 受하야 其 及第者는 語
> 學留學生으로 渡來하야 三年 以上의 硏究를 過한 後 更試를 受하여야 비
> 로소 官職에 就任케 하는지라 故로 朝鮮에 來駐하얏던 英國領事 '아스톤'
> Aston은 朝鮮語研究에 大腦力을 費하얏고 及 其領事 '스쿠트' Scott도 朝
> **鮮語에 代하야 著書가 富하며** 及 朝鮮에 來駐하얏던 **佛國公使 쿠란트**
> Courant는 大形韓書目錄을 編纂하야 自己 本國에 送하얏더라.[14]

물론 안확이 오카쿠라를 거론한 이유는 그의 한국어학 논문보다는 일
어학당의 교사로 근무했던 이력 때문인 것으로 보인다.[15] 그 이유는 향후

---

the Japanese(1880)을 내놓은 인물이었기 때문이다. 그는 메이지시대 노(能)를 영역했으며
영국 고전극과의 유사성 및 문학적인 성격을 주목하여, 시문학의 관점에서 요곡(謠曲)을
해외에 소개해 사람으로서 노가쿠(能樂)史에 그 이름을 새긴 인물이었다.

14) 안확, 「朝鮮語의 價値」, 『學之光』 4, 1915 ; 이하 밑줄 및 강조표시는 인용자.

15) 안확이 오카쿠라의 한국어 논문이 주목하지 못했다는 점은 후일 「朝鮮語原論」(『朝鮮文學
史』, 韓一書店, 1922, 218-219면)에서 발견할 수 있다. 그가 주목한 한국어학논저는 한국어
의 어족 즉, 한국어의 계통문제와 관련하여 '한일 양국어의 동계설'을 주장한 논저들이다.

오카쿠라의 행보와도 관련될 것이다. 오카쿠라는 한국학 연구보다는 일본에서의 영어 교육 문제에 전념했기 때문이다. 그럼에도 불구하고 오카쿠라가 안확에 의해 기록되었다는 사실은 2년여의 짧은 기간이었지만 최초의 일어학당 교사였던 그의 이력이 결코 작은 의미가 아니라는 것을 잘 보여준다. 안확이 거론한 구미 외교관 및 선교사, 일어학교 교수로 소개되는 외국인들은 특히 초기 한국학에 있어 중요한 역할을 담당했던 인물들이기 때문이다.

그들은 안확이 거론한 지볼트(Philipp Franz von Siebold, 1796~1866)나 샤를 달레와 같이 한국을 체험하지 못하고 재외에서 한국학 논저를 집필한 외국인들과는 그 처지와 상황이 달랐다. 무엇보다 그들은 한국에 입국하여 한국을 직접 경험한 외국인이었으며, 그들의 입지는 조선 정부차원에서 합법성이 보장되어 있었다. 그리고 한국학에 있어서 이들의 가장 큰 공적은 안확이 거론했듯이 바로 한국어학 분야에 있었다. 그들은 한국어학 논문, 한국어 문법서와 사전을 편찬한 인물들이기도 했기 때문이다.[16] 이후 비록 큰 영향력을 미친 논저는 아니었지만, 오카쿠라 역시 자신의 한국체험을 바탕으로 한 한국학 논저를 제출하였다. 그는 1893년 훈민정음 즉, 언문(국문·한글)의 기원 문제를 탐구한 논문(「吏道·諺文考」)을 『東洋學芸雜誌』 10권 143호에 발표했다. 아울러 그는 교육자의 입장에서 1894년 이후 한국 개화를 위해 일본어를 보조어로 활용할 것을 주장하거나, 성균관, 서당, 과거, 소학교, 한글, 여성교육 및 중학의 교과 등과 같은 조선의 교육사정을 설명하는 다수의 소견도 제출한 바 있다.[17]

---

그는 세이쓰, 애스턴, 시라토리 구라키치, 미야자키 미치사부로 네 사람만을 언급했다.

16) 안확이 거론한 서구인들의 한국어학 연구에 대한 검토는 고영근, 『민족어학의 건설과 발전』, 박문사, 2010; 이상현, 「고전어와 근대어의 분기 그리고 그 불가능한 대화의 지점들 : 『조선문학사』(1922) 출현의 근대 학술사적 문맥, 다카하시·게일의 한국(어)문학론」, 『코기토』73, 부산대 인문학연구소, 2013, 64-71면; 이상현, 부산대 인문학연구소 엮음, 『한불자전연구』, 소명출판, 2013, 53-59면을 참조.

그렇다면 안확은 왜 이들을 기념했던 것일까? 안확이 거론한 인물들의 행적 속에 한국어(한국의 구어 혹은 한글(언문·국문))의 새로운 형상을 주목할 필요가 있다. 여기서 한국어는 한국인이 태어나서 자연적으로 습득하게 되는 말과는 다른 것이다. 그것은 외국인을 위한 교육과 학습의 대상, 즉 인공적인 교육과 학습을 통해 습득하게 되는 의사소통의 도구였다. 그리고 동시에 한국 민족의 정체성 혹은 본질과 분리된 것이 아니라 등치되는 것으로서 한국의 고유성을 표상해주는 것이었다. 즉, '의사소통의 도구'이자 '모어=국어 중심의 언어내셔널리즘'의 관념이 이들의 연구 속에는 이미 전제되어 있었던 것이다. 이렇듯 새로운 한국어의 형상이 형성된 연원은 외교관, 개신교 선교사, 외국어 학교 교사보다 먼저 한국을 체험했던 파리외방전교회의 신부들이었다. 하지만 개항 이후 한국에 대한 실질적인 연구가 가능해진 오카쿠라를 비롯한 외국인 집단은 과거와는 사뭇 다른 모습을 보여준다.

첫째, 그들은 개항이후 외교관, 개신교 선교사, 외국어학교 교사들은 파리외방전교회의 『韓佛字典』(1880), 『韓語文典』(1881)과 같은 한국어학적 연구 성과물을 바탕으로, 일본과의 비교 검토 속에서 한국의 정체성을 파악하고자 하는 시도를 보인다. 예컨대 영국의 외교관이자, 영어로 된 일본 문학사를 편찬한 연구자였던 애스턴은 한국어의 계통 문제와 관련하여 '한일 양국어의 동계설'을 주장한 대표적인 논자이다. 또한 그들은 한국어를 바라보는 자신들의 새로운 관점을 한국문학을 보는 시각 속에도 동일하게 투영하여, 그들이 체험한 한국의 도서들을 바탕으로 한 한국 문학관련 논저를 내놓았다. 즉, 구한말 외교관 집단이라고 명명할 만한 애스턴, 쿠랑, 스콧 등은 한국어학 관련 논저 이외에도 한국의 출판문화, 한국도서와 관

---

17) 한용진, 「갑오개혁기 일본인의 한국교육 개혁안 고찰: 근대화 교수용어 선택을 중심으로」, 『교육문제연구』 33, 2009; 와타나베 다카코, 「훈민정음 연구사 : 일본인 학자들의 연구를 중심으로」, 연세대 석사학위 논문, 2002, 14-18면.

련된 논문을 작성했던 것이다. 요컨대 그들의 국문에 관한 관심은 거기에
서 그치지 않고 국문으로 된 문학작품과 도서 등으로 이어진 것이다. 그리
고 그의 한국문학론은 이처럼 한국 고전 혹은 한국 도서의 발견이라고 명
명할 수 있는 사건, 외국인 한국학의 주제와 그 지평이 '언어'에서 '문학'(특
히 국문문학)으로 확대되던 당시의 동향과 궤를 같이하는 논문이었다.18)

둘째, 알렌과 홍종우(洪鍾宇, 1850~1913)의 고소설 번역과 같이 한국 문학
이 '번역'되어 서구에 알려지게 된 모습이다. 이러한 두 연구 동향과 관련
하여 오카쿠라 본인은 자신의 논문이 지닌 당시의 학술사적 가치를 다음
과 같이 스스로 분명히 인식하고 있었다.

> 조선의 이야기[物語]와 그 밖의 작은 이야기[小話]가 외국문으로 번역
> 되어 세상에 나타난 것은 프랑스의 선교사 등의 손에 의해서 이루어진
> 것으로 『韓語文典』의 부록 및 의사 알렌의 조선이야기[朝鮮物語(Corean
> Tales)] 등이 있지만, 조선의 노래가 그 생겨난 나라를 벗어나서 외국인
> 에게 알려지는 것은 이것이 처음이다(846~847면).

즉, 오카쿠라의 논저가 지닌 가장 큰 학술사적 가치는 최초로 한국의
시가문학을 번역해서 외국인에게 알린 점이었다. 그가 거론한 파리외방전
교회 『한어문전』(1881)에 수록된 설화[혹은 筆記·野談]와 알렌의 한국설화집
(1889)에 수록된 한국 고소설의 번역은 당시 대표적인 한국문학의 번역 사
례였다. 일례로 오카쿠라가 접했던 이 두 저술은 『한국서지』(1894)를 출판

---

18) 본고에서는 오카쿠라의 논문과 함께 1890년경 외국인한국문학연구의 경향을 보여준다고
생각한 대표논저는 모리스 쿠랑 『한국서지』의 「서론」(1894)과 W. G. Aston, "On Corean
popular literature," *Transactions of the Asiatic Society of Japan* XVIII, 1890이다. 이 점에 대
해서는 이상현, 「『삼국사기』에 새겨진 27년 전 서울의 추억 - 모리스 쿠랑과 한국의 고전
세계」, 『국제어문』 55, 국제어문학회, 2013, 207-211면에서 '재외의 한국학과 한국고전세계
의 발견'이란 측면에서 거론한 바 있다. 물론 종국적으로 본다면, 외국인의 한국문학에 대
한 논저는 향후 한국사회를 상대적으로 더욱 오래체험하게 된 개신교선교사들의 공적이
더욱 크게 된다. 이 점은 이상현, 『한국 고전번역가의 초상』, 소명출판, 2013, 1장을 참조.

한 모리스 쿠랑에게도 중요한 선행연구였다. 특히, 쿠랑은 한국의 서적 문화와 관련된 알렌의 고소설 영역본에 대해 그 번역의 저본 고소설 텍스트를 확정할 수 있는 경우, 『한국서지』에서 참조서지로 알렌의 저술을 표시했다.19)

뿐만 아니라 쿠랑은 오카쿠라의 논문 역시 중요한 선행연구로 인식하였다. 쿠랑은 이 논문을 『한국서지』 「서론」의 참고논저로 포함시키며 그 의의를 언급하였다. 그는 오카쿠라의 논문에 대해 "한글로 된 도서와 문학에 대해 흥미로운 사실들을 알려주고 일본어 번역으로 몇 몇 대중적인 시를 복제해 실은 논고"20)라고 평가하였다. 이러한 쿠랑의 평가는 곧 오카쿠라의 논문이 지닌 당대의 학술사적 가치를 선명히 말해주는 것이다. 이는 첫째, 19세기 말 한국도서 및 한국문학의 실태를 증언해주고, 둘째 한국의 시가문학을 외국어로 번역했다는 사실이다. 그것은 쿠랑 본인이 진행하고 있었던 연구와도 궤를 같이하는 것이었다. 이들은 한국의 국문문학, 출판문화에 대한 소개 및 문학작품의 번역이라는 공유의 지점을 지니고 있었기 때문이다. 오카쿠라는 일본의 근대 아카데미즘을 체험한 인물이었으며, 한국에 대한 학술적 논의는 일본이라는 재외의 공간에서 진행되고 있었다. 그리고 한국의 국문문학, 고소설을 주목한 애스턴, 쿠랑 두 사람 모두 '일본학'과는 결코 무관한 인물들은 아니었다.

---

19) 이상현, 「알렌 <백학선전>영역본 연구: 모리스 쿠랑의 고소설 비평을 통해 본 알렌 고소설 영역본의 의미」, *Comparative Korean Studies* 20(1), 국제비교한국학회, 2012 ; 이상현·이은령, 앞의 논문, 2013.

20) 모리스 쿠랑, 이희재 옮김, 앞의 책, 1994, 79면.

## 2. '한국문학부재론'과 19세기 말 한국의 출판·유통문화

### 1) '한국문학부재론'의 논리와 그 속에 내재된 번역의 문제

오카쿠라는 "조선에는 문학이라고 이름 붙여 말할 수 있는 것이 불행하게도 거의 전무한 실정"(843면)이라고 진단하였다. 앞서 언급하였듯 이러한 한국문학부재론은 오카쿠라만이 제시한 논제는 아니었다. 예컨대 이는 쿠랑이 참고문헌과 연구사 검토를 통해 제시한 재외(在外) 외국인의 단편적인 한국문학관련 기록 등에서 그리 어렵지 않게 발견할 수 있는 담론이었던 것이다.[21] 그들은 왜 '한국문학부재론'을 이야기 했던 것일까? 이와 관련하여 우리는 오카쿠라의 언어가 서구인들의 언어와 등가성이 확보되어 있는 학술어였다는 점을 염두에 두어야 한다. 즉, 여기서 "문학"이라는 용어는 'literature의 譯語'로서 어디까지나 근대적인 학술개념이었다. 요컨대 이 개념 속의 함의는 '시·소설·극 장르를 중심으로 한 언어예술' 혹은 '작자의 상상력에 의거한 창작적 산물'을 지칭하는 것이다. 물론 이러한 근대적인 문학개념에 의거할지라도 이 속에 포괄할 수 있는 문예성을 지닌 한국의 고전은 존재했다. 하지만 그가 '한국문학부재론'을 말하는 이유는 근대적 문학개념에 부응하기 위해서는 한 가지의 추가적 조건이 더 필요했기 때문이다.

이는 이어지는 그의 진술 속에서 쉽게 발견할 수 있다. 그는 한국에 문학이라고 명명할 만한 것이 존재하지 않는 이유가 조선인이 "예로부터 한문만을 높여서 사용했기 때문"이라고 언급하였다. 즉, 그 또 다른 조건은

---

21) 19세기 말 외국인에게 유통된 한국학 논저들의 양상은 모리스 쿠랑의 『한국서지』 「서론」의 참고문헌 이외에도, 쿠랑이 1899년 연구사 검토를 수행한 논문을 통해서 엿볼 수 있다.(모리스 쿠랑, 파스칼 그러트·조은미 옮김, 「조선 및 일본연구에 대한 고찰」, 『프랑스 문헌학자 모리스 쿠랑이 본 한국의 역사와 문화』, 살림, 2009("Notes sur les études coréennes et japonaises," *Extrait des actes du congré des orientalistes*, 1899)).

"조선 제4대 군주인 세종대왕 대에 이르러서" 창제된 "언문"으로, 그가 찾고자 한 것은 한국의 고유어로 된 '국민문학'이었던 것이다. 그가 보기에, 언문은 "어느 것 하나 만족스럽게 만들어진 물건이 없는 조선에서는 믿을 수 없을 정도로 정교한 것"이었다. 그는 실제로 훈민정음이 지닌 가치를 고평한 인물이기도 했다. 그렇지만 그가 보기에 언문은 그 사용 범위가 좁고 "항상 사회적으로도 지위가 낮은 사람들이 사용하는 경향이 있어서" 그가 체험했던 한국에서 언문의 활용은 극히 제한되는 것이었다. 따라서 그가 보기에, "국왕이 애간장을 태우며 만든 언문이 애석하게 세상 사람들에게 멸시받으며, 애써 만들어진 도구도 세상에 충분히 이용되어지지 못한 채" 현재까지 온 것이다. 이에 "조선인의 생각에는 언문이 나오고 나서도 여전히 대체적으로 한문을 사용하였다. 문학상의 사상은 말할 것도 없고 시부(詩賦)와 산문의 형태로 전해지는 것도 자연히 조선 고유의 기품을 띠고 있는 작품이 부족하고 구상도 창작도 거의 중국풍이 되었다."(843면)

오카쿠라의 이러한 진술은 그가 한국문학부재론을 말한 이유가 실제 한국에서 문학작품의 부재를 지칭하는 것이 아니었음을 보여준다. 이는 국민문학이라는 근대적 개념에 부응하는 한국문학의 부재를 지칭하는 것이었다. 오카쿠라는 언문이 활용되는 제한된 층위로 다음의 세 가지 경우를 든다.

(一) 経書 등에 붙이는 한자의 음과 뜻
(二) 여자 그 밖의 한문을 모르는 사람들의 서간
(三) 소설 및 구가(謳歌)

여기서 (三)은 한국의 국민문학을 찾기 위해 그리고 그의 문학개념을 투영하기에 가장 적절한 대상이었다. 또한 그는 이 점을 잘 알고 있었다. 그의 논문에서 주된 고찰대상은 어디까지나 (三)이었기 때문이다. 하지만 좀 더 유심히 살펴보면, 문제는 다른 곳에 있다. 한국문학을 이야기하고 있는 그의 학술어[일본어], 이 언어와 한국의 고전 텍스트의 관계는 번역이 아니라 어디까지나 '투명한 관계'로 표상된다. 즉, 오카쿠라의 글은 한국문학을 소위 제3자적 시각, 객관적 시각에서 학술적으로 논하는 행위였던 것이다. 이처럼 문학작품에 대한 번역과 달리, 오카쿠라의 학술어와 한국문학 사이의 번역적 관계는 은폐된다. 하지만 한국의 문학에 대해 이야기하고 있는 그의 이 같은 행위는, 『남훈태평가』를 일본어로 번역하여 제시하는 시도만큼이나 과거에는 없던 새로운 것이었다.22) 이러한 시도는 그만큼 낯선 행위이자, 일종의 번역 행위였던 것이다.

요컨대 문제는 '관찰자'와 '관찰대상', 혹은 '문학이라는 학술개념'과 '한국의 작품이라는 자료이자 대상' 사이의 관계 맺기였다. 오카쿠라에게 文學은 서구의 literature와 교환관계와 등가성이 확보되어 있는 일본어였고, 그가 제기하는 질문의 초점은 "문학'이라는 이 서구적이며 근대적 개념과 언문으로 된 한국의 작품들 사이의 번역적 관계가 대등한 것인가?'였다. 종국적으로 양자의 관계는 '유비의 관계'일 뿐, 등가성이 확보된 '대등한 관계'는 아니었던 셈이다. 따라서 그의 한국문학부재론은 문학개념과 국문으로 된 한국의 텍스트 사이의 불일치를 이야기하는 방식으로 귀결된다. 오카쿠라가 이처럼 문학개념과 한국문학 사이 공통/차이점을 살피려고 한 첫 번째 대상은 국문 고소설이었다.

한국에서 국문 고소설은 "아이들이나 여인들, 그 밖의 문자 없이 지내온 사람들을 위하여 만들어진 이야기"였다. 하지만 고소설은 국문으로 쓰였지만, 그가 보기에 "경작한 적이 없는 토지와 같이 그저 입에서 나오는

---

22) 이렇듯 근대 지식인의 '학술문어'와 고소설 혹은 고전문학 속 '고전어'를 '번역'이라는 관점에서 사유할 필요성과 그 논지는 이상현, 「고전어와 근대어의 분기 그리고 불가능한 대화의 지점들 : 『조선문학사』(1922) 출현의 근대학술사적 문맥, 다카하시·게일의 한국(어)문학론」, 『코기토』 73, 부산대 인문학연구소, 2013을 참조

대로 본래의 고아한 취향도 없이 얼토당토 않게 서로 덧붙인 사건을 표음
문자로 써낸 것"들이었다. "진실로 수사(修辭)의 방법을 사용한 것"이 아니
기에, "문학이라는 명칭을 붙여" 이를 "논평하는 것 자체"는 "말이 되지를
않는" 것이었다. 즉, 그에게 한국의 고소설은 문예물로서는 미달된 텍스트
였다. 오카쿠라는 일본에서 유아들에게 들려주는 "『사루카니합전』이나『모
모타로이야기』를 그대로 기교를 부리지 않고 필사하여 놓고는", 이에 대
해서 "문학의 칭호를 주는 것"은 마땅치 않다고 했다(843-844면).

'아동용 동화, 설화'는 19세기 말 한국의 고소설을 접촉한 외국인이 인
식한 고소설의 보편적 형상이었다.[23] 한국의 국민문학 즉, 고유문학을 살
피고자 할 때 한국의 이야기책들은 주목받을 수밖에 없는 연구대상이었지
만, 근대적 문예물이라는 시각을 투영할 때 고소설은 폄하될 수밖에 없는
작품들이었던 것이다. 그 애독자는 한문 지식층이 아니라, "부녀자가 아니
면 그렇지 않으면 즉 하층사회 중에서 글을 아는 남자들"이었다(844면). 더
큰 문제는 한국의 애독자와 달리 근대 문예를 접한 외국인 독자인 오카쿠
라는 고소설의 내용에 공감할 수 없었다는 점에 있다. 오카쿠라가 고소설
을 저급한 문예물로 규정했는지를 구체적으로 엿볼 수 있는 부분은 「흥부
전」을 언급한 다음과 같은 대목이다.

> 무자비한 형과 순종적인 동생이 있었는데 처음에는 구두쇠인 형이
> 저열하고 인색한 성격을 마음대로 부리며 한때 자기 욕심대로 탐욕을
> 부린다. 하지만 끝에는 아우가 천신만고를 맛보다 드디어 영원한 안락
> 을 얻게 되는 것이 보통이다(844면).

오카쿠라는 「흥부전」의 "권선징악적" 주제를 지적했다. 또한 오카쿠라
는 "문장의 유창(流暢)함은 글을 쓰는 자가 애써 추구하지 않는 바이다.

---

23) 이상현, 「『조선문학사』(1922) 출현의 안과 밖」, 『일본문화연구』 40, 동아시아일본학회, 2011.

따라서 수사의 부산물에 지나지 않는 것으로 파악해야 한다"(844면)고 평가했다. 오카쿠라의 이러한 서술은 문학이라는 근대적 학술의 차원에서 고소설을 소환하는 방식 그 자체가 그만큼 낯선 것이었음을 반증해준다. 이를 잘 보여주는 것이 후일 한국의 문학사가가 고소설을 말하는 방식이었다. 사실 문제는 근대 문예물로는 미달된 소설이라는 인식 그 자체에 있지 않았다. 안확과 김태준 역시 문학사를 서술함에 있어 서구적 문예를 기준으로 삼을 때 고소설 자체가 지닌 문예성의 한계를 잘 알고 있었기 때문이다. 요컨대 여기서 필요한 것은 문예성이 미달된 작품임에도 고소설을 가치 있는 텍스트로 전환시키는 방법이었던 것이다.

두 사람과 오카쿠라의 가장 큰 변별의 지점은 오히려 다른 곳에 있었다. 안확과 김태준의 경우, 고소설은 그들이 구상한 문학사 속에서 어디까지나 1910년대 이후 출현하는 한국 근대문학에 대한 전사(前史)이자 한국문학사의 계보를 구축하기 위해 소환된다. 한국의 고소설은 한국문학의 역사 속에서 '진화, 진보, 발전'을 담보해줄 중요한 원천이자 증빙자료였던 것이다.[24] 안확과 김태준에게 고소설은 현재 한국의 근대문학을 예비한 전통적인 문예물이었다. 반면 오카쿠라에게 고소설은 한국 지식인이 산출한 근대문학이 부재했던 시기의 산물로, 이는 '고전'이 아니라 '동시대적이며 대중적인 독서물'이었다. 또한 한국의 언어-문화 속에서 고소설을 향유했던 한국인 독자와는 달리, 어디까지나 그는 외국인 독자였다. 그에게 고소설 서적과 그것이 유통되는 모습은 근대적인 인쇄, 출판유통문화와는 다른 이문화적 풍경이었다. 이에 오카쿠라는 한국 고소설이라는 외국문학, 한국의 책들이 유통되는 현장을 증언했던 것이다.

---

24) 이상현, 『한국 고전번역가의 초상, 게일의 고전학 담론과 고소설 번역의 지평』, 소명, 2013, 358~454면.

### 2) 19세기 말 한국 출판유통문화의 증언과 『남훈태평가』의 발견

한국을 체험하지 못한 외국인들의 한국문학부재론과 관련한 한국학 저술들과 비교해본다면, 그의 논의는 한국도서의 실제모습과 한국사회에서의 유통현장을 묘사했다는 점에서 가장 큰 변별점을 지닌다. 이러한 현장의 묘사는 19세기 말 주한 외교관이었던 애스턴, 모리스 쿠랑의 저술 속에서도 발견할 수 있는 공통된 모습이다.25) 오카쿠라가 19세기 말 한국고소설의 출판 및 유통문화를 묘사한 대목은 또한 고소설의 세책문화와 관련하여 중요한 증언자료로 기존논의에서 인용되는 부분이기도 하다. 다소 길지만 해당전문(844-845면)을, 거론하는 내용에 따라 단락을 구분하여 발췌해보면 다음과 같다.

① 제본의 체제를 말한다면 시중에서 팔고 있는 것은 어느 것이나 판본으로 극히 조잡한 종이로 우리나라의 휴지처럼 검고 요시노 종이 정도로 얇은 것이다. 따라서 하늘하늘하여서 만지면 찢어질 듯 하였다. 글자는 모두 앞서 언급한 언문으로 우리나라의 가나와 같지만 글자의 형태는 오히려 저 로마자와 같이 부음(父音)과 모운(母韻)을 대표로 하는 글자만으로 구성되어졌다. 하지만 그 중 열에 여섯 심지어 여덟이 한어로 조선의 속어에 한어가 많이 들어가 있는 것을 살펴 볼 수 있다. 글쓰기 방법은 오른쪽 위에서 시작하여 세로로 한 행씩 점차 왼쪽으로 나아간다. 이는 우리나라 말과 다른 점은 없다.

② 책 한 권은 대체로 3-4전(錢) 정도이며 책사라고 부르는 서적을 파는 것을 본업으로 하는 집에서는 한문으로 쓰인 것만 있고 언문본이 없는 것이 보통이다. 잡화상과 같이 가게 앞에 놓여있는 것을

25) W. G. Aston, "*On Corean popular literature*," *Transactions of the Asiatic Society of Japan* XVIII, 1890 ; M. Courant, 이희재 옮김, 『한국서지』, 일조각, 1997[1994](*Bibliographie Coréenene*, 1894~1896, 1901).

사게 되는데 근래에는 구독자가 현저히 감소하였다. 그래서 가게
쪽에서 부끄러워하는 언문본의 수도 종류도 하루하루 줄어드는
실정이다.

③ 이렇게 말하면 언문본의 명맥 또한 다한 듯 하지만 반드시 그런
것만도 아니다. 조선에는 세책가(貰冊家)라고 하는 우리나라[일본:
인용자]의 세책방과 같은 곳이 있다. 그곳에는 대체로 언문으로
쓰인 이야기책이 있다. 다만 조선인의 작품으로 되어있는 것뿐만
아니라 『서유기(西遊記)』, 『수호전(水滸伝)』, 『서상기(西廂記)』 등
중국의 이야기를 언문으로 번역한 것도 대부분 있다. 이것을 빌리
려고 생각하는 사람은 어떤 경우라도 얼마간 값이 나가는 것(솥
같은 종류도 가능하다)을 그 집에 맡겨두고 자신이 보고 싶은 책
을 빌려온다. 그 보는 값은 책 한권을 이삼일 빌린다면 2-3리(厘)
에 지나지 않는다. 세책가(貰冊家)에서 빌리는 책은 시중에서 사는
책과 같이 나쁘지 않고 두꺼운 종이에 폭이 넓고 세로로 기다랗
고 선명하게 필기되어 있어서 열람하기에 매우 편리하다. 참고로
말하면 책사(冊舍)도 세책가(貰冊家)도 당시의 경성에만 있었다.
경성 이외에는 가령 평양과 송도와 같은 곳에도 아예 없었다.

오카쿠라의 증언은 ① 한국 도서의 외형 및 표기문자, ② 이야기책의
유통양상, ③ 한국의 세책문화와 관한 내용으로 나누어 살펴볼 수 있는데,
이를 각각 애스턴, 모리스 쿠랑의 진술과 비교해볼 필요가 있다. ①과 관
련하여 세 사람 모두 방각본 고소설이 저급한 종이질과 제본 상태를 지닌
서적이라고 인식한 측면은 동일하다. 다만, 파리외방전교회의 한국어학적
기반을 토대로 이미 한국어와 한국출판문화에 익숙했던 프랑스 측의 쿠랑
과 동일한 한자문화권이면서 일본어와 동일한 어순을 지닌 언어였기에 한
국어에 익숙했던 오카쿠라와 달리, 애스턴은 '정서법'의 문제와 해독에 있
어서의 난점을 토로했다는 점에서 차이가 존재한다. 그리고 ②와 관련해
서는 세 사람의 묘사가 그 세밀함의 정도는 차이가 있지만 그 논지는 모

두 동일하다. 다만 애스턴과 달리, 오카쿠라와 쿠랑은 구독자수가 감소하고 고소설이 점차 사라져가는 추세라는 지적을 하였다. ③은 오카쿠라와 쿠랑의 논저에서만 보이는 내용으로 세책가를 운영하는 모습에 대한 묘사와 서울에만 분포하고 있다는 진술은 공통적이다. 다만, 쿠랑은 오카쿠라의 논의를 보다 심화시켜 세책가를 운영하는 인물들이 이 업종을 일종의 영업적 이윤을 위해서가 아니라 명예로운 일로 여기며 운영하는 궁색해진 하층 양반들이란 사실을 지적하였다. 또한 쿠랑은 그의 서목작성을 위해 세책가의 대출 일람표를 함께 활용했다는 점에서 변별점을 보여준다.[26] 애스턴, 오카쿠라, 쿠랑이 한국에 머물렀던 기간은 각각 1884~1885년, 1891~1893년, 1890~1892년이었다. 오카쿠라와 쿠랑의 기술이 상대적으로 공통점이 많았던 이유는 이처럼 한국 체류시기의 공통점이 있었기 때문이다.

세 사람은 이러한 세부적인 차이점에도 불구하고 중요한 공통점을 보여준다. 오카쿠라와 두 사람의 초점은 어디까지나 고소설 그 자체였지, 고소설을 향유하는 한국인 독자는 아니었다는 사실이다. 이는 20세기 초 개신교 선교사, 재조선 일본인들과는 변별되는 지점이다. 예컨대 「심청전」이 한국인 여성독자들이 눈물을 흘리며 감동하는 작품이라는 게일의 증언 그리고 전기수(傳奇叟)의 낭독 즉, 구연되는 고소설 향유의 모습에 대한 헐버트의 증언과 같은 서술을 발견할 수 없다. 또한 이후 호소이 하지메, 다카하시 도루 등이 한국의 부녀자들이 여덕을 닦는 작품이라는 의미부여, 또한 한국인의 사유와 생활상을 말해주는 민족지학적 연구대상의 차원에서 기술하는 모습도 발견할 수 없다.[27] 요컨대, 한국문학부재론에 의거한

---

26) 모리스 쿠랑, 이희재 옮김, 앞의 책, 3-4면.

27) 오카쿠라, 쿠랑의 개신교선교사 및 재조선 일본학자의 변별점은 이상현, 『한국 고전번역가의 초상』, 소명출판, 2013, 377-389면, 425-436면 ; 「『조선문학사』(1922) 출현의 안과 밖」, 『일본문화연구』40, 동아시아일본학회, 2011을 참조. 헐버트의 한국소설에 대한 논의는 이민희, 「20세기 초 외국인 기록물을 통해 본 고소설 이해 및 향유의 실제」, 『인문논총』 68, 인문학연구원, 2012를 참조.

오카쿠라의 고소설에 대한 비평은 한국인의 입장에 근거한 것이 아니라, 서구적 문예관에 입각한 외국인인 자신의 입장이었던 것이다. 즉, 애스턴, 쿠랑과 오카쿠라는 모두 한국의 책에는 주목했지만 이를 향유하는 한국인 독자는 간과한 셈이다.

하지만 애스턴과 쿠랑의 진술을 살펴보면 그들의 저술목적에는 한국에도 책과 문학이 존재한다는 사실 그 자체를 알리기 위한 것임을 알 수 있다. 한국의 책과 문학에 대한 이러한 무지는 당시 외국인 한국학의 담론이었던 셈이다.28) 그만큼 한국도서와 한국문학의 발견 그 자체가 당시로서는 의미 있는 사건이었다. 오카쿠라는 이와 발걸음을 맞추며 고소설로 제한되었던 당시의 지평을 시가집으로 넓혀 『남훈태평가』를 소개했고, 국문시가의 유통과 향유를 살피는 지점까지 나아갔다. 오카쿠라는 "노래를 모아서 출판한 책은 여기 조선에는 매우 드문 일이다."(846면)라는 사실을 지적하는 한편, 자신이 입수하게 된 단 한권의 노래 책-가집인 『남훈태평가』에 대해 다음과 같이 기술하고 있다.

> 노래를 모아서 출판한 책은 여기 조선에는 매우 드문 일이다. 명작이라고 일컬을 수 있을 정도의 작품은 하나하나 돌아다니는 것을 빌려서 필사하여 비밀스럽게 간직한 것이므로 이것을 빌리는 것조차 매우 용이하지 않다. 나는 다행히 이즈음 『남훈태평가』라는 제목의 한 가집(歌集)을 손에 넣고 언젠가 이것을 세상에 알리고자 하였다(846면).

오카쿠라가 언급한 바와 같이 실제 국문 시가를 담아낸 책이 출판된 경우는 20세기 초 활자본 가집의 출판이 이루어지기 이전까지 '매우 드문

---

28) 애스턴은 "한국 대중 문학은 유럽 학자들의 관심을 거의 받지 못했"다고 말했다. 쿠랑은 『한국서지』의 「서문」에서 한국에 거주하는 외국인, 나아가 한국인과 함께 일을 하기 위해 한국어를 교육받은 외국인 조차도 한국에서 책과 문학의 존재를 모르고 있다고 당시의 형편을 이야기했다.

일'이라 할 수 있다. 실제 시조를 담아낸 책의 출판이 적극적으로 이루어지기 시작한 것은 활자본 가집의 등장 이후로, 1908년 김교헌에 의해 발행된 가곡창 가집 『대동풍아』를 필두로 『정선조선가곡』, 『가곡선』, 『가곡보감』 등과 같은 시조 가집과 다양한 종류의 잡가집이 출판되었음을 염두에 둔다면 오카쿠라가 한국에 거주한 기간과 이후 논저를 작성한 1893년까지는 국문 시가집의 출판이 이루어지지 않았음을 알 수 있기 때문이다. 따라서 그 이전까지의 가집의 유통은 오카쿠라의 지적대로 '하나하나 돌아다니는 것을 빌려서 필사하여 비밀스럽게 간직한 것' 즉, 필사본 형태의 가집이 대부분이었던 것이다.

직접 시조를 창작, 향유했던 일부 전문적인 가객들을 중심으로 편찬, 향유되었던 필사본 가집은 그 소통 범위가 넓지 않았다. 필사본 가집을 편찬하였던 가객들은 주로 가단(歌壇)으로 일컬어지는 동류집단을 형성하고, 그들의 일정한 문화적 취향을 반영한 가집을 그들만의 문화권 영역 내에서만 편찬, 향유하는 것이 일반적이었다. 따라서 그 향유영역은 제한적일 수밖에 없었고, 또한 직접 손으로 작성한 가집이었기 때문에 동일한 내용을 담은 가집이 대량 생산될 수도 없었던 것이다.[29] 이에 필사본 가집은 오카쿠라의 지적대로 '빌리는 것조차 용이하지 않았던 것이다.

이러한 지점에서 오카쿠라가 『남훈태평가』를 입수할 수 있었던 사정을 살필 수 있다. 『남훈태평가』는 1863년에 발간된 최초의 그리고 유일한 방각본 가집으로서 상업적, 대중적 유통을 목적으로 출판, 향유된 가집이다. 이는 곧 20세기 초 활자본 가집이 출판되기 시작한 시점(1908)까지 보급을 위해 출판된 유일한 가집이 『남훈태평가』임을 뜻하는 것이기 때문이다. 또한 『남훈태평가』 이후로 방각본 가집이 출판되지는 않았지만, 이후의 시조창 가집-『시여』, 『시조』 등-들에 큰 영향을 미친 점[30] 등은 19세기

---

29) 윤설희, 「20세기 초 가집 『정선조선가곡』연구」, 성균관대학교 석사학위 논문, 2008, 29-30면.

말, 20세기 초 『남훈태평가』의 영향력이 막대했음을 나타낸다.

이처럼 『남훈태평가』는 일반 대중을 겨냥한 것이기 때문에 순 국문으로 표기되어 있을 뿐 아니라, 음악에 대한 이론이나 작자명을 비롯한 제반기록도 삭제한 채, 오로지 노랫말만을 담아내고 있다.[31] 이러한 특성은 오카쿠라와 같은 외국인 학자들에게 『남훈태평가』의 접근과 연구가 수월했음을 짐작케 한다. 이 시기 향유된 여타의 필사본 가곡창 가집들에 수록된 복잡한 음악 관련 이론이나 곡명, 장고 장단, 매화점 장단, 작자명 등과 같은 지식들이 배제된 가집은 오로지 문학 텍스트로서의 시조 사설에만 집중할 수 있는 자료로 기능했을 것이기 때문이다. 이와 같은 오카쿠라의 기록은 필사본 가집과 방각본 가집 향유 및 유통의 일면뿐 아니라 당시의 『남훈태평가』 보급 정도와 그 영향력을 짐작케 한다. 이러한 오카쿠라의 『남훈태평가』의 발견으로 말미암아, 그는 자신의 한국시가론을 펼칠 수 있었고 또한 시조 작품을 외부에 번역·소개할 수 있었다.

## 3. 한국시가집의 발견과 시조의 번역

### 1) 시조의 발견과 오카쿠라의 한국시가론

오카쿠라의 논저에서 의미를 부여할 수 있는 또 다른 지점은 그가 한국 문학의 새로운 영역으로서 한국시가, 즉 국문시가를 발견했다는 점이다. 동시기의 한국 문학에 대한 대부분의 논의에서 언급되지 않았던 국문 시가의 존재를 발견하고, 그 문학적 가치를 인정한 최초의 논의였던 것이다.[32] 오카쿠라는 국문으로 쓰인 고소설을 문학이라는 명칭을 붙여 논하

---

30) 고미숙, 『19세기 시조의 예술사적 의미』, 태학사, 1998 ; 성무경, 「보급용(普及用) 가집(歌集) 『남훈태평가』의 인간(印刊)과 시조 향유에의 영향(1)」, 『한국시가연구』 18, 한국시가학회, 2005.

31) 고미숙, 위의 책, 1998, 191-192면.

기 어렵다 평가하는 한편, 조선의 국민문학이라 논할 수 있는 대상으로서 국문시가를 "내가 보는 바로는 조선인이 사물에 느끼는 음악과 곡조에 따라서 나오는 노래야말로 아마도 무엇보다도 가장 문학적인 취미(趣味)를 머금은 것이라고 생각된다."(845면)라고 언급하며 '시조'를 소환한다. 비록 그는 『남훈태평가』 소재 작품을 '시조'라고 명명하여 살필 것은 아니었다. 즉, 그는 시조를 일종의 '노랫말'로 간주했지만 이는 오늘날 '시조' 양식에 대한 담론에 근접한 것이었다.

오카쿠라가 가장 문학적인 대상으로 인식한 국문시가의 첫 번째 특징은 바로 음악성이었다. 그가 "조선인이 사물에 느끼는 음악과 곡조에 따라서 나오는 노래"라 규정하고 있는 조선의 국문 시가는 음악에 기반한 연행이 매우 중요한 의미를 지니는 것이었다. 국문시가의 음악적 성격은 가창과 음영과 같은 연행의 실연(實演)에서 뿐 아니라 시가의 텍스트 구성에도 지대한 영향을 미치는 요소이기 때문이다. 이에 오카쿠라는 "조선에서 노래를 지을 때에는 악기에 따라 이것에 들어맞도록 구성한다"는 점을 지적하고 실제 텍스트의 구성이 이루어지는 국문시가의 시적 담론 구축 방식 −"특히 노래에는 구절과 곡조를 정리하고, 정돈하기 위해 생략 혹은 前置 등의 문식을 한다"(845면)을 언급한다. 이는 노래를 부르기 위해 작품을 창작하는 국문시가의 특성을 정확하게 짚어내고 있는 것으로서, 이러한 언급은 그가 조선의 가장 문학적인 대상으로 꼽은 국문시가가 바로 시조였음을 짐작케 하는 대목이기도 하다.

시조는 노래로 불린 다른 국문시가 장르에 비해 엄격한 음악적 기준을 지니고 있다. 따라서 시조는 어떠한 방식으로 불리는지, 어떠한 악곡에 실려 불리는지 등에 따라 텍스트의 변이와 재생산이 다양하게 이루어지는 장르인 것이다. 노래에 따라 텍스트의 변개가 이루어지는 이러한 시조의

---

32) 이 점에 대해서는 이 책의 3장[初出 : 이상현 · 윤설희, 「19세기 말 在外 외국인의 한국시가 론과 그 의미」, 『동아시아문화연구』56, 한양대 동아시아문화연구소, 2014]을 참조

장르적 특성을 오카쿠라는 제대로 인식하고 있었다. 시조를 노래로 부르는 방식은 가곡창(歌曲唱)과 시조창(時調唱)의 두 가지 종류로 나뉜다. 가곡창은 악곡단위가 5개의 단위-5장 형식-로 나뉘어 불리는 반면, 시조창은 3개의 단위 즉, 3장 형식으로 나뉘어 불린다. 즉, 가곡창과 시조창의 문학적 형식은 초 · 중 · 종장의 3장 형식으로 동일하지만, 음악적 형식에서 각각 5장과 3장 형식의 차이를 보이는 것이다. 또한 연행 시 수반되는 음악적 요소들에 있어서도 차이를 보인다. 가곡창은 장단이나 선율 등이 시조창에 비해 복잡할 뿐 아니라 가창 시 연주가 이루어질 때에도 일정한 규모와 형식의 악기-거문고, 가야금, 피리, 장구 등-로 편성된 전문적인 반주가 필요한 것과 달리 시조창은 장구 장단이나 심지어 무릎장단만으로도 가창이 가능하다. 이러한 음악적 차이가 바로 오카쿠라가 지적한 바와 같이 시조 텍스트의 구성과 문식의 변화를 불러일으키는 것이다.

이에 가곡창의 사설에는 노래 없이 악기의 반주만으로 이루어지는 여음이 중요한 역할을 수행하기 때문에 노래의 도입부나 중간, 끝 부분에 여음이 삽입되어 이것이 사설에 반영되기도 하는 한편, 시조창의 경우에는 마지막 음보의 사설을 생략하고 부르는 형식을 취하고 있기 때문에 실제 사설에서 역시 종장의 마지막 음보가 생략되는 것이다. 이를 통해 오카쿠라가 시조의 두 가지 연행 방식인 가곡창과 시조창의 음악적 차이를 인지하고 있었고, 그 차이에 따라 사설의 생략 혹은 전치가 이루어지는 시조의 장르적 특성 또한 명확히 짚어내고 있었음을 알 수 있는 것이다.

그리고 오카쿠라가 지적한 국문시가의 두 번째 특징은 중국풍의 영향이다. 한국 문학에 반영된 중국문화의 영향은 다수의 외국인 논자들을 통해 지적되어온 바이다. 오카쿠라 역시 논의의 서두 부분에 문학상의 사상뿐 아니라 시부와 산문의 형태의 구상도 창작도 거의 중국풍임을 지적한 바 있다. 이러한 그의 문학관은 국문시가에 대한 논의에서 보다 구체적으로 드러난다.

그렇기는 하나 그 <u>구상에 있어서는 모두 순수한 조선풍을 나타내지</u>
<u>못하고 도리어 중국풍의 것이 많다.</u> 이렇게 길러진 안목으로 한시라도
<u>중국의 그림자를 잃어버릴 수 없는 조선인에게는 이것이 면하기 어려운</u>
<u>일일 것이다.</u> 조선에서 노래를 지을 때에는 악기에 따라 이것에 들어맞
도록 구성한다. 그래서 우리의 5·7조와 같이 일정한 글자 수대로 운을
다는 부분은 우리나라의 노래와 같은 모습이긴 하나 노래를 지을 때 그
안에 어느 정도든 한어를 사용하는 것은 불가피하게 정해져 있다. 실제
로 <u>중국의 시문에다 표음문자를 섞어서 이것에 곡을 붙여서 노래한 것</u>
으로 이해할 수 있다(845-846면).

오카쿠라가 지적한 한국 국문시가, 즉 시조의 가장 두드러진 내용적 특
징은 중국풍의 영향력이었고, 그가 인지한 시조의 사설은 중국의 시문을
중심으로 국문(언문)으로 토를 단 형식의 텍스트였다. 물론 모든 시조의 사
설이 그와 같은 형식을 띠는 것은 아니다. 하지만 일부 작품의 경우 오카
쿠라의 지적대로 한시를 차용하여 사설을 구성하는 경우가 종종 있음을
살필 수 있다. 한시와 시조의 장르적 유사성은 작품의 창작, 향유층이 같
다는 동일한 문화적 기반 속에서 시상의 유사성을 지니고 있다는 점[33] 등
을 토대로 많은 논자들을 통해 지적되어 온 바이다. 실제 한시와 시조의
장르 교섭은 첫째, 한시의 원문 전체가 그대로 시조에 삽입되어 있는 형
태, 둘째, 부분적으로 한시의 구절을 인용한 형태, 셋째, 한시와 유사한 시
적 모티브를 지닌 형태, 넷째, 시조에 한시의 전고나 용사를 활용한 형태
등과 같이 다양한 양상으로 이루어지고 있다.

오카쿠라의 지적은 첫 번째 형식의 한시 시조 번역 양상과 유사하다.
중국의 시문에 표음문자를 섞어 곡에 붙인 노래 형태는 결국 한시 현토형
시조를 일컫는 것으로 여겨진다. 한시 현토형 시조는 실제 오카쿠라의 지

---

33) 김준수, 「한시(漢詩) 번역 시조(時調)연구 : 제 양상과 미발굴 작품을 중심으로」, 『한국시
가연구』 28, 한국시가학회, 2010, 241면.

적대로 일반적인 시조의 작법은 아니다. 하지만, 18세기 말엽 김수장 그룹에 의해 처음 시도된 이래 19세기 내내 한시 수용 형태에서 가장 널리 활용, 보급된 형태이기 때문에 19세기의 특징적인 문화현상이었다.[34] 따라서 19세기 말에 보급된 가집인 『남훈태평가』를 참조한 오카쿠라에게 이러한 특징이 포착되었음은 당연한 현상일지도 모른다. 실제 『남훈태평가』에 수록된 몇몇 작품들 중에도 한시 현토형 시조 작품이 수록되어 있음은 물론이다.

(1) 서시산전 빅노비ㅎ고 도화뉴슈 궐어비라
   청약닙 녹사의로 사풍셰우 불슈귀라
   지금에 장지화 업기로 그를 셔러  -『남훈태평가』 19.


   西塞山前白鷺飛      桃花流水鱖魚肥
   靑箬笠綠簑衣        斜風細雨不須歸 - 張志華, 『魚歌子』


(2) 소상하스 동한회오슈 벽사명냥 안터라
   이십오현를 탄냐월ㅎ니 불승청원 각비리라
   아마도 이글 지은즈는 당 견긔라  -『남훈태평가』 46.


   瀟湘何事等閑回      水碧沙明兩岸笞
   二十五弦彈夜月      不勝清怨却飛來 - 錢起, 『歸雁』


   장지화(張志華)의 『魚歌子』를 차용하여 현토한 (1)의 시조는 4언 절구의 한시를 중장까지 현토 차용한 후, 종장을 덧붙여 완성한 시조이고, (2) 역시 전기(錢起)의 『歸雁』을 차용하여 현토한 형태의 시조이다. 특히 (2)의 경우, 『남훈태평가』와 『시여』 단 2종의 시조창 가집에만 수록된 작품이기도 하다. 하지만 오카쿠라의 경우, 이처럼 직접적으로 한시를 차용하여 형성

---

34) 김석회, 「한시 현토형 시조와 시조의 7언절구형 한시화」, 『국문학연구』 4, 국문학회, 2000.

된 한시 현토형 시조뿐 아니라 시조에 사용된 한시와 유사한 시적 모티브나 한시의 전고나 용사를 활용한 형태의 시조에도 의미를 부여하여 "중국의 시문에다 표음문자를 섞어서 이것에 곡을 붙여서 노래한 것"이라는 범주에 포함 시킨 것으로 여겨진다.

이는 후술하게 될 그가 선별하여 번역한 『남훈태평가』 작품들을 통해 살필 수 있다. 실제 그가 번역한 작품들 중에는 한시 현토형 시조가 존재하지 않는다. 오히려, 중국풍의 구상으로 이루어진 노래라 지적하는 작품들은 한자어의 사용이 많거나, 중국 고사를 다루고 있는 작품들이 대부분이다. 이에 오카쿠라는 한시를 차용한 시조뿐 아니라 시조에 사용된 한자어와 중국의 전고, 용사에도 의미를 부여하여 시조를 비롯한 국문 시가의 내용적, 구성적 특성을 중국풍으로 규정지은 것이다. 물론 앞서 지적한 바, 이러한 특성이 시조의 일반적인 장르적 특성이라 규정짓기는 어렵겠지만, 특히 19세기에 들어 한시와 시조의 장르교섭이 이루어진 작품의 탈락 현상이 매우 적고, 이들이 하나의 유행 곡목으로 보편화 되어 이후의 가집들에 수용되었을 뿐 아니라, 특히 『남훈태평가』를 위시한 19세기 시조창본 계열 가집[35]에 가장 큰 비중으로 수록되어 있다는 사실을 염두에 둔다면, 『남훈태평가』를 조선의 시가문학의 담론의 토대 자료로 삼은 오카쿠라의 이러한 지적은 매우 타당한 것이라 할 수 있다.

### 2) 오카쿠라의 번역지향과 『남훈태평가』 소재 시조의 역주양상

앞서 지적한 바, 오카쿠라의 논의는 본인의 국문시가-특히, 시조에 대한 담론뿐 아니라 시조창 가집 『남훈태평가』를 최초로 외국에 번역하여 소개한 것이라는 점에서 그 성과가 크다.[36] 하지만 실제 그 번역 양상 및

---

35) 앞의 글, 71면.

36) 고시조 번역의 최초의 사례는 제임스 게일에 의한 영역(英譯)이었다. 1895년 4월 영문잡지 *The Korean Repository*에 발표한 네 편의 시조가 그러하다. 이러한 게일의 번역은 최

의의에 대해서는 고찰된 바가 없다. 따라서 오카쿠라의 한국시가론의 완성
을 위한 토대가 되었을 『남훈태평가』의 번역에 주목하여 그 양상과 특징
에 대해 살펴볼 필요가 있다. 오카쿠라는 한국의 시가를 담아내고 있는
책의 부재를 지적하는 한편, 『남훈태평가』를 입수하게 되고, 그를 번역하
여 세상에 알리고자 했던 의의를 다음과 같이 서술하고 있다.

> 나는 다행히 이즈음 『남훈태평가』라는 제목의 한 가집을 손에 넣고
> 언젠가 이것을 세상에 알리고자 하였다. 지금 시간이 있어서 그 중에서
> <u>조선의 노래의 대표작이라고 말할 수 있는 몇 수를 골라내었다</u>. 이 노래
> 들을 독자들에게 보여 주기에 앞서 미리 조선 문학의 모습을 기록하고
> 이것으로 서문을 삼고자 한다.…… <u>여기의 노래들은 어느 것이나 현재
> 여악(女樂)의 유에 따라 불리어진 것이라는 것을 알려둔다</u>(846-847면).

전술하였듯 오카쿠라는 본인의 작업이 조선의 노래를 번역하여 외국인
들에게 알리는 최초의 시도라는 점에 스스로 큰 의미와 가치를 부여하였
다. 아울러 그 번역을 위한 밑작업으로 작품의 선별이 있었으며, 그 기준
은 오카쿠라가 보기에 "조선 노래의 대표작"이라 일컬을 수 있는 것들이
었다. 『남훈태평가』에는 총 224수의 작품이 수록되어 있는데, 그는 그들
중 몇 수만을 추려 번역한 것이다. 또한 그가 수록한 노래들은 "현재 여악
(女樂)의 유(類)에 따라 불리어진 것"이었다. 실제 오카쿠라가 조선의 노래
를 접했을 시기인 19세기 말 20세기 초, 국문시가 향유의 중심에는 여성
예능인 즉, 기녀들이 위치하고 있었다는 점을 염두에 둔다면 오카쿠라는
기녀들이 불렀던 노래들을 접했을 가능성이 높다. 그리고 이를 통해 오카
쿠라가 번역, 수록한 작품들은 실제 연행에 소용되었던 작품이었음을 짐

초의 영역 고소설인 "*A Pioneer of Korean Indepence*(임경업전)"보다도 먼저 이루어진 것
이라는 점에서 주목받았다. 하지만 오카쿠라의 번역은 게일보다도 2년이 앞선 것이었다.
20세기 초, 시조 영역에 대한 논의로는 강혜정, 「20世紀 前半期 古時調 英譯의 展開樣相」,
고려대학교 대학원 박사학위논문, 2013을 참고할 수 있다.

작할 수 있다.37)

오카쿠라는 실제 작품 번역에 앞서 자신의 번역 방식을 다음과 같이 서술한다.

> 노래를 나타내는데 있어서 우선 <u>언문으로 본문을 표시하고 이것에 로마자로 읽는 방법을 붙였다.</u> 또한 <u>자구(字句) **하나하나의 해석**을 덧붙였다.</u> 언문은 이것을 인쇄하는 것이 결코 손쉬운 일이 아니었으니 완전히 나타낼 수 없는 것은 당연하다. **원문에 덧붙인 역문(譯文)은** 진실로 그 본문의 자구(字句)와 의미를 잃지 않도록 하기 위해서 노력하였다. 일본문(日本文)으로는 실로 한 푼의 가치도 없는 것은 스스로도 인정하고 매우 부끄러워하는 바이다. 따로 <u>주를 덧붙여 발음과 그 외의 사항에 관계하는 주의를 기록하였다.</u> 독자들이 이러한 것들에 의해서 조선 문학의 한 부분을 살펴볼 수 있다면 나는 깊은 영예(榮譽)를 느끼게 될 것이다(846~847면).

오카쿠라는 첫째, 노래를 원문으로 제시하였고, 둘째, 원문 바로 아래 원문을 읽는 방법을 영문(로마자)으로 표기하였다. 그리고 셋째, 그 아래 본래 원문 자구(字句)의 역문을, 넷째 별도의 역문을 제시하였다. 그리고 이러한 오카쿠라의 번역의 특징은 작품의 원문과 함께 원문을 풀어낸 역문을 제시하는 일반적인 번역방식38)과 달리, 원문을 읽을 수 있는 방법과 두 가지 방식의 번역문을 제시하고 있다는 점이다. 이를 제시해보면 다음과 같다.

---

37) 20세기 초 국문 시가 향유 문화의 변화, 즉, 여기(女妓)의 등장과 예능인 집단의 재편에 대한 논의로는 박애경, 「20세기 초 대중문화의 위상과 시가-시가의 지속과 변용양상을 중심으로」, 『민족문학사연구』 31, 민족문학사학회, 2006 ; 권도희 『한국 근대 음악 사회학』, 민속원, 2004 등을 참고할 수 있다. 또한 19세기 가곡문화의 독특한 특징 중 하나인 여창가곡의 등장과 발전, 그에 따른 가집의 전개양상에 대한 논의로는 신경숙, 『19세기 가집의 전개』, 계명문화사, 1994를 참고 할 수 있다.

38) 실제, 오카쿠라 이후 시조 번역작업을 수행한 외국인 논자들(게일, 헐버트)의 경우, 작품의 원문과 원문을 자신들의 언어(외국어-영어)로 번역한 번역문만을 제시하고 있음을 살필 수 있다.

(一)原文

간　　밤　에　부 든　　바 람 ………> [언문표기]

Kan　Pain　ei　putun　　param ………> [언문의 로마자 발음 표기]

行キシ 夜　 ニ　 吹キシ　　 風　 ………> [언문의 字句 하나하나의 해석:
　　　　　　　　　　　　　　　　　　　　**번역문①**]

（…中略…）

(一)譯文

よむべ吹きにし風の爲て　　　………> [원문에 덧붙인 譯文: **번역문②**]

（…中略…）

(註) 原文にローマ字を宛てたる ………> [주석]

（…中略…）

특히, 원문을 읽을 수 있는 방법은 로마자로 표기함으로써 영문을 습득하고 있는 외국인이라면 누구라도 읽을 수 있도록 하였음이 주목된다. 뿐만 아니라 특별히 발음에 주의를 기울여야 하는 경우에는 주를 덧붙여 관련된 설명을 기록하고 있음을 통해 그가 국문 시가 작품의 원문을 읽는 방식을 기록하는 것에 상당한 의미를 부여했음을 알 수 있다. 이는 그가 영어를 전공한 영문학자이자 언어학자였다는 사실과도 깊은 관련이 있을 것이다. 또한 두 가지 방식의 일본어 번역문을 제시하고 있는데, 오카쿠라의 표현에 의하면 첫 번째 번역문[①]은 '원문의 字句 하나 하나에 해석을 붙인 것이며', 그리고 두 번째 번역문[②]은 '字句의 의미를 잃지 않는 범위에서 번역하여' 제시된 것이다.

첫 번째로 원문 바로 밑에 제시하고 있는 역문[①]을 그는 "字句 하나하나에 해석을 붙인 것"이라고 지적했지만 '역문'이라고까지는 말하지 않았다. 또한 실제 그 방식은 번역이라기보다는 일본의 훈독(訓讀)전통에 더욱 근접하다.[39] 즉, 외국어인 한국어 원문의 모습을 최대한 반영하기 위한 해석이라고 말할 수 있다. 요컨대 한국어 원문글자에 해당되는 한자를 배치하고 한국어 어휘 및 조사를 최대한 1:1 대응관계로 직역한 모습이라고 볼 수 있다. "지금은 입으로 말하지 않는 말도 다소 그 속에 포함되어져 있어서 요즘말에 정통했다고 하더라도 습관이 되지 않으면 잠시 읽기 어려운 곳도 있어 우리나라의 말과 글과 같이 상당히 차이가 나는 것도 있음은 물론이다."(846면)라는 오카쿠라의 증언을 감안해본다면, 이 작업 역시 그리 녹록한 일은 아니었다는 점을 짐작할 수 있다. 이에 비해 두 번째 번역문[②]은 별도로 역문 항목을 두어 제시하고 있는 것으로, 상대적으로 오카쿠라가 자구의 의미차원에서도 의미를 보존하며 일본어 구문에 맞춰 번역한 문장이라고 할 수 있다. 하지만 오카쿠라는 두 번째 번역문 역시 '일본문'으로는 '실로 한 푼의 가치도 없는 것을 스스로 인정하고 매우 부끄러워 하는 바이다'라고 언급했다(846~847면).

즉, 오카쿠라의 『남훈태평가』 소재 시조에 대한 번역지향은 '직역'에 있었음을 알 수 있다. 이는 본래 시조가 지닌 형식에 대한 번역에서도 잘 드러난다. 해당 번역전문을 펼쳐보면 다음과 같다(847~848면).

(一)原文
간　　　밤　에　부 든　바 람
Kan　　Pain　ei　putun　param
行キシ　夜　ニ　吹キシ　風

---

39) 사이토 마레시, 「번역과 훈독: 현지화된 문자로서」, 『코기토』 72, 부산대 인문학연구소, 2012 ; 사이토 마레시는 전근대 아시아에서 번역과 훈독을 각각 '음성언어의 통역'과 '문자언어의 현지화'라는 다른 행위로 파악하는 것이 통상적이었음을 지적했다. 이는 훈독과 번역이 지닌 변별점을 명쾌하게 지적해준 견해이다. 오카쿠라에 의해 원문에 부여된 字句에 대한 해석은 '번역'이라기보다는 훈독에 근접한 것으로 판단된다. 요컨대 『남훈태평가』의 시가어[한국어]를 일본의 통상적인 음성언어(일본어)로 통역한 것이 아니라, 그 번역의 단위는 어디까지나 문자언어와 문자언어라는 층위였다. 즉, 원문 텍스트의 문자언어를 훼손하지 않으며 일본이란 입장에 맞춰 이 문자언어를 현지화한 셈이다.

만    뎡    도 화 다 지거다
Man  tshyeng  to  hwa  tu  tshiketa
万    庭 （ノ）桃 花    皆 散レリ


이희  는   뷔  를  들  고
Ahui  nun   pui  rul  tul  ko
童子   ハ    箒   ヲ   採リ テ


쓰   로   랴   ᄒ   ᄂ   고   야
Sau  ro   rya   ha   nun   go   ya
掃   カ   ン   ト   爲   ル   ヨ


락   화   를   꽂   아   아니랴
Nak  hwa  tul  kkot(sh)  i   anirya

落   花   等（モ）花      ニ ハ   有ラヌカ


쓰   러   무   삼
Ssu  re   mu   sam
掃 カ ン ト ス ル ハ 何 ノ 心 ゾ


(一)譯文
よむべ吹きにし風の爲て
にはの面のもも皆散れり
童子は箒掃へて
散りにし花を振かむとす
落花とて花ならずやは
ははく心ぞいぶかしき


이는 오카쿠라가 가장 처음으로 제시한 작품으로, 원문을 句別로 나누어

번역하고 있어, 형식적 측면에서의 고려가 있었음을 의미한다. 작품 사설을
초, 중, 종장으로 나누고, 각각 句별로 2행으로 나눈 번역문은 일반적으로
언급되는 3장 6구의 시조 형식을 따르고 있는 것이기 때문이다. 실제 오카
쿠라가 번역한 작품은 총 6수이다. 이를 순서대로 제시하면 다음과 같다.[40]

| 한국어 원문 | 오카쿠라의 번역문(한국어역) |
|---|---|
| (一)<br>간밤에 부든  만정도화 두 지거다<br>아희는 뷔를 들고 스로라 흐는고야<br>낙화들 고지 아니랴 스러 무슴<br>『남훈태평가』#1 | よむべ吹きにし風の爲て / にはの面のもも皆散れり/ 童子は箒掃へて / 散りにし花を振かむとす / 落花とて花ならずやは / ははく心ぞいぶかしき(지난밤 불어온 바람 때문에 / 정원의 복숭아꽃 모두 떨어지니 / 동자는 비로 쓸어서 / 떨어진 꽃을 없애버리려 하는데 / 낙화인들 꽃이 아니냐 / 쓰는 마음이 의아하구나) |
| (二)<br>인싱이 둘짜 셋짜이 몸이 네다섯가<br>비러온 인싱이 꿈에 몸 가지구셔<br>일싱에 살풀닐만 호고 언제 놀녀<br>『남훈태평가』#7 | いのちは二つ三つやある / 此身とて四つ五つつかは / 憐れはかなき人の身の / 夢見る心地する物を / 悲しみてのみ過ぐしなば / いつの世かまた樂しまん(목숨이 두셋 있고 / 이몸 또한 네다섯인가 / 가련한 이내몸은 / 꿈에 뵈는 물건인 걸 / 슬퍼만 하며 보내노니 / 어느 때에나 즐겨보려나) |
| (三)<br>록초 장졔상에 도긔황독 져 목동아<br>세상 시비사를 네아느냐 모르느냐<br>그 아희 단젹만 불면서 소이부답<br>『남훈태평가』#32 | 草みどりなる岡の上 / あめ牛に乘りり　行く / 彼の牧童に物問はむ / 浮き世の中の事の是非 / 汝知りてか知らずてか / 童子は笛のみ吹きすさび / ほほゑみしのみ答へせず(푸르러지는 언덕 위에 / 저 소에 걸쳐타고 가는 / 저 목동에게 물어보니 / 덧없는 세상사의 시비를 / 너는 아느냐 모르냐 / 동자(童子)는 피리만 불면서 / 웃기만 하고 대답 않네) |
| (四)<br>달밝고 셜이치는 밤에 울고가는 기러기야<br>쇼상동뎡 여듸두고 료관한등에 잠든나를 찌우느냐<br>밤중문네 우는 소리 잠못니러<br>『남훈태평가』#18 | 月冴へ霜のおける夜半/空鳴きわたるかりがねよ/瀟湘河庭訪ひもせで/旅寝の枕かたふくる/我をしもなぞ鳴きさます/夜もすがら爾が鳴く聲に/夢も結はずあなうたて(달이 밝고 서리가 치는 한밤중에 / 울며 지나가는 기러기야 / 소상강 동정호 찾아가지 않고 / 여행지에서 잠을 자고 있는 / 나를 깨우느냐 / 밤새도록 네가 우는 소리에 / 꿈을 잇지를 못하네) |

---

40) 왼쪽의 원문은 오카쿠라가 제시한 원문을 그대로 반영한 것이다. 아울러 오른쪽의 번역
   문은 오카쿠라가 일본문이라 제시한 번역문과 이에 대한 우리의 한국어 번역문을 함께
   제시하였다.

| 한국어 원문 | 오카쿠라의 번역문(한국어역) |
|---|---|
| (五)<br>창밧긔 가사솟막이 쟝ᄉᆞ야 리별나는 공도 네잘 막일 소냐<br>그 장식디답ᄒᆞ되 초한젹 항우라도 력발산ᄒᆞ고 긔기셰로되 심기능회 목막엿고 삼국격며 갈량도 샹통텬문쟝 하달디리도되 지쥬로 능회 못막엿고든<br>하물며 나갓튼 소장무야 일러무슴<br>『남훈태평가』#84 | 窓した通るいかけやさん / つらい別れを續ぎとめる / おまへにてだては無いものか / いかけや答へて申すやう / 漢楚の時の項羽でも / 力は山を拔く位 / 氣は一世を呑んだれど / 力づくではゆかなんだ / 三國きつての孔明も / かみは天文下は地理 / 何事も能く知りながら / 智慧分別でも行かなんだ / ましてわしらが文際は / 云ふも愚で御坐ります(창밖을 지나가는 땜장이씨 / 괴로운 이별을 이을 수 있니 / 너에게 방법이 없는 것이냐 / 땜장이 대답하여 말하기를 : 초한 싸움 때의 항우(項羽)라도 / 힘은 산을 뽑을 정도이고 / 기운은 한 세상을 삼킬듯 해도/ 힘을 쓰더라도 막지 못했고 / 삼국 제일가는 공명(孔明)도 / 위로는 천문(天文) 아래로는 지리(地理) 무슨 일이든 알 수 있었어도 / 지혜(智慧)와 분별(分別)로도 하지 못하였는데 / 하물며 나갓튼 주제는 말할 필요도 없습니다) |
| (六)<br>갹셜 현독이 관공쟝비 거나리시고<br>졔갈량 보랴고 와룡강 건너 와룡신 넘머 남양디를 달라져 시분을 두다러니 동지나와 엿돕는 말이 션싱님이 뒤초당에 잠드러 계오<br>동자야 네 션싱끠시거든 유관쟝 삼인이 왓두라고 엿쥬어라<br>『남훈태평가』#121 | かくて玄德は / 關羽、張飛を從へて / 諸葛亮をば訪はんとて / 臥龍江をうち渡り / 臥龍山をもかつ越えて / 南陽の地に到り着き / 柴のとぼそをおとなへば一人のおらは出で來り / 先生今しも、あなたなる/ 草堂に眠り給ふと告ぐ / さらばことばを殘すなり諸葛先生覺め給はば / 劉關張の三人の者 / 訪ひ來りし由伝ふべし(이리하여 현덕은 / 관우(關羽), 장비(張飛)를 거느리고 / 제갈량(諸葛亮)을 방문하고자 / 와룡강(臥龍江)을 건너고 / 와룡산(臥龍山)을 넘어서 / 남양의 땅에 도착하였다 / 사립문의 문짝을 두드리니 / 동자 하나 나와서 / 선생님은 지금 건너편의 / 초당(草堂)에서 주무신다 하네 / 그렇다면 말을 남기겠다. 제갈(諸葛)선생이 깨시거든 / 유관장(劉關張) 세사람이 / 왔다고 전하여라) |

　오카쿠라는 '원문-로마자 발음-해석-역문' 순서로 각각의 작품을 번역한 이후 따로 주를 달아 개별 작품에 번역과 관련하여 주의해야 할 부가적인 설명이나 작품에 대한 본인의 생각을 서술하고 있다. 먼저, 오카쿠라가 중요시 했던 것은 원문의 발음표기였음을 주(註)를 통해 살필 수 있다. 작품 (一)과 (二)의 주를 살펴보면, 일본어에는 없지만, 조선어에서만 살필 수 있는 발음이나 발음 방법을 가장 유사한 소리가 나는 방식의 발음 표

기법으로 표기 하는 등 세심한 주의를 기울였음을 살필 수 있다.

　(一)의 주(註)

　원문에 로마자로 표시한 것 중에서 eo와 u는 조선어에 있고 일본어에는 없는 모음이다. 이것을 발음하는 법을 나타낼 만한 것으로 이 두 모음은 지금까지 출판되어진 외국어 서적에서도 아직 분명하게 보여주지 못했다. 이것을 알아내는 것은 매우 어려운 것으로 생각되어져 왔다. eo는 입술을 ㅗ음을 발음하는 위치에 두면서 ㅓ음을 발음하듯이 시도하면 얻을 수 있는 음이다. 또한 u는 입술을 ㅣ음의 위치에 두고 ㅜ음을 발음하면 얻을 수 있는 음이다. 조선어에는 프랑스어에 이른바 연음(liaison)이라고 말하는 것을 발음할 때처럼 pam의 m을 다음의 ei에 걸고 pa-mei와 같이 읽는 것도 있다. 이것을 나타내기 위해서 ⌒표를 붙여 두었다. 오늘날 조선인은 어두에 있어서 r음을 발음하는 것을 힘들어한다. 그래서 이것을 n으로 바꾸는 것이 보통이다. 하지만 어떤 때는 완전히 이것을 없애는 것도 있다. 즉 낙화는 Rakhwa라고 발음하지 않고 Nakhwa라고 발음하는 것이 옳다고 한다. 원문에 첨부한 번역한 글 안에 주요부분의 설명을 더하였다(849면).

　(二)의 주(註)

　P'ul는 오히려 p-hul과 같다 또한 s음 다음에 오는 y는 항상 읽지 않는 것이 일반적이다(1040면).

　또한 오카쿠라는 조선의 시가에서 나타나는 중국풍의 구성과 내용에 주목하였다. 한자의 사용 여부와 그 정도를 평가하고, 그를 토대로 작품에 드러난 중국풍의 특성을 지적하였던 것이다. 작품 (一)과 (二)에 대해서는 각각 "이 노래와 같은 것은 한자를 가장 적게 사용한 것 중의 하나라고 보는 것이 좋다", "이 노래에도 또한 한자가 매우 적다."와 같이 한자의 사용 정도와 빈도가 낮음을 지적하는 한편, 작품 (三)에 대해서는 "이 노래에는 앞의 두수와는 반대로 한자가 많이 들어가 있다. 구상도 매우 중국풍이어서 그것을 나타내고자 올렸다."(1042면)고 평가함으로써 한자어의 사용이 빈번하게 이루어지는 작품에 중국풍의 특성을 부여했음을 알 수 있다. 하지만 오히려 중국의 지명과 고사를 활용하여 작품을 구성하고 있는 (四), (五), (六) 작품에는 그와 같은 평가를 부연하고 있지 않음이 의아하게 여겨지는데, 이들 작품들에 부여하고 있는 의미의 지점이 조금 다르기 때문이라 생각된다.

이들 작품에 대한 주에서 오카쿠라는 텍스트 구성형식의 독특함을 지적하고 있다. 작품 (五)의 문답형식 구조와 작품 (六)의 이야기 투의 구조에 대한 설명41)이 그러하다. 즉, 오카쿠라는 두 작품에서 드러나는 중국풍의 요소들–항우, 제갈공명 및 삼고초려의 고사–보다 다른 작품들과는 구별되는 독특한 사설 짜임 형식에 주목했던 것이다.

(五)의 주(註)
이 번역문은 너무나도 속된 것 같지만, 본래 땜장이와의 문답이기에 오히려 이와 같이 번역하는 것이 원문의 취지에 가까울 것이라고 생각하여, 일부러 속요(俗謠)의 구절과 곡조로 고친 것42)이니 독자들은 이것을 양해해 주길 바란다. 단 조선의 노래는 우리쪽 유행가의 저속한 것과 같은 것이니, 이것을 예스럽고 우아한 노래로 고치기보다는 차라리 속요(俗謠)로 번역하는 편이 더욱 그 본체(本体)를 보여주는 것이라는 것

---

41) 오카쿠라는 작품 (四)에 대해서는 별도의 설명을 부연하고 있지 않다.
42) 일본의 속요란 좁은 의미로는 본래 생겨난 지역을 벗어나 도시에 유입된 민요가 전문적인 가수에 의해서 불리어지거나, 악기의 반주가 더해지거나, 때로는 가사가 변경되어지는 등 다양한 모습으로 변하며 도시풍 혹은 대중음악풍으로 변질한 것을 말한다. 반면 넓은 의미로는 민요, 유행가, 속곡 등과 같은 통속적인 노래의 총칭을 의미한다. 여기서 오카쿠라가 말한 속요란, 그 자신이 조선의 노래를 번역하는 데 있어서 자구 하나하나의 의미를 잃지 않으려고 노력한 부분에서 알 수 있듯이 후자의 의미 즉 민간에서 불리어지는 통속적인 유행가와 민요정도로 이해하는 것이 옳지 않을까 생각한다. 실제 가곡창에 비해 시조창 사설이 보다 대중적인 성격을 띠고 있었던 정악이라는 사실을 염두에 둔다면, 대중 시조집의 계열에 속하는 『남훈태평가』에 수록된 작품을 오카쿠라가 일본의 속요의 형식에 따라 번역했다는 사실은 자연스러운 결과라 할 수 있을 것이다.

을 알아야한다(1048면).

(六)의 주(註)
이 노래는 일부러 이야기투 문장의 체재를 모방하여서 만든 것으로 이야기투 문장을 독자들에게 알리는 데에 편리하다고 생각한다(1052면).

작품 (五)는 시적 화자가 길을 지나는 솥땜장이에게 괴로운 이별의 경험으로 인해 자신의 마음에 생긴 구멍 또한 메울 수 있냐는 질문을 던지고, 그에 대해 땜장이가 항우, 제갈공명의 이야기를 예를 들어 절대 그리할 수 없다는 대답을 하는 장면을 문답 형식으로 구성하고 있는 텍스트이다. 오카쿠라는 이에 대해 그 독특한 문답형식의 구성을 지적하고, 그 의미를 살리기 위해 그 형식을 그대로 살려 번역하였음을 강조하는 한편, 이를 일본의 유행가-속요에 빗대어 그 원문의 본체를 더욱 분명히 보여주기 위하여 예스럽고 우아한 노래가 아닌 속요의 구절과 곡조에 따라 번역했음을 서술하고 있다. 그는 실제 시조창이 가곡창에 비해 대중적인 창법이었다는 점을 염두에 두었던 것이다.

또한 작품 (六)은 유비가 관우, 장비를 대동하고 제갈량을 찾아가 그를 자신의 곁에 두기 위하여 세 번이나 찾아갔던 삼고초려 고사를 이야기 형식으로 풀어내고 있는 텍스트로 이 역시 오카쿠라는 이야기투 문장을 그대로 살려 작품을 번역하여 독자에게 원문의 내용과 전해지는 느낌을 독자들 역시 그대로 느낄 수 있도록 하였음을 알 수 있다.

이밖에 오카쿠라의 번역과 그에 대한 주해에서 작품의 형식이나 구성에 대한 언급 외에 작품의 내용이나 주제의식과 관련한 서술은 단 한번 이루어지는데, 그것은 작품 (三)와 관련한 것이었음에 주목할 필요가 있다.

이 노래에도 또한 한자가 매우 적다. 그 구상에 있어서는 조선인의 사상을 잘 드러내며 미래에 대한 희망이 전혀 없는 사방이 비참한 모습으로 둘러싸여 만사에 희망을 잃은 나머지 무슨 놈의 세상인가 하고 말하는 것 같다. 일종의 깨달음을 열어주는 모습을 여기서 충분히 알 수 있다. 이와 같은 노래는 이것만으로 그치지 않고 이 가집 중에 더 많이 있다. 이것은 실로 조선인의 마음으로 보기에 마땅한 것이라고 생각한다(1040면).

오카쿠라가 '조선인의 마음으로 보기 마땅한 것'이라 지적한 작품 (三)은 그의 서술대로라면 중국풍이 전혀 가미되지 않은, 조선풍이 제대로 담겨진 작품으로『남훈태평가』곳곳에서 발견되는, 결국엔 국문시가의 내용적 본질의 특징으로 언급될만 하다. 하지만 이는 텍스트의 원문사설과 오카쿠라의 일본어 번역문 사이의 간극이 드러내는 의미를 토대로 평가할 필요가 있다.

원문의 사설대로라면 이 작품은 오직 하나뿐인 몸으로 단 한번밖에 살 수 없는 소중한 인생에 빌려온 인생, 꿈같은 몸을 가지고서 어떻게 살아갈지 걱정만 가득 안고 살아가느니, 오히려 걱정 보다는 여유를 가지고 삶을 살아가자는 긍정적인 태도를 가진 작품으로 해석할 수 있다.

하지만 오카쿠라는 일어 번역문은 물론 그에 대한 설명을 통해서도 '미래에 대한 희망이 전혀 없는 사방이 비참한 모습으로 둘러싸여 만사에 희망을 잃은 나머지 무슨 놈의 세상인가 하고 말하는 것' 같다고 해석함으로써 비참한 주변 상황 속에 인생의 좌절감을 느끼고 있는 화자의 마음을 노래하고 있는 부정적인 태도의 작품으로 인식하고 있다. 뿐만 아니라 이 작품이 '이것만으로 그치지 않고 이 가집 중에 더 많이 있다.'고 지적함으로써 마치 이 같은 노래가 한국인의 사상과 한국시가의 일반적인 형태인 듯 기술하고 있지만, 실제『남훈태평가』수록 작품의 주제별 분포를 살펴보면 남녀 간의 사랑을 다룬 작품이 압도적이며 인생무상을 다룬 작품의 분량은 그에 비하면 많지 않다는 점을 알 수 있다.[43]

이는 오카쿠라의『남훈태평가』번역 속에 담겨진 해석적 관점을 짐작케 한다. 일본인의 시각에서 바라본 조선은 '미래에 대한 희망이 전혀 없는 비참한' 상황이었다. 이러한 폄하의 시선은 물론 조선에 대한 일본의 민족성 담론이 개입된 것이었다. 오카쿠라의『남훈태평가』번역은 외국인을 대상으로 한 것이었다. 따라서 그의 번역 목표는 국문 시가문학을 실제 향유하는 한국인의 감성이나 체험을 있는 그대로 재현하는 행위를 의미하는 것도 아니었다. 그럼에도 불구하고 오카쿠라의 번역은 "언문은 이것을 인쇄하는 것이 결코 손쉬운 일이 아니었"던 시기에 출현한 최초의 논저였다는 점에서 그 의의를 찾을 수 있을 것이다. 아울러 그 최초의 번역이 "조선문학의 명맥을 유지하는 노래가 어떠한 것인가를 알릴 수 있다면 나는 다행이라고 생각"(846-847면)할 정도로 소박한 바람에서 시작된 것이지만, 실제 시조의 장르적 특성에 유념하여 매우 정치(精緻)하게 이루어진 것이었음을 살필 수 있다.

## 나오며 : 한국문학부재론과 한국시가의 발견

1장에서는 오카쿠라 요시사부로가 1893년『哲學雜誌』8권 74-75호에 발표한 한국문학론(「朝鮮の文學」)의 근대 학술사적 위상을 살펴보고자 하였다. 이에 1절에서는 19세기 말 외국인 학자들에 의해 논의된 한국학의 특징과 그 안에서 오카쿠라 논문의 위상을 살펴보았다. 한성 일어학당 외국어교사로 근무했던 오카쿠라는 개항 이후 한국에 체류했던 구미의 외교관, 및 개신교 선교사와 함께, 1890년경 한국에 거류하며 실제 한국인, 한국문화

---

43) 고미숙의 논의(『19세기 시조의 예술사적 의미』, 태학사, 1998)에 따르면『남훈태평가』계열의 가집에 수록된 작품들 중 가장 많은 비중을 차지하는 내용이 바로 사랑과 그리움에 대한 노래임을 알 수 있다. 이에 따르면 사랑과 그리움에 대한 노래가 38% 정도로 압도적인 비율을 차지하고 있으며, 이어 무상취락에 대한 내용의 노래가 19%, 강호한정을 노래하는 작품이 14% 정도의 비율을 차지하고 있음을 확인할 수 있다.

를 접촉할 수 있었던 외국인이었다. 그들은 파리외방전교회의 다양한 한국어학적 연구성과물을 바탕으로 일본과의 비교검토 속에 한국의 정체성을 파악하고자 했다. 그들의 관심은 한국어학에서 문학으로 확장되며, 고소설을 번역하거나 거론하는 모습을 보여준다. 물론 그들은 재외 한국학 논저들과 마찬가지로, '한국에는 국민문학이 존재하지 않는다'는 '한국문학 부재론'을 주장했지만, 실제 한국의 책과 문학을 접촉했으며 자신의 경험을 바탕으로 이에 대한 증언을 남겼다는 변별점을 보여준다. 오카쿠라 역시 한국체험을 바탕으로 이러한 동향에 발을 맞추며 자신의 논문을 집필했던 것이다. 그의 논문은 이러한 당시 한국에서 진행된 외국인의 학술사적 연구동향과 궤를 같이하고 있었다.

2절에서는 오카쿠라의 한국문학론의 특성과 그가 주목한 19세기 말 한국의 출판, 유통문화에 대한 내용을 다루었다. 오카쿠라는 당시의 재외(在外) 외국인 학자들을 통해 쉽게 살필 수 있었던 '한국문학부재론'을 주장하였다. 그의 한국문학부재론은 근대적 문학개념과 국문으로 된 한국의 텍스트 사이의 불일치를 이야기하는 방식으로 귀결되는데, 여기에서 그가 문학개념과 한국문학 사이 공통/차이점을 살피려고 한 대상은 바로 국문 고소설이었다. 하지만 한국문학부재론을 펼친 다른 저술들과 달리 그는 한국도서의 실제모습과 한국사회에서의 유통현장을 묘사했다는 변별점을 보여준다. 즉, 오카쿠라는 낯선 한국문학을 실제로 접촉했으며, 이를 근대적 학술의 차원에서 이야기하고자 한 것이다. 이에 따라 그의 서술은 한국 도서의 외형 및 표기문자, 이야기책의 유통양상, 한국의 세책문화와 관련된 중요한 증언이었고, 특히 한국도서와 한국문학의 발견이라는 점에서 의의가 있었던 셈이다. 뿐만 아니라 오카쿠라는 고소설로 제한되던 당시의 논의를 시가집으로 넓혀 『남훈태평가』를 소개했고 국문시가의 유통과 향유를 살피는 데까지 나아갔다.

마지막으로 3절에서는 오카쿠라의 논의가 개척한 한국의 국문시가론과

그의 『남훈태평가』 소재 시조의 번역에 관해 살폈다. 오카쿠라는 조선의
국민문학이라 논할 수 있는 대상으로서 국문시가를 소환한다. 그가 지적
한 국문시가의 첫 번째 특징은 음악성이었다. 오카쿠라는 다른 시가 장르
에 비해 엄격한 음악적 기준을 지니고 있었던 시조의 장르적 특성을 인지
하고, 노래에 따라 텍스트의 변개가 이루어지는 구성 방식의 변화를 지적
하였던 것이다. 그리고 그가 지적한 국문시가의 두 번째 특징은 중국풍의
영향이었다. 이는 다수의 외국인 학자들에게도 논의되어 온 특성이지만,
그는 특히 19세기 시조의 특성 중 하나인 한시와 시조의 텍스트 교섭양상
에 대한 언급을 하고 있음에 주목된다.

또한 그의 『남훈태평가』 번역은 작품의 원문과 함께 원문을 풀어낸 역
문을 제시하는 일반적인 번역방식과 달랐다. 그는 원문을 읽을 수 있는
방법과 오늘날의 입장에서 본다면 두 가지 방식의 번역문을 제시했다. 이
는 그의 시조 번역이 매우 정치하게 이루어졌음을 보여준다. 원문을 읽을
수 있는 방법은 로마자로 표기하여 영문을 습득하고 있는 외국인이라면
누구라도 읽을 수 있도록 하였고, 번역문 역시 한글원문의 뜻을 그대로
살린 해석과 일본어 구문과 표현에 맞춘 역문을 함께 제시했다. 그가 선
택하여 번역한 6수의 작품에서 드러나는 특징은 첫째, 원문의 발음표기에
심혈을 기울였다는 점, 둘째, 한자의 사용 여부와 그 정도에 따른 중국풍
의 특성을 지적했다는 점, 셋째, 텍스트 구성 형식의 독특함에 주목하여
그 의미 맥락을 드러내는 방향으로 번역을 이끌었다는 점이라 정리할 수
있다.

물론 작품의 내용이나 주제의식과 관련한 단 한 번의 서술과 번역에서
조선에 대한 일본의 민족성 담론이 개입된 폄하의 시선이 엿보인다. 그럼
에도 불구하고 그의 『남훈태평가』번역은 언문을 인쇄하는 것조차 어려웠
던 시기에 출현한 최초의 국문 시가 번역이자 시가 담론이었다는 점에서
그 의의를 찾을 수 있다.

## [자료 1] 모리스 쿠랑 「서론」의 참고문헌 서지

Allen, H. N., *Korean Tales : Being a Collection of Stories Translated from the Korean Folk Lore*; 1 vol. in-8, New York & London: G. P. Putnam's sons, 1889.

Amyot., *Dictionnaire tartare-mantchou-français*; 3 vol. in-4, Paris: Fr. Ambr. Didot l'ainé, 1789-1790.

Aston, W. G., "On Corean popular literature," *Transactions of the Asiatic Society of Japan* 18, 1890.

_____, "Early Japanese history." *Transactions of the Asiatic Society of Japan* 16, 1889.

Bergaigne, Abel, *Manuel pour étudier la langue sanscrite*; 1 vol. in-8, Paris : F. Vieweg, 1884.

Bramsen, W., *Japanese chronological tables*, Tôkyô, 1880.

Bunyiu Nanjio(南條文雄), *A Catalogue of the Chinese translation of the Buddhist Tripitaka, etc.*, Oxford: Clarendon press, 1883.

*Bulletin de la Société de géographie de Paris 7° série*, tome X, 1889.

Cordier, H., *Bibliotheca Sinica*; 2 vol. in-8, Paris: E.Leroux 1881-1885.

_____, *Supplément du même ouvrage* 2 fascicules, 1893.

_____, *Essai d'une bibliographie des ouvrages publiés en Chine par les Européens au XVIIe et au XVIIIe siècles*, Paris: E.Leroux, 1883.

*Catalogus Librorum Venalium in Orphanotrophio Tou-sai-wa*; 1 vol. petit in-8, Zi ka wei, 1889.

Dallet, Ch., *Histoire de l'Eglise de Corée, précédée d'une introduction sur l'histoire, les institutions, etc.*; 2 vol. in-4, Paris: V. Palmé, 1874.

Du Halde, Le P., *Description de la Chine*; 4 vol. in-folio, Paris: P. G. Lemerchier, 1735.

Eitel, Ernest J., *Handbook of the Chinese Buddhism*, 2e édition; 1 vol. in-8, Hongkong, 1888.

_____, *Feng-shui, or the rudiments of natural science in China*; 1 vol. in-8, Londres, 1873.

_____, "Feng shoui ou Principes de science naturelle en Chine, traduit de l'anglais par Léon de Milloué," *Annales du Musée Guimet* I, Paris, E. Leroux, 1880.

Griffis, W. E., *Corea. The Hermit Nation*; 1 vol. in-8, Londres, Scribner, 1882.

Hoang, P. Petrus, *De Calendario Sinico et Europæo ; de Calendario Sinico variæ notiones, etc.*; 1 vol. in-8, Zi ka wei, ex Typographia missionis catholicae, 1885.

Halez, C. de., "Traduction partielle du Koe yu," *Journal Asiatique*, nov. déc. 1893 et janvier février 1894 ; et *Mémoires du Comité Sinico-japonais de la Société d'ethnographie*, tome XIX, partie II, 1894.

Julien, Stanislas, *Résumé des principaux traités chinois sur la culture des mûriers et l'éducation des vers* à soie; 1 vol. in-8, Paris, Imprimerie royale, 1837.

Klaproth, J., *San kokf tsou ran sets : ou Aperçu général des trois royaumes*; 1 vol. in-8, Paris, 1832.

Legge, James, *The Sacred Books of China. The texts of Taoism, traduction*; 2 vol. in-8, Oxford, Clarendon Press, 1891.

Lowell, P., *Chosön, the land of the morning calm*; 1 vol. in-8, Boston: Ticknor and company, 1886.

Ma, Tuan-lin, *Ethnographie des peuples étrangers à la Chine. Matouan-lin traduit pour la 1ere fois, etc.*; 2 vol. in-4, Genève, H. Georg, 1876-1883.

Mayers, W. F., *The Chinese reader's manual: A handbook of biographical, historical*, 1 vol. in-8, Changhai, American Presbyterianmission press, 1874.

Missionnaires de Corée de la Société des missions étrangères, *Dictionnaire Coréen-français*, contenant I partie lexicographique; II partie grammaticale; III partie géographique; 1 vol. grand in-8, Yokohama, 1880.

_____, *Grammaire Coréenne*; 1 vol. grand in-8, Yokohama. 1881.

Mollendorff, P. G. von, "Essay on Manchu literature," *Journal of the North China branch of the Royal Asiatie Society* XXIV, new series. 1890.

Nocentini, Ludovico, "Names of the old Corean sovereigns," *China branch of the Royal Asiatic Society*, XXII, new series. 1887.

Oppert, E., *A forbidden Land, voyages to Corea*; 1 vol. in-8, London: S. Low, Marston, Searle, and Rivington, 1880.

Plauchut, E., "Le royaume solitaire," *Revue des Deux Mondes*, 15 février 1884.

PLayfair, G.M.H., *The cities and towns of China, a geographical dictionary*; 1 vol. grand in-8; Hongkong, Shanghai [etc.] : Kelly & Walsh, limited, 1910.

Rosny, L. de, "Sur les sources de l'histoire ancienne du Japon," *Congrès des Orientalistes*, tome I, p. 217. 27 mai 1881

_____, "Les peuples de la Corée connus des anciens Chinois," *Actes de la société d'Ethnographie*, VII, 1873.

_____, *Les Coréens*, Paris: Maisonneuve frères et Ch. Leclerc, 1886.

_____, *Traité de l'Education des vers à soie au Japon*; 1 vol. in-8, Paris: Impr. impériale, 1868.

_____, "Sur la langue chinoise en Corée," Revue Orientale, 1868.

Cf. *Congrès des Orientalistes*, tome I, pp.148, 178, 184, 217, 219, 221, 225, 227, 229, 233, 235, 237, 239, 289, 291.

Ross, Re. J., *History of Corea ancient and Modern, etc.*; 1 vol. in-8, Paisley, Paisley [Scotland] J. and R. Parlane, 1879.

Satow, E., "Transliteration of the japanese syllabary," *Transactions of the Asiatic Society of Japan* 7, 1879.

_____, "On the early history of printing in Japan," *Transactions of the Asiatic Society of Japan* 10(1), 1882.

_____, "Further notes on movable types in Korea and early Japanese printed books," *Transactions of the Asiatic Society of Japan* 10(2), 1882.

Scherzer, F., Journal d'une mission en Corée, tranduit par, etc.; Dans les publications de l'Ecole des LanguesOrientales Vivantes, tome VII, 1 vol. in-8, Paris, 1878.

*Tchao sien tche, Mémoire sur la Corée par un Coréen anonyme, traduit etc.*; 1 vol. in-8, Paris, 1886(extrait du Journal Asiatique).

Scott, James, *English Corean Dictionary* ; 1 vol. in-8, Seoul, Corea: Church of England Mission Press, 1891.

*Treaties and Conventions, Between the Empire of Japan and Other Powers Together with Universal Conventions, Regulations and Communications,*

    *Since March, 1854*, Revised edition; 1 vol. grand in-8, Tokyo, 1884.

*Treaties and Conventions, Between the Empire of Japan and Other Powers Together with Universal Conventions, Regulations and Communications, Since March, 1854* vol. Ⅱ, 1884-1888 ; 1 vol. grand in-8, Tokyo, 1889.

*Treaties, Regulations, Etc., Between Corea and Other Powers. 1876-1889, Etc.* ; 1 vol. in-4 Changhai, 1889(Imperial Maritime Customs, Ⅲ, Miscellaneous series, n°19).

Wylie, A., *Notes ou Chinese literature*; 1 vol. in-4, Changhai et Londres, New York: Paragon Book Reprint Corp, 1910.

Zakharov, I., *Dictionnaire mantchou-russe*; 1 vol. in-4, St. Pétersbourg, 1875.

岡倉由三郎,「朝鮮の文學」,『哲學雜誌』8(74-75), 1893. 4.~5.

『四庫全書總目』; 121책. 12절판, 廣東, 1868.

『增補彙刻書目』; 11책. 18절판, 北京, 1875.

『大明會曲』; 228권 42책. 8절판, 1587.

『李氏五種合刊』, 1888[1837].

『知不足齋叢書』.

『續彙刻書目』; 11책. 18절판, 北京, 1876.

『說郛』, 1530.

『通商各國條約』; 16책. 8절판, 北京: 統理衙門 인쇄소. 연대 미상.

『通商各國條約』; 16책. 8절판, 北京: 統理衙門 인쇄소. 연대 미상.

『通商約章類纂』; 20책. 대8절판, 天律, 1886.

『集說詮眞』; 6책. 8절판, Za ka wei, 1880.

[자료 2] 오카쿠라 요시사부로 한국문학론 원문

雜録　朝鮮の文學

朝鮮には名づけて文學と云ふべき著不幸にして殆ど皆無の様なり古来漢文とのみ馴み用ゐ今より

四百年程以現朝鮮第四代の君主世宗大王の朝に於て諺文と稱ふる一種精巧の假字を裂し（朝鮮の

歴史には諺文の世宗の朝に創作せられし者の如く記しあれど三國の頃已に其初めを起したるを世

宗の時に当り之を多少改造せし者と見做す力稍正しきに近きが如し）たれど其用ゐらる〜範圍至

つて狹く常に諺文に附けたる漢字の傍訓　諺會部に附けたる場合は重に左の如し

女子其他漢文を知らぬ者の昔談

(三)(二)(一)

物語及び謡歌

而して稍重立ちたる事柄には假令ひ誤謬多くとも敢て漢文を用ゐるが習はしなれば何一つ溝屋に

仕立てたる事物なき朝鮮には借せられぬまで巧者に出来しかも國王の肝煎りたる諺文も惜むべし

世人に蔑視せられ折角の道具も世に充分の用をなさずして遂に今日に至れり

かゝる次第なれば朝鮮人の考へは諺文の出来し饒も依然として大概漢文に宿され文學上の思想は

開と迄もなく詩賦散文の形にてのみ顕はせられたれば自然朝鮮固有の氣稍と帯びたる作にそして

桃花も著俗も殆ど全然漢文と成り卑しぬ故に見女其他文字なき者の為に作れる物語の類は諺文にて

雜録　朝鮮の文學

在京城　岡倉　由三郎

（未完）

書きてはあれど諺文書きは云はゝ音で綴りたる事なき₂土地の如く啁口より出まかせに本来都向も
なき卷にも附かぬ事がらを假字にて寫し出せしまでにて固より術辭の方法を施せしにも非ざれば
到底文學など云ふ名稱を下し之が評論をなすべうも非ざるなり我が國の雅見に據り聞かする後璧
合戰さては桃太郎物語を其無造作に係記して之を文學と云ふ事正しからずとせば其見解の正し

からざらん限り朝鮮の物語を
然はあれど之を除きては朝鮮に所聞固有の 文學なる者殆ど曾無ど云はざるを得ず 此朝鮮固有の文
學の令腰を保持すど云ふべき物語は世間にて 如何なる待遇を受け居るかと云ふに之が愛讀者は
婦女子に非ざれば即ち下等社會の男子のみ少しく文字ある者 努めて之を好まさる 異似す其彼に所
は劇等悲惡の主義に出で假令へば無慈悲の兄と悌順の弟ありて 始めは兄卑客の性根を逞し一時の
我慾を貪り終りには弟千辛万苦を嘗めつくして 遂に永久の安樂を得る樣なるが常なり 行文の流暢
は記者の壘て求めざる所の如く 隨つて術辭の眼稠なりど知るべし製本の體裁を云へば坊間に於け
るはいづれも板本にて極めて粗惡なる 紙の我が散り紙ほど黑く吉野紙ほど薄き者故 ろ〳〵とし
て爛れなば破れなんど心地す 文字は晋例の諺文とて我か國の假字の如く 寧ろ彼のローマ字の如く
父音母韻を代表する文字にてのみ書き方は 右の上に始め壁に一行づゝ 漸次に左の方へ進むと更に我
の多く入りこみたるもとすべし書きあれど 其中十が六乃至八は漢語なり 以て朝鮮の俗語に漢語
のど異なる所なし二卽大槪三四餞位にて借舍と稱し書籍を鬻ぐるを本業とする家には 漢語にて書
けるのみ有りて諺文なきが常なれば 荒物屋の如き家の店頭に晒されたるを鬻ふ事なるが近來購
讀者めつきり減少せし由にて店さきに恥面さらす 諺文本の數も種瀬も日一日と少う也 行く樣子
なり

頻く云ふ時は諺文本の會厘且基に通りたる様なれどもまんざらにも非ず朝鮮には實冊家として

我が曾て本屋の如き者ありそこには諺文にて記せる物語本大概あり只に朝鮮人の作に係る者のみな

らず西遊記、水滸傳、西廂記、尊支那の物語を諺文に觀譯せしものも大方あるなり之を借りむと思

ふ者は何にてもあれ精價ある物（鍋釜の類にても可なり）を其家に持へ行き己の見むと思ふ本の如

り來る其見料は一冊二三日の割りにて二三厘に止まる黄冊家にて貸す　本は坊間にて賣れる者の如

く諺からず厚き紙の幅廣く縱長きに鮮明に筆記してあり閲讀に甚だ便なり。因に云ふ冊舍も黄冊家

も常京城にのみありて京城以外には假令ひ平壤後都の如き處にも抱へてこれなしとの事なり

諺文書きの物語は文學の名に堪へぬ者とせば其以外に文學どし觀るべき者を抱えて朝鮮には存せざ

るか。弁が見る所にては朝鮮人の事物に感じ音韻に因り謠ひ出だせる謳歌こそは最も文學的の

謳歌を含める者と思はる。然れ共其溝思の力に至りては鵝然たる朝鮮風を顯はさずして反つて支那

流の者多くし是れ逢し眼中片時も支那てふ影見を失はざる朝鮮人にして遂に死れ難き事なりとす。朝

鮮にて謳歌を作るには樂器に依り之に適ふ様に仕組むが故に我が五七の如く一定の字數なく韻を

押まさる一點は　我が國歌に於けると同樣なり歌を作る時其中に如何程漢語を用ゐるも不可ならぬ

定めにて實際支那の詩文を假字纏ぎにし之に曲折を附けて吟じたるが如き物と心得て可なり。又朝

結論　雜の文學

入百五

詩歌の話

八田大

鮮にては音文所と一致されとも語尾などの微細には殆と無くなり文にのみ存するあり俗語を整ふる爲
め省略、簡便等の文飾行はれ且今は口に云はずなりし語も多少其中に用ゐとこまるれば俗辭に精通し
ても慣れれば一寸讀みにくき所ありされど我が國の音文の如く甚しく隔たりたらざるは勿論なり
諺歌を聞めて出版せし書こ〜朝鮮には並だ稀なり。之を借り出ださん事甚だ容易ならず余輩にして此頃「南薰太平歌」と題
せられ容易ならる〜が故に之を世に公にせんず涉あり今す眼ありしなれ程の者はひとり〜時偶寫
したる一部の歌集を手に入れたれば いつ之を世に公にせんず涉あり今す眼ありしを以て其中朝
鮮諺歌の代表者たるに足るべき者数首を抄出し之を讀者に示すに當り取り朝鮮文學の有様を記し
それが揩序とはなしつ朝鮮の物語其他の小話の外國文に手引きせられて世に顯はれたる事はフラ
ンスの宣敎師等が手に成れる朝鮮字典（Grammaire Coréenne）の用錄及びアクトル、アレンの
「朝鮮物語」（Corean Tales）等われど朝鮮諺歌の其生國と出で外國人に閲接するは實にこれが最
初なりとす。これらの諺歌はいづれも現に女樂の類に依り唱誦せらる者と知るべきなり。
諺歌を出すに當り先づ諺文にて本文を示し之にローマ字にて讀みを付け且つ字句一ひの解釋をる
加へたり諺文は之を印刷するに決して容易ならざるべければ全く出さ〜るも宜し原文に據へたる

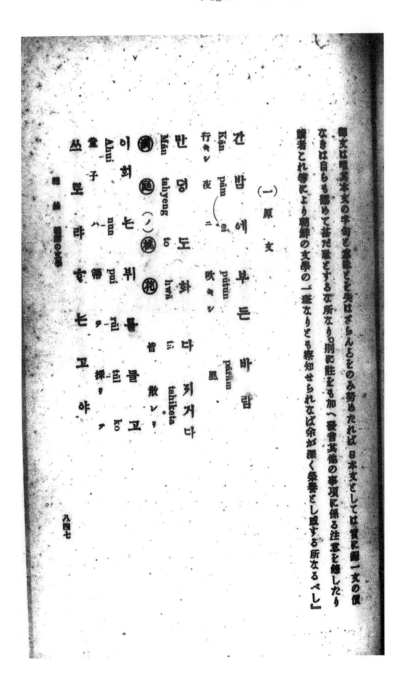

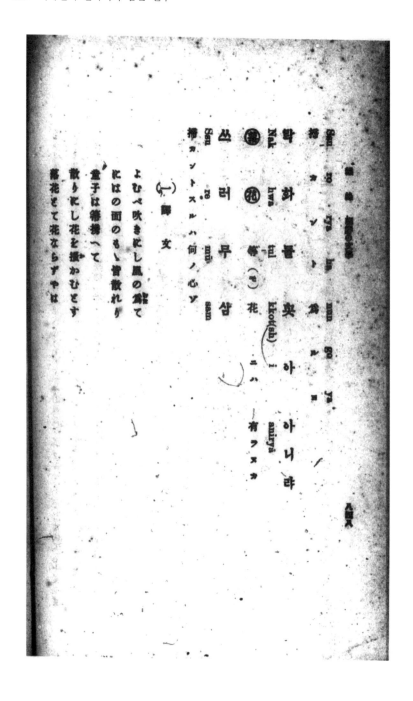

はゝくむずいよかしき

（註）原文にローマ字を宛てたる中。とュ—とは　朝鮮語にあり　日本語に無き韻なれば之を發音する方
法を示すべし此二韻はこれまで出版せられたる外國文の書共に未だ充分明示せられたるとなく
之を解釋するに甚だ困難なる者の横芬へられ來りし者なり。eは唇をュ韻を發する位置にしな
からオ韻を發し試みば得らるゝ韻立り又ュ—は唇をイ韻の位置にしゝ韻を發せば得らるゝ韻な
り。朝鮮語にはフランス語に所開父母音の結拖（liaison）と云ふ者行はれ paㅁ のㅁと次のei. 此
懸け pä-mai。 の如く讀む事あり之を示さん爲め（—編を添へ書けり。
に於けるr音を發するに苦む、故に之をㅁに場ふるが常なり誠は全く之を除く事もあり。即ち落
花はRakhwaと云はずNakhwaと云ふを善しとす。原文に添へたる母語の內圍を加へたるあり。
これは原文に其漢字の存するとを示さんとてしかせしなり。此歌の如きは漢字の最も少く用ゐら
れたる者の一とし見て可なり。

（未　完）

厭世教

朝鮮　黄真伊

爛漫たるもの必ずしも眞金にあらず、時に鑛鐵の其中に混するあり。澕河たるもの必ずしも眞冤

閔國九

禮記省度　　廿九卷十六冊
　　　　　　明宗心純

禮記搜義　　四十九卷四冊
　　　　　　明賴于軷

讀庵禮經藻本

禮經會元　　二　册
　　　　　　十六卷九册
　　　　　　明膝自申

禮記楢翠蓑言　四卷四册
　　　　　　　明米大頀

禮記寫薰譜

（完）

一〇三八

雑　録

朝鮮の文學（承前）

（二）原文

人（Iu）

인

싱이　saing-i

둘外　tnl ka　syeit ka
　　　二ッ　三ッ
生（i）

졋가
ka

이몸이

네다셧가

此身（I）

四ッ（カ）五ッ
mom（i）　nei　tasyet ka

在京城

岡倉由三郎

비러온 인성이 (人生)(八)
in saing i
Pirean
借レナル

꿈에 몸가지구서
Kkum ei mom ka dshi kn syg
夢ニ 身(ヲ)持チナガラ

일싱에 슬풀일만ᄒ고
일生 il saing ei sul pul il man ha ko
ニ 悲シキ 事ノミ 爲テ

언제철녀 (一)
En dshyei nol lye
何時 遊ブベキ

(二)譯文

いのちは二つ三つやある
此身とて四つ五つ〜かは

鮮語 朝鮮の文學

一〇三九

第二編　朝鮮の文學

いつの世かまた樂しまん

悲しみてのみ過ぐしなば

夢見る心地する物を

偲れはかなき人の身の

（註）此歌にも亦漢字極めて少し。其搆思に至りては善く朝鮮人の思想を顯はせる者にして未來に對す
る希望全く無く四面悲慘の物象に圍まれ万事に失望の餘、まゝよ如何なる物かと云ふが如き一種
の悟りを開きたる有樣これにて充分に知らるゝなり此の如き歌はこれのみに止まらずこの歌集
中にも尙ほ多くあり。これ實に朝鮮人の心事として見べき物と信ず。p'ul は猶 p'hui の如し。
又 s昔の次の y は常に讀まぬ例なり。

（三）原文

| | | | | |
|---|---|---|---|---|
| 록 | 쵸 | 쟝 | 졔 | 샹에 |
| Nok | tah'yŏ | tahyang | tahyei | sgaug ei |

동 긔 화 두 져 무 동 아

一〇二〇

獨 To(k) kui　尉 黃 hwang　獨 tok tahŏ　牧 mok　童 tong　a　ㅁ

데 Nei 아ᄂᆡᄴ annya 모ᄅᆞᄴ morunya
知 レ ヤ 知 ラ ズ ヤ

世 Syei 샹 syang 上(ノ)是 shi 非 bi 事 si ᄅᆞ rul ㅣ
세샹 시비사를

그 Ku 아ᄒᆡ ahui 단 tan 쳗 tsyek 뎐 man 불 ㅣ 면 myen 셔 sye
其 重子 知ㄴ ノ ㅣ 吹 キ ナ ガ ラ

쇼 Syo 이 i 부 pa 답 tap
而 不 答(ナリ)

(三) 譯文

細綴 閼翻の文學

一〇四

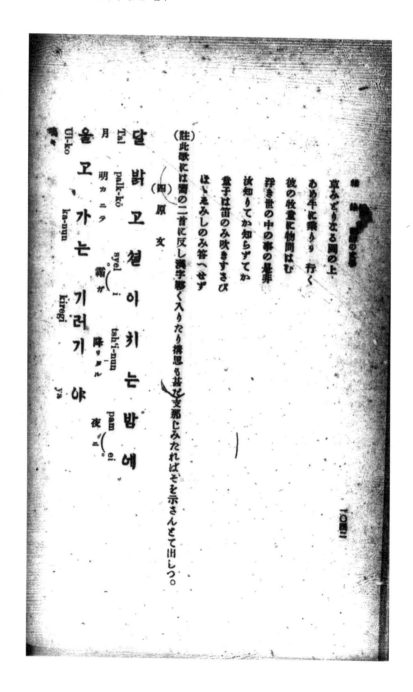

쇼 Syŏ 쌍 syang 동 tong 뎡 tähyeng 여 sŭui 의 tä-ko 두 고

湘 료 kwan 란 han 한 tung 둥 ei 에 taham-tun 캄 nä 든 나
洞 (子) 何處二優 ＊＊
庭 眠＊入リ＊ 余

寒 룰 rul 쳐 kkai 우 ununya 느 냐
强 (ノ下)二 愛マンタ鳴ク＊

밤 Pam 중 tahung 만 man 우 nei 는 ŭn-ŭn 소 sorai 리
夜 汝ノ 鳴ク聲 (二ヲ)

잠 Tsham 못 mat 니 nire 러
眠ノ (四)成ノ＊＊

一〇三

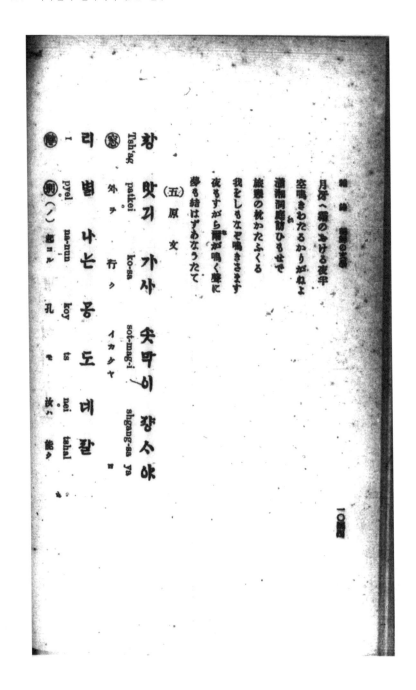

막 일 소 씨
magil so-ssya
塞 ᄎ 恫 ル ᄀ

그 쟝 서 더 답 ᄒ 되
Ku tahyang sai tai tap ha. doi
其 (商) 人(ᄉ) 對答 ㅈㅗ.ᄂㆍᄉ

초 한 젹 항 우 라 도
Tsh'o han tahyek hang u ra to
楚 漢(ᄉ) 時(ᄉ) 項羽 ᄒㅏㆍㅜㄹ

력 발 산 ᄒ 고
Nyek pal san ha ko
力(ᄂ) 拔(ㄴ) 山, ᄒㅏㆍㄱㅗ

긔 긔 셰 로 되
Kui kai syei ro dor
氣(ᄂ) 蓋(ᄂ) 世, ㄴㅣㄱㅏᅡ

심 기 능 허 못 막 엿 고
sim ki nung he mot mak yet ko

神解 朝鮮の文學

一〇五

縮縄　國語の文

Sim ura nnny hi　　mot-magyet-ko.

カ　（熊）

삼 국 젹 며 갈 량 도
Som kuk tshyek tshye kal. lyang to
三國（ノ）時（ノ）諸　萬　亮

샹 룡 련 문 챵
Syeg tog tsh'yen. mun ei
上（ㆍ）通（ㆍ）天（ㆍ）文

하 달 디 리 로 되
Ha tal tshi ri ro doi
下（ㆍ）運（ㆍ）地　　못막엿고든
mot-mag-yet-kotun

지 쥬 로 능 히
Tshai tshyu ro nung hi

하 믈 며 날 챵 론 쇼 갓 부 야
Ha-iul-mye nal katt'un syö tshang pu ya

一〇五

## 일러무슘

Il le mu sam

（五）譯　文

窃した通るいかけやさん
つらい別れを續きとめる
あまへにてだては無いものか
いかけや答へて申すやう
漢楚の時の項羽でも
力は山を抜く位
氣は一世を呑んだれど
力づくではゆかなんだ
三國きつての孔明も

云フニヤ及フベキ

祝ンヤ余如や

輯錄　朝鮮の文學

小犬犬くチヤ

一〇四七

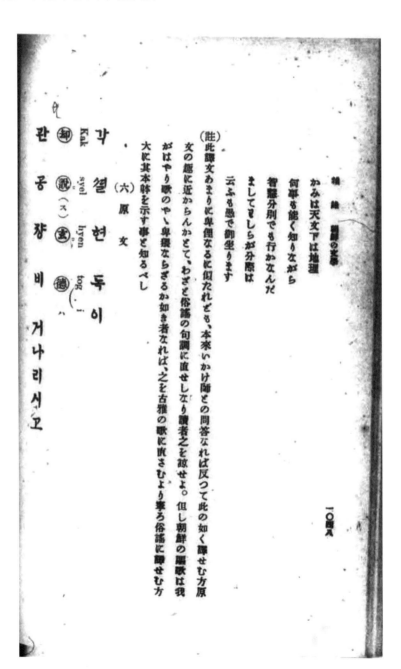

輔篇　朝鮮の文學

かみは天文下は地理
何事も能く知りながら
智慧分別でも行かなんだ
ましてもしらが分際は
云ふも愚で御坐ります

（註）此譚文あまりに卑俚なるに似たれども、本來いかけ師との問答なれば反つて此の如く譯せむ方原
文の趣に近からんかとて、わざと俗謠の句調に直せしなり讀者之を諒せよ。但し朝鮮の諺歌は我
がはやり歌のやゝ卑猥ならざるか如き者なれば、之を古雅の歌に直さむより寧ろ俗謠に譯せむ方
大に其本体を示す事と知るべし

（六）原文

각 셜 현 두 이
Kak syel hyen tog i
（神）（說）（ㅈ）（돌）（德）
관 공 쟝 비 거나리서고

一〇四八

Kuan kong tahag 'pi
(關)(公)(卜)(張) kenri-si-ko
連リフレヲ

Tahyei kal lyng po-rya-ko
쳬갈 랑 보랴고
(飛)ヲ 防ハントヲ

Ma ryong kag kenne
와 룡 강 건너
(師)(龍)(江)(ヂ)渡リ

Ma ryong san nemme
와룡선 넘머
(師)(龍)(山)越エ

Nom gang tahi ral takara-sye
남 샹 다룰 따〈라쳐
(園)(山)(ノ)畑 ニ 到ア着ヤ
㉑

시 문을 두다러 니
(園)

雜錄 翻訳の文学

一〇四九

輔讀　朝鮮の文章

一八〇

네 션싱씌 셔시거든

(童) 동 자 야
Tong tsha ya
子 野

(先) 뒤 초 당 에 잡 드러 계오
Tui tshö tong ei tsham ture kyei-o
后ノ草堂ニ 眠リテ

(先) 션 싱 님 이
Syen saing nim i
生 様 님이

(童) 동 지 나 와 욕 뽐 는 말 이
Tong tshai nä wä yettyom-nun mäl i
子 出ヅ來ヲ 告ヅル 語ニ

(蒙)(門) 시 문 니 ㄱ tndari ni
Si mmnl nl
叩 キ ク レ ハ

Nei syen ssing kkai-si-ketnn
어ㅅ 先 生 覺ㅅ給ハ、

Yü kwan tshang sam in i
유 판 장 삼 인 이
劉 關 張 (ノ)(三)(人)(が)

Wattara-ko yettshyue-ra
왓두라고 엿쥬어라
來リシト 告ケ知ラセヨ

(六) 譚 文

かくて玄德は
關羽、張飛を從へて
諸葛亮をば訪はんとて
臥龍江をうち渡り
臥龍山をもかつ超えて
南陽の地に到り着き

鴨 綠　朝鮮の文學

(一〇五)

朝　鮮　朝鮮の文學

一〇五

樂のどばそをみとなへば
一人のわらは出で來り
先生今しも、めたたなる
草葉に眠り給ふと告ぐ
さらばことばを過すなり
諸葛先生起め給はヽ
劉關張の三人の者
訪ひ來りし由悔ふべし

（註）此歌は故に物語文の體裁に擬して作りし者なれば物語文を讀者に知らする便あらんと信じて故には採り出だしつ以上の六首にて朝鮮文學の命脈を維持する關歌の如何なる者なるかを知らず

る事を拇ば余が大幸なり

（完）

## ミュンステルベルヒ氏の心理研究法

心理學が哲學の範圍を脫し科學として研究せらるゝに至て、其方法も多端に分れ、社會万般の事よ

# 제2장

# 한국시가문학의 집성과 '문학 텍스트'로서의 고시가

### 모리스 쿠랑의 『한국서지(*Bibliographie Coréenne*)』(1894～1896)와 한국시가론

## 들어가며 : 모리스 쿠랑과 서울의 추억

### 1) 모리스 쿠랑의 서한문과 젊은 외교관의 초상

모리스 쿠랑(Maurice Courant, 1865~1935 ; 이하 쿠랑으로 약칭)이 프랑수와 게랭(François Guérin)의 후임으로, 베이징에서 한국에 도착한 시기는 1890년 5월경이었다. 그리고 그는 이후 약 13개월 동안 한국에서 빅토르 콜랭드 플랑시(Victor Collin de Plancy, 1853~1922 ; 이하 플랑시로 약칭)를 보좌하였다. 플랑시가 1891년 6월 한국을 떠나 도쿄로 전속된 이후에도, 쿠랑은 1892년 3월까지 한국에서 근무했다. 이 시기 쿠랑이 플랑시에게 보낸 서한(1891.7.3. ~1892.2.25)에는 당시 서울에서 근무하던 젊은 외교관의 초상이 남아 있다.[1]

쿠랑은 서한을 통해 『한국서지』(1894-1896, 1901) 집필을 위한 서적의 구매와 조사 등의 작업현황을 보고하거나, 향후 출판 및 인쇄계획 등과 관련된 사안을 질문하기도 했다. 또한 그가 머물던 외국 공사관의 근황을

---

1) *PAAP, Collin de Plancy* v.2[마이크로 필름] ; 이하 본문에서 인용시 "일자"로 약칭하도록 하며, 다만 쿠랑이 머문 장소를 강조할 필요가 있을 경우 "일자, 장소"로 표시할 것이다.

알리기도 했다. 특히, 프랑스 공사관의 신축공사와 관련된 언급이 자주 나타남을 확인할 수 있다. 1889년 플랑시는 정동 양인촌(洋人村)에 프랑스 공사관의 터를 잡았는데, 이곳은 현재 서울 창덕 여자 중학교가 있는 자리이기도 하다. 1892년 4월부터 프랑스 공사 겸 총영사로 부임하여 1894년 2월까지 한국에 머물렀던 외교관 프랑댕(Hippolyte Frandin)은 쿠랑이 머물던 공관의 모습을 엿볼 수 있는 아래와 같은 사진자료를 남겨 놓았다.2)

➡ 프랑스 공사관(러시아공사관 방면)

➡ 프랑스 공사관 정경

➡ 프랑스 공사관 사무동

➡ 프랑스 공사관 내부

플랑시가 일본 도쿄로 전속된 이후, 쿠랑이 보낸 서한에는 다음과 같은 표현이 반복적으로 언급됨을 확인할 수 있다. 그것은 "새로운 소식이라고는 아무 것도 없습니다", "이곳에서는 흥미로운 일이 없습니다", "서울에서는 재미있는 일이 없습니다"와 같은 말들이다. 이처럼 쿠랑에게 서울은

---

2) 출처 : 한국콘텐츠진흥원 컬처링(www.culturing.kr) [初出 : 경기도박물관 편, 『먼나라 꼬레-이폴리트 프랑댕의 기억속으로』, 경인문화사, 2003].

매우 단조로운 공간이었던 것으로 추측된다. 그는 "오로지 은둔자처럼 살면서 하루에 반시간 정도"는 플랑시의 후임자이자 그의 상관인 로셰(É. Rocher)를, "그리고 이따금" 뮈텔(Gustave Charles Mutel, 1854-1933) 주교를 "만날 뿐"이라고 말했다(1891.10.10). 그가 한국에서 보낸 마지막 편지(1892.1.21)에는 한국생활에 대한 다음과 같은 솔직한 술회가 잘 드러나 있다.

> 결국, 이제 제가 그렇게도 부정적으로 생각했었던 서울에서의 체류를 마쳤습니다. 공사님께서도 잘 아시겠지만 처음 석 달 동안은 지내기가 무척이나 괴로웠습니다. 그때 공사님께서 아무것도 알지 못한 양 저에 대해 신중한 태도를 보여주셔서 얼마나 감사한지 모릅니다. 그 당시 저의 정신 상태로는, 극히 사소한 일로도 조선에 대해 혐오감을 느끼고 빠져나갈 궁리만 하곤 했습니다.
> 공사님 덕분에 우선 이 나라가 견딜 만해졌고, 이 나라에 매우 큰 흥미를 갖게 되었습니다. 오로지 공사님 덕분에 서울에서의 단조로운 삶은 힘든 것이 아니라 유쾌한 것이 되었습니다. 공사님의 늘 일치된 활동과 고결한 의지의 모습 덕택에 저는 강해졌고, 저 자신을 스스로 확신하도록 도울 수 있었습니다. 적어도 제게는 그러합니다. 저의 그러한 확신이 아무리 오만하게 보일지라도 말입니다. 공사님이 보여주신 모범의 덕을 보지 못했다 하더라도 저는 그것을 분명하게 보았으며 지금까지도 마음에 새기고 있습니다.
> 이제 제가 조선에서 보낸 시간을 회상하니 여러 가지 생각들이 듭니다. 아마도 공사님께는 그리 중요한 것이 아니겠지만요. 그러나 저의 진심을 보시고, 이렇게 다소 거친 저의 솔직함을 너그럽게 용서해주시길 바랍니다.

프랑스에서 해로를 통해서 갈 수 있는 가장 머나 먼 장소이자, 서구에게는 전혀 알려져 있지 않은 한국이라는 미지의 공간, 이곳으로의 발령을 그가 긍정적으로 생각할 수는 없었을 것이다. 플랑시는 그러한 쿠랑에게 한국에서의 생활에 활로를 열어 준 셈이다. 쿠랑의 서한을 펼쳐보면, 당시 그에게 유일한 낙이자 즐거움은 플랑시와의 서신 교환 그리고 새롭게 만들어진 자신의 집무실에서 홀로 한국의 서적과 글을 읽는 시간이었다는 점을 알 수 있다(1891.8.14.).

하지만 그는 이 시기 상상할 수 없었을 것이다. 그가 그로부터 27년이나 지난 후 즉, 1919년 9월에야 서울을 겨우 다시 방문하게 될 것이라는 사실을 말이다.[3] 그에게 서울은 이처럼 다시 만날 수 없는 하나의 추억으로 남겨질 공간이라는 사실, 또한 이곳에서의 시간을 그가 다음과 같이 플랑시에게 고백하게 될 것이라고 과연 상상할 수 있었을까?

> 가끔 저도 모르게 한국에서 공사님 가까이에서 보내던 때를 생각하고 있음에 깜짝 놀랍니다. 무척이나 짧았지만, 저에게는 너무도 충만했고, 저의 존재에 그토록 많은 흔적을 남긴 기간이었습니다. 외진 사무국에 있던 제 모습이 눈에 선합니다. : 그렇지만 물론 과거 속에서 사는 것으로 만족해야 할 정도로 제가 그렇게 나이가 든 것은 아직 아니겠지요?

위의 서한(1899.12.18., 샹티이 방면(우아즈), 비뇌이)은 쿠랑이 자신의 모교였던 프랑스 동양 언어 문화학교 중국어과 교수 임용에서 실패한 후, 플랑시에게 보낸 것이다. 이 사건은 자신의 아이를 잃고 외교관에서 학자로 살아갈 것을 결심한 그가 겪었던 또 다른 차원의 고난이었을 것이다. 쿠랑은 자신의 한국생활이 비록 매우 짧은 기간이었지만 자신에게 "너무도 충만했"으며, 그의 "존재에 그토록 많은 흔적을 남긴" 시간이라고 언급하였다. 그의 서한을 펼쳐보며, 우리는 그의 이러한 의미를 지닌 시간이 남겨놓은 결과물이 『한국서지』라는 사실을 그리 어렵지 않게 발견할 수 있다. 이렇듯 쿠랑이 소중히 여긴 그의 시간과 그 족적은 『한국서지』에 담

---

3) 이상현, 「『삼국사기』에 새겨진 27년 전 서울의 추억 : 모리스 쿠랑과 한국고전세계」, 『국제어문』 55, 국제어문학회, 2013, 193-197면.

겨져 있고, 우리는 그 흔적을 발견할 수 있는 것이다.

### 2) 『한국서지』와 19세기 한국의 출판 · 유통문화

쿠랑의 저술, 『한국서지』를 통해 우리는 그의 한국시가 담론을 발견할 수 있다.[4] 하지만 이에 앞서 그가 한국시가를 발견하게 된 과정과 그 현장에 대해 먼저 언급할 필요가 있다. 이와 관련하여 쿠랑이 『한국서지』, 그 「서론」의 도입부를 통해 서울의 상점들에서 한국의 서적이 판매되는 현장을 아래와 같이 충실하게 묘사한 모습에 주목해 보자.

> 서울이나 시골의 꼬불꼬불하고 더러운 골목길과 먼지 나는 장터들에는 조잡한 차일로 햇빛만을 피한 채 노천에 작은 상품진열대들이 놓여 있고 그 옆에는 등 위로 길게 머리를 땋아 내린 젊은이가 생삼베 옷을 입고 쭈그리고 앉아 있는 것을 볼 수 있다. 그는 동곳과 비녀, 망건, 손거울, 담배쌈지와 담배, 일반적인 담뱃대, 각종 궤짝, 일본 성냥, 붓, 먹, 종이 그리고 책들을 팔고 있다…(중략)…거의 모든 이 같은 통속적인 책들은 한글로 되어 있으며 가격은 저렴하여 10文에 이르는 것이 거의 없다. 한국 도착에서 부터 외국인들이 보는 책들이 이런 것들이고 수도에서나 마찬가지로 지방에서도 길모퉁이 어디에서건 마주치는 것들이다…(중략)…책을 볼 수 있는 것은…(중략)…많은 貰冊家들이 있어 특히 소설이나 노래 같은 일반 책들을 소지하고 있는 데 거의 한글판 印本이나 寫本이다. 이곳에 있는 책들은 보다 잘 간수되었고 책방에서 파는 것들보다 양질의 종이에 인쇄되었다. 주인은 이들 책을 10분의 1, 2文의 저렴한 가격으로 빌려주며 흔히 돈이나 물건으로 담보를 요구하는 데 예를 들면 돈 몇 兩, 운반하기 쉬운 화로나 솥 등을 들 수 있다. 이런 종류

---

4) 조재룡, "Les premiers textes poétiques coréens traduits en français a` l'époque de l'ouverture au monde," 『통번역학연구』17(4), 통번역연구소, 2013 ; 조재룡, "Traduire le vers coréen sijo : approche théorique et practique," 『프랑스문화예술연구』 33, 프랑스문화예술학회, 2010 ; 김승우, 『19세기 서구인들이 인식한 한국의 시와 노래』, 소명출판, 2014, 45-72면(初出 : 「19세기 말 프랑스인들의 한국시가 고찰」, 『온지논총』 38, 온지학회, 2014).

의 장사가 서울에 예전에는 많았으나 점점 희귀해진다고 몇 몇 한국 사
람들이 알려 주었다.5)

이 현장에 대한 묘사는 당시 한국의 고소설 및 시가문학의 출판・유통
문화를 말해주는 그의 귀중한 증언으로, 오늘날의 입장에서 본다면 일종
의 사료적인 가치를 지닌 서술이라고도 평가할 수 있다. 또한 쿠랑의 상
기 서술에서 우리는 한국의 시가집이 유통되던 모습, 또한 그가 자료를
입수하게 된 경로를 상상해볼 수 있다. 쿠랑의 『한국서지』가 지닌 이와
같은 미덕은 무엇으로 인해 가능했던 것일까?

다니엘 부셰(Daniel Bouchez)는 이 질문에 대한 훌륭한 답변을 제공하였
다. 그의 비평대로 쿠랑의 『한국서지』는 오늘날의 관점에서 보자면 분명
한 자료적 한계를 지니고 있었다.6) 하지만 이처럼 자료적 요건이 충분하
지 않았기에, 쿠랑의 저술은 더 더욱 기념비적인 저술이 될 수 있었다. 부
셰의 적확(的確)한 평가처럼, 오히려 그러한 자료적 여건이 충족되었다면
남길 수 없었던 쿠랑의 족적이 『한국서지』에 담겨져 있기 때문이다. 즉,
그가 수많은 상점, 세책가, 절의 창고를 뒤져 당시 지식층에 의해 무시되
던 수많은 도서들 예컨대 불교서적, 이단서적, 한글로 쓴 민중문학 등을
찾아내어 해설을 덧붙였던 점, 그리고 당시 구전만으로 전하던 서적의 정
보를 기록한 점들은 『한국서지』가 지닌 큰 미덕인 것이다.

---

5) 모리스 쿠랑, 이희재 옮김, 『한국서지』, 일조각, 1997[1994], 1-4면(*Bibliographie Coréenne*,
Paris, 1894-1896, 1901).

6) 예컨대, "목판대장(木板臺帳)의 누락, 「예문고(藝文考)」가 없는『동국문헌비고』의 참조, 규
장각도서목록의 미비"로 말미암아, 체계적이며 균형 잡힌 한국의 한적 일람을 제공하지
못했다. 또한 "당대 자국의 모든 지식을 총망라한 중국의 유서와 같은 일반 개요서" 중에
서 노론편향적인 김창집(金昌集)의 「후자경편(後自警編)」만을 참조했고, 17세기 이후 서적
의 저자들을 주로 그가 체류하던 시기의 구전을 통해서 작성할 수밖에 없었다. 더불어『해
동역사(海東歷史)』와 『해동문헌총록(海東文獻總錄)』, 『삼국유사(三國遺事)』 등을 참조하지
못한 자료적 한계점도 지적할 수 있을 것이다(다니엘 부셰, 전수연 옮김, 「韓國學의 先驅者
모리스 꾸랑」(上), 『동방학지』 51, 연세대학교 국학연구원, 1986. 163-166면).

쿠랑의 한국시가 담론은 서울에서의 그의 소중한 시간과 추억, 그리고 이러한 그의 실천을 토대로 세상에 나오게 된 것이다. 이러한 쿠랑의 한국 도서 및 한국문학에 관한 기술은 그가 체험한 19세기 말 한국이라는 장소 이자 그 현장에 대한 증언이기도 한 것이다. 특히 그의 고소설에 관한 증언 은 당시 한국 고소설을 재조명하게 한 매우 중요한 계기였으며, 오늘날 고 소설 연구의 중요한 초석이 되었다. 하지만 그에 비해 그의 한국시가에 대 한 언급은 상대적으로 주목받지 못한 형편이다. 그 이유는 한국 국문시가 의 출판 및 유통형태가 '방각본 고소설'과 달리 필사본인 경우가 더 많았고, 그만큼 당시 가집은 서구인이 접촉하고 수집·조사하기에는 고소설에 비 해 상대적으로 더욱 어려운 텍스트였기 때문이다. 이를 반증하듯, 『한국서 지』에 그 줄거리 개관이 정리된 다수의 고소설과 달리, 쿠랑의 상세한 해 제가 붙여진 한국의 가집은 『가곡원류』와 『남훈태평가』 2종에 불과하다.[7]

그렇지만 그의 한국시가론을 연구할 의의는 분명히 존재한다. 쿠랑이 조 사한 한국시가는 한국의 국문시가로 한정되는 것이 아니기 때문이다. 그의 조사 작업은 한국에서 출판된 중국인과 한국인의 한시문을 포괄하며, 이는 모두 127종에 달한다. 즉, 쿠랑이 제시한 한국시가문학 관련 서목 역시도 고 소설과 마찬가지로, 19세기 말 한국의 출판문화를 말해주는 중요한 증언임 에 틀림이 없는 것이다. 무엇보다 그가 접촉할 수 있었던 당시 한국에 유통 되던 한적(漢籍)에 관한 유용한 정보를 담고 있기 때문이다. 또한 그 속에는 19세기 말 한국 도서의 출판 및 유통 문화라는 의미만으로 한정할 수 없는 면모가 존재한다. 따라서 무엇보다도 면밀히 살펴야 하는 지점은 사실 쿠랑 (서구인)과 한국 고전의 접촉이라는 역사적 사건 그 자체에 있는 것일지도

---

7) 이상현, 이은령의 논문(「19세기 말 고소설 유통의 전환과 '민족지'로서의 고소설」, 『비교문 학』59, 2013)은 한국의 근대학술사라는 관점에서 『한국서지』의 고소설관련 기술을 살핀 본 연구의 선행연구이다. 이 연구는 이에 대한 연장선상에 그 범주를 쿠랑의 시가문학에 초 점을 맞춰 고찰한 것이다.

모른다. 그 사건은 크게 다음과 같이 두 가지의 의미를 지니고 있다.

첫째, 이 사건은 한국 고전의 유통을 과거와는 다른 차원으로 전환시켜 주었다. 19세기 말 한국의 고전은 서양인 장서가에 의해 한국이라는 제한된 장소를 벗어나, 제국의 문서고 속에 재배치된다. 이 과정에서 한국의 고전은 한국의 출판문화, 한국인 독자가 향유한 제한된 시공간에서만 소통되는 텍스트가 아니라 이는 일종의 혼종성을 지닌 텍스트로 변모된다. 즉, 서구문화와는 다른 이문화의 산물이자 번역되어야 할 외국문학 작품이라는 새로운 함의를 획득하게 되는 것이다.

둘째, 한국의 시가문학은 한국의 민족지 즉, 한국 민족을 알기 위해 살펴 볼 중요한 지식으로 새롭게 부각되었다. 이는 한국의 시가문학이 '문학'이라는 근대 학술의 지평 속에서 새롭게 조명되는 지점이라고 말할 수 있다. 즉, 한국의 고전이 "시, 소설, 희곡 장르 중심의 언어예술", "작가의 창작적 산물"로 규정되는 근대 문학개념에 의해 재편되며, 새로운 가치가 생산되는 양상을 의미한다. 특히, 국문시가의 경우, 과거 음악과 공존했던 본래의 맥락과 달리 하나의 '문학 텍스트'로 재조명되는 측면에 주목할 필요가 있다. 요컨대, 『한국서지』의 시가문학 관련 기록 속에는 한국의 시가가 외국인의 시각 속에 (재)발견되며 하나의 문학텍스트, 또한 외국문학이자 번역되어야 텍스트로 소환되는 모습이 놓여 있는 것이다.

이러한 한국 고전시가의 재탄생과 소환은 근대 학술사라는 맥락 속에서 이루어졌다. 쿠랑의 한국시가론을 읽을 '근대 학술사'라는 거시적 맥락은 국학·조선학이라 통칭되는 한국 근대지식인의 한국문학연구 혹은 고전학으로 한정된 것이 아니라, 외국어로 쓰인 서구인, 일본인의 업적들을 포괄하는 개념이다. 즉, 이는 서양인, 일본인, 한국인이라는 연구주체들의 활동의 장이었던, '복수의 언어를 원천으로 한 근대초기 한국학'이 놓여있던 혼종적인 현장을 지칭한다. 우리는 그 시원의 위치에 놓여 있는 쿠랑의 한국시가론을 중심으로, 쿠랑이 한국시가를 어떻게 읽었으며, 또한 어떠한 논저를 참조했는지를 실증적으로 고찰해보려고 한다. 이를 통해 쿠랑이 19세기 말 한국의 시가를 통해 문학이라는 근대 지식을 생산했던 그 수행적인 맥락을 복원해볼 것이다. 이러한 독법이 『한국서지』의 온당한 의미를 찾기 위한 방법론적 시야를 제공해줄 것이라고 생각한다.

## 1. 한국시가문학의 전체상과 재구성의 문제

### 1) 한국시가문학의 유형과 '문학'이라는 근대적 지식

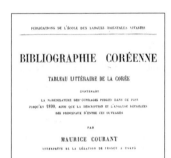

『한국서지』 1권(1894)의 표지를 보면, 『한국서지』(Bibliographie Coréenne)라는 제명 아래 "한국문학일람(Tableau Littéraire De La Corée)"이라는 부제가 병기되어 있다. 쿠랑의 저술은 단순한 서목 혹은 '순수한 서지학'적 업적으로 한정할 수 없는 성격을 지니고 있었다. 이러한 측면은 콜랭 드 플랑시와 쿠랑 두 사람이 이 책을 애초에 기획했던 당시 이미 예정된 것이기도 했다. 쿠랑의 서한을 보면, 『한국서지』가 '한국문학일람'으로 지칭되는 경우가 종종 보인다. 또한 본래 두 사람의 기획을 엿볼 수 있는 내용을 쿠랑의 서한을 통해 살필 수 있다. 이 편지는 플랑시에 대한 쿠랑의 격렬한 반론이 담긴 서한(1892.2.25, 서울)이기도 했다.

> 죄송하지만 이 일의 구상은 누가 하셨던가요? 한국의 서적들을 찾아보고 연구하며, 책방의 매대를 찾아볼 생각을 가졌던 사람이 저인가요? 제가 반대했던 일이 기억나지 않으신지요? 제가 이 일을 함께하도록 몇 달 동안이나 저를 설득하시지 않으셨는지요? 처음 이 일을 시작했을 때

는 오로지 영사님을 만족하게 해드리려 했던 것이고, 이 일 자체에 관심을 두게 된 것은 그 후 시간이 훨씬 지나서였습니다. 또한, 제가 이 일을 어떻게 이해했을까요? **저는 묄렌도르프(Möllendorff) 식의 아주 단순하고 간략한 해제를 작성하려고 생각했습니다. 거기에다 살을 붙이고 설명과 분석을 추가하여 생명을 불어넣은 사람이 누구란 말입니까?** 게다가 이 서지의 초안은 누가 구상했으며, 또한 누가 그 모든 서양 서적을 조사했단 말입니까? 누가 제게 이러한 접근 방식에 대한 흥미와 필요성을 제시해 주었던가요?

주지하다시피, 『한국서지』는 본래 플랑시와 쿠랑의 공동저술로 출판될 예정이었다. 하지만 플랑시는 이를 쿠랑의 단독저술로 출판하기를 요청했다. 상기 인용문은 이에 대한 쿠랑의 반론이었다. 더불어 이는 애초에 플랑시, 쿠랑이 이 책에 담고자 한 바가 '단순한 해제가 달린 서목'을 지향하지 않았음을 보여주는 대목이기도 하다.[8] 왜 그들은 그러한 기획을 했던 것일까? 그 이유는 『한국서지』 1권에 수록된 쿠랑의 「머리말(Preface)」에서 잘 드러나 있다. 여기에서 쿠랑은 독자의 흥미를 위해 "서적"의 "외형적 묘사"를 덧붙일 수밖에 없었고, 나아가 "한국의 지리, 풍속, 엄밀한 의미로서는 문학과 철학 등에 대한 많은 정보"를 해제 속에 기술해야 했음을 술회하였다. 이렇듯 쿠랑의 서술이 복잡성을 지니게 된 이유는 간단했다. 그것은 무엇보다도 한국의 책과 문학의 존재 그 자체가 그만큼 서구에 잘 알려져 있지 않았던 당시의 상황 때문이었다.[9]

이러한 사정은 『한국서지』에 수록된 한국시가문학의 경우도 마찬가지이다. 따라서 논의에 앞서 간략하게나마 이를 정리해둘 필요가 있다. 『한국서지』의 시가문학과 관련한 기록은 크게 두 가지로 나누어 생각해볼 수 있다. 첫째, 쿠랑이 부여한 부제[한국문학일람]에 상응하는 부분이다. 이는

---

8) D. 부세, 전수연 옮김, 앞의 글, 160-161면.
9) 모리스 쿠랑, 이희재 옮김, 앞의 책, xi면.

『한국서지』에 수록된 쿠랑의 「서론(Introduction)」이다. 약 170매에 이르는 쿠랑의 「서론」은 그 자체가 『한국서지』와 분리된 한 편의 논문이라고도 볼 수 있다. 요컨대, 논저 1편을 통해 한국문학의 세계를 일괄할 수 있는 부분으로, 한국 문헌 전반을 소개한 일종의 총론이다. 한국의 한시문학과 국문시가문학에 대한 쿠랑의 비평은 각각 「서론」의 Ⅴ장(한문 문헌)과 Ⅵ장(국문 문헌)에 집약되어 있다. 더불어 언어와 서적의 인쇄형태와 관련된 문제를 포괄할 경우, 이는 「서론」 전반에 산재되어있는 부분들도 고찰할 필요가 있다.

둘째, 『한국서지』라는 제명 자체에 부합된 부분으로 총 127항목의 한국시가문학의 문헌서지를 정리한 각론 부분이다. 이는 개별 서적과 서지의 실상을 살펴볼 수 있는 부분이다. 물론 한국의 음악과 관련된 문헌서지를 모아놓은 부분 역시 배제할 수는 없지만, 한국의 시가가 문학이라는 근대 지식에 의해 전유되는 보습을 살피기 위해서 『한국서지』 Ⅳ부 1장[문묵부(文墨部, Littérature), 시가류(詩歌類, Poésies) ; 이하 시가류로 약칭]의 문헌서지들로 한정해서 고찰해도 좋을 듯하다. 시가류의 개별 문헌서지들은 1~3절 즉, 세 가지 유형으로 나누어 정리되어 있다. 이는 쿠랑이 조사한 19세기 말 한국시가문학의 전체상을 보여주는 것이다. 각 유형의 제명과 해당 문헌서지의 총량을 함께 정리해보면 아래와 같다.

〈표 1〉「시가목록」의 절제명과 해당 문헌서지항목 총량

|  | 프랑스 절제명<br>[한국어 풀이] | 문헌서지<br>항목총량 |
|---|---|---|
| 1유형 | Poésies Chinoises[중국시가] | 35 |
| 2유형 | Poésies Chinoises Composées en Corée[한국에서 작성된 중국시] | 81 |
| 3유형 | Poésies Coréennes[한국시가] | 11 |

이후 시가관련 기록을 담고 있는 두 부분을 편의상 각각 「서론」과 「시

가목록」으로 구분하도록 할 것이다. 또한 본문에서 쿠랑이 정리한 개별 문헌서지는 '서적명(항목번호)'의 형식으로 제시하도록 한다. 본격적인 고찰에 앞서, 시가류의 세 가지 유형을 구성하는 구심점에는 '문학이라는 근대적 지식'이 전제되어 있다는 점을 우선적으로 짚고 넘어갈 필요가 있다. 한국의 서적과 문학이라는 근대 지식 사이의 균열이야말로 쿠랑이 낯선 한국문학을 대면하게 될 때 마주친 가장 큰 곤경이었기 때문이다.

「서론」에서 시가문학관련 서술부분이 배치되는 양상은, 『한국서지』 서목의 문학 분류항[4부 문묵부]에 잘 조응된다. 「시가목록」 역시 문학 분류 항목의 하위항목으로 배치되어 있다. 「서론」과 「시가목록」, 양자를 묶어주는 개념은 어디까지나 '협의의 문학 개념'이다. 즉, 「서론」과 「시가목록」을 묶어주고 있는 문학개념은 '학문영역[인문학] 일반, 문장일반, 미문'이라는 포괄적인 광의의 문학 개념이라기보다는, '인간 감정의 표현에 역점을 둔 상상력에 의한 저작'이라는 개념에 근접한 것이었다. 이러한 문학개념을 한국의 서적에 투영할 때 균열의 지점은 마땅히 발생할 수밖에 없었다. 무엇보다도 '시·소설·희곡 중심의 언어예술'이라는 서구적 장르개념과 한국의 전통적인 장르 간의 서열은 상당히 어긋나는 것이었기 때문이다.

따라서 쿠랑 역시 서구적인 근대 문학개념에 조응하는 한국의 서적을 정리함에 있어서는 여러 난점을 대면할 수밖에 없었다. 일단 그가 한국의 어떠한 서적들을 문학이라는 개념 아래 함께 엮어 놓았는지를 살펴볼 필요가 있다. 『한국서지』 4부 문묵부의 구성을 보면, 1장 시가류 이외에도 2~4장은 각각 "문집류", "전설류", "잡저류"라는 표제항으로 나누어져 있다. "시가류"와 "전설류"가 언어예술이라는 관점에서 시와 소설 장르를 각각 묶어놓은 것이라면, "문집류"는 저자(작가)의 선집이라는 측면에서 엮인 것이다. 그리고 "잡저류"는 소위 수필이나 비평문이라고 볼 수도 있으며, 1~3장으로 포괄되지 않는 한국의 문학적 저술들을 별도로 묶어놓은 것으로도 볼 수 있다.

여기에서 근대적 문학개념에 가장 잘 부합하는 유형은 아무래도 '시가류'와 '전설류'였다. 이를 반영하듯 "시가류"의 세 가지 하위 항목은 "전설류"의 하위 항목들과 공통점이 존재한다. "전설류"는 "중국소설", "한문으로 된 한국소설", "중국인을 다룬 국문소설", "한국인을 다룬 국문소설"로 유형화되어 있다. 즉, 각 소항목을 나누는 구분점은 '저자, 언어, 등장인물의 국적'이다. 시가항목도 이와 마찬가지로 다음과 같이 "중국시가", "한문으로 된 한국시가", "국문으로 된 한국시가"로 나누어져 있다. 물론 문집류 역시 "중국의 한문집"과 "한국인의 한문집"으로 구분되어 있어 '저자의 국적'이란 측면에서는 공통되는 것이다. 하지만 국문문학을 공통적으로 내포한 점에서 더욱 상통되는 항목은 역시 "시가류"와 "전설류" 항목이었다.

문묵부에 포괄되는 한국의 책들은 모두 국문(한글, 언문)으로 표기된 도서만으로는 한정될 수 없었다. 이 점은 비단, 쿠랑이 한국의 시가문학을 구성하는 데에만 해당되는 문제가 아니었다. 그가 조사한 고소설 작품들에도 한문소설, 중국소설이 포함되어 있었기 때문이다. 하지만 사정이 동일한 것은 아니었다. 『한국서지』에서 정리된 중국소설들은 주로 국문으로 번역된 작품들이었으며, 한국의 한문소설은 『구운몽』, 『사씨남정기』 등을 비롯하여 많은 양을 차지하지는 않았다. 또한 그가 보기에 한문소설은 "일부는 이해 못하고 일부에게서는 경멸을 받기 때문에 매우 희귀한 형편"이었고, "궁중의 여인들, 높은 신부의 아녀자와 젊은이들"만을 독자로 지닌 작품이었다.[10] 즉, 중국과 한국에 있어 소설은 서열이 낮은 위치에 놓여 있었던 장르인 것이다.

이와 달리 유가지식층의 한시는 정통성을 지닌 것으로 인정되었으며, 따라서 그 장르적 서열 역시 매우 높은 문학작품이었다. 그 사회적 위상이 소설과는 사뭇 다른 차원에 놓여 있는 것이었다. 쿠랑의 「서론」은 「시

---

10) 모리스 쿠랑, 이희재 옮김, 「서론」, 69~70면.

가목록」과 달리 이러한 측면이 매우 잘 반영되어 있다. 한시문은 국문시가를 논하는 부분이 아닌 별도의 장(Ⅴ장)에서, 유가 지식층의 한문학과 함께 거론되기 때문이다. 즉, 유교의 영향이 드러난 한국인의 다양한 한문 글쓰기라는 맥락에서 한국의 한문시가가 논해지는 것이다. 이는 한문소설일지라도 국문으로 된 '대중문학'을 논하는 장에서 집약적으로 기술되는 양상과는 대비된다. 그럼에도 불구하고 쿠랑은 본래 한국의 유가지식층의 한시가 전통적인 한학의 영역에서 배치된 모습과는 달리 별도로 「시가목록」을 구성할 수밖에 없었다.

쿠랑이 대면한 가장 큰 어려움은 여기에 있었다. 그는 유가지식층의 문집에 수록된 한시문이 아니라 시가집만을 별도로 선별해서 편성하고자 했다. 「서론」을 살펴보면, 그는 시가문학만으로 별도로 구성된 한국의 도서, 즉, 한국인의 시선집이 많지 않음을 잘 알고 있었다. 또한 문집 속에 한시가 상당수 수록되어 있으며, 산문과 시문이 병존하는 글들이 많이 존재한 측면, 나아가 책, 장르를 떠나 한시문이 조선에서 유가지식층의 임용, 의례 및 연례와 같은 공적이며 사적인 생활문화 속에 깊은 영향력을 지니고 있다는 사실도 마찬가지였다.[11] 하지만 시가, 소설과 별도로 독립된 항목으로 배치할 만큼, "문집류"는 한국문학 관계 도서목록을 구성함에 있어 중요한 역할을 담당한 도서들이었다. 그 이유는 "문집류" 항목의 서적들이 서구적 문학개념에 잘 부응했기 때문이 아니었다. 오히려 한국사회에서의 높은 위상, 유가 지식층에게 있어서 그 것이 차지하는 중요성 때문이었던 것이다.

사실 "문집류"는 서구적 문학개념에 잘 부응하지 않는 도서들이었다. "한국문학의 가장 중요한 지류 중 하나인 유명한 선비들의" 문집은 "한국문학에 있어 가장 큰 부분을 이루는 것으로 학자나 양반층에 가장 큰 관

---

11) 앞의 글, 56-58면.

심을 끄는 것이며 그들의 사상과 철학적 또는 다른 의미의 논쟁점을 반영하는 것"이었기 때문이다. 문집에는 "유교사상이 드러나는 小考, 書簡文, 보고서, 의례서, 기원문 및 기타 서발문" 등이 4분의 3을 점하고 있었다. 요컨대 쿠랑이 정리한 한국인의 문집목록 중에서 "가장 유명한 것들은 문학작품이라기보다는 유교적 교리의 기념비적인 작품들로서, 사실 한국인들 눈에 문학 작품은 별로 중요성을 띄지 않는 것"이었다.[12]

이렇듯 문학개념과 실제 한국문학에 대한 향유와 유통상의 불일치는 국문시가에도 동일한 것이었다. 한국의 국문시가는 쿠랑이 접촉한 '국문으로 된 한국문학'이었으며, 고소설과 함께 한국을 대표하는 대중문학이었다. 하지만 국문시가는 방각본 고소설과 같이 인쇄된 경우도 있으나, "거의 대부분은 사본의 형태"였으며 문자화되지 않고 구전되는 형태도 있었다. 무엇보다도 고소설과 달리, 한국의 국문시가는 인쇄문화 혹은 근대적 문학관념을 투영하여 쉽게 비평할 수 없는 대상이었다. 그가 보기에 (그가 접촉한) 국문시가는 '시문예'라기보다 오히려 '노래의 가사'에 근접한 것이었기 때문이다. 나아가 더 큰 문제점은 한문시가와 국문시가 문학을 함께 엮어 한국의 시가문학을 구성하는 것 그 자체에 있었다. 이러한 문제들에 대한 인식 위에서 쿠랑이 한국시가문학의 전체상, 「시가목록」을 구성하는 과정을 고찰해보도록 하자.

## 2) 개별 문헌서지의 구성방식과 쿠랑의 수행적 맥락

쿠랑이 『한국서지』를 집필하는 과정이자 한국문학을 탐구하는 과정, 이러한 쿠랑의 수행적 맥락을 귀납적으로 살피기 위해서는 「시가목록」을 중심으로 삼되, 그가 「서론」I 장에서 제시한 자신의 연구방법론을 함께

---

12) 앞의 글, 54-56면 ; 모리스 쿠랑, 이희재 옮김, 앞의 책, 215면. ; 사실 『동문선』이야말로 쿠랑이 한국시가문학을 구성함에 있어 가장 중요한 저술이었을 것처럼 보인다. 하지만 쿠랑은 『동문선』을 '문집류'에 포괄했다. 그 이유는 『동문선』에 수록된 글들을 한문 시가 문학이라기보다는 한문학 전반으로 파악한 것이 원인으로 보인다.

고찰하는 것이 생산적이다. 이를 통해 쿠랑이 『한국서지』의 개별 문헌서지 정보를 어떻게 하나의 문학론으로 재구성했는지를 가늠해볼 수 있기 때문이다. 쿠랑이 작성한 개별 문헌서지의 서술양상을 살필 방법을 먼저 상정해보도록 한다. 하나의 예시로 시가류의 첫 번째 유형[중국시가]에서 최초로 제시된 문헌서지, 「회사부소주(懷沙賦騷註)」(307)를 중심으로 이를 모색해보고자 한다. 이 문헌 서지 항목에 대한 쿠랑의 서술 전문을 발췌해 보면 다음과 같다.13)

> 307. **懷 沙 賦 騷 註**
> *Hoi sa pou so tjou.*
> COMMENTAIRE SUR LE *Li sao.*
> 1 vol.
> Cité par le *Tai tong oun ok.*
> Commentaire de *Kim Si seup*, 金 時 習.
> Sur le *Li sao*, 離騷, et son auteur ***Khiu Yuen***,
>
> 屈原, ou ***Khiu Phing***, 屈平 (IVᵉ siècle av. l'ère chrétienne), cf. Mayers, I, 326.
> Cf. Wylie, p. 181 ; Cat. Imp., liv. 148 ; Cordier, 828, 1873, 284.

상기 쿠랑의 기술양상은 '서명 정보'와 '참조정보'의 두 부분으로 나눈 후 그 세부내용을 아래와 같이 정리해볼 수 있다.

〈표 2〉「시가목록」수록 개별 문헌서지에 대한 세부 기술내역

| | ① 항목 번호 | 307 |
|---|---|---|
| **서명정보** | ② 서적명[한자제명] | 懷沙賦騷註 |
| | ③ 서적명[로마자 표기] | Hoi Sa pou so tjou |
| | ④ 서적명[한자제명 의미풀이] | 『離騷』에 관한 주해 |

---

13) 앞의 책, 177면(*BC* 1, pp. 185-186.)

| 참조정보 | ⑤ 서지형태 | 1冊. |
|---|---|---|
| | ⑥ 참조논저[한국논저] | 『大東韻玉』에 언급 |
| | ⑦ 문헌해제[해당문헌의 편저자] | 金時習의 註解 |
| | ⑦ 문헌해제[해당문헌의 원저자] | 『離騷』와 그 저자인 屈原 혹은 屈平(B.C 4C)에 관한 것. |
| | ⑥ 참조논저[외국논저] | Cf. Mayers, I, 326. |
| | ⑥ 참조논저[외국논저] | Cf. Wylie, p.181; 『四庫全書總目』卷148 ; Cordier, 828, 1873, 284. |

　쿠랑이 조사한 서적명 즉, 서명 정보는 ① 항목 번호, ② 표제항[한자제명], ③ 서적명[한자제명의 로마자 발음표기], ④ 서적명[한자제명 의미풀이]으로 구성되어 있다. 이러한 표제항 정보는 「시가목록」 전반에 걸쳐, 통일되어 있다. 다만 ③ 서적명[한자제명의 로마자 발음표기]은 대체적으로 쿠랑이 중국 측 서적으로 판단한 경우 중국식 한자음을 표기했으며, 한국 문인이 출간한 한국서적으로 판단한 경우는 한국식 한자음으로 표기하는 경향을 보여준다.

　이에 비해 해당 서적에 대한 서지, 내용 등을 언급한 표제항에 대한 참조정보는 개별 서적에 따라 편차가 큰 편이다. ⑤ 서지형태의 경우, 예시로 든 「회사부소주」(307)의 경우와 달리, 생략되는 경우도 있으며 '권수, 장수, 절판'으로 제시되는 경우도 있다. 이러한 차이점이 보이는 이유는 「시가목록」에서 정리된 문헌서지 전체가 쿠랑이 직접 본 책들로 한정되는 것이 아니기 때문이다. 그는 한국에서 출판된 도서 속의 서목정보를 활용했다. 즉, 『육전조례(六典條例)』와 같은 법령집, 『동국문헌비고(東國文獻備考)』, 『대동운부군옥(大東韻府群玉)』, 『동경잡기(東京雜記)』 등의 역사지리서, 『규장각서휘편(奎章藏書彙編)』과 같은 왕실도서관의 장서목록 등에서 보이는 서적목록을 쿠랑은 『한국서지』에 포괄했다.14)

---

14) 모리스 쿠랑, 이희재 옮김, 「서론」, 5-6면.

따라서 서지형태를 '권수, 장수, 절판'과 같이 상세히 제시한 경우는 쿠랑이 그가 실제로 조사한 서적이었을 가능성이 그만큼 높은 것이다. 이와 관련하여 「회사부소주」(307)는 서지형태에 대한 정보가 이와 같이 상세하지 못한 편임을 알 수 있다. 「회사부소주」(307)를 작성함에 쿠랑이 참조한 『대동운부군옥』의 원문(『대동운부군옥』15, 「소주(騷註)」)을 함께 펼쳐보면, 그 이유를 알 수 있다.

> 騷註 : 매월당 김시습이 「懷沙賦」 騷註 1권을 지었다.(金時習, 『梅月堂集』卷 23 騷註 「懷沙賦」)[騷註 : 梅月堂著懷沙賦騷註 一卷(本集)]"15)

쿠랑은 『대동운부군옥』을 참조하여, 책의 저자와 1권이라는 서지를 확인할 수 있었던 셈이다. 실제 서적을 참조할 수 없었기에 물론 쿠랑의 기록에는 오류가 있을 수밖에 없다. 왜냐하면 「회사부소주」는 책명이 아니라, 『매월당집』 23권에 수록된 「소주」 1편(「회사부(懷沙賦)」)을 지칭하는 것이기 때문이다.16) 즉, 쿠랑은 「회사부소주」를 실제로 본 것이 아니라, 『대동운부군옥』 속에 기술된 정보를 활용하여 문헌서지를 작성했던 것으로 보인다.

『대동운부군옥』과 같은 문헌이 해당되는 '⑥ 참조논저'의 경우, 크게 동양문헌과 서양문헌으로 구분해서 생각해 볼 수 있다. 즉, 전자에는 한국문헌 뿐만 아니라 『사고전서총목』 등과 같은 중국 측 문헌이 포함된다. 쿠랑은 그가 참조한 문헌을 직접 본문 중에 표기하거나 혹은 '참조표시(cf)'

---

15) 권문해, 남명학연구소 경상한문학연구회 옮김, 『대동운부군옥』 14, 민속원, 2007, 74면. 쿠랑은 의당 한문원문으로 된 부분을 참조하였다. 이하 본고에서 참조할 『대동운부군옥』에 대한 번역본은 권문해, 남명학연구소 경상한문학연구회 옮김, 『대동운부군옥』 1-10, 소명, 2003 ; 권문해, 남명학연구소 경상한문학연구회 옮김, 『대동운부군옥』 11-20, 민속원, 2007 이다.(이하 인용 시에는 『대동운부군옥』 권수, 인용면 수로 약칭하도록 한다.)

16) 김시습, 세종대왕기념사업회 편역, 『국역매월당집』 3, 세종대왕기념사업회, 1978, 273-282면.

를 통해 표시했다. 「회사부소주」(307)와 관련하여 쿠랑이 참조한 것은 『사고전서총목』 148, 집부(集部), 초사류(楚辭類)이다.[17] 쿠랑은 「회사부소주」와 동일한 서적이 있는 지 그 여부를 확인하기 위해, 중국 측에서 굴원의 초사(楚辭)에 대한 주석 및 주해작업을 수행한 서적들과 비교한 셈이다.

서양문헌은 재외의 공간에서 출판된 외국인의 동양학 논저로, 쿠랑에게 있어 중요한 선행연구들이었다. 쿠랑의 『한국서지』는 외국인의 한국학 논저가 전무(全無)한 상태에서 돌출된 것이 아니었으며, 쿠랑의 논저 역시 19세기 말 서구인의 동양학 담론이라고 말할 수 있는 학술네트워크 속에서 일종의 공유·유통되는 지식이었다. 당시 서구인들의 논저는 전문 학술잡지에 게재되거나, 학술저서의 형태로 출판이 가능했다. 이를 통해 그들의 논저는 상호 참조·공유되며 그 타당성이 논해질 수 있는 학술적 기반이 존재했던 것이다.

「회사부소주」(307)와 관련하여 쿠랑이 참조표시를 한 중요한 논저들은 대부분 서구인의 중국학 관련 저술들이라고 볼 수 있다.[18] 이를 정리해보면, 먼저 쿠랑은 와일리(A. Wylie, 1815~1887)의 저술 Ⅳ장 "순문학(Belles-lettres)" 1절 "초의 비가(Elegies of Tsoo)"를 참조했다.[19] 이는 경사자집(經史子集) 중 집(集)에 대응되는 초사류(楚辭類)에 대한 번역임으로, 사실 『사고전서총목』에 대한 참조양상과도 큰 차이점을 지니고 있지는 않다. 그렇지만 와일리의 저술은 쿠랑에게 있어서 적지 않은 시사점을 제공해 주었을 것이다. 왜냐하면 『사고전서총목』에서 제시된 분류항과 서적들을 와일리는 서구어로 풀이해 준 셈이기 때문이다.

---

17) 이하 『사고전서총목』에 해당된 원문, 번역문 및 주석은 선비정신과 풍류문화연구소에서 구축한 '사고제요DB'를 활용하여 참조하도록 한다.(http://ssp21.or.kr/db/list.php)

18) A. Wylie, *Notes on Chinese literature,* Shanghai: American Presbyterian Mission Press ; London: Trübner & Co. 60, Peternoster Row 1867 ; W. F. Mayers, *The Chinese reader's manual,* Shanghai,1874 ; H. N. Allen, *Korean tales,* Londres, 1889.

19) W. F. Mayers, op. cit., p. 107.

또 다른 참조논저인 앙리 코르디에(Henri Cordier, 1849~1925)의 저술을 보면 「이소(離騷)」와 관련된 서양인들의 논저목록을 제시하고 있다. 비록 참조내용이 반영된 것은 아니었지만, 서구인의 중국학 논저목록을 집성한 코르디에의 저술 역시 미개척지인 한국학이 도달해야 될 지평(서구인의 중국학 서목)을 제시해주는 것이었다. 즉, 중국의 도서, 그에 대한 번역본 및 연구논저들이 목록화된 코르디에의 저술은 이후 한국학에 있어서 완성되어야 할 좌표를 제시해주는 것이며, 쿠랑의 저술이 한국학을 구성하는 한 편의 논저로 축적될 모습을 암시해주기 때문이다.20) 반면, 『사고전서총목』을 비롯한 2편의 논저와 메이어스(William Frederick Mayers, 1831~1878)의 저술은 다른 점이 있다. 그의 저술은 중국문학 연구를 위한 참고사전의 성격을 지니고 있다. 1부에는 중국의 고유명사(인명사전), 2부에는 數와 관련된 표현들, 3부는 역대 왕조표로 구성되어 있다. 쿠랑은 이 중 1부 326항목 굴원에 관한 정보를 참조했다.21)

쿠랑은 이러한 참조논저 혹은 그가 직접 조사한 서적의 서발문 등을 통해 ⑦ 문헌해제를 작성했다. 지금까지 예시한 「회사부소주」(307)에는 보이지 않지만, 염두에 두어야 할 중요한 항목은 해당문헌의 소장처이다. 소장처가 표시된 경우는 쿠랑이 실제로 접촉한 서적으로 판단할 수 있기 때문이다.22) 이상의 내용을 종합해보면 쿠랑이 「시가목록」의 개별 문헌서지를

---

20) 쿠랑은 코르디에의 저술명을 표기하지 않고, 828, 1873, 284면을 참조했음을 밝혔다.(모리스 쿠랑, 이희재 옮김, 앞의 책, 177면(BC 1, p. 186)) 쿠랑의 이러한 전체 참조양상은 검토하지 못했으며, 우리가 확인할 수 있었던 바는 다음과 같은 서지가 전부란 사실을 밝힌다(H. Cordier, *Bibliotheca Sinica* 1, Paris, 1881, pp. 828-830).

21) A. Wylie, op. cit., pp. 181-182.

22) 다만 규장각소장도서는 예외적인 것으로 볼 필요가 있다. 왜냐하면 쿠랑이 참조한 규장각도서목록은 「內閣藏書彙編」이다. 책수에 대한 정보와 서명이 있는 목록이었기 때문이다. 즉, 규장각으로 소장처를 표시한 문헌들 중에는 실제 서적을 접촉했다기보다는 이를 바탕으로 쿠랑이 「시가목록」의 서목을 구성한 사례가 있을 가능성이 충분하다(모리스 쿠랑, 이희재 옮김, 앞의 책, 495-496면).

구성한 방식은 다음과 같은 형식으로 정리해볼 수 있다.

<표 3> 「시가목록」 수록 문헌서지에 대한 세부기술 유형

| 항목 번호 | 서명 | 서지해제 | | | 참조논저 | |
|---|---|---|---|---|---|---|
| | | 서지형태 제시 여부 | 문헌 해제 여부 | 소장처 제시 여부 | 동양서목 | 외국인 논저 |
| 307 | 懷沙賦騷註 | ○ | ○ | × | ○ (『대동운부군옥』, 『사고전서총목』) | ○ (Mayers, Wylie , Cordier) |

상기도표의 형식으로 「시가목록」의 세 유형에 대응되는 문헌서지 전체를 이후 살펴보도록 한다. 이를 통해서 쿠랑이 『한국서지』에서 자신이 행한 작업에 대하여 토로했던 어려움을 재구해 볼 것이다. 즉, "한국, 중국, 일본의 극히 다양한 저술 속에서, 유럽의 도서 내에서, 그리고 현지인과의 대화 속에서" 모든 정보를 찾아야 했던 어려움이 무엇인지를 살펴보도록 할 것이다. 더불어 쿠랑이 「시가목록」의 하위 항목으로 나눈 세 유형을 구성한 방식이 보여주는 차이점을 함께 주목해보면서 말이다.


## 2. 한문시가문학의 구성과 동아시아적 공동성

### 1) 한국 내 중국시가와 그 참조서지

쿠랑은 『한국서지』 IV부 1장 1절(문묵부, 시가류, 중국시가 ; 이하 '중국시가'로 약칭)에 307~341항목(총 35개 항목), 총 35개의 문헌서지를 <표 4>와 같이 집성해 놓았다.

〈표 4〉「시가목록」소재 '중국시' 항목

| 항목<br>번호 | 서명 | 서지해제 | | | 참조논저 | |
|---|---|---|---|---|---|---|
| | | 서지형태<br>제시여부 | 문헌<br>해제여부 | 소장처<br>제시여부 | 동양서목 | 외국인 논저 |
| 307 | 懷沙賦騷註 | ○ | ○ | × | ○<br>(『대동운부군옥』,<br>『사고전서총목』) | ○<br>(Mayers, Wylie,<br>Cordier) |
| 308 | 風騷軌範 | ○ | ○ | × | ○<br>(『대동운부군옥』) | × |
| 309 | 陶淵明 | ○ | ○ | × | × | ○<br>(Satow, Mayers) |
| 310 | 靖節先生集 | ○ | ○ | ○<br>(대영박물관) | × | × |
| 311 | 八家詩選 | × | ○ | × | ○<br>(『대동운분군옥』) | ○<br>(Mayers,<br>Cordier) |
| 312 | 箋註唐賢絶句三<br>體詩法 | ○ | ○ | ○<br>(대영박물관) | × | × |
| 313 | 增註唐賢三體詩 | × | ○ | × | ○<br>(『사고전서총목』) | ○<br>(Satow) |
| 314 | 唐音精選 | ○ | ○ | × | ○<br>(『사고전서총목』) | × |
| 315 | 七言長篇(혹은<br>唐詩長篇) | ○ | ○ | × | × | × |
| 316 | 唐詩 | ○ | ○ | ○<br>(동양언어<br>문화학교) | ○<br>(『동경잡기』) | × |
| 317 | 唐律 | ○ | ○ | × | × | × |
| 318 | 三隱詩 | ○ | ○ | × | ○<br>(『사고전서총목』) | × |
| 319 | 御定杜陸千選 | ○ | ○ | × | × | × |
| 320 | 杜詩撰註 | × | ○ | × | ○<br>(『대동운부군옥』) | × |
| 321 | 杜氏七言律 | ○ | ○ | ○<br>(대영박물관) | × | × |
| 322 | 讀杜詩遇得 | ○ | ○ | ○ | × | × |

| 항목 번호 | 서명 | 서지해제 | | | 참조논저 | |
|---|---|---|---|---|---|---|
| | | 서지형태 제시여부 | 문헌 해제여부 | 소장처 제시여부 | 동양서목 | 외국인 논저 |
| | | | | ○ (대영박물관) | | |
| 323 | 杜律 | ○ | × | × | × | × |
| 324 | 增刊校正王狀元集諸家註分類東坡先生詩 | ○ | ○ | ○ (대영박물관) | × | × |
| 325 | 須溪先生評點簡齋詩集 | ○ | ○ | ○ (대영박물관, 규장각) | ○ (『사고전서총목』) | ○ (Satow) |
| 326 | 濂洛七言 | ○ | ○ | × | × | ○ (Cordier, Mayers) |
| 327 | 濂洛風雅 | ○ | ○ | × | ○ (『사고전서총목』) | ○ (Cordier, Mayers) |
| 328 | 朱子詩集 | × | ○ | × | ○ (『동경잡기』) | × |
| 329 | 鼓吹編 | ○ | ○ | ○ (대영박물관) | ○ (『사고전서총목』) | × |
| 330 | 詩藪 | × | ○ | × | × | × |
| 331 | 類苑叢寶 | ○ | ○ | ○ (규장각) | ○ (『六典條例』) | × |
| 332 | 夢觀詩稿 | ○ | ○ | × | × | × |
| 333 | 五詩別裁 | × | ○ | × | × | × |
| 334 | 五言絶句 | ○ | ○ | × | × | × |
| 335 | 聯句 | ○ | ○ | × | × | × |
| 336 | 聯珠詩格 | × | ○ | × | × | × |
| 337 | 古詩諺解 | ○ | × | ○ (규장각) | × | × |
| 338 | 文林錄 | ○ | ○ | × | × | × |
| 339 | 百聯抄解 | × | ○ | × | ○ (『동경잡기』) | × |
| 340 | 詩法入門 | ○ | × | × | × | × |
| 341 | 家則 | ○ | ○ | × | × | × |

「서지목록」의 1유형 "중국시가"는 '한국에서 출판된 중국시가 문학' 관련 서적에 대한 문헌서지를 집성해 놓은 것이다. 그가 중국문학을 『한국서지』에 포괄한 이유는 무엇일까? 이는 무엇보다도 그가 당시 접했던 한국문학의 실상과 깊이 관련된다. 쿠랑은 한국(문학) 내 자국어 문학보다 중국고전에 대한 향유와 중국문학이 차지하는 큰 영향력과 위상의 문제를 간과할 수 없었을 것이다. 이 점은 「서론」에서 묘사한 한국도서가 유통되는 현장 속에서도 잘 드러난다. 서울에서 쉽게 대면하게 되는 서적들은 "한자로 되어 있어" 중국의 책으로 오해되기 쉽지만, 실은 "10중에 8, 9는 한국에서 인쇄된 서적들"이라는 언급이 그러하다. 그가 보기에, 이 서적들이 한국에서 출판된 것이란 사실을 증명하는 데, 큰 노력은 필요하지 않았던 것 같다. 본문에 적힌 내용 이외에도 책의 외형 그 자체가 중국에서 인쇄된 책과는 차별되는 모습을 보여주는 것이었기 때문이다.[23]

쿠랑이 실제 서적을 검토하면서 문헌서지를 작성한 사례 즉, 소장처가 런던의 대영박물관이라고 명시되어 있는 문헌서지를 살펴보면 한국문헌을 파악하는 그의 감식안을 엿볼 수 있다.[24] 쿠랑이 대영박물관을 소장처로 명시한 문헌서지는 『정절선생집(靖節先生集)』(310), 『전주당현절구삼체시법(箋註唐賢絶句三體詩法)』(312), 『두씨칠언율(杜氏七言律)』(321), 『독두시우득(讀杜詩遇得)』(322), 『증간교정왕장원집제가주분류동파선생시(增刊校正王狀元集諸家註分類東坡先生詩)』(324), 『수계선생평점간재시집(須溪先生評點簡齋詩集)』(325), 『고취편(鼓吹編)』(329)이다.

---

23) 모리스 쿠랑, 이희재 옮김, 「서론」, 2면.

24) 그가 이 소장처를 방문한 시기는 1892년 3월 조선을 떠나 중국 베이징에서 근무한 이후, 1893년 10월 귀국한 시점으로 판단된다. 즉, 동양언어문화학교장의 딸 엘렌 세페르(Hélène Schefer)와 결혼한 후(1893. 1. 30), 약 반년 간 파리에 머무르던 시기였을 것이다. 1893년 5월 7일 뮈텔 주교에게 보낸 서한에서 런던 대영박물관 소장 한국서적을 열람했으며, 흥미로운 책을 얼마간 발견했음을 이야기했다(다니엘 부세, 전수연 옮김, 앞의 글, 169~170면 참조).

 쿠랑은 이 서적들이 한국에서 출간된 중국서적이라는 사실을 알 수 있었다. 물론 이 책에 수록된 한국 지식인의 발문을 보고 판단한 경우(문헌서지 310, 321, 325 항목)도 있었지만, 책의 판본이나 물리적 형태를 보고 판단한 경우(문헌서지 312, 322, 324, 329 항목)도 있었다. 동양 언어 문화 학교를 소장처로 명시한『당시(唐詩)』(317)의 경우, 자료 수집 및 송부과정을 플랑시와 공유한 측면도 있지만 '필사본'이라는 자료의 형태는 이 책이 한국에서 나온 것이라는 사실을 충분히 짐작할 수 있게 해주었을 것이다.[25]

 이 이외에도 쿠랑이 실제 서적을 검토하여 작성했을 것이라 추측되는 문헌서지는 다음과 같이 정리할 수 있다. 먼저, 규장각을 소장처로 명기한『유원총보(類苑叢寶)』(331),『고시언해(古詩諺解)』(337)와 서지형태를 매우 구체적으로 작성한 문헌서지 항목(『당음정선(唐音精選)』(314),『칠언장편(七言長篇)(혹은 당시장편(唐詩長篇))』(315),『당율(唐律)』(317),『삼은시(三隱詩)』(318),『두율(杜律)』(323),『염락풍아(濂洛風雅)』(327),『몽관시고(夢觀詩稿)』(332),『오언절구(五言絶句)』(334),『연구(聯句)』(335),『문림록(文林錄)』(338),『시법입문(詩法入門)』(340),『가칙(家則)』(341))을 살필 수 있다. 이렇듯 직접 다수의 한국서적을 접촉했음에도 불구하고, 프랑스 동양언어문화학교에 송부한 서적이 아래와 같은『당시(唐詩)』(317) 1종이라는 사실을 주목할 필요가 있다.[26] 또한 이 책의 판본이 한국인의 '필사본'이라는 사실도 마찬가지이다.

 즉, 쿠랑이 '중국시가' 항목에서 중점적으로 정리하고자 한 바는 한국에서 출판되었거나 한국인에게 향유된 중국 시가문학이었던 것이다. 더불어 이처럼 동양 언어 문화 학교에 송부한 서적이 적다는 측면은 그들에게 '중국시가' 항목에 해당되는 서적들이 그만큼 자료적 가치가 적었음을 의미한다. 사실 지금까지 간략히 살펴본 쿠랑이 한국에서 실제 검토했던 서적들의 문헌서지 및 해제양상을 살펴보면, 서지형태, 편저자, 간기 등의

---

25) 모리스 쿠랑, 이희재 옮김, 앞의 책, 177-182면.
26) 국립중앙도서관에 소장된 마이크로 필름자료이다. 청구기호는 COR-I.15[M古3-2002-7]이다.

내용들이 대다수이다. 요컨대, 한국에서 출판·향유된 중국문학 즉, '중국시가' 항목에 대응되는 문헌서지를 집성하는 차원 이상의 해설을 발견할 수 없는 것이다.

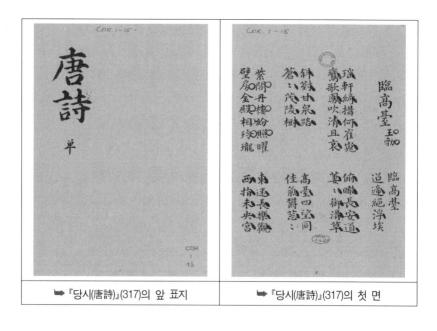

| ➡『당시(唐詩)』(317)의 앞 표지 | ➡『당시(唐詩)』(317)의 첫 면 |
| --- | --- |

　더불어 '중국시가' 항목에서 다른 두 유형보다 외국인 논저 즉, 서구인의 중국학 논저를 많이 참조한 사실을 주목해볼 필요가 있다. 한국에서 출판/유통된 중국문학을 고찰하는 지점이었기 이러한 선행연구에 대한 검토가 필요했음을 잘 보여주기 때문이다. 한국의 책과 문학의 존재는 한국에 오래 거류한 서구인, "한국인들과 잦은 접촉을 하는 위치에 놓인 사람들과 한국어를 배우는 사람들"에게도 잘 알려지지 않았다.27) 쿠랑이 『한국서지』를 집필하고 출판한 시기는 한국학 자체가 제도화된 학술분과 영역

---

27) 앞의 글, 1면.

으로 정립되지 못한 시기였다. 나아가 중국학(나아가 일본학)에 비한다면 한국학, 한국문학은 축적된 서구인의 논저 자체의 양이 극히 적은 일종의 '미개척지'였던 것이다. 쿠랑 역시도 본래 동양 언어 문화 학교의 중국어 및 일본어학과를 졸업한 통역관이었다. 따라서 한국학은 프랑스 내에 제도적으로 정립되어 있던 중국/일본학 사이에서 구성될 수밖에 없는 것이었다.

또한 쿠랑은 중국/일본학과의 관계 속에서 한국학을 고찰하는 연구방법과 시각의 타당성을 분명히 믿고 있었다. 쿠랑에게 한국은 "중국민족이 아니면서 중국 문명을 받아들인 주변 민족들의 생활상"을 보여주는 장소이며, 동시에 "다양성과 함께 차용의 역사"를 지닌 장소였다. 그가 "세계 문명의 지도" 속에서 한국과 일본[및 유쿠 제도] 두 지역의 문제를 고찰하고자 할 때, 그에게 연구주제는 크게 두 가지였다. 중국으로부터 받은 영향력과 그 양상이며 또한 두 지역의 민족들이 서로 맺고 있는 관계 나아가 말레이시아인, 몽골족, 만주족 등과 같은 주변민족과 맺는 관계를 밝히는 것이었다.28) 따라서 쿠랑의 입장에서 본다면, 중국학에 대한 전제가 없이 한국을 논할 수는 없는 노릇이었다.

이에 쿠랑은 "중국시가"(1유형)의 개별 문헌서지를 기술하기 이전에, 1881~1885년에 출판된 앙리 코르디에의 서구인 중국학 논저 서목, 『중국서지』를 참조논저로 인용한다. 쿠랑은 코르디에의 저술 속 "언어와 문학" 항목의 "시가(Poésie)"와 관련된 서구인의 논저를 비롯하여 여러 부분을 참조했음을 밝힌 셈이다.29) 하지만 코르디에의 저술, 나아가 여기서 제시된 중국시가에 대한 외국인들의 선행연구 전반이 쿠랑의 「시가목록」에 모두

---

28) 모리스 쿠랑, 파스칼 그로트·조은미 옮김, 「조선 및 일본연구에 대한 고찰」, 『프랑스 문헌학자 모리스 쿠랑이 본 한국의 역사와 문화』, 살림, 2009("Notes sur les études coréennes et japonaises," Extrait des actes du congré des orientalistes, 1899.)

29) H. Cordier, op. cit., p. 825.

포괄되지는 않았다. 즉, 쿠랑의 초점은 어디까지나 극동 아시아 속에서 한국민족과 문명을 규명하는 것에 있었다. 거듭 강조하지만, "중국시가" 항목을 구성하는 과정 속에 그 중심은 어디까지나 한국에서 출판되었거나 한국문헌 속에서 거론된 서적이 중심이었다.

일례로 쿠랑이 코르디에의 저술을 문헌서지의 출처로 제시한 항목은 매우 적은 편이다. 1절에서 하나의 예시로 살펴보았던 「회사부소주」(307)를 포함하여, 『팔가시선(八家詩選)』(311), 『염락칠언(濂洛七言)』(326), 『염낙풍아(濂洛風雅)』(327) 총 4항목에 불과하다. 쿠랑은 세 표제항 모두 메이어즈의 저술을 함께 참고했다. 코르디에와 메이어즈의 저술은 쿠랑의 입장에서 본다면 매우 중요한 참조도서이자 선행연구였다. 하지만 동시에 쿠랑의 「시가목록」에 직접 중국 측 인물에 관한 상세한 정보를 추가하지 않을 수 있게 해준 저술이기도 하다. 즉, 메이어즈의 저술을 통해서는 저자 정보를, 코르디에의 저술을 통해서는 이에 대한 서구인의 논저정보를 독자가 찾아보도록 정리한 셈이다. 즉, 코르디에와 메이어즈의 저술은 쿠랑이 조사한 서적에 대한 해제작성에 있어 필요한 정보를 추가하는 보조적인 용도로 적극 활용된 셈이다.

한국의 도서가 아닌 동양서, 『사고전서총목』의 활용 역시 동일한 성격을 지니고 있다. 『삼은시(三隱詩)』(318), 『수계선생평점간재시집(須溪先生評點簡齋詩集)』(325), 『염락풍아』(327)의 경우, 해당 중국인 원저자의 정보를 찾기 위해 참조했다. 하지만 이 과정 속에는 한국에서 출판된 도서와 『사고전서총목』에서 해제된 서적과의 대비검토 작업이 병행되고 있었다. 이와 관련하여 특히, 『사고전서총목』을 통해 서적에 대한 정보를 얻은 『삼은시』(318)를 주목할 필요가 있다. 쿠랑이 참조한 바는 『사고전서총목』에 기술된 『한산자시집(寒山子詩集)』관련 서술내용이었다. 쿠랑은 이 해제 속에서 "송나라 때 『삼은집(三隱集)』이라고 명명한 것이 순희(淳熙) 16년에 사문(沙門) 도남(道南)이 지은 기(記)에 보인다"(宋時又名『三隱集』, 見淳熙十六年沙門道南所作記

中)의 진술을 참조하여, 『삼은시』(318)의 저자를 한산자로 추정하였다.[30]

무엇보다도 이러한 중국측/한국측 기록의 대비검토를 가장 잘 보여준 사례는 『당음정선(唐音精選)』(314)이다. 물론 쿠랑은 『사고전서총목』에서 정리된 『당음(唐音)』을 분명히 참조하였다. 하지만 그는 두 문헌의 구성이 다름을 지적했다. 『사고전서총목』의 편자는 『당음』의 구성을 「시음(始音)」 1권, 「정음(正音)」 6권, 「유향(遺響)」 7권으로 소개했다. 또한 편자인 양사굉의 「자기(自記)」에서는 15권이라고 말한 점을 보아 「유향」에 1권이 더 있을 것으로 추정하였다. 하지만 쿠랑이 조사한 『당음정선』은 「당시시음집주(唐詩始音集註)」 1권, 「당시정음집주(唐詩正音集註)」 8권으로 구성되었고, 쿠랑은 그 차이점을 서술하였다. 또한 "한국에서 작성된 중국시"(2유형)에서 『성령집(性靈集)』(368)은 그 정체를 알 수 없는 서적이었기에, 『사고전서총목』에서 제시된 『성령고(性靈稿)』(二卷, 浙江巡撫 採進本)와 동일한 서적일 가능성을 제기했다. 이 이외에도 『증주당현삼체시(增註唐賢三體詩)』(313)의 경우, '삼체시'의 의미를 설명하기 위해서 참조하였다.

이러한 중국학적 업적과 대비해볼 때, 사토우(Ernest Mason Satow, 1843~1929)의 논문은 매우 예외적인 성격을 지닌 것이었다. 그의 논문은 일본학 논문으로, 일본 고인쇄의 역사를 전반적으로 고찰한 논문이었다. 나아가 일본에 유입된 한국의 문헌들과 인쇄·출판에 관해서도 언급하고 있었기에, 쿠랑과는 동일한 주제를 다루고 있는 논문이었다. 하지만 더 큰 차이점은 쿠랑이 발견한 서적에 대한 부가정보를 기술하기 위하여 참조한 것만이 아니라는 점이다. 즉, 쿠랑은 사토우의 논문을 통해 문헌서지 항목이자 서명 자체를 추가하기도 하였다. 「시가목록」에서 쿠랑이 사토우의 논

---

30) 각기 해당되는 『사고전서총목』에 소개된 서적을 쿠랑의 표제항목에 병기해보면 다음과 같다. 『三隱詩』(318)(『寒山子詩集』一卷, 附 『豊干拾得詩』一卷 浙江巡撫 採進本), 『須溪先生 評點簡齋詩集』(325)(簡齋集』十六卷 浙江 鮑士恭 家藏本), 『濂洛風雅』(327)(『濂洛風雅』六卷 浙江巡撫 採進本).

문을 참조했음을 밝힌 항목은 『도연명(陶淵明)』(309), 『증주당현삼체시(增註 唐賢三體詩)』(313), 『수계선생평점간재시집(須溪先生評點簡齋詩集)』(325)이다. 여기 서 『수계선생평점간재시집』(325)의 경우는 사토우 역시 이 문헌을 거론했 다는 정보를 추가한 것이다. 하지만 나머지 두 문헌은 전혀 다른 차원이 었다.

『도연명』(309)과 관련된 사토우의 서술부분을 보면, 그는 한국의 판목가 와 인쇄가 성취한 훌륭한 예시로 "중국작가 陶淵明[淸節先生] 문집[the literary works of Chinese writer Tao Yüan-ming(淸節先生)]"에 대한 재판본을 입수했음 을 말했다. 이 서적의 서지사항은 "2책, 15인치 * 9인치"이며, 간행시기는 1583년이라고 했다.[31] 사실 사토우가 언급한 책은 현전하는 『도연명집(陶淵 明集)』이나 『도연명문집(陶淵明文集)』을 지칭한 것으로 보인다. 하지만 쿠랑 은 사토우의 이러한 정보에 의거해서, 그가 직접 검토하지 못한 서적명, 『도연명』(309)을 「시가목록」에 추가했다. 후자의 경우, 사토우는 『증주당 현삼체시』란 구체적 서명을 들며 이 서적이 3책이며, 본래 한국판본을 모 사한 것이지만, 1467년 쿄토의 화재로 소실되었고 재판이 1492년에 출판 된 사실을 언급하였다.[32] 『증주당현삼체시』(313)에 별도의 서지사항 혹은 소장처가 제시되어 있지 않은 점을 보면 이 역시 마찬가지로 사토우의 논 문을 통해 서명을 추가한 것이다.

하지만 쿠랑이 접촉할 수 없었던 도서들, 즉 한국인이 향유했고 한국에 서 출판된 중국 시가문학의 존재를 한국인의 목소리로 말해준 자료들이 존재했다. 먼저 『대동운부군옥』을 들 수 있다. 『대동운부군옥』은 "서명의 목록과 순수한 서지적 정보"만을 제공해주는 서적이 아니었다. 그 속에는 주요 저술들의 분석, 저작과 간행의 상황, 저자 생애의 가장 중요한 사건

---

31) E. Satow, op. cit, p. 72.
32) Ibid, p. 57.

들이 추가로 기술되어 있었기 때문이다. 그 대표적인 사례로 『풍소궤범(風騷軌範)』(308)을 들 수 있다.

> 風騷 : 慵齋 成俔이 『風騷軌範』 30여권을 찬술하였다. 범운에 보인다.
> (風騷 慵齋撰風騷軌範三十餘卷 見範)[33]

> 軌範 : 慵齋 成俔이 일찍이 옥당에 있으면서 동료들과 漢魏로부터 원나라 말에 이르기까지 모범이 될만한 고체시를 편찬하여 전후집으로 나누었는데 전집은 體로써 편집하고 후집은 類로써 분류하여 『風騷軌範』이라고 명명했다.(『風騷軌範』序)(軌範 慵齋 嘗在玉堂與同僚撰集自漢魏至元季古體詩可爲楷範者分爲前後集前集以體編之後集以類分之名曰風騷軌範[本序])[34]

여기서 쿠랑이 참조한 『대동운부군옥』의 표제항은 "궤범(軌範)"이었다. 쿠랑은 『대동운부군옥』의 진술로 말미암아 편저자가 성현(成俔, 1439~1504)이라는 사실과 이 책의 내용이 중국 한나라부터 원나라 말경까지의 시인들에 의해 지어진 고체시의 모음집이란 점을 알 수 있었다. 『팔가시선』(311)과 『두시찬주』(320)에 관해서도 마찬가지였다. 전자와 관련해서는 안평대군(安平大君, 1418~1453)이 편저자이며 이백, 두보, 류종원, 위응물(韋應物), 구양수, 왕유, 소식, 황정견의 중국시문을 편찬했음을, 후자와 관련해서는 세조의 명에 의해 출판된 경위를 알 수 있었다.

더불어 중국시와 한국의 한문시가 서목과 그에 대한 해제를 작성하는데, 쿠랑은 『동경잡기』와 『통문관지』를 많이 활용했다. 하지만 그 활용의 양상은 『대동운부군옥』과는 다른 차원이었다.[35] 쿠랑이 『동경잡기』를 참조문헌으로 정리한 서목은 『당시(唐詩)』(316), 『주자시집(朱子詩集)』(328), 『백

---

련초해(百聯抄解)』(339), 『현십초시(賢十抄詩)』(343), 『동인시화(東人詩話)』(357), 『남악창수(南嶽唱酬)』(412)이다. 쿠랑은 『동경잡기』 3권에 수록된 "경주에 소장된 80여 저술의 판본"이 소개되고 있음을 알고 있었고, 6작품과 관련하여, 「부 소장 책판(府藏冊板)」이란 제명 아래 제시된 서목을 참조했다.36) 『당시』(316)와 같은 장르에 속하는 필사본의 경우, 이 제명이 아니면 주로 『당음(唐音)』이란 제명으로 쓰였음을 언급했다. 『현십초시』(343)의 경우, 『동경잡기』에 서목화된 『십초시(十抄詩)』의 동일한 작품으로 추론하며 거론했다. 이 두 작품은 그가 직접 접촉한 서적에 대한 보충설명을 위해서 『동경잡기』를 참조한 것이었다. 반면 『주자시집』(328), 『백련초해』(339), 『동인시화』(357), 『남악창수』(412)에 대해 쿠랑은 별도의 서지사항을 제시하지 않았는데, 이는 『동경잡기』에서 그 서명만을 취한 것이었다.

　『통문관지』를 통해 쿠랑이 작성한 서목은 『황화집(皇華集)』(350), 『해동유주(海東遺珠)』(353), 『청강시화(淸江詩話)』(402), 『정기가(正氣歌)』(407)이다.37) 그는 『통문관지』 8권의 물건목록을 통해 역관들이 간행한 32종의 도서, 도서목록을 통해 북경에서 구입한 4종 및 한국에서 인출한 62종의 서목을 『한국서지』에 반영했다.38) 하지만 시가류 항목에 정리된 서적은 역관들의 언어공부를 위한 성격의 저술이 아니었다. 따라서 『통문관지』에서 해당내용에 대한 문헌출처로 제시한 부분만을 참조했을 따름이다. 쿠랑은 『황화집』(350)의 경우는 실제 접촉한 서적에 대한 해제 작성을 위해, 『통문관지』를 참조했다.39) 쿠랑은 『통문관지』에서 정희교(鄭希僑)의 시들이 『해동유주』(353)에 수록되어있다는 정보, 정화(鄭和)가 쓴 한시에 대한 출처를 『청

---

36) 모리스 쿠랑, 이희재 옮김, 앞의 책, 542면 ; 成原默, 정승모 옮김, 『조선대세시기Ⅳ - 동경잡기』, 국립민속박물관, 2007, 350-351면.(『東京雜記』3, 「書籍」)
37) 金指南, 金慶門 共編, 세종대왕기념사업회 역, 『국역 통문관지』, 세종대왕기념사업회, 1998.
38) 모리스 쿠랑, 이희재 옮김, 앞의 책, 416면.
39) 『통문관지』 卷7, 「人物」4 李和宗 ; 「人物」10 表憲 ; 「人物」14 "張禮忠" ; 「人物」15, "李膺" ; 卷8 「故事」1 辛巳年(1701) 6월.

강시화』(402)로 밝힌 부분, 중국사신이 조선의 문적을 보기로 요구하자 문집과 『정기가』(407) 등을 주었다는 기록 등을 참조했다.[40] 3종의 서적에 대한 서지사항이 적혀 있지 않은 점을 감안할 때, 쿠랑은 『통문관지』에서 서적명만을 옮겨온 것으로 보인다.

『대동운부군옥』의 경우에도 '중국제서'로 『사기』・『漢書』 등 15종의 문헌이, '동국제서(東國諸書)'로 『삼국유사』・『계원필경(桂苑筆耕)』 등 174종의 문헌서목이 수록된 「찬집서적목록(纂輯書籍目錄)」이 있었다. 그러나 쿠랑은 이 서목만을 활용하지 않았다. 왜 그랬던 것일까? 그 이유는 「시가목록」의 2유형, 한국의 한문시가선집 서목을 구성하는 작업은 이러한 서적명만으로 해결될 수 없기 때문이었다. 쿠랑이 기술한 중국시문집의 한국에서의 유통 및 향유에 관한 정보는 그의 체험이나 견문을 바탕으로 한 바도 있었을 것이다. 쿠랑은 「서론」에서 "많은 중국의 시집이 한국에서 인쇄되었으나 한국인의 시문집은 그보다 적은데 한국 저자들의 시작품은 거의 언제나 그의 또 다른 저술들과 함께 인쇄되기 때문"이라고 당시의 출판실태를 언급하였다. 이러한 쿠랑의 지적은 한국인의 문집을 염두에 둔 것이었다. 요컨대 문집 속에서 차지하는 한시의 비중이 큰 것이나, 시만이 분리된 선집의 경우는 극히 적은 것이었기 때문이다.[41]

그렇지만 이러한 진술과 달리 「시가목록」을 살펴 보면, "중국시가"(1유형)의 문헌서지가 35종인데 비해, "한국에서 작성된 중국시"(2유형)의 경우는 81종이다. 쿠랑의 「서론」에서 이러한 진술은 두 가지 측면에서 생각해 볼 수 있다. 첫째, 『한국서지』에 수록된 시가관련 서목은 개별 서적이 얼마나 많이 출판되어 유통되고 있었는지가 반영된 것은 아니다. 많이 출판되어 유통되는 서적일지라도 그것이 동일한 제명과 서지를 지닌 서적일

40) 『통문관지』卷7, 「人物」23 鄭希僑 ; 「人物」5 鄭和 ; 卷9 「紀年」36 숙종대왕 4년 무오(1678).
41) 모리스 쿠랑, 이희재 옮김, 「서론」 58면.

경우는 1종으로 기록되어 있기 때문이다. 둘째, 각 유형 서적의 총량이 곧 쿠랑이 실제 접촉했던 서적을 의미하는 것은 아니었다. 전술했듯이 쿠랑은 한국의 문헌 속에서, 소개된 저술 역시 『한국서지』속에 다수 포괄했기 때문이다.

그렇지만 단순히 서목 속의 서적명만으로는 한국인의 한시집을 구성하는 것은 불가능한 작업이었다. 또한 그에게 한국의 한문시가 선집이 무한히 펼쳐졌을지라도, 그 어려움은 마찬가지였을 것이다. 중국학에 비한다면 한국 시문의 편저자들에 대한 정보, 그 저작 및 간행사항에 대한 정보가 완비되지 못한 입장에서, 단순히 서적을 읽는 작업만으로는 한계에 부딪힐 수밖에 없는 것이기 때문이다. 다행히도 그는 이를 해결할 중요한 길잡이를 대면할 수 있었다. 주요한 한국본을 구성할 수 있게 해주고, 그 판차와 저자의 정보를 제공해주며, 서적의 서문이나 범례에서 읽은 내용을 완전하게 해주는 자료, 그 중에 하나가 바로 『대동운부군옥』이었다.[42]

### 2) 한국의 한문시가 선집과 『대동운부군옥』

1890년에서 1933년에 이르는 근 40년간 한국교구장이었던 뮈텔 주교 (Gustave Charles Mutel, 1854~1933)는 쿠랑이 입수할 수 없었던 저서와 저자들에 대한 정보를 제공해 준 중요한 협력자였다. 일례로, 뮈텔은 『삼국사기』와 『동국여지승람』과 같은 문헌을 쿠랑에게 제공해 준 인물이기도 하다. 쿠랑의 『한국서지』에 『대동운부군옥』(2108)의 소장처는 파리외방전교회로 적혀 있다. 즉, 이처럼 파리외방전교회에 소장된 『대동운부군옥』을 필사하여 쿠랑에게 전한 인물 역시 뮈텔 주교였다. 나아가 그는 이를 참조하여 손수 역사서 목록과 그에 대한 해제를 쿠랑에게 작성해 주기도 했다.[43]

---

42) 앞의 글, 5면.
43) 다니엘 부셰, 「모리스 꾸랑과 뮈텔 主敎」, 『한국교회사 논총』, 한국교회사연구소, 1982, 343-346면 ; 모리스 쿠랑, 이희재 옮김, 앞의 책, 504-505면.

쿠랑은 「서론」에서 『대동운부군옥』을 "운(韻)에 따라 배열된 한국문물의 백과사전으로 지리, 역사, 전설, 문학, 과학 등의 매우 흥미로운 내용을 담고 있"는 저서라고 평가했다. 쿠랑은 편저자인 권문해(權文海, 1534~1591)에 관해서도 "개인적인 견해는 표명하지 않고 옛 문헌에서 인용된 사실만을 열거했으며 언제나 그가 인용한 기초자료를 매우 세심하게 부기하고 있다"라고 평했다.44) 실제 쿠랑이 『한국서지』 IV부 1장 2절(문묵부, 시가류, 한국에서 작성된 중국시 ; 이하 '한국한시'로 약칭)의 문헌서지를 작성함에 있어, 『대동운부군옥』은 매우 큰 도움이 되었다. 쿠랑은 한국한시에 342~423 항목(총 81개 항목) 총 81개의 문헌서지를 <표 5>와 같이 집성해 놓았다. 이 중에서 『대동운부군옥』을 참조논저로 제시한 사례가 29건이라는 사실을 알 수 있다.

〈표 5〉 「시가목록」 소재 '한국 한시' 항목

| 항목 번호 | 서명 | 서지해제 | | | 참조논저 | |
|---|---|---|---|---|---|---|
| | | 서지형태 제시여부 | 문헌 해제여부 | 소장처 제시여부 | 동양논저 | 외국인 논저 |
| 342 | 詩選 | × | ○ | × | ○ (『대동운부군옥』) | × |
| 343 | 賢十抄詩 | × | ○ | × | ○ (『대동운부군옥』, 『동경잡기』) | × |
| 344 | 選粹 | × | ○ | × | ○ (『대동운부군옥』) | × |
| 345 | 三韓龜鑑 | × | ○ | × | ○ (『대동운부군옥』) | × |
| 346 | 國朝詩正聲集 | ○ | × | ○ (규장각) | × | × |
| 347 | 國朝詩別裁 | ○ | × | ○ (규장각) | × | × |

---

44) 모리스 쿠랑, 이희재 옮김, 「서론」, 5-6면.

| 항목<br>번호 | 서명 | 서지해제 | | | 참조논저 | |
|---|---|---|---|---|---|---|
| | | 서지형태<br>제시여부 | 문헌<br>해제여부 | 소장처<br>제시여부 | 동양논저 | 외국인<br>논저 |
| 348 | 國朝樂章 | ○ | ○ | ○<br>(규장각) | ○<br>(『동국문헌비고』,<br>『整理儀軌』) | × |
| 349 | 列朝詩 | ○ | × | ○<br>(규장각) | × | × |
| 350 | 皇華集 | ○ | ○ | ○<br>(규장각) | ○<br>(『대동운부군옥』,<br>『통문관지』) | × |
| 351 | 成王皇華集 | × | ○ | × | ○<br>(퇴계의 서문) | × |
| 352 | 東槎集 | × | ○ | × | ○<br>(『대동운부군옥』) | × |
| 353 | 海東遺珠 | × | ○ | × | ○<br>(『통문관지』) | × |
| 354 | 昭代風謠 | ○ | ○ | ○<br>(규장각,<br>동양언어<br>문화학교) | ○<br>(『昭代風謠』序跋文,<br>『風謠三選』跋文) | × |
| 355 | 昭代續選 | × | ○ | × | ○<br>(『風謠三選』跋文,<br>「內閣藏書彙編」) | × |
| 356 | 風謠三選 | ○ | ○ | ○<br>(규장각) | × | × |
| 357 | 東人詩話 | × | ○ | × | ○<br>(『東京雜記』) | × |
| 358 | 海東樂府 | ○ | × | ○<br>(규장각) | ○<br>(『詩林樂府』) | × |
| 359 | 東儷選百首 | ○ | × | × | × | × |
| 360 | 詩同人 | ○ | × | × | × | × |
| 361 | 詩私草 | ○ | × | × | × | × |
| 362 | 賦同人 | ○ | ○ | × | × | × |
| 363 | 賦私草 | ○ | × | × | × | × |
| 364 | 百年草 | × | ○ | × | × | × |

| 항목 번호 | 서명 | 서지해제 | | | 참조논저 | |
|---|---|---|---|---|---|---|
| | | 서지형태 제시여부 | 문헌 해제여부 | 소장처 제시여부 | 동양논저 | 외국인 논저 |
| 365 | 箕雅 | ○ | ○ | ○ (규장각) | × | × |
| 366 | 大東詩選 | ○ | × | ○ (규장각) | × | × |
| 367 | 玉堂才調集 | ○ | × | × | × | × |
| 368 | 性靈集 | ○ | × | × | ○ (『사고전서총목』) | × |
| 369 | 玲瓏集 | ○ | ○ | × | × | × |
| 370 | 小華集 | × | ○ | × | ○ (『대동운부군옥』) | × |
| 371 | 瓜亭樂府 | × | ○ | × | ○ (『대동운부군옥』) | × |
| 372 | 東都三百韻詩 | × | ○ | × | ○ (『대동운부군옥』) | × |
| 373 | 龍樓集 | × | ○ | × | ○ (『대동운부군옥』) | × |
| 374 | 太古遺音 | ○ | ○ | ○ (규장각) | × | × |
| 375 | 快軒雜 | × | ○ | × | ○ (『대동운부군옥』) | × |
| 376 | 貌山選集 | × | ○ | × | ○ (『대동운부군옥』) | × |
| 377 | 小樂府 | × | ○ | × | ○ (『대동운부군옥』) | × |
| 378 | 長巖曲 | × | ○ | × | ○ (『대동운부군옥』) | × |
| 379 | 犬墳曲 | × | ○ | × | ○ (『대동운부군옥』) | × |
| 380 | 關東瓦注集 | × | ○ | × | ○ (『대동운부군옥』) | × |
| 381 | 鐵城聯芳集 | ○ | ○ | ○ (규장각) | × | × |
| 382 | 學吟集 | × | ○ | × | ○ | × |

| 항목 번호 | 서명 | 서지해제 | | | 참조논저 | |
|---|---|---|---|---|---|---|
| | | 서지형태 제시여부 | 문헌 해제여부 | 소장처 제시여부 | 동양논저 | 외국인 논저 |
| | | | | | (『대동운부군옥』) | |
| 383 | 遁村詩 | × | ○ | × | ○ (『동경잡기』) | × |
| 384 | 錦南雜題 | × | ○ | × | ○ (『대동운부군옥』) | × |
| 385 | 石礀略 | × | ○ | × | ○ (『대동운부군옥』) | × |
| 386 | 應製詩 | × | ○ | × | ○ (『대동운부군옥』) | × |
| 387 | 慶壽詩集 | × | ○ | × | ○ (『대동운부군옥』) | × |
| 388 | 大東詩話 | ○ | ○ | × | ○ (『대동운부군옥』) | × |
| 389 | 大言小言 | × | ○ | × | ○ (『대동운부군옥』) | × |
| 390 | 端宗大王御製 詩帖 | ○ | × | ○ (규장각) | × | × |
| 391 | 應製詩註 | × | ○ | × | × | × |
| 392 | 適菴詩稿 | × | ○ | × | × | × |
| 393 | 靑丘風雅 | ○ | ○ | × | ○ (『대동운부군옥』) | × |
| 394 | 東都樂府 | × | ○ | × | ○ (『대동운부군옥』) | × |
| 395 | 風雅 | ○ | ○ | × | ○ (『대동운부군옥』) | × |
| 396 | 草堂雅覺 | ○ | ○ | ○ (규장각) | × | × |
| 397 | 草堂聚奎 | ○ | ○ | × | ○ (『草堂雅覺』) | × |
| 398 | 草堂詩餘 | ○ | ○ | × | ○ (『草堂聚奎』) | × |
| 399 | 大東詩林 | ○ | ○ | × | ○ (『대동운부군옥』) | × |

| 항목번호 | 서명 | 서지해제 | | | 참조논저 | |
|---|---|---|---|---|---|---|
| | | 서지형태 제시여부 | 문헌 해제여부 | 소장처 제시여부 | 동양논저 | 외국인 논저 |
| 400 | 詩林樂府 | × | ○ | × | ○ (『대동운부군옥』) | × |
| 401 | 大東聯珠詩格 | × | ○ | × | ○ (『대동운부군옥』) | × |
| 402 | 淸江詩話 | × | ○ | × | ○ (『통문관지』) | × |
| 403 | 風詠亭詩 | × | ○ | × | ○ (퇴계의 跋文) | × |
| 404 | 遊題金季珍詩 | × | ○ | × | ○ (퇴계의 跋文) | × |
| 405 | 泗水李氏壽瑞 詩編 | × | ○ | × | ○ (퇴계의 跋文) | × |
| 406 | 漁灌圖詩 | × | ○ | × | ○ (퇴계의 跋文) | × |
| 407 | 正氣歌 | × | ○ | × | ○ (『통문관지』) | ○ (Mayers) |
| 408 | 安南使臣唱和 集 | ○ | ○ | ○ (규장각) | × | × |
| 409 | 象村和陶詩 | ○ | ○ | ○ (규장각) | × | × |
| 410 | 韓客巾衍集 | ○ | ○ | × | × | × |
| 411 | 御製慈宮周甲 進饌樂章 | × | ○ | × | ○ (『國朝樂章』) | × |
| 412 | 華城府進饌先 唱樂唱 | × | ○ | × | ○ (『國朝樂章』) | × |
| 413 | 永安國舅奉和 睿製周甲日賜 時韻帖 | ○ | ○ | ○ (규장각) | × | × |
| 414 | 斐然錄 | ○ | ○ | × | × | × |
| 415 | 覃擊齊詩藁 | ○ | ○ | × | × | × |
| 416 | 藕船詩 | ○ | ○ | × | × | × |
| 417 | 成忠文李忠簡 遺詩 | ○ | × | ○ (규장각) | × | × |

| 항목<br>번호 | 서명 | 서지해제 | | | 참조논저 | |
|---|---|---|---|---|---|---|
| | | 서지형태<br>제시여부 | 문헌<br>해제여부 | 소장처<br>제시여부 | 동양논저 | 외국인<br>논저 |
| 418 | 南嶽唱酬 | × | ○ | × | ○<br>(『동경잡기』) | × |
| 419 | 菱洋詩集 | ○ | ○ | × | ○<br>(연암의 序文) | × |
| 420 | 楓嶽堂集 | ○ | ○ | × | × | × |
| 421 | 蜋丸集 | ○ | ○ | × | × | × |
| 422 | 冬履集 | ○ | ○ | × | × | × |
| 423 | 神遊草 | ○ | ○ | × | × | × |

'한국 한시(2유형)' 항목의 경우는 『대동운부군옥』을 비롯하여 한적에 관한 정보를 담고 있는 한국문헌을 중국시가(1유형) 보다 많이 참조했다. 반면 외국인의 중국학 논저에 대한 참조양상은 하나의 문헌서지 항목에 불과하다. 이러한 전반적인 양상은 이처럼 한국의 한문학 혹은 한적 자체가 서구인에게는 알려지지 않은 미개척지라는 사실을 반증하는 것이기도 하다. 더불어 상기의 문헌서지 중에서 쿠랑이 실제 서적에 대한 검토를 바탕으로 작성한 사례도 분명히 존재한다. 먼저, 쿠랑이 규장각을 소장처로 명시한 『국조시정성집(國朝詩正聲集)』(346), 『국조시별재(國朝詩別裁)』(347), 『국조악장(國朝樂章)』(348), 『열조시(列朝詩)』(349), 『황화집(皇華集)』(350), 『풍요삼선(風謠三選)』(356), 『해동악부(海東樂府)』(358), 『기아(箕雅)』(365), 『대동시선(大東詩選)』(366), 『태고유음(太古遺音)』(374), 『철성연방집(鐵城聯芳集)』(381), 『단종대왕어제시첩(端宗大王御製詩帖)』(390), 『초당아각(草堂雅覺)』(396), 『안남사신창화집(安南使臣唱和集)』(408), 『상촌화도시(象村和陶詩)』(409), 『영안국구봉화예제주갑일사시운첩(永安國舅奉和睿製周甲日賜時韻帖)』(413), 『성충문이충간유시(成忠文李忠簡遺詩)』(417)를 들 수 있을 것이다. 그렇지만 이 중에서 쿠랑이 상세한 해설을 덧붙인 문헌서지는 『국조악장』(348), 『황화집』(350), 『풍요삼선』

(356) 등에 불과하다.

가장 상세한 해설을 보여주는 『국조악장』(348)의 경우, 『동국문헌비고』
를 참조하여 왕실 및 궁정의례에 사용되는 '악장'들을 설명하기 위한 것이
었다. 『황화집』(350)의 경우, 이 저술에 관한 설명이 『대동운부군옥』과 『통
문관지』와 같은 한국기록, 『사고전서총목』과 같은 중국 측 기록에 남아있
음을 지적했다. 『풍요삼선』(356)의 경우, 책이 출판된 간기와 편자들이 쓴
서발문의 존재, 서민들에 의해 이루어진 시선(詩選)이 있음을 언급했다. 규
장각과 함께 프랑스의 동양 언어 문화학교를 소장처로 명시한 유일한 사
례가 『소대풍요(昭代風謠)』(354)이다. 이에 대한 해제 역시 『풍요삼선』에서
의 서술양상과 유사하다.[45]

요컨대, 『국조악장』의 서술을 제외한다면, 한국의 한시선집을 주제로
한 서적과 이에 대한 출판시기 및 편자 등과 같은 문헌서지 정보를 집성
하는 차원 이상의 목적을 발견하기란 어렵다. 다만 이와 더불어 『대동운
부군옥』을 통해 문헌서지를 작성한 사례를 집성해볼 경우, 쿠랑이 인식한
한국한시문학의 상이 어떠한 것이었는지를 충분히 추론해볼 수 있다. 예
를 들자면, 한국 한시 항목(2유형)의 초두는 중국시가 항목(1유형)에서 앙리
코르디에의 중국관계 서양인 서목을 참조문헌으로 제시했던 양상과는 전
혀 다른 방식으로 서술된다.

한국 한시 항목(2유형)의 서문에 해당되는 해제가 보이기 때문이다. 이
속에는 한국 한시문에 대한 쿠랑의 전반적인 시각과 『대동운부군옥』의
관련기록을 활용하는 그의 모습이 압축되어 있다. 쿠랑은 『소화집(小華集)』
(370)을 근거로 한국인들의 한시 창작에 관해 언급한다. 그가 보기에, 한국

---

45) 모리스 쿠랑, 이희재 옮김, 앞의 책, 187-192면 ; 더불어 서지사항을 단순히 권수만을 제시
하지 않고 매우 구체적으로 작성한 사례(359, 369, 414, 419~423항목) 역시 쿠랑이 직접
검토한 서적이라고 볼 수 있다. 그렇지만 특별한 해제 양상보다는 저자와 간략한 목차를
언급한 수준이다.

인들은 "공식적이고 조예 깊은 시를 위해 정확하게 중국의 시들을" 모방했다. 이러한 시 창작의 목표는 "중국에서까지 칭송받는" 작품을 창작하기 위함이었다. 『소화집』은 『고려사』 속에서 그 자취를 찾을 수 있을 뿐, 오늘날 현전하지 않는 문집이다. 쿠랑의 『소화집』에 관한 문헌해제를 보면, 당시의 사정도 동일했음을 발견할 수 있다. 그는 『대동운부군옥』의 다음과 같은 내용을 참조하여 해제를 작성했기 때문이다.

> 小華集 : 朴寅亮 金覲은 모두 시로 명망이 있어서 해동에 무거웠다. 박인량이 일찍이 김근과 송나라에 입조하니 송나라 사람이 그들이 지은 尺牘・表狀과 題詠을 감탄과 칭찬을 그치지 않고 곧 판각하여 『小華集』이라고 불렀다.(『高麗史』卷95 「列傳」8 '朴寅亮') (小華集 : 朴寅亮 金覲 皆有 詩名 名重海東 寅亮嘗與覲朝宋 宋人 見所著尺牘表狀 及 題詠嘆賞不已 卽刻板 號小華集(麗史))[46]

이는 『대동운부군옥』의 『소화집』 관련 기록을 통해, 한국인의 한시문에 대한 그의 총평을 보여준 것이다. 「서론」에서 쿠랑의 진술은 문집류 속에 포함된 한시문과 한문산문을 포괄한 한문학 전반에 관한 기술이라고 볼 수 있다. 하지만 「서론」에서 일관된 한국인의 한시문에 대한 총평에 쿠랑의 이 진술은 잘 부합된다. 이는 중국문명이라는 중세보편문명을 향한 한국인의 지향점 그리고 중국문명과의 교류라는 맥락에서 함께 묶일 수 있는 것이다.

첫째, 시 창작에 있어 척도이자 전범, 중국에 칭송받을 만한 시문이라는 지향점이다. 요컨대, 송나라 사람들이 그들의 시문을 보고 찬탄을 하여 시문을 간행했다는 사건이 역사 속에 기억되고 기록되는 그 모습 그 자체인 것이다. 이는 쿠랑이 「서론」에서 한국의 한문시가가 지닌 특성을 상대적으로 산문보다 훨씬 더 엄격한 시 작법 즉, 중국의 시 형식을 그대로 준수

---

46) 『대동운부군옥』 20, 271면.

하는 방식으로 규정한 측면에 잘 부합된다. 그는 한국의 한시문 형식을 詩, 賦, 銘으로 나누고 각기의 행과 자수, 운, 대구법과 같은 세밀한 차이점을 설명했다. 그리고 詩, 賦, 銘을 각각 '송가'(ode), '불규칙한 시'(irréguliers), '碑文' 혹은 '풍자시'(épigramme)로 번역하여 풀이했다.[47]

이러한 번역을 통해 쿠랑이 파악한 세 형식의 핵심을 알 수 있다. 요컨대 서구인들의 소네트를 연상시키는 간결함과 시 작법 상의 엄격한 규칙을 지닌 "詩", 구성 상 내재율의 영향을 적게 받는 불규칙한 "賦", 간결하면서도 시 작법상의 규칙에 얽매이지 않는 "銘"이 그것이다. 더불어 "銘"에 관해서는 "碑文의 마지막에 볼 수 있는 찬사"로 사용되는 경우를 강조하였다. 쿠랑은 한국의 한시문에서도 이러한 율격을 발견할 수 있었다. 하지만 서구적 시문예 장르로서 자유시의 이념 즉, 개인적 영감이 배제되는 강한 형식적인 제약을 지닌 한시문 속에서는 큰 가치를 발견하지는 못했다. 따라서 그에게 "한국시의 다양한 종류를 훑어본다는 것은 지루하고 별로 흥미 없는 일"[48]이었던 셈이다.

비록 쿠랑은 한국에서의 중국시문학에 대한 향유와 한국 한문학의 존재를 분명히 드러내 주었지만, 그의 시각 속에서 한국문학은 어디까지나 중국문학에 종속된 것이었다. "한국에서 저명한 중국 저자들의 저술이 그토록 많이 인쇄된 것은 문학적인 표본이기보다는 인용문의 일람표 같은 역할로서 였다"는 쿠랑의 평가는 이 점을 잘 보여준다.[49] 이러한 그의 시각은 「시가목록」에서 한국의 한시문과 국문시가 문학에 대한 서로 다른 해제의 모습으로도 반영되어 있다. 즉, 한국의 국문시가 작품을 해제하면서 실제로 작품을 번역하여 예시하는 모습을, 한국의 한문 시가문학 속에서는 발견할 수 없다. 후술하겠지만 한국적 고유성을 표명할 수 있는 한

---

47) 모리스 쿠랑, 이희재 옮김, 「서론」, 56-57면(*BC* 1, pp. 130-131).
48) 위의 글, 57면.
49) 앞의 글, 56면.

국문학의 전범을, 쿠랑은 오히려 한국의 국문문학으로 인식했던 것이다.

둘째, 『소화집』이 출현한 계기라고 볼 수 있는 것으로 박인량(朴寅亮, ?~1096)과 김근(金覲)의 사행과 그 속에서 시작 행위이다. 쿠랑은 『소화집』이 간행되는 사건과 같이, 각 시문집의 출간정황과 관련된 『대동운부군옥』의 기록을 반영했다. 이와 동일한 사례는 권근(權近, 1352~1409)이 사절단으로 있던 시기에 출간된 『응제시(應製詩)』(386)가 있다. 또한 중국의 사신과 한국의 접대관의 시들을 모아 출간한 『황화집(皇華集)』(350), 『동사집(東槎集)』(352)도 유사한 사례라고 볼 수 있다. 특히 후자의 경우 쿠랑은 『대동운부군옥』의 기록을 최대한 「시가목록」의 해제에도 적극적으로 반영한 편이다.

이는 「서론」에서 한시문이 한국 한문지식층의 공적이며 사적인 생활문화에 깊이 개입된 모습으로 묘사한 측면에도 잘 부응된다. 즉, 중국사신과 이를 맞이하는 한국 관리들의 시문을 모아 편찬한 것 이외에도, 한시문은 과거시험에 있어 하나의 답안이 되어 공적인 기능을 담당하며, 궁중의 연희 때 찬가로 불려지거나 운율이 있는 산문의 축사, 시, 다양한 종류의 글쓰기가 임금에게 증정되며, 건축물의 완공, 왕 혹은 왕족의 장례에 각 대신들이 시문 한편을 지어 기(旗)에 장례 행렬에 들고 가는 모습, 묘비문과 비문에 들어가는 명(銘) 등이 그것이다.[50]

물론 이 속에는 외교관으로 한국을 거주했던 쿠랑의 체험이 반영된 측면도 있었을 것이다. 하지만 이를 쿠랑에게 분명히 말해준 것은 한국의 서적이었으며, 더 엄밀히 말한다면 한국의 서적들에 대한 과거 한국인의 기록이었다. 일례로 「시가목록」에서 왕실의 의례에 쓰이던 음악과 궁중연희에 쓰이던 시문의 존재를 말해주는 자료는 분명히 『국조악장』(348)이었다. 하지만 그가 이를 알 수 있었던 것은 『국조악장』(348) 그 자체라기보다는 『동국문헌비고』를 비롯한 한문지식층의 기록물을 통해서였다.[51] 고려

---

50) 모리스 쿠랑, 이희재 옮김, 앞의 책, 57-58면.
51) 위의 책, 187-190면.

의 의종(毅宗, 1127~1173)의 왕명에 따라 출간된 『시선(詩選)』(342), 조선 세종이 이정간(李貞幹, 1360~1439)에게 증정한 『경수시집(慶壽詩集)』(387), 정서(鄭敍), 정도전(鄭道傳, 1342~1398) 등 유가 지식층의 유배체험과 관련된 『과정악부(瓜亭樂府)』(371), 『장암곡(長巖曲)』(378), 『금남잡제(錦南雜題)』(384), 김개인(金蓋仁)이 자신의 목숨을 구해 준 애견을 위해 만든 『견분곡(犬墳曲)』(379)의 사정도 동일한 궤로 생각할 수 있다.

쿠랑이 『대동운부군옥』을 전거로 활용한 이유는 전술했듯이 『한국서지』의 서목을 풍성하게 하고 저자의 정보를 제공하기 위함이다. 일례로, 『소화집』과 관련된 『대동운부군옥』의 다음과 같은 두 사람의 인명 정보가 쿠랑의 『소화집』 해제에 잘 반영되어 있다. 해당원문 기록과 그에 대한 쿠랑의 해제를 함께 제시해보면 다음과 같다.

朴寅亮 : 자는 代天이며 본관은 竹山으로 문종 때 과거에 합격하였다. 遼 나라 임금이 장차 압록강 동쪽으로 국경을 삼으려고 하였는데, 박인량이 「陳情表」를 지어올리자, 요나라 임금이 그 글을 보고 그만두었다. 문장이 고상하고도 화려하며 四六文을 잘 지었다. 송나라 사람들이 간행해준 그의 시문집 『小華集』이 남아있다……(朴寅亮 : 字代天 竹州人 文宗時登第 遼主將過鴨綠江爲界 寅亮修陳情表 遼主覽之寢其事 文詞雅麗工四六 宋人刊行詩文有小華集……)[52]

金覲 : 본관은 경주로 熙寧 연간에 朴寅亮과 송나라에 사신을 갔다. 그의 저술은 송나라 사람들에게 칭송되었는데, 드디어 그들이 二公의 시문집을 간행하여 책명을 『小華集』이라 하였다……(金覲 : 慶州人 熙寧中與朴寅亮 使宋 其所著述 爲宋人所稱 遂刊二公詩文 號小華集)[53]

---

52) 『대동운부군옥』 18, 221면.
53) 『대동운부군옥』 15, 129면.

370. 소화집
대동운옥에 언급됨.
저자들 : 朴寅亮, 字는 代天, 諡號는 文烈, 本貫은 竹州.
文宗때 급제하여 중국에 사신으로 갔었음.
경주의 金覲, 金富軾의 부친; 위의 인물과 같이 熙寧年向 (1068-1077)
중국에 파견되었다.
이 시집은 중국에서 인쇄되어졌다.[54]

상기 자료의 활용과 같은 모습이 반영된 사례는 『현십초시(賢十抄詩)』
(343), 『삼한귀감(三韓龜鑑)』(345), 『동도삼백운시(東都三百韻詩)』(372), 『용루집(龍
樓集)』(373), 『쾌헌잡(快軒雜)』(375), 『소악부(小樂府)』(377), 『관동와주집(關東瓦注集)』
(380), 『학음집(學吟集)』(384), 『석간략(石磵略)』(385), 『대동시화(大東詩話)』(388), 『대
언소언(大言小言)』(389), 『청구풍아(青丘風雅)』(393), 『대동시림(大東詩林)』(399), 『동
도악부(東都樂府)』(394), 『시림악부(詩林樂府)』(400), 『대동연주시격(大東聯珠詩格)』
(401)이다.

이렇듯 쿠랑이 책의 편저자를 찾아 구성한 『한국서지』의 「시가목록」은
마땅히 『대동운부군옥』에서 운자에 의거해 질서화된 세계와는 구별되는
것이었다. 『한국서지』는 『대동운부군옥』과 달리 운(韻)에 의거한 편제는 아
니었다. 쿠랑이 표제항들을 배치한 원리를 쉽게 가늠할 수는 없다. 하지만
한국 한시 항목(2유형) 자체와 이 유형의 서문에 해당되는 진술 속에서 그
가 구성하려고 했던 것은 '한국시가문학의 전체상'이며 한국시가문학의 역
사라는 점만은 추정할 수 있다. 한국 한시 항목(2유형) 그 자체는 시집만을
엄선하여 출판한 서적과 그 정황을 선별하고자 한 그의 지향점이 엿보인
다. 또한 쿠랑은 「서론」에서 "문학사(l'historie littéraire)와 저자의 전기에 가
장 많은 정보를 준 것"이 "『대동운부군옥』과 『통문관지』"라고 밝혔다.[55]

---

54) 모리스 쿠랑, 이희재 옮김, 앞의 책, 193면.
55) 모리스 쿠랑, 이희재 옮김, 「서론」, 5면.

물론 여기서 시가문학과 관련하여 쿠랑에게 가장 큰 도움을 준 서적은 『대동운부군옥』이었다. 이는 시 장르를 통해 한국의 도서세계를 질서화하려는 그의 의도일 수도 있지만, 또한 한국 한문지식층의 삶과 생활에 개입한 한시문의 영향을 그가 발견한 것이기도 했다. 이는 「서론」에서 언급했듯이, "개인적인 생활에 있어서도, 선비들이 시를 짓고 낭송하며 주어진 운에 따라 시를 짓고 시작된 작품을 완성시키며 주어진 글자에 따라 작품을 구성하는 일이 없이는 연회"가 성립될 수 없는 상황, 동양인이 무시할 수 없는 "재기나 우아함의 평판이" 이와 같은 유희 속에서 획득될 수밖에 없는 상황, 왕과 신하가 공자의 사당에서 의식이 끝나며 시문을 나누는 연회가 열리고 이 글들이 출판되는 상황56)과 무관한 것은 아니었기 때문이다.

그는 『대동운부군옥』을 활용하여 많은 작품과 저자들을 포괄하고자 했다. 그는 「시가목록」에서 서적명[표제항]을 통해 제시할 수 없었던 또 다른 편저자인 이견간(李堅幹), 윤여형(尹汝衡), 조계방(曺繼芳)에 관한 정보를 소개했다. 더불어 한국인들에 의해 지어진 오래된 연원을 지닌 노래, 어쩌면 국문 시가문학일지도 모르는 작품명들[「태평송(太平頌)」, 「평진송(平陳頌)」, 「회소곡(會蘇曲)」, 「우식곡(憂息曲)」, 「번화곡(繁花曲)」, 「선운산곡(禪雲山曲)」, 「맥수가(麥穗歌)」, 「황조가(黃鳥歌)」, 「양산가(陽山歌)」, 「팔재가(八齋歌)」, 「악양가(岳陽歌)」, 「답산가(踏山歌)」, 「장한성가(長漢城歌)」, 「여나산가(余那山歌)」]을 소개했다. 이렇듯 한국시가문학 전반을 포괄하려고 하고자 한 그의 시도 속에는 한국 국문 시가문학의 존재가 배제될 수는 없는 것이었다. 하지만 그는 국문시가의 오래된 연원을 말해주는 서적 그 자체 혹은 이를 증언해주는 『대동운부군옥』과 같은 기록을 대면할 수 없었다. 하지만 이러한 결핍된 상황이야말로 오늘날 한국 서적세계를 개척한 인물로 쿠랑을 기억하게 만든 가장 강

---

56) 앞의 글, 57-58면.

한 원동력이었다.

## 3. 국문시가문학의 구성과 한국문화의 고유성

### 1) 한국시 항목의 문헌서지와 국문시가문학의 새로운 위상

지금까지 살핀 두 가지 유형은 한문 시가문학이라고 할 수 있다. 그리고 본 장을 통해 앞으로 살피게 될 유형은 국문시가 작품을 별도로 정리한 항목이다. 쿠랑은 『한국서지』 IV부 1장 3절(문묵부, 시가류, 한국시 ; 이하 한국시로 약칭)에 424~434 항목(총 11개 항목), 총 13개의 문헌서지를 <표 6>과 같이 집성해 놓았다.

<표 6>「시가목록」 소재 '한국시' 항목

| 항목<br>번호 | 서명 | 서지해제 | | | 참조논저 | |
|---|---|---|---|---|---|---|
| | | 서지형태<br>제시여부 | 문헌<br>해제여부 | 소장처<br>제시여부 | 동양논저 | 외국인 논저 |
| 424 | 歌曲源流 | ○ | ○ | ○<br>(동양언어<br>문화학교<br>도서관) | × | × |
| 425 | 남훈태평가 | ○ | ○ | ○<br>(동양언어<br>문화학교<br>도서관) | × | × |
| 426 | 奇詞總錄 | ○ | ○ | ○<br>(동양언어<br>문화학교<br>도서관) | × | × |
| 427 | 원달고가 | ○ | ○ | ○<br>(동양언어<br>문화학교<br>도서관) | × | × |

| 항목<br>번호 | 서명 | 서지해제 | | | 참조논저 | |
|---|---|---|---|---|---|---|
| | | 서지형태<br>제시여부 | 문헌<br>해제여부 | 소장처<br>제시여부 | 동양논저 | 외국인 논저 |
| 428 | 방아타령 | ○ | ○ | × | × | × |
| 429 | 隱士歌 | × | × | × | × | × |
| 430 | 楚漢雜歌 | ○ | × | ○<br>(규장각) | × | × |
| 431 | 眞諺唱辭 | ○ | × | ○<br>(규장각) | × | × |
| 432 | 眞諺唱詞 | ○ | × | ○<br>(규장각) | × | × |
| 433 | 諺文漢樂雜歌 | ○ | ○ | ○<br>(동양언어<br>문화학교<br>도서관) | × | × |
| 433bis | 션지일소 | × | ○ | × | × | × |
| 433ter | 노인가 | × | ○ | × | × | × |
| 434 | 노쳐가 | × | ○ | × | ○<br>(『삼셜긔』) | × |

한국시 항목의 문헌서지와 관련하여, 주목해야 할 점은 크게 두 가지로
보인다. 그것은 첫째, 한국시 항목(3유형)에 정리한 문헌서지는 그 집성과
정 자체가 중국시가(1유형)나 한국한시(2유형) 항목과는 사정이 매우 달랐
다는 점이다. 둘째, 쿠랑이 한국시 항목에서 가장 중요시한 『가곡원류』
(424)와 『남훈태평가』(425) 문헌서지와 관련하여, 쿠랑이 각각의 해제에 수
록 작품을 번역해 놓았다는 점이다. 이 중에서 전자 즉, 첫 번째 특징은
그리 어렵지 않게 짐작할 수 있다. 왜냐하면 중국시가 항목(1유형)에서와
같이 쿠랑이 외국인의 선행연구를 참조한 바가 없기 때문이다. 적어도 쿠
랑은 「서지목록」의 개별 문헌서지에서 외국인의 선행연구에 대한 참조를
표시하지 않았다. 또한 한국한시 항목(2유형)과 달리, 『삼설기』의 경우처럼
관련 서적의 존재와 그 서명을 증언해주는 한국인의 저술을 참조하지 않

았다. 1~2유형은 '한국시가(3유형)' 항목과 대비해본다면 그래도 상대적으로 참조논저가 상당히 공통되는 편이다. 두 유형과 달리, '한국시가'의 경우 그는 참조논저를 발견할 수 없었던 셈이다. 이 유형의 지식을 쿠랑은 어떠한 서구인, 한국인의 선행연구를 통해 구성할 수 없었음을 잘 말해준다.[57]

즉, 쿠랑은 한국시 항목의 문헌서지를 이와 같은 이차적인 문헌자료를 통해서는 집성할 수 없었다. 따라서 그가 이를 작성할 수 있는 거의 유일한 방법은 실제 서적을 접촉하여 검토하는 방법 이외에 다른 방법은 없었다. 그리고 현지조사 및 한국인의 구술적 증언이 그만큼 큰 비중을 차지했을 것이다. 그렇다면 쿠랑의 자료수집 경위는 어떠했을까? 특히 소장처가 규장각이 아니라 프랑스 동양 언어 문화 학교로 제시된 서적들의 존재는 더욱 궁금할 수밖에 없다. 이와 관련하여 한국 책의 출판유통의 현장을 증언하고 있는 「서론」 I 장에서의 서술을 우선적으로 고찰해 볼 필요가 있다.

그가 지적한 한국에서 고소설과 노래와 관련된 서적을 볼 수 있는 곳은 "세책가(貰冊家)"들이었다. 쿠랑의 증언에 의거하면 세책가에서 하는 일은 큰 벌이가 되는 것은 아니었지만 명예로운 일이기에, 궁색해진 하층 양반들이 이곳의 업무를 담당했다. "세책가"들은 "보통 책들이나 한글로 쓰인 값싼 책들을 진열대에 비치하는 일을 부끄럽게 생각하는" 한국의 책방들과 달랐다. 한국의 고소설과 노래를 오히려 책방보다 "잘 간수"하고 있었다. 또한 "양질의 종이"에 인쇄된 "한글판 인본(印本)이나 사본(寫本)"들을 돈이나 물건을 담보로 대여해주고 있었다. 다만, 쿠랑은 이러한 세책가들이 서울에서도 점점 희귀해지며, 송도, 대구, 평양과 같은 한국의 도시에서도 발견할 수 없을 정도로 사라지고 있었음을 지적했다. 그렇지만 서울

---

57) 다만 「시가목록」에는 제시되어 있지는 않지만 「서론」의 참고문헌을 보면, 국문시가와 관련하여 오카쿠라 요시사부로의 논문을 쿠랑이 참조했음을 알 수 있다(岡倉由三郎, 「朝鮮の文學」, 『哲學雜誌』 8(74-75), 1893. 4). 쿠랑의 논문과 함께 오카쿠라의 논문은 한국의 국문시가문학이 근대초기에 외국인에 의해 주목받으며 학술적으로 소환되는 양상을 잘 보여주는 사례이기에, 이 점에 대해서는 후술하도록 한다.

세책가들의 서적[나아가 그 대출 일람표]들은 쿠랑이 한국의 국문 고소설과 시가에 관한 문헌서지를 작성함에 있어 일정량 큰 도움을 주었을 것이라고 추정해볼 수는 있다.[58]

한국시 항목(3유형)에서 쿠랑이 실제로 접촉한 서적은 그 서지정보와 소장처를 분명한 제시한 『가곡원류(歌曲源流)』(424), 『남훈태평가』(425), 『기사총록(奇詞總錄)』(426), 『초한잡가(楚漢雜歌)』(430), 『진언창사(眞諺唱辭)』(431), 『진언창사(眞諺唱詞)』(432), 『언문한악잡가(諺文漢樂雜歌)』(433)를 들 수 있다.[59] 「원달고가」(427)와 「방아타령」(428)은 한국인의 구술을 직접 듣고 이를 채록한 민요이다.[60] 나머지 문헌서지 항목들은 아마도 한국인의 구술적 증언이거나 어떠한 가집의 수록작품, 아니면 어떠한 목록자료를 통해서 쿠랑이 정리한 것으로 보이기도 한다. 그가 남겨놓은 기록을 보면 『삼설기』를 직접 그 출처로 언급한 「노쳐가」를 제외한다면, 나머지 문헌서지 항목['은사가(隱士歌)」(429), 「션지일수」(433bis), 「노인가」(433ter)]들에는 특별한 부가설명이 존재하지 않기 때문이다.

한국시 항목이 중국시가/한국한시 항목과 구분되는 두 번째 특징은 『가곡원류』(424), 『남훈태평가』(425) 소재 작품 몇 수를 선별하여 번역한 모습이다. 이는 쿠랑이 현지에서 채록한 한국의 민요를 번역한 양상과도 동일하다. 한국 한문시가의 경우 이를 향유되고 창작했던 작가(과거 한국 유가지식층)와 그들이 출간한 서적 및 간행배경에 초점이 맞춰졌다면, 국문시가의 경우는 가집 자체와 더불어 개별 작품에 초점을 맞춘 변별점을 보이고

---

58) 모리스 쿠랑, 이희재 옮김, 「서론」, 3-4면.

59) 「언문한악잡가」는 유춘동, 「프랑스 파리 국립동양어대학교 소장 주요 자료해제 : 「언문한악잡가」에 대하여」, 『연민학지』13, 연민학회, 2010을 통해 해당자료의 영인전문을 확인할 수 있다. 더불어 『기사총록』은 윤덕진, 「가사집 『기사총록』의 성격 규명」, 『열상고전연구』12, 열상고전연구회, 2011을 통해 자료를 충분히 알 수 있다.

60) 유춘동, 「프랑스 파리 국립동양어대학교 소장 주요 자료해제 : 구한말 프랑스 공사관의 터다지기 노래, 「원달고가」」, 『연민학지』12(1), 연민학회, 2009.

있다. 즉, 쿠랑은 작자 혹은 책의 출간보다는 수록작품에 보다 주목한 셈이다. 나아가 작품 자체를 번역하여 예시한 사례를 살펴보면, 쿠랑이 한국시가문학의 대표적인 작품표본으로 여긴 것은 국문 시가문학이라고 추론해볼 수 있다.

또한 대다수 서적의 소장처가 파리 동양언어문화학교 도서관으로 밝혀져 있다는 측면은, 당시 외국인들에게 이 서적들은 마땅히 수집되어야 하는 어떠한 가치가 분명히 존재했음을 의미하는 것이다. 그 가치는 무엇일까? 그 가치는 단순히 도서의 외형적이며 역사적인 측면은 아니었던 것 같다. 물론 쿠랑은 한국에서 통속적인 활자인쇄의 사례로 소설과 노래를 들었다. 하지만 그 형태는 목판에 "조잡하게 조판되고 하급의 종이 인쇄된" 것이었다. 또한 그가 보기에 그 출판시기는 19세기의 것들로 오래된 연원을 지닌 유물도 아니었기 때문이다. 이 점은 「시가목록」의 한국시 항목을 구성하고 있는 대다수의 필사본에 있어서도 마찬가지였다. 쿠랑이 「서론」에서 특별히 지목한 예술적 가치를 지닌 한국의 필사본 서적에는 「시가목록」의 한국시 항목에 정리된 서적들이 포함되지 않았다.61)

오히려 한국시 항목의 서적들이 지닌 가치는, 「서론」에서의 국문시가에 관련한 서술 속에서 발견할 수 있다. 쿠랑은 서울의 어디서나 볼 수 있는 값이 싼 서적들이며, 여성독자 및 상인 노동자를 위한 "대중문학"(la littérature populaire)이라는 범주에서 국문시가를 인식했다. 여기에서 우리는 쿠랑이 체험했을 19세기 말 서울 국문시가의 향유현장을 먼저 상기해볼 필요가 있다. 일찍이 도남(陶南)이 "시조창작의 쇠퇴와 창곡왕성(唱曲旺盛)시대"라고 명명했듯이 새로운 시조의 창작보다는 그에 대한 음악적 재생산 및 향유의 맥락이 보여주는 시가사에서 있어서의 통시적이며 거시적인 변화, 나아가 더 엄밀히 본다면 도시에 거주하는 불특정 다수의 집단, 그들의 '여

---

61) 앞의 글, 18-21면.

항-시정문화'가 '궁정-관각문화'와 '향촌-촌락문화' 어느 곳에도 속하지 않은 제3의 문화로 그 독자성을 확보하게 되는 19세기 말 시가사라는 현장을 염두에 둘 필요가 있는 것이다.[62]

쿠랑의 한국학 저술을 살펴보면, 그가 19세기 말 시가의 연행과 그 음악적 향유를 체험했음을 짐작할 수 있다. 또한 그가 상세히 조명한 가곡창 가집 『가곡원류』와 시조창 가집 『남훈태평가』는 각각 당시 고급적 예술성과 대중적 통속성을 대표하는 조선후기의 중요한 가집이었다.[63] 요컨대, 쿠랑이 부여한 "대중문학"이라는 의미범주는 한문[유가 지식층 : 남성]에 대비되는 한글[대중 : 여성]이라는 국문시가의 언어에서 착안된 것일 수도 있지만, 동시에 그가 관찰한 19세기 말 한국 국문시가의 상을 적절히 재현해준 것이기도 한 것이다. 쿠랑이 한국시 항목의 가장 초두에 『가곡원류』와 『남훈태평가』를 배치시킨 것은 단순한 우연의 산물이 아니라, 충분히 의도적인 기획이라고 볼 수 있다.

나아가 쿠랑을 비롯한 외국인과 한국의 국문시가라는 관계는 국문시가의 새로운 형상을 덧입혀 준다. 왜냐하면 외국인들이 국문시가를 소환한 가장 중요한 이유는 국문(언문·한글)이 표상해주는 한국의 고유성에 있었기 때문이다. 이 점은 쿠랑이 「서론」에서 참조했던 동시기 한국문학론인 애스톤과 오카쿠라 요시사부로의 논문에서도 잘 드러난다.[64]

---

62) 趙潤濟, 「朝鮮詩歌史綱」, 博文出版社, 1937, 415면 ; 김학성, 「18·19세기 예술사의 구도와 시가의 미학적 전환 : 여항, 시정문화와의 관련양상을 중심으로」, 『한국시가연구』 11, 한국시가학회, 2002, 10-11면 ; 성무경, 「19세기 국문시가의 구도와 해석의 지평」, 『조선후기, 시가문학의 문화담론 탐색』, 보고사, 2005, 451-460면을 참조.

63) 쿠랑의 『한국서지』에 산재된 서술부분 이외에도 그의 논문 1편(파스컬 그러트·조은미 옮김, 「마당극과 무극」, 앞의 책.("La complainte mimée et le ballet en Corée," *Journal asiatique* 9(X), 1897))를 들 수 있을 것이다. 또한 다니엘 부셰의 연구(「韓國學의 先驅者 모리스 꾸랑」(上), 『동방학지』 51, 연세대 국학연구원, 1986. 188-190면)에 의하면, 「중국음악小史, 부록 : 조선음악」(1912)를 집필하기도 했다. 물론 한국 음악에 대해 쿠랑이 참고로 한 자료는 『三國史記』, 『高麗史』, 『文獻備考』, 『進饌儀軌』, 『五禮儀』이며 그의 연구대상은 雅樂에 국한된 것이었다.

애스턴은 한국의 대중문학, 고소설과 관련하여 다음과 같은 두 가지 질문을 제기했다. 그것은 첫째, "수준 높은 예술 문학을 만나는가?"이며, 둘째, "민담, 시, 드라마가 흥미롭고 고유한 국가의 특성을 드러내는가?"였다.65) 물론 그의 답변은 이에 대해 매우 부정적이었지만, 여기서 애스턴의 두 번째 질문은 한국의 고소설과 노래를 접할 때 살피고자 한 그들의 핵심적 질문이었다. 나아가 그것은 한국어 연구 즉, 한글(국문·언문)에 대한 고찰과 관련해서는 중요한 질문이기도 했다. 이 점은 오카쿠라 역시 마찬가지였다. 그는 이야기책 이외에 문학으로 가치를 발견할 수 있는 대안적인 작품을 "노래[謳歌]"라고 보았다. 왜냐하면 "조선인이 사물에 느끼는 음악과 곡조에 따라서 나오는 노래야말로" "무엇보다도" 한국인에게 "가장 문학적 취미(趣味)를 머금은 것"이었기 때문이다.66)

여기서 한국문학에서 도출하고자 한 문학적인 가치란 곧 한국민족의 고유성을 의미하는 것이었다. 프랑스 공사관을 건축하는 과정 속에서 조선 일군의 노래를 채록하는 모습, 국문시가의 번역은 한국의 구술문화를 통해 한국민족의 고유성을 기술하려고 한 지향점과 맞닿아 있었던 것이다. 요컨대, 한국의 국문시가는 한국의 대표적인 국민문학으로 새롭게 소환되며 형상화되는 것이었다.

## 2) 쿠랑의 국문시가 인식과 장르 및 율격의 문제

쿠랑이 「서론」에서 한국에서 소설 다음으로 대중적인 문학으로 제시한 것은 노래들(chansons)로, 이는 한국의 국문 시가문학을 지칭하는 것이다.

---

64) 또한 두 사람 모두 영국의 외교관, 한성 日語學堂 교사로 한국에 거주한 인물이며 19세기 말 한국도서의 출판·유통문화를 체험한 인물이었다.

65) W. G. Aston, "On Corean popular literature", *Transactions of the Asiatic Society of Japan* XVIII, 1890, p.106.

66) 岡倉由三郎, 앞의 글, 846-847면.

그는 『대동운부군옥』을 통해 연원이 오래된 국문시가의 존재를 분명히 발견했다. 하지만 국문으로 전해지지 않는 그 원문과 실체를 결코 확인할 수는 없었다. 이러한 사정으로 인하여 쿠랑에게 국문시가는 오래된 연원을 지닌 과거의 문학, '고전'이라기보다는 그가 거주하던 서울에서 향유되던 일종의 대중문학에 근접한 것이었다. 「시가목록」을 구성하는 서적들 속 시조, 가사, 잡가, 민요 등이 잘 보여주듯이, 이 작품들은 『남훈태평가』를 제외한다면 대부분은 필사본의 형태였으며, 때로는 「원달고가」(427), 「방아타령」(428)과 같이 문자화[기록]되지 못한 구술문화의 형태로 존재하는 작품들도 있었다.

  그렇지만 애초에 한국의 도서를 정리하는 쿠랑의 본래 작업에 부합한 대상은 채록해야 하는 '구술문학'이 아니라, 어디까지나 책의 형태로 전하는 시가작품이었다. 그리고 이러한 측면에 가장 부합한 작품은 『가곡원류』(424)와 『남훈태평가』(425)였다. 쿠랑의 「서론」에서 기술한 한국 국문시가의 주제 및 율격에 대한 논의는 두 서적에 전하는 작품에 기반하고 있었다. 두 가집은 각각 쿠랑이 서울을 체험한 1890~1892년 사이 즉, 19세기 말 시가문학사를 대표하는 작품들이자 또한 당시 널리 유통되어 입수하기에 어렵지 않은 서적들이었기 때문이다. 두 가집에 대한 쿠랑의 해제는 전술했듯이, 지금까지 고찰했던 한시문의 형태와는 달랐다. 쿠랑은 『가곡원류』 소재 시조 4수와 『남훈태평가』 소재 가사 <춘면곡> 1수를 한국시가문학의 표본으로 선정하여 번역했기 때문이다. 우선 자료의 소개와 제시란 차원에서 해당원문과 그에 대한 쿠랑의 번역을 펼쳐보면 다음과 같다.67)

---

67) *BC* 1, pp. 240-244. 쿠랑의 번역문을 최대한 직역의 형태로 제시했으며, 해당원문은 지면 관계상 생략토록 한다. 우리의 서술은 단지 쿠랑의 시조 및 가사 번역물을 자료의 제시 및 소개란 차원에서만 정리한 셈이다. 즉, 쿠랑의 번역을 통해 생성된 프랑스어 시편으로 각 작품이 지니게 된 의미는 우리가 결코 다루지 못한 영역이란 점을 주석상으로 간략히 밝힌다. 번역비평 및 번역의 문제는 추후 외국어문학전공자와 공동연구를 통해 보충할

| 『가곡원류』 | 『한국서지』 |
|---|---|
| 우는거시 벅국신가 푸른거슨 버둘쑵가 / 漁村 두 세집이 暮烟에 즘겨셰라 / 夕陽에 싹 일흔 갈먹이는 오락가락 ᄒ더라(#281) | 노래하는 이, 아니면 종달새는 무엇인가? 초목 아니면 버드나무 숲은 무엇인가? / 어부들의 마을에서 몇몇 집들은 저녁의 연기에 가려진다. / 짝을 잃은 흰 황새는 마지막 햇빛 속에서 헤맨다. |
| 萬頃滄波 欲暮天에 穿魚換酒 柳橋邊을 / 客來問我 興亡事여늘 笑指蘆花 月一舡이로다 / 술 醉코 江湖에 져이시니 節 가는 줄 몰너라 (#282) | 하늘은 끝없는 파도의 바다위에서 어두워진다: 나는 끈으로 꿴 물고기를 술과 교환하러 버드나무 다리로 간다. / 낯선 사람이 인류의 운명에 관한 이야기를 나누러 내게 다가온다. 그러나 나는 웃으면서 털이 수북한 갈대 위로 표류하는 달을 가리킨다. / 물가에서 취한 나는 지난 시간을 생각한다. |
| 故人無復洛城東이요 今人還對落花風을 / 年年歲歲 花相似여늘 歲歲年年 人不同이로다 / 花相似 人不同ᄒ니 그를 슬허 ᄒ노라(#283) | 옛사람들은 낙양으로 다시 돌아오지 않고 향기로운 산들바람을 맞는 이는 다른 사람들이다: 매년 꽃들은 비슷하고 매년 사람들은 다르다. / 꽃들이 항상 같다면 사람들의 유약함을 통탄하자. |
| 春風 和煦好時에 범나뷔 몸이 되어 / 百花叢裏에 香氣 졋겨 노닐거니 / 世上에 이러ᄒ 豪興을 무어스로 比헐소냐(#305) | 봄 바람이 미지근한 때에 나는 호랑나비(마카오 나비)로 변하고 싶다. / 나는 모든 꽃들의 향기를 찾고 싶다: / 세상에는 이 감미로운 것에 비할 것이 아무것도 없다. |
| 『남훈태평가』 | 『한국서지』 |
| 츈면을 느지 ᄭᅵ여 죽창을 박의ᄒ니 | 어느 봄날 나는 매우 늦게 잠에서 깨어 대나무로 된 창을 열었다. |
| 뎡화는 작작ᄒᆫ데 가는나뷔 머무ᄂᆞᆫ듯 | 밖에는 활짝 핀 꽃들이 쉬이 떠나지 못하는 나비를 붙잡고 있고 |
| 안류는 의의ᄒᆞ여 셩근내를 ᄯᅴ엿셰라 | 개울가에 줄지어 선 산버들은 개울의 굽이 굽이로 처져 있다. |
| 창뎐에 덜괸 슐을 일이슙비 먹은 후에 | 나는 익지 않은 술 두 세 잔을 마셨고 |

필요가 있다. 이에 대해서는 모리스 쿠랑의 『가곡원류』 및 『남훈태평가』 소재 한국 국문시가에 대한 인식과 번역양상에 관한 조재룡의 선행연구("Les premiers textes poétiques coréens traduits en français à l'époque de l'ouverture au monde," 『통번역학연구』 17(4), 통번역연구소, 2013), 또한 시조 번역에 있어서 이론과 실제의 문제를 고찰한 조재룡의 논문 ("Traduire le vers coréen sijo : approche théorique et practique," 『프랑스문화예술연구』 33, 프랑스문화예술학회, 2010)을 참조했다.

| | |
|---|---|
| 흐랑흐야 미친 흥을 부지 업시 자아너여 / 빅마금편으로 야류원 차자가니 | 나의 꿈은 꽃이 핀 버드나무가 있는 정원으로 나를 데려간다. 황금 마구로 된 백마를 타고 간다. |
| 화향은 습의흐고 월식은 만정흔데 | 향기로운 꽃잎이 내 옷에 떨어지고 달빛이 들판을 적신다; |
| 광긱인듯 취긱인듯 흥를 겨워 머무는 듯/ 빈회 고면흐여 유령이 셧노라니 | 가끔 나는 (멈추어) 쉬고 때론 거닌다. 나의 발걸음은 술에 취한 사람의 발걸음 같다. |
| 취와쥬판 놉푼집이 녹의홍상 일미인이 | 청기와에 붉은 기둥으로 된 집에서 나는 붉은 저고리에 푸른 치마를 입은 젊은 여인을 본다. |
| 사창을 반기흐고 옥안을 잠간 드러 / 웃는 듯 씽긔는 듯 교틴흐고 마자드러 | 내가 창문을 반쯤 밀자 매혹적인 아이가 웃으면서 나를 향해 얼굴을 든다, |
| 츄파를 암쥬흐고 녹의금 빗기 안고 / 쳥가일 곡으로 츈의를 주아너니 연분도 긔지업다 | 나는 그녀 옆으로 들어가 비단으로 된 깔개 (주단) 위에 앉아 노래한다. |
| 이 사랑이 연부 비길 데 전혀 업다 | 나는 너를 향한 강렬한 사랑을 느낀다. |
| 너는 죽어 곳치 되고 나는 죽어 나뷔 되어 | 네가 죽는다면 너는 꽃이 될 것이고, 나는 나비가 될 것이다. |
| 숨츈이 긔진토록 쩌나 사지 마자터니 | 봄이 지난 후에도 우리는 서로 헤어지지 않을 것이다. |
| 인간에 말이 만코 죠물됴차 싀암흐야 / 신령 미흡흐야 이달를 손 리별이라 | 그러나 이런 소망이 이루어질까? / 사랑은 고갈되지 않았는데 벌써 서로 헤어져야 할 것이다. |
| 쳥강의 노단 우너앙 우리네고 씌나는 듯 | 새는 강물에서 목욕하고 그 흔적을 남기지 않는다. |
| 광풍에 놀는 봉졉 가다가 돌치는 듯 | 나비는 폭풍에 쓸려간다. / 나는 떠나고 싶다, 그리고 그녀 옆으로 돌아온다. |
| 셕양은 다져가고 뎡마는 자로울제 나슴을 뷔여잡고 암연이 여휜 후에 / 슬픈 노릭 긴 한슘을 벗슬 삼아 도라오니 | 이미 태양은 수평선 아래에 있고 내 말은 참을성 없이 울음소리를 낸다, 그녀를 놓아주어야 할 것인가? |
| 의계 임이야 싱각허니 원슈로다 | 오! 여인은 적이다. |
| 간장이 다 셕그니 목숨인들 보전허랴 | 내 마음은 그녀에게 사로잡혔고 나는 더는 살 수가 없다. |
| 일신에 병이 되니 만사의 무심흐여 | 내 마음은 무너졌고 용기도 없다. |
| 서창을 구지 닷고 셤셔이 누엇스니 | 나는 헛되이 내 창문을 굳게 닫고 잠을 청한다. |
| 화용월틴는 안중에 숨연연흐고 | 여전히 꽃과 같이 섬세하고 달처럼 빛나는 그녀의 얼굴이 내 눈앞에 나타난다. |

| | |
|---|---|
| 분벽사창은 침변이 여귀로다 | 나는 그녀 집의 벽과 비단으로 된 창문을 보는 것 같다. |
| 하엽에 노적ᄒ니 별누를 쑤리는 듯 / 류막에 연롱ᄒ니 유한를 먹음은 듯 / 공산야월의 두 견이 슬니 울 졔 | 이제 새벽이 온다. 연꽃잎 위의 이슬은 우리가 헤어질 때 그녀의 눈에서 떨어진 눈물과도 같다. |
| 슬푸다 져 시소리 너말갓치 불여귀라 / 삼경에 못든 잠을 사경말의 비러드니 / 상사ᄒ든 우리 님을 꿈 가온데 잠간 보고 | 꼬박 새운 사흘 밤 동안 잠이 달아나버렸다. / 넷째 날, 나는 잠이 들고 꿈에서 내가 생각하던 그녀를 다시 본다. |
| 천슈만한 못다 일너 장호졉 흐터지니 / 아릿 짜온 옥빈홍안 겻희 얼풋 안졋는듯 / 어화 황홀(恍惚)ᄒ다 꿈을 상시(生時) 삼고지고 | 나는 그녀에게 나를 짓누르는 고통을 이야기한다. / 그러나 말을 마치기도 전에 나는 잠에서 깬다. / 나는 다시 내 옆에 그녀의 분홍빛 얼굴과 옥과 같은 그녀의 관자놀이를 본 것 같다. |
| 무침허희ᄒ야 밧비 니러 바라보니 / 운산은 쳡쳡ᄒ야 천리안을 가리왓고 / 호월른 창창ᄒ여 냥향심의 비쵸엿다 | 그러나 내 눈은 구름과 수평선을 가리는 산을 발견할 뿐이다. / 빛나는 달은 우리 두 마음을 비춘다. / 그러나 우리를 갈라놓은 바다는 배를 옮겨주길 거부한다. |
| 어져 너일이야 나도 모를 일이로다 / 이리져리 그리면셔 어허 긔리 못보는고 / 약슈 삼천리 머단 말을 이런 디를 니르도다 | 나는 그녀를 볼 수 없고 시간은 시냇물의 흐름과 같이 달아난다. |
| 가약은 묘연ᄒ고 셰월은 여류ᄒ여 / 엇그졔 이월 쏫치 녹(綠)안변 불커터니 / 그덧시 홀홀ᄒ여 낙엽이 츄셩일다 / 시벽달 지실 젹에 외기러기 울어널 데 / 반가온 님의 쇼식 힝여 올가 바라보니 / 창망ᄒ 구름 밧게 비소리 쑨이로다 | 어제는 두 번째 달의 꽃들이 여전히 붉었는데 (이젠) 땅에 떨어져 있고 가을이 가까이 있다. / 여기 울면서 지나가는 기러기는 사랑하는 이의 소식을 내게 전해줄 수 있을까? / 그러나 구름에서 떨어지는 빗소리만 들릴 뿐이다. |
| 지리ᄒ다 이 니별을 언제 만나 다시 블까 | 그 기한조차 알 수 없는 고통스러운 이별이라니! |
| 산두에 편월되여 님의 닛헤 비최고져 / 셕상에 오동 되어 님의 무흡 베혀보랴 / 옥상됴량에 졔비 되어 날고지고 / 옥창 잉도화에 나븨 되어 날고지고 | 나는 얼마나 산 위에서 그녀의 집을 비추는 달이 되고 싶어했던가! / 아니면 그녀의 가슴 위에 놓일 수 있는 (그녀의) 기타를 이루는 나무가 되고 싶어했던가! |
| 회산이 편지 되고 금강이 다 마르나 평싱 슬푼 회포 어디를 가을ᄒ리 | 바다가 육지가 될 때 내 가슴이 메말라 더 이상의 눈물도 없을 때 내 인생에서 그녀를 충분히 말하지 않았던가? |
| 셔중유옥안은 나도잠간 드러쩌니 / 마음을 고쳐 먹고 강기를 다시 너여 / 장부의 공명을 일노 좃차 알니로다 | 어서, 나는 용기를 되찾았다. / 이제부터 나는 명성과 관직만을 추구할 것이다. |

비록 원문의 본래 표현을 생략한 부분이 없는 것은 아니다. 하지만 시가의 의미 그 자체는 잘 전달해주고 있다. 파리외방전교회의 기념비적인 한국어학적 산물, 『한어문전』과 『한불자전』이 잘 보여주듯, 1890년경 한국어에 대한 이해수준과 번역 및 출판에 있어서 프랑스의 한국학은 영미권보다 분명히 우위에 있었다. 또한 위 작품의 선별은 쿠랑이 「서론」에서 이야기했던 한국 국문시가의 보편적인 주제에도 잘 부응한 것이었다. 그는 국문시가가 주로 "자연에 대한 강렬한 감정, 묘사의 진정한 수완, 때로는 감성적이며 가벼운 야유"를 담고 있는 특징을 지니고 있으며, "사랑과 그 기쁨, 술 마시는 즐거움, 세월의 흐름, 인생의 짧음" 등이 가장 빈번히 보이는 주제라고 이야기했다. 또한 쿠랑은 詩調, 歌詞, 雜歌라는 두 가집에 수록된 장르명과 율격의 문제를 거론하였다.[68]

쿠랑이 논한 시가율격과 관련된 진술이 상세히 제시된 부분은 「시가목록」의 『가곡원류』(424) 부분의 해제이다. 『가곡원류』는 시조작품에 대한 작자가 제시된 가곡집이다. 그에 대한 쿠랑의 해제를 살펴 보면, 그는 이 인물들을 "대부분 조선의 高官들"이며 "그 중 몇몇은 고려조, 나머지는 18세기의 인물"이라고 설명하였다.[69] 하지만 『가곡원류』는 「서론」에서 국문시가문학을 언급하면서 제시한 서적들의 특징을 벗어나는 책이 아니었다. 즉, "저자와 연대표시"가 전혀 문제시 되지 않으며, "대부분 사본"으로 전하는 것이었다.[70] 그것은 작자성이 없는 대중적인 작품인 셈이었다. 『가곡원류』는 특정 판본에 따라 박효관, 안민영을 편저자로 추론할 수 있는 가집이다. 하지만 쿠랑이 검토한 『가곡원류』의 서지정보(1책, 4절판, 115장, 필사본)는 현재 프랑스 파리 동양어대학 도서관에 보관 중이며, 국사편찬위원회 도서관과 국립중앙도서관에 그 사본이 전하는 판본과 동일하다. 이 판본은 아래

---

68) 모리스 쿠랑, 이희재 옮김, 「서론」, 70~71면.
69) 모리스 쿠랑, 이희재 옮김, 앞의 책, 200면.
70) 모리스 쿠랑, 이희재 옮김, 「서론」, 70면.

와 같이 안민영의 서문과 박효관의 발문이 없는 필사본이다.[71]

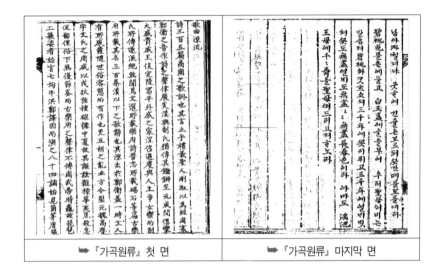

| ➡ 『가곡원류』 첫 면 | ➡ 『가곡원류』 마지막 면 |
|---|---|

따라서 쿠랑은 『가곡원류』의 편저자를 추정할 수는 없었던 것이며, 이 가집의 연원을 쉽게 단정할 수 없었다. 그렇지만 쿠랑이 접했던 판본 속에서도, 그는 『능개재만록(改齋漫錄)』에서 인용된 「가곡원류(歌曲源流)」와 「논곡지음(論曲之音)」, 더불어 「가지풍도형용십오조목(歌之風度形容十五條目)」, 「매화점장단(梅花點長短)」, 「장고장단점수배포(長鼓長短點數配布)」 등을 접할 수 있었다. 물론 쿠랑은 송나라 오증(吳曾)의 『능개재만록』에서 「가곡원류」를 인용한 것을 중국음악의 간략한 역사를 쓴 능개재(能改齋)의 서문으로 오인하는 모습을 보여준다. 그렇지만 나머지 내용들이 "목소리, 용어의 발음,

---

71) 아래에 제시한 『가곡원류』는 국립중앙도서관의 마이크로필름자료이며, 프랑스 동양문화학교 소장본이다. 청구기호는 COR-I.34(M古3-2002-10)이다. ; 프랑스 동양어학교 소장본 『가곡원류』에 관해서는 황인한, 「『가곡원류』의 이본계열 연구」, 고려대 박사학위 논문, 2008 ; 신경숙, 「『가곡원류』 초기본 형성과정과 의미—<육당본>, <프랑스본>을 중심으로」, 『한민족문화연구』36, 2011 ; 강경호, 「가곡원류계 가집의 편찬특성과 전개양상 연구」, 성균관대 박사학위논문, 2011을 참조

노래하는 사람들의 태도에 대한 내용. 이 저술 속에 담긴 노래 목록. 반주로
쓰이는 북을 칠 때 지킬 규칙들"72)을 의미함을 분명히 알고 있었다. 즉,
「서론」에서 잘 지적했듯이 이는 노랫말이란 사실을 파악하고 있었던 것
이다. 또한 한국 국문시가의 율격을 다음과 같이 정리했다.

> "詩調라 불리우는 이 장르의 노래들은 아주 짧아 3행 또는 4행시로 되
> 어 있다. 가장 긴 시들은 그 의미와 음악에 의해 3행의 절로 나뉘어 졌다.
> 한국의 시는 각운이나 음절의 장단이 없고 음절의 수는 조금씩 변한다.
> 12-20음절 사이로 각 문장 또는 구절이 한 시를 만든다. 시적 표현의 탐구,
> 몇 장 대신 20여 음절밖에 안 되는 간결한 문장 그리고 장단가락은 운문
> 과 산문의 유일한 차이점들이다. 이 노래들은 피리, 현악기 및 북들의 반
> 주로 이루어진다. / 歌詞로 불리우는 노래들은 훨씬 긴 것으로 각 절로 나
> 뉘지 않으며 반주는 앞의 것들과 비슷하다. / 雜歌는 哀歌[chantées]의 종류
> 들로 때로 1인 또는 2인의 표현으로 나타난다. 박자는 북으로 표시된다.
> 이 가사와 잡가의 두 장르는 광대들에 의해서만 표현된다."73)

사실 이러한 정보는 『가곡원류』나 『남훈태평가』를 통해 얻을 수 없는
것이었다. 물론 詩調, 歌詞, 雜歌라는 용어 자체는 『남훈태평가』의 편제 혹
은 그가 「시가목록」에 제시한 서적들의 제명을 통해서 유추하여 이야기
할 수도 있었을 것이다.

하지만 이 용어 자체가 의미하는 바가 무엇인지를 상기의 인용문처럼
쿠랑이 명확히 설명할 수는 없는 노릇이었으며, 또한 그가 사용하는 세
용어의 개념 모두가 오늘날과 동일한 것은 아니었던 것으로 보인다. 쿠랑

---

72) 모리스 쿠랑, 이희재 옮김, 앞의 책, 200면.
73) 앞의 책, 200~201면. 쿠랑의 원문을 보면 그는 한자와 이에 대한 한글음을 병기하여, 詩調,
　　歌詞, 雜歌를 제시했다(BC 1, p. 238). 『한불ᄌ뎐』(1880)을 보면, 詩調는 "nom d'une espèce
　　de chant"로, 歌詞는 "nom d'une esp. de chant"로 양자는 명확히 개념이 분기되어 있지 않
　　으며 '일종의 노래 이름'으로 풀이되는 반면, 雜歌는 등재되지 않은 한국어 표제항이었다.

은『가곡원류』와『남훈태평가』두 가집의 동일 작품[시조]을 찾을 수 있었다. 즉, 그는 시조를 분명히 감지했던 것으로 보이며 그의 서술을 살펴보면 이는 평시조를 지칭하는 것으로 보아도 좋을 듯하다. 하지만 그는『기사총록』(426)과『남훈태평가』과의 공통된 작품[가사]이 존재함을 언급하지는 않았다. 오히려 쿠랑은『기사총록』(426)에 수록된 가사 작품을 "8음절로 된 시로 운이 없는 한글시들"로 규정하고, 이 시들은 "노래 불려질 수 없는 것들"이라고까지 말했다.[74]

즉, 오늘날의 가사 장르와 쿠랑이 언급하고 인식한 '가사'가 동일한 개념을 지닌 것은 아니었던 사실을 시사해준다. 즉, 그는 '가사'의 개념을 명확히 말할 수는 없었던 것이다. 또한 雜歌라는 용어의 층위는 시가로만 한정될 수 없는 개념임에는 틀림이 없다.[75] 그렇다면 이 율격에 관한 정보를 쿠랑은 어디에서 얻을 수 있었던 것일까? 그 정보의 출처는 「서론」에

---

74) 실제 동양어학교 소장『기사총록』을 검토한 윤덕진의 논문에 따르면,『기사총록』에는『남훈태평가』와 공통되는 작품으로 <상사별곡>, <춘면곡>, <빅구사>, <어부사>가 수록되어 있다.

75) 모리스 쿠랑, 파스칼 그러트·조은미 옮김, 「마당극과 무극」, 앞의 책, 164-165면("La complainte mimée et le ballet en Corée", *Journal asiatique* 9(Ⅹ), 1897 pp.74~76)에서도 "雜歌"라고 쿠랑이 직접 한자를 표기한 용어를 발견할 수 있다. 여기서 "雜歌"가 지칭하는 바는 "la complainte mimée"이다. 물론 한국어로 옮긴 번역자의 '마당극'은 적절한 용어는 아니다. 쿠랑의 "la complainte mimée"를 한국어로 옮겨보면, '가극' 정도의 번역이 적절할 것이며 의미상으로만 본다면 '슬픈 가극'정도이다. 또한 오페라와 같이 형식을 지닌 것이 아니라 그 보다는 더 급이 낮은 극으로 판단한 것처럼 보인다. 이어지는 쿠랑의 진술. ("잡가는 보통 전설이나 일화를 주제로 한다. 일반적으로 가로로 놓고 부는 악기와 북으로 장단을 맞추는데, 한두 명의 배우가 마치 잠언을 읊는 것 같은 어조로 낭독하며 몸짓 연기를 한다.")을 보면, 당시 시정에서 다양한 雜歌의 레파토리가 연행되던 현장을 묘사한 것으로 보인다. 쿠랑의 증언시기와 부합된 것이라고는 말할 수 없지만, '판소리' 혹은 '창극화되는 판소리'의 현장을 증언하는 것처럼 보이기도 한다. 쿠랑은 <춘향전>을 "대중적인 놀이판[혹은 잔치]에서 노래로도 불리는 19세기 초 한국의 매우 유명한 소설"(Roman fort célèbre en Corée, écrit dans le commencement de siécle et chanté dans les réjouissances populaires)이라고 이야기한 바 있어, 이에 대한 추론도 가능하다. 성급히 속단할 수는 없는 문제이지만, 이러한 정황을 보면 쿠랑이 쓴 "雜歌"라는 용어를 단지 시가 문학으로만 한정할 수는 없어 보인다.(*BC* 1, p.431)

서 잘 드러난다.

쿠랑은 "여러 차례 한국의 운율론의 규칙에 대해 설명 받고자 했"지만 그가 "물어본 모든 사람들은 이 주제에 대해 아주 모호한 생각 밖에는 가지고 있지 않았다." 『가곡원류』 해제부분에 제시된 기술은 쿠랑이 그가 교류했던 한국인으로부터 들을 수 있는 이 세 가지 용어에 대한 최상의 답변이었던 셈이다. 하지만 쿠랑은 이 답변에도 한국시가 율격에 대한 자신의 무지에 관하여 시인할 수밖에 없었다. 왜냐하면 그가 보기에 "한국의 운문은 그 분량, 脚韻, 半諧音, 음절의 수 등이 정해지지 않아 그 본질을 규정짓기 어려"운 것이었기 때문이다.[76]

사실 이 점은 당연한 것이기도 했다. 국문시가를 서정 장르로 만드는 그 기반은 통사적 의미구조의 차단이라는 억제발화가 아니었기 때문이다. 즉, 오히려 율격의 본질이자 장르적 특성은 고전시가가 전통적으로 지니고 있었던 '악곡적 음율'에 기반하고 있었기 때문이다. 요컨대, 노래(가창과 연행)의 형태로 사실상 분류되는 **세 가지 형식—시조, 가사, 잡가를 언어 텍스트 차원으로 환원하며 그 속에서 율격을 찾으려는 쿠랑의 행위** 그 자체는 그러한 시가를 실제 창작, 향유하고 있었던 당시 한국인들에게는 **무용**(無用)한 것이었기 때문이다.[77]

쿠랑이 한국시가 율격을 모색하고자 한 시도 속에서 우리가 주목해야 하는 점은 이와 긴밀히 관련된다. 비록 쿠랑은 세 가지 국문시가 장르를 구별할 때 그 표지가 연행 혹은 음악적 기반이라는 사실을 분명히 알고 있었다. 하지만 그는 음악과 분리된 언어텍스트 그 자체에서 한국 국문시가의 고유한 형식을 도출하고자 한 지향점이 엿보인다는 측면이다. 이 속

---

76) 모리스 쿠랑, 이희재 옮김, 「서론」, 71면.
77) 그럼에도 이러한 쿠랑의 진술은 1900년 서구인 한국학 논저를 집성한 러시아대장성 『한국지』에서 한국의 국문시가 율격에 관한 중요한 진술로 수용된다. 이 점에 대해서는 이 책의 3장[初出 : 이상현, 윤설희, 「19세기 말 재외 외국인의 한국시가론과 그 의미」, 『동아시아문화연구』 56, 한양대 동아시아문화연구소, 2014]에서 상론하도록 한다.

에는 한국 국문시가의 존재방식이 학술적 차원에서 조명됨에 따라, 노랫말 혹은 가창되는 텍스트가 아니라 언어-문학텍스트로 재편되는 지점이 놓여 있는 것이다.

게일, 오카쿠라 요시사부로를 비롯한 외국인들의 시조번역, 현재 러시아에 소장중인 애스턴 문고의 문헌 등의 상황을 감안해보면, 외국인들이 입수하고 번역했던 가장 비중이 있는 텍스트는 『남훈태평가』였다.[78] 하지만 쿠랑은 어디까지나 자신의 시조작품의 번역저본으로 『가곡원류』를 선택했다. 쿠랑에게 『가곡원류』와 『남훈태평가』의 수록작품들은 어디까지나 음악이 전제 된 텍스트는 아니었다. 연행의 현장을 증언하는 것과 그 음악을 공감하고 파악하는 것은 별도의 문제이다. 예컨대, '가곡창'과 '시조창 가집'이라는 두 가집의 차이점과 각 가집이 출현한 연원과 기반은 쿠랑에게 중요한 표지는 아니었던 것이다.[79]

오히려 두 가집은 동일한 시조작품을 공유한 텍스트로 그 차이점이 소거되며, 번역되어야 할 외국문학으로 전환된다. 즉, 쿠랑이 주목한 것은 국문표기였으며, 여기서 시가작품은 번역되어야 할 한 편의 문학작품이라는 공통점이었다. 『가곡원류』는 한자-국문 혼용표기였으며, 『남훈태평가』는 사실 국문표기였다. 하지만 『가곡원류』, 『남훈태평가』의 국문을 쿠랑은 (한국에서 쓰이는) 한자(로 된) 표현[les expressions sino coréenes]이라고 말했

---

78) 허경진·유춘동, 「러시아 상트베테르부르크 국립대학과 동방학연구소에 소장된 조선전적에 대한 연구」, 『열상고전연구』 36, 열상고전연구회, 2012. ; 정병설, 「러시아 상트베테르부르크 동방학연구소 소장 한국 고서의 몇몇 특징」, 『규장각』 34, 서울대 규장각한국학연구소, 2013.

79) 『남훈태평가』의 텍스트 내적 성격은 최규수, 「남훈태평가를 통해본 19세기 시조의 변모양상」, 이화여대 석사학위논문, 1989 ; 박이정, 「대중성의 측면에서 본 남훈태평가 시조의 내적 문법연구」, 서울대 석사학위논문, 2000을 참조. 이에 대한 서지사항 및 이본 및 계통과 관련된 사항은 성무경, 「보급용 가집 『남훈태평가』의 인간과 시조 향유에의 영향(1)」, 『한국시가연구』 18, 한국시가학회, 2005 ; 전재진, 「『남훈태평가』의 인간과 개화기 한서림 서적발행의 의의」, 『인문과학』 37, 성균관대 인문과학연구소, 2007을 참조.

다. 그가 국문을 이렇게 지칭한 이유는 그가 보기에, 한국에서 "가장 통속적으로 쓰이는 말까지 중국식 표현으로 채워지지 않은 곳이 없"으며, "가장 하층민의 말 속에서도 들을 수 있고 통속소설이나 노래에서도 발견"되는 것이기도 했다. "중국식 표현"은 "상용어휘의 반을 차지하며", "한국어에 있어 불변의 어근이 되어 各格들의 接辭가 되기도 하고, 조동사인 "하다"와 함께 형용사나 동사로도 가능하게 쓰이는 것이었다. 이러한 표현을 가능한 많이 넣는 글이 대체적으로 격식이 있는 것이며, 한자 단어와 약간의 국문 접미사가 포함될 뿐이기에, "예상 못하고 듣는 이는 이해할 수 없는 것"이라고 했다. 쿠랑이 진술한 이 국문표현은 "소설과 노래"에도 동일한 것이었다.[80] 이러한 고소설과 시가의 국문을 통해서 쿠랑이 도출한 결론은 역시 언어문화 속에서도 그 영향력을 발견할 수 있는 '중국문화에 대한 종속성'이란 동일한 것이었기 때문이다.

## 나오며 : 한국시가문학과 근대 문학 담론

본 장에서는 모리스 쿠랑의 『한국서지』(1894)에 수록된 한국시가 담론을 고찰하고자 하였다. 즉, 『한국서지』에 기록된 쿠랑의 한국시가 관련 서술들을 중심으로 쿠랑이 한국의 시가문학 문헌서지를 어떠한 방식으로 구축하였는지, 그리고 그 의미는 무엇인지를 살펴보고자 하였던 것이다.

이를 위하여 쿠랑이 조사한 한국의 문헌과 그가 참조한 서양 및 동양 논저를 실증적으로 고찰함으로서 19세기 말 한국의 시가문학을 통해 문학이라는 근대 지식을 생산하고자 했던 쿠랑의 수행적인 맥락을 복원해보고자 하였다. 쿠랑의 이러한 노력이 이후 개신교 선교사 혹은 재조선 일본

---

80) 모리스 쿠랑, 이희재 옮김, 앞의 책, 39면.

민간 학술 단체로 이어지는 시가 담론과 밀접한 관련성을 지닌다는 사실을 감안할 때, 모리스 쿠랑의 시가 담론이 지닌 가장 큰 의의는 한국의 한문시가와 국문시가를 포괄한 한국시가문학의 전체상을 구성했다는 측면임을 논의를 통해 살필 수 있었다.

고찰을 통해 쿠랑은 한국시가문학의 전체상을 '한국에서 출판된 중국시', '한국인의 한문시가 및 국문시가'라는 총 세 가지 영역으로 구상했음을 알 수 있었다. 이를 통해 쿠랑은 서구세계에 일종의 '미개척지'였던 한국시가문학의 존재를 알리고자 했던 것이다. 그는 한국인의 도서와 다양한 기록, 그리고 『대동운부군옥』을 토대로 한국과 중국문명과의 교류양상, 한국에서 출판되고 향유된 중국 시가문학, 한국의 한문 시가문학을 조망해볼 수 있었다. 그 중에서도 그가 특히 주목했던 것은 『대동운부군옥』이었다. 『대동운부군옥』을 활용하여 쿠랑은 다수의 한국 한문 시가문학과 저자들을 기록할 수 있었으며, 그들을 한국시가 문학의 일부로 포괄하여 『한국서지』에 담아낼 수 있었다. 이는 그가 「서론」을 통해 『대동운부군옥』이 한국의 문학사와 저자의 전기를 서술하는데 가장 많은 정보를 준 서적 중의 하나임을 밝히고 있는 부분을 통해서도 살필 수 있다.

하지만 그는 한국인의 국문 시가문학과 관련한 내용을 저술하는 과정에서는 한문 시가문학에서의 『대동운부군옥』과 같은 기록을 참조할 수 없었다. 이에 한국의 국문시가에 대한 외국인의 선행연구도, 한국인의 관련 저술도 참조할 수 없었던 쿠랑은 현지조사와 한국인의 구술적인 증언에 의거하여 논의를 진척시키는 모습을 보여준다. 실제 서적을 접촉하여 검토하거나 한국인의 구술을 통해 채록한 자료에 대한 기록이 그러하다. 그가 직접 접촉한 서적으로는 『가곡원류(歌曲源流)』, 『남훈태평가』, 『기사총록(奇詞總錄)』, 『초한잡가(楚漢雜歌)』, 『진언창사(眞諺唱辭)』, 『진언창사(眞諺唱詞)』, 『언문한악잡가(諺文漢樂雜歌)』 등을 확인할 수 있었다. 아울러 그가 직접 채록한 구술자료로는 「원달고가」와 「방아타령」 등을 확인할 수 있었다. 이러한 작업에서 주목되는 측면은 그가 중국시가, 한국 한문시가의 항목에서와 달리 국문시가 작품에 대한 번역을 시도하고 있다는 점이었다. 이는 쿠랑이 한국시가문학의 대표적인 작품 표본으로 국문 시가문학에 가치를 부여하고 있음을 짐작케 하는 것이었다.

하지만 한국시가문학의 전체상을 구성하는 과정 속에서 그가 대면한 큰 어려움은 종국적으로 '문학'이라는 근대지식과 한국에서 향유되던 시가 사이에서 발생하는 균열에 있었다. 즉, 한문 시가문학을 구성함에 있어 '한시문'만으로 구성된 한국의 시선집을 선별하는 시도, 그리고 음악과 미분화된 국문시가를 '문학 텍스트'로 재편하려는 시도 그 자체에 이미 그 한계점이 노정되어 있었던 것이다. 이로 말미암아 쿠랑은 중국의 한문시가와 변별된 한국의 한문 시가문학의 영역을 구축할 수 없었고, 국문시가 속에서 나타나는 고유한 율격을 규명할 수도 없었던 것이다. 쿠랑이 「서론」에서 도달한 지점은 이러한 그의 궤적을 잘 보여준다.[81] 쿠랑은 "조선문헌에 대한 지금까지의 긴 고찰은, 우리에게 그것이 독창적이지 못하고, 언제나 중국정신에 젖어 있으며, 흔히 단순한 모방에 그친다는 점들을" 보여주며, "중국문학과 역시 외부로부터 빌어 왔으나 독창적인 일본문학 보다는 뒤떨어진 것이지만, 조선문학은 몽고나 만주, 그리고 그 외의 중국을 본뜬 국가들이 내놓은 것보다는 훨씬 우수하다"라고 결론을 내렸다.

하지만 동시에 그는 아름다운 도서 인쇄, 한글의 완성도, 세계 최초의 인쇄활자를 구상한 한국을 언급한다. 또한 중국문명으로 받아들인 갖가지 지식과 기술을 발전시켜 일본에 전수시킨 오래된 연원을 지니고 자신의 정체성을 지킨 한국의 문명에 대해 이야기했다. 그는 이러한 한국문명의 가능성에 관해 이렇게 말했다. "극동 문화에 있어 한국의 역할은 엄청난 것이어서, 만일 그 입지가 유럽과 흡사한 것이었다면 한국의 사상과 발명

---

81) 모리스 쿠랑, 이희재 옮김, 「서론」, 72-74면.

은 인접 국가들을 모두 흔들어 놓았을 것"이라고. 그렇지만 그가 보기에, 한국인의 소중화 의식은 마치 '고대 희랍인의 말'과도 같았다. 또한 그의 눈에 한국은 희랍과 달리 세계에서 대단한 역할을 담당하지는 못한 국가로 비춰지고 있었다. 나아가 '대한제국의 멸망'으로 이어지는 역사의 흐름은, 그가 이렇듯 한국문학을 바라보는 양가적 시선 속 비춰진 한국문화, 한국고전의 가능성, 이를 구현할 길을 차단한 셈이었다.

# 제3장

# 한국시가론의 유통과 학술네트워크

러시아대장성 『한국지(*Onucaнue Kopeu*)』(1900)에 반영된 외국인의 한국시가론

## 들어가며 : 한국학의 통국가적 유통과 학술네트워크

모리스 쿠랑(Maurice Courant, 1865~1935 ; 이하 '쿠랑'으로 약칭)은 『한국서지』 (1894~1896)의 출간 이후에도 왕성한 한국학 논문 집필의 모습을 보여주었 다. 물론 그 이면에는 대한제국의 출범과 빅토르 콜랭 드 플랑시(Victor Collin de Plancy, 1853~1922 ; 이하 플랑시로 약칭)의 한국 복귀라는 중대한 역 사적인 사건이 놓여 있었다. 쿠랑이 『한국서지』를 완간한 후 외교관이 아니 라 전문적인 학자의 삶을 결심하고 프랑스 파리에 머물던 시기이기도 했 던 해인 1897년은 프랑스의 대한외교가 절정기에 접어들기 시작했던 해이 기도 했기 때문이다. 예컨대, 1895~1896년 사이 학부대신 민종묵(閔種默, 1835~1916)은 쿠랑을 외국고문의 자격으로 학부에서 근무할 수 있게끔 프 랑스 정부에 요청한 바 있다. 또한 플랑시는 파리 만국 박람회에서 한국 을 소개할 단행본 저술 집필을 의뢰한 바도 있었다.[1]

---

1) 쿠랑의 대표적인 한국학 논문들은 "모리스 쿠랑, 파스칼 그러트·조은미 옮김, 『프랑스 문 헌학자 모리스 쿠랑이 본 한국의 역사와 문화』, 살림, 2009"을 통해서 오늘날 그 구체적인

하지만 동시에 우리는 쿠랑이 한국의 문헌을 연구하며 자신의 논문과 저술을 발표할 수 있었던 그 기반과 토대를 간과할 수 없다. 그것은 바로 그를 한 사람의 외교관이자 통역관으로 양성한 제국의 동양학 아카데미 즘, 또한 그의 논문을 수록했던 학회와 잡지들, 그리고 『한국서지』를 비롯 한 이 출판물들의 인쇄 및 유통을 담당하던 업체들의 존재이다. 나아가 우리는 쿠랑의 『한국서지』가 외국인의 한국학 논저가 전무(全無)한 상태에 서 돌출된 성과가 아니었음을 주목해야 한다. 그는 자신의 저술을 집필하 기 위해 동양학 및 한국학 선행연구들을 참조할 수 있었다. 즉, 자신의 학 술적 논거의 타당성을 점검받을 수 있는 학술적 기반이 이미 만들어져 있 었던 셈이다. 그가 검토한 선행연구를 포괄한 서양인들의 논저는 프랑스, 중국, 일본 등지에서 설립된 동양학 학술단체에서 출판된 동양학 저널에 게재되어 서로 참조, 공유될 수 있었기 때문이다.

요컨대, 19세기 말 서구인의 한국문학론은 그들의 학술네트워크 속에서 일종의 공유·유통되는 지식이었던 셈이다. 다만 한국의 문호개방이 이루 어진 후, 한국·한국어·한국고전의 실상에 바탕을 둔 연구로 발전하는 과정이 1890년대 중반부터 등장한다는 사실은 지적할 수 있을 것이다. 물 론 이는 쿠랑과 같은 외교관이자 유럽의 동양학자들에게만 해당되는 사항 은 아니다. 그들 이전에 파리외방전교회의 존재를 말할 수 있으나, 무엇보 다도 한국 개신교 선교사 역시 서양인의 한국학 연구 분야에 있어 두각을 나타내며 중요한 역할을 담당하기 시작했기 때문이다. 쿠랑이 플랑시에게

---

실상을 한국어로도 확인할 수 있다(이는 콜레주드 프랑스 한국학연구소가 쿠랑의 한국학 논저 21편을 엄선하고 그 중 11권의 대표업적을 선정한 다음과 같은 저서가 그 저본이다. Collège de France éd., *Études Coréennes de Maurice Courant*, Paris: Éditions du Léopard d'Or, 1983). ; 쿠랑의 『한국서지』 출간 이후 저술활동에 관해서는 다니엘 부셰, 전수연 옮 김, 「한국학의 선구자 모리스 꾸랑(上)」, 『동방학지』 51, 연세대 국학연구원, 1986, 176-191면 을 참조(D. Bouchez, "Un défricheur méconnu des études extrême-orientales Maurice Courant", *Journal Asiatique*, Tome CCLXXI, 1983).

보낸 서한에도 당시의 이러한 상황이 잘 반영되어 있다.[2]

1 올링거(Ohlinger)에게 편지를 썼습니다. 그가 공사님께 *The Korean Repository*를 보낼 겁니다(1891.12.17, 서울).

2 ……이 작업을 잘 수행하기 위해서는 현재 파리든 저의 집이든 있는 책들을 확보하는 편이 좋을 것 같습니다.
   1. *The Korean Repository* 전체 (저는 첫째 해 것과 두 번째 해 몇 권만을 가지고 있습니다). ……(주해[인용자 : 1898년 프랑스에서 쿠랑이 쓴 편지로 추정]).

3 공사님께 편지를 썼던 곳인 라 크루아로 세 권의 러시아 책 『한국지』를 가지고 왔습니다. 말씀드린 적이 있었는데, 이 책들을 읽으면서 이 나라에 대한 지식을 새롭게 할 생각입니다. …… 저는 *The Korea review* 1901년 판 전부를 가지고 있습니다. 제가 이 정기간행물에 대해 너무 엄격한 평가를 했음을 깨달았습니다. 전에 본 두세 호는 그다지 좋지 않았습니다. 요컨대 전체적으로는 흥미로운 정보들을 담고 있습니다. 만약 공사님께서 1901년 치를 그리고 매 연말에 한 해 동안 출판된 것을 제게 부치실 수 있다면, 이렇게 모인 것들은 저의 서재 안에 보기 좋게 있을 텐데요. 저는 곧 파리에 가서 *Transactions of the Korea Branch of the Royal Asiatic Society* 출간호를 보도록 애써 보겠습니다(1902. 7.14, 프랑스 에퀼리(론)).

4 감사히 받은 1월 27일 공사님의 편지에 아직도 답변을 드리지 못했습니다. *The Korea Review* 2년 치를 잘 받아보았습니다(1903. 3. 1, 프랑스 에퀼리(론)).

쿠랑과 플랑시 두 사람이 늘 한국에 함께 있었던 것은 아니었다. 그럼에도 한국에 머물던 쿠랑, 플랑시가 서로에게 전해 준 한국 개신교 선교

---

2) *PAAP, Collin de Plancy* v.2[마이크로 필름] ; 이하 본문에서 인용시 "일자"로 약칭하도록 하며, 다만 쿠랑이 머문 장소를 강조할 필요가 있을 경우 "일자, 장소"로 표시할 것이다.

사의 영미 정기간행물들(*The Korean Repository, The Korea Review*)을 주목할
필요가 있다. 백낙준은 이 잡지들이 출현한 시기에 관련된 그 교회사적
의미를 "선교단체의 지방분거(1891~1897)"와 "교회의 발흥(1897~1906)"이라
고 명명한 바 있다. ①(1891.12.17., 서울)의 서한에서 보이는 개신교 선교사
들의 잡지, 쿠랑이 플랑시에게 보내 준 *The Korean Repository*(1892, 1895~
1899)는 선교사들의 선교영역이 서울이라는 지역적 한계를 벗어나 지방으
로 확장되던 시기에 출판되었다. 이 시기는 『천로역정』를 비롯한 기독교
문학, 언더우드와 게일의 한국어학서가 출판된 시기이기도 했으며, 문화사
업의 한 측면으로 한국의 역사, 문학, 사회풍속, 종교, 어학 등에 관한 연
구가 시작되기도 한 시기이다. 그리고 이를 기반으로 1897~1906년 사이
각지로 부응하는 교회의 교육 선교 사업을 위한 교과서류가 간행되었다.
이 시기에도 개신교 선교사들은 *The Korea Review*(1901~1906)와 같은 간
행물을 발간하였다.3)

　쿠랑이 보낸 서한을 보면, 이 영미정기간행물(*The Korean Repository, The
Korea Review*)의 개신교 선교사들 간의 유통망은 한국에 거주하던 이가 재
외에 우편으로 직접 전달해줘야 했던 수준이었던 것으로도 보인다. 하지
만 인용문 ③이 잘 보여주듯, 1900년도 한국에서 설립된 서구인 학술단체,
왕립아시아학회 한국지부의 학술지(*Transactions of the Korea Branch of the
Royal Asiatic Society*)는 이와는 사정이 매우 달랐다. 쿠랑은 프랑스에서도 이
잡지를 찾아볼 수 있었다. 이 학술단체가 영국 왕립아시아학회의 한 지부였
으며, 이 학술지의 유통을 담당했던 곳이 쿠랑의 『한국서지』를 발간하게 해
준 르루(Leroux) 출판사였기 때문이다. 그렇지만 이 보다 더욱 주목할 점은
동양 외교관, 유럽 동양학자, 한국 개신교 선교사들이 한국학을 위해 형성하
고 있던 경쟁·협업의 관계망이다. 즉, 이는 이들이 '서울-옌푸-톈진-상하이

---

3) 백낙준, 『한국개신교사』, 연세대 출판부, 2008, 178-187면, 256-284면.

-요코하마-파리-런던' 등의 시공간을 횡단하며 형성한 일종의 '신앙과 앎의 공동체'4)를 의미한다.

쿠랑의 서한을 펼쳐보면, 그는 이와 같은 한국학 학술네트워크 내부에 놓여 있었음을 알 수 있다. 적어도 그의 한국학에 관한 관심과 한국학 연구를 위한 소망은 을사늑약 이후 한불관계가 소멸될 때까지는 지속되었기 때문이다. 이는 단지 쿠랑의 한국에 대한 우정 혹은 한국에 대한 그의 개인적인 차원의 문제는 아니었다. 영미권의 저술로 한정해 보아도, 한국이 영어권 언론에 주목을 받으며 다수의 관련서적들이 출판된 정점이자 계기는 일본의 한국에 대한 보호국화(1905)와 식민화(1910)였기 때문이다. 청일전쟁, 러일전쟁 이후 일본 제국주의라는 낯선 존재의 출현은 한국을 주목하게 만든 가장 큰 원동력이자 계기였던 것이다.5) 비록 한국에 대한 쿠랑의 실감은 점점 희미해지고 있었지만, 그는 당시 이러한 외교정세와 이에 대한 비평 및 연구동향을 늘 주시하고 있었다.

이와 관련하여 주목해야 하는 중요한 저술이 청일전쟁과 러일전쟁 사이 출현한 러시아대장성의 『한국지(Описание Кореи)』(1900)이다.6) 쿠랑의 서한 중에서 러시아대장성의 이 저술과 관계되는 문건은 ②(1898)와 ③(1902. 7.14)이다. 물론 ②에서 이 저술이 직접적으로 거론되지는 않았다. 하지만 플랑시가 쿠랑에게 의뢰하여 만들고자 한 저술은 『한국지』와 유사한 성격을 지닌 것이기도 했다. 플랑시는 1900년 파리에서 개최될 만국박람회를 대비하여 한국에 대한 지리, 역사, 행정, 사회, 지질, 식물 전체를 총망

---

4) 이언 F. 맥닐리, 리사 울버턴 공저, 채세진 역, 『지식의 재탄생 : 공간으로 보는 지식의 역사』, 살림출판사, 2009. 129면.

5) 정연태, 「19세기 후반 20세기 초 서양인의 한국관 : 상대적 정체성론·정치사회부패론·타율적 개혁불가피론」, 『역사와 현실』 34, 한국역사연구회, 1999, 194-200면.

6) 러시아 대장성 지음, 한국정신문화연구원 옮김, 『국역 한국지』, 전광사업사, 1984(Составлено въ канцеляріи Министра Финансовъ, Описаніе Кореи (съ картой), С.-Петербургъ : изданіе Министерства Финансовъ, типографія Ю. Н. Эрлиха 'Ju. N., 1900).

라한 "완벽한 보고서"를 작성해 볼 것을 그에게 제안했다.[7] ②의 서한내용을 보면, 쿠랑 본인이 기획한 저술의 다음과 같은 목차를 볼 수 있다.

  I. 지리(반도, 지방, 도로 등의 구체적인 서술)
  II. 역사(단군과 기자의 신화적인 기원들 이후의 한국이라는 국가의 형성에 관한 연구 : 중국, 일본, 북쪽 민족들 등 외국과의 관계)
  III. 행정과 사회(행정 역사, 사회 계급, 종교, 조세, 화폐, 시험, 가족, 동업조합, 문학)
  IV. 예술과 산업(예술과 산업의 소개 또는 토착적 기원. 예술과 산업의 발달과 일본으로의 이동. 예술과 산업이 생산해낸 것. 그리고 오늘날의 모습?)
  V. 지질학, 식물학, 동물학

  쿠랑은 그의 서한(1898.6.26, 프랑스 샹티이 방면(우아즈), 비뇌이)에서 이 저술 집필에 소요될 시간과 비용의 문제로 이 작업이 불가능함을 이야기했다. 하지만 상기의 목차만 보더라도 이는 당시 그리피스(William Eliot Griffis, 1843~1928)의 대표적인 한국학 저술이라고 평가할 수 있는 『은자의 나라, 한국(Corea, the Hermit Nation)』(1882) 이후 등장하지 않았던 한국에 대한 종합적인 성격을 지닌 단행본이라는 사실을 능히 짐작할 수 있다. 또한 이 저술에 대한 쿠랑의 집필기획을 보면, 그리피스의 저술과 같이 단 한 권의 단행본 분량만으로는 충분히 그 얼개를 제시할 수 없는 수준이었다. 결과적으로 쿠랑이 이루지 못한 이 미완의 기획을 대신 구현한 저술이 바로 러시아대장성의 『한국지』였던 셈이다.
  물론 그리피스의 저술 또한 서양인의 한국학 연구를 종합·집성한 것이기는 하다. 하지만 『한국지』는 총 3권으로 구성된 단행본이었다. 즉, 이 짧은 시기 서구인의 한국학 논저의 양은 더욱 풍성해졌던 셈이다. 여기에

---

7) 다니엘 부셰, 전수연 옮김, 앞의 글, 177면.

는 그리피스가 검토하지 못한 저술들 특히, 1900년 이전 한국을 직접 접촉
했던 한국 개신교 선교사들을 비롯한 서구인의 논저들이 집성되어 있다.
우리가 중심적으로 고찰할 한국문학이라는 연구영역으로 한정해 보아도
그 차별성을 알 수 있다. 『한국지』에서 한국문학은 엄연히 하나의 중요한
주제항목으로 배치되어 있다. 그 서술 수준 역시 단지 부록항목으로 배치
되어 있으며 사전적이며 단편적인 서술을 보이는 그리피스의 저술과는 변
별되는 차원이었다.[8)]

따라서 ③의 서한(1902.7.14, 프랑스 에퀼리(론))을 통해 살필 수 있듯, 쿠랑
은 『한국지』를 읽으며 한국에 대한 지식을 새롭게 할 생각을 가지게 된
것이다. 이와 관련하여 우리는 앞서 1~2장에서 고찰한 오카쿠라 요시사부
로(岡倉由三郎, 1868~1936 ; 이하 '오카쿠라'로 약칭)와 쿠랑의 논저, 그리고 3장
에서 새롭게 고찰할 러시아 대장성 『한국지』 소재 한국시가 관련 기록물
이 지닌 상관관계를 살펴보고자 한다.[9)] 특히, 러시아 대장성이 쿠랑을 비
롯한 19세기 말 외국인의 한국문학론을 반영한 양상을 주목해보고자 한
다. 즉, 재외의 공간에서 출현한 세 편의 시가관련 기록물을 '문학이라는
지식의 유통과 공유'라는 관점에서, 그 상호 연관성을 검토해보도록 할 것
이다. 또한 이를 각 저술의 출현 시기에 따라 다음과 같이 그 연원을 소급
해보는 방향으로 진행할 것이다.

먼저 『한국지』(1900)가 인용한 서구인 한국문학론을 정리하며 이 저술에
집성된 서구인 한국문학론의 중심적 논리기조가 무엇인지를 살펴볼 것이
다. 이를 통해 쿠랑의 『한국서지』「서론」(1894)이 그 집성에 있어서 가장
큰 기반이 되었음을 이야기해 볼 것이다. 더불어 이후 쿠랑의 한국문학론
에서 『한국지』가 선택/배제한 내용을 고찰할 것이며, 외국인 한국시가론

8) W. E. Griffis, *Corea : the hermit nation*, New York : Charles Scribner's Sons, 1882, p. 449.
9) 모리스 쿠랑, 이희재 옮김, 『韓國書誌』, 일조각, 1997[1994](*Bibliographie Coréenene*, 3tomes, 1894~1896, Supplément, 1901) ; 岡倉由三郎, 「朝鮮の文學」, 『哲學雜誌』 8(74-75), 1893.

의 시원이자 쿠랑의 중요한 참조문헌이었던 오카쿠라의 논저(1893)와의 관련성을 탐구할 것이다. 그리고 이상의 내용을 바탕으로 『한국지』가 참조했던 개신교 선교사 헐버트(Homer Bezleel Hulbert, 1863-1949)의 시가론(1896)과의 대비를 통해, 오카쿠라·쿠랑, 『한국지』의 한국시가론이 지닌 의미를 도출해보고자 한다.

## 1. 『한국지』에 새겨진 외국인 한국문학론의 중심기조

러시아 대장성이 상트페테르부르크에서 출판한 『한국지』는 청일전쟁(1895) 이후 극동지역에 대한 세부 자료수집의 필요성을 느낀 러시아가 정부가 정치·경제적 목적 하에 동양학자들을 동원해 한국에 관한 광범위한 연구를 수행하여 만든 결과물이었다.[10] 러시아 한국학의 요람이었던 그 흔적은 여전히 상트페테르부르크 대학과 러시아 학술아카데미 동방학연구소에 남겨져 있다. 최근 방문조사 연구를 통해 한국 고서 목록과 그 자료적 가치가 여러 논자들을 통해 조명 받고 있다.[11] 일찍이 쿠랑은 이곳에 보관된 한국의 장서목록이 존재하는 사실을 분명히 알고 있었다. 따라서 그는 이에 대한 조사를 수행하지 못한 사실을 『한국서지』「서론」에 밝혀놓을 수밖에 없었다.[12]

우리가 고찰하고자 하는 쿠랑, 오카쿠라, 러시아대장성이 구체적으로 어떻게 관련되었는지를 논증할 수는 없다. 하지만 『한국지』는 우리에게

---

10) 이민희, 『파란, 폴란드, 뽈스카』, 소명출판, 2005, 54-56면.

11) 허경진·유춘동, 「러시아 상트베테르부르크 국립대학과 동방학연구소에 소장된 조선전적에 대한 연구」, 『열상고전연구』 36, 열상고전연구회, 2012 ; 정병설, 「러시아 상트베테르부르크 동방학연구소 소장 한국 고서의 몇몇 특징」, 『규장각』 34, 서울대 규장각한국학연구소, 2013.

12) 모리스 쿠랑, 이희재 옮김, 앞의 책, 5면.

적어도 두 가지 사실을 증언해준다. 첫째, 19세기 말 외국인의 한국 문학론을 모아 한국문학이라는 별도의 주제항목을 구성할 수 있을 만큼 관련 논저들이 풍성해진 사실이다. 둘째, 쿠랑의 논의가 이에 큰 기여를 했다는 점이다. 물론 한국인의 말과 글, 혹은 문헌이라는 실체적인 대상이 없이는 '한국문학'이라는 근대적 지식은 구성될 수 없다. 하지만『한국지』에서 '한국문학'이라는 주제항목을 확정하고, 이를 유통시키는 것은 한국인들의 말과 글, 그 자체는 아니었다. 오히려『한국지』를 구성하는 지식의 원천들은 바로 한국 문학 작품을 매개로 생산된 서구인의 언어, 그들의 한국문학논문이었다.『한국지』에는 다음과 같은 주제 항목으로 한국의 문학이 구성되어 있다.

제9장 한국의 언어, 문학 및 교육
1. 언어
2. 문자(한자와 이두 / 언문)
3. 문학(불교문학 / 도교문학 / 유교문학 / 시가작품 / 행정기관의 저작
　　/ 법전 / 역사서 / 병서 / 자연과학 및 의학서 / 수학 및 천문학서
　　/ 어학서 / 도서간행 / 국민문학 / 그리스도교문학)

『한국지』의 편자들은 개신교 선교사들이 간행한 영미 정기 간행물과 저서를 분명히 참조했다. 또한 한국어와 관련된 항목에서는 1890년을 기점으로 출판된 언더우드, 게일, 스콧 등의 업적을 주석 상에서 한국어학에 관한 중요한 선행연구로 인정했다.[13] 하지만 이는 한국문학과 관련된 기술부분과는 상당히 다른 양상이었다. '언어'가 아닌 '한국의 문자/문학'에 대한『한국지』의 분류방식과 그 항목을 구성하는 내용들의 대부분은 쿠

---

13) 러시아대장성, 한국정신문화원 옮김, 앞의 책, 391-392면. 언어(한국어) 항목에 대한『한국지』의 내용 구성 및 그 의의는 "이상현, 「언더우드의 이중어사전 간행과 한국어의 재편과정」, 『동방학지』 151, 연세대 국학연구원, 2010, 228-238면"을 참조. 또한 19세기 말 재외 외국인의 한국어연구에 대한 검토는 고영근, 『민족어학의 건설과 발전』, 박문사, 2010을 참조.

랑의 『한국서지』「서론」에 의거한 것이었다. 쿠랑은 「서론」에서 그가 수집한 한국의 서적들의 연원과 계보를 크게 5가지 층위에서 서술했다. Ⅱ~Ⅵ장 각각에 서적의 종이, 인쇄, 출판의 형태(Ⅱ장), 기록된 문자와 언어(한문, 국문, 이두)의 문제(Ⅲ장), '문학=literature' 보다 광의의 문학개념으로 중국으로부터 전래된 불교, 도교, 유교 사상의 영향(Ⅳ장)과 유교의 영향이 드러난 한국인의 "小考, 書簡文, 보고서, 의례서, 祝願文 및 기타 跋文, 序文, 獻辭"의 글쓰기(Ⅴ장), 국문으로 쓴 대중적인 한국의 서적(Ⅵ장)을 중심으로 기술하였다. 그 가운데『한국지』문학항목의 내용은「서론」Ⅳ~Ⅵ장의 요지를 요약한 것이었다.『한국지』에 수록된 문학항목을 중심으로 가장 핵심이 된 쿠랑의『한국서지』「서론」부분과 다른 논저들을 구분하여 그 참조양상을 정리해보면 다음과 같다.

〈표 1〉『한국지』문학항목의 쿠랑「서론」에 대한 참조양상

| 『한국지』문학 항목의 소항목 | 『한국지』에 반영된 쿠랑의「서론」 |
|---|---|
| 불교문학 / 도교문학 / 유교문학 | 모리스 쿠랑,「서론」Ⅳ장(한국의 한문문헌 1) 전반을 요약 |
| 시가작품 / 행정기관의 저작 / 법전 / 역사서 / 병서 / 자연과학 및 의학서 / 수학 및 천문학서 / 어학서 / 도서간행 | 모리스 쿠랑,「서론」Ⅴ장(한국의 한문문헌 2) 전반을 요약 |
| 국민문학 / 그리스도교문학 | 모리스 쿠랑,「서론」Ⅵ장(한국의 한글문헌) 전반을 요약 |

〈표 2〉『한국지』문학항목의 서구인 논저에 대한 참조양상

| 『한국지』문학항목의 소항목 | 참조논저 | 『한국지』의 참조양상 |
|---|---|---|
| 역사서 | H. B. Hulbert, "An Ancient Gazetteer of Korea," THE Korean Repository, 1897. | 『東國輿地勝覽』에 관한 헐버트의 소개글을 참조. |

| 『한국지』<br>문학항목의<br>소항목 | 참조논저 | 『한국지』의 참조양상 |
|---|---|---|
| 국민문학 | W. E. Griffis, *Corea, the Hermit Nation*, 1889. | 그리피스가 『한어문전』에 수록된 이야기(야담)를 영역[재번역]한 부분을 참조. |
| | H. B. Hulbert, "Korean Poetry," *The Korean Repository*, 1896. | 한국의 시가문학은 어디까지나 순수한 서정시이며 서사시가 없다는 헐버트의 진술을 참조. |
| | M. Courant, *Bibliographie Coréenene* 1, 1895. | 쿠랑이 번역한 『남훈태평가』 수록 「춘면곡」과 『가곡원류』 소재 시조 4수를 한국시가의 표본으로 제시함. |
| | E. B. Landis, "Some Korean Proverbs," *The Korean Repository*, 1896~1897. | 1896-1897년 사이 랜디스가 연재한 한국속담 소개 기사에서 선별해 예시를 제시함. |
| 그리스도교<br>문학 | A. Kenmure, C. C. Vinton, "The Literary Needs of Korea," *The Korean Repository*, 1897. | 1895년 이후, 개신교 선교사들이 한국인들 위해 복음서 이외에도 다양한 분야에 걸친 유익한 서적을 발간하기 위한 계획했다는 기사를 소개. |
| | W. H. Wilkinson, "Introduction," Corean Government, 1897. | 조선에서 官報가 1894년부터 변화되는 모습을 기술한 내용을 참조. |
| | I. B. Bishop, *Korea and her Neighbours*, 1898. | 1896년 이후 출판된 한국의 신문 및 월간지, 부산, 제물포에서 발행된 일본어로 된 신문을 소개를 참조. |
| | "Notes and Comments," *The Korean Repository*, 1897. | 한국에서 발행된 『독립신문』에 대한 소개를 참조. |

이상의 도표를 통해 살필 수 있듯이, 『한국지』가 한국문학이라는 지식을 구성하기 위해서 「서론」 이외의 논저를 참조한 양상은 극히 미비한 수준이다. 헐버트의 『동국여지승람』 개괄과 한국시가 장르에 대한 부연설명, 그리고 쿠랑 『한국서지』의 본문과 개신교 선교사의 영미 정기 간행물에서 실제 작품의 모습을 예증하기 위해서 부수적으로 참조했을 따름이다. 나아가 이는 『한국지』의 전체 서술 부분의 극히 미비한 분량이었다. 다만 예외적인 부분은 '그리스도교 문학'이라는 소항목으로, 『한국지』는 이 부

분에서만큼은 쿠랑의 저술보다는 다른 서구인 논저를 상대적으로 더욱 많이 참조했다.

그 이유는 쿠랑이 1892~1894년 사이 한국에 머물렀고, 『한국서지』가 1894~1896년 사이에 출판되었던 정황 때문이다. 1896년에서 1900년 사이 한국의 출판물들은 『한국서지』(1894~1896)에는 의당 반영되지 않았다. 예컨대, 대한제국의 관보, 한국의 신문, 개신교선교사의 영미 정기 간행물과 관련된 쿠랑의 기술은 1901년 출판된 『한국서지(보유편)』에서 발견할 수 있는데, 쿠랑의 『한국서지(보유편)』은 『한국지』가 참조할 수 없었던 저술이었다.

요컨대, 『한국지』는 쿠랑의 「서론」을 한국의 문학을 말해주는 가장 핵심적인 지식으로 채택한 셈이다. 그 이유는 크게 두 가지 정도로 추론된다. 첫째, 쿠랑의 「서론」은 당시 한국문헌 전반을 실증적으로 검토한 가장 포괄적이며 총체적인 기술이었기 때문이다. 실제, 19세기 말~20세기 초까지 가장 많은 한국 문학론을 개진한 개신교 선교사는 헐버트였다. 하지만 그의 논저는 쿠랑과 대비해 본다면, 한국문학 전체를 포괄하는 수준은 아니었다. 그 큰 이유는 헐버트의 논의가 쿠랑과 달리, 『한국지』의 '국민문학' 항목 즉, 한국의 설화와 국문(언문·한글)문학에 초점이 맞춰져 있었으며, 한문문헌 역시 주로 역사서 쪽에 맞춰져 있었기 때문이다.

둘째, 쿠랑의 「서론」은 서구인들이 한국 문헌전반에 접근하는 데 나침반을 제공해주었기 때문이다. 그는 각종 한국문헌들을 종교, 언어, 교육, 역사, 문학 등과 같은 서구 근대 분과 학술 체계에 맞춰 질서화 하였다. 이러한 면모는 『한국지』 '문학' 항목의 소항목들에 잘 반영되어 있다. 이는 쿠랑이 한국문헌 전반의 내용을 기술하기 위해, "Literature"를 그들의 자명한 개념범주가 아니라, 그 어의 "보다 더 넓은 의미에서 문자로 써서 표현된 정신의 산물"로 규정하여 활용했기 때문이다.[14] 즉, '문장'과 '학문'

---

14) 모리스 쿠랑, 이희재 옮김, 앞의 책, 287-288면.

을 포괄하는 광의의 문학개념은 한국문헌의 전체상을 이야기하는 데 그만
큼 유용했던 방식이었다.

또한 쿠랑의 「서론」은 한국문학의 전체상을 아우르는 이러한 포괄성과
더불어 '국어=모어'라는 언어내셔널리즘 그리고 "작가 개인의 창작적 산물
/언어예술"이라는 관념에 의거한 협의의 문학개념을 통해, 한국문학을 논
할 수 있는 비평적 관점을 제공해주었다. 즉, 쿠랑 「서론」의 이러한 비평
적 관점은 『한국지』 '문학' 항목의 소항목, 시가문학과 국민문학의 존재
그 자체와 내용에서 잘 드러난다. 여기서 한국문학에 투영된 '협의의 문학
개념'을 충분히 발견할 수 있다. 또한 '광의'와 '협의'라는 두 층위의 문학
개념 중 한국문학의 가치를 판별해주는 기준이 되는 것은 어디까지나 협
의의 문학개념이란 점도 마찬가지이다.

쿠랑의 두 문학개념의 실제 용례는 다른 층위였다. 광의의 문학개념은
한국인의 근원적인 정신-유교적 사상을 기술하는 데 투영되며, 협의의
문학개념은 한국만의 독립된 민족성을 측정하는 준거로 활용되었다. 쿠랑
에게 광의의 문학개념으로 기술되는 한국문학은 개신교와 대비되는 고도
의 윤리규범(유교)을 지녔지만, 민족어로서는 미달된 한문 글쓰기를 지닌
'중국문학에 대한 모방작'이었다. 비록 국문문학은 협의의 문학개념에 부
응하며 동시에 국문 글쓰기라는 요건을 충족시켜주지만, 그가 보기에 이
는 한국 문인지식층이 창출한 문학성과 한문문헌을 대신할만한 수준의 문
학은 아니었던 것이다.[15] 어디까지나 국문문학은 '고전'이 아니라, 당시 향
유되는 '저급한 대중적인 독서물'이었다. 즉, 서구인이라는 관찰자, '한국의
문학'이라는 대상, 그 속에 놓인 서구와 한국의 번역적 관계는 '유비의 관
계'일 뿐 결코 '대등한 관계'는 아니었다. 따라서 한국은 중국의 종속변수
로 놓이게 되는, 따라서 국민/민족 단위의 독자적인 민족성을 확보하지 못

---

15) 앞의 책, 72면.

하는 존재로 형상화된다.[16]

근대적 문학 개념으로 한국문학을 비평하는 쿠랑의 이러한 시각은 한국의 시가문학에 대한 『한국지』의 서술방식에 있어서도 그대로 반영되어 있다. 한국의 시가문학은 한문시가와 국문시가가 각각 '시가문학'과 '국민문학'에 배치되어 있다. 전자는 한국 유가 지식층이 창작·향유한 한문으로 된 시문을 지칭하는 것으로 유교의 이념에 지극히 충실한 작품으로 기술된다. 이는 지식인들의 공적/사적인 생활 속에서 향유되었으나, 중국적인 시가의 형식과 내용을 지녔으며, 개별 작가의 단행본(시집) 형태로 출판되지 않는 것이었다.[17] 그리고 후자는 한국의 국문시가로 고소설, 속담과 함께 "국민문학"으로 분류된다.

이러한 분류와 배치에는 한국인의 '국어=모어'를 한국의 고유한 문학으로 인식하는 논리가 반영된 것이다. 실제 장르론적 관점에서 살펴본다면, 시가문학 항목에 속해야 하는 국문시가가 국민문학의 항목으로 수록된 것이 그러하다. 하지만 국문시가 역시 한국의 고유성을 표상해주지 못하는 것이었다. 『한국지』와 쿠랑은 한국의 국문시가, 나아가 한국인의 구술로 전하는 "순수한 민요에 있어서조차 중국의 강한 영향이 눈에 띄게 나타나 있음"을 지적했다. 비록 『한국지』는 쿠랑의 「서론」을 충실히 완역한 것은 아니었지만, 『한국지』는 쿠랑의 「서론」을 일독할 때, 발견할 수 있는 이러한 중요한 시각과 그 요지를 잘 보여준다. 그것은 '19세기 말 출현한 재외의 한국문학에 대한 접근시각을 묶을 수 있는 중심기조'로 근대적 문학개념을 한국고전에 투사하려는 행위이며 접근방법이었다. 이러한 접근방식을 통해 그들이 도출한 결론은 바로 '중국문화에 종속된 한국문학의 전근

---

16) 이에 대한 상술은 이상현, 「근대 조선어·조선문학의 혼종적 기원 : 「조선인의 심의」(1947)에 내재된 세 줄기의 역사」, 『사이間SAI』 8, 국제한국문학문화학회, 2010, 113-123면을 참조.

17) 러시아대장성, 한국정신문화연구원 옮김, 앞의 책, 399-400면.

대성'이었다. 요컨대 그 요지는 한국에는 한문이 아닌 자국어로는 심오한
학술적 사상을 표출하지 못하고 있다는 측면, 한글로 쓰인 고유성과 예술
성을 지닌 문학작품이 존재하지 않는 것으로 귀결된다. 이는 한국에는 진
정한 국민문학이자 '문학=literature'에 상응하는 것이 없다는 일종의 '한국
문학부재론'이었다.[18) 비록 주제항목으로 한국문학이 상정되어 있었지만,
그 중심적 논리와 기조는 한국문학이 주제항목으로 설정되지 않은 채 단
편적으로 거론되는 논의와 큰 차별성이 존재하지 않았던 것이다. 하지만
쿠랑의 논의는 충실한 서지조사 및 실증작업을 통해, '한국에는 자국어로
된 고유성과 높은 문예성을 지닌 국민문학이 부재하다'는 당시 서양의 한
국문학담론을 면밀히 논증해준 것만은 틀림없었다.

## 2. 『한국지』에서 소거된 19세기 말 외국인 한국시가론의
   수행적 맥락

### 1) 근대문학개념과 19세기 말 한국의 문학현장 사이 균열의 지점

　『한국지』에는 쿠랑이 생각한 한국 문학론의 중심기조가 잘 반영되어
있다. 쿠랑은 '한국에 대한 중국문화의 영향력'과 당시 '한국의 한문/국문
(한글·언문)이 지닌 서로 다른 사회적 위상'과 같은 문제들을 논의하기 위
하여, 한국 도서의 출판·유통문화 그에 대한 역사적 연원을 살폈다. 그리
고 종국적으로 근대적 문학개념에 의거한 문학성과 민족 고유성의 좌표로
한국의 국문문학을 소환하여 비평했다. 쿠랑의 비평에는 한국의 국문문학
을 '서구 근대문학의 문예성을 지니지 못한 작품'이며 '고유성을 제시하는

18) 당시 서양인들의 그 구체적 논의들은 김승우, 「한국詩歌에 대한 구한말 서양인들의 고찰
　　과 인식 : James Scarth Gale을 중심으로」, 『어문논집』 64, 민족어문학회, 2011, 9-16면 ; 강
　　혜정, 「20세기 전반기 고시조 영역의 전개양상」, 고려대학교 박사학위논문, 2013, 56-63면
　　에서 잘 검토되어 있음으로 생략한다.

국민(민족)문학으로는 미달된 작품'으로 인식하는 문명론적이며 비판적인 시각이 분명히 내재되어 있다. 하지만, 이러한 한국문학에 관한 규정은 한국을 짧은 기간 방문했거나, 중국 혹은 일본 측 사료를 통해 구성된 서구인의 단편적인 한국문학 기술 속에서도 발견할 수 있는 모습이다. 그렇지만 모리스 쿠랑, 이후 살펴볼 오카쿠라의 시가관련 기록에는, 낯선 한국문학을 대면했던 곤경과 이를 이해하려는 지향점이 함께 반영되어 있다. 그것은 '문학'이라는 서구적 근대 학술개념과 한국문학 사이의 균열의 지점으로 드러난다. 이는 양자 간 역동적인 상호작용의 모습인데, 그 몇 가지 단초를 제시해볼 필요가 있다.

먼저, 쿠랑 등 외국인 혹은 근대적 문학개념의 개입으로 한국문학 자체를 소환하는 방식이 달라지는 모습이다. 역설적으로 이러한 시각을 통해 우리는 한국의 국문시가가 초점화되며 학술적 대상으로 재탄생되는 모습을 발견할 수 있다. 그것은 쿠랑의 「서론」, 『한국지』에 한국의 한글문학이 한국의 국민문학이라는 소주제로 배치된 양상, 즉 국문시가가 소환되며 근대적 지식으로 전환되는 양상 속에 잘 반영되어 있다. 『한국서지』(1894)의 지향점을 반영한 『한국지』(1900)에 초점을 맞춰보자. 『한국지』는 '문학 텍스트'로 한국의 시가를 살필 때 대면하게 되는 한국시가의 '주제 및 율격'의 문제를 기술했다. 또한 『한국서지』에서 보이는 국문시가에 대한 쿠랑의 강조 즉, 한국의 국문시가에 대한 쿠랑의 변별된 기술양상에 주목했다. 쿠랑의 『한국서지』를 보면, 한국에서 출판된 중국서적과 한국인의 한문시에 대해서는 서지사항과 간략한 해제만이 제시되어 있다. 이와는 달리, 국문시가에 관해서는 『남훈태평가』 가사부에 수록된 가사 <춘면곡> 1수와 『가곡원류』에 수록된 시조(가곡) 4수를 번역하고 있다. 『한국지』는 이를 반영하여 시조 4작품과 <춘면곡>을 한국시가의 표본으로 제시하였다.[19]

---

19) 모리스 쿠랑, 이희재 옮김, 앞의 책, 200-207면; 러시아대장성, 한국정신문화연구원 옮김,

그렇지만 『한국지』는 어디까지나 쿠랑 「서론」에 대한 완역이 아니라 일종의 축역이었다. 따라서 쿠랑이 본래 제기했던 세부 기술에 대한 생략이 존재한다. 그것은 쿠랑이 19세기 말 대면했던 한국시가문학의 현장이었다. 쿠랑 「서론」의 한문시가, 국문시가 관련 서술양상에 초점에 맞춰 이 점을 살펴보도록 하자.[20] 먼저 한문시가와 관련하여 본래 쿠랑은 한국의 한문학 전반에 관해 기술했지만, 『한국지』는 산문에 대한 내용은 생략했으며 오로지 운문만을 다루고 있다. "산문에서 한국인들은 상대적으로 자유를 누리고 있다. 그들은 우리의 고전 수사학보다 훨씬 엄격하고 훨씬 세밀한 중국 수사학인 문장을 공부하지는 않는다. 그러나 운문의 체재는 같아서, 시작법에의 모든 요구는 언제나 증대되는 어려움이 따르고, 따라서 모든 개인적 영감은 배제된다."[21]라는 쿠랑의 진술을 통해서 그 이유를 능히 짐작할 수 있다. 쿠랑의 진술 속에서 유교 이념과 중국의 문학형식을 잘 드러내 주는 한국의 문학은 한시와 같은 운문이었기에, 『한국지』는 이에 더욱 초점을 맞춰 그의 논의를 요약한 셈이다.

둘째, 『한국지』는 쿠랑이 「서론」에서 기술한 詩, 賦, 銘을 구분하는 행

---

앞의 책, 406~408면. 『한국지』에 번역, 수록된 『가곡원류』 소재 시조 4수의 원문으로 추정되는 작품들은 다음과 같다.

① 우는거시 벅국신가 푸른거슨 버둘쑵가 / 漁村 두 세집이 暮烟에 줌겨세라 / 夕陽에 짝일흔 갈먹이는 오락가락 ㅎ더라(『가곡원류(국악원본)』(=이하 『원국』으로 약칭)#281)

② 萬頃滄波 欲暮天에 穿魚換酒 柳橋邊을 / 客來問我 興亡事여늘 笑指蘆花 月一舡이로다 / 술 醉코 江湖에 져이시니 節 가는 줄 몰나라(『원국』#282)

③ 故人無復洛城東이요 今人還對落花風을 / 年年歲歲 花相似여늘 歲歲年年 人不同이로다 / 花相似 人不同ㅎ니 그를 슬허 ㅎ노라(『원국』#283)

④ 春風 和煦好時에 범나뷔 몸이 되어 / 百花叢裏에 香氣 졋져 노닐거니 / 世上에 이러ㅎ 豪興을 무어스로 比헐소냐(『원국』#305)

20) 『한국지』는 쿠랑의 「서론」이 도출되는 과정, 이에 대한 자료 조사 작업을 모두 참조할 수 없었다. 쿠랑이 중국 및 한국의 시가작품을 검토하며 「서론」의 논리를 도출하는 과정에 대해서는 우리 책의 2장(初出 : 이상현, 「19세기 말 한국시가문학의 구성과 '문학텍스트'로서의 고시가─ 모리스 쿠랑 한국시가론의 근대학술사적 의미」, 『비교문학』 61, 한국비교문학회, 2014)을 참조

21) 모리스 쿠랑, 이희재 옮김, 앞의 책, 56면.

과 자수, 운, 대구법과 같은 세밀한 차이점에 대해 생략했다. 그것은 쿠랑
이 詩, 賦, 銘을 각각 '송가'(ode), '불규칙한 시'(irréguliers), '碑文' 혹은 '풍자시'
(épigramme)로 번역한 모습에 주목했기 때문이다. 『한국지』는 서구인들의
소네트를 연상시키는 간결함과 시 작법 상의 엄격한 규칙을 지닌 "詩", 구
성 상 내재율의 영향을 적게 받는 불규칙한 "賦", 간결하면서도 시 작법상
의 규칙에 얽매이지 않는 "銘"이라는 세 가지 형식으로 정리했다.22) 『한
국지』의 이러한 간략한 요약진술로 인해, 쿠랑의 서구와 동양(중국/한국)의
시문학에 관한 세밀한 변별점은 누락되게 된다. 그것은 동양의 시문학에
서 "파격"은 제한적일 뿐이고, "엄격한 규칙"이 적용됨으로 작가 개인의
"자유와 영감"을 손상시키며 억압한다는 쿠랑의 진술이다. 사실, 이러한
쿠랑의 진술은 '내재율'과 '자유시'라는 서구적 근대문학 관념으로 동양(중
국/한국)의 한시문을 비평하는 모습이 내재되어 있었던 것이다.

셋째, 『한국지』는 이러한 한문시가가 과거와 같은 임용, 연희, 의례와
같은 공적이며 사적인 생활문화 속에서 향유되는 측면, 한국에서 중국 시
집이 많이 출판되는 모습과 독자적인 시집의 형태가 아니라 문집 속에 수
록된 모습 등을 잘 정리했다. 다만, 『한국지』는 김종직(金宗直, 1431~1492)의
『조의제문(弔義帝文)』을 "한국의 독창적인 시가작품"이라고 「서론」에는 없
는 해석을 덧붙였다.23) 쿠랑은 김종직의 『조의제문』이 "1498년 사화(士禍)
를 불러일으킨" 예와 같이 한국의 한시문이 한국에서 "역사적인 역할"을
수행하기도 했음을 지적했을 따름이다. 쿠랑은 한국의 한시가 한국인의
문집, 산문에, 또한 "공적, 사적인 생활에" 개입되는 모습을 말하는 데에
초점이 있었던 것이다. 즉, 쿠랑은 한시가 한국 지식인의 생활문화 속에서

---

22) 러시아 대장성, 한국정신문화연구원 옮김, 앞의 책, 399-400면; 모리스 쿠랑, 이희재 옮김,
  앞의 책, 56-57면(M. Courant, op. cit., pp. 130-131).
23) 모리스 쿠랑, 이희재 옮김, 위의 책, 58면 ; 러시아대장성, 한국정신문화연구원 옮김, 위의
  책, 400면.

깊이 관여하는 점만을 말하고자 했다. 결과적으로 쿠랑은 한국에서 한국인의 한시 향유 자체를 주목하여 독창성을 도출하고자 한 것은 아니지만, 『한국지』는 이를 한층 더 적극적으로 해석한 셈이다.

한국의 국문시가는 한문 시문학에 비해 '문학개념'을 통해 도출하기 어려운 문제가 존재했다. 무엇보다 문자문화 및 인쇄문화가 내면화된 서구인의 관점으로는 이해하기 어려운 지점들이 존재했기 때문이다. 국문시가는 소설 다음으로 가장 대중적인 문학이었지만, 어디까지나 쿠랑이 잘 번역했듯이 "노래들(chansons)"이었다. 비록 국문시가는 책자로 전하기는 하나 그 출판양상은 "인쇄형태"라기보다는 "사본의 형태"이며, "저자나 창작·출판 연대가 문제시 되지 않으며, 일종의 노랫말"이었기 때문이다.24) 그럼에도 불구하고 쿠랑은 이러한 국문시가를 학술적 차원에서 소환할 수 있었다. 그것은 첫째, 국문시가의 내용과 주제를 통한 접근이었다. 쿠랑은 국문시가가 주로 "자연에 대한 강렬한 감정, 묘사의 진정한 수완, 때로는 감성적이며 가벼운 야유"를 담고 있는 특징을 지니고 있으며, "사랑과 그 기쁨, 술 마시는 즐거움, 세월의 흐름, 인생의 짧음" 등이 가장 빈번히 보이는 주제를 담고 있다고 이야기하였다. 이와 같은 국문시가의 주제 그리고 그 이후 시가율격에 관한 쿠랑의 진술은 『한국지』에 잘 반영되었다. 하지만 국문시가의 율격의 문제와 관련해서는 단순히 이러한 『한국지』의 요약만으로는 한정할 수 없는 측면이 있다.

『한국지』는 한국시가의 율격과 관련하여, 그 출처를 쿠랑의 「서론」을 참조항목으로 밝혔다. 하지만 그 실제의 참조는 한국의 국문시가 작품으로 예시된 쿠랑의 『한국서지』 본문 속 기술로 보인다. 『한국지』의 서술양상은 『한국서지』에서 쿠랑이 『가곡원류』를 해제한 다음과 같은 내용을 요약한 형태이기 때문이다.

---

24) 앞의 책, 70-71면.

"詩調라 불리우는 이 장르의 노래들은 아주 짧아 3행 또는 4행시로 되어 있다. 가장 긴 시들은 그 의미와 음악에 의해 3행의 절로 나뉘어 졌다. 한국의 시는 각운이나 음절의 장단이 없고 음절의 수는 조금씩 변한다. 12-20 사이로 각 문장 또는 구절이 한 시를 만든다. 시적 표현의 탐구, 몇 장 대신 20여 음절밖에 안 되는 간결한 문장 그리고 장단가락은 운문과 산문의 유일한 차이점들이다. 이 노래들은 피리, 현악기 및 북들의 반주로 이루어진다. / 歌詞로 불리는 노래들은 훨씬 긴 것으로 각 절로 나뉘지 않으며 반주는 앞의 것들과 비슷하다. / 雜歌는 哀歌[chantées]의 종류들로 때로 1인 또는 2인의 표현으로 나타난다. 박자는 북으로 표시된다. 이 가사와 잡가의 두 장르는 광대들에 의해서만 표현된다."[25]

『한국지』의 이러한 선택의 이유는 무엇 때문일까? 무엇보다 『한국서지』의 『가곡원류』 해제부분과 달리, "시조", "가사", "잡가"라는 이 3가지 장르명칭을 쿠랑이 「서론」에서는 다음과 같이 생략했기 때문일 것이다.

나는 여러 차례 한국의 운율론의 규칙에 대해 설명 받고자 했으나 내가 물어본 모든 사람들은 이 주제에 대해 아주 모호한 생각 밖에는 가지고 있지 않았다. 그들이 말하기를 한국에는 세 종류의 노래가 있다고 했다. 하나는 짧은 노래로, 거의 비슷한 길이의 음절로 나뉘어 작은 시적 묘사에 몇 가지 도덕적인 생각을 덧붙인 것이며, 또 하나는 그보다 훨씬 길고 운율의 구분이 없는 것으로, 각기 연결되는 일련의 장면들을 포함하고 있다. 두 가지 모두 언제나 음악의 반주와 함께 혼자서 부르는 것이다. 행동을 포함한 哀歌가 그 세째 부류로, 반주와 함께 노래를 부르는 것인데 2, 3인의 무용수의 표현이 곁들여진다. 한국의 운문은 그 분량, 脚韻, 半諧音, 음절의 수 등이 정해지지 않아 그 본질을 규정짓기 어렵다.[26]

---

25) 모리스 쿠랑, 이희재 옮김, 앞의 책, 200-201면. 쿠랑의 원문을 보면 그는 한자와 이에 대한 한글음을 병기하여, 時調, 歌詞, 雜歌로 제시했다(M. Courant, op. cit., p. 238).; 당시 쿠랑을 비롯한 프랑스인의 한국어와 한국시가장르에 관한 인식은 조재룡의 논문(「Les premiers textes poétiques coréens traduits en français a`l'époque de l'ouverture au monde」, 『통번역학연구』 17(4)(통번역연구소, 2013))을 참조.

반면 쿠랑의 『가곡원류』에 대한 해제에서는 실제 한국에서 유통되는 한국시가의 구체적인 장르명칭-시조, 가사, 잡가- 과 율격에 대한 내용-글자수나 행단위, 연행환경 등- 을 상세히 풀어놓고 있다. 하지만 「서론」 속 국문시가의 율격에 관한 쿠랑의 진술 가운데에는 매우 주목할 부분이 함께 존재한다. 무엇보다도 「서론」에는 『가곡원류』에 대한 해제부분에는 찾아볼 수 없는 한국시가 장르 및 율격에 대한 쿠랑의 현지적 체험이 추가되어 있기 때문이다. 즉, 쿠랑의 『가곡원류』에 대한 해제와 『한국지』에서 생략된 부분은, 첫째, 한국의 시가를 3가지 형태로 규정하고 있는 그의 진술이 쿠랑 본인의 지식이 아니라 한국인을 통해 얻게 된 지식이라는 점이다. 조선 후기에 향유된 국문시가의 가장 대표적인 장르인 시조, 가사, 잡가에 대한 언급과 각각의 장르의 개별적인 연행 방식과 특징 등에 대한 서술은 실제 그가 참고한 『가곡원류』의 서문과 발문 그 어디에도 언급되지 않은 내용으로써, 이는 국문시가에 대한 구분이 그가 조사, 정리한 서적으로부터 얻게 된 지식이 아니라 당시의 국문시가 연행환경에 대한 부가적인 관찰 혹은 체험[혹은 한국인의 구술자료]에 의한 것임을 말해주는 징표이다. 둘째, 이러한 과정을 통해서도 한시문에 대한 서술과 대비하여 볼 때, 국문시가 율격의 본질을 쿠랑이 명확히 인식하지는 못했다는 사실이다.

하지만 이보다 주목해야할 사실은 이러한 한계점이 당시 서구인들만의 문제가 아니었다는 점이다. 서구인들의 저술 속에 옮겨진 한국의 시가문학은, 그것이 창작·향유되던 당시의 실상과 구별되는 대상 즉, 근대 학술분과의 문학이란 지식을 구성하기 위해, 재편된 작품들이었다. 따라서 작품의 가치를 생산하는 외부의 언어, 작품을 설명하는 한국어(근대 학술문어/근대 학술분과 학문)의 부재 상황은, 국문시가에 대한 "모호한 생각"밖에 전달할 수 없었던 당시의 실상과 긴밀히 관계된다. 국문시가를 서정 장르로

---

26) 앞의 책, 71면.

만드는 그 기반은 통사적 의미구조의 차단이라는 억제발화가 아니었기 때문이다. 즉, 오히려 율격의 본질이자 장르적 특성은 고전시가가 전통적으로 지니고 있었던 '악곡적 음율'에 기반하고 있었기 때문이다. 요컨대, 노래(가창과 연행)의 형태로 사실상 분류되는 세 가지 형식―시조, 가사, 잡가를 언어 텍스트 차원으로 환원하며 그 속에서 율격을 찾으려는 쿠랑의 행위 그 자체는 그러한 시가를 실제 창작, 향유하고 있었던 당시 한국인들에게는 무용(無用)한 것이었기 때문이다. 실제로 그가 서술하고 있는 국문시가의 3가지 형태에 대한 서술이 실제 연행환경과 관련이 깊다는 사실은 그러한 특성을 잘 반영하고 있다.

　이로 말미암아, 텍스트 내용상의 시적인 표현, 산문에 비해 상대적으로 적은 분량만이 쿠랑과 『한국지』의 논자들이 파악할 수 있는 고소설과 분리된 국문시가의 율격적 특징이었던 것이다.

　　한국의 운문은 그 분량, 脚韻, 半諧音, 음절의 수 등이 정해지지 않아
　　그 본질을 규정짓기 어렵다. 산문과 구분되는 것은 시적인 표현과 상징
　　의 어떤 기교이며, 또한 산문은 흔히 문구가 몇 페이지에 걸쳐 전개되는
　　반면 운문은 20음절이 넘지 않는 간략한 문구를 형성하고 있다.[27]

　결국, 한시에 비해 국문시가는 규칙적인 운과 자수 등의 규칙을 발견할 수 없었기에 그 율격의 원리와 본질을 파악할 수 없었던 셈이다. 물론, 쿠랑은 정작 한국인들조차 모호한 생각밖에 가지고 있지 않았던 국문시가, 특히 시조의 율격에 대한 나름의 고민을 풀어내기 위한 나름의 노력을 기울였다. 이에 3행의 절, 각운이나 음절의 장단의 부재, 12~20음절의 구성, 장단가락 등과 같은 시조의 형식적 특성을 짚어냈던 것이다. 물론 쿠랑의 이와 같은 서술은 시조의 율격을 풀어내는 데에는 기여하지 못하였지만,

---

27) 앞의 책, 71면.

시조의 문학적 형식에 대한 접근이라는 측면에서는 매우 큰 의미가 있다고 할 수 있을 것이다.

이처럼 쿠랑은 한국 국문시가의 고유한 율격을 규명할 수 없었기에, 민요를 포함한 모든 시가작품들, "심지어 통속적인 것에서조차 중국의 사물에 대한 암시와 중국 시작품의 무의식적인 차용을 순간순간 발견할 수"밖에 없었던 것이다.28) 그렇지만 또 한 가지 염두에 두어야 할 사실이 있다. 국문이라는 서기 체계를 지닌 시가작품임에도 그들이 한국의 고유성을 발견할 수 없었던 저간에는 또 다른 사정이 놓여 있었기 때문이다. 그것은 한국시가를 외국문학 혹은 '번역'이라는 관점에서 접근할 때 대면하는 시가 속 언어의 문제와 관련된다. 또한 한국시가어 속 한자어를 보는 해석의 문제가 포함된다.

1890년 언더우드(Horace Grant Underwood, 1859~1916)는 한국어문법서를 출판하며, 서구인들의 한국어에 대한 오해를 지적한 바 있는데, 이는 중요한 시사점을 던져준다. 이는 1890년대 한국시가를 접촉했던 외국인들이 대면했던 현실이기도 하기 때문이다. 그것은 첫째, 서구인의 "말(speech)은 언문"이라는 인식이었다. 하지만 언문(국문·한글)은 단지 '표기체계'(a system of writing)이었을 따름이다. 구어와 문어를 포괄하는 서구의 언어라는 개념적 범주로 접근할 수 없는 측면이 존재했던 것이다. 둘째, "한국어가 2개의 언어로 존재한다"는 오해였다. 언더우드는 '한자=문어', '언문=구어'라는 인식이 한국어의 복잡한 실상을 이해할 수 없게 하는 허구적인 것이란 사실을 알고 있었다. 즉, "길가를 지나가며 들을 수 있는 상인들, 중간계층, 머슴들"의 언어와 관리, 학자들의 언어는 서로 다른 것처럼 들리지만, 사실 후자는 "한자로부터 파생된 용어들을 사용하는 것일 분 틀림없는 한국어"란 점을 지적했다.29) 한국의 시가문학과 그 속의 한국어는 정서법과

---

28) 앞의 책, 71면.

사전, 문법서가 상징해주는 언어세계, 국민(민족) 단위의 균질화된 인공어
는 아니었기 때문이다.


### 2) 외국문학, 민족[국민]문학으로서의 한국시가, 시가어 그리고 번역의 문제

오카쿠라 요시사부로가 1893년『哲學雜誌』8권 74~75호에 연재한 한국
문학론(「朝鮮の文學」)은 19세기 말 재외 한국시가론의 유통과 관련하여 주
목해야 될 논저이다.[30) 오카쿠라는 일본의 영어학자로, 또한 메이지시대
저명한 '미술사가'이자 '미술교육자'인 오카쿠라 텐신(岡倉天心, 1862~1913)의
동생으로도 잘 알려진 인물이다. 1868년 일본 요코하마에서 태어나, 1887
년 동경제국대학 문과대학 선과에 진학한 후 1890년 졸업했다. 1891-1893
년 사이 한국의 서울에서 일본어를 가르친 후, 1896년 도쿄고등사범학교
의 강사가 되어 이듬해부터 영어 및 영문학을 담당했다. 일본의 영어교육
자였던 오카쿠라가 한국을 체험한 시기는 한국인의 일본어교육을 위해 입
국한 1890년경이었다. 그는 1891년 6월 20일 조선 정부의 초청으로 관립일
어학교[日語學堂]의 교사를 맡아, 그 후로 2년여 동안 그 직무를 역임했다.
그가 부임했던 일어학당(日語學堂)은 1895년 관립일어학교, 1906년 관립한
성일어학교, 1908년 관립 한성외국어학교 일어부로 변천하면서 1911년 11
월까지 존속하여, 일본어 보급에 큰 역할을 담당한 곳이었다.[31)

물론『한국지』에는 오카쿠라의 논문이 반영되어 있지 않다. 그것은 오
카쿠라의 논문이 서구어가 아닌 일본어였기 때문일 것이다. 사실 이미 쿠
랑의 「서론」은 오카쿠라의 논문을 포괄하며 집성할만한 한국문학론이었
다. 하지만 쿠랑의『한국서지』집필과정 중에는 사정이 동일한 것은 아니

---

29) H. G. Underwood, "Introductory remarks on the study of Korean," 『韓英文法(An Introduction to Korean Spoken Language)』, Yokohama : Kelly & Walsh, 1890, pp. 1-2.

30) 岡倉由三郎, 「朝鮮の文學」, 『哲學雜誌』 8(74-75), 1893.4.

31) 稻葉繼雄, 홍준기 옮김, 『구한말 교육과 일본인』, 온누리, 2006, 248-251면.

었다. 쿠랑의 『한국서지』와 오카쿠라의 한국문학론 사이에는 『한국지』가 간과한 중요한 현장과 역사가 놓여있다. 그것은 한국시가를 직접 접촉하지 못했으며, 외국인의 이차적인 선행연구를 통해 이미 문학이라는 근대지식으로 고정시켜 규명한 『한국지』가 간과할 수밖에 없는 지점이다. 또한 외국인들에게 지극히 낯선 한국의 시가가 '외국문학'이자 '번역할 텍스트'로 소환되는 최초의 순간이다. 이 때 한국시가를 구성하는 언어라고 볼 수 있는 한국어이자 문학어는 매우 중요한 문제적 대상으로 부각된다.

나아가 『한국지』와 동일한 층위, 한국시가를 학술적인 차원에서 소환한 역사에 있어서도 오카쿠라와 쿠랑의 접점은 매우 중요하다. 『한국지』가 서구인의 한국시가론을 통해 도출한 중심기조의 형성과정 그 학술사적 맥락을 엿볼 수 있기 때문이다. 이 점은 쿠랑이 「서론」의 말미에 오카쿠라의 논저를 중요한 참고문헌으로 밝힌 사실 그 자체가 잘 말해준다. 쿠랑은 오카쿠라의 논문을 "한글로 된 도서와 문학에 대해 흥미로운 사실들을 알려주고, 일본어번역으로 몇 몇 대중적인 시를 복제해 실은 논고"32)라고 평했다. 쿠랑의 지적대로, 오카쿠라의 논문은 고소설, 시가 등의 국문 문헌의 출판 유통문제를 거론한 일종의 한국 문학론이다. 이미 한국 문학연구자에게 오카쿠라의 논저는 고소설의 세책문화를 증언하는 자료로도 익히 알려져 있는 글이기도 하다. 하지만 쿠랑이 오카쿠라의 논문에서 고찰하고자 한 가장 중심대상은 어디까지나 '한국시가'였다. 여기서 쿠랑이 지적한 한국의 "대중적인 시"는 바로 시조창 가집 『남훈태평가(南薰太平歌)』의 수록 작품들을 지칭하며, 오카쿠라의 논문에도 역시 그에 대한 원문과 번역문이 수록되어 있는데, 이는 오카쿠라가 19세기말 한국문학 연구동향을 의식한 지향점이 투영된 것임에 주목된다.

오카쿠라는 한국 설화(야담)를 번역한 파리외방전교회의 『한어문전』(1880),

---

32) 모리스 쿠랑, 이희재 옮김, 앞의 책, 79면.

설화와 고소설을 번역한 알렌(Horace Newton Allen, 1858-1932)의 저술(1889)과 같이 한국의 이야기 문학의 성과물이 다루지 못한 한국문학의 미개척지를 소개하려고 했다. 그는 "조선의 노래가 그 생겨난 나라를 벗어나서 외국 인에게 알려지는 것은 실로 이것이 처음이"라고 인식했기 때문이다. 또한 이처럼 하나의 논문이 아니라, 외국어 번역이라는 사실 그 자체가 학술적 업적으로 통용되는 이 시기의 특성을 주목할 필요가 있다. 그리고 그 번 역대상으로 존재하는 한국의 국문은 이들의 선행연구와 오카쿠라의 논문 을 묶는 중요한 연결고리였던 셈이다.[33] 그것은 외국어로 한국어[한글·국 문]가 조명되며, 이에 따라 한국의 한글서적이 재조명되는 19세기 말 외국 인 한국학의 학술적 현장이었던 것이다.

기왕의 외국인 선행논자들과 마찬가지로 오카쿠라의 중심논지는 서구 적 근대 문학작품이라고 그 의의를 평가할 수 있는 '국문문학의 부재'이다. 국문문학은 표기의 문제를 넘어 한국의 고유성과 등치되는 것으로, 그 부 재는 일종의 한국 민족 고유성의 부재이자 중국문화에 종속된 한국의 민 족성을 의미하는 것이었다. 그가 이러한 논거를 든 이유는 첫째, 한국에서 국문은 한문에 비해 사회적 위상이 낮은 것이며, 그 활용이 지극히 한정 적인 측면 — (1) 經書 등에 붙이는 한자의 음과 뜻, (2) 여성 그 밖의 한글 을 모르는 사람들의 서간 (3) 소설 및 謳歌 — 에 있었다. 둘째, 한국의 고 소설은 비록 고유성을 지닌 작품이었지만 어디까지나 문예미가 결핍된 것 이었기 때문이다.

언문으로 씌어졌다고는 하지만 경작한 적이 없는 토지와 같이 그저 입에서 나오는 대로 본래의 고아한 취향도 없이 얼토당토않게 서로 덧 붙인 사건을 표음문자로 써낸 것이다. 진실로 修辭의 방법을 사용한 것

---

33) 이상현·이은령, 「19세기 말 고소설 유통의 전환과 '민족자'로서의 고소설」, 『비교문학』 59, 한국비교문학회, 2013, 47-55면.

도 아니다. 도저히 '문학'이라는 명칭을 붙여 이것을 논평하는 것 자체가
말이 되지를 않는다.34)

즉, 그가 보기에 한국의 고소설은 아동문학과 같은 서사 구성적인 결핍,
여성 및 하층의 애독자에 부합한 권선징악적 결말구조를 지닌 작품이었
다. 또한 지극히 조잡한 종이질과 저급한 인쇄 및 출판상태, 서적 판매를
본업으로 하는 책사가 아니라 잡화상과 같은 가게 앞에서 판매되는 문학,
판매를 하는 입장에서도 부끄러워하는 서적이었다. 하지만 세책가를 통해
서 그 명맥은 유지되고 있는 작품들이었다. 그는 이야기책 이외에 문학으
로 가치를 발견할 수 있는 대안적인 작품을 "노래(謳歌)"로 보았다. 왜냐하
면 "조선인이 사물에 느끼는 음악과 곡조에 따라서 나오는 노래야말로"
"무엇보다도 가장 문학적 趣味를 머금은 것"이었기 때문이다.35)

그것은 분명히 한국의 문학에 접근하는 생산적인 관점이기도 했다. 시
가는 고소설에 비해, 소설 중심의 근대 문예적 관점 속에서 학술적 의의
가 규정될 소지가 상대적으로 적은 것이었기 때문이다. 그렇지만 한국의
고전시가를 한국문학의 대표적인 장르로 인식하고 문학텍스트로 접근할
때 대면하는 어려움이 있었다. 무엇보다도 그 난점은 일차적으로 가집자
료를 입수하기 어려운 사정에 있었다.

노래를 모아서 출판한 책은 여기 조선에는 매우 드문 일이다. 명작이
라고 일컬을 수 있을 정도의 작품은 하나하나 돌아다니는 것을 빌려서
필사(筆寫)하여 비밀스럽게 간직한 것이므로 이것을 빌리는 것조차 매
우 용이하지 않다. 나는 다행히 이즈음 『남훈태평가』라는 제목의 한 가
집(歌集)을 손에 넣고 언젠가 이것을 세상에 알리고자 하였다.36)

___

34) 岡倉由三郎, 앞의 글, 844면.
35) 위의 글, 846면.
36) 위의 글, 847-848면.

이와 관련하여 쿠랑이 참조한 또 다른 중요한 한국문학론을 주목할 필요가 있다. 1890년 발표된 애스턴(William George Aston, 1841-1911)의 논문에서 한국의 국문문학은 "흥미롭고 고유한 국가적인 특성"이 드러나는 경우가 없으며, 한국시가어를 구성하는 국문은 "위대한 작가가 부상하여 그들의 문학적 능력을 발달시키지 못한, 모든 언어 중에서 초보적 수준"으로 규정된다. 그가 보기에 그들의 "서사시, 서정민요"에 부응할 작품도 한국에는 없었던 것이다. 애스턴이 이러한 결론을 도출하게 된 것은 국문시가가집 자체를 입수하기 어려웠던 사정이 반영되어 있었다. 애스턴은 "고유한 형태의 시가 있다"는 정보를 분명히 얻었지만, 그는 "이런 류의 시가적힌 인쇄물이나 원고를 결코 발견할 수 없었"기 때문이다.[37] 이러한 사정을 감안할 때, 오카쿠라의 논문(1893)에서 『남훈태평가』에 대한 번역은 일본-서구의 동양학 학술네트워크에 한국시가를 알린 셈이 된다. 『남훈태평가』 소재 작품을 저본으로 한 게일의 시조번역이 *The Korean Repository*의 권두시로 출현한 것도 1895년경이었다. 편집자들은 이 번역물이 영미권에서는 최초의 시도이자 사례라는 점을 재차 강조했다.[38] 이러한 진술들은 이들의 번역이라는 사건 그 자체가 외부세계에 한국의 시가문학을 유통시킨 계기이며, 고소설에 비해 시가문학은 외국인에게 공개된 것이 아니었던 당시의 모습을 보여준다. 19세기 한국의 '방각본'이라는 출판 및 유통문화를 기저로 한 고소설에 비해, 외국인에게 한국의 시가문학은 널리 유통되지 않았으며 외국인에게는 상대적으로 접촉하기 힘든 텍스트였던 것이다. 무엇보다 가집은 수집할 수 있는 대상일지는 몰라도, 시정 및 저자거리에서 구매할 수 없는 텍스트였기 때문이다. 그렇지만 국문시가의 발견은 이처럼 서적으로 된 가집을 통해서 가능했던 것이다.

---

37) W. G. Aston, "On Corean Popular literature," *Transactions of the Asiatic Society of Japan* Vol. XVIII, 1890, p.106.

38) J. S. Gale, "Korean Love Song," *The Korean Repository* II, 1895. 4, p. 123.

이에 방각본으로 출판된 예외적인 형태인 『남훈태평가』에 대한 외국인의 접촉은 한국시가문학의 존재를 발견하게 해준 것이다.[39] 쿠랑 역시 그가 『한국서지』(1894)에서 상세하게 그 해제를 서술한 가집은 『가곡원류』와 『남훈태평가』 2종이었다.[40] 두 가집은 『한국서지』에서 한국문학의 소항목 "詩歌類"에서 한국어로 쓰인 시집의 대표적인 것으로 가장 먼저 소개된다. 두 가집에 대하여 쿠랑이 기술한 그 서지사항과 내용을 보면, 이는 쿠랑이 한국의 서목을 참조하여 제명만을 기재한 것이 아니었다. 쿠랑은 두 가집의 총면수, 인쇄 및 책자의 형태와 같은 구체적인 서지사항과 『가곡원류』의 수록서문, 『남훈태평가』에 재수록된 『가곡원류』의 작품과 작가들의 특성 등에 관하여 기술하고 있다. 즉, 그는 2종의 가집을 실제로 조사했고 점검했던 것이다.[41]

두 가집의 소장처는 프랑스 동양언어문화학교 도서관으로 되어 있으며, 이곳의 도서들은 한국서적을 수집·기증한 당시 프랑스의 대표적 장서가이자 주한프랑스공사 플랑시의 안목이 반영된 것이었다. 이 가집의 자료적 가치는 인정되었던 셈이다. 비록 쿠랑은 『가곡원류』에 수록된 작품을 "노래"로 분명히 인식했지만, 그 곡조와 음악적 특성을 주목하지는 못했다. 오히려 그의 초점은 『가곡원류』, 나아가 『남훈태평가』의 언어에 맞춰

---

39) 성무경, 「보급용 가집 『남훈태평가』의 인간과 시조 향유에의 영향(1)」, 『한국시가연구』 18, 한국시가학회, 2005 ; 전재진, 「『남훈태평가』의 인간과 개화기 한남서림 서적발행의 의의」, 『인문과학』 39, 성균관대 인문과학연구소, 2007.

40) 모리스 쿠랑, 이희재 옮김, 앞의 책, 200-203면.

41) 쿠랑의 다음과 같은 기록을 살펴보면, 실제 『가곡원류』를 참고하여 해제를 작성한 실상을 살필 수 있다. "목소리, 용어의 발음, 노래하는 사람들의 태도에 대한 내용. 이 저술 속에 담긴 노래 목록, 반주로 쓰이는 북을 칠 때 지킬 규칙들. 이 노래들은 中-韓 표현들이 漢字로 표시되어 한글로 쓰여졌는데 내가 아는 바로 이 두 가지 문자를 혼합한 유일한 時調集이 아닌가 싶다. 이 노래들은 대부분이 조선의 高官들의 것이며 그 중 몇몇은 高麗朝, 나머지는 18C의 것들이다."라는 그의 서술 속에는 가곡원류의 서문과 발문에 대한 해석 및 가집의 서두에 수록되어 있는 가지풍도형용, 매화점 장단, 장고장단, 가집수록 작품의 작가 양상 등에 대한 내용들이 축약적으로 담겨져 있기 때문이다(위의 책, 200면).

져 있었다. 오카쿠라, 게일 등과 같이 번역되어야 할 문학텍스트였다. 이
때의 중요한 문제는 오히려 표기의 문제였다. 『가곡원류』의 노래들에 관
해서, 쿠랑은 (한국에서 쓰이는) 한자(로 된) 표현[les expressions sino coréenes]이
한자가 표시되어 국문으로 씌어진 사실을 주목했고, 그가 접촉한 유일한
국한문혼용 표기의 가집이란 사실을 강조했다. 『남훈태평가』의 언어 표현
역시 동일한 것이었지만, 이와는 달리 국문으로 표기되었음을 지적했다.
더불어 이러한 언어표현은 한국인에게도 어려운 것이라고 했다.[42]

　『가곡원류』, 『남훈태평가』의 국문을 쿠랑은 한자-한글 표현[les expressions
sino coréenes]이라고 말했다. 그가 국문을 이렇게 지칭한 이유는 그가 보기
에, 한국에서 "가장 통속적으로 쓰이는 말까지 중국식 표현으로 채워지지
않은 곳이 없"으며, "가장 하층민의 말 속에서도 들을 수 있고 통속소설이
나 노래에서도 발견"되는 것이기도 했다. "중국식 표현"은 "상용어휘의 반
을 차지하며", "한국어에 있어 불변의 어근이 되어 各格들의 接辭가 되기
도 하고, 조동사인 '하다'와 함께 형용사나 동사로도 가능하게 쓰"이는 것
이었다. 이러한 표현을 가능한 많이 넣는 글이 대체적으로 격식이 있는
것이며, 한자 단어와 약간의 국문접미사가 포함될 뿐이기에, "예상 못하고
듣는 이는 이해할 수 없는 것"이라고 했다. 쿠랑이 진술한 이 국문표현은
"소설과 노래"에도 동일한 것이었다.[43] 이러한 고소설과 시가의 국문을
통해서 쿠랑이 도출한 결론은 역시 언어문화 속에서도 그 영향력을 발견
할 수 있는 '중국문화에 대한 종속성'이었다.

　쿠랑과 마찬가지로 오카쿠라 역시 한국의 시가를 서적의 형태이자 언어
텍스트로 접근했다. 물론 오카쿠라는 한국의 시가가 악기에 맞춰 구성됨으
로 일본시가문학의 "5·7조와 같이 일정한 글자 수대로 운을 다는" 특성과

---

42) 앞의 책, 200-201면(M. Courant, op. cit., pp. 239-240).
43) 위의 책, 39면.

의 유사점을 인정했다. 그렇지만 이 유사점의 발견이 쿠랑과 마찬가지로 한국 고유의 율격을 규정하는 곳까지는 나아가지는 않았다. 따라서 그가 보기에 한국의 시가문학은 그 구상에 있어서 "순수한 조선풍"이라기보다는 "중국풍"의 것이 많았다. 그 가장 큰 이유는 한국의 시가어 속 한어(漢語)의 영향력 때문이었다. 그의 눈에 『남훈태평가』의 시조는 "중국의 시문에 표음문자를 섞어서 이곳에 곡을 붙여서 노래한 것"으로 보였다. 그는 그 예로 『남훈태평가』 소재 6수에 대한 그의 번역 및 주석을 제시했다. 여기서 그가 중국풍과 한국풍의 예로 든 작품 세 수를 제시해보면 다음과 같다.[44)]

| (一)<br>간밤에 부든 만정도화 ㄷ 지거다<br>아희는 뷔를 들고 스로랴 흐는고야<br>낙화들 고지 아니랴 스러 무슴<br>(『남훈태평가』#1) | よむべ吹きにし風の爲て / にはの面のもも 皆散れり / 童子は箒掃へて / 散りにし花を振かむとす / 落花とて花ならずやは / ははく心ぞいぶかしき(지난밤 불어온 바람 때문에 / 정원의 복숭아꽃 모두 떨어지니 / 동자는 비로 쓸어서 / 떨어진 꽃을 없애버리려 하는데 / 낙화인들 꽃이 아니냐) |
|---|---|
| (二)<br>인싱이 둘짜 셋짜 이 몸이 네다섯가<br>비러온 인싱이 꿈에 몸 가지구셔<br>일성에 살풀닐만 흐고 언제 놀녀<br>(『남훈태평가』#7) | いのちは二つ三つやある / 此身とて四つ五つつかは / 憐れはかなき人の身の / 夢見る心地する物を / 悲しみてのみ過ぐしなば / いつの世かまた樂しまん(목숨이 두셋 있고 / 이몸 또한 네다섯인가 / 가련한 이내몸은 / 꿈에 뵈는 물건인 걸 / 슬퍼만 하며 보내노니 / 어느 때에나 즐겨보려나) |
| (三)<br>록초 장졔상에 도긔황독 져 목동아<br>셰상 시비사을 네아느냐 모르느냐<br>그 아희 단젹만 불면서 소이부답<br>(『남훈태평가』#32) | 草みどりなる岡の上 / あめ牛に乗りり 行く / 彼の牧童に物間はむ / 浮き世の中の事の是非 / 汝知りてか知らずてか / 童子は笛のみ吹きすさび / ほほゑみしのみ答へせず(푸르지는 언덕 위에 / 저 소에 걸쳐타고 가는 / 저 목동에게 물어보노니 / 덧없는 세상사의 시비를 / 너는 아느냐 모르냐 / 동자(童子)는 피리만 불면서 / 웃기만 하고 대답 않네) |

오카쿠라는 (一)과 (二)에 관해서는 한자가 적게 포함된 시가이며, 그

---

44) 岡倉由三郎, 앞의 글, 846-847면.

구상에 있어서 "조선인의 사상을 드러내"준다고 말했다. 특히, (二)는 "'미래에 희망이 전혀 없는 사방이 비참한 모습으로 둘러 쌓여 만사에 희망을 잃은 나머지 무슨 놈의 세상인가'라고 말하는 것 같다"고 지적했다. 이러한 종류의 시가가 "조선인의 마음으로 보기에 마땅하며" 『남훈태평가』 속에 많은 비중을 차지한다고 했다. 이에 비해, (三)은 한자가 많이 포함된 경우이며, 구상이 중국풍인 사례로 들었다. 그의 이러한 지적은 어디까지나 한국시가 작품에 한자 비중에 초점이 맞춰진 견해였다. (三)의 경우 "笑而不答" 등과 같은 한국어 통사구조가 아니라 한문 통사구조의 모습은 (一)과 (二)보다 더욱 중국풍의 작품으로 인식한 원인으로 보인다.

이는 한국어에서 한자어가 차지하는 위상에 대한 일종의 몰이해이자 '訓讀'이라는 일본의 어문전통과는 다른 한국시가 문학을 보는 일종의 착시현상이기도 했다. 쿠랑은 "한국도서 중에 한자와 한글이 혼용된 경우"가 있으나, 이 "혼용은 일본인이 자신들의 철자표시와 함께 표의문자[한자]를 사용하는 것과는" 다른 사실을 알고 있었다. "한글은 傳寫를 위해서건 번역을 위해서건 한자 본문 옆에 놓여 문장을 설명하고 글자의 발음을 표시하는 데 사용되나 한자 문장만으로도 충분히 설명되어 한글은 교육받지 못한 독자들을 위해 첨가될 뿐인 것이었다." 또한 쿠랑은 한자와 한글의 혼용되며 "한글이 문법적 小辭로 한 문장 안에 들어 있는 경우"를 『가곡원류』밖에 확인하지 못했음을 고백했다.[45]

오카쿠라가 번역한 『남훈태평가』의 표기는 어디까지나 국문이었으며, 수록 작품 중 가장 큰 비중을 차지하는 내용은 남녀 간의 사랑노래였으며, 비관적이거나 인생무상 차원의 작품들의 분량은 그에 비하면 그리 크지 않은 것이었다.[46] 이러한 관점에서 본다면, 오히려 게일이 *The Korean*

---

45) 하지만, 이러한 사정은 쿠랑이 접했던 가집이 『남훈태평가』를 제외하고, 『가곡원류』뿐이었음을 말해주는 것이기도 하다. 실제 『가곡원류』외의 다양한 가집들이 한글과 한자를 병용하여 표기하고 있다(모리스 쿠랑, 이희재 옮김, 앞의 책, 21면 참조).

*Repository*에 번역한 작품들이 더욱 『남훈태평가』의 전반적 작품경향을
잘 보여주는 것이었다고 볼 수 있다. 이는 오카쿠라의 『남훈태평가』 번역
속에는 오히려 그의 주관적인 해석적 관점이 깊이 개입되어 있었음을 확
인케 한다. 특히 그가 한국인의 사상과 한국시가의 보편적 형태라고 지적
한 (二)는 비참한 주변 상황 속에 인생의 좌절감을 느끼고 있는 화자의 마
음을 노래하고 있는 것이라는 그의 해석과 달리, 오직 이 하나뿐인 몸으
로 단 한번밖에 살 수 없는 소중한 인생에 빌려온 인생, 꿈과 같은 몸을
가지고서 어떻게 살아갈지 걱정만 가득 안고 살아가느니, 오히려 걱정 보
다는 여유를 가지고 삶을 살아가자는 긍정적인 태도를 가진 작품으로 해
석할 수 있을 것이다.

　물론 이 속에는 일본인의 시각에서 바라본 폄하의 시선, 한국 민족성
담론이 개입된 것이기도 했다. 그렇지만 동시에 시가에 함축된 시가어의
의미를 번역하는 이 행위는 당시로서는 결코 쉽지 않은 난제였던 사정을
염두에 둘 필요가 있다. 이와 관련하여 다음과 같은 오카쿠라의 진술이
주목된다.[47] 오카쿠라는 한국시가어에 그가 접촉한 당시의 한국말에는
"이미 없어졌지만 글에는 아직 존재하는 것도 있고" 또한 근래에 "생겨난
말이 글에는 알려지지 않은 어격도 있어 언문 사이에는 다소 다른 것과
같은 것이 있다"고 말했다. 즉, 그가 보기에 한국어는 언문일치가 상정된
언어가 아니었으며, 구절과 곡조를 정리하기 위해 "생략 혹은 轉置" 등의
문식이 존재했기에, 번역하기 쉬운 대상은 아니었던 것이다. 그는 시가에

---

46) 『남훈태평가』 계열의 12권의 가집에 중복 수록 되는 작품 242수를 주제별로 분석한 고미
　　숙의 논의(『19세기 시조의 예술사적 의미』, 태학사, 1998)에 따르면 『남훈태평가』 계열의
　　가집에 수록된 작품들 중 가장 많은 비중을 차지하는 내용이 바로 사랑과 그리움에 대한
　　노래였음을 알 수 있다. 이에 따르면 사랑과 그리움에 대한 노래가 38% 정도로 압도적인
　　비율을 차지하고 있으며 이어 무상취락에 대한 내용의 노래가 19%, 강호한정을 노래하는
　　작품이 14% 정도의 비율을 차지하고 있음을 확인할 수 있다.
47) 岡倉由三郎, 앞의 글, 847-848면.

표현된 본래 한국어를 인쇄하는 것의 어려움을 토로했다. 즉, 한국어를 인쇄하는 것 자체가 난제였던 시기, 그의 한국시가 번역이 출현한 것이었다. 그는 자신의 일본어 번역문이 "실로 한 푼의 가치도 없는 것은 스스로도 인정하고 부끄러워하는바"라는 겸사를 덧붙였다. 아울러 독자들이 그의 번역문을 통해, "조선문학의 일부분이나마 살펴볼 수 있다면"그는 깊은 영예라고 이야기했다.

여기서 독자는 실제로 시가문학을 향유했던 한국인을 지칭하는 것은 아니었으며, 그의 번역목표는 시가를 향유하는 한국인의 감성과 체험을 그대로 재현하는 행위를 의미하는 것도 아니었다. 단지 한국시가를 구성하는 한국어는 외국어 즉, 번역되어야 할 언어였다. 한국시가의 언어가 번역의 대상으로 소환됨은 시가 속의 언어를 일종의 의사소통의 도구, 즉, 사전과 문법서가 표상해주는 규범화된 언어로 재편하는 행위였다. 한국의 국문시가를 번역한 결과물이 생성되었다는 것은, 시가어를 해독 가능한 '외국어=한국어'로 재편하는 행위였기 때문이다. 쿠랑은 오카쿠라의 논의를 선행연구로 수용했다. 오카쿠라의 논조와 비교해볼 때, 실제 쿠랑의 중심 기조는 큰 변별점을 지니고 있지 않았다. "조선 문헌에 대한 지금까지의 긴 고찰은, 우리에게 그것이 독창적이지 못하고, 언제나 중국정신에 젖어 있으며, 흔히 단순한 모방에 그친다는 점들을 보여주었다"와 "중국문학과 역시 외부로부터 빌어 왔으나 독창적인 일본문학보다는 뒤떨어진 것이지만, 조선문학은 몽고나 만주, 그리고 그 외의 중국을 본뜬 국가들이 내놓은 것보다는 훨씬 우수하다"[48]라는 「서론」의 결론은 이러한 점을 잘 말해준다. 왜 그랬던 것일까? 그것은 1890~1892년 사이 그가 체험했던 한국의 출판문화와 오카쿠라의 논의가 상당량 일치했기 때문이다. 또한 문학이라는 개념을 투영하며, 한국 국문시가의 언어문제를 논하고자 할 때,

---

48) 모리스 쿠랑, 이희재 옮김, 앞의 책, 73-74면.

그의 견해는 오카쿠라와 변별되는 것이 아니었기 때문일 것이다.


## 나오며 : 미완의 한국학 기획과 개신교 선교사


　지금까지 살핀 재외에서 출판된 외국인의 한국시가론 3편은 19세기 말 한국시가의 유통의 전환을 보여주는 사례이자 사건이다. 이는 한국의 시가문학이 한국의 출판문화 혹은 한국인 독자가 향유한 제한된 시공간에서 소통되는 문학이 아니라, 일종의 혼종성을 지닌 텍스트로 변모됨을 보여주는 증언이기 때문이다. 이들의 증언은 서구문화와는 다른 이문화의 산물이자 번역되어야 할 외국문학 작품, 한국민족을 알기 위해 살펴야 할 '민족지'로 존재하게 된 한국시가의 새로운 형상을 보여준다. 이는 물론 지금까지 검토한 세 편의 논저로 제한되는 것이 아니라, 1893~1900년 사이 한국시가론을 제시했던 외국인들의 논의가 지닌 공통된 함의였다.

　오카쿠라와 쿠랑의 한국시가론은 그 시원의 위치에 있었던 것이다. 두 사람 모두 재외 공간에서 한국의 언어생활, 교육, 문화와 관련하여 제기되는 공통적 논의, 한국에는 한국의 고유성과 문예미를 지닌 자국어문학이 존재하지 않는다는 '한국문학부재론'을 이야기하고 있었다. 하지만 두 사람의 '한국문학부재론'은 결코 동일한 차원의 담론이 아니었다. 두 사람은 각기 프랑스정부가 파견한 외교관, 조선정부가 초빙한 한성 일어학당의 교사로 1890~1893년 사이 한국을 체험할 수 있었기 때문이다. 두 사람의 논저 속에는 한국의 시가문학이란 낯선 존재를 대면했던 문제적 상황이 반영되어 있다. 그것은 19세기 말 한국 출판유통문화의 현장을 접하며 서구적 근대문학개념을 통해 한국시가문학을 설명하고, 외국문학으로 시가문학을 번역해야했던 그들의 처지와 상황이다.

하지만 러시아 대장성의 『한국지』는 이러한 낯선 문화와 외국인의 이
질적 대화를 모두 반영할 수는 없었다. 물론 일본어로 쓰인 언어로 인한
문제였을지 모르나, 『남훈태평가』에 대한 최초의 외국어 번역 사례인 오
카쿠라 논저 속 낯선 시조작품에 대한 번역은 반영되지 못했다. 쿠랑이
한국시가문학의 전체상을 구성하는 과정, 현지인의 증언을 통해 시가의
율격문제를 탐구하는 과정은 소거되었다. 오히려 남겨진 것은 시조를 서
적의 형태로 접촉하고 자국어(한글·언문·국문)로 된 한국의 국민문학으로
소환한 결과물, 문학적 지식으로 전환된 한국의 시가문학이었던 것이다.
이러한 『한국지』가 보여준 소환의 방식은 결국 본래 음악이자 노래로 향
유되던 한국인의 시가를 문학텍스트로 재편하는 행위였다.

나아가 한층 더 오랜 시간 한국과 한국인을 체험했던 개신교 선교사들
의 시가번역 및 시가론이 『한국지』에 포괄되지 못한 문제를 간략하게나
마 언급할 필요가 있다. 19세기 말 한국 개신교선교사, 그들의 영미정기간
행물에 수록된 시가관련 기록의 존재는, 본고에서 검토한 3편의 논저들
즉, 재외에서 출간된 단행본 및 논저와 보색대비를 이루고 있었다. 물론
그들의 논저 역시 문명론의 관점을 완연히 배제할 수는 없지만, 그 속에
는 개신교 선교사들 스스로 내세웠던 자신의 입장이 놓여 있었다. 그것은
한국에 대한 오랜 체험을 바탕으로 상대적으로 한국을 깊이 이해했던 개
신교 선교사들이 자신들과 서구인들을 변별시킨 바로 '내지인의 관점'이
다. 즉, '증기선 위 관광객, 여행객'이라는 입장에서 관찰되는 피상적인 한
국의 모습들, 오해에 찬 시각에서 묘사되는 한국과는 다른 모습, 그들이
제시한 것은 '진정한 한국의 모습'이라는 논리였다.[49] 그럼에도 『한국지』

---

49) 류대영, 『초기 미국선교사 연구』, 한국기독교연구소, 2001, 175-179면; A. Schmid, 「오리엔
탈 식민주의의 도전-Anglo-American 비판의 한계」, 『역사문제연구』 12, 역사문제연구
소, 2004, 168면; 개신교 선교사인 게일과 헐버트의 시가론에 대한 논의는 김승우의 「구한
말 선교사 호머 헐버트(Homer B. Hulbert)의 한국시가 인식」, 『비교한국학』 20(2), 국제비
교한국학회, 2012와 강혜정의 논문, 94-114면을 참조

에 반영된 개신교 선교사의 한국시가론은 헐버트의 논저(1896)가 유일한 것이었다.

헐버트의 시가론은 쿠랑 및 오카쿠라의 한국시가론이 보지 못한 한국시가문학의 상을 포착한 것이었다. 그는 두 사람 보다 한국인의 입장에서 본 한국시가의 모습이 무엇인지를 그려보려고 했기 때문이다. 무엇보다도 그는 한국시가에 대한 '축자역'만으로는 전달할 수 없는 시어에 담긴 한국인이 지니고 있는 감성과 의미를 '번역'하고자 했다. 그의 이러한 시도는 쿠랑·오카쿠라와는 완연히 변별되는 모습이었다. 이는 한국의 국문시가어 속에서 그 비중을 차지하는 한자어의 문제를 통해 중국문화의 종속성을 논하는 관점보다, 시가를 향유하는 한국인에 더욱 접근한 시각이었다. 즉, 헐버트는 한국시가작품과 교감의 지점을 모색하고자 하는 지향점을 지니고 있었던 것이다. 하지만 이러한 그의 지향점은 『한국지』에는 전혀 반영되지 않았다. 『한국지』가 헐버트의 논의를 참조 표시한 부분을 발췌해 보면 다음과 같다.50)

한국인들은 국민에 의해서 만들어진 것은 말할 것도 없고 어느 특정 인들에 의해서 창작된 모국어로 된 많은 노래와 시를 갖고 있다. 그러나 이들 노래와 시의 저자의 이름은 대부분 남아 있지 않다. 국민의 순수한 시가집은, 현재 알려지고 있는 한에 있어서는 간행되지 않았으며 민요의 대부분은 심지어 전혀 기록되지 않았다. **한국의 국민시가는 순수한 서정시이며 서사시적인 시가의 典型은 전혀 존재하지 않고 있다.** [①강조 및 밑줄 : 인용자]51)

상기 인용문 및 이후의 본문에서 헐버트의 논의가 인용된 사례는 ①에 불과했으며, 그 나머지 기술은 쿠랑의 「서론」에 기반하고 있었다. 또한 『한

---

50) H. B. Hulbert, "Korean Poetry," *The Korean Repository* Ⅲ, 1896. 4.
51) 러시아 대장성, 한국정신문화연구원, 앞의 책, 406면.

국지』가 한국시가의 표본으로 삼은 한국의 국문시가는 헐버트의 번역문
이 아니라, 쿠랑의 『한국서지』에 수록된 것이었다. 이처럼 헐버트의 번역
이 유통되지 못한 그 이유는 무엇 때문이었을까? 그것은 헐버트의 번역문
이 축자역이 전제되지 않은 의역이며, 해당원문의 출처를 병기하지 못한
측면을 들 수 있을 것이다. 그렇지만 한국의 가곡을 논한 헐버트의 글은
이러한 결핍을 충분히 해결해줄 수 있는 것이었다. 그의 논의는 원문과
번역문이 병기되어 있으며, 음악과 분리되지 않은 한국 국문시가의 율격
을 말해줄 수 있는 가능성을 지닌 훌륭한 논의였다.[52]

  그럼에도 불구하고, 이 헐버트의 논문이 『한국지』에 반영되지 않았던
것은 당시 한국인에게 향유되는 '음악'이자 '노래'가 아니라 '시문학'으로
한국의 국문시가를 말하고자 한 『한국지』의 지향점 때문이었다. 또한 학
술적 논의로 그 타당성을 보장받을 수 있는 논의가 쿠랑의 논의였기 때문
이다. 한국의 국문시가를 음악이 아닌 '서적 속의 언어텍스트'이자 '문학'
으로 소환하는 방식에, 부합한 시각과 지식은 쿠랑의 논의였던 것이다. 다
만, 한국시가문학의 장르적 특성을 순수한 서정시로 규정한 헐버트의 진
술만이 이 소환방식에 부합한 것이었던 셈이다. 사실 '문학'이라는 근대지
식으로 한국의 시가문학이 소환되는 사건은 19세기 말 한국인이 시가를
향유한 실상과 교감의 문제와 별개의 영역이었다. 쿠랑을 비롯한 외국인
들이 대면한 상황은, 한국 국문시가의 율격을 말할 수 있는 한국인의 부
재, 정서법이 완비되고 규범화된 언어로 근대 인쇄물에 새겨진 국문시가
의 부재, 국문시가를 한시문과 대등한 문학작품이자 고전으로 인식하는
한국인 스스로의 언어-담론적 기반의 부재상황이었기 때문이다. 그러나
상황은 달라지고 있었다. 쿠랑은 『한국서지(보유편)』(1901)에서 과거의 「서
론」(1894)과는 달리, 그는 한국의 국문 글쓰기를 통해 한국의 자주성을 발

---

52) H. B. Hulbert, "Korean Vocal Music," *The Korean Repository* Ⅲ, 1896. 2.

견했기 때문이다. 그는 변모된 국문(언문·한글)의 가능성을 이야기했다.[53] 쿠랑이 보여준 이 시선의 변모와 그 계기를 주목할 필요가 있다.

그는 19세기 말 개신교 선교사의 출판물, 學務衙門이 출판한 교과서, 관보,『漢城旬報』·『獨立新聞』·『每日新聞』·『皇城新聞』 등의 신문들, 1897년 이봉운(李鳳雲)이 지은 한국 최초의 근대문법 연구서로 평가받는『國文正理』와 같은 한국인의 저술 등을 통해, 그 가능성을 발견했다. 그것은 1890~1892년 사이 체험했던 한국의 모습과 다른 국문의 발전상이었다. 즉, 이는 그의 국한문 혼용문 체험이『가곡원류』로 한정되었던 시기와는 변별되는 것이다. 한국인들은 "한자를 단어들의 語根에, 한글을 속사나 동사의 어미에 사용하였다." 물론 이는 "수세기 전부터 거의 모든 도서에 이와 비슷한 혼용문자를 사용해온 일본에의 모방"이라고도 볼 수 있었다. 하지만 "이 같은 개선의 결과로, 교육의 확산과 한글문학의 창조"가 이루어지고 있었으며, 그는 "한국인에 의해 한글로 쓰인 최초의 한글문법서"를 보았다. 즉, 한국어로 한국의 학술을 말하는 시대가 열리고 있었다. 물론 쿠랑은 이후 이러한 새로운 흐름에 부응하는 저술을 남기지 못했다. 이 점에서 그의 한국학은 일종의 미완의 기획이었다. 오히려 이러한 변모에 동참한 외국인은 쿠랑과 같은 재외 한국학자가 아니라, 한국의 개신교 선교사였다. 요컨대,『한국지』에는 반영되지 않았지만, 1893~1894년 한국의 시가문학이 발견되고, 학술적으로 소환되며 번역되는 지점 사이 한국은 분명히 변모되고 있었다. 그것은 쿠랑과 다른 헐버트의 시가론이 지향했던 지점이자 그 탄생의 저변이기도 했다.

---

53) 모리스 쿠랑, 이희재 옮김, 앞의 책, 767면.

제2부

# 한국 개신교 선교사의
# 한국시가 담론 :
시조의 근대적 재편과 내지인의 관점

# 제4장

# 개신교 선교사의 시조번역과 '내지인의 관점'

『朝鮮筆景(Pen-picture of Old Korea)』(1912) 소재 영역시조의 창작연원

## 들어가기 : '개신교 선교사'라는 정체성과 한국문학

    朝鮮이 젊은 異人인 나에게 처음으로 던진 印象은 處女가치 純潔한 것
紳士가치 점잔흔 것 農夫가치 質朴한 것 君子가치 謙遜한 것이 엿습니다.
이 모든 條件은 나의 理想에 갓가운 사람의 品性이엿습니다. 나는 이러
한 條件 下에 朝鮮이라는 데 愛着心이 생기엿습니다. 참말 朝鮮에서 늙을
決心을 하엿습니다. 그래서 나는 溫突에서 잠자는 法을 배우고 수著로
밥먹는 法을 배우고 그보다도 朝鮮사람을 親하고 朝鮮을 참으로 理解하
려면 그것들을 媒介할 言語를 通할 必要를 切實히 늣겻습니다. 그래서 나
는 同族이 잇는 서울을 쩌나서 말배호기 爲하여 窮乏한 시골노 쩌러젓
습니다. 江原道의 강낭밥도 먹어보고 黃海道의 게알갓흔 栗飯도 먹어보
며 風土가 다르고 衣食住가 다른 異域僻巷의 巡禮도 只今에 생각하면 一
種 受難이엿습니다.[1]

누구에게나 낯선 것에 대한 첫 경험은 오랜 추억으로 남게 되는 법이

---

1) 奇一, 「回顧四十年」, 『新民』 26, 1927, 10면(띄어쓰기와 문장부호는 인용자의 것이며, 이하의
    인용도 동일함).

다. 게일(James Scarth Gale, 1863~1937)에게도 이는 마찬가지였다. 그의 논저 여러 곳에서 우리는 그가 느꼈던 한국에 대한 첫 감회들을 발견할 수 있다.[2] 대략 10여년 정도 한국을 경험한 그의 견문과 단상이 담긴 *Korean Sketches*(1898)가 그 대표적인 저술이다.[3] 물론 여기에서의 묘사는 상기 인용문에서의 묘사와 같이 긍정적인 것만으로 가득 차 있지는 않다.

그 글에는 게일이 상투를 쓰고, "폭이 넓은 바지와 흰 옷을 입은" 한국 인의 모습을 일본에서 처음 본 순간이 묘사되어 있다. 그리고 그가 최초 로 접촉한 조선 땅의 황량하고, 낯선 풍경이 펼쳐진다. 12월 싸늘한 겨울 날, "갈색으로 덮여있으며 여행객을 맞는 반가움이란 찾아볼 수 없는 벌 거숭이와 같은 야산"만이 시야에 들어오는 부산 항구 주변, 그리고 결코 그를 환영하지 않았던 한국인의 모습들, 부산에서 제물포에 이르는 험난 한 해로, 제물포 갯벌의 모습과 같이 "꿈나라에서 그리던 만큼이나 신비 스러운 주변"의 풍경들, 또한 서울에서 "여기 저기 널려 있는 죽은 사람의 시체"들을 본 "끔찍"하고 "불쾌"한 체험 등이 잘 묘사되어 있는 것이다.[4]

물론 우리는 이를 통해 게일의 기억과 망각을 함께 읽어 볼 수도 있다. 하지만 본 장에서 주목한 것은 게일의 첫 체험 혹은 그의 한국관이 변모 되는 현상 그 자체라기보다, 그러한 변모를 가능하게 했던 하나의 계기이 다.[5] 이는 앞서 1~3장에서 고찰했던 외국인들과는 변별되는 게일의 입장

---

2) 게일이 이처럼 낯선 한국문화를 체험하는 모습들은 유영식이 편역한 자료집(『착훈목쟈 : 게일의 삶과 선교』 2, 도서출판 진흥, 2013) 1장의 서한자료와 2장을 통해서 볼 수 있다.

3) J. S. Gale, 장문평 옮김, 「첫 인상」, 『코리안 스케치』, 현암사, 1971("First Impression," *Korean Sketches*, 1898); 더불어 유영식의 자료집에는 게일의 원문을 바탕으로 육필본의 내용을 추가적으로 첨가한 글이 수록되어 있다.(앞의 책, 128-158면)

4) 유영식 편역, 위의 책, 128-131면.

5) 게일이 보여준 이러한 한국에 대한 첫인상의 변모양상은 그의 한국관의 변모양상과도 동 일하다. 이 점에 대해서는 이미 선행연구(이상현, 『한국고전번역가의 초상, 게일의 고전학 담론과 고소설 번역의 지평』, 소명출판, 2013, 2장(初出 : 이상현, 「제국의 조선학, 정전의 통국가적 구성과 유통 : 『천예록』, 『청파극담』 소재 이야기의 재배치와 번역·재현된 조 선」, 『한국근대문학연구』 18, 한국근대문학회, 2008.)에서 그 큰 골자를 이미 상론된 바가

과 관련된다. 그것은 개신교 선교사라는 그의 정체성과 그로 인해 다른 외국인 학자들과는 변별되었던 그의 한국문학에 대한 관점이다. 그의 첫 경험을 서술한 글들은 다수이지만, 이와 관련하여 주목되는 것은 그가 한국을 떠날 날이 얼마 남지 않았던 시점에 쓴 「나의 過去半生의 經歷」이라는 글이다.[6]

무엇보다도 이글을 통해 우리는 게일이 최초로 한국어 학습을 했던 경험을 엿볼 수 있는 회고를 발견할 수 있기 때문이다. 최근 유영식이 공개한 게일이 자신의 누이 제니(Jennie Gale, 1851~1929)에게 보낸 서한자료를 통해, 우리는 한국에 갓 입국한 게일의 초상을 마주할 수 있다. 게일이 서울에 도착한 시기는 1888년 12월 16일경이었고, 그의 누이 제니에게 보낸 서한을 보면 그는 이 때 부터 송수경(宋守敬)이라는 인물에게 한국어를 배우기 시작했음을 알 수 있다.[7] 흥미로운 것은 그가 40여년의 세월이 흘렀지만, 이 첫 체험의 순간을 결코 잊지 않고 기억하고 있었다는 점이다.

　…英語를 조곰도 通치 못하는 宋守敬이라하는 이를 先生으로 定하고 毎日 硏究하는대 動詞로 말할 것 갓흐면 엇더케 有力한지 그 안즌 자리도 엇더케 다른 模樣이 잇는지 모든 말이 動詞로 되는 것갓기로 몬져 英語에 '꼬'(Go)하고 '컴'(Come)을 가지고 배호터 하야서 뭇기를 "꼬'를 엇더케 말하오'하니까 對答하는 말이 '간다'고 하오 하길내 내가 여러 번 '간다' '간다' 닉혀 본 後에 말하기를 '先生 내가 간다'하엿더니 宋先生이 하는 말이 '아니오' 하길내 내가 말하기를 '아까는 그러케 가라치더니 只今

있음으로, 이에 대한 추가적인 언급은 생략하도록 한다.

6) 奇一, 「나의 過去半生의 經歷」, 『眞生』, 1926.10~1927.7 ; 이 글이 한국어로 씌어져 있다는 사실도 그러하지만, 그의 과거반생에 있어서 그의 초기 한국체험이 차지하는 비중을 볼 때면 한국이라는 낯선 이문화에 대한 최초의 다양한 체험이 얼마나 그의 뇌리에 깊이 새겨졌는지를 충분히 잘 짐작할 수 있기 때문이다.

7) J. S. Gale, 「1888년 12월 19일, 사랑하는 누나 제니에게, 서울에서」, 유영식 편역, 앞의 책, 33면.

은 아니라하니 무슨 뜻이오' 한즉 對答하는 말이 그런 境遇에는 '先生님
내가 감니다하여야 한다'고 합듸다. ……其後에 석달 동안을 宋先生의게
여러 가지 말을 배홧지마는 實地로 交際上에서 배호지 못하여서 應用할
수 업는 죽은 말만 배혼 싸닭에 헛 일이 되고 말앗지오.[이하 띄어쓰기
는 인용자][8)

　상기 게일의 술회를 읽어보면, 그가 후일 한국어 사전과 문법서를 편찬
하고 다수의 한국문학을 번역하게 될 미래의 모습이 쉽게 상상되지 않는
다. 그도 그럴 것이 외국인의 입장에서 영어와는 다른 어순, 낯선 경어법,
다양한 동사의 활용어미 등을 익히는 일은 쉽지 않았을 것이다. 이에 게
일은 3개월 정도의 시간을 투자했지만, 여전히 한국인과 회화 자체가 불
가능했다. 그는 해주로 전도여행을 떠나기 전 언더우드의 집에서, 로스에
게 세례를 받았으며 성서번역을 도왔던 개신교 신자 서상륜(徐相崙, 1848~
1926)과 만났다. 그렇지만 서상륜의 말을 그는 전혀 알아들을 수가 없었으
며, 언더우드에게 "한 말도 알아듯지 못하겟소. 석달이나 배혼 거시 그릿
소. 아마 當身은 朝鮮말을 永遠히 못배홀 듯하오"라는 혹평을 들어야만 했
다. 이러한 그가 한국인과 회화가 가능해진 시점은 대략 1891년경으로 보
인다.[9)

　물론 이는 그가 한국인과 교류하며 한국어를 활용하는 경험을 축적해
나가면서 가능해진 것이다. 하지만 그는 텍스트를 매개로 한 한국어 학습
을 병행했다. 그리고 한국어 회화가 가능해진 1891년경에도 그는 여전히
자신의 한국어 구사능력이 온전한 것이라고 결코 여기지 않았다. 그 이유
는 그에게 선교를 위한 한국어 학습의 목표는 더욱 더 원대한 것이었기
때문이다. 개신교 선교사들은 한국인의 구어에 기반한 한글(국문·언문)문

---

8) 奇一, 「나의 過去半生의 經歷」, 『眞生』 2(4), 1926.12, 10-11면.
9) 유영식 옮김, 앞의 책, 82면.

어를 통해 성서번역을 수행하고자 했다. 미국 북장로교 선교부 소속이 된 이후 엘린우드에게 보낸 게일의 서간(1891.11.25)을 보면, 당시 사도행전을 번역하던 그의 고민이 잘 드러난다. 그는 자신을 비롯한 개신교 선교사들이 진행하고 있던 당시의 성서번역이 실패작이며 시험작일 수밖에 없다고 진단했던 것이다.

그 이유는 당시 번역위원회 중에 "최고로 어려운 조선말에 능통한 사람들이 없기" 때문이며, 그 사정은 그들의 현지인 조사(助師)들에게도 마찬가지였다. 왜냐하면 선교사들을 돕는 한국인들은 분명히 유능한 한학적 지식인들이었지만, 그들의 손을 거쳐 나온 번역 역시 다른 한국인들이 이해할 수 있는 번역은 아니었기 때문이다.10) 즉, '국민어'라는 차원에서 공유·소통되는 '성서를 번역할 한글문어'를 정초하는 작업은 개신교 선교사나아가 당시 한국의 한학적 지식인들에게도 모두 녹록치 않은 난제였던 것이다.11)

이러한 문제를 해결하기 위해 게일이 선택한 방법은 한문고전 학습이었다. 그는 자신의 한국어 학습을 위하여 틈틈이 한문고전을 익혔다. 그가 한국의 한문고전세계를 공부한 시기는 1889년경 정도로 추정해볼 수 있다. 이 때 평생의 동반자인 이창직(李昌稙, 1866~1938)을 만났고 그를 통해 한국의 한글·한문·풍속을 배우기 시작했기 때문이다. 엘린우드에게 보낸 서간을 보면, 그는 한국에 온 이후 한문고전을 정기적으로 읽으며 배우고 있었다.(1891.11.25.) 게일은 1891년경부터 "매일 아침 두 시간 동안 한자를 공부하며 공자의 책을" 읽어, 1892년 즈음에 한문 복음서에 대한 독해가 가능해졌음을 언급하였다. 그의 한문고전 연구는 "한국의 문학을 알고자 하는" 작은 "노력의 일환"이었다. 그는 한문을 모르고서는 "한국의

---

10) 유영식 옮김, 앞의 책, 90면.
11) 이 점에 대해서는 이상현, 「언더우드의 이중어사전 간행과 한국어의 재편과정」, 『동방학지』 151, 연세대 국학연구원, 2010, 238-259면을 참조.

생활어[구어]를 온전히" 아는 것은 불가능하기에 한문고전을 반드시 공부해야 한다고 여겼다.(1892.4.20)[12]

물론 이처럼 텍스트를 매개로 한 한국어 학습에 게일이 고전시가나 고소설을 활용했을 것이라고 단정할 수는 없다. 하지만 확실하게 말할 수 있는 바는 그의 한문고전 학습이 한글로 쓰인 한국의 고전문학을 읽고 번역하는 실천과 분리된 행위가 아니었다는 점이다. 이는 오히려 한글로 작성된 문학작품 속 언어표현에 보다 더 효율적으로 접근하는 방식이었음을 염두에 둘 필요가 있다. 이러한 게일의 한문고전 및 한국어 학습의 결실이 나오기 시작한 시기는 1893년 이후이다.

1894년 그는 한국어 문법서를 출간했다. 이는 그가 처음 한국어 학습 과정에서 대면했던 곤경, 즉 한국어 동사의 활용[동사어미와 연결사 부분]에 초점을 맞춘 저술이었다. 더불어 1892년부터 진행한 성서 및 찬송가 번역, 『천로역정』의 번역 등을 그 결과물로 들 수 있을 것이다. 여기서 우리는 개신교 선교사만이 지니고 있었던 독특한 입장을 발견할 수 있다. 그들은 한국인에게 한국어로 그들의 복음을 전파해야 했다. 19세기 말~20세기 초, 이처럼 한국인과 함께 한국의 언어문화 속에서 한국어를 '읽기-쓰기'의 차원에서 공유(활용)해야 했던 게일의 입장은 외국인 독자라는 시각에서 서구의 문학개념을 통해 한국의 고소설을 논하는 입장, 또한 '말하기-듣기'라는 차원에서 한국어 회화공부를 위해 한글로 된 고전문학을 활용하던 입장과는 변별되는 것이었다.

*The Korean Repository*가 간행되던 시기(1892, 1895~1897)이자 원산 선교시절, 게일은 영미권 최초로 한국의 시조를 번역·소개했으며 당시 가장 많은 수의 시조를 번역한 인물이기도 했다. *The Korean Repository*에 수록된 그의 영역시조와 한국문학론은 게일의 선교사로서의 입장을 잘 보여

---

12) 유영식 옮김, 앞의 책, 98면.

주는 것들이다. 이는 유럽 동양학자와 외교관들과는 다른 게일의 모습을 잘 보여준다. 이와 관련하여 본 장에서 고찰하고자 하는 자료가 바로『게일유고』소재 미간행 저술인『朝鮮筆景(Pen-picture of Old Korea)』(1912)이다. 우리는 이 책자 자료에 실린 영역시조와 그의 한국문학론을 중심으로 다음과 같은 점을 고찰하고자 한다.

우선 이 책자에 수록된 게일의 영역시조는 본래 이 작품의 창작연원이 게일이 원산에서 선교를 하던 시기라는 사실 그리고 '내지인의 관점'이라는 개신교 선교사들의 정체성을 살펴볼 것이다. 아울러 이 저술에 수록된 한국문학론은 유럽 동양학자의 논의들과 공유되는 모습을 보여주지만, 이 논고의 본질은 다른 곳에 있다는 사실도 고찰해볼 것이다.

## 1. 『朝鮮筆景』 소재 영역시조의 편제와 창작연원

캐나다 토론토대 '토마스피셔 희귀본장서실'에는 게일의 유물이 24상자로 나누어 보관되어 있다.[13] 이 속에는 출판되지 않은 게일의 한국고전에 대한 다수의 번역물들이 존재한다. 이 미간행 자료들은 기록형태에 따라 '게일의 친필원고'(필사자료)와 '타자기로 작성한 교정원고'(활자자료)로, 묶여진 형태에 따라 낱장으로 된 '원고형'과 다수의 원고들이 묶여있는 '책자형'의 형태로 나눌 수 있다. 『朝鮮筆景』은 게일이 타자기로 작성한 교정원고들을 묶어, 한 권의 책자 형태로 구성한 자료이다.([자료 1]을 참조)『朝鮮筆景』의 자료형태는 게일이 출간을 준비하고 있었음을 암시해 준다.

---

13) 권순긍·한재표·이상현, 「『게일문서(Gale, James Scarth Papers)』 소재 <심청전>, <토생전> 영역본의 발굴과 의의」, 『고소설연구』 30, 한국고소설학회, 2010, 419~428면; 이상현, 『한국 고전번역가의 초상』, 소명, 2013. 353~357면; R. King, "James Scarth Gale, Korean Literature in Hanmun, and Korean Books", 서울대 규장각한국학연구원 편, 『해외 한국본 고문헌 자료의 탐색과 검토』, 삼경문화사, 2012, pp. 237-241을 참조.

게일의 영역시조는 이 미간행 책자형 자료『朝鮮筆景』Ⅰ장('한국의 시가'
(Korean Songs and Verses))에 집성되어 있다.『朝鮮筆景』에 수록된 영역시조
작품의 초출·재수록 양상을 게일이 본래 부여한 제목 및 주제유형, 장 구
분(Ⅰ-Ⅷ장)에 따라 정리해보면 다음과 같다.(도표에서는『朝鮮筆景』의 초출 영
역시조는 (*) 표시로,『朝鮮筆景』에서만 볼 수 있는 영역시조는 음영표시로 구분하도
록 한다.)

| 수록<br>번호 | 장<br>구분 | 제명<br>(혹은 주제) | 영역시조<br>본문 | 번역저본 | 해당 영역시조의<br>초출·재수록 문헌 |
|---|---|---|---|---|---|
| 1 | Ⅰ | Ambition for Fame | (*)Green clad mountain- | 청산아-<br>(『남훈태평가』#25) | *The Korea Bookman*, 1922. 6.(재수록) |
| 2 | Ⅱ | - 인용자: 게일은 별도의 제명을 달지 않았으나, *The Korean Repository*에서 "Korean Love Song" 혹은 "Love Songs"으로 엮었던 작품유형과 동일하다. | Frosty morn - | 사벽 서리-<br>(『남훈태평가』#12) | *The Korean Repository* Ⅱ, 1895. 4.(초출)<br>*Korean Sketches* (재수록) |
| 3 | | | Silvery moon - | 사벽 달-<br>(『남훈태평가』#39) | *The Korean Repository* Ⅲ, 1896. 1.(초출) |
| 4 | | | (*)The Gates- | 덕무인엄중문헌데-<br>(『남훈태평가』#2) | *The Korea Bookman*, 1922. 6.(재번역) |
| 5 | | | (*)A mountain village - | 산촌에-<br>(『남훈태평가』#8) | |
| 6 | | | (*)In the first watch - | 초경에-<br>(『남훈태평가』#21) | |
| 7 | | | Farewell's a fire - | 니별이 불이-<br>(『남훈태평가』#61) | *The Korean Repository* Ⅱ, 1896.1.(초출)<br>*The Korea Bookman*, |

| 수록<br>번호 | 장<br>구분 | 제명<br>(혹은 주제) | 영역시조<br>본문 | 번역저본 | 해당 영역시조의<br>초출·재수록 문헌 |
|---|---|---|---|---|---|
| | | | | | 1922. 6.(재수록) |
| 8 | | | Fill the ink- | 아희야 연슈-<br>(『남훈태평가』<br>#30) | *The Korean<br>Repository* Ⅱ,<br>1896.1.(초출)<br>*The Korea Bookman*,<br>1922. 6(재수록). |
| 9 | | | That rock- | 져 건너 거머<br>웃쏙헌 바위-<br>(『남훈태평가』<br>#48) | *The Korean<br>Repository* Ⅲ,<br>1896.1.(초출)<br>*Korean Sketches*<br>(재수록)<br>*The Korea Bookman*,<br>1922. 6.(재수록)<br>*The Korea Mission<br>Field* 1925.5(재수록) |
| 10 | | - 인용자: 게일은 별도의<br>제명을 달지 않았으나<br>The Korean Repository<br>에서 Korean<br>Songs("Free- will"이란<br>제명을 부여 했던<br>작품)란 주제유형 안에<br>포괄된다. 하지만 이는<br>넓게 보아 "Odes on<br>Life"로 엮었던 주제<br>유형과도 겹쳐지는 것<br>으로 보인다. 『朝鮮筆<br>景』의 해제를 보면,<br>'한국인의 낙천적이며<br>긍정적인 민족성'이 이<br>영역시조를 묶은 가장<br>큰 구심점이다. | (*)Third<br>moon- | 삼월삼일-<br>(『남훈태평가』<br>#20) | |
| 11 | Ⅲ | | The boys- | 아희는-<br>(『남훈태평가』<br>#3) | *The Korean<br>Repository* Ⅴ,<br>1898.12.(초출)<br>*The Korea Bookman*<br>1922. 6.(재수록) |
| 12 | | | (*)Man he<br>dies- | 사람이<br>죽어가셔-<br>(『남훈태평가』<br>#171) | |
| 13 | | | (*)Heaven and<br>earth- | 천지는-<br>(『남훈태평가』<br>#168) | |
| 14 | Ⅳ | On Filial Piety | That<br>ponderous- | 만근 쇠를-<br>(『남훈태평가』<br>#49) | *The Korean<br>Repository* Ⅱ,<br>1895.4.(초출)<br>*Korean Sketches*, |

| 수록<br>번호 | 장<br>구분 | 제명<br>(혹은 주제) | 영역시조<br>본문 | 번역저본 | 해당 영역시조의<br>초출·재수록 문헌 |
|---|---|---|---|---|---|
| | | | | | (재수록)<br>*The Korea Mission Field* 1925.5(재수록) |
| 15 | V | On Rank<br>- 인용자: The Korean Repository에서 "Korean Songs"란 주제 유형으로 묶여져 있으며 "The People"이란 제명을 달았다. | "Very small- | 감장식<br>쟉다ᄒᆞ고-<br>(『남훈태평가』<br>#140) | *The Korean Repository* V, 1898.12(초출) |
| 16 | VI | The Pedlar<br>- 인용자: The Korean Repository에서는 "Korean Songs"란 주제 유형으로 묶여 있었으며 "Ode on the Pedlar"란 제명을 달았다. | Here's a pedlar- | 딕들에<br>동난젓 삽소-<br>(『남훈태평가』<br>#87) | *The Korean Repository* III, 1896. 8.(초출) |
| 17 | VII | A piece of Extravagance | There is a bird- | 北冥有魚,<br>其名爲鯤-<br>(『莊子 內篇』,<br>「逍遙遊」) | *The Korea Review* I, 1901.2.(초출) |
| 18 | VIII | (*)Never mind | Hello!- | 가마귀를<br>뉘라-<br>(『남훈태평가』<br>#192) | *The Korea Mission Field* 1926. 6.(재수록) |

총 18수의 영역시가 수록된 셈인데 『남훈태평가』 소재 시조 영역작품은 총 17수이며 『朝鮮筆景』에서만 볼 수 있는 게일의 영역시조는 6수이다.([자료 2]를 참조) 게일은 *The Korean Repository*의 권두시로 수록되었던 영역시조 17수에서 9수를 재수록했다. 즉, 『朝鮮筆景』 소재 영역시조의 연원은 *The Korean Repository*의 영역시조인 것이다. 게일의 영역시조는 *The Korean Repository*에 "효에 관한 송가" 1수(1895.4), "인생에 관한 송

가" 4수(1895.8), "한국의 사랑노래(사랑 노래)" 7수(1895.4, 1896.1), "행상인에 관한 송가" 1수(1896.8), "한국의 노래" 4수(1898.12)가 수록되어 있다.

The Korean Repository 소재 게일의 영역시조에 대한 편제방식은 '전체 시조 작품의 주제유형을 설정하여 여러 편의 시조를 엮어 놓은 경우'와 '개별 작품의 제명을 부여하여 1편의 시조를 제시한 경우'로 나누어 볼 수 있다. 전자의 경우 중 "한국의 사랑노래(사랑노래)"는『남훈태평가』에서 가장 많은 비중을 차지하는 '애정류 시조'를 모아놓은 것이라고 볼 수 있다. '인생에 관한 송가'에서 번역된 『남훈태평가』 소재 시조의 주제는 소위 '강호한정(江湖閑情)' 그리고 술 마시고 취해 즐기는 것, 산천을 보며 유람하는 즐거움, 인생무상, 짧은 인생 그저 즐겁게 살아야 한다는 '무상취락(無常聚落)'으로 분류될 수 있는 작품들이다. 이러한 유형의 텍스트는『남훈태평가』수록 시조 작품들의 주제 유형에서 가장 많은 비중을 차지하는 것들이다. "한국의 노래"의 경우, 4편의 작품에 게일이 개별 제명을 붙여 놓았다. 이는 유형화한 작품군으로 보기보다는, 1편의 작품에 "효에 관한 송가", "행상인에 관한 송가"와 같이 제목을 부여한 개별시조 작품 자체의 제시와 동일한 것으로 볼 수 있다. 즉, 그의 마지막 영역시조의 연재("한국의 노래")는 쉽게 유형화할 수는 없지만, 한국인 혹은 한국사회, 『남훈태평가』의 주요한 특징을 보여주는 다채로운 작품을 엮은 것으로 보인다.14)

---

14) 고미숙의 논의(『19세기 시조의 예술사적 의미』, 태학사, 1998)에 따르면『남훈태평가』계열의 가집에 수록된 작품들 중 가장 많은 비중을 차지하는 내용은 사랑과 그리움에 대한 노래(38%)이며, 이어 무상취락에 대한 내용의 노래가 19%, 강호한정을 노래하는 작품이 14% 정도의 비율을 차지하고 있음을 확인할 수 있다. 또한 송안나는 그의 논문(「19세기 중·후반 시조창 가집과 가곡창 가집의 상호소통 양상연구」, 성균관대학교 석사학위논문, 2008, 16면)에서『남훈태평가』소재 시조작품의 주제유형을 애정류(29% : 別離哀傷, 戀慕相思), 江湖閑情(14.3%), 無常聚落(21%), 感物紋景(19%), 古事懷古(8.9%), 기타(30.8%)로 분류했다. 각 시기별 연재양상과 관련된 게일의 정황, 또한 Ode, Love Song, Song 세 주제유형이 지닌 특징들에 관해서는 송민규, 「『The Korean Repository』에 소개된 SONG 연구」, Comparative Korean Studies 21(1), 국제비교한국학회, 2013을 참조.

따라서 애정류 시조, '강호한정', '무상취락'의 주제를 지닌 작품들이 일 반적으로 게일이 유형화한 작품군이라고 볼 수 있다. 『朝鮮筆景』도 이와 연속선에 놓여있기 때문이다. 비록 제시 순서와 우선순위에 있어서는 분명한 변별점이 존재하지만, 한 가지 주제로 유형화되는 영역시조의 경우 (Ⅱ~Ⅲ)는 많이 유사하다. 즉, 주제유형의 제명이 완전히 동일한 것은 아니지만 애정류 시조, 강호한정, 무상취락의 주제에 대응되는 시조 작품을 엮은 것이라는 공통점을 지니고 있다. The Korean Repository에서 유형화 시키지 않고 다채로운 작품양상을 그대로 보여주고자 개별 제명을 달아서 제시한 작품의 경우도 큰 차이점이 존재하지 않는다.[15)]

또한 The Korean Repository 소재 영역시조의 재수록 작품들을 살펴보면, 재번역을 통해 번역형식이 달라진 경우는 없다. 오히려 과거 그가 번역한 영역시조의 집성이라는 측면이 강하다. 이 점은 영역시 재수록 양상의 대표적인 사례이며 동시에 작품 선별방식에 있어 게일이 과거와 가장 큰 변별점을 보여주는 사례 즉, The Korea Review의 권두시, 『莊子 內篇』 「逍遙遊」의 첫 구절을 저본으로 한 영역시도 동일하다. 『朝鮮筆景』의 초출 영역시조에서도 주된 번역형식은 시조의 초・중・종장을 각 2행으로 나눈 전체 6행 구조이며 약강(때로 강약) 4보격의 율격(meter)에 맞춘 점, 규칙적인 각운을 활용하는 점 등이 그러하다.[16)] 즉, 『朝鮮筆景』 소재 게일 영역시조의 창작연원은 비록 게일의 교정과정 자체를 완전히 간과할 수는 없지만, The Korean Repository로 소급되며 연속되는 것이다. 그렇지만 The Korean Repository 소재 영역시조와는 변별되는 측면이 개입되어 있

---

15) 비록 송가(Ode)라는 명칭은 생략했지만, The Korean Repository에서 개별 제명을 지녔던 영역시조의 경우 한결 더 내용에 부합한 제명으로 바꾼 작품 1수(수록번호 16)를 제외한 다면, 큰 차이점은 없는 셈이다.

16) 이에 대한 상술은 김승우, 『19세기 서구인들이 인식한 한국의 시와 노래』, 소명출판, 2014, 84-85면; 강혜정의 「20세기 전반기 고시조 영역의 전개양상」, 고려대 박사학위논문, 2013, 50-56면을 참조.

었다. 그의 영역시조는 과거 노래를 함께 지칭하는 'ode' 혹은 'song'으로 묶여 있지 않았다. 이들은 문자문화의 면모를 구비한 "Korean Songs and Verses"라는 제명 속에 묶여 있었다. 이는 *The Korean Repository* 소재 영역시조와『朝鮮筆景』소재 영역시조 사이에 있었던 중요한 변화를 암시해준다. 그것은 이 책의 1부에서 살펴보았던 것으로 1890년대 중반 이후 시조를 음악-가곡창(시조창)텍스트와 분리된 언어-문학텍스트로 조명해준 외국인 한국문학론의 등장이었다. 그리고 이러한 담론을 여실히 담아내고 있는 글이 바로『朝鮮筆景』에 (재)수록된 게일의 한국문학론이다.


## 2. 『朝鮮筆景』소재 한국문학론과 한국고전의 문화생태

### 1) 『朝鮮筆景』소재 한국문학론과 '한국문학부재론'

『朝鮮筆景』에는 게일의 짧은 문학론 한 편이 수록되어 있는데, 이는 과거 게일이 "Esson Third"란 필명으로 1902년 *The North China Herald*에 게재했던 글이었다.[17] 하지만『朝鮮筆景』에는 아래의 자료에서도 살필 수 있듯 1905년, 게일이 직접 남긴 교정의 흔적이 함께 새겨져 있다. 그 중에서 우리가 주목할 것은 "조선(Korea)"을 "옛 조선(Old Korea)"으로 고치고자 했던 부분, 그리고 "통상 거리에서 진열되어 팔리는 구어로 씌어진 책(인용자: 이야기 책)들이 **문인지식층(literati)**의 시선에는 끔찍한 것으로 보인다"라는 부분에 게일이 그어놓은 빗금과 그곳에 남긴 그의 교정내용이다.

---

17) J. S. Gale, "Korean Literature,"『朝鮮筆景』, pp. 35-37. ; Esson Third, "Corean Literature," *The North China Herald and Supreme Court & Consular Gazette*, 1902. 6.11 ; 게일의 한국문학론 논저의 존재와 1900년 왕립아시아학회 게일의 발표문 이후 이 논저로 이어진 게일 한국문학론의 중심논지는 이미 김승우의 선행연구(앞의 책, 93-101면)에서 고찰된 바 있다. 해당 자료전문 역시 김승우의 책, 395-400면에서 수록되어있다.

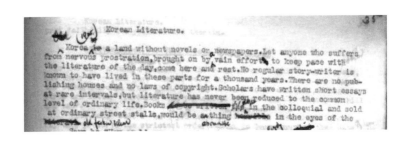

게일은 양반 사대부를 지칭하는 "문인지식층(literati)"에 빗금을 긋고, 이 부분을 "옛 조선의 문인지식층(old Korean literati)"으로 정정하고자 한다. 이 교정 흔적을 통해 우리는 그가 묘사하는 바는 바로 '옛 조선의 문학현장' 이었음을, 그리고 이는 곧 20세기 초 한국의 지식구조에 급격한 전환이 이루어지고 있었음을 암시한다는 사실을 짐작할 수 있다. 하지만 게일은 이 글의 전반적 논지 그 자체를 바꾸지는 않았다. '옛 조선의 문인지식층'의 시선을 전제할 경우, 그의 논지는 사실에 위배된 진술이 아니라고 스스로 판단했기 때문일 것이다.

그리고 그는 한국의 소설과 신문의 부재를 여전히 글의 화두로 남겨놓았다. 또한 한국문학은 서구의 인쇄물, 문학제도, 문학에 대한 사회적 인식 수준에 비추어 볼 때, 결핍된 것이자 미달된 것으로 기술되었다. 그가 나열한 서구와는 다른 정황들 -직업적이며 전문적인 작가와 저작권이란 개념이 존재하지 않았으며 출판연도, 출판·인쇄소가 명기되지 않은 한글 문헌들, 구어체로 쓴 책을 부끄러워하는 한국의 문인지식층, 자국의 문학과 역사가 아니라 중국고전과 중국의 역사가 주된 교육의 대상이 되는 한국의 실상- 은 이 점을 반증해주는 것이었다. 게일의 이러한 진술은 일종의 '정체된 한국'을 이야기하는 것으로 비춰질 수 있다. 그 중심 요지에만 초점을 맞춰본다면, '국어(=모어, 일상어)' 로 쓴 시·소설, 요컨대 '근대 국민(민족)문학'이라는 관점에 부응하는 한국문학의 부재를 말하는 것이었기 때문이다.

그렇지만 이러한 논지는 게일의 관찰과 체험에서 나온 그만의 독특한 견해가 아니라, 오히려 당시의 서구인들이 공유했던 한국문학에 대한 통념이자 통설이었다. 즉, 이는 구한말 외교관·선교사·외국어학교 교사로 한국의 문호개방 이후 한국을 체험했던 외국인 집단 즉, 1890년대 한국문학논저를 쓴 대표적 인물들, 주한외교관 애스턴(W. G. Aston, 1841~1911, 한국체류: 1884~1885), 모리스 쿠랑(Maurice Courant, 1865~1935, 한국체류: 1890~1892) 그리고 한성 일어학교 교사 오카쿠라 요시사부로(岡倉由三郎, 1868~1936, 한국체류: 1891~1893)의 한국문학 논저와도 공유되는 논리였기 때문이다.[18]

하지만 게일을 비롯한 그들의 '한국 국민(민족)문학 부재론'에는 그들이 실제 접촉했던 19세기 말~20세기 초 한국고전의 출판유통문화에 관한 증언이 담겨져 있다. 애스턴, 쿠랑, 오카쿠라 요시사부로의 논의는 현재에도 고소설의 출판유통문화에 대한 유효한 증언자료이자 기록으로 인정받고 있다. 이 점은 게일의 논저에 있어서도 마찬가지이다.

게일은 당시 『동국문헌비고』를 구입했던 서적의 유통문화를 증언하며, 재조선 일본인에게 서적을 판매하러 가던 조선인을 통해 홍양호(洪良浩, 1724~1802)의 『耳溪集』을 취득했던 경험을 함께 기록했다. 또한 그 당시에는 이 책의 저자를 몰랐지만 곧 홍양호의 문집임을 알게 된 사실을 말하며, 홍양호에 관하여 소개하고 그의 문집에 수록되어 있는 「放鷹辭幷序」를 번역하여 제시했다. 요컨대, 이들의 논의에서 우리가 고찰해야 하는 초점은 한국 국민(민족)문학의 부재를 말하는 그들의 논리를 생성시킨 전제조건, 바로 당시 한국 고전의 출판·유통문화이다. 그리고 동시에 외국인들이 개입하며 포괄되던 당시 한국고전이 놓인 새로운 '문화생태'이다.

이는 19세기 말, 한국의 고전이 제한된 시공간 속에서 한국인 독자들을 통해서만 향유되는 텍스트가 아니라, 일종의 '혼종성을 지닌 텍스트'이자

---

18) W. G. Aston, "On Corean popular literature," *Transactions of the Asiatic Society of Japan* XVIII, 1890 ; 岡倉由三郎, 「朝鮮の文學」, 『哲學雜誌』 8(74-75), 1893. 4-5면 ; M. Courant, 이희재 옮김, 「서론」, 『한국서지』, 일조각, 1994(*Bibliographie Coréenne*, Paris, 1894-1896, 1901).

서구문화와는 다른 이문화의 산물이자 번역되어야 할 '외국문학 작품'이
며, 한국 민족을 알기 위해 살펴 볼 중요한 연구대상으로 부각된 새로운
존재양상을 의미한다. 『남훈태평가(南薰太平歌)』를 위시한 '한국 가집의 발
견과 시조의 번역'이라는 사건은 오카쿠라의 논저(1893)와 쿠랑의 『한국서
지』(1894)가 잘 말해주듯 게일을 비롯한 개신교 선교사들에게 한정된 것이
아니라, 한국의 서적(혹은 문학작품)을 문학이라는 근대지식의 관점에서 이
야기하고자 했던 외국인들에게는 일종의 공통적 체험이었다. 『남훈태평가』
소재 시조의 외국어 번역은 한국어에 대한 연구 속에서 그 초점이 한국의
한글문헌으로 확장되는 과정, 서울 시정에서 유통되는 방각본 및 세책본
고소설을 조사하는 과정 속에서 가집을 함께 발견하는 과정과 궤를 같이
하는 것이었다.

쿠랑과 오카쿠라가 체험한 1890~1893년 한국 고전의 문화생태 속에는
게일도 함께 거주하고 있었다. 따라서 그 역시도 서구인의 관점 혹은 서
구적 문학개념에 의거할 때 지극히 낯선 존재인 한국문명과 한국어·문
학을 공부하고 또 이를 이야기하고자 했다. 사실 1890년 중반까지 개신교
선교사의 한국어, 한국문학 연구는 쿠랑, 오카쿠라로 대표되는 프랑스와
일본 지식인을 앞서는 수준이 결코 아니었다. 영어라는 언어로 한정할 경
우, The Korean Repository 1895년 4월호에 수록된 게일의 영역시조는 편
집자의 논평대로 최초의 한국시가 번역 사례였다. 하지만 이미 오카쿠라
가 그의 한국문학론(1893)을 통해 『남훈태평가』 소재 시조 6수를 일역한
바 있었다. 모리스 쿠랑 또한 『한국서지』(1894)에서 『가곡원류』 소재 3수의
시조와 『남훈태평가』 소재 「춘면곡」을 프랑스어로 번역하였다.

2) 개신교 선교사의 한국문학 담론과 '내지인의 관점'

외국인들에 의해 한국시가론, 한국시가에 대한 번역 작품이 출현하던 시기, 개신교 선교사들은 이들에 있어서 결코 우위에 선 입장은 아니었다. 그럼에도 불구하고 한국시가를 비롯하여 다수의 한국문학관련 논저를 축적하고, 서구인 한국학에 문학이라는 지식항목을 구성한 가장 큰 공적을 지닌 외국인 집단은 어디까지나 개신교 선교사였다.

그들의 공적은 '한국문학론'이라는 측면 즉, 서구인 독자를 위해 근대적 (=서구적) 문학개념으로 한국문학을 서구어로 설명한 지점에 있지 않았다. 오히려 한국 문학작품에 대한 '번역'과 현지경험을 바탕으로 한 구전설화의 수집이라는 측면에서 볼 때 더 더욱 명징하게 부각되는 것이었다.[19] 그리고 이러한 점은 한국시가문학에 있어서도 마찬가지였다.[20]

하지만 개신교 선교사의 한국시가 담론은 쿠랑, 오카쿠라보다 한결 더 나아간 측면이 분명히 존재했다. 파리외방전교회의 『韓佛字典』(1880)과 개신교 선교사 게일의 『韓英字典』(1897)에서 오늘날 시조를 지칭하는 "詩調"에 대한 풀이방식은 이 점을 잘 보여준다.[21]

---

19) 원한경의 서구인 한국학 서목(H. H. Underwood, "A Partial Bibliography of Occidental Literature on Korea," *Transactions of the Korea Branch of the Royal Asiatic Society* 20, seoul : Korea, 1931) 이전에도 일본학의 하위항목, 지역학으로 한국관련 논저서목이 편찬된 바 있다. 여기서 문학 항목을 구성한 논저 22종에서 14종이 개신교 선교사의 한국문학론, 한국설화 및 고소설에 관한 번역물, 한국체험을 바탕으로 창작된 소설이다.(O. Nachod, *Bibliography of the Japanese Empire*, London : E. Goldston, 1928, pp. 689~690) 나아가 이 집성작업에 한국 개신교 선교사의 국내발행 영미정기간행물(*The Korean Repository* (1892~1899), *The Korea Review*(1901~1906), *The Korea Magazine*(1917~1919))의 모든 호가 포괄되지 못한 정황을 감안한다면, 그 비중은 더욱 큰 것이란 점을 주지할 필요가 있다.
20) 1900년경까지 서구인 한국학을 집성한 러시아 대장성의 『한국지』(1900)가 취한 한국시가문학 논저는 모리스 쿠랑의 『한국서지』「서론」이었지, 개신교 선교사의 한국시가론이 아니었다. 이는 당시 문학(론)이라는 근대적 지식에 부합한 참조문헌이 무엇이었는지를 반증해주는 사례라고 할 수 있다.(이 점에 대한 고찰은 이 책의 3장[初出 : 이상현 · 윤설희, 「19세기 말 在外 외국인의 한국시가론과 그 의미」, 『동아시아문화연구』 56, 한양대 동아시아문화연구소, 2014]를 참조).

詩調 nom d'une espéce de chant(Ridel(1880))
→ The name of a three stanza lyric, A song(Gale(1897~1931))

　이를 통해 단순히 '곡조의 명칭'으로 정의되던 『韓佛字典』과 달리, 『韓英字典』은 시조의 초·중·종장 즉, 3장 형식에 대한 이해가 전제되어 있음을 살필 수 있다. 물론 이는 비단 개신교 선교사만의 공로라기보다는 1890년 이후 출현한 오카쿠라, 쿠랑 등의 논저들이 암시해주는 그들의 실천들 – 한국도서의 수집조사 그리고 문학작품의 해독 및 번역 등으로 인한 결과라고 말할 수 있을 것이다.

　하지만 시조에 대한 진전된 이해를 사전 속에 등재·개념화하고, 이를 수렴한 외국인 집단은 어디까지나 개신교 선교사였다. 이를 반영하듯 오카쿠라와 쿠랑 두 사람 모두 『韓英字典』이 보여주는 시조의 3장 형식을 명확히 해명하지는 못했다. 하지만 이들에 비해 동시기 게일 영역시조의 번역 형식, 그리고 헐버트의 시가론은 이러한 3장 형식에 대한 이해가 충실히 반영되어 있었다. 또한 오카쿠라, 쿠랑과 개신교 선교사 사이에는 또 다른 변별점이 분명히 존재했다.

　오카쿠라, 쿠랑 두 사람 모두 가집 속 시조 작품이 음악이나 연행환경과 분리된 작품이 아니라는 점은 분명히 주시하고 있었다. 그렇지만 쿠랑, 오카쿠라의 경우, 개신교 선교사와 달리 한국시가문학의 고유성을 찾기 위해, 음악과 분리된 하나의 문학텍스트로 한국시가의 율격을 규명하고자 한 지향점이 보인다. 하지만 두 사람 모두 한국시가 율격을 규명하는 지점까지 나아간 것은 아니었으며, 물론 이 점에 있어서 개신교 선교사의

---

21) 황호덕·이상현 편, 『한국어의 근대와 이중어사전』I, V, VI, 박문사, 2012와 김인택, 윤애선, 서민정, 이은령 편, "웹으로 보는 한불자뎐 1.0" 저작권위원회 제호 D-2008-000026, 2008, 김인택, 윤애선, 서민정, 이은령 편, "웹으로 보는 한영자뎐 1.0", 저작권위원회 제호 D-2008-000027, 2008를 참조했다. 참조한 사전에 대한 구체적 서지사항은 생략하고 '편찬자(발간년)'의 형식으로 표기하도록 한다.

경우도 마찬가지였다.

그렇지만 개신교 선교사의 시가론은 음악(혹은 연행)과 시가를 결코 분리하여 논의하지 않았다. 즉, 한국의 시가를 음악과 분리된 문학텍스트이자 번역되어야 할 텍스트로 환원한 채, 한국의 시가문학에서 시가어를 구성하는 한자의 빈도와 영향력을 주목하며 이를 중국에 종속된 한국의 민족성으로 규정한 오카쿠라, 쿠랑과 그들의 접근 방식은 근본적으로 달랐던 것이다.[22]

여기에는 외국인들과 다른 개신교 선교사의 입장이 개입되어 있었다. 또한 서구인에게 한국의 고전세계 혹은 한국어 문학이 '근대적(=서구적) 학술'의 대상으로만 존재한 것은 아니었다. 특히, 개신교 선교사가 수행한 '번역'이라는 실천 속에는 한결 더 복잡한 양상들이 내재되어 있다. 예컨대 그것은 외국인들이 실제 한국의 문학을 읽고 해석하는 과정, 나아가 한국의 언어-문화 속에서 한국어를 활용하는 모습이다. 이 속에는 오랜 시간 동안 한국을 체험했으며 '내지인=한국인'이라는 입장에서 한국문학을 이해하고자 한 지향점이 투영되어 있었다.

## 3. 『朝鮮筆景』 소재 영역시조의 창작이론과 '내지인의 관점'

게일의 『일지』 7권에는 『남훈태평가』 #1~24에 대한 게일의 육필 영역시조가 수록되어 있다.[23] 그 중 첫 번째 영역시조를 제시해보면 다음과 같다.

---

22) 게일은 1900년 왕립아시아학회에서 발표한 논저에서는, 오히려 서구의 연구자와 유사한 시각과 태도를 보여주었으며, 『朝鮮筆景』 소재 한국문학론 역시 그 연장선에 존재한다. 하지만 서구인이 접촉했던 당시 한국문헌들의 실상, 게일이 한국의 문학을 학술적으로 정당성 있게 언급하기 위해서 참조할 수밖에 없었던 논저들의 존재를 감안할 필요가 있다. 그 대표적인 사례는 한국개신교 선교사에게 파급력을 끼친 모리스 쿠랑의 『한국서지』를 들 수 있을 것인데, 게일이 남긴 여러 기록을 감안할 때 그 영향력은 게일에게도 컸던 것으로 보인다.

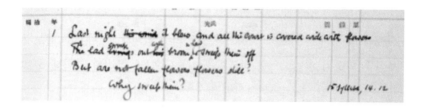

위의 자료를 보면, 텍스트의 우측 하단에 기록된 "15 syllable, 14, 12"라
는 게일의 필적을 살필 수 있다. 이는 『남훈태평가』 소재 첫 번째 시조작
품의 초장, 중장, 종장의 자수를 기록해 놓은 것이다. 이를 통해 게일은 시
조의 3장 구조를 분명히 이해하고 있었으며, 원문의 자수를 헤아리며 텍
스트를 번역했음을 알 수 있다. 하지만 게일을 비롯한 개신교 선교사들에
게 이러한 작업은 '문학연구'라는 관점에서 한국시가의 율격을 파악하는
행위로 한정되는 것은 아니었다.

게일의 「원산 선교 보고서」(1892)에는 '칠 음절로 된 찬송가를 지어 조선
사람들에게 친숙한 전통곡조에 맞춰 찬양을 했다'는 기록이 남겨져 있
다.24) 이는 한국인을 대상으로 한 선교 사업을 펼쳐야 하는 개신교 선교
사들의 특수한 입장을 잘 보여주는 사례이다. 즉, 선교사들은 한국의 언어
문화 속에서 개신교의 복음과 찬송가를 번역하여 전할 한국어 노랫말을
항시 고민했던 것이다. 그리고 이러한 게일의 입장이 잘 투영되어 있는
글은 쿠랑을 비롯한 유럽 동양학자의 한국학 논저를 감안해야 했던 『朝鮮
筆景』에 수록된 문학론이 아니라, The Korean Repository 1895년 11월호에
수록된 「문학에 관한 片言(A Few Word on Literature)」이다.25)

---

23) J. S. Gale, Dairy 7, pp. 40-44(『게일유고』 [Box 2]).

24) 유영식 편역, 앞의 책, 312면.

25) J. S. Gale, "A Few Words on Literature," The Korean Repository Ⅱ, 1895. 11 ; 물론 이 논
   저에도 서구중심적이며 문명론적 관점이 어느 정도 투영되어 있다. 하지만 일찍이 백낙
   준이 지적한 바와 같이, 상당히 새롭고 독특한 문학이론이었으며 그 속에는 『천로역정』
   의 출판, 찬송가 편찬 등과 같은 개신교선교사 문서 선교사업이 잘 반영되어 있다.(백낙

## 1) 게일의 초기 한국문학론과 개신교 선교사라는 입장

게일은 서구적 근대 문학 관념만으로는 한국의 문학을 이해하고, 접근할 수 없다는 사실을 분명히 알고 있었다. 그의 글은 '서구문학'과 '한국문학' 혹은 '영어 텍스트'와 '한국어 텍스트'라는 대비점으로 구성되어 있지 않았다. 왜냐하면 이들 사이에는 언어 혹은 '지정학'적인 구분 이외에도 '근대(서양)'과 '전근대(동양)'이라는 시대·역사적 구분이 전제되어 있기 때문이다. 게일은 여기에서 시대·역사적 구분을 소거하였다.

그가 한국문학을 설명하기 위해 선정한 대비점은 바로 "고대 갈리아 시대에 존재했던 원시종합적인 '문학예술'"이라는 문학의 공통된 과거이자 기원이었기 때문이다. 이로 말미암아 그가 논하고자 하는 문학개념은 언어텍스트로 분과화되지 않는 일종의 '미분화된 문학'으로, '회화·음악·수학'적인 것을 포괄할 수 있게 된다. 게일은 이들 각각의 영역에 "서술(묘사)적인 문학, 시문학, 논쟁·논문·자명한 공리에 의거한 율법"을 대응시킨다.26)

요컨대 게일은 이 글에서 한국문학을 서구적 근대 문학개념에 기반하여 이야기하거나 언어 텍스트로 한정하지 않고 회화, 음악, 수학이라는 세 가지 측면에서 서양과 어떠한 차이점을 지니고 있는지를 설명하고자 하였다. 여기에는 당시로서는 지극히 낯선 대상인 한국문학에 접근하는 그들의 고민과 그 대응방식이 담겨져 있다.

무엇보다도 주목해야 할 지점은 동서양의 차이 속에서 한국(인)을 이해하고 그 소통의 지점을 모색하고자 하는 그의 시도이자 지향점이다. 물론 서구의 회화, 음악, 수학이라는 기준에서 본다면, 한국(인)은 그들과 온전한 대화를 나눌 수 없는 전혀 다른 존재였다. 하지만 게일의 초점은 한국인에게 맞춰져 있었다. 그는 어디까지나 "한국인의 원리에 토대를 둔, 단순하고

---

준, 『한국개신교사』, 연세대 출판부, 1973, 256~263면).
26) J. S. Gale, op. cit. p. 423.

정직한 문학"으로 "한국인의 마음에 이르기"를 제안했기 때문이다.27)

## 2) 찬송가의 번역과 한국어의 율격

게일은 수학(=논쟁·논문·자명한 공리에 의거한 율법)을 한국인과는 소통할 수 없는 지점으로 여겼다. 참/거짓을 증명하는 논리 혹은 연역, 토의 속에서 볼 수 있는 서구인의 이성적이며 합리적인 사고와 기준으로, 한국인(동양인)과 소통하는 방식을 그는 비생산적인 행위로 판단했다. 따라서 그가 주목한 것은 '이성'보다는 '감성'적인 것이었고, '논증'이 아니라 '음악적이고 회화적인 문학'이었다. 이러한 영역이 서구와 동양(한국) 사이 소통의 접점으로 게일이 상정한 지점이었던 것이다.

게일은 '진정한 음악을 지난 몇 세기 동안 들어보지 못했다'는 한국인의 이야기를 꺼낸다. 또한 서구의 음악적 형식은 한국인에게는 큰 의미가 없으며, 다만 <만세반석 열리니>와 같이 숭고한 송가보다는 미국 민요풍의 경쾌한 곡조를 한국인들이 더욱 선호한다고 하였다.28) 하지만 <만입이 내게 있으면>(현 <찬송가> 23장)과 같이 구원을 말하는 옛 찬송가는 모든 인류의 마음을 두드리는 음악이라고 하였다.29)

이처럼 찬송가를 한국어로 번역하는 선교사들의 고민을 구체적으로 잘 보여준 글이 게일의 「한국의 찬송가」("Korean Hymns"(1897))이다.30) 게일은

---

27) Ibid, p. 425 ; 이 지향점을 면밀히 살펴보기 위해서는 본래의 글의 순서가 아니라 수학, 음악, 회화라는 순서로 살펴보도록 한다.

28) Ibid, p. 424 ; 게일은 두 편의 노래제목을 제시하는 데 "Rock of Ages"는 <만세반석>이란 찬송가를 지칭하는 것으로 보이며, "Gwine Back to Dixie"는 Minstrel Songs, Old and New(1883)에 수록되어 전하는 찰스 화이트(Charles A. White)의 곡(1874)을 지칭하는 것으로 보인다.

29) Ibid, p. 424 ; 게일은 찰스 웨슬리가 지은 <O for a Thousand Tongues to Sing>의 3절 중 "Jesus! the Name that charms our fears / that bids our sorrows cease; / 'tis music in the sinner's ears,/ 'tis life and health and peace." 후렴구를 제시했다.

30) J. S. Gale, "Korean Hymns—Some Observations," *The Korean Repository* IX, 1897. 5.; 이에 대한 검토는 문옥배, 「근대 선교사의 찬송가 가사 번역에 관한 연구」, 『음악과 민족』22,

이 글에서 찬송가 번역을 위한 몇 가지 시사점을 제시하였다. 구체적인 영미의 찬송가 가사와 영미시를 예로 들며, '내용의 명료성(clearness), 율격(meter), 강세(stress), 경어(honorific)의 문제'를 찬송가 번역의 실제에 있어 중요한 문제점으로 제기했다.[31]

그가 비판적으로 검토한 대상은 언더우드의 『찬양가』(1894)에 수록된 한국어 찬송가였다. 먼저 내용의 명료성과 관련하여 게일은 2편의 찬송가를 예로 든다. 그가 지적한 해당표현과 그에 대응하는 영어원문을 병기해보면 다음과 같다.

> ① (갈바리 잇ᄂᆞᆫ양 죽으신 구셰쥬 나ᄂᆞᆫ 밋네 / 빌믈드르쇼셔 죄악을
> 면ᄒᆞ고 오ᄂᆞᆯ셔) 문도ᄂᆞᆫ 아조되게[32]
> (……) O let me from this day Be wholly Thine!
> ② 오ᄂᆞᆯ셩령찻네 / 권셰좃쳐 / 거스리지마오 / 덕잇ᄂᆞᆫᄶᆡ[33]
> The Spirit calls today: / Yield to His power; / O grieve Him not away;
> / 'Tis mercy's hour.

①의 경우 게일은 원문과 달리 "온화하지 않은 말투로 제자가 되라"는 식으로 권고하는 내용의 번역을 비판했으며, ②의 경우 한국어 찬송가 전체의 의미 내용을 알 수 없을 정도로 난해하게 번역된 문제점을 지적하였다. 이러한 게일의 비판은 당시 언더우드가 다른 개신교 선교사의 지적을

---

민족음악학회, 2001, 121-122면 ; 유영식, 앞의 책, 222-230면을 참조.

31) J. S. Gale, op. cit, p. 184.

32) 원두우 편, 「第33 갈바리잇ᄂᆞᆫ양」, 『찬양가』, 예수셩교회당, 1894. ; 원곡은 <My faith looks up to Thee>로 오늘날 한국 찬송가 415장 <못 박혀 죽으신>이다. 본래 영문가사를 병기해보면 다음과 같다. "My faith looks up to Thee / Thou Lamb of Calvary Savior divine! / Now hear me while I pray / Take all my guilt away / O let me from this day Be wholly Thine!".

33) 원두우 편, 「第30 오ᄂᆞᆯ쥬가찻네(求主宣召)」(앞의 책) 4절 전반의 가사이며, 게일은 그의 글에서 본래 "셩령"을 "셩신"으로 적었다. 영어원곡명은 <Today the Saviour call>이다.

반영하지 않고, 악곡을 위해 수정한 채 그대로 출판했던 사정과 긴밀히
관련된다.

더불어 율격(meter)과 강세(stress)와 관련해서는 『찬양가』의 다음 두 편
을 선정하여 예시했다.

> ③ 밋는 사롬 예수 일흠
> (밋는 쟈 예수 일흠을 / 엇지 ᄉ랑ᄒ고)34)
> How sweet the Name of Jesus sounds
> ④ **죄 잇는 사롬 어두어 못보네** (셰샹의 빗쵼 예슐셰 / 그 죄롤 씻스
> 면 곳 빗쵀겟네 / 셰샹의 빗쵼 예슐셰 (……) )35)
> No dwellers in darkness with sin-blinded eyes

③은 율격과 관련하여, ④는 강세와 관련하여 게일이 예시한 구절들이
다. 율격에 대해 살펴보면, 영문 가사인 "How sweet the Name of Jesus
sounds"는 깔끔한 약강 4보격이며, 이는 4음보 혹은 2음보로 읽는 것이 자
연스러운 한국어 가사인 "믿는사람 예수이름"과도 적절히 대응된다. 그러
나 이 한국어 가사를 "만 입이 내게 있으면"(현 찬송가 23장)의 "Oh, for a
thousand tongues to sing?"에 대응되는 영어식 율격(변칙적인 강약 5보격)에
억지로 끼워 맞추고자 할 때, 부정적인 결과를 초래함을 게일은 지적하였
다.36) 또한 강세에 대해서는 "죄잇는 사롬 어두어못보네"를 본래 영문가

---

34) 게일은 "밋는 사롬 예수 일흠"이라고 말했지만, 원두우 편, 「第45 밋는 쟈 예수 일흠을(敬
愛耶蘇)」(앞의 책)의 1절로 추론된다. 영어원곡명은 <How sweet the Name of Jesus
sounds>이며, 오늘날 찬송가 81장이다.

35) 원두우 편, 「제27 셰샹 다 어두워 날 빗 업섯네(耶蘇及世之光)」(앞의 책)의 3절 가사이다.
원곡의 영문제명은 <The whole world was lost in the darkness of sin>이면 오늘날 찬송
가 95장이다. 인용한 부분에 대한 영어원문을 제시해보면 다음과 같다. "No dwellers in
darkness with sin-blinded eyes; The Light of the world is Jesus ; Go, wash at His bidding
and light will arise, The Light of the world is Jesus."

36) "Oh, for a thousand tongues to sing?"는 "Oh, for a thousand tongues to sing"에서처럼 변칙

사인 "No dwellers in darkness with sin-blinded eyes"에서처럼 2, 5, 8, 11 음절 즉, "잇, 람, 어, 네"에 강세를 주게 될 경우 이상하게 들리게 됨을 지적하였다.37)

③과 ④에서처럼 악곡에 부응하는 한국어의 율격, 강세에 대한 고민은 한국시가의 번역에 있어서도 마찬가지였다. 그렇지만 게일이 찬송가의 한국어역뿐 아니라 시조의 영역에 있어서도 어디까지나 가장 중심에 두었던 것은 작품에 내재된 정감의 문제였다. 이러한 사실을 잘 보여주듯, 게일은 명료성, 율격, 강세보다 더 심각한 문제를 경어의 문제라고 보았다. 율격을 맞추기 위해 한국어 가사를 축약하다보니, 서구어와는 다른 한국어 본래의 경어 표현을 살리지 못함을 지적한 것이다. 즉, 게일이 문제 삼은 바는 하나님의 인격에 대해 '불완전한 말' 혹은 '점잖지 못한 말'을 적용하고 있다는 점이었다. 이는 그가 보기에 한국인의 마음에 해로운 인상을 심어주기 때문이었다.

게일을 비롯한 개신교 선교사들의 초점은 이처럼 수용자이며 선교대상인 한국인들에게 맞춰져 있었던 것이다. 나아가 그들은 음악이라는 지점에서, 영미-한국 문화 사이 소통의 지점을 모색하고 있었다. 게일을 비롯한 개신교 선교사들이 그들의 선교현장 속에서 한국인의 감정적인 결핍을 해결할 한국인 마음 속 생명력을 일깨울 한국문학을 생산하고자 한 소망이 「문학에 관한 편언」 속에는 담겨져 있었다.

게일이 인지하기에 한국인의 감정적 결핍은 외형적인 중국고전 속 형식과 예식이 지배하는 사회 속에서 만들어진 것이었다. 게일은 사도 바울의 말처럼(『로마서』 11장 33절), 한국인의 마음에 감화를 줄 방법이 없는 지를 자문한다. 그리고 그는 음악에 대한 공자의 이상-풍속을 개량하며, 국

---

적인 강약 5보격에 해당된다고 볼 수 있다.

37) 해당 영문가사는 "no dwellers in darkness with sin-blinded eyes"로 약강약 4보격에 해당되며, 2, 5, 8, 11에 강세가 간다.

가의 치도를 보여주는 것 – 을 인용한다.[38] 그리고 개신교의 율법과 천국을 향한 믿음으로 공자가 꿈꾸지도 못한 방식으로 공자의 음악적 이상을 실현화시킬 수 없는 지를 묻는다.

### 3) 음악과 회화의 복합체로서의 시조

우리가 게일의 「문학에 관한 편언」에서 마지막으로 고찰할 부분은 '회화'와 관련된 진술부분이다. 회화의 영역은 개신교 선교사들이 한국인이 지닌 결핍을 해결하기 위하여 개입해야 할 음악의 영역과는 달랐다. 한국의 회화는 오히려 그들이 수용하고 익혀야 할 하나의 예술형식으로 기술되기 때문이다. 당연히 서양인과 한국인[동양인]이 애호하는 회화 양식은 다른 것이었다. 게일은 이 점을 명확히 느끼고 있었다. 서구의 회화가 "명확하고 세밀한 정밀묘사"를 바탕으로 하고 있다면, 동양(한국)의 회화는 "명확하지 않은" "암시(suggestion)", 그리고 "윤곽(outline)"만을 제시하는 방식이 그 특징이었기 때문이다. 이와 같은 동서양 회화양식의 차이점은 언어를 통한 재현의 문제를 함의하는 것이었다.

이러한 차이점보다 주목해야 하는 지점이 존재한다. 그것은 게일이 중요시한 부분이 어디까지나 회화·언어로 재현된 대상을 받아들이는 한국(동양)인의 입장이라는 사실이다. 즉, 게일이 이 글에서 논하고자 한 핵심은 '한국(동양)인이 어떠한 묘사방식(문학적 표현)을 선호하느냐'였으며, 이에 맞춰 '서구인들이 한국인에게 어떠한 방식으로 말해야 하는가'였다. 이와 관련하여 게일은 『주역』의 한 구절과 이에 대한 공자의 논평을 하나의 예

---

38) "For improving manners and customs there is nothing like music"(『효경』15 「廣要道章」"(......) 移風易俗 莫善於樂 (......)"을 번역한 것으로 보인다.), "Hear the music of a state and you can guess its laws and government."(『禮記』「樂記」"世俗之音 安以樂 其政和 亂世之音 怨以怒 其政乖 亡國之音 哀以思 其民困 聲音之道 與政通矣"에 대한 축역이거나 『맹자』「공손추 상」"子貢曰 見其禮而知其政 聞其樂而知其德"에서 자공을 공자로 오인한 번역으로 보인다).

시로 제공한다.39)

당연히 이 예시는 그 구절에 대한 서구인의 온전한 이해를 요구한 것이 아니었다. 오히려 게일은 그만큼 서구인에게 낯선 동양의 묘사방식을 이야기하고자 하였다. 요컨대 그가 강조한 점은 비록 이는 외국인은 감지할 수는 없지만, 동양인들 사이에서는 쉽게 이해되고 애호되는 '문학양식'이라는 점이다. 이후 그는 구체적인 작품을 하나의 예시로 제시한다. 그것은 동양인의 마음속에는 자리 잡고 있는 자연관이며, 시조작품에 형상된 자연의 모습이었다. 게일 보기에 동양인의 마음에는 사물에 대한 사실적인 그림 자체만이 그려지는 것이 아니었다. 그는 자연물이자 묘사의 대상이 되는 사물로 인하여 연상되는 무수한 감정과 정서가 함께 녹아 있는 사실을 분명히 알고 있었다. 그리고 이러한 사실을 게일에게 가르쳐 준 것이 바로 그가 번역한 아래와 같은 시조작품이었다.

군자고향니ᄒᆞ니 알니로다 고향사를 / 오든 날 긔창쳔에 한 미화 퓌엿 드냐 안 퓌엿드냐 / 미화가 퓌기논 퓌엿드라마는 임즈 그려(『남훈태평가』 #81)

(Absent husband inquiring of a fellow-townsman newly arrived) / Have you seen my native land? / Come tell me all you know; Did just before the old home door / The plum tree blossoms show? // (Stranger answers at once) / They were in bloom though pale 'tis true, / And sad, from waiting long for you.(p. 423)

---

39) 게일은 『周易』 「乾卦」 "初九 潛龍 勿用 (……) 九二 見龍在田 利見大人(……) 九三 君子終日 乾乾 夕惕若厲无咎"를 다음과 같이 번역하였다.("In the first line undivided is the dragon lying hid; it is not the time for active doing. In the second line undivided the dragon appears in the field. It will be advantageous to meet the great man. In the third line undivided the superior man is active and vigilant all the day and in the evening still careful and apprehensive. Dangerous but there will be no mistake."(p. 423)): 공자의 평은 『論語』 「述而」 16 "子曰 加我數年 五十以學易 何以無大過矣"의 일부분(인용자 강조 표시부분)을 "Through the study of the Book of Changes one may keep free from faults or sins"라고 번역했다(p. 423).

게일은 여기에서 매화가 매화나무 그 자체로 존재하는 것이 아니라는 사실을 알고 있었다. 오히려 이 시적 대상물은 '고향을 떠난 남편을 기다리느라 지친 아내의 창백하고 슬픈 마음'을 드러내고 있음을 인지하고 있었다. 이에 게일은 다음과 같이 지적하였다. 이 작품이 아내에 대해 남편이 직접 물어보는 방식으로 구성되었다면, 노래의 형식과 아름다움은 모두 사라져버렸을 것이라고 말이다.

나아가 게일은 이러한 작품 속 형상화 방식이 비단 이 작품에만 한정되는 것이 아니라는 점을 잘 알고 있었다. 이는 한국시가 작품은 물론 한국문학, 더 나아가 동양 문학의 일반적인 특성이었다. 문자를 모르는 사람뿐만 아니라 한국의 지식층까지도 모두 비유, 상징, 그림을 동일하게 생각하며, 이러한 이유로 알레고리와 암시적인 문학이 한국인에게 특별한 의미를 지니는 셈이었다.

『朝鮮筆景』 소재 영역시조가 집성되고 편제되는 방식이 이 시기 게일이 감지한 한국문학의 특징에 부합한 점을 살펴볼 필요가 있다. 『朝鮮筆景』 소재 영역시조는 *The Korean Repository* 소재 게일의 한국문학론(「문학에 관한 편언」(1895))을 구현하고 있는 것이었다. 사실 이는 자연스러운 현상이었다. 시조의 번역 작업은 게일이 선교사로서 한국에서 겪었던 과거의 체험들 즉, 서구의 문학론으로는 담을 수 없는 그 총체적 형상을 적절히 재현해 줄 방법이었기 때문이었다.

게일이 체험한 한국은 텍스트로 제한되는 것이 아니었다. 즉, 그가 자주 언급했던 바대로, 이는 한 편의 '활동사진'으로 재현되는 형상이었다. 즉, 『남훈태평가』는 게일에게 시각적인 독서물 혹은 언어텍스트로 한정되는 가집이 아니었다. 게일은 "한국의 음악"이 "동양 음계의 다섯 음을 기본으로"하며, "그 내면세계에 들어갈 수 있을 만큼 충분히 인내심을 갖고 수련한 이들에게 있어서 그것은 누군가의 마음과 귀를 두드리는 심원한 매력으로 가득 차 있"음을 이야기하였다. 1920년대 그는 이 낯선 음악의 세계에 공감하고 있었다. 그리고 그는 1920년대 서양의 가곡으로 인하여 사라져 가는 한국의 음악, 그가 20세기 초에 들을 수 있었던 "어슴푸레한 저녁 어스름 사이로 실려 오던 부드러운 음색"을 상상했다.[40] 게일에게 그 추억 속 이 노래는 『남훈태평가』였다.[41]

이 총체적 형상 속에는 "한국의 위대한 예술가들에 의해 그려진 아름다운 그림들, 남녀, 초상화들"이 포괄된다.[42] 이에 우리는 『朝鮮筆景』에 영역시조와 함께 사진이라는 근대문명의 이기가 아니라, 한국인의 회화 작품이 수록된 점을 주목할 필요가 있다. 게일은 원산선교시절 그가 번역했던 『천로역정』의 삽화가 기산(箕山) 김준근(金俊根)의 풍속화로 추정되는 회화작품 3점을 영역시조와 함께 수록하였다. 1895년 1월 5일 엘린우드에게 보내는 서한에서, 게일은 김준근에 대하여 "이 방면에서 매우 특별한 사람으로 잘 알려져 있으며, 토착민들의 관점에서 보면 그의 삽화는 매우 훌륭한 것"이라고 소개한 바 있다.[43]

게일은 『朝鮮筆景』이 서구인 독자를 위한 책자임에도 불구하고 한국인 (김준근)의 삽화를 적극적으로 활용하였다. 영역시조가 지닌 미적 감흥과 형상을 한국인의 취향과 시각에 의거한 회화작품을 선택하여 서구인에게 전달하고자 하는 시도를 한 것이다. 이처럼 『朝鮮筆景』을 통해 영역시조와 삽화를 전하는 게일의 입장은 사실 개신교 선교사 혹은 서구인 독자보

40) J. S. Gale, 황호덕·이상현 역, 「J. S. 게일, 「한국이 상실한 것들」, 『개념과 역사, 근대 한국의 이중어사전』2, 박문사, 2012 174면("What Korea Has Lost," *The Christian Movement in Japan and Formosa*, Kobe, 1926).

41) J. S. Gale, "Korean Song," *The Korea Bookman* 1922. 6, p. 13.

42) J. S. Gale, 황호덕·이상현 역, 「J. S. 게일, 「한국이 상실한 것들」, 앞의 책, 174면.

43) 김인수 역, 『James S. Gale의 선교편지』, 쿰란출판사, 2009, 81면. 『천로역정』과 관련된 기산의 삽화와 관련해서는 "박정세, 「게일의 텬로력뎡과 기산의 풍속삽도」, 『신학논단』 60, 2010 ; 박정세, 「게일 목사와 『텬로력뎡』」, 『게일 목사 탄생 150주년 기념 논문집』, 연동교회, 2013"를 참조했다. 게일의 원산 선교시절, 기산 김준근이 원산의 토박이 화가였으며, 게일의 전도로 기독교인이 되었다는 지적은 유영식, 앞의 책, 138-139면을 참조

다는 한국인의 시각에 맞춰져 있던 셈이다. 이 점은 영시화(英詩化)되어 전하는『朝鮮筆景』소재 영역시조 역시 마찬가지였다. 이 작품들은 비록 게일이 번역한 '영역시'였지만, 어디까지나 시적화자의 목소리는 게일이 아니라 한국인의 것이었기 때문이다.

「문학에 관한 편언」에서 서구-한국인 사이 소통불가능의 영역이었던 '수학', 즉 이에 근접한 '문학'이라는 서구적 논리이자 지식은 적어도 한국의 시가작품을 이야기하는 데에는 여전히 유효한 수단은 아니었던 것으로 보인다. 결국 게일이 선택한 방식은 과거 문학론에서와 같이 '음악과 회화의 복합체로서 한국문학'이기 때문이다. 이를 구현한 두 가지 사례를 주목해보자. 첫 번째 삽화와 해당 영역시조 전문(Ⅰ)을 제시해보면 다음과 같다.

Ambition for Fame

Green clad mountain bend thy head,
And tell me of the past that's dead :
Of the great, the wise, the rare,
When they lived, and who they were.
(In days to come if asked the same,
Kindly just include my name).

청산아 무러보즈 금스를 네 알니라
영웅 쥰결드리 몃몃치나 지나드냐
이 뒤에 문나니 잇거든 나도 함끠
(『남훈태평가』 #25)

물론 이 텍스트는 서구인에게 소개되지 않은 미지의 작품은 아니었다. 과거 헐버트에 의해서도 영역된 바 있었기 때문이다. 헐버트는 3막으로 구성된 연극의 형식으로 이 작품을 의역하였다. 그는 이를 통해 언어텍스트만으로는 전달되지 않는 원본 시조 작품이 지닌 시적 감흥을 전하고자 하였다.44) 상기 게일의 영역시조에는 물론 게일의 추가적인 해제는 존재하지 않는다. 하지만 『朝鮮筆景』의 삽화에 새겨진 게일의 친필은 그의 영역시조 중 "include my name"이라는 핵심구절을 옮겨 놓은 것이었으며, 이후 *The Korea Bookman*에서 재수록된 이 영역시조는 "명망을 얻기 원하며 노래 부르는 한 남성을 보라"(Behold a man who wants fame and sings it out)라고 소개한 내용을 살필 수 있다.45) 즉, 게일은 한 사대부 남성의 입신양명을 위한 마음의 목소리를 담아낸 노래를 제시하고자 한 것이다. 또한 사대부 남성의 노래, 강산과 마음의 대화 속에는 그가 동일시하는 자연, 그리고 한문고전 속에 새겨진 옛 영웅준걸이 존재한다. 영시(英詩)화하여 전하는 이 영역시조 속 시적 화자의 목소리는 게일 본인의 것은 아니었다.

두 번째(II)는 『남훈태평가』에서 가장 많은 비중을 차지하는 주제유형으로서 *The Korean Repository*에 수록된 사랑노래(Love Song)라는 항목과 연관된 유형이다. 여기에서 게일은 사랑 노래라는 별도의 주제명을 붙이지 않고, 대신 긴 해제를 덧붙이고 있다. 그 내용을 요약하면 "버림받은 부인의 비애(The sorrows of the deserted wife)"라고 말할 수 있다. 이는 시조 작품의 내용에 충실한 언급이었다. 게일은 사랑의 기쁨보다는 이별, 그리움이 원본 시조가 재현해주는 정서라는 사실을 더욱 뚜렷하게 드러낸 셈이다. 여기에서 그는 총 8수의 영역시조를 모아 놓았는데 그 중에서 『朝鮮筆景』의 초출 영역시조는 3수이다. 아울러 첫 번째 주제와 마찬가지로 삽화 2점이 함께 수록되어 있는데, 삽화와 해제를 함께 제시해보면 다음과 같다.

---

44) 이 점에 대한 상세한 분석은 김승우의 앞의 책, 117-122면; 강혜정, 앞의 글, 105-112면을 참조.

45) J. S. Gale, "Korean Song," *The Korea Bookman* 1922. 6, p.16.

"가장 많은 수의 노래들이 버림받은 부인의 비애를 다루고 있다. 긴
밤의 시간은 두 배로 길어진 것처럼 보인다. 지나가는 새들의 지저귐은
그녀에게 그녀 자신의 표현보다 더 적절하게 다양한 그녀 자신의 존재
를 암시해준다. 각각의 소리는 그녀의 비애를 고조시키는 목소리이다.
운명의 날들이 돌아옴은 그가 부재한 많은 세월을 기록한다. 개울물이
흐르는 소리는 그가 아직도 그녀를 기억하고 있다고 이야기해준다. 꽃
과 새들은 메시지를 담고 있으며, 심지어 옛 성현과 역사 그 자체도 그
녀들의 깊은 슬픔의 짐으로 가득 차 있다. 바다와 그 속의 수많은 무리
떼, 바위와 나무들은 모두 그녀에게 그들의 얘기를 말하기 위해 기다리
고 있다. 한국인들에게 이 금지된 열정, 사랑은 온 우주를 포괄하는 것
에 다름 아니다."

과거에는 영역시조만을 제시했던 양상과 달리, 여기에서 게일은 상세한
해설을 부여하고 있다. 이는 그가 집성한 8수의 시조 작품 및 『남훈태평가』
에 대한 훌륭한 해제이며, *Korean Sketches*에서 한국에 서구의 낭만적 사
랑(=연애)과 대등한 사랑의 관념이 없다고 지적한 점과는 크게 변별되는
모습이다.[46] 아울러 텍스트를 통해 살필 수 있는 여성화자의 정서와 그녀

---

46) 이 점에 대해서는 이상현, 『한국 고전번역가의 초상-게일의 고전학과 고소설 번역의 지
    평』, 소명출판, 2013, 4장을 참조

가 처한 정황은 삽화를 통해서도 여실히 형상화된다.[47]

첫 번째 유형(Ⅰ)과 두 번째 유형(Ⅱ)은 모두 피상적인 관찰이 아닌 문학 작품을 통해서 발견할 수 있는 내밀한 한국인의 음성이라는 공통점을 지닌다. 이를 반영하듯 게일은 『남훈태평가』에서 '애정류 시조'가 가장 많은 작품에 해당되는 주제유형이라는 사실과 자연과 한문고전을 매개로 제시되는 시조의 형상화 방식에 주목하였다. 하지만 무엇보다 우리가 가장 주목해야 하는 지점은 게일이 문학작품의 정감과 화자의 목소리에 깊이 공감하고 있었다는 사실이다. 즉, 그는 어디까지나 시조 속 '화자=한국인'이라는 입장에서 그 심정을 세밀하게 풀어주는 번역가였던 것이다. 게일의 영역시조와 이에 수반된 삽화 속에는 과거 한국인이 읽은, 그리고 노래한 『남훈태평가』 소재 시조 작품의 형상을 '내지인=한국인=번역자'라는 입장에서 재현하고자 한 그의 지향점이 오롯이 새겨져 있었던 것이다.


## 나오며 : 내지인의 관점과 '옛 조선의 형상'


본 장에서는 『게일유고』 소재 『朝鮮筆景』에 수록된 영역시조의 편제와 그 특징, 그리고 그를 통해 살필 수 있는 게일의 한국문학론의 의의를 고찰하고자 하였다. 『朝鮮筆景』은 게일의 여러 저술 가운데 공식적으로는 간행되지 않은 책자형 자료로, 책의 1장 "Korean Songs and Verses"에는 총 18수의 영역시가 수록되어 있다. 그 수록양상을 살펴보면, *The Korea Review*의 권두시로 수록되었던 『장자』의 한 구절에 대한 영역시가 1수,

---

47) 첫 번째 삽화의 문구는 "Widowed wild-goose flying there, / Hear my words of greeting" (짝을 닐코 울고 가는 기러기야(『남훈태평가』 #39))에서 가져온 것이다. 반면, 두 번째 삽화의 "Moonlight and Snow"라는 문구는 그의 영역시조에는 없는 것이지만, 게일의 해설에는 부응하는 장면이라고 할 수 있을 것이다.

*The Korean Repository*에 수록되었던 영역시조 9수, 그리고 『朝鮮筆景』에서 처음 등장하는 초출 영역시조가 8수임을 알 수 있다. 여기에서 『장자』 구절의 영역 1수를 제외하고, 나머지 총 17수의 영역시조는 모두 『남훈태평가』에 수록된 시조 작품을 번역한 것이었다.

『朝鮮筆景』에 수록된 영역시조는 *The Korean Repository* 소재 영역시조를 재수록한 경우, 재번역을 통해 형식이 달라진 모습을 찾아볼 수 없다는 사실과 초출 영역시조의 경우에도 이전의 번역형식에서 벗어나지 않은 모습을 띠고 있다는 점에서 *The Korean Repository*로 소급됨과 동시에 그 연속선 위에 놓여있음을 살필 수 있다.

그럼에도 불구하고 『朝鮮筆景』의 영역시조에는 *The Korean Repository* 소재 영역시조와는 변별되는 측면이 존재했다. 그것은 시조를 음악과 분리된 문학텍스트로 조명하고자 했던 게일의 한국 문학 담론이었다. 이는 『朝鮮筆景』을 통해 (재)수록된 그의 짧은 한국문학론이었다. 그의 담론은 곧 '한국 문학 부재론'이라 일컬어지는 당대 외국인 지식인들-애스턴, 쿠랑, 오카쿠라 등-의 한국문학에 대한 일반적인 통념에 맞닿아 있는 것이었다. 하지만 게일을 위시한 당대 개신교 선교사들의 한국시가에 대한 담론은 그들보다 앞서 존재했던 쿠랑, 오카쿠라의 그것과는 변별되는, 한층 더 나아간 지점이 존재했음을 살필 수 있었다. 특히 초·중·종장의 3장 구성을 지닌 시조의 형식적 특성에 대한 이해가 그러하다. 또한 시조의 연행환경에 대한 인식에 있어서도 그들은 서로 다른 지향점을 보여주었다. 쿠랑, 오카쿠라가 시조의 음악적 특성에 대해 부정한 것은 아니었지만 그들은 음악과 분리된 텍스트의 율격을 규명하는 것에 초점을 맞추었다면, 게일은 음악과 텍스트를 분리하여 논의하지 않았음을 살필 수 있었다. 이는 개신교 선교사의 입장에서 오랜 시간 한국을 체험하며 체득하게 된 '내지인=한국인'이라는 입장에서 한국의 시가문학을 이해하고자 했던 게일의 지향점이 투영되어 있는 것이었다.

아울러 이러한『朝鮮筆景』영역시조의 창작연원은 게일이 미국 북장로
교 선교부로 소속으로 원산에서 선교활동을 하던 시기로 소급할 수 있음을
살필 수 있었다. 무엇보다도『朝鮮筆景』소재 영역시조들은 *The Korean
Repository* 소재 영역시조들이 보여준 시조번역 실험의 결과물이며, 「문학
에 관한 片言」(1895.11)에서 보여준 음악과 회화의 복합체로서『남훈태평가』
소재 시조를 해외에 소개하고자 한 그의 지향점이 투영되어 있기 때문이다.

게일은 「문학에 관한 片言」을 통해 서구의 근대 문학에 대한 개념을 토
대로 한국 문학을 이야기하거나 평가하지 않고, 회화, 음악, 수학이라는
세 가지 측면에서 서양과 한국의 공통점과 차이점을 논의하였다. 논의를
통해 그는 수학의 경우 한국인과 소통할 수 없는 영역이라 여겼으며, 음
악의 경우 한국인이 지닌 결핍을 서구인이 개입하여 충족시켜 주어야 하
는 영역으로 보았다. 하지만 그는 회화 영역의 경우 서구와 한국(동양)의
변별된 특징이 언어를 통한 재현과 밀접하게 관련 있다고 여겨 한국인들
이 선호하는 묘사 방식을 고민하였던 부분을 주목할 필요가 있다. 이는
곧 서구인들이 한국인들에게 어떠한 방식으로 말해야 하는가의 문제였기
때문이다. 아울러 게일이 지적한 한국 회화의 특징인 암시와 윤곽만을 지
닌 표현법은 문학에 있어서도 마찬가지였다. 결과적으로 그가 택한 것은
음악과 회화의 복합체로서의 한국문학이었다.

이에 그는『朝鮮筆景』을 통해『천로원정』의 삽화가 기산 김준근의 풍
속화 3편과 함께, 영역시조를 함께 수록하는 시도를 보여준다. 여기에서
그가 엄선한 영역시조는 조선 사대부의 이상과 여성들의 그리움과 같은
한국인의 내밀한 심성을 재현해 주는 시가문학(Songs and Verses)이었다.
그것은 텍스트의 정감과 화자의 목소리에 깊이 공감했던 게일이 내지인
이자 한국인이자 번역자의 입장에서 작품의 형상을 더 나아가 그가 경험
했던 옛 조선의 형상을 재현해 내고자 했던 그의 지향점이 담겨져 있는
것이었다.

[자료 1] 『朝鮮筆景』의 표지 및 목차

| 『朝鮮筆景』의 겉표지 | 『朝鮮筆景』의 속표지 |
|---|---|

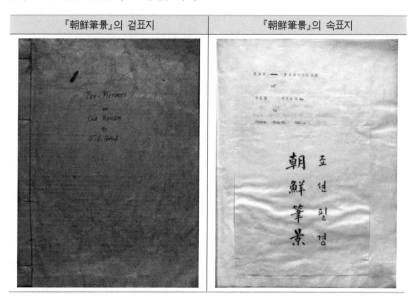

| 장구분 | 제명 | 수록잡지 혹은 게일이 적은 작성시기 |
|---|---|---|
| I | Korean Songs and Verses | - The Korean Repository(1895~1898), The Korea Review(1902) 소재 영역시) |
| II | Eternal Life | 1902년 |
| III | Tabacco in Korea | The Korea Magazine I, 1917. 6.(1902년) |
| IV | Concerning the Occult | The Korea Magazine I, 1917. 2.(1912년) |
| V | A Note of Warning | |
| VI | On and Off the Street-car | |
| VII | A Sample of Korean Labor Song | |
| VIII | Marriage in Korea | |
| IX | Pak's Experience | The Korean Magazine I, 1917. 8.(1912년) |
| X | The Mystery of It | |
| XI | The Family Line | |
| XII | Korea's Electric Shocks | - "Electric Shock to Korea," Outlook, 1902.(1901년 12월 서울) |

| 장구분 | 제명 | 수록잡지 혹은 게일이 적은 작성시기 |
|---|---|---|
| XIII | Broken Earthenware | 1912년 3월 서울 |
| XVI | Unconscious Korea | *Outlook* 68, 1901.(1901년 3월 서울) |
| XV | Korean Literature | *North China Herold*, 1902(1905년 교정) |
| XVI | A New Style of Courtship | *The Korea Mission Field* 1906. 4. |
| XVII | Korea's Receding Pantheon | *The Korea Magazine* I, 1917. 12. |
| XVIII | Stone Fights | -1901년 2월 서울 |
| XIX | Standing for one's Rights | |
| XX | The Old Dragon | 1904년 5월 9일 서울 |
| XXI | Happy Yi | *The Korea Mission Field* 1906. 3. (1901년) |
| XXII | My Lord the Elephant | *North China Daily*, 1896. |
| XXIII | The Displeasure of the Rain God | - 1901년 8월 30일 서울 |
| XXIV | Korean New Years | 1901년 2월 |
| XXV | The Korean Woman | "One View of the Korean Woman", *The Korea Magazine* II, 1918.10. |
| XXVI | Korea's Preparation for the Bible | *The Korea Mission Field* 1914. 2. |
| XXVII | The Waning Eunuch | 1905년 |
| XXVIII | A Freak of Language | 1901년 3월 서울 |
| XXIX | An Affair of State | 1899년 10월 20일 |
| XXX | Private Minting | 1900년 |
| XXXI | A New Korean | 1900년 6월 |
| XXXII | The Burning of the Temple | 1900년 10월 19일 |
| XXXIII | A Royal Funeral | |
| XXXIV | Belong Small Boxer | 1900년 11월 24일 서울 |
| XXXV | The Foreign's Squeezer | 1901년 1월 8일 |
| XXXVI | The Awful Kim | 1901년 3월 8일 |
| XXXVII | Exit Kim | 1901년 3월 19일 |
| XXXVIII | The Opening of War | 1904년 2월 서울 |
| XXXIX | Prospective | 1904년 2월 서울 |
| XX | All Good Things are Three | 1904년 8월 |
| XXI | Japan's Task in Korea | 1905년 |
| XXII | Were are We? | 1905년 6월 3일 서울 |
| XXIII | As regards the Fates | 1905년 10월 |

※ 음영표시는 한국문학관련 논저의 경우를 의미.

[자료 2] 『朝鮮筆景』 소재 미출간 게일의 영역시조

| 수록<br>번호 | 장<br>구분 | 영역시조 원문 | 번역저본 |
|---|---|---|---|
| 4 | | The gates are closed, the silent hours,<br>Look with the moon upon the flowers,<br>While I behind the silken screen,<br>Deserted and heart-broken lean.<br>The distant hamlet cock now crows,<br>My lonliness who knows? who knows? | 뎍무인엄즁문한데 만정화락월<br>명시라/독의사창하야 장탄식만<br>흔든츠에/원촌에 일계명흐니<br>이 긋는 듯<br>(『남훈태평가』 #2) |
| 5 | II | A mountain village, night crows late,<br>    Dogs in the distance bay,<br>I peek out through the bamboo gate,<br>    The sky is cold, the moon is gray.<br>These dogs! What can such barking mean,<br>When nothing but the moon is seen? | 산촌에 밤이 드니 먼데 기가<br>지져괴다/시비를 널고 보니 하<br>날이 차고 달이로다/져 기야<br>공산 잠긴 달보고 지져 무삼<br>(『남훈태평가』 #8) |
| 6 | | In the first watch, the kingfisher,<br>In the second, the goatsucker,<br>In the third, and fourth, and fifth,<br>These wild geese in clangor lift<br>Their voices night by night,<br>And sleep has ta'en its flight. | 초경에 비취울고 이경야에 두<br>견이 운다/숨경 사오경에 슬픠<br>우는 져 홍안아/야야에 네 우<br>름소리에 잠 못 니러<br>(『남훈태평가』 #21) |
| 10 | III | Third moon, third day,<br>Plum flower, peach spray,<br>Ninth day, ninth moon,<br>Maple and crysanthemum.<br>Golden goblet full of wine,<br>Tong-chon River, evening time,<br>Jovial comrade, wise and rare,<br>Drinking to the moon up there. | 삼월 삼일 니빅도홍 구월 구일<br>황국단풍/금쥰에 술이 잇고 동<br>정호에 달이로다/아희야 잔 가<br>득 부어라 완월장취<br>(『남훈태평가』 #20) |
| 12 | | Man he dies and goes away,<br>Will he not come back some day?<br>All have seen him go, but then,<br>None have seen him come again.<br>This is why men love to hear,<br>Jokeful songs and gleesome cheer. | 사람이 죽어가셔 나을지 못나<br>을지/드러가보니 업고 나오다<br>보니 업니/유령이 이리험으로<br>장취불셩<br>(『남훈태평가』 #171) |
| 13 | | Heaven and earth, creational's inn;<br>Time the lodger found within; | 천지는 만물지녓녀요 광음은<br>빅디지과긱이라/인싱을 혜아리 |

| 수록<br>번호 | 장<br>구분 | 영역시조 원문 | 번역저본 |
|---|---|---|---|
|  |  | Life launched on eternity,<br>A grain of millet in the sea;<br>Like a dream is one's short day,<br>Why not spend it merrily? | 니 묘창히지 일솟이라/누어라<br>악몽부싱이 아니놀고<br>(『남훈태평가』 #168) |

## [자료 3] 『朝鮮筆景』 소재 서문, 영역시조 원문, 한국문학론

PREFACE.

These sketches pertain to Old Korea and not to Korea of the immediate present. The same Old Korea has receded from us, and these records are souvenir-pictures of her part of the great Orient which has so recently disappeared beneath the tidal-wave of modern life.

Some of the conditions and customs of the past we bid a hearty farewell to; some again we see pass with feelings of regret. We fear that this age of steel and cold mathematics will harden the spirit of a race, that was, on the whole, kind and gentle, in spite of sporadic outbreaks to the contrary.

We trust that there will be seen shimmering through the confused conditions dealt with, the kindly spirit of this ancient and gentle people.

Seoul June 1912.                           J. S. Gale.

3

Korean Songs and Verses.
(Translations)

I
(Ambition for Fame).

Green clad mountain bend thy head,
And tell me of the past that's dead:
Of the great,the wise,the rare,
When they lived,and who they were.
(In days to come if asked the same,
Kindly just include my name).

II.

The greatest number of songs deal with the sorrows of the deserted
wife.The long hours at night seem doubly lengthened.The birds call-
ing as they pass suggest to her various existences of more felicity.
Each sound is a voice that heightens her sorrow.The return of fete-
days mark the years of his absence.The babblings of the brook tells
that he still remembers her.Flowers and birds each have their message
even the ancient sages and history itself are filled with the burden
of her griefs.The sea ,with its myriad flocks,the rocks and trees,
are all in waiting on her,each speaking its message.To the Korean,
this outlawed passion,Love,is nothing if it does not include all the
universe.

Frosty morn and cold winds blowing,
Clanging by are wild-geese going,
Is it to the So-sang River,
Or the Tong-chon,tell me whither?
Through the mid-night hours this crying,
Is so trying.

Silvery moon and frosty air,
Eve and dawn are meeting.
Widowed wild-goose flying there,
Hear my words of greeting:
On your journey should you see,
Him I love so broken hearted,
Kindly say this word for me,
That it's death when we are parted.
Flapping off the wild-goose clambers,
Says she will if she remembers.

The gates are closed,the silent hours,
Look with the moon upon the flowers,
While I behind the silken screen,
Deserted and heart-broken lean.
The distant hamlet cock now crows,
My lonliness who knows? who knows?

— Widowed wild goose flying there —

(2)

Korean Songs and Verses.

4

A mountain village,night grows late,
    Dogs in the distance bay,
I peek out through the bamboo gate,
    The sky is cold,the moon is gray.
These dogs! What can such barking mean,
When nothing but the moon is seen?

In the first watch,the kingfisher,
In the second,the goatsucker,
In the third,and fourth,and fifth,
These wild geese in clangor lift
Their voices night by night,
And sleep has ta'en its flight.

Farewell's a fire that burns one's heart,
And tears are rains that quench in part,
But then the winds blow in one's sighs,
And cause the flames again to rise.

Fill the ink-stone,bring the water,
To my love I'll write a letter;
Ink and paper soon will see,
The one that's all the world to me;
While the pen and I together,
Left behind,condole eachother.

That rock heaved up on yonder shore,
I'll chisel out and cut and score,
And mark the hair,and make the horns,
And put on feet and all the turns,
    Required for a cow;
And then my love if you go 'way
I'll saddle up my bovine gray,
    And follow you somehow.

III.
    The Korean,too,is human enough to have in his nature the voice
that says,"Eat,drink,and be merry for to-morrow we die".

Third moon,third day,
Plum flower,peach spray,
Ninth day,ninth moon,
Maple and chrysanthemum.
Golden goblet full of wine,
Tong-chon River,evening time,
Jovial comrades,wise and rare,
Drinking to the moon up there.

The boys have gone to dig ginseng,

— Moonlight and snow —

(3)

Korean songs and Verses.

The boys have gone to dig ginsen**X**
While here beneath the shelter,
The scattered chess and checker-men,
Are lying helter-skelter.
Full up with wine,I now recline,
Intoxication,superfine!

Man he dies and goes away,
Will he not come back some day?
All have seen him go,but then,
None have seen him come again.
This is why men love to hear,
Jokeful songs and ~~drunken~~ gleesome cheer.

Heaven and earth,creation's inn;
Time the lodger found within;
Life launched on eternity,
A grain of millet in the sea;
Like a dream is one's short day,
Why not spend it merrily?

IV.
(On Filial Piety)

That pond'rous weighted iron bar,
I'll spin out thin,in threads so far,
To reach the sun,and fasten on,
And tie him in before he's gone;
That parents,who are growing gray,
May not get old another day.

V.
(On Rank)

"Very small,my little man",
Said the ostrich to the wren;
"But"the wren went on to say,
"I'll outfly you any day7,
Size is nothing but a name,
Big or little,all the same".

VI.
The Pedlar.
Here's a pedlar passing me,
Calling Tong-nan pickle.
What can this word Tong-nan be?
Some fresh dish,undoubtedly,
One's appetite to tickle.
Then the pedlar stops to state;
"Large feet two,and small feet,eight,
"Looking upward,heaven-eyed,
"Armour-plated,flesh inside,
"Stomach-ink of black and blue,

(4)
Korean Songs and Verses.

"Body round and cornered,too,
Creeping fore and aft mis-tickle (mystical)
Very best of Tong-nan pickle!"

(Looks into the Pedlar's basket).
"Pedlar,cease this rigmarole,
Pickled crabs,well bless my soul!"

### VII.
(A piece of Extravagance).

There is a bird in the great North Sea,
  Whose name is Gone,
His size is a bit unknown to me,
Though he stretches a good ten thousand lee*
  Till his wings are grown,
And then he's a bird of enormous sail,
With an endless back and a ten-mile tail,
And he covers the heavens with one great veil,
  When he flies off home.

### VIII.
("Never mind").

  Hollo!
Who dyed thus black the crow?
  Explain,
Or bleached so white the crane?
Who pieced the legs of the heron tall,
And left the duck no legs atall?
  I wonder.
Still,black or white,low-set,long-reached,
Pieced out or clipped,black-dyed or bleached,
  Who cares? What matters it?

* One lee equals one third of a mile.

Korean Literature.

Korea is a land without novels or newspapers. Let anyone who suffers from nervous prostration, brought on by vain efforts to keep pace with the literature of the day, come here and rest. No regular story-writer is known to have lived in these parts for a thousand years. There are no publishing houses and no laws of copyright. Scholars have written short essays at rare intervals, but literature has never been reduced to the common level of ordinary life. Books written in the colloquial and sold at ordinary street stalls, would be a thing in the eyes of the old fashion scholar.

Says he, "How could common words such as people use in talk be printed in books?"

In his attitude he reminds me somewhat of a fellow secretary who had been Mark Twain's "More Tramps Abroad". He brought it back and the friend inquired as to how he liked it.

"Oh, I enjoyed it, but don't you think he's 'rawther' vulgar"?

Literature in Korea is never vulgar. Education consists in a knowledge of the immortal Chinese Classics. Characters are sacred and no printed book can be tossed about, or trod upon without offending the soul.

In the world of the literati, children begin with the Thousand Characters, and gradually rise step by step, till they come to famous history, that explains the nature of the yang and the yin and other of China. Then they read the Tong-gam, a history of the Middle Kingdom from the 4th century B.C. to 959 A.D. written by a famous historian, Sa Ma-kwang; then The Great Learning, Mencius, Analects, Doctrine of the Mean, Books of Poetry and History and finally the Yi-king. No work dealing with native subjects appears on the curriculum. It has been a law with Korea that a small state should serve a large one, and so in education she has excluded everything that is not of Chinese origin, lest she should appear to exalt self.

The form of Chinese writing used by the Koreans is what is called Wen-li, to distinguish it from the Kwan-wha or Mandarin. Very famous Korean writers have lived, a whole group of them in the fifteenth century, who wrote many books on history, ceremony, etc. Some of these scholars were highly honored at the court in Nanking, but their books were laid aside and forgotten, or lost, or destroyed, until it is almost impossible to get hold of such native literature, and even scholars know nothing of the literary history of their poor peninsula.

Of late books are coming out of unexpected holes and corners and offering themselves for sale. The other day an encyclopaedia, called the Mun-hon Pi-go, written about 1770, was sold to a foreigner for 194 yen. At about the same time I met a man with an armful of books on his way to the Japanese Settlement. I inquired as to what they were and found them marked I-ke, some one's nom de plume, though no one seemed to know the possessor of the name. After search I found it was a Mr. Hong Yang-ho, who was sent as the king's representative to the Court at Peking in 1795. He was also governor of the north of Korea, and is mentioned in the Book of Famous Men as one of the distinguished

The book begins with an essay on the Wild Goose. Its purpose is to tell a story and at the same time exalt the Five Constituents of Worth, which according to Confucian ethics mark the perfect man. They are: Love Righteousness, Ceremony, Knowledge, and Faith. It shows also what Korea thought of her neighbors at the time when Napoleon Bonaparte was tell Europe what he thought of his. The composition is partly in prose and partly in verse. As there is no possibility of equalling the elegance of the original, I leave the form to take care of itself and try to inter-

(2)

Korean Literature.

pret faithfully the points noted therein.

36

## Setting Free the Wild Goose. Pyong Yang-do

"In the late autumn, a peasant of the Tumen River caught two wild geese,
cut their wings, and gave them to me. I kept them in the court-yard where
the steward looked after them. One day he came to me and said, "These
birds are better flavoured than pheasant, I advise Your Excellency to kill
and eat?.

"Tut, man," said I "have you never noticed that when these birds
fly they preserve the strictest order,——that is Ceremony;when they mate
there is no free-love,——that is Righteousness; in their migrations they
follow the path of the sun,——that is Knowledge;though they go and come
you can always count on them at the right season,——that is Faith;they
never make war on other creatures,or scratch with bill or claws,——that is
Love.Only a bird with feathers,and yet possessing the Five Virtues! Its
ways and habits recorded in the classics,its note a song! The great Yi
king talks of it.At weddings, too, it is carried along to whit out the
ceremony,and so its virtues and superior attainments are manifest.
to make soup of ,or to fry like pheasant,quail,or chicken. Feed
them every day on grain and give them water to quench their thirst,fix
them a coop to keep out the cold;shut them up at night from foxes and
rats;let a month or so go by,till their wings lengthen out,then take
them to the Peak,and let them fly away with this message;

Keep away from the North—
The deep pine woods where your quills will lie;
And the inky Amoor that goes greedily by,
The cracking ice that will spoil your bill,
And the sneaky old bear to claw and kill,
And the round-spot tiger that loves you dear,
And the savage bow,and the whistling spear!
Keep away from the North,keep away!

Keep away from the South—
The red-hot earth and the boiling sea,
And snakes in the air that fly,
That stand on their tails and hiss and strike,
Till the geese that are bitten die.
There are fiery hills that scorch the sun,
And flames that glare by day;
If you go to the South your breath is done,
And your feathers are burned away.

Keep away from the East—
's the 'Sea Child',
With the waters heaving,pitching,wild,
And whales that swallow a ship down whole,
jumping beasts that squirm and roll;
And the black-toothed man with tattoo band,
And a cunning heart and a clever hand,
With a deadly bullet,and eye to aim,
And a thunder flash and a burst of flame,
Where you would never would get away atall,
And your bones and nerves would be ground up small.
Keep away from the East,keep away.

Keep away from the West.

(3)

37

Korean Literature. Keep away from the West, And
    Where the yawning gulf of the Yalu flows,
        By the land of sin and dirt,
    Where the words they talk with nobody knows,
        And the coat they wear's a shirt;
    Where a spear is hung in the girdle string,
        And a deadly blade beside,
    Where they hunt for the life of each living thing,
        To gorge on its flesh and hide;
    Where the smell of oil they dote upon,
        And the tents are decked with quills.
    If you venture there you are dead and gone ,
        A ghost among the hills.

    "But here in this land of green mountains,where the day first
shines;and the Silver Constellation stretches across;and the Horn Star
hangs over;and the warp and woof of heaven glisten with light;and moun-
tains interlace;and waters circle round;where heat and cold are just
what they ought to be;and fertile lands stretch three hundred miles;and
grain grows plentifully; and the Doctrine of the Sages is taught; and
where grace abounds;where the young of animals,and eggs of birds are not
molested;and where all things flourish,stay here,fly no where else.Come
with your wives and families and all your relatives;sail in with the
clouds and sing out to the moon;dine off the reeds,but watch out for
the stray arrow and the fish-net;go Southward in autumn and come back
in spring,and live out your life in peace."

(1905)

# 제5장

# 시가어의 재편과정과 번역

『게일 유고(*James Scarth Gale Papers*)』소재 영역시조(1912~1921)와 시조 담론의
계보학

## 들어가며 : 『게일 유고』에 새겨진 한국고전번역가의 꿈

### 1) 『게일 유고』소재 한국고전번역물

게일이 한국에 머무르며 남긴 한국학의 족적은 실로 다대하다. 문법서, 사전과 같은 한국어학서, 한국인의 생활과 풍습을 그린 민족지, 한국문학 작품 번역물, 한국역사서와 같이 다양한 주제의 저술이 존재하기 때문이다. 오늘날 우리는 한국 근대사 및 교회사의 입장에서 중요한 그의 저술들을 한국어로도 만나볼 수 있다. 또한 최근 게일이 출판한 한국고소설 번역본, 한영사전과 영한사전들이 재조명된 바 있다.[1] 2013년 '게일 탄생

---

1) 과거에 번역, 출판된 게일의 민족지는 신복룡 옮김, 『전환기의 조선』, 집문당, 1999. (*Korea in Transition*, 1909), 장문평 옮김, 『코리언 스케치』, 현암사, 1970.(*Korean Sketches*, 1898)을 들 수 있으며, 최근 권혁일에 의해 게일의 선집(『제임스 게일』, KIAT, 2012)이 발간된 바 있다. 게일의 고소설 번역 및 한국문학론과 관계된 논저로는 장효현, 「구운몽 영역본의 비교연구」, 『한국 고전문학의 시각』, 고려대 출판부, 2010. ; 「한국고전소설영역의 제문제」, 『한국고전소설사연구』, 고려대 출판부, 2002. ; 백주희, 「J. S. Gale의 『Korean Folk Tales』연구 : 임방의 『천예록』 번역을 중심으로」, 성균관대 석사논문, 2008. ; 이상현, 『한국고전번역가

150주년'을 맞아 연동교회에서 게일 학술연구원이 발족되며 학술논문집이 발간되는 모습이 언론을 통해 주목 받았다.[2] 하지만 게일의 전집이 부재한 상황 속에서 그의 저술자료 전체가 모두 집성되고 번역되지 못한 한계점은 여전하다.[3] 그의 한국문학 연구 및 번역과 관련해서는 특히 그러하다.

게일은 한국을 떠나기 전, 한국에서 자신의 삶을 회고한 글(1927)에서 종교적인 사업보다 교육적 사업에 헌신했다는 점과 그가 행한 또 다른 중요한 일 한 가지를 언급하였다. 그것은 "朝鮮의 文學을 不充實하게 나마 硏究해 보앗고 따라서 이것을 西洋에 소개한 것입니다. 米國圖書館에는 내가 聚集하여 보낸 圃隱全集 外 數千券의 文學書類가 珍藏되여 잇슴니다"라는 그의 진술 속에 잘 드러난다.[4] 이는 게일의 평생에 걸친 실천, 즉 한국 문학연구와 한국문학의 세계화에 대한 그의 소명을 짐작케 한다.

하지만 그가 남긴 이 짧은 언급에 담긴 전체적인 함의를 모두 복원하기에는 어려운 점이 존재한다. 예컨대, 그가 연구한 한국의 문학작품이 구체적으로 무엇인지, 그리고 그가 미국도서관에 기증한 도서들이 어떠한 것들인지를 알 수 없다는 것이다. 이는 어쩔 수 없는 일이었다. 그의 족적과 흔적은 오래된 과거이며, 출판된 게일의 단행본과 국내에서 발간된 영문 정기 간행물만으로는 이를 추적할 수 없었기 때문이다. 하지만 이를 해결할 수 있는 단초가 비로소 세상에 알려지게 되었다. 그것은 바로 토마스

---

의 초상, 게일의 고전학 담론과 고소설 번역의 지평」, 소명, 2013. 등을 들 수 있다. 게일의 이중어사전에 관한 연구로는 황호덕·이상현, 『한국어의 근대와 이중어사전』1~2, 박문사, 2012가 있다.

2) 연동교회, 『게일 목사 탄생 150주년 기념논문집』, 진흥문화, 2013 ; 「조선은 '동양의 희랍'... 조선의 미래를 낙관한다」, 『연합뉴스』 2013. 2.5. ; 「조선은 동양의 그리스...미개한 나라가 아니라오」, 『조선일보』, 2013.2.8. ; 「한국 고전 해외에 소개...100년전 '한류 주춧돌' 놓아」, 『문화일보』 2013.2.12. ; 「조선은 동양의 그리스 "게일목사탄신 150돌...연동교회에 기념관」, 『한겨레신문』, 2013.2.13.

3) 옥성득, 「제임스 게일, 어떻게 연구할 것인가」, 『뉴스 앤 조이』 2013.2.19.

4) 奇一, 「回顧四十年」, 『신민』 26, 1927.6, 12면.

피셔 희귀본장서실에 소장된『게일 유고(*James Scarth Gale Papers*)』이다.5)

하지만 여전히『게일 유고』소재 한국 고전 번역물과 이를 통해 재구해 볼 수 있는 그의 한국문학에 관한 활동에 관한 전반적인 내용이 집성되고 소개된 것은 아니다. 일례로 우리가 본 장에서 소개할 게일의 미간행 영역시조 역시『게일 유고』에 수록된 자료이다. 앞서 4장을 통해 고찰했던『朝鮮筆景』(1912)이 게일이 단행본 출판을 목적으로 한 책자형태로 묶여진 자료로 존재한 것이라면, 본 5장에서 고찰할 게일의 육필로 남겨져 있는 영역시조는『게일 유고』의 가장 핵심적인 자료라고 할 수 있는『일지(*Diary*)』에 수록된 것이다. 이와 관련하여 부끄러운 고백을 먼저 말할 필요가 있겠다. 만약, 로스 킹(Ross King)이 오랜 시간 동안 수행한『게일 유고』에 관한 연구, 그리고 이에 바탕을 둔 그의 소중한 조언이 없었다면 우리는 이 영역시조의 존재 그 자체를 알 수 없었을 것이다.

## 2)『게일 유고』에 관한 최근의 성과들

로스 킹의 조언에 대한 감사를 표시해야할 것이다. 아울러 향후『게일 유고』소재 한국 고전 번역물에 대한 후속연구를 위해서도 그가 내놓은 연

---

5) 리처드 러트는 게일의 전기를 집필함에 이 유고를 여러 곳에서 활용했다.(R. Rutt, *James Scarth Gale and his History of Korean People*, Seoul : the Royal Asiatic Society, 1972) 그렇지만 게일의 번역물이 알려진 것은 최근이다.『게일 유고』의 한국고전번역물 중에서 한국문학전공자들에게 먼저 알려진 것은 게일의 고소설 번역본들이었다.(권순긍, 한재표, 이상현, 「『게일 문서(Gale, James Scarth Papers)』소재 <심청전>, <토생전> 영역본의 발굴과 의의」,『고소설연구』30, 한국고소설학회, 2010. ; 이상현,『한국고전번역가의 초상 : 게일의 고전학 담론과 고소설 번역의 지평』, 소명, 2013. ; 이상현, 「게일의 한국고소설 번역과 그 통국가적 맥락 :『게일 유고』(Gale, James Scarth Papers) 소재 고소설 관련 자료의 존재양상과 그 의미에 관하여」, 부산대 점필재연구소 고전번역학 센터 편,『한국고전번역학의 구성과 모색』2, 점필재, 2015[初出 : *Comparative Korean Studies* 22(1), 국제비교한국학회, 2014]) 더불어『열상고전연구』46호, 48호(2015), 51호, 54호(2016)에는 게일의 미간행 육필 영역시조와 함께 게일의 「흥부전」, 「홍길동전」, 「백학선전」 영역본이 영인되어 있다. ; 더불어 게일의 삶과 한국에서 선교활동을 고찰한 유영식의 저술(『착훈목쟈 : 게일의 삶과 선교』1~2, 도서출판 진흥, 2013)을 통해, 많은 게일의 미간행 자료가 다수 소개되었다.

구 성과가 지닌 가치와 의의는 반드시 언급할 필요가 있다. 먼저, 그는 현재 토마스피셔 희귀본 장서실에서 소장되어 있지 않기에 확인할 수 없었던 『일지』를 비롯한 게일의 추가적인 흔적을 발굴했다.[6] 그것은 게일이 미국 워싱턴의 미 의회도서관에 송부한 한국 고서들과 관련된다.[7] 미 의회도서관 아시아부 한국과 수석사서 소냐 리(閔成義, Sonya Sungeui Lee)가 이 아카이브에 소장된 한국학 자료 전반을 개괄한 글에 의하면, 게일은 312권의 고서와 33종의 탁본, 120권의 초기 기독교 선교자료를 기증했다.[8] 이러한 게일의 한국 고전 정리 사업과 그의 행보를 로스 킹은 상세히 조명하였다.

그는 캐나다 토론토대 토마스피셔 희귀본장서실에 소장된 『게일 유고』의 한국 서목과 미 의회 도서관에 남겨진 게일 자료, 이 두 자료 사이의 소중한 연결고리를 발견하였다. 또한 당시 미 의회 도서관 한문전적 수집을 주도한 인물, 저명한 '농식물학자'이자 아마추어 중국학자였던 스윙글(Walter T. Swingle, 1871~1952)과 게일이 주고받았던 서한 자료를 고찰하였다. 이를 통해 게일의 행적, 그리고 그의 한국고전 수집 배경이 상당량 복원되었다고 볼 수 있다.

---

6) Ross King, "James Scarth Gale, Korean Literature in Hanmun, and Korean Books," 서울대 규장각한국학연구원 편,『해외 한국본 고문헌 자료의 탐색과 검토』, 삼경문화사, 2002, pp. 247-261.

7) 미 의회도서관 소장 한국고서에 관해서는 한국서지학회의 방문조사가 이미 이루어진 바가 있다. 한국서지학회가 학계에 제출한 보고서에 따르면, 한국고서는 아시아부(Asian Division)에 409종 2,856책, 법률도서관(Law Library)에 13종 14책이 소장되어 있다. 그렇지만 이러한 한국서지학회의 조사로 미 의회도서관 소재 한국고서의 전모가 드러난 것이라고는 말할 수 없다. 국립중앙도서관 측의 조사결과는 이러한 사실을 잘 말해주는 데, 국립중앙도서관 측의 재조사 작업 결과 한국고서 120종 378책이 추가로 소장되어 있음이 밝혀진 바 있기 때문이다.(한국서지학회,『해외전적문화재조사목록-미국의회도서관 소장 한국본 목록』, 한국서지학회, 1994 ; 국립중앙도서관 편,『국외소재 한국 고문헌 수집 성과와 과제』, 국립중앙도서관, 2009, 207-210면 ; 이혜은,「북미소재 한국고서에 관하여: 소장현황과 활용방안」,『열상고전연구』36, 열상고전연구회, 2012, 72-74면).

8) Sonya Lee, "The Korean Collection in the Library of Congress," *Journal of East Asian Libraries* 142(1), 2007, p. 38.

우리는 우연히 미 의회 도서관을 방문하게 되어, 소냐 리의 도움을 받아 로스 킹이 조명한 이러한 게일의 흔적들을 열람할 기회를 얻을 수 있었다. 토마스피셔 희귀본장서실에서는 볼 수 없는『일지(Diary)』11권의 존재를 간과할 수는 없지만, 우리의 시선에 들어온 또 다른 자료들 몇 종이 있었다. 이를 간략하게나마 소개할 필요가 있다.

➡『서적목록』의 앞 표지

➡『경판 20장본 흥부전』의 앞 표지에 새겨진 게일의 필적

먼저,『서적 목록(A Catalogue of Korean Literature : One Thousand of the Most Noted Works (6000 volumes))』(1927.1.31)을 살필 수 있다. 이 자료의 목차는 '1) 편자서문, 2) 한국인 저자 색인, 3) 서적 목록 및 해제, 4) 한국인의 성씨 및 본관 색인'으로 구성되어 있다. 전체분량은 약 99면 정도이다. 비록 이 서목 및 해제의 저본을 확증할 수는 없지만 오늘날의 입장에서 본다면 영어로 작성된 '한국문집 총간 해제'라고도 평가할 수 있는 중요한 자료이다. 둘째, 미 의회도서관 소장『경판 20장본 흥부전』이다. 물론 이 판본은 오늘날 한국에서도 그리 어렵지 않게 찾아볼 수 있다. 하지만 표지를 자세히 살펴보면, "『일지』18권 121면"에 수록된『흥부전 영역본』의 서지정보

와 그 번역시기를 표시한 게일의 필적이 남겨져 있다. 이 판본은 게일이『
홍부전』을 번역할 때 활용했던 저본이었던 것이다.

마지막으로 이규보(李奎報, 1168~1241)
의 시문선집에 대한 영역물을 출판하기
위해 보낸 그의 서한문 1종(1933. 8. 5)이
있다. 이규보는 게일이 강화도에 있는
그의 묘소를 찾아가 볼 정도로 좋아했
던 문인이며,『東國李相國集』은 게일이
한국을 떠난 후에도 지니고 있었던 소
중한 저술이었다. 이 서한에는 이규보
의 시문선집에 대한 자신의 번역원고를
서구권에 출판하고자 했던 그의 흔적이

남겨져 있다. 물론 이는 성사되지 못한 기획이었다.[9] 이와 마찬가지로
『게일 유고』에 집적된 게일의 방대한 번역물들은 게일이 당시 한국문학
을 출판하기가 어려웠던 상황을 여실히 보여주는 증거이기도 하다.

　최근『게일 유고』에 산재되어 있던『기문총화』소재 야담에 대한 게일
의 번역물을 집성·편찬한 로스 킹과 박시내의 저술(2016)은, 오랜 세월 잠
들어 있었던 과거 게일의 한국 문학 번역과 세계화를 향한 꿈을 복원시켜
준 업적이라고 그 가치를 평가할 수 있다. 또한 향후 이 책 이후 예정되어
있는『게일 유고』에 관한 총서기획이 구현될 때, 게일이 책자형태로 묶어
놓은 미간행 한국 고전 영역물 다수가 복원될 것이다.[10]

---

9) R. Rutt, op. cit., pp. 83-84.
10) Ross King & Park Sinae ed. *Score One for the Dancing Girl, and Other Selections from the
　 Kimun ch'onghwa : A Story Collection from 19th Century Korea*, University of Toronto
　 Press, 2016, pp. ⅺ~lxi.

| | |
|---|---|
| ➡『팔상록』 영역본 | ➡『호동서락기』 영역본 |
| ➡ 이규보 시문선집 영역본 | ➡『노가재연행록』 영역본 |

　이렇듯 로스 킹, 박시내의 저술을 고평하는 이유는 이 업적이 오랜 노고의 산물이라는 사실 때문이다. 하지만 동시에 『게일 유고』 소재 한국 고전 번역물을 복원하고자 하는 기획 그 자체가 지닌 난점 때문이기도 하다. 게일의 한국 고전 번역물은 엄밀히 평가한다면, 활자화되지 못한 육필 형태의 원고로 남아 있고 아직은 퇴고의 과정이 필요한 '미완성된' 번역물이다. 그 속에는 원문에 대한 번역문뿐만이 아니라 번역자 게일의 치열한 교정 및 윤문의 과정이 함께 존재하며, 게일이 완성하고자 한 미정형의 번역물이 전제되어 있다.

　물론 게일의 미간행 고전번역물을 복원하기 위해 수행해야 하는 일차적인 작업은 판독하기 녹록치 않은 게일의 필적 자체를 재구하는 일이다. 하지만 이와 더불어 게일의 번역 실천과 그 과정 자체를 재구하기 위한 목적에서 해당 번역 저본과의 지난한 대비 검토 작업이 전제될 필요가 있

다. 또한 게일의 미완성 번역부분 혹은 게일의 시대와 달라진 오늘날의
상황을 감안하여, 한 사람의 고전번역가로서 (재)번역해야 하는 부분들이
더불어 존재한다. 로스 킹・박시내의 저술은 현재까지의 업적 중에서는
이러한 과제를 가장 충실히 이행한 성과물로 평가할 수 있을 것이다.

### 3)『게일 유고』소재 영역시조의 학술적 의의

이처럼『게일 유고』에 대한 최근의 성과들을 한 편으로는 장황하게, 또
한편으로 거칠게나마 정리하고자 했던 이유가 존재한다. 이는 이후 우리
의『게일 유고』소재 영역시조에 관한 고찰이 이러한 최근의 성과들에 걸
맞지 않는 한계점을 지니고 있기 때문이다. 그것은 크게 세 가지 정도로
요약될 수 있을 것이다. 첫째, 게일의 번역물 중에 산재되어 있는 그의 한
시 번역물을 포괄하지 못한 점이다. 둘째, 게일의 육필 영역시조에 대한
우리의 재구본 자체가 완전한 것이라고 확신할 수는 없다는 점이다. 셋째,
게일이 체험했던 영시와 시조 사이에 이루어진 상호작용에 대한 고찰이
누락된 점이다.[11)]

다만, 이러한 한계점을 전제로 하고도 게일의 미간행 영역시조는 그가
선택한 작품선정의 방식과 그 편제 자체만으로 많은 이야기 거리를 제공
해 준다. 무엇보다 한국어이자『남훈태평가』소재 시가의 언어에 관한 게
일의 인식을 엿볼 수 있기 때문이다. 이와 관련하여 우리가 고찰하고자
하는 바는 크게 두 가지로 요약된다. 첫째,『朝鮮筆景』,『일지』수록 영역
시조와 1922년 이전 게일의 출판물에 수록한 영역시조를 포괄하여, 게일

---

11) 일찍이 러트는 게일이 유년시절 학교에서『걸리버 여행기』(1726),『신밧드』(1885) 등의 소
　　설과 온타리오 공립학교 교과서에 수록된 단편적 시작품이 아니라 로버트 번즈(Robert
　　Burns, 1759~1840), 토마스 캠벨(Thomas Campbell, 1777~1844), 새뮤엘 콜리지(Samuel
　　Coleridge, 1772~1834), 윌리엄 워즈워즈(William Wordsworth, 1770~1850), 헨리 롱펠로
　　(Henry Longfellow, 1807~1882) 등과 같은 18-19세기 영국시인의 작품들을 함께 읽었음을
　　지적했다.(R. Rutt, op. cit., p. 4).

의 시조 및 시가어[문학어]에 관한 인식을 조망해 보고자 하는 것이다. 그리고 둘째, 게일이 『朝鮮筆景』의 「서문」에서 명시한 '옛 조선의 형상'과 이와 관련하여 1910년대를 전후로 한 게일의 시조 및 시가어에 관한 인식이 전변되는 양상을 고찰해볼 것이다. 즉, 게일의 한국시가 인식 및 한국문학관의 변모에 따라 1895~1922년 사이 그의 시조 담론 즉, 그의 작품 선정방식 및 영역시조가 배치되는 문맥이 전환되는 양상을 규명해보고자 한다.

## 1. 『朝鮮筆景』 소재 영역시조와 시조 장르의 재편 :
'노래'에서 '문학'으로

### 1) 『朝鮮筆景』 수록 영역시조와 '옛 조선의 형상'

캐나다 토론토대 '토마스피셔 희귀본장서실'(Thomas Fisher Rare Book Library)에는 게일의 유물이 총 24상자로 나누어 보관되어 있다.[12] 그리고 그 속에는 게일의 미간행 한국고전에 대한 번역물들 다수가 소장되어 있다. 이 자료들을 분류해보자면, 기록의 형태에 따라 '게일의 친필원고'(필사자료)와 그가 '타자기로 작성한 교정원고'(활자자료)로, 그리고 묶여진 형태에 따라 낱장으로 된 '원고형'과 다수의 원고들이 묶여있는 '책자형'의 형태로 나눌 수 있다. 『朝鮮筆景』은 게일이 타자기로 작성한 교정원고들을 묶어 한 권의 책자 형태로 구성한 자료이다. 이 점을 감안한다면 『朝鮮筆景』은 『게일유고』의 자료들과 대비해 볼 때, 게일이 출간하고자 했던 지향점이 상대적으로 강한 자료이다.[13]

---

12) 권순긍·한재표·이상현, 앞의 글, 419-428면 ; 이상현, 『한국 고전번역가의 초상』, 소명, 2013, 353-357면 ; R. King, op. cit., pp. 237-241를 참조.

13) 타자기로 작성된 책자형 원고는 『게일유고』 자료 중에서는 게일이 최대한 교정을 수행한 결과물이며, 출판물에 상대적으로 가장 근접한 완성본이라고 볼 수 있다. 이 책자형 원고에 대한 주목은 일찍이 리처드 러트의 연구에서도 발견할 수 있다. 그가 지적한 게일의

『朝鮮筆景』의 Ⅰ장 "Korea Songs and Verses"에 수록된 영역시는 모두 18편이다. *The Korea Review*의 권두시로 수록되었던 『장자』의 한 구절에 관한 영역시 1수, *The Korean Repository* 소재 영역시조 9수, 그리고 초출 영역시조 8수가 수록되어 있다. 이 중에서 6수의 영역시조는 게일의 다른 출판물에서는 볼 수 없는 작품들이다. 『朝鮮筆景』에 수록된 게일의 원고들을 보면, 게일의 다른 단행본이나 국내의 영문 정기 간행물에서 발견할 수 없는 글들이다.[14] 이는 곧 이 글들의 출처가 재외의 정기 간행물이었음을 말해주는 것이다. 물론 그 정확한 출처에 대해서는 더욱 신중히 조사하고 언급할 필요가 있다. 하지만 게일이 기록한 작성 시기와 수록 원고의 짧은 분량을 감안할 때 1899~1905년까지 상해 *The North China Daily News*에 투고한 기사들이 상대적으로 많은 비중을 차지하고 있었던 것으로 여겨진다.[15]

이 책자형 자료는 게일이 출판한 다른 단행본들과 굳이 비교해 본다면, *Korean Sketches*(1898)와 상대적으로 유사한 성격을 지닌 저술이다.[16] 이들의 유사성은 한국 문학 연구와 관련하여 한문 고전에 대한 번역물이 보

---

미간행 번역물들은 『일지』에 수록된 고소설 영역본(『흥부전』, 『금수전』, 『금방울전』)이 외에 『팔상록』·『해유록』·『호동서낙기』 영역본은 동일한 책자형태로 묶여진 교정원고이다.(R. Rutt, op. cit, p. 383.) 이 이외에도 『게일 유고』에는 『논어』·『맹자』 미간행 영역본이 있다. 또한 잡지에 게재한 원고를 책자형태로 묶어놓은 『춘향전』, 이규보 시문, 『老稼齋燕行錄』에 대한 영역본과 *History of the Korean People* 등이 있다.

14) 『朝鮮筆景』에 수록된 글들이 잡지에 게재되었는지 그 여부는, 원한경의 서목, 리처드 러트의 연구서, 유영식의 저술 속 게일 저술 목록에 의거하여 판별한 것이다.

15) 리처드 러트는 게일이 스위스 로잔에 있는 가족을 만나기 위해 잠시 한국을 비운 기간 (1903.4~1903.10)을 제외하고는 1899년 10월부터 1905년 8월까지 틈틈이 *North China Daily News*에 기사를 투고했음을 지적했다. 러트가 간략히 이야기한 기사내용은 『朝鮮筆景』에 수록된 기사내용과 부합하는 것이 다수 보인다.(R. Rutt, op. cit, p.35)

16) 게일이 출판한 한국학 단행본이 보여주는 연대기적 내러티브에 관해서는 이상현, 「제국들의 조선학, 정전의 통국가적 구성과 유통」, 『한국근대문학연구』18, 한국근대문학회, 2008, 70-74면. ; 이상현, 『한국 고전번역가의 초상, 게일의 고전학 담론과 고소설 번역의 지평』, 소명, 2013, 33-99면을 참조.

이지 않으며, 한국의 구술문화를 중시했던 그의 초기 지향점이 엿보인다
는 점을 통해 짐작할 수 있다. 그리고 무엇보다 한국문학과 관련해서 볼
수 있는 논저 자체가 그리 큰 비중을 차지하지 않고 있다는 점이다. 영역
시조 작품들 이외에 노동요와 문학론이 각각 1편에 불과하기 때문이다.
나아가 어디까지나 이 책의 초점은 '문학작품의 번역물'이 아니라는 점도
그러하다. 오히려 그의 한국에서의 삶, 생활 현장 속에서 겪은 일들을 중
심으로 작성한 단상들이 저술 전반을 차지하고 있다. 따라서 이 책자는
그가 *Korean Sketches*를 저술한 이후, 동일한 성격을 지닌 그의 글들을
향후 출간을 위해서 묶어놓은 것으로 보인다.

　하지만 『朝鮮筆景』에는 *Korean Sketches*와는 변별되는 차이점이 있다.
이는 게일의 영역시조가 배치되는 새로운 문맥을 말해주는 중요한 표지이
다. 게일은 이 책자에서 자신이 묘사한 바를 과거 *Korean Sketches*에서
서구인 독자에게 전달하고자 했던 생생한 현장, 즉 한국의 풍경이 아니라,
오히려 '옛 조선의 풍경'이라고 표현한다. 1912년 6월 서울에서 게일이 작
성한 『朝鮮筆景』의 「서문(Preface)」을 발췌해보면 다음과 같다.

　　이 묘사들은 작금의 현재가 아니라 옛 조선과 관계된다. 옛 조선이
　우리 곁에서 멀어져가고 있다. 그리고 이 기록들은 근대적 삶의 해일 밑
　으로 급속히 사라져가고 있는 위대한 동양, 한국의 한 부분에 관한 기념
　사진들이다. / 과거 상황과 풍속 중 어떤 것들은 우리가 기쁘게 작별을
　고한 것이다. 또한 어떤 것들에 대해서 우리는 깊은 애도감을 느끼며 그
　사라져 가는 모습을 본다. 우리는 강철같이 냉담한 이 시대로 인하여,
　이따금 폭발이 있지만 대체적으로는 온화하고 친절한 이 민족의 영혼이
　각박해짐을 걱정한다. / 우리는 혼란스러운 이 정국을 고풍스럽고 온화
　한 사람들의 친절한 영혼으로 헤쳐 나가는 미광을 보리라고 믿는다[17]

---

17) J. S. Gale, "Preface," 『朝鮮筆景(*Pen-picture of Old Korea*)』(『게일유고』) ; 이하 『朝鮮筆
　景』과 『일지』 소재 영역시조의 서지사항은 각각 "『朝鮮筆景』, 면수"와 "『일지』 권수, 면

게일의 「서문」에는 그가 생각한 한국민족의 모습이 잘 드러난다. 물론 이는 후일에도 그의 일관성을 보여준 관점이자 표현이었다. 게일은 1919년에도 한국인을 여전히 "천성적으로 조용하고 인내심이 강하며 평화를 사랑하는 민족이면서, 한편으로 내성적인 사람들"이지만, "그럴만한 자극을 주면", "분노하고 과단성 있게 대처하는 성격을 지닌" 사람들로 보았기 때문이다.[18] 즉, 그가 말하는 "옛 조선"이라는 형상이 형성되는 이유는 한국인의 민족성 그 자체보다도 변해가는 한국의 사회적 정황이자 한국이라는 시공간과 긴밀히 관련된다. 물론 이는 한국민족 자체에게 영향력을 줄 근대성의 출현으로, 한국 사회문화를 '옛 것'(전근대)과 '새 것'(근대)으로 구분해주는 역사적 흐름이었다.

즉, 이러한 구분을 가능하게 해주는 것은 『朝鮮筆景』의 저자 게일이 서 있는 위치이자, 그의 또 다른 저술인 Korea in Transition(1909)의 「서문」이 증언하는 '전환기 한국'이라는 시공간이었다. 그가 체험한 한국은 더 이상 과거와 같이 은자의 나라가 아니라, "정치적 無의 공간"이자 근대의 가장 거대한 전장에서 요동하는 장소로 묘사된다.[19] 여기에서 "옛 조선"으로 형상화되는 바는 1910년대를 전후로 급격히 변모되기 이전의 조선, 즉 과거 게일이 경험했던 '옛 조선'(Old Korea)이라는 심상지리를 지칭한다.[20] 그리고 이 옛 조선이라는 형상 속에 『남훈태평가』 소재 시조작품들은 『朝鮮

---

수"의 형식으로 약칭하여 제시하도록 한다.

18) J. S. Gale, 유영식 역, 「일본은 왜 조선에서 실패하였는가?」, 『착훈목쟈』 2, 도서출판 진흥, 2013, 227면.

19) J. S. Gale, "Preface," Korea in Transition, Cincinnati: Jenning & Graham, 1909, p.viii.

20) 게일의 다른 글(J. S. Gale, "A Contrast," The Korean Mission Field 1909. 2. p.21.)을 통해 보면, 옛 조선의 형상을 어느 정도 추론할 수 있다. 옛 조선은 문호가 개방되고, 철도·도로의 정비가 이루어져 "세계의 중요한 교통 요지의 나라"가 된 당시가 아니라, "은자의 나라"였던 한국. 일본과 근대화된 세계관 속에 거하는 장소가 아니라 중화중심주의적 세계관과 중국고전의 탐구가 중심이었던 한국. 신문·대중집회, 기독교, 다양한 전문직종이 생기기 이전의 한국을 지칭한다.

筆景』의 첫 장에 그의 번역 및 해제를 통해 소환되며 포괄되는 셈이다.

이를 반영하듯, 『朝鮮筆景』 수록 게일의 영역시조는 강혜정이 이미 그 번역맥락을 규명했던 *The Korean Repository, Korean Sketches*에 '권두시로 그의 영역시조가 소개되던 시기'로 그 연원을 소급할 수 있다. 즉, 1912년에 엮어놓은 책자였지만 『朝鮮筆景』의 영역시조는 게일이 원산에서 선교활동을 수행하던 시기의 초기 한국학적 업적과 분명한 연속선을 지니고 있다. 4장에서 고찰한 바대로 동일한 영역시조가 『朝鮮筆景』에 재수록된 모습, 개별 영역시조를 엮어서 소제명을 부여하는 방식과 그 주제화 양상, 유사한 번역시의 형식 등을 발견할 수 있기 때문이다. *The Korea Repository* 소재 영역시조의 재수록 작품들을 보면, 재번역을 통해 번역형식이 달라진 경우가 매우 드물며, 오히려 과거 그가 번역한 영역시조의 집성이라는 측면이 강하다.

영역시 재수록 양상의 대표적인 사례이자 동시에 작품 선별방식에 있어 게일이 과거와는 가장 큰 변별점을 보여주는 사례를 주목해 보자. 이는 *The Korea Review*의 권두로 선보였던 다음과 같은 작품이다.21)

| *The Korea Review*(1902) |
|---|
| There is a <u>fish</u> in the great north sea, <u>And his</u> name is <u>Kon</u>.(①) |
| His size is a bit unknown to me, |
| <u>Tho's</u>(②-1) he stretches a good ten thousand <u>li</u>,(①)Till his wings are grown ; |
| And then he's a bird of enormous sail, |
| With an endless back and a ten-mile tail, |
| And he covers the heavens with one great veil,When he flies off home. |
| 『朝鮮筆景』(1912) |
| There is a <u>bird</u> in the great North Sea, <u>Whose</u> name is <u>Cone</u>,(①) |
| His size is a bit unknown to me, |
| <u>Though</u>(②-2) he stretches a good ten thousand lee.*(①)Till his wings are grown, |
| And then he's a bird of enormous sail, |
| With an endless back and a ten-mile tail, |
| And he covers the heavens with one great veil, When he flies off home. |
| 주석) One lee equals one third of a mile. |

---

21) J. S. Gale, "The Opening Lines of Chang-ha(4th Cent. B.C.)," *The Korea Review* Ⅰ, 1901.2. ; 『朝鮮筆景』, p. 6.

The Korea Review 소재 영역시와 『朝鮮筆景』 소재 작품을 비교해보면, 원문의 "鯤"이 각각 변화이전의 형상인 '물고기'와 변화 이후의 형상인 '새'로 번역된 차이점이 보인다. 그렇지만 다른 부분들을 대비해보면, 문식을 다듬거나 한자음을 옮기는 방식의 차이(①)와 약어를 본래 어휘로 고친 차이점('②-1'→'②-2') 정도를 발견할 수 있을 따름이다. 즉, 그 변용의 정도는 상당히 미약한 편이다. 이러한 양상은 The Korean Repository 소재 영역시조의 재수록 작품 전반에도 마찬가지이다. 또한 초출 영역시조에서 가장 많이 보이는 주된 번역형식을 보면, 시조의 초·중·종장을 각 2행으로 나눈 전체 6행 구조이며, 약강[때로 강약] 4보격의 율격(meter)에 맞춘 점, 규칙적인 각운의 활용과 같은 모습을 보여준다. 이는 The Korean Repository 소재 영역시조의 율격과 유사하다.[22] 즉, 이러한 양상을 살펴보면 『朝鮮筆景』 소재 게일 영역시조의 창작연원은 비록 게일의 교정 및 검토과정 자체의 부재를 말할 수는 없지만, The Korean Repository로 소급되는 것으로도 보인다.

그렇지만 『朝鮮筆景』 소재 영역시조들은 어디까지나 게일이 그가 번역한 시조들을 모아 하나의 독립된 장으로 집성, 재편한 것이며, 해당 작품군의 주제에 관한 상세한 해설을 덧붙였다는 점에서 변별성을 보여준다. 이 책의 4장에서 거론되었듯이, 게일의 해제를 살펴보면 시조 개별작품에 대한 한결 더욱 섬세한 이해의 모습이 반영되어 있다. 이와 궤를 같이하며 게일이 이들 작품을 묶어, 총칭하는 어휘에도 변화가 보인다. 게일은 번역 작품들을 노래를 함께 지칭하는 'ode' 혹은 'song'이 아니라, "Korean Songs and Verses"라고 명명했다. 노래를 지칭하는 "Songs"뿐만 아니라, 시·운문을 지칭하는 "Verses"라는 영어 어휘를 활용하여 장제목을 만들었

---

22) 이에 대한 상술은 김승우, 『19세기 서구인들이 인식한 한국의 시와 노래』, 소명출판, 2014, 84-85면. ; 강혜정, 「20세기 전반기 고시조 영역의 전개양상」, 고려대 박사학위논문, 2013, 50-56면을 참조.

다는 큰 변별점을 보여주는 셈이다. 이 두 영어 어휘가 지칭하는 당시의 개념범주를 살펴보기 위해, 개신교 선교사들의 이중어 사전 속 해당 어휘에 대한 한국어 대역어를 정리해보도록 하자.[23]

| | Underwood (1890) | Scott (1891) | Jones (1914) | Underwood (1925) |
|---|---|---|---|---|
| song(s) | 노래, 소리. | 노릭, 곡됴 | 노릭(歌): 가곡(歌曲): 시가(詩歌) | 노릭, 소리, 타령, 가곡(歌曲), 창가(唱歌), 가(歌), 곡(曲), 됴(調), 시(詩). |
| verse(s) | 귀, 글흐귀. | 시흐귀 | 시(詩): 시구(詩句): (stanza) 절(節): 구절(句節) | (1)귀(句), 절(節), 짝(시의) (2) 시(詩), 률(律) |

1914년 출판된 존스의 사전 속에서도 살필 수 있듯이, 두 영어표제항은 노래(구술, 歌)와 텍스트(문자, 詩)로 구분된다.[24] 게일은 『朝鮮筆景』의 Ⅰ장에 한국의 시와 노래 즉, 한국의 詩歌를 집성, 배치한 셈이다. 이러한 제명

---

23) 이중어 사전과 관련해서는 황호덕·이상현 공편, 『한국어의 근대와 이중어사전』Ⅰ-Ⅺ, 박문사, 2012에 수록된 자료를 활용하도록 한다. 편의상 도표에서는 각 사전의 '편찬자 성명(출판년도)'의 형식으로 제시하도록 한다.

24) 존스의 영어사전에서 "Poem"은 비록 시가(詩歌)로 풀이되지만 어디까지나 그 대응대상은 여전히 漢詩를 지칭하는 범주였다.(시가(詩歌); there are several kinds of poems in Korea; 시(詩) usually consists of eighteen double lines of seven syllables each: 부(賦) 32 double lines of six syllables each: 률(律) eight double lines of seven syllables each) 물론 'Ode'에 대한 한국어 대역어를 정리해보면, "시, 글지다"(Scott 1891), "단가 (短歌), 송 (頌), 짜른 글"(Underwood 1925)로 되어 있어 'Ode'는 시와 노래를 함께 포괄하는 개념범주를 지니고 있었다. 즉, 선행연구 속에서 잘 지적되었듯이, 게일이 『남훈태평가』 소재 시조 작품을 '송가'(Ode)라는 서구문학의 범주를 적용시켜 문학작품으로 의미를 부여하려는 지향점이 이 속에 분명히 존재한다. 그렇지만 이러한 개념화 속에는 시조를 음악과 분리된 시 문학 (Verse, Poetry)으로 인식한 것은 아니었다.(김승우, 앞의 책, 82~90면) 강혜정은 게일의 영역시조가 처음 소개될 때, 게일의 영역시조 작품군을 'Korean versti- fication'으로 편집자들이 명명한 부분을 주목했으며, 이러한 명명 속에는 "원작인 시조는 운문이 아니지만, 게일의 번역시는 이를 서구적 개념의 운문으로 변형시킨 것이라는 의미"가 내재되었음을 지적한 바 있다.(강혜정, 앞의 글, 54~58면) 즉, 게일의 번역 즉, 시조의 영시화(英詩化)로 말미암아 시조는 시문학 작품으로 전환된 측면을 지니고 있었다. 이에 비해 『朝鮮筆景』은 시조 작품을 문학작품으로 여기는 지향점이 상대적으로 더욱 강해져 있던 셈이다.

의 부여에는 아무런 의도나 목적이 없었던 것일까? 만약 이러한 제명에 게일의 의도와 목적이 반영된 것이라면, 과거와 다른 이러한 제명을 부여한 이유는 무엇이었을까? 이와 관련하여 게일이 시조 혹은 『남훈태평가』에 포함되지 않은 The Korea Review 소재 작품 1편을 포괄했다는 사실을 먼저 주목할 필요가 있다. 이 영역시는 『莊子 內篇』 「逍遙遊」의 첫 구절을 저본으로 하고 있으며, The Korea Review에서 게일은 그 출처를 『장자』로 명시한 바 있다.25) 또한 게일은 Korea in Transition(1909)에서도 한국의 도교를 설명하기 위해서 이 영역시를 재수록했는데, 게일은 상기 영역시를 장자의 "문집[인용자 : 『莊子』]을 여느 시[poem]"이자 장자의 "운문[verse]"이라고 소개했다. 즉 게일은 「逍遙遊」의 첫 구절을 일종의 한시이자 한문 운문으로 인식했던 셈이다.26)

그렇지만 이러한 운문이라는 묶음 속에 시조 역시 배제되는 것은 결코 아니다. 게일의 영역시와 그 저본 「逍遙遊」의 첫 구절을 대비해보면, 원본을 충실히 재현한 것이라기보다는 원본의 내용을 바탕으로 영역시로 재창작한 지향점이 더욱 강하다. 나아가 게일의 영시화(英詩化)로 인해, 중국고전과 『남훈태평가』 소재 시조를 나눌 수 있는 한문과 한글이라는 구분은 소거되며 양자는 동일한 한국의 시가문학(Korean Songs and Verses)으로 묶

---

25) 안동림 역주, 「逍遙遊」, 『莊子』, 현암사, 1998, 27면. "북녘 바다에 물고기가 있다. 그 이름을 鯤이라고 한다. 곤의 크기는 몇 천리가 되는지 알 수가 없다. (이 물고기가)변해서 새가 되면 그 이름을 鵬이라고 한다. 붕의 등 넓이는 몇 천리나 되는 지 알 수가 없다. 힘차게 날아오르면 그 날개는 하늘 가득히 드리운 구름과 같다. 이 새는 바다 기운이 움직여 대풍이 일 때 (그것을 타고) 남쪽 바다로 날아가려 한다. 남쪽 바다란 곧 天池를 말한다. (北冥有魚, 其名爲鯤. 鯤之大, 不知其幾千里也. 化而爲鳥, 其名爲鵬. 鵬之背, 不知其幾千里也, 怒而飛, 其翼若垂天之雲. 是鳥也, 海運則將徙於南冥. 南冥者, 天池也)."

26) J. S. Gale, "The Beliefs of the People," Korea in Transition, Cincinnati: Jenning & Graham, 1909, p.82. 崑을 'Con'이 아니라 'Kon'으로, 里를 'lee'가 아니라 'li'로 표기한 점을 제외하면 『朝鮮筆景』에 수록된 것과 동일하다. 게일은 이 시편이 "위대한 사람"(the Great), 성인의 위대함(Greatest)과 이를 조망하는 범인(the mediocre)의 평범함(mediocrity)을 비교하여 묘사"하는 것이라고 했다.

여진다.27) 이는 *The Korean Repository*에서와는 달리, 『朝鮮筆景』에서 게일이 시조를 구술문화적인 노랫말이 아닌 문자문화의 영향권 내에 놓인, 문학 텍스트로 상대적으로 더욱 근접하게 인식했던 것으로 추론해볼 수 있다. 더불어 이러한 인식 이전에 『남훈태평가』의 시가어가 지닌 구술문화/문자문화적 속성을 함께 염두에 둘 필요가 있다.

### 2) 『남훈태평가』 소재 시가어와 한문고전

그렇다면 게일이 이처럼 시조의 언어를 문학텍스트로 인식하게 된 원인은 무엇일까? 『장자』의 한 구절과 시조작품 즉, 한문고전과 한글 문학 텍스트를 동시에 배치하는 게일의 모습은, 변모라기보다는 어떠한 일관성을 지닌 모습이기도 했다. 게일은 한국의 어문질서와 한국인의 사유 속에서 한문고전이 점하는 중요성과 그 영향력을 늘 주목했으며, 한문고전이야말로 그의 한국 문학 연구의 중심이라고 여겼기 때문이다. 그렇지만 이러한 게일의 지향점과 성향을 단순히 한글문화에 대한 배제로 보는 시각, 우리 안에 잠재된 한문과 한글이라는 이항대립으로 비추어 보는 시각은 적절하지 못하다.

일례로 게일이 엘린우드에게 보낸 서간(1892. 4. 20)을 보면, 그는 1년 전부터 "매일 아침 두 시간 동안 한자를 공부하며 공자의 책을" 읽어, 한문 복음서에 대한 독해가 가능해졌음을 말했다. 그의 한문고전 연구는 "한국의 문학을 알고자 하는" 작은 "노력의 일환"이었다. 비록 모든 개신교 선교사가 동의한 것은 아니었지만 그는 한문을 모르고서는 "한국의 생활어[구어]를 온전히" 아는 것은 불가능하기에, 한문고전을 반드시 공부해야 한

---

27) 이러한 모습은 *Korea in Transition*(1909)에서도 발견할 수 있다. 정몽주의 「丹心歌」가 『明心寶鑑』의 격언들과 함께 한국인에게 내재된 유일신 관념을 보여주는 사례로 제시한 방식과도 동일하다.(J. S. Gale, *Korea in Transition*, New York : Eaton & Mains, 1909, pp. 66-67).

다고 여겼다.[28] 이는 게일이 한국인 식자층이 지닌 한국어 활용의 수준에
도달하려는 지향점이 반영된 것이기도 했다.

이러한 게일의 입장에서 한문(자)과 한글은 결코 분리된 한국어가 아니
었다. 즉, 우리는 오히려 한문과 한글, 양자의 관계와 양자 사이에서 이루
어진 역동적인 실체를 함께 주목할 필요가 있다. 예컨대, 「문학에 관한 편
언」(1895)에서 게일은 한국인이 애호하는 문학적 양식으로 알레고리를 주
목하며, 다음과 같은 시조 한 수를 번역하여 예시한 바 있다.

> 군자고향늬ᄒ니 알니로다 고향사를 / 오든 날 긔창젼에 한민화 퓌엿
> 드냐 안 퓌엿드냐 / 미화가 퓌기논 퓌엿드라마논 임즈 그려(『남훈태평
> 가』#81)
>
> (Absent husband inquiring of a fellow-townsman newly arrived) / Have
> you seen my native land? / Come tell me all you know ; Did just before the
> old home door / The plum tree blossoms show? // (Stranger answers at once)
> / They were in bloom though pale 'tis true, / And sad, from waiting long for
> you.[29]

이 시조는 왕유(王維)가 지은 다음과 같은 5언 절구의 한시를 차용하여 창
작된 시조로써, 한시와 시조의 상호텍스트성을 여실히 보여주는 작품이다.

> 君自故鄕來    그대 막 고향에서 왔으니
> 應知故鄕事    고향 사정을 잘 알겠죠
> 來日綺窓前    그대 오던 날 우리 집 꽃무늬 창가에
> 寒梅著花未    겨울 매화, 꽃을 피웠던가요?[30]

이 시조 텍스트의 경우 일찍이 『병와가곡집』을 비롯하여 이후 『가곡원

---

28) 유영식 편역, 앞의 책, 98면.
29) J. S. Gale, "A Few Words on Literature," *The Korean Repository* Ⅱ, 1895.11., p. 423.
30) 왕유 지음, 박삼수 역주, 『왕유詩全集』, 현암사, 2008, 862-863면.

류』계열의 가집들에 이르기까지 약 17종의 가집을 통해 수록된 작품[31]이 기는 하나, 게일이 시조 영역의 저본으로 삼은 『남훈태평가』를 기점으로 그 텍스트의 변모가 이루어지는 특성을 보인다. 우선, 『남훈태평가』 이전 의 가집들―그 중 가장 다수를 차지하고 있는 『가곡원류』계 가집―에서 수록하고 있는 텍스트를 살펴보면 다음과 같다.

> 그더 故鄕으로부터 오니 故鄕일은 응당 알니로다 / 오던날 綺窓앏혜 寒梅퓌엿더냐 아니 퓌엿더냐 / 퓌기는 퓌엿드라마는 님자를 글여 ㅎ더 라 (『가곡원류』 국악원본 #567)

이 작품을 가장 먼저 수록하고 있는 『병와가곡집』을 비롯한 『가곡원류』 계 가집에 수록된 텍스트는 기존의 한시의 내용을 한글로 풀어낸 형태를 취하고 있다면, 『남훈태평가』에 수록된 텍스트는 한시의 일부를 그대로 차용하여 현토한 형태의 초장과 한글로 풀어내어 변용된 형태의 중, 종장 을 취하고 있다는 점에서 유의미한 차이를 보인다. 즉, 본 시조 작품의 저 본에 해당하는 한시의 형태에 더욱 가까운 형식이 바로 『남훈태평가』에 수록된 시조 텍스트인 것이다. '군자 고향녀', '고향사', '긔창전'과 같은 한 시의 어휘를 한글로 풀어내지 않고 그대로 차용하여 텍스트를 완성하고 있기 때문이다. 물론 한시와 시조의 내용을 비교해 보면, 한시의 내용은 시조의 초장과 중장에 모두 수용되어 있으며, 종장에서는 시조의 3장 구 조가 지녀야 하는 내용적, 형식적 미감의 완성을 위하여 새로운 내용이 부연되어 있음을 살필 수 있다. 이와 같은 경우, 한시와 시조의 형식구조 가 완전히 일치하지 않기 때문에 나타나는 의도적인 내용의 변용으로 볼 수 있다. 기승전결의 구조를 지니고 있는 한시의 내용을 3장 구조의 시조 에 온전히 담아내는 것이 어렵기 때문에, 한시를 토대로 하되, 시조의 내

---

31) 심재완, 『校本 歷代時調全書』, 세종문화사, 1972를 참조.

용적·형식적 구조의 특성을 고려하여 나름의 변용을 꾀하는 것이다.

하지만 1895년 게일이 처음 시조를 소개하던 무렵, 이처럼 한문고전과 상호텍스트성을 지닌 한문통사구조가 개입된 시조 작품의 선택은 어디까지나 한국인이 애호하는 예술형식을 말하기 위한 지극히 예외적인 사례였다. *The Korean Repository*에 게재된 게일의 영역시조를 보면, 그는 상대적으로 한국의 구어에 근접한 시가작품을 더 많이 채택했기 때문이다. 그렇지만 게일은 시조 속에 담긴 이러한 한문구를 분명히 인식하고 있었다. 그는 한국어에 대한 한문의 영향력을 인식하고 있었고, 이는 한국인의 국문고소설 및 시가에 있어서도 예외가 아니란 사실을 분명히 알고 있었다.[32]

나아가 게일 영역시조의 저본이 되는 『남훈태평가』를 비롯한 다수의 가집들에는 이와 같이 한시와 시조의 교섭 양상을 반영하고 있는 작품들이 다수 존재한다. 한시와 시조는 창작자와 향유자가 동일하다는 문화적 기반 위에서 시상의 유사성을 많이 가지고 있다[33]고 지적되어 온 바, 한시의 원문을 그대로 수용하여 시조를 구성한 한시 현토형 시조, 한시의 내용을 부분적으로 인용한 시조나 한시의 내용을 번역하여 국문으로 구성한 시조 등과 같이 다양한 형태로 존재함을 확인할 수 있다.

특히, 『남훈태평가』에서는 위의 예와 같이 한시의 구절을 그대로 인용하는 한편, 나름의 변용을 가하여 응용한 형태의 시조는 물론, 한시에 우리말의 토를 달아 구성하는 한시 현토형 시조가 다수 등장함을 확인할 수 있다.[34] 『남훈태평가』 소재 시조 작품에는 후자에 속하는 한시 현토형 시

---

32) J. S. Gale, "The Influence of China upon Korea," *The Transactions of the Korea Branch of Royal Asiatic Society* 1, 1900, pp. 15–16.

33) 김준수, 「漢詩 번역 時調 연구 : 제 양상과 미발굴 작품을 중심으로」, 『한국시가연구』 28, 한국시가학회, 2010, 241면 참조.

34) 김석회는 한시 현토형 시조의 수록 비중이 가장 큰 가집으로 『남훈태평가』를 위시한 19세기 후반의 시조창본계 가집을 꼽은 바 있다. 특히 이들 가집은 당대의 가집 스펙트럼 가운데 가장 하층적이고 대중적인 성격을 지닌 것으로 알려져 있는데, 이를 주도한 계층으로 김수장 등과 같은 중인 가객 들을 살필 수 있다고 그는 지적하고 있다. 그들의 교양

조의 비중이 보다 높은 편35)인데, 게일이 영역한 시조 중에도 그러한 형태를 지닌 시조가 존재함은 물론이다.

① 청명시절 우분분헐졔 노상힝인이 욕단혼이로다/ 문노라 목동들아
슐파는 집 어듸메뇨/ 져 건너 쳥념쥬긔풍이니 계 가셔나 뭇소
(『남훈태평가』 #13)

The festal days of spring are blessed by rain and travellers on the road run
for their lives. / Tell us my boy where there is an inn? / Across the way can
you not see the blue flag flutter in the wind. Go there and ask.36)

| 淸明時節雨紛紛 | 때는 청명이라 비는 부슬부슬 내리고 |
| 路上行人欲斷魂 | 길 가는 나그네는 넋이 나갔구나 |
| 借問酒家何處有 | 술집이 어디메냐 물었더니 |
| 牧童遙指杏花村 | 목동은 멀리 살구꽃 핀 마을만 가리키네 |

(杜牧, 『淸明』)37)

② 서시산젼 빅노비흐고 도화뉴슈 궐어비라 / 쳥약닙 녹사의로 사풍
셰우 불슈귀라 / 지금에 장지화 업기로 그를 셔러
(『남훈태평가』 #19)

Before you Western Hills the heron flies, peach flowers drop down upon the
stream, the __ fish stouts. / Green bamboo hat, and grass thatch coat sit neath
the rain and wind / Where now is Chang Chi-wha I long to see him?38)

수준이 한시 자체를 자유자재로 수용하거나 창작하기에는 역부족이었기 때문에 사대부
들에게 오르내리는 한시를 현토의 방식으로 시조창에 얹어 문화적 위안을 삼았다는 것이
다.(김석회, 「한시 현토형 시조와 시조의 7언 절구형 한시화」, 『국문학연구』 4, 국문학회,
2000, 71-72면).
35) 강혜정, 「시조의 한시 수용 양상 연구」, 고려대학교 석사학위논문, 1995 ; 김석회, 위의 글.
36) 『일지』7, p. 42.
37) 이규일 역해, 『한시교양 115』, 리북, 2013, 112면.
38) 『일지』 7, p. 43.

| 西塞山前白鷺飛 | 서새산 앞에 백로가 날고 |
| 桃花流水鱖魚肥 | 복사꽃 떠가는 강물엔 살 오른 쏘가리 |
| 靑箬笠綠簑衣 | 푸른 댓잎 삿갓 쓰고, 초록빛 도롱이 입고 |
| 斜風細雨不須歸 | 비끼는 바람에 실비 내려도 돌아가지 않네 |

(張志華, 『魚歌子』)[39]

①과 ②의 작품의 경우, 각각 『남훈태평가』에 수록된 시조로서 게일이 다른 출판물에서는 번역하지 않은, 오로지 『일지』에서만 번역하여 수록하고 있는 텍스트이다. 이들 작품은 모두 한시를 저본으로 하여 창작된 시조로써, 특히 한시의 내용에 충실한 텍스트이다. 하지만 ①의 경우, 초장에서 한시 현토 형태의 장을 구성하고 있는 것과 달리, 중장과 종장에서는 한시 원문의 내용을 토대로 대화체 형식의 국문 문장을 재구성하고 있다. 또한 ②의 시조의 경우에는 초장과 중장까지 한시의 내용 전체를 그대로 현토한 후, 종장을 새롭게 구성한 형태이다. 이밖에도 게일의 『일지』에는 이백(李白)의 『장진주(將進酒)』를 토대로 구성된 다음과 같은 시조가 번역되어 있다.

군불견황흐지슈 천상너헌다 분류도희불부회라/ 우불견고당명경비빅 발헌다 됴여청사모성셜를/ 인셩득의슈진환이라 막사금쥰 공디월흐소

(『남훈태평가』 #34)

Have you not seen Whang ha as it drops from heaven And speeding forth into the sea returns no more again /How in the palace hall forth tears drop over whitened lovers within the mirror By morning tide so black they were; at eventide snow has fallen / If you but run your way rejoice for late unrequited you will be beneath the moon[40]

君不見黃河之水天上來  그대는 보지 못했는가, 황하의 저물 천상에

---

39) 이규일 역해, 앞의 책, 86면.
40) 『일지』 21, p. 176.

|  | 서 내려와 |
| 奔流到海不復廻 | 달리어 바다에 곧 이르면 돌아오지 않음을! |
| 又不見高堂明鏡悲白髮 | 그대는 보지 못했는가, 덩그런 집속 거울과 마주앉아 백발을 슬퍼함을! |
| 朝如靑絲暮成雪 | 아침에 푸른 실같던 그것 저녁되지 어느덧 흰 눈이어라 |
| 人生得意須盡歡 | 뜻 같을적 모름지기 즐길 것이니 |
| 莫使金樽空對月 | 달빛 아래 황금술통 그대로 두지 말라 |
| …(후략)… 41) | |

한시 원문과의 대조를 통해 살필 수 있듯, 이 시조는 이백의 『장진주』의 첫 대목을 그대로 수용하여 현토한 형태로 구성한 시조이다. 『일지』의 시조 외에도 『남훈태평가』를 저본으로 하여 영역한 게일의 번역 작품 중에는 이백의 「춘야연도리원서(春夜宴桃李園序)」의 서두 부분을 수용하여 창작된 『朝鮮筆景』의 다음과 같은 시조를 찾아볼 수 있다.

천지는 만물지녁녀요 광음은 빅티지과긱이라/ 인싱을 헤아리니 묘창 히지 일솟이라/ 두어라 약몽부싱이 아니놀고 (『남훈태평가』 #168)

Heaven and earth, creation's inn Time the lodger found within/ Life launched on eternity, A grain of millet in the sea / Like a dream is one's short day, Why not spend it merrily?42)

| 夫天地者 萬物之逆旅 | 무릇 천지라는 것은 만물을 맞이하는 여관이요, |
| 光陰者 百代之過客 | 시간이라는 것은 긴 세월을 거쳐 지나가는 나그네이다. |
| 而浮生若夢 爲歡幾何 | 덧없는 인생 꿈과 같으니 즐긴다 하여도 얼마나 되겠는가? |

---

41) 이원섭 역해, 『이백 시선』, 현암사, 2011(3쇄), 104면.
42) 『朝鮮筆景』, p 5.

古人秉燭夜遊 良有以也  옛사람들이 촛불 들고 밤에도 노닌 것은 진
실로 까닭이 있었구나.
…(후략)…43)

「춘야연도리원서」의 서두 부분을 현토하여 초장을 구성하는 한편, 이후
의 내용을 풀이하여 중장과 종장을 새롭게 구성한 시조를 영역하여 제시
하고 있는 것이다. 이처럼 게일은 『남훈태평가』에 수록된 다수의 시조들
가운데, 특히 한시와 시조의 교섭양상을 보이고 있는 작품들을 간과하지
않았다. 즉, 중국의 고전문학과 한국의 문학장르가 상호 텍스트성을 보이
고 있는 작품들에 의미를 부여했던 것이다.

게일은 이처럼 한국문화와 문학에 놓여 있는 중국의 고전, 한자-한문이
지닌 중요성을 인지하고 있었던 것이다. 하지만 게일의 한문고전에 대한
탐구는 한국식 한자음으로 읽는 과정에 그치지 않고, 이를 풀이해주는 한
국인과의 대화 상황이 함께 전제되어 있는 행위였다. 그의 초기 문학론
속에 나타나는 한문고전과 시조의 혼효는 이 점을 잘 말해준다. 나아가
그의 탐구는 한국인 식자층의 언어수준에 도달하기 위한 방편이자 한국에
대한 이해를 위한 것이었다. 왜냐하면 그에게 한문이라는 서기 체계는 전
통적인 한학자가 지닌 의미와는 다른 것이었기 때문이다. 즉, '쓰기-읽기'
를 위한 것이라기보다 '읽기'라는 행위에 초점이 상대적으로 더욱 맞춰진
것이었으며, 성서와 찬송가를 번역할 한글문어의 창출을 지향하고 있었다.

즉, 그의 탐구는 한문과 한글이라는 이분법적 시각과 구분만으로는 엄
밀히 규정할 수 없는 행위였다. 오히려 그의 행위는 실은 한문고전 속에
들어있는 한국의 고유성(vernacularity), '한국화된 한문고전 세계'를 탐색하
는 작업이었다. 이러한 시각에 의거할 때 시조 및 고소설의 언어는 한문

---

43) 황견 엮음, 이장우・우재호・장세후 옮김, 『고문진보』 후집(2판), 을유문화사, 2007, 272
-273면.

고전과 동떨어져 있지 않은 일종의 '속어화된 글쓰기이자 문학'으로 인식될 수 있는 것이었다. 그리고 『朝鮮筆景』에는 이러한 한문고전・고전문학 인식의 전환을 예비하는 전조가 내재되어 있었던 셈이다. 이를 반영하듯 『朝鮮筆景』 이후 게일의 작품선정에는 중요한 변화가 보인다. 즉, 『朝鮮筆景』 이후 게일은 한시현토형 시조를 비롯하여 다수의 한문고전의 전고를 지닌 시조작품을 번역대상으로 소환하기 시작한다.

## 2. 『일지』 소재 영역시조와 시가어의 재편 :
### '구어'에서 '문학어'로

#### 1) 게일의 미간행 육필 영역시조와 영역시조의 계보

게일의 또 다른 영역시조를 살펴볼 수 있는 자료가 『게일 유고』에 들어 있다. 그것은 『게일 유고』의 가장 핵심이자 근원이라고 볼 수 있는 게일의 친필원고가 묶여진 '책자형'자료 『일지』(*Diary*)이다. 총 19권에 이르는 『일지』는 그 명칭과 달리, 실상을 살펴보면 게일의 사적인 기록물이라기보다는 한국문헌에 대한 번역물이 더 많은 비중을 차지하고 있음을 알 수 있다. 그리고 『일지』 속에는 아래의 도상자료와 같이 『남훈태평가』 소재 시조에 대한 번역물이 존재한다.[44]

『일지』 7권에는 "남훈틱평가", "Korean Ancient Songs"라는 제명 아래 『남훈태평가』 소재 시조 1~24를 저본으로 한 영역시조가 수록되어 있으며, 그 마지막 면에는 이 번역이 『일지』 21권으로 이어진다는 게일의 필적이 적혀있다. 그의 기록대로, 『일지』 21권에는 『일지』 7권에 이어진 것이라는 게일의 필적과 함께, 『남훈태평가』 25~42를 저본으로 한 영역시조가 수록되어 있다. 즉, 『일지』에서는 『남훈태평가』의 수록작품 순서대로 총

---

44) 『일지』 7, pp. 40-44 ; 『일지』 21, pp. 175-177.

42수의 시조를 순서대로 영역한 셈이다. 이후 논의의 전개를 위해 『게일 유고』 소재 『일지』가 지닌 일반적 성격을 중심으로 개괄하도록 한다.

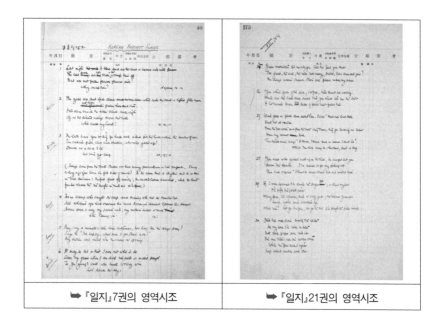

| ➡『일지』7권의 영역시조 | ➡『일지』21권의 영역시조 |

　　물론 『일지』의 번역물은 우리가 대면할 수 있는 게일 영역시조의 가장 초역에 근접한 형태이다. 하지만 『일지』는 로스 킹의 지적처럼, 게일의 초 역물 혹은 최초 번역사례로 보기보다는 번역에 있어 그보다는 진전된 형 태로 여기는 편이 한 결 더 타당하다. 왜냐하면 『일지』는 단순히 게일의 한국문학작품에 대한 초역물을 집적해 놓은 것이 아니기 때문이다. 예컨 대, 『일지』에는 타이핑이 되었거나 출간한 원고의 경우 게일이 삭제했거 나, 그 초역물이 남겨진 경우에도 그가 빗금을 표시한 흔적이 남겨져 있 다. 또한 그가 참조한 저본 혹은 전후 어느 권의 어떤 면과 이어지는 지를 메모한 흔적 또한 새겨져 있다. 그 속에는 어떤 운동성과 역동적인 게일 의 수행적 맥락이 잠재되어 있는 것이다. 따라서 이 자료들에서 우리는

단순히 게일의 초역을 묶어 놓은 보관물이라는 관점에서 그 학술적 가치
에 접근하는 것이 아니라, 향후 활자화를 위한 그의 끊임없는 교정 및 재
번역이라는 역동적인 과정 속에서 그 의미를 찾아야 한다.[45]

『일지』에 수록된 1~42번 영역시조 중에서 게일의 다른 저술에서도 발
견할 수 있는 영역시조를 대비하여 함께 정리해보면 다음과 같다.

| 수록<br>번호 | 동일 저본 영역시조<br>수록 문헌 | 수록<br>번호 | 동일 저본 영역시조<br>수록 문헌 |
|---|---|---|---|
| 1 | =*The Korea Bookman* | 25 | ≒『朝鮮筆景』<br>≒ *The Korea Bookman* |
| 2 | ≒『朝鮮筆景』<br>=*The Korea Bookman* | 26 | ≒*The Korean Repository* |
| 3 | ≒*The Korean Repository*<br>≒『朝鮮筆景』<br>=*The Korea Bookman* | 27 | |
| 4 | =*The Korea Bookman* | 28 | |
| 5 | | 29 | |
| 6 | | 30 | =*The Korean Repository*<br>=『朝鮮筆景』<br>=*The Korea Bookman* |
| 7 | ≒*The Korean Repository* | 31 | |
| 8 | ≒『朝鮮筆景』 | 32 | |
| 9 | | 33 | |
| 10 | | 34 | |
| 11 | | 35 | |
| 12 | ≒*The Korean Repository*<br>≒『朝鮮筆景』<br>≒*The Korea Bookman* | 36 | ≒*The Korea Mission Field* |
| 13 | | 37 | |
| 14 | | 38 | ≒*The Korea Mission Field* |

45) R. King, op. cit, pp.237-240.

| 수록<br>번호 | 동일 저본 영역시조<br>수록 문헌 | 수록<br>번호 | 동일 저본 영역시조<br>수록 문헌 |
|---|---|---|---|
| 15 | | 39 | =*The Korean Repository*<br>=『朝鮮筆景』 |
| 16 | =*The Korean Repository* | 40 | |
| 17 | | 41 | |
| 18 | ≒*The Korean Repository* | | |
| 19 | | | |
| 20 | ≒『朝鮮筆景』 | | |
| 21 | ≒『朝鮮筆景』 | 42 | |
| 22 | | | |
| 23 | | | |
| 24 | | | |

(= : 다른 문헌과 『일기』소재 영역시조의 일치 / ≒ 다른 문헌과 『일기』소재 영역시조의 불일치)

물론 『일지』 소재 영역시조들의 번역시기를 추정하는 것은 불가능한 일이며, 또한 그 '기록'시기를 확정하는 것 역시 어려운 일이다. 하지만 그 대략적인 기록 시기를 어느 정도 유추할 수는 있다. 『일지』 7권의 영역시조의 경우, 앞쪽에 게일이 1915년 1월 1일부터 11일까지 작성한 일지와 함께 『개벽』 1921년 5월호에서 발췌한 기사, 그리고 1922년에 게일이 구입한 도서목록이 있다. 또한 『일지』 8권에는 1916~1917년에 발표한 게일의 보고서가 있어 그 시기를 단정하기는 어렵다. 『일지』 21권의 영역시조 앞에는 1921년 8월 1일부터 1922년 12월 5일까지의 일지가 존재한다. 이러한 정황을 통해 유추해본다면, 그 기록 시기는 대략 1921~1922년 정도로 추정해볼 수 있다. 하지만 결코 이러한 기록시기를 곧 게일이 『남훈태평가』의 시조를 영역한 시기로 등치시킬 수는 없다.

다만, 『일지』에 수록된 영역시조 42수의 '기록시기'는 적어도 『朝鮮筆景』(1912)보다는 이후이며, *The Korea Mission Field*(1924.9~1926.6)보다는 앞

시기로는 상정할 수 있을 것이다. *The Korea Bookman*(1922.6)은 『일지』이전의 번역 사례라고도 말할 수도 있겠지만, 중첩되어 있다고 보는 편이 가장 타당할 듯싶다. 『일지』에서 게일은 『남훈태평가』에 관해 "Korean Ancient Songs"라는 명칭을 부여했다. 개신교 선교사들의 영한사전을 펼쳐보면 "ancient"는 "古代, 上古" 등을 지칭한다. 게일이 『남훈태평가』 소재 시조를 '한국 고대의 노래'라고 풀이한 이유는 가집의 제명 속에 포함된 순임금의 궁전을 뜻하는 '南薫'이라는 어의를 주목했기 때문이다. 또한 『일지』와 *The Korea Bookman* 소재 영역시조에는 한국의 근대화 과정 속에 한국인에게도 서양의 가곡에 밀려 소멸되어가는 한국의 예술이란 공통된 맥락이 놓여 있다.

무엇보다 『남훈태평가』라는 작품 출처를 밝히고, 원전 소재 작품 순서대로 시조를 영역한 모습이 *The Korea Bookman*에서도 보인다. 나아가 가장 큰 공통점은 『일기』에서 게일은 저본 시조작품과 관련하여 추가로 설명해야할 고사나 전고가 보이면 그와 관련한 논평을 병기해 놓고 있다는 점이다. 이러한 경향은 『朝鮮筆景』(1912)을 포함하여 그 이전의 번역에서는 찾아볼 수 없는 모습이다. 이는 *The Korea Bookman*(1922.6)에서부터 비로소 나타나는 특성이기 때문이다. 따라서 이를 종합하여 볼 때, 게일의 영역시조는 "*The Korean Repository*(1895~1898) → 『朝鮮筆景』(1912) → 『일지』(1921~1922)·*The Korea Bookman*(1922) → *The Korea Mission Field*(1924~1926)"로 그 기록시점과 게일 영역시조의 계보를 산정해볼 수 있다.

『일지』 소재 영역시조와 관련하여 첨언할 사항이 하나 더 있다. 앞의 도표를 보면 알 수 있듯이, 다른 문헌 속에 동일 시조작품에 대한 영역 양상이 완전히 동일하게 나타나는 경우는 극히 드물다. *The Korea Bookman*과 *The Korea Mission Field*와 차이점이 나타나는 지점은 의당 게일이 수행한 그 교정 결과로 볼 수도 있다. 하지만 게일이 1895~1898년 사이 *The Korean Repository*에 수록한 영역시조와 비교해도 이 역시 완전히 일치하지 않는 경우가 대부분이다. 이 점에서 『일지』에 수록된 영역시조는 게일의 최초 번역사례 혹은 '초역물'이라기보다는 게일이 교정 및 새로운 번역을 수행한 결과물이라는 사실을 여실히 보여준다.

### 2) 『남훈태평가』 소재 시조 작품 선정의 변모

『朝鮮筆景』의 영역시조는 게일의 초기 시조번역의 모습과 같이 영시의 율격에 맞춘 서구적 시문예에 근접한 번역형식을 보인다. 그렇지만 『朝鮮筆景』 소재 초출 영역시조 중에는 향후 게일의 새로운 시조번역 형식과 대비해 볼만 한 좋은 작품이 있다. 이 작품은 『남훈태평가』의 2번째 시조작품을 저본으로 한 텍스트이다. *The Korea Bookman*에는 동일한 시조를 저본으로 한 영역시조가 수록되어 있다. 이 영역시조는 강혜정이 선행연구를 통해 지적했던 게일의 새로운 번역형식을 보여주는 작품이기도 하다.[46]

| 『朝鮮筆景』(1912) | *The Korea Bookman*(1922) |
|---|---|
| The gates are closed, the silent hours,<br>Look with the moon upon the flowers,<br>While I behind the silken screen,<br>Deserted and heart-broken lean.<br>The distant hamlet cook now crows,<br>My lonliness who knows? who knows? | No one astir, fast closed the inner gates,<br>throughout the court the flowers fall, soft shines the moon.<br>I sit alone and, leaning on the silken blind, sigh deep and long.<br>Off in the distant village crows the cock, while break my heart. |
| 덕무인 엄중문헌데 만정화락 월명시라<br>독의ᄉ창ᄒ야 장탄식만 ᄒ든ᄎ에<br>원촌에 일계명ᄒ니 이ᄉᄌ는 듯 | 『남훈태평가』#2 |

*The Korea Bookman*에서 보이는 게일의 새로운 번역형식은 그가 『남훈태평가』 소재 작품을 통해 느낀 한국 시조문학의 특징을 더욱 살리기

---

46) J. S. Gale, "Korean Song," *The Korea Bookman* 1922. 6, p. 14 ; 『朝鮮筆景』, p. 3.

위한 것이었다. 게일은 시조의 삼장구조와 "영시의 각운, 모운의 효과를 감지할 수 없으며 억양의 상승과 하강이 규칙적으로 연속되는 측면"과 종장에서 시를 종결 짓지 않고 여운을 남겨두는 방식을 부각하고자 했고, 그 이면에는 그가 이러한 시조의 형식을 한국인이 애호하는 시 작법으로 인식했던 사실이 자리한다. 물론 시조 종장의 말구가 생략된 것은 당대 시조의 음악적 향유방식인 가곡창과 시조창 가운데 시조창의 향유방식에 기대어 있었던 『남훈태평가』의 특성과 밀접한 관련이 있다. 즉, 시조의 문학적 향유방식에 의한 특성이 아닌, 음악적 향유방식에 기저한 특성인 것이다.

그럼에도 불구하고 The Korea Bookman에서 게일은 『남훈태평가』의 사설을 문학 텍스트 그 자체로 인지하고, 이를 한국인의 시작법(詩作法)의 특성으로 이해함으로써 텍스트 자체의 미감을 온전히 살리기 위한 노력을 기울였던 것이다. 즉, 『朝鮮筆景』에 수록된 영역시조가 서구인 독자를 위한 수용자 중심의 번역이라면, The Korea Bookman의 영역시조는 상대적으로 원작을 보다 충실히 재현하려는 지향점을 지니고 있었던 셈이다.[47] 이와 관련하여 『일지』 7권에 수록된 동일한 시조를 저본으로 한 영역시조를 주목할 필요가 있다.

---

47) 이에 대한 상세한 분석은 강혜정, 앞의 글, 72~74면을 참조서술. ; 『朝鮮筆景』 Ⅱ유형의 다른 초출 영역시조 와 그 번역형식을 제시해보면 다음과 같다. 『남훈태평가』#8(산촌에 밤이 드니 먼데 기가 지져귄다 / 시비를 녈고 보니 하날이 차고 달이로다 / 져 기야 공산 잠긴 달보고 지져 무삼)에 관한 영역시조("A mountain village, night crows late, / Dogs in the distance bay, / I peek out through the bamboo gate, / The sky is cold, the moon is gray. / These dogs! What can such barking mean, / When nothing but the moon is seen?") 의 경우, 각운(ab/ab/cc)을 지니고 있으며 약강 4음보 율격을 기본으로 하고 있다. 『남훈 태평가』#8(초경에 비취 울고 이경야에 두견이 운다 / 숨경 사오경에 슬희 우는 져 홍안아 / 야야에 네 우름소리에 잠 못 니러)에 관한 영역시조(In the first watch, the kingfisher, / In the second, the goatsucker, / In the third, and fourth, and fifth, / These wild geese in clangor lift / Their voices night by night, / And sleep has ta'en its flight.)의 경우 각운은 다소 불완전한 형태(aa/bb/cc)이지만 존재하며, 약강 3음보와 4음보 율격을 지니고 있다. 즉, 영시화를 지향한 편으로 판단해도 좋을 것 같다.

[재구] The gates are shut fast closed while wide the court is lighted by the
moon
With blossoms fallen here and there
I sit alone beside the silken blind and sigh
Off in the distant village crows the cock
While breaks my heart!48)

이를 살펴보면, 완전히 일치되는 것은 아니지만 초장의 도입부 부분(The
gates~)은 『朝鮮筆景』 소재 영역시조와 부분적으로 일치함을 살필 수 있
다. 하지만 중장과 종장의 도입부 부분(I sit alone~ / Off in the~)은 *The
Korea Bookman*에 수록한 영역시조와 일치한다.49) 이러한 제반 사항을
염두에 둔다면, *The Korea Bookman*에 수록된 새로운 영역시조는 우리가
확인할 수 있는 해당 시조작품(『남훈태평가』#2)에 대한 게일의 최종적 번역
물이었던 사실을 지적할 수 있다. 또한 『朝鮮筆景』 소재 영역시조(1912)는
그 이전의 번역이었던, *The Korean Repository*(1895~1898)와 상대적으로
그 연속선이 더욱 강하게 작용하는 성격을 지니고 있었던 셈이다.

이에 반해 『일지』 소재 영역시조는 *The Korea Bookman*에 반영된 게
일의 번역실험 즉, 원작 그 자체를 보다 충실히 재현하려는 지향점이 잘

---

48) 『일지』7, p. 40.

49) 『일지』의 이러한 혼합적인 형태를 보면, 『朝鮮筆景』 소재 영역시조 나아가 『朝鮮筆景』
보다 더 나중에 『일지』에 기록된 게일의 육필 영역시조 역시 단순히 게일의 초역물을 집
성한 것이 아니란 사실을 알 수 있다. 그 속에는 지속적으로 교정을 수행했던 끊임없는
그의 번역실천이 함께 있었던 셈이다. 『일지』 속 게일의 번역물은 그의 최초번역사례(초
역물)가 아니라, 그보다는 상대적으로 더욱 진전된 형태의 번역이며 향후 활자화 혹은 출
간을 지향한 원고였던 것이다.(R. King, op. cit., pp. 238-239).

반영되어 있다. 그것은 상기의 도상자료가 잘 보여주듯, 게일이 시조 각장의 자수를 16, 14, 12글자로 표시해준 모습이 잘 보여준다. 『일지』에 수록된 영역시조가 지닌 특징은 3행으로 구성된 영역시가 전체 21수이며, '3행 + 들여쓰기'의 형식을 지닌 경우는 10수이다. 즉, 시조의 3장 형식을 영역시로 옮긴 경우는 전체 42수 중에서 31수에 이르는 수준이다. 4행으로 된 경우에도 마지막 행을 들여쓰기로 한 형태가 보이는 데, 이는 시조 종장 마지막 구의 미종결 효과를 드러내기 위한 시적 장치로 볼 수 있다. 이를 보다 면밀히 살피기 위해서 『朝鮮筆景』과 『일지』에 공통적으로 수록된 다음과 같은 영역시조의 율격을 살펴볼 필요가 있다.

| 『朝鮮筆景』, p.5 | 『일지』7, p.40 |
|---|---|
| The boys have gone to dig ginsen'<br>    While here beneath the shelter,<br>The scattered chess and checker men,<br>    Are lying helter-skelter.<br>Full up with wine, I now recline,<br>Intoxication, superfine! | The lads have gone to dig for herbs and silent sits the hall within the bamboo grove.<br>The scattered pieces, chess and checkers, who will gather up?<br>Drink as a lord I lie<br>    Let time go  bang. |
| 아희는 약키라 가고 죽정(竹亭)은 횅덩그러이 부엿는데<br>홋터진 바독 장긔를 어늬 아희가 스러 담아쥬리<br>슐취코 송정(松亭)에 누어스니 절가는줄 | 『남훈태평가』#3 |

『朝鮮筆景』 소재 영역시조는 과거 *The Korean Repository*에 수록되었던 작품을 재수록한 것이다.[또한 *The Korea Bookman*에도 이 영역시조는 재수록되어 있다.] 6행으로 'ab/ab/cc'으로 구성된 영시 특유의 압운을 보여준다. 이에 비해 『일지』에 수록된 영역시조의 경우 번역자 게일은 영어의 율격과 시행의 길이에 대해서 전혀 고려하지 않았다. 즉, '시조의 英詩化'라는 지향점이 그만큼 약한 편이라고 할 수 있다.[50] 즉, 『朝鮮筆景』에 비해 『일

---

50) 이 이외에도 『남훈태평가』 12, 15번 작품에 대한 영역양상이 동일하다. 이러한 경우로 인

지』소재 영역시조들이 과거 게일이 보여준 영시의 율격에 맞춘 번역 실험의 형식에서 벗어난 경우가 상대적으로 더욱 많은 셈이다.

강혜정의 선행연구에는 이러한 게일 영역시조의 번역실험의 모습이 잘 포착되어 있지만, 미간행 영역시조를 포괄하지 못했기에 한편으로는 간과된 지점이 더불어 존재한다. 『朝鮮筆景』 소재 게일의 영역시조에 내재된 시가 담론 즉, '한국의 노래·송가'를 '옛 조선의 노래·송가'로 재배치하는 담론은 이후 이어지는 새로운 시조 인식을 향한 전조를 제공해 준다. 일례로 게일은 과거와 달리, 『朝鮮筆景』에서 사대부 남성의 내밀한 입신양명(立身揚名)의 심정을 첫 번째 유형으로 우선적으로 제시한 작품배치를 보여준다. 나아가 『朝鮮筆景』의 초출 영역시조 전반을 검토해보면, The Korean Repository 소재의 번역대상이었던 시조들과 큰 변별점이 보인다.

앞서 인용했던 작품, 『朝鮮筆景』에서 게일이 번역한 『남훈태평가』의 두 번째 작품은 과거 게일이 번역했던 시조작품과는 성격이 다른 것이다. 이 점을 게일 역시 잘 알고 있었다. 그의 지적대로 시조는 한문고전에 대한 교육을 받지 못한 사람은 해독할 수 없는 매우 세련된 한문화[중국화]된 언어표현이었기 때문이다.[51] 즉, 『朝鮮筆景』은 The Korea Bookman과 같이 전형적인 시조의 형식에 부응하는 새로운 형태의 번역형식을 갖추고 있는 것은 아니지만, 이를 '한국의 시가'로 포괄하고자 하는 과도기적 모습을 보여주고 있는 셈이다.

The Korean Repository에서 게일은 한국 구어의 통사구조가 아닌 한문 통사구조를 지닌 어구가 담긴 시조 작품을 상대적으로 배제한 편이었다. 여기에는 한국인이 '한국어'로 부르는 노래를 최대한 담아내고자 했던 그의 지향점이 담겨져 있었다. 물론 이러한 지향점이 『朝鮮筆景』의 초출 영

해, 『일지』, The Korea Bookman 소재 영역시조의 선후관계에 관해서는 성급한 판단을 내리기가 쉽지 않다.

51) J. S. Gale, "Korean Song," The Korea Bookman 1922. 6, p. 14.

역시조에도 보인다. 하지만 『朝鮮筆景』에서 게일은 상대적으로 한국 구어의 통사구조에 어긋나는 한문 어구를 포함하고 있는 아래와 같은 시조작품을 더 많이 포괄하고 있음이 주목된다.52)

① 삼월 삼일 니빅도홍 구얼 구일 황국단풍
　금쥰에 슐이 잇고 동정호에 달이로다
　아희야 잔 가득 부어라 **완월장취**(『남훈태평가』#20)
　Third moon, third day, / Plum flower, peach spray, / Ninth day, ninth
　moon, / Maple and crysanthemum. / Golden goblet full of wine, /
　Tong-chon River, evening time, / Jovial comrade, wise and rare, /
　Drinking to the moon up there.53)

② 사람이 죽어가셔 나을지 못나을지
　드러가 보니 업고 나오다 보니 업늬
　유령이 이러험으로 **장취불셩**(『남훈태평가』#171)
　Man he dies and goes away, / Will he not come back some day? / All
　have seen him go, but then, / None have seen him come again. / This
　is why men love to hear, / Jokeful songs and gleesome cheer.54)

③ **쳔지는 만물지녁녀요 광음은 빅디과긱이라**
　인싱을 혜아리니 묘창희지 일솟아라
　두어라 **약몽부싱**이 아니 놀고(『남훈태평가』#168)
　Heaven and earth, creation's inn; / Time the lodger found within; / Life
　launched on eternity, / A grain of millet in the sea; / Like a dream is
　one's short day, / Why not spend it merrily?55)

---

52) 이와 관련하여 게일이 1916년 개정 간행한 그의 문법서 속에 한국의 한자숙어를 예제로
　포괄한 점을 주목할 필요가 있다. 게일은 그의 문법서에 담긴 언어가 서구・일본에 영향
　을 받지 않은 순수한 한국인의 언어라고 서문에서 표현했다. 즉, 게일이 이 관용구를 한
　문 혹은 중국어가 아니라 한국어의 중요한 언어표현으로 인식했음을 의미한다.
53) 『朝鮮筆景』, p. 4.
54) Ibid., p. 5.

상기 『남훈태평가』 소재 시조작품은 강조표시 부분이 잘 보여주듯, ①
과 ②처럼 사자성어를 활용하거나, ③에서처럼 중국 문장의 일부분(李白의
「春夜宴桃李園序」)이 그대로 반영된 모습을 보여준다. 영역시의 형식은 각운
이란 차원에서 본다면 초기 게일의 시조번역 실험에서 크게 어긋나지는
않지만 변별되는 양상도 더불어 존재한다.

①의 경우, 각운은 게일이 통상적으로 보여준 양태(aa/bb/cc/dd)이지만,
다른 영역시조와 달리 8행으로 구성된 독특한 모습을 보여준다. 또한 영
시에서 자유로운 약강이 아닌 강약(trochee)의 율격을 많이 사용했는데, 1~
4행은 한자음을 그대로 영어에 배치한 듯한 느낌을 제공해준다. ②의 경
우, 게일 영역시조의 통상적인 각운(aa/bb/cc)을 보여주며, 1행과 6행을 제
외한 부분은 약강 율격을 사용했다. 특히 6행의 "장취불성"에 대응되는 표
현에 강약 율격이 사용된 점이 주목된다. ③의 경우는 불규칙하지만 각운
은 유사한 형태(aa/bb/cc)이며, "광음은 백대지과객"이란 한자 표현을 강조
하기 위해 2행에서 강약 율격을 사용한 점이 주목된다. 즉, 세 작품 모두
게일이 한국어 구문 속에 반영된 한자어 문맥에 대한 의도적 강조의 흔적
이 남겨져 있는 셈이다. 그럼에도 불구하고 이들은 『일지』 소재 영역시조
와는 큰 변별점이 존재한다. 『朝鮮筆景』 소재 영역시에는 주석을 통해 의
미를 별도로 풀이해야 될 전고가 존재하지 않기 때문이다.

### 3) 가집으로서의 『남훈태평가』와 고전어로서의 시가어

게일의 『남훈태평가』 소재 시조에 대한 인식, 그가 부여한 해제방식을
대비해 보면, 『일지』, *The Korea Bookman* 소재 영역시조에는 『朝鮮筆景』
소재 영역시조에서는 보이지 않는 중요한 공통점이 존재한다. 그것은 현
격한 불연속선이라고도 볼 수 있다. 이는 1920년대 소멸해가는 한국의 문

---

55) Ibid., p. 5.

학·음악 예술에 관한 게일의 시각 및 기술양상과 일치되는 지점이기도
하다. 『일지』에서 영역시조는 "Korean Ancient Songs"라는 제명 하에 묶
여져 있으며, 이는 게일이 *The Korea Bookman*에서 풀이했던 『남훈태평
가』의 제목 순임금의 궁전을 지칭하는 "南薰"이 상징하는 바이기도 하다.
『남훈태평가』에 담겨있는 시조는 비록 한글로 된 작품이지만, 그 작품들
의 근간에는 옛 한학적 지식인의 고전적 사유가 녹아 들어있다고 규정되
고 있는 것이다. 또한 과거 한국의 노래(또한 송가)가 '고전'적 노래가 되어
버린 당시의 형국을 반영하고 있는 것이기도 하다.[56]

　이와 관련하여 『남훈태평가』 소재 시조 작품의 전고를 풀어서 설명하
는 방식이 『일지』, *The Korea Bookman*에서 공통적으로 보임을 주목할
필요가 있다.[57] 사실 그 연원은 1910년대 후반으로도 상정할 수 있다. 이
는 게일이 *The Korea Magazine*에 연재한 『옥중화』 영역본에서도 발견되
는 특징이기 때문이다. 이 잡지에 수록된 게일의 한국문학론을 보면, 한국
의 문학을 읽어나갈 때 한자 혹은 한문의 풀이·해석보다도 더 어려운 일
이, 이에 바탕이 되는 "중국 역사와 신화 속 무수한 전고를 이해"하는 일
로 여겼음을 알 수 있다. 또한 그는 이것이야말로 과거시험을 준비하던
과거 옛 조선인 선생을 통해 한국문학을 배울 수 있는 가장 중요한 지점
이라고 여겼다.[58]

　한국의 고소설, 시조 속에서 나타나는 이러한 전고들을 주해작업을 통
해 드러내는 방식, 이는 한국의 고유어 속에 자리 잡은 한문고전적 사유
를 드러내 주는 방식이기도 했다. 물론 이러한 주해방식은 한국의 한문고
전을 중심으로 한국어·문학에 접근한 게일의 일관적인 모습이라고도 볼

56) J. S. Gale, "Korean Song," *The Korea Bookman* 1922. 6, p. 13.
57) Ibid., p. 15.
58) 이상현, 이진숙, 「『옥중화』의 한국적 고유성과 게일의 번역실천」, 『비교문화연구』 38, 경
　　희대 비교문화연구소, 2015, 158-164면.

수 있다. 하지만 한국 민족성을 중국문화에 종속적인 특징을 지닌 것으로 규정할 때 근거가 되던 한문고전은 다른 의미맥락을 띠게 된다. 여기에서 중심은 이를 한국화한 옛 조선인의 심성과 사유이기 때문이다. 즉, 게일이 드러내고자 한 바는 한국인의 '문학=심성' 속 중국 혹은 한문고전인 것이다.

The Korea Bookman에서 게일은 최초로 『남훈태평가』라는 가집을 공식적으로 언급한다. The Korean Repository 등과 같은 이전의 시조 번역 작업에서는 논한 바 없는 원전의 제명을 명확히 밝힌 셈이다. 가집 『남훈태평가』를 소유하게 된 경위와, 책 제목의 어원이 되는 "南薰"의 뜻을 상세하게 설명하고 있는 내용은 게일이 『남훈태평가』라는 문헌이 지니는 가치에 큰 의미를 부여하게 되었음을 말해준다. 그에게 『남훈태평가』는 한국의 시가를 담아내고 있는 고전 그 자체로서의 의미를 지니고 있었다. 따라서 그의 시조에 대한 문학적 인식 역시 『남훈태평가』에 기록되어 있는 시조 텍스트 그 자체에 놓여있었음을 알 수 있다. 그가 『남훈태평가』의 첫 장에 첫 번째로 기록된 '낙시조(樂時調)'라는 악곡명칭을 문맥 그대로 해석하여 '행복한 날들의 노래(Songs of Happy days)'라고 인식한 사실이나, 시조창 특유의 사설 구성 방식인 시조 종장의 말구를 생략하는 형식을 한국인들이 선호하는 시 형식이라고 인식하는 문학적 오류를 범했던 이유가 바로 그 때문인 것이다. 게일은 자신이 소유하게 된 가집 『남훈태평가』를 한국의 시를 이해하기 위한 가장 중요한 고전 문헌으로 인식하고, 그를 토대로 한국의 시가 문학을 이야기하고자 했던 것이다.

The Korea Bookman이 주목되는 것은 그가 이전과는 변별되는 새로운 방식으로 시조를 번역하기 시작했다는 사실 외에도, 『남훈태평가』의 작품들을 본래의 수록 순서에 따라 번역하고 있다는 점, 그리고 그들 작품에 대한 간략한 서술을 부연하고 있다는 점 때문이다. 이 같은 사실은 그가 출간하지 않은 이전의 시조 번역 작업인 『일지』와 상당부분 중첩되는 부분이 있음은 앞서 지적한 바이다. 게일이 『남훈태평가』 소재의 시조를 순차적으로 번역하여 제시한 것은 *The Korea Bookman*에서의 작업이 처음이었고, 따라서 *The Korea Bookman*이 게일의 시조 번역 작업에서 중요한 기점이 되는 것으로 잘 알려져 있지만, 사실 그 작업은 『일지』를 통해 예비된 것이었다. 앞서 언급한 듯 『일지』가 1921~1922년에 기록된 것으로 추측된다는 사실을 염두에 둔다면, 1922년에 기록된 *The Korea Bookman*에 비해 『일지』가 보다 선행된 작업이었음을 짐작할 수 있다.

『일지』에서 게일은 총 42수의 시조를 『남훈태평가』의 작품 수록 순서에 따라 번역하는 한편, 필요에 따라 추가적인 논평을 부연하고 있다. 이는 *The Korea Bookman*에서 번역한 총 9수의 작품 중 『남훈태평가』에 수록된 4수를 순서대로 번역하는 한편, 각 작품의 하단에 추가적인 논평을 기술한 것과 유사한 형식을 취하고 있는 것이다. 특히 『일지』에서의 논평은 주로 시조 작품의 내용과 관련된 것이 많다. 시조 텍스트에 내재되어 있는 전고와 용사, 즉 한자어 문맥으로 지칭될 수 있는 언어표현들에 대한 상세한 해설과 작품의 주제에 대한 언급이 그러하다. 즉, 『일지』에서는 시조 텍스트 그 자체의 번역뿐 아니라 텍스트를 구성하고 있는 개별 시어의 관용적 의미를 주해, 또 다른 번역의 대상으로 소환하였던 것이다.

따라서 『일지』를 살펴보면 다음과 같이 일반적인 서양의 독자들에게는 이해가 어려운 중국의 인물들이나, 전고와 관련된 시어들을 다시 한번 풀이하고 있음을 살필 수 있다.

> ① 져건너 일편셕이 강티공의 됴터로다/ 문왕은 어듸가고 빈뷔 홀노
> 미엿는고/ 셕양에 물찬 졔비는 오락가락(『남훈태평가』#9)
> Across the way the rock from which great Kang-tai fished Stands bare.
> / No kings has come; an empty boat swings on the tide. / The evening
> swallows back and forth fly low and kick the water
> Note: Kang-tai was the wise man whom King Moon found fishing and
> made his minister. King Moon was founder of the Choo Dynasty of

China and one of her greatest master saints(1120 B.C.)[59]

② 오츄마 우는곳데 칠척장검 빗나거다/ 자방은 결승천리ㅎ고 한신
은 전필승공필취라/ 항우는 일범증부릉용ㅎ니 이 긋는듯 (『남훈
태평가』#10)

The black horse neighs, while Hang-oo's sword gleams high / Cha-
pang(Chang-yang) has planned his victory far away while Han sin
fights and wins and fights again / Hang-oo, though, great, missed
Pum- jeung's word and died, how sad!

Note: Black horse was the dragon that came out of the O River that
Hang-oo mounted and rode.

Cha-pang was the wise man who aided Han-tai-jo in the founding of
the Han Dynasty. Han-sin the great general of Han-tai=jo(Yoo Pang)
Hang-oo was the general who defeated Chin that built the Great Wall
and united all. Pum jeung was first of the advisors of Han-yang and
finally of Hang oo. He died from an abscess caused by anger.[60]

①에서는 작품에 등장하는 인물인 강태공(姜太公)과 문왕(文王)에 대한
설명을, ②에서는 텍스트의 바탕이 되는 오추마(烏騅馬)에 얽힌 이야기와
더불어 자방(子房), 한신(韓信), 항우(項羽), 범증(范增) 등의 인물들에 대한 설
명이 부연되어 있다. 이러한 양상은 이후의 작품 번역에도 이어진다. 작품
에 등장하는 굴원(屈原), 소상강(瀟湘江), 동정호(洞庭湖), 남훈전(南薰殿) 등과
같은 한문고전의 전고를 상세하게 설명하고 있는 것이다. 게일에게 이와

---

59) 『일지』 7, p. 41. ; 이하 인용할 게일의 주석의 경우, 각주로 그에 해당하는 한국어역을 병기
하도록 한다. "주석: 강태공은 지혜로운 이로, 문공은 낚시하고 있던 그를 발견한 후 신하로
삼았다. 문공은 중국 주나라의 시조로 중국의 위대한 성현 중 일인이다(기원전 1120년)"

60) Ibid., p. 41. ; "주석: 흑마는 오강에서 나온 용으로 항우가 타고 다녔다. 자방은 현명한 사
람으로 한 태조를 도와 한 나라를 세웠다. 한신은 한태조(유방)의 대장군이었다. 항우는
장군으로 만리장성을 쌓고 중국을 통일한 진나라를 무너뜨렸다. 범증은 처음에는 한양의
참모이었다, 마지막에는 항우의 참모가 되었다. 그는 화로 인해 생긴 종기로 사망했다."

같은 한문고전의 어휘는 한국의 시조라는 문학텍스트를 구성하는 핵심 시
어였다. 한국의 문학 속에 나타나는 한문 고전의 어휘는 앞서 언급한 바,
이를 한국적인 것으로 풀어낸 옛 조선인의 사유였고 결국 그 심성과 사유
를 표출하는 방식의 일환으로 여겨지는 것이었기 때문이다.

　게일이 『남훈태평가』 소재 시조들과 그 어휘를 통해 옛 조선인의 심성
과 사유를 짚어보고자 했음은 『일지』의 또 다른 형태의 부연 기록을 통해
살필 수 있다. 그것은 한자 어휘의 설명 외에 부연된 시조 텍스트의 내용
과 관련한 기록이다.

> ① 반(半)나마 늙어쓰니 다시 졈든 못ᄒ리라/ 일후(日後)ᄂ 늑지말고
>    미양 이만 ᄒ얏고ᄌ/ 빅발이 졔 짐작ᄒ야 더듸 늙게
>                                      (『남훈태평가』#16)
>    More than half of life is over/ Young again? no never, never! / Cease
>    then from this growing gray/ And as you are so please to stay /These
>    white hairs must surely know/ How to turn more slowly so.
>    Note: This is a sad note in Korea's songs- Age comes on, the source
>    of life runs out. He would live like the fairies who dwell on
>    Ki-mountain tops of West Monghe. Forever.[61]

> ② 삼월삼일 니빅도홍 구월구일 황국단풍/ 금쥰에 슐이 잇고 동정호
>    에 달이로다/ 아희야 잔 가득 부어라 완월쟝취(『남훈태평가』#20)
>    The spring has come with pear and red peach blossom/ The autumn
>    with chrysanthemum. / Fill up the cup, on Tong-jung's Lake fair shines
>    the moon. / Pour out my boy and let us drink over fill.
>    Note: As with Burns' county Korea has ever been a land where
>    drinking songs [are-임의추가] aloud.[62]

---

61) Ibid., p. 43. ; "주석: 이것은 나이가 들어가고 생명의 원천이 점차 바닥나는 것을 노래한
   애상적 곡조의 한국시가이다. 그는 기산에 사는 신선처럼 영원히 살고 싶다."
62) Ibid., p. 44. ; "주석: 번스의 나라처럼 한국은 酒歌를 소리 높여 부르는 나라였다." ; 로버
   트 번즈(Robert Burns)는 영국 스코틀랜드 출신의 시인으로, 스코틀랜드 방언을 시어로

게일은 이 시를 번역한 후에 ①의 시에 대한 나름의 논평을 부연 설명
하였다. 먼저, 게일은 이 시는 한국의 노래 가운데서 애상적인 곡조를 담
고 있고, 그 슬픔의 원인은 인생의 원천인 젊음이 가고 늙음(죽음)이 다가
오기 때문이라 언급한다. 또한 게일은 이 노래의 화자의 심정을 중국고사
를 이용해 밝힌다. 한국 문학에서 중국의 기산은 신선들이 사는 곳으로 알
려져 있다. 게일은 화자가 이곳 기산에서 신선들처럼 영생하고 싶다는 소
망을 이 시를 통해 드러낸다고 밝힌다. ②에서는 한국은 로버트 번즈(Robert
Burns)의 나라인 스코틀랜드처럼 큰 소리로 노래를 부르며 술을 마시는 나
라라는 특성을 시조의 번역문 이후에 부연 설명하고 있다. 한국 노래의
특성과 한국이라는 나라와 민족의 특성의 일면을 시조를 통해 살펴볼 수
있음을 지적하고 있는 것이다.

아울러 이러한 『일지』의 기록 가운데 주목되는 것은 The Korea Bookman
을 통해 게일이 순차적으로 시조 4편을 제시하는 중에 기록한 부연 설명
중 일부가 유사한 내용을 담아내고 있다는 것이다. The Korea Bookman
에서 '간밤에 부든~' 첫 번째 시조 작품을 번역한 이후 게일은 시조와 영
시의 형식을 비교한다. 게일이 이 시조를 Verse, 즉 운문의 형식을 갖춘
시로 지칭하는 내용은 오히려 The Korea Bookman을 통해 보다 상세히
기술되어 있다. 이 운문에는 영시와 같은 각운과 모음운이 없지만 대신
규칙적으로 이어지는 억양의 상승과 하강이 있다. 또한 한국 시조의 한
특징은 시의 마지막 부분을 표현하지 않고 미완의 상태로 두는 것인데 이
것은 생각이 마무리되지 않고 공중에 떠 있는 듯한 여운의 시적 효과를
준다. '격무인 엄중문~'이라는 두 번째 시조작품을 소개하면서 게일은 첫

---

스코틀랜드 서민의 소박하고 순수한 감정을 표현한 농부 시인으로 유명하다. 그는 지금
도 스코틀랜드의 국민 시인으로 추앙받고 있다. 스코틀랜드는 영국에서도 오늘날 술 소
비량이 가장 많이 곳이며 스코틀랜드인들은 떠들썩한 분위기에서 크게 소리 내어 술 마
시기를 좋아한다고 한다.

번째 시조를 운문(verse)이라고 칭한 데 반해 여기서는 노래(song)로 칭한다. 게일은 시조가 창을 염두에 둔 운문임을 인지하고 있었기 때문에 시조를 verse로도 song으로도 지칭한다.

『일지』에서는 "노래가 전라남도에서 유래했기에 곡 구성에서 전라남도 지방색이 많다. 당나라가 오래 전에 한국에 최초로 예술적인 음악 기법을 전했다"고 간략하게 언급한다. 이 부분이 *The Korea Bookman*에서 오면 보다 상세한 내용이 추가된다. 게일이 추가한 역사적 설명에 의하면, 당나라는 백제에게 노래하는 법을 가르쳐 주었고, 한국이 처음으로 진정한 질서정연한 음표를 가질 수 있게 해 준 나라이다. 이 이후 한반도에서 노래가 시작되었다. 게일의 이 논평을 바탕으로 추정해 보면, 그는 노래가 전라남도 지방색을 담고 있는 것은 백제가 당나라의 음악을 최초로 받아들였고 이후 체계적 음악이 한국 전역에 퍼졌기 때문에 오늘날 시 형식으로 된 노래 가사인 시조는 백제 즉 전라남도의 지방색을 많이 담고 있는 것으로 파악하고 있는 듯하다.

> "노래가 전라남도에서 유래했기 때문에 그 곡의 구성은 지방색을 많이 띤다. 당나라는 오래 전에 한국에 최초의 음계를 전해주었다. 이 운문에는 리듬이 있는데, 세 부분으로 나뉜다. 첫 번째는 편안하게 물처럼 흐르고, 두 번째는 약간 힘이 들어가다, 마무리 되는 세 번째는 생각을 공기 중에 남겨둔 채 말하고자 한다."[Songs come from the South Chulla and so have many provin- cialisms in their composition. Tang so long ago gave Korea her first notes of music. / In this verse there is a rhythm and it is seen in three divisions: The first flows off easily; the second labours somewhat, while the third finishes and leaves the thought in mid air so to speak].[63]

---

63) Ibid., p. 40.

"전라남도는 노래의 본가로 그 결과 노래의 구성은 지방색이 많이 나타남을 날 수 있다. 역사에 의하면 고대 왕국인 백제가 노래하도록 훈련시킨 것은 당나라 사람들이었다. 당나라는 한국에 최초의 질서정연한 음계다운 음계를 전해주어 한국이 노래하도록 만들었다. 이 노래들은 3행 연구로 되어 있는데, 각 3행으로 이루어졌다. 첫 행은 편안하게 물처럼 흘러가고, 두 번째 행은 약간 힘이 들어가지만, 마무리 되는 세 번째 행에서는 생각을 공기 중에 남겨 두고 말을 한다."[South Chulla is the home of song and consequently we find many provincialisms in their make up. History tells us that the old kingdom of Paik-je was trained by the Tangs to sing. Tang gave Korea her first real ordered notes of music and set the land singing. / We find these songs done in triplets, three lines each; the first flows off easily, the second labours somewhat, while the third finishes and leaves the thought in mid air, so to speak].[64]

시조의 기원을 밝힌 후 게일은 보다 구체적으로 시조의 문학적 형식-3장 구조-에 대한 견해를 서술하고 있다. 이 부분은 『일지』의 '아희는 약키라 가고' 세 번째 시조 작품의 번역 이후 서술된 다음과 같은 기록과 거의 동일한 내용임을 살필 수 있다. 게일의 두 텍스트에서 공통적으로 진술되는 부분은 다음과 같다. 한국의 시조는 3행 연구로, 첫 행은 물처럼 쉽게 흘러가고, 두 번째 행은 약간 힘이 들어가며, 세 번째 행은 한 연을 마무리 하는 행이지만 완전하게 종결되는 것이 아니라 마치 할 말이 남은 것처럼 그 생각이 공중에 떠 있는 듯한 여운을 남기며 마무리된다. 이는 시조의 문학적 형식의 미감과 주제 전개에 대한 언급임을 알 수 있다.

즉, 게일은 시조를 초장, 중장, 종장의 형식을 갖춘 하나의 문학 장르로 인지하고 있었던 것이다. 실제 시조에 대해서는 그 음악적 향유방식에 기댄 형식에 대한 논의가 매우 활발하게 이루어져왔기 때문에, 문학 텍스트로서의 위상을 갖추고 그 문학적 형식에 대한 학계의 논의가 가능하게 된

---

64) J. S. Gale, "Korean Song," *The Korea Bookman* 1922. 6, p. 14.

것은 그 이후에나 이루어진 일이었다. 그럼에도 불구하고 서양인 학자인 게일이 시조의 형식을 인지하고, 그에 대해 논의하게 된 데에는 그의 번역 작업의 저본이 되었던 『남훈태평가』라는 가집의 특성이 매우 중대한 영향을 미쳤을 것이라 추측할 수 있다. 『남훈태평가』는 본래 시조를 향유하는 가장 정격의 형태라 할 수 있는 5장 형식의 가곡창이 아닌, 3장 형식의 시조창 텍스트를 다루고 있는 가집이다. 따라서 이를 참조하여 시조의 번역을 수행했던 게일에게 시조의 형식은 3장 구조의 시조창 형식으로 여겨졌을 가능성이 높은 것이다.

『일지』와 *The Korea Bookman*의 시조 번역 작업이 주목되는 지점은 그가 *The Korea Bookman*에서 밝혔듯 『남훈태평가』라는 문헌을 독자들에게 소개하고자 한다는 소기의 목적에 놓여있는 것이 아니라, 시조의 번역 과정을 통해 한국의 문학을 이야기 하고자 했던 그의 노력에 있다. 따라서 그에게 『남훈태평가』는 옛 조선의 형상을 여실히 담아내고 있는 문학 전통이자 고전으로 인식되는 것이었고, 그 내부에 존재하는 시조는 문학 텍스트로서의 운문 그 자체로, 그리고 시조를 구성하는 한자어 문맥들은 문학어로 풀이되었던 것이다.

## 나오며 : 『게일 유고』 소재 영역시조와 시조의 근대적 재편

본고에서는 여러 저술들에 수록된 게일의 영역시조와 『일지』와 『朝鮮筆景』과 같이 서적으로 간행되지 않은 게일의 육필 영역시조 전반을 다루고자 하였다. 특히, 토마스피셔 희귀본 장서실 소장 『게일유고』 소재 영역시조의 경우, 다른 서적에 수록·간행된 영역시조들에 비해 비교적 논의가 덜 된 편이기에 이들 자료에 주목하여 게일의 영역시조 전반을 집성하고자 한 것이다.

논의를 통해 토마스피셔 희귀본 장서실에 소장된 『朝鮮筆景』은 *The Korean Repository* 소재 영역시조 9수와 초출 영역시조 8수를 수록하고 있는 책자 형태의 교정 원고로써 *Korean Sketches*와 가장 유사한 성격을 지니고 있음을 살필 수 있었다. 『朝鮮筆景』에 수록된 영역시조와 문학론에 대한 기술을 살펴보면, 한국의 구술문화를 중시했던 그의 초기 한국문학론의 지향점을 엿보이기 때문이다. 물론 차이점도 지닌다. 『朝鮮筆景』을 통해 그가 전하고자 했던 것은 한국의 생동하는 현장 그 자체가 아닌, 옛 조선의 모습이었기 때문이다. 이는 '옛 것'과 '새 것' 즉, '전근대'와 '근대'의 경계에 서있었던 게일의 고민을 여실히 보여주는 부분임을 알 수 있었다. 그리고 이러한 고민은 게일이 시조라는 장르에 접근하는 문학적 인식과 태도에 있어서도 분명하게 나타났다. 이전의 간행물들에서 게일은 시조를 노래로 인식하는 태도를 보여주었던 것과 달리 『朝鮮筆景』에서 그는 노래를 지칭하는 Song뿐 아니라 시, 운문을 지칭하는 Verse라는 영어 어휘를 함께 사용하기 시작하였던 것이다. 즉, *The Korean Repository*에서와 달리 문학적 담론에 기대어 시조를 이해하는 태도를 보이고 있음을 살필 수 있었다.

아울러 이처럼 게일이 시조를 문학 텍스트로 인지하게 된 계기는 한자어와 한글을 이분법적으로 분리하여 이해하지 않았던 그의 문학적 인식과 밀접한 관련이 있음을 알 수 있었다. 오히려 한국문학 속에 담겨진 한문고전이 곧 한국 고전문학의 특성임을 인지하고, 한국화된 한문 고전 세계에 큰 관심을 기울였던 것이다. 이에 『朝鮮筆景』 이후 게일의 시조 작품 선정에는 중요한 변화가 일었음을 살필 수 있었다.

미간행 영역시조를 포함하여 게일의 영역시조 전반의 흐름을 살펴보면, "*The Korean Repository*(1895~1898) → 『朝鮮筆景』(1912) → 『일지』(1921~1922)·*The Korea Bookman*(1922) → *The Korea Mission Field*(1924~1926)"의 순서대로 영역시조의 기록 순서를 짚어볼 수 있었다. 그리고 그의 시

조 번역이 변화된 시점으로 지적할 수 있는 것이 바로 『일지』이다.

 *The Korean Repository*에서 한국 구어의 통사구조를 중심으로 이루어진 시조에 초점을 맞춰, 한문 통사 구조를 지닌 어구가 담긴 시조 작품을 상대적으로 배제하는 성향을 보였던 게일은 『朝鮮筆景』과 『일지』를 거치며 변모된 모습을 보여줌을 살필 수 있었다. 한문 어휘가 포함된 시조에 주의를 기울이는 모습을 보여주었던 것이다. 『朝鮮筆景』에서는 단순히 한문 어휘가 포함된 시조의 번역에만 관심을 보였던 게일은 『일지』를 통해 그러한 어휘들의 전고를 풀어 별도의 주석을 부연하기에 이른다. 『일지』에서의 작업은 한국문학 속에 자리하고 있는 한문고전에 대한 게일의 특별한 이해가 반영된 것이었다. 게일에게 한문고전의 어휘는 한국 운문문학의 한 장르인 시조 텍스트를 구성하는 핵심 시어로 인식되었던 것으로 여겨진다. 한국 문학 텍스트 속에 등장하는 한문고전의 어휘는 단순한 중국문화의 압도적인 영향 하에 놓여있었던 조선(한국)의 문학적 상황을 보여주는 것이 아니라, 그를 한국적인 것으로 풀어낸 옛 조선인의 심성과 사유의 표출로 인식했던 것이다.

 이 같은 특성을 지닌 『일지』, 그리고 그와 중첩되는 특성을 지닌 이후의 *The Korea Bookman*의 시조 번역작업은 가집 『남훈태평가』라는 한국 고전 문헌과 전통에 대한 소개이기도 했지만, 더불어 그 동안 가창 텍스트, 즉 음악적 담론 위에서 논의되어 왔던 시조를 문학적 담론의 장으로 이끌어 내는 작업이었다. 따라서 그의 시조 번역 작업의 전반적인 흐름을 통해 우리는 노래에서 문학으로, 구어에서 문학어로 변모하는 시조의 근대적 재편 과정을 살펴볼 수 있었던 것이다.

## [자료 1] 『일지』 소재 게일의 영역시조(재구본)

| 번호 | 원문 | 영역시조 |
|---|---|---|
| 1 | 간밤에 부든바람 만정도화(滿庭桃花) 듯지거다/ 아희는 뷔를 들고 스로랴 ᄒ는고야/ 낙화(洛花)들 고지아니랴 스러무슴 | p. 40.<br>1. Last night it blew, and the court is covered wide with flowers<br>A lad swings out with broom in hand to sweep them off.<br>But are not fallen flowers, flowers still?<br>Why sweep them?<br><br>15 syllables;14;12 |
| 2 | 뎍무인(寂無人) 엄중문(掩重門) ᄒᆫ데 만정화락(滿庭花落) 월명시(月明時)라/ 독의사창(獨倚紗窓)ᄒ야 장탄식(長歎息)만 ᄒ든 ᄎ에/ 원촌(遠村)에 일계명(一鷄鳴)ᄒ니 이긋는듯 | 2. The gates are shut fast closed while wide the court is lifted by the moon<br>With blossoms fallen  here and there<br>I sit alone beside the silken blind and sigh<br>Off in the distant village crows  the cock<br>While breaks my heart!<br>16;  14;12 |
| 3 | 아희는 약키라 가고 죽정(竹亭)은 횡덩그러이 부엿는데 / 훗터진 바독 장긔를 어늬 아희가 스러 담아쥬리 / 술취코 송정(松亭)에 누어스니 졀가는줄 | 3. The lads have gone to dig for herbs and silent sits the hall within the bamboo grove.<br>The scattered pieces, chess and checkers, who will gather up?<br>Drink as a lord I lie<br>Let time go  bang.<br><br>20;  17;  11<br>(Songs come from the South Chulla and so have many provincialisms in their compostion.  Tangs so long ago gave Korea his first arts of music)<br>In the verse there is rhythm and it is __ in three<br>---: The first flows off easily; the second labours somewhat, while the third finishes and leaves the thought in mid air so to speak. |
| 4 | 왕상(王祥)의   니어(鯉漁)낙고 밍둥(孟宗)의   죽슌(竹筍)겪거/ | 4. Twas Wang who caught the carp and Maing who cut the bamboo tree. |

| 번호 | 원문 | 영역시조 |
|---|---|---|
| | 감든 머리 빅발토록 노러즈의 옷슬입고/ 일싱에 양지셩효(養志誠孝)를 증즈(曾子)갓치 | Till whitened age had crowned his head Norai-ja danced to please his parents<br>Forever and a day my father's wish, my mother's heart is mine<br>Like Cheung-ja.<br><br>14 |
| 5 | 일각(一刻)이 숨츄(三秋)라호니 열흘이면 멧숨츄(三秋)요/ 니 마음 질겁이녀 남의 시름 싱각는지/ 각득에 다 셕은 간장(肝腸)이 봄눈스듯 | 5. They say a minute's like three autumns, how long then ten days pray?<br>Says he "I'm happy, what care I for other's woe?"<br>My broken soul melts like the snows in spring. |
| 6 | 이러니 져러니 히도 날더럴낭 마를마소/ 나 죽은 무덤 우회 논를 풀지 밧 갈는지/ 쥬부도 유령분상토(酒不到劉伶墳上土)니 아니 놀고 | It may be this or that I care not what it be<br>Above my grave when I am dead rice fields or millet plough<br>To You Young's tomb who thinks to carry wine<br>Let's dance the day. |
| 7 | 인싱이 둘짜 셋짜 이몸이 네다 셧짜/ 비러온 인싱이 꿈에 몸 가지구셔/ 일싱에 살풀닐만 ㅎ고 언제 놀녀 | One life not two or three; one body never four<br>This borrowed soul dreamed in its dream of flesh<br>Knows only sorrow— when shall come delight? |
| 8 | 산촌(山村)에 밤이드니 먼데 기가 지져괸다/ 시비(柴扉)를 널고보니 하날이 차고 달이로다/ 져 기야 공산(空山) 잠긴 달 보고 지져무삼 | 8. The hamlet sleeps; dogs in the distance bay<br>I push aside the shade; so cold the sky, so dull the moon<br>Ye dogs why bark at empty hills just as the moon goes down? |
| 9 | 져건너 일편셕(一片石)이 강틱공(姜太公)의 됴디(釣臺)로다/ 문왕(文王)은 어듸가고 빈터 홀노 미엿는고/ 셕양(夕陽)에 물 찬 제비는 오락가락 | 9. Across the way the rock from which great Kang-tai fished<br>Stands bare. No kings has come; an empty boat swings on the tide.<br>The evening swallows back and forth fly low and kick the water<br><br>Note: Kang-tai was the wise man whom King Moon found fishing and made his minister. King Moon was founder of the Choo Dynasty of |

| 번호 | 원문 | 영역시조 |
|---|---|---|
| | | China and one of her greatest master saints(1120 B.C.) |
| 10 | 오츄마(烏騅馬) 우는곳데 칠쳑 장검(七尺長劍) 빗나거다/ 자방 (子房)은 결승(決勝)쳔리(千里) ᄒᆞ고 한신(韓信)은 젼필승(戰必勝)공필취(攻必取)라/ 항우(項羽)는 일범증부룡용(一范增不能龍)ᄒᆞ니 이 굿는듯 | The black horse neighs, while Hang-oo's sword gleams high<br>Cha-pang(Chang-yang) has planned his victory far away while Han sin fights and wins and fights again<br>Hang-oo, though, great, missed Pum-jeung's word and died, how sad!<br><br>Note: Black horse was the dragon that came out of the O River that Hang-oo mounted and rode.<br>Cha-pang was the wise man who aided Han-tai-jo in the founding of the Han Dynasty.<br>Han-sin the great general of Han-tai=jo(Yoo Pang)<br>Hang-oo was the general who defeated Chin that built the Great Wall and united all.<br>Pum jeung was first of the advisors of Han-yang and finally of Hang oo. He died from an abscess caused by anger. |
| 11 | 초강(楚江) 어부드라 고기 낙과 삼지마라/ 굴숨녀(屈三閭) 충혼 (忠魂)이 어복니(漁腹裡)에 들엇는이/ 아모리 졍확(鼎鑊)에 살문들 익를소냐 | Fishers of Cho, boil not your catch<br>For faithful into death was Kool whose soul lives in the fish<br>However much you heat the pot and boil<br>Will boil a soul?<br><br>Note: Kool wun was a faithful courter, great teacher of the Kingdom of Cho that occupied South China in the days of Mencius 300 B.C. Kool was displeased though jealousy and taking a stone in to his bosom jumped into the stream and died on the 5th day of the 5th moon. He is still remembered in Korea as the master scholar, faithful soul. |
| 12 | 사벽 셔리 찬바람에 울구가는 | 12. By frosty morn and through the wind clanging |

| 번호 | 원문 | 영역시조 |
|---|---|---|
| | 기럭이야/ 쇼샹(瀟湘)으로 향ᄒᆞ는냐 동졍호(洞庭湖)로 향ᄒᆞ느냐 / 밤즁만 네 우름소리 잠못니러 | the wild goose goes.<br>Whither away? To the Sosang or the Tong jung?<br>Through the midnight hours the crying is most trying.<br><br>Note: The Sosang is a tributary of the Yangzi and the Tong jung is the great lake of Central China. About this much of China's ancient history gathers. The goose was the message to the absent husband or lover who was lost to sight, and its call awakened sad thought of him. |
| 13 | 쳥명(淸明) 시절 우분분(雨紛紛)헐제 노샹(路上) 힝인(行人)이 욕단혼(欲斷魂)이로다/ 문노라 목동들아 슐파는 집 어듸메뇨/ 져 건너 쳥념쥬긔풍(靑帘酒旗風)이니 계 가셔나 뭇소 | The festal days of spring are blessed by rain and travellers on the road run for their lives.<br>Tell us my boy where there is an inn?<br>Across the way can you not see the blue flag flutter in the wind. Go there and ask.<br><br>Note: Chung-myung(festal days of spring) one of the 24 festivals falling about the 5th of April. The inn was the place where lodges were given and where drink was sold. This indifferent ok boy very appeared in stories. He is an indifferent rather fretful youngster who has a ready answer. |
| 14 | 남훈뎐(南薰殿) 달 밝은 밤에 팔원팔기(八元八凱) 거ᄂᆞ리시고/ 오현금(五絃琴) 탄일셩(彈一聲)에 히오민지온혜(解吾民之慍兮)로다/ 강구(康衢)에 문동요(聞童謠)ᄒᆞ니 졀가는줄 | 14. To Nam Hoon palace gilded by the moon they come his counters fair<br>The five strings' harp rings out its mirthful tune<br>In happy mood I walk the street; and listen to the children's song<br>And lose all sense of time.<br><br>Note: Nam-hoon(South wind) Palace was the home of the famous King Soon of the China's golden age(2255 B.C.). The stories of those happy days have come down through 4000 years repeated in the song. Here we see the King's democratic ways of mixing with the people. |

| 번호 | 원문 | 영역시조 |
|------|------|----------|
| 15 | 옥에는 틔나잇지요 말곳ᄒ면 다 남편됨나/ 니안 뒤여 남 못 뵈고 요런 답답헌 일도 쏘 어듸잇노/ 열놈 빅말를 ᄒ야도 드르리 짐작 | Pure jade itself may hide a flaw, but me because I speak am I condemned?<br>I keep my inner heart well wrapped away, 'tis most distressing their mouth I hear<br>Many ten should wrong me by a hundred words still ye who hear can judge.<br>Note: Woman song that speaks her dangers, her wrongs. She is seen speaking to a man and that's her condemnation. She fights as for her life for her good name is all she has, was in ancient Asia. |
| 16 | 반(半)나마 늘어쓰니 다시 졈든 못ᄒ리라/ 일후(日後)는 늑지말고 미양 이만 ᄒ얏고즈/ 빅발이 데 짐작 ᄒ야 더듸 늙게 | More than half of life is over<br>Young again? no never, never!<br>Cease then from this growing gray<br>And as you are so please to stay<br>These white hairs must surely know.<br>How to turn more slowly so.<br><br>Note: This is a sad note in Korea's songs- Age comes on, the source of life runs out. He would live like the fairies who dwell on Ki-mountain tops of West Mongshe. Forever. |
| 17 | 녹양(綠楊) 삼월(三月)졀에 년근(蓮根)키는 져 목동아/ 잔 년근 킬지라도 굴근 년근 다칠세라/ 곳속에 빅한이 잠드러쓰니 션잠씰나 | Green willows on the month of May. come list ye lads who dig for lotus roots<br>Out with inferior ones but let the big, the strong go by<br>The white bud sleeps within the blossom of the flower<br>You'll wake him.<br><br>Note: This is a national song and means out with all inferior hearts from the palace lest the king be awakened from his reign of peace. He is the white bud who sleeps. |
| 18 | 달밝고 셜이치는 밤에 울고 가는 기러기야/ 소상(瀟湘) 동정(洞庭) 어듸두고 녀관(旅館)한 등(寒燈)에 잠든 나를 씨우느냐 | 18. Reach the moon and through the frosty air crying the wild goose goes<br>Whither away? So sang or Tong jung tell me? or have you come to the poor inn of mine? |

| 번호 | 원문 | 영역시조 |
|---|---|---|
| | / 밤중만 네 우룸소리 잠못니러 | Though the mid night hours your clanging mars my sleep |
| 19 | 서시산젼(西塞山前)   빅노비(白鷺飛)ᄒ고   도화뉴슈(桃花流水)   궐어비(鱖魚肥)라/ 쳥약닙(青蒻笠) 녹사의(綠簑衣)로 사풍셰우(斜風細雨)   불슈귀(不須歸)라/ 지금에 장지화(張志和) 업기로 그를 셔러 | Before you Western Hills the heron flies, peach flowers drop down upon the stream, the --- fish stouts.<br>Green bamboo hat, and grass thatch coat sit neath the rain and wind<br>Where now is Chang Chi-wha I long to see him?<br>Note: The white heron is nearly always present in fishing songs. The reason for this is that in ancient times lived Ha Sang-yang in who when he went fishing always had a heron with him. Once Ha-sang had a talk with his wife and told her how the white heron settled on his shoulder, jumped onto his head, his arm. The wife said "Catch him and bring him here. He thought it over and decided to catch the bird that day. The white heron, however, on that particular day only flew over him but never alighted or came near. His wife asked for it but he confessed that not one had alighted or come near. they sensed his mind and so have become the source of the song. |
| 20 | 삼월(三月)삼일(三日)   니빅(梨白)도홍(桃紅)   구월(九月)구일(九日)   황국(黃菊)단풍(丹楓)/ 금쥰(金樽)에 슐이 잇고 동졍호(洞庭湖)에   달이로다/ 아희야 잔 가득 부어라 완월장취(玩月長醉) | The spring has come with pear and red peach blossom<br>The autumn with chrysanthemun.<br>Fill up the cup on Tong-jung's Lake fair shines the moon.<br>Pour out my boy and let us drink our fill.<br>Note: As with B_-- county Korea has ever been a land where drinking songs aloud. |
| 21 | 초경(初更)에   비취(翡翠)울고 이경(二更)야(夜)에 두견(杜鵑)이 운다 / 습경(三更) 사오경(四五更)에 슬피우는 져 홍안(鴻雁)아/ 야야(夜夜)에 네 우름 소리에 잠못 니러 | 21. At even tide the peacock cries; by second watch the cuckoo<br>On through the third, the fourth, the fifth deep clanging goes the wild goose<br>Night after night sleep meets only baleful  cries |

| 번호 | 원문 | 영역시조 |
|---|---|---|
| 22 | 사랑인들 임마다허며 니별인들 다셔루랴/ 평싱 처음이오 다시 못볼 임이로다/ 일후에 다시 만나면 연분인가 | We meet but do I love them all; we part but am I always sad?<br>You are my first, my dearest, no man else<br>To meet again would be a destined act of God<br>Note: This is a song of the dancing-girl. She had to accept all who fell within her appointed dais.. |
| 23 | 셜월(雪月)이 만정(滿庭)헌데 바람아 부들마라/ 예리셩(曳履聲) 아닌줄를 버넌(判然)이 알 것만는/ 아숩고 그리운 마음예 힝여건가 | Deep snow and moonlight fill the court; Ye winds cease please to blew<br>Whose creaking shoes will miss? But no!<br>Deserted my poor thoughts read on in line<br>Would it were he! |
| 24 | 만경창파지슈(萬頃滄波之水)에 둥둥 썬는 기러기야/ 구월 구일 망향디(望鄕臺)에 홍나둉(鴻那從) 북지러(北地來)냐/ 너의 도 니별를 마즈ᄒ고 져러 둥둥 | Long rollers of the deep lift and fall the scattered wild goose<br>When I look north beneath the autumn moon why come they carrying south?<br>Is it fear to part that makes you ride there hearing to --- together? |
| 25 | 청산(靑山)아 무러보즈 고금스(古今事)를 네알니라 / 영웅쥰걸(英雄俊傑)드리 몃몃치나 지나드냐/ 이 뒤에 문나니 잇거든 나도 함끠 | Green mountain let me ask you. All the past you know<br>The great, the wise, the rare how many, please, have come and gone?<br>In days to come should others ask please mark my name. |
| 26 | 빅구(白鷗)야 한가ᄒ다 네야 무슴 닐잇스리/강호(江湖)로 쩌단 닐제 어듸 어듸 경(景)됴트냐/ 우리도 공명(功名)를 하직ᄒ고 너를 됴차 | You white gull of the sea, so free, that knows no worry.<br>Amid all the lakes and rivers that you know tell me the best<br>I too would leave my hope of name and follow thee |
| 27 | 기러기쩨 쩨만니 안진 곳에 포슈야 총를 함부로 노치마라/ 서북 강남 오구가는 질에 임의 소식를 뉘전ᄒ리/ 우리도 그런 줄 알기로 아니 노씀네 | Wild geese in flocks close seated here. I call "Huntsman hold back."<br>Shoot not at random<br>From the far north and from the south they come, they go bearing me letter from my absent lord.<br>The huntsman says "I know, I know, and on account I shoot not."<br>Note: The lord may be, husband, friend or king. |

| 번호 | 원문 | 영역시조 |
|---|---|---|
| 28 | 초산(楚山) 목동드라 남무 뷔다 더 닷칠ᄂᆞ/ 그 더를 고이 길너 ᄒᆞ으리라 낙슈더를/ 우리도 그런줄 알기로 나무만 뷔요 | You lad who gathers wood up in the hills, be careful lest you<br>Harm the bamboo. I've reared it for my fishing rod.<br>The lad replied "I know it and shall cut but wooded trees." |
| 29 | 글ᄒᆞ면 등용문(登龍門)ᄒᆞ며 활 쏜다고 만인적(萬人敵)ᄒᆞ랴/ 왕발(王勃)도 조사(早死)ᄒᆞ고 염파(廉頗)라도 늙어느니/ 우리랑 글도 활도 말고 밧갈기를 | If I were learned I'd climb the dragon gate; or knew my bow<br>I'd fight the fiercest fiend.<br>Wang pal, the scholar, died in early years; the warrior Yum-pa<br>Lived too old and shrivelled age<br>What use? Let go the pen; let go the bow I'll plough the fields instead. |
| 30 | 아희야 연슈(硯水)쳐라 그린 임께 편지ᄒᆞᄌᆞ/ 거문먹흔 죠희는 졍든 임를 보련만는/ 져 붓디 날과 갓치 그릴쥴만 | Fill the ink stone bring the water<br>To my love I'll write a letter<br>Ink and paper soon will see<br>The one that's all the world to me<br>While the pen and I together<br>Left behind condole each other |
| 31 | 바람부러 누은 남기 비온다고 니러나며/ 임그려 누은 병에 약쓴다고 니러나랴/ 져임아 널 노난 병이니 날 살녀쥬렴 | The tree that falls before the wind<br>Will it arose when rains come on?<br>My lord is gone and ill from pain am I<br>Will medicine work a cure?<br>This death I die is yours my lord<br>Will you not save me? |
| 32 | 녹초(綠草) 장졔상(長堤上)에 도긔황독(倒騎黃犢) 져 목동아/ 세상 시비사(是非事)를 네 아ᄂᆞ냐 모르느냐/ 그 아희 단젹(短笛)만 불면셔 소이부답(笑而不答) | My lad who ride your ox along the grassy ridge<br>And sit face turned to lad<br>Have you not heard how fights this world along its way?"<br>He blows his whistle in reply says not a word but passes by. |
| 33 | 나 탄 말은 쳥총마(青驄馬)요 임탄 말은 오츄마(烏騅馬)라/ 너 압헤 쳥삽살기요 님의 팔에 보라미라/ 져 긔야 공산(空山)에 깁히든 ᄭᅥᆼ을 자루두져 투겨 | The horse I ride is blueish black; my lord sits one that's reddish gray<br>A woolly dog leads on before and on my lord's arm sits his hawk<br>Now, Towser, to the hill and rouse the pheasant up |

| 번호 | 원문 | 영역시조 |
|---|---|---|
| | 라 미씌여보게 | so that my lord<br>May loose his valiant bird |
| 34 | 군불견(君不見) 황흐지슈(黃河之水) 천상닉(天上來)헌다 분류도히불부회(奔流到海不復回)라/ 우불견고당명경비빅발(又不見高堂明鏡悲白髮)헌다 됴여청사모셩셜(朝如靑絲暮成雪)를/ 인싱(人生) 득의슈진환(得意須盡歡)이라 막사금쥰(莫使金樽) 공딕월(空對月)호소 | Have you not seen Whang ha as it drops from heaven<br>And speeding forth into the sea returns no more again<br>How in the palace hall forth tears drop over whitened lovers within the mirror<br>By morning tide so black they were; at eventide snow has fallen<br>If you but run your way rejoice for late unrequited you will be beneath the moon |
| 35 | 우연(偶然)이 지면(知面)흔 정(情)이 심입골슈(深入骨髓) 병(病)이드러/ 일미심월(日未深月) 미계(未幾)에 분슈상별(分手相別)이 웬말이냐/ 아희야 괴쯔리 날녀라 쑴결갓게 | By chance we met and now your love has turned a sickness in my bones<br>As days move on it's worse and with the months I die. What do you mean by parting?<br>Boy, let go the oriole and leave me to my dream.<br><br>Note: To be wakened by the call of the oriole is bad<br>　　luck for lovers. |
| 36 | 만경창파지슈(萬頃滄波之水)에 등등 쩌는 불약거뮈 게오리들아 비슬금셩진경(琵瑟錦成繪頸)이 등등강셩(江城)너싯 두루미드라 / 너 쩌는 물 기퓌를 알고 등등 쩌너냐 모로구 둥실 쩌잇느냐/ 우리도 나뮈 임 거러두고 기퓌를 몰뇌 | On the wide lifting sea ye floating water fowl<br>Courters and gulls and divers of the deep! Do you know how far beneath the water is<br>As on its face you softly rise and fall?<br>Though found under my lord his deeper soul I know it not |
| 37 | 청셕녕(靑石嶺) 지나다가 옥흐관(玉河館)이 어듸메뇨/ 호풍(胡風)도 참두찰사 구진비는 무숨일고/ 뉘라셔 너형상 그려다가 임계신데 | We pass the Green stone Hill and seek the Ok-ho Hall<br>The Manchu winds how cold they blow and with them sweeps the rain<br>Who is there that can write my sufferings out and tell them to my lord? |
| 38 | 청산이(靑山裡) 벽계슈(碧溪水)야 슈이 가물 자랑마라/일도창 | Thou rapid stream that flows from out the mountain just pray don't be glad |

| 번호 | 원문 | 영역시조 |
|---|---|---|
|  | 희(一到滄海)ᄒ면 다시 오기 어려웨라/ 명월(明月)이 만공산(滿空山)ᄒ니 슈여갈가 | That you can fly so swift<br>When once you fall into the deep blue sea there will be no return<br>The shining moon rides up among the hills. Let we go. |
| 39 | 사벽달 셔리치고 지시는 밤에 싹를 닐코 울고 가는 기러기야/ 너가는 길에 정든 임 니별 ᄒ고 참아 그리워 못살네라고 전ᄒ야 쥬렴/ 쩌 단니다 마흠나는디로 전ᄒ야 쥼셰 | Silvery moon and frosty air<br>Eve and dawn are meeting<br>Widowed wild goose flying there<br>Hear my words of greeting<br>On your journey should you see<br>Him I love so broken-hearted<br>Kindly say this word for me<br>That it's death when we are parted,<br>Flapping off the wild goose clambers<br>Says she will if she remembers. |
| 40 | 청초(青草) 우거진 곳에 장기 뱃겨 소를 미고/ 길 아례 정주 나무 밋헤 도롱이 베고 잠들드니/ 청풍(清風)이 셰우(細雨)를 모라다가 잠든 날를 | I fling my plough beside the grassy slope and make my bullock fast<br>Here underneath the kiosk shade I fold my grass cloth coat and sleep<br>The wind blows rain that falls to wake me. |
| 41 | 오려 논에 물시러 노코 고소디(姑蘇臺)에 올느보니/ 나 심은 오됴팟헤 시 안져스니 아희야 네 말녀쥬렴/ 아모리 우여라 날녀도 감도라듬네 | I lead the water to the paddy field and mount the height to look abroad<br>The birds are seated on my millet fields. Shoo them my lad!<br>However much I shoo and shoo and drive them off they circle round and come again. |
| 42 | 가노라 가노라 님아 언양단천(彦陽端川)에 풍월강산으로 가노라/ 님아 가라가 심양강(潯陽江)예 피파셩(琵琶聲)를 어이ᄒ리/ 밤중만 지국총 닷감는 소리에 잠못니러 | "I'm off, I'm off, my love, off to the hills and streams of On-yang Tan chung"<br>"If when you're gone you meet the pretty girls and hear flutes of Simyang what then?"<br>By mid night hours the rocking of the boatman keep me from sleep |

[자료 2] 『일지』 소재 게일의 영역시조(영인본)

40

낙호의 영가    KOREAN ANCIENT SONGS

| 年月日 | 摘　要 | 出給命令書番號 | 年度 | 出給命令書符勤額 | 取扱金庫 | 金　額 | 備　考 |
|---|---|---|---|---|---|---|---|
| 明治　年 | | 光武 | | | 圓　錢　厘 | | |

1   Last night it blew and all the court is covered wide with flowers
The lad comes out his broom to sweep them off
But are not fallen flowers flowers still?
    Why sweep them?         15 syllus, 14. 12

2   The gates are shut fast closed and white wide the court is lifted the moon
and flowers all fallen here and there.
I sit alone beside the silent blind and sigh
Off in the distant village crows the cock
    While breaks my heart!       16; 4; 12

3   The lads have gone to dig for herbs and silent sits the house within the bamboo grove.
The scattered green, corn and chickens, who will gather up?
Drunk as a lord I lie
    let time go bang.       20; 17; 11.

( Songs come from the batti Chutta too have many fragments use in Poi compact. Tang so long ago gave Korea his first order of music) At the verse there is rhythm and it is done in three divisions: the first flows off easily; the second labors somewhat, while the last finish release the the thought in mind and o/h speak.)

4   It was Wang who caught the carp and maing who cut the bamboo tree.
Hill athlone age had crossed his head Kora-ya danced before his parents
Forever and a day my father wish, my mother's heart is mine
    like Cheung-ja.       14;

5   They say a minute's like three autumns, how long her ten days pray?
Says he "I'm happy, what care I for their air?"
My broken soul melts like the snow in spring.

6   It may be this or that I care not what it be
Above my grave when I am dead rice fields or millet plough
To Ju-jung's tomb who think weary wine
    Let's dance the day.

41

| 年月日 | 摘　　要 | 出給命令番號 | 年度 | 出給命令官在勤課 | 取扱金庫 | 金　額 | 備　考 |
|---|---|---|---|---|---|---|---|
| 明治　年 | | | 光武 | | | 圓錢厘 | |

7  One life not lit or that; one body never four.
This torrasia soul around in its dream of flesh
Knows my sorrow   —   When shall come anight?

8  The hamlet sleeps; dogs in the distance bay.
I push aside the shade; lo the sky, lo the moon
The dogs why bark at empty hills just as the moon goes down?

9  Across the way the rock from which great Kang-tai fished
Stands bare. Nothing ; an empty boat swings on the tide.
The evening swallows back and forth fly too and kiss the wake

　　　NB:- Kang-tai was the wise man whom King Moon found fishing and
　　　made his minister. King Moon was founder of the Chow dynasty of China
　　　and one of her greatest masih saints (1120 B.C.)

10  The black horse neighs, while Hang-oo's sword gleams high
Cha-pang (Chang-yang) has planned to victory far away while Hansin fights on
and wins and fights again.
Hang-oo, though great, misses Pum-yung and, and did, loosed.

　　　NB:- Black horse was the dragon that came out of the O River that Hang-oo
　　　mounted and rode.
　　　Cha-pang was the crie man who aided Han-tai-jo in the young
　　　of the Han Dynasty.
　　　Han-sin the great general of Han-tai-jo (Yoo Pang)
　　　Hang-oo who the general who appealed China till was reduced
　　　walls and killed all.
　　　Pum-yung was prio of the admin of Han-yang and finally of Hang-oo
　　　He did given an abase caused gang

11  Fishers of Cho, boil not you catch
For fellows interneath was Kool whose soul lives in the fish
However much you heat the pot and boil
Will boil a soul!

42

| 年月日 | 摘　　要 | 当座勘定番號 | 年度 | 当座勘定在勤盟/取扱金庫 | 金　額 | 備　考 |
|---|---|---|---|---|---|---|
| 明治　年 | | | 先決 | | 圓錢厘 | |

Note:— Kool Nun was a faithful courtier of the great leader of the Kingdom of Cho that occupied South China in the days of mencius 300 B.C. Kool was deeply moved through jealousy and taking a stone into his bosom jumped into the stream and died on the 5th day of the 5th moon. He is still remembered even now as his master's scholar, faithful and true.

12  By poetry mirror and through this spirit changing he will give you.
Whither away? or the swaying in the dogspring?
Through the midnight hours this crying is not high.

Note:— The Miang is a tributary of the Yangtze and dropping in the great lake of central China. About this mouth of China ancient history gathers. The queen was the messenger who alone husband when news lost wife, and its call answered sad through you.

13  The golden days of spring are blessed, of rain and transition in his head even for their life.
Tell no my boy where this is ...
Across the way can you not see the blue flag flies in the wind, go there and ...

Note:— Chung-ming (festival days of spring) one of the 24 festivals falling about the 5th papa. The rain was heaviest when lights are put and when drink was sold. This intelligent ox boy very often appears in Sitz. He is an independent matter of the people who always has a ready answer.

14  At Nam Hom palace gilded of his mien they come his courtiers fair ...
The poet strangely hsays sings out of multiple him ...
A happy then I walk this streets; and listen this children's song
And hear all voices of him.

Note:— Nam-hom (full view) Palace was the home of the famous king Son of China's golden age (2255 B.C.) The stories of their happy days has come down through 4000 years repeated in this song.
Here we see the King's democratic way of mixing with the people.

15  Pure gade chief may hide a flaw, but we because I speak am I careless?
I keep my man heart well wrapped away, tis most dishonesty this mouth I ...
Wrong ten around wrong me of one hundred into slur of who hear can judge.

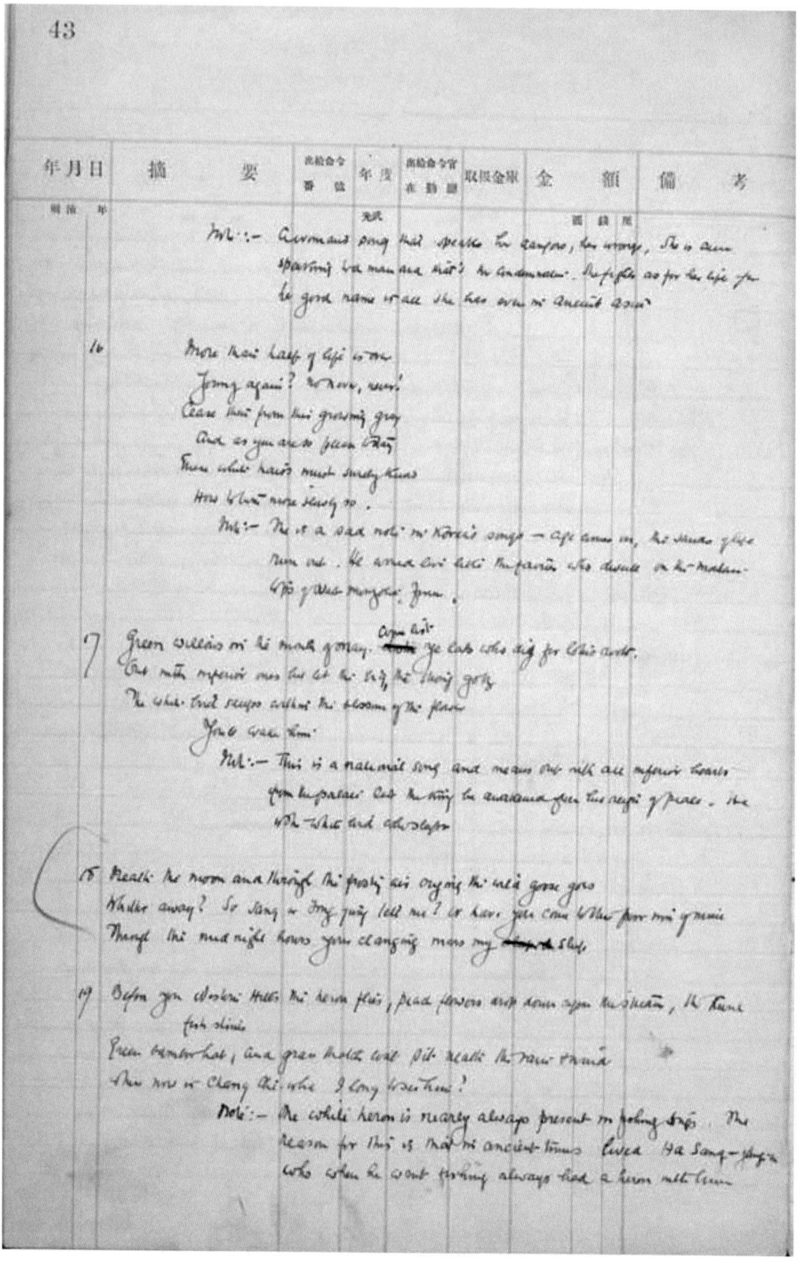

43

| 年月日 | 摘　要 | 出給命令番號 | 年度 | 出給命令官在勤腳 | 取扱金庫 | 金　額 | 備　考 |
|---|---|---|---|---|---|---|---|
| 明治　年 | | | | | | 圓　錢　厘 | |

*Note:—* the handwritten entries below fill the ruled columns and are largely illegible cursive script.

Note:— Queen was song that speaks ... sorrow. She is ...
spending ... Andromeda. ... as for her life ...
be good name is all she has won in ...

16 More than half of life is over
Young again? No, no more, no more!
Cease then from this growing gray
And as you are to green today
These white hairs must surely turn
How to turn more slowly no.

Note:— This is a sad note in Korea's songs — age comes in, the ...
run out. He would ever ... who ... on the ...
... yours.

17 Green willows in the moon grow gray. ... Aye let ... who dig for this ...
... the ...
The white trout ... within the blossom of the ...
Yours even then.

Note:— This is a national song and means out with all inferior ...
... Let the king be ... the reign of peace. the
white and ...

18 Beneath the moon and through the frosty air crying the wild goose goes
Whither away? So sang a long ... tell me! or have you come ... of mine
Through the midnight hours your changing ... my sleep.

19 Before you close the ... the heron flies, pink flowers drop down upon the stream, the ...
... 
Green ..., and green ... sit beneath the ...
... now is Chang ... while I long ... time!

Note:— The white heron is nearly always present in ... The
reason for this is that in ancient times lived Ha Song—...
who when he went fishing always had a heron with him

| 年月日 | 摘　　要 | 出給命令番號 | 年度 | 出給命令官吏職氏 | 取扱金庫 | 金　　額 | 備　　考 |
|---|---|---|---|---|---|---|---|

One Ha-jing had a talk with his wife and told her how the white River swells in the shower, jumps over his house, his own. He was sick "Call here and bring him here". He thought it over and decided to catch the bird that day. The white heron however, in this particular day as flies over him but never alights or came near. His wife asked for it but he confessed that not one bird alighted or came near. They soured his mind and so have become the souls of song.

20 The Spring has come with pear and red peach bloom
The autumn with Chrysanthemum...
Fill up the cup, on Tong-jung's Lake fair shine the moon.
Pour out my boy and let us drink our fill.
Note:- As with Burma Armah Korea has even been a land where drinking may abound.

21 At even tide the peacock cries; he seems awake the autumn
On through the third, the fourth, with deep clanging goes the wild geese
Night after night sleep fails because of thee.

22 We meet but do I love them all; we part but am I always sad?
You are my first, my dearest, no man else
To meet again would be a dearest act of God.
Note:- This is a song of the dancing girl. She had to accept all who fell within her appointed class.

23 Deep snow and moonlight fill the court; ye winds cease please to blow
Whose creaking shoes come near? But no!
Deserted my poor myself to read out in time
Would it were he!

24 Long rollers of the deep leap and let fall the scattered shell foam
When I look neath beneath the autumn moon why am I so lonely?
In this fear I spend this making, you ride their heavy winds light.

See XXI; 175

175

VII.44

| 年月日 | 摘要 | 出給命令書號 | 年度 | 出給命令官在勤 | 取扱金庫 | 金 額 | 備 考 |
|---|---|---|---|---|---|---|---|

25  Green mountain let me ask you. All the past you knew
The great, the wise, the rare how many, pleading, have come and gone?
In days to come should others ask please mark my name.

26  You white gull of the sea, so free, that knows no worry.
And all the land and rivers that you know tell me the best—
I would leave hope of fame and follow thee

27  Wild geese in flocks close sealed love. O can't humans here look back
Shoot not at random.
From the far north and from the south they come, they go bearing me letter
from my absent lord.
The huntsman says "I know, I know, and so about I shoot it".
Whether the love may be, husband, friend or king.

28  You lad who gather wood upon the hills, be careful lest you
harm the bamboo. I've reared it for my fishing-rod.
The lad replies "I know it and shall cut but nodded trees"

29  If I were learned I'd climb the dragon gate; or knew my bow
I'd fight the fiercest fiend.
Wang-pae, the scholar, died in early years; the warrior Jum-pa
lived hole and sorrowed age
What use? let go the pen; let go the bow. I'll plough the fields instead.

30  Fill the ink stone bring the water
So my love I'll write a letter
Ink and paper soon will see
The one that's all the world to me
While the pen and I together
Left behind amidst each other.

| 年月日 | 摘　　要 | 出給命令番號 | 年度 | 出給命令在勤證 | 取扱金庫 | 金　額 | 備　　考 |
|---|---|---|---|---|---|---|---|
| 明治　年 | | | 先武 | | | | |

31  The hail that falls upon the ...
    Will it arise when rains anew in?
    My lord is gone, and I'm its companion and
    Will me dreams work a row?
    The death I die is your, my lord
        Will you not arise in?

32  My lad who ride your ox along the grassy ridge
    And sit far lonesome to lass
    Have you not heard how fights the wind among the way?
    He blows his whistle in reply, says not a word but pass by

33  The horse I ride is bluish black; my lord sits me that's reddish gay
    A crowly dog leads the... before and on my lord's arm sits his hawk
    Now, Toksoo, both hill and vale the pheasant up so... my lord
        May loose his valiant ...

34  Have you not seen the Whangho start from heaven
    And speeding forth the sea returns no more again
    In the palace hall tears drop on... locks, within the mirror
    By morning like they shine...; at evening snows... fallen upon them
    If you lose your way rejoice for late unrequited you will lie beneath the moon

35  By chance we met and now your love has turned a sickness in my bones
    As days move in it's worse and with the months I die. What do you mean of parting?
    Boy, let go the oriole and leave me to my dreams.
        Me:— To be wakened from the call of the oriole is bad luck for lovers

36  On the wide lifting sea ye floating waterfowl
    Careless of hulls and above the deep! ... you know how... the water is
    ... in to face you off... not fall. ... know you not
    Though... my... this deeper one! ...
    ... you yet... yet

177

| 年月日 | 摘　　要 | 出給會合番號 | 年度 | 出給會合官在勤 | 取扱金庫 | 金　額 | 備　　考 |
|---|---|---|---|---|---|---|---|
| 明治　年 | | | 先武 | | | | 囑託屋 |

37　We pass the Green stone tree and ... the Oko-ho tree
The manchu winds how cold they blow and ... them ...
Who ... can ... my sufferings ... and ...?

38　Thou stream that flows from out the mountain ... pray don't be glad
That you can flow so swift
When ... ... the deep blue sea there will be no return
The shining moon rides up among the ... Let ... we go.

39　... Silvery morn and ... air
... Eve and dawn are meeting
Widowed ...
Hear my ...
On your journey should you see
... I love so ...
Kindly say ... for me
That ... when we are parted
Flapping off the wild gorse ...
Says ... you remember.

40　I fling my plough beside the grassy slope and make my bullock fast
Here underneath the ... shade I fold my grass ... and sleep
The wind blows rain that falls to wake me.

41　I leave the water the paddy field and mount the height ... abroad
The birds are seated on my millet field Shoo there my lad
However much I shoo and shoo and drive them off they will round and come again

42　"I'm off, I'm off, my love, off ... the hills and ... of Ok-yay ...
"If when you're gone you meet the pretty girls and hear the flute of ... what then?
By moonlight ... the ... keep me ...

[자료 3] *The Korea Bookman* 소재 게일 영역시조 및 시가론

# THE KOREA BOOKMAN

## Published Quarterly

*Editor :* THOMAS HOBBS.

*Publishers :* THE CHRISTIAN LITERATURE SOCIETY OF KOREA.

VOL. III. No. 2.        SEOUL        JUNE, 1922.

## KOREAN SONGS

THIRTY years and more ago the father of the once famous Yang Keui-t'aik had a Korean song book struck off from plates owned by a friend of his which he presented to me with his best compliments. This poor old book, knocked about in all winds and weather, comes to speak to you today. It is called the *Nam-hoon T'ai-pyung-ga* (the Peaceful Songs of Nam-hoon). Nam-hoon was the name of King Soon's Palace, long before the days of Abraham. His capital was on the site of the modern Pu-chow that sits on the inner elbow of the Whang-ho River.

These songs carry in their wings the spirit of long ago, and breathe an Oriental message that has accompanied the Far East since the days of Tan-goon. The Korean, thoroughly imbued with the mind of ancient China and all her ways, sang them over and over till the fated year 1895, when the clock of history, ceremony, literature, and music suddenly stopped to go no more. The old examination, the *Kwagu*, had ceased to be and on it hung all of Korea's civilization.

The students of today know nothing of their father's songs. Execrable attempts at *Old Grimes, Clementine, and Marching Through Georgia* they lick up like the wind, while the *Nam-hoon T'ai-pyung-ga* is forgotten. The book records many varieties of song, but I shall in this issue of *The Korea Bookman* touch upon only one division, the *Nak-si-bo* (樂時調) Songs of Happy Days.

It seems a strange contradiction that songs of happy days should have in them no end of heart-breakings and tears, but such is the case. The Korean has, in his music, a strain that reminds one of the Irishman, "Shure, I'm never happy unless I'm a bit miserable."

— 14 —

The first in the book runs thus:

간밤에부든바람만뎡도화다지거다
우희눈비롤틀고쓰르라ᄒᆞᄂᆞᆫ고야
락환들못이아 니라쓰러무삼

Last night it blew, and the court is covered wide
with flowers;
A lad swings out with broom in hand to sweep
them off.
But are not fallen flowers, flowers still, why sweep
them ?

In such a verse as this we have neither rhyme nor asson-
ance, but we have a regular succession of the ups and downs
of intonation, while the end, unfinished, unexpressed, leaves
the thought as though hanging in mid air. This is a favourite
form of Korean composition.

The second song in the book runs thus, highly Chinesed,
impossible for an unlettered person to make out: (A lover's
complaint).

젹무인엄즁문ᄒᆞᆫ예만뎡화락월명시라
독의사창ᄒᆞ야장탄식만ᄒᆞ던ᄎᆞ에
원촌에일계명ᄒᆞ니 이못ᄂᆞᆫ둣

No one astir, fast closed the inner gates, through-
out the court the flowers fall, soft shines the
moon.
I sit alone and, leaning on the silken blind, sigh
deep and long.
Off in the distant village crows the cock, while
breaks my heart.

South Chulla is the home of song and consequently
we find many provincialisms in their make up. History tells
us that the old kingdom of Paik-je was trained by the Tangs
to sing. Tang gave Korea her first real ordered notes of music
and set the land singing.

We find these songs done in triplets, three lines each;
the first flows off easily, the second labours somewhat, while
the third finishes and leaves the thought in mid air, so to
speak.

Here is the third, somewhat in line with Robbie Burns :

우희눈약캐라가고즁뎡은횡뎡그러이뷔엿ᄂᆞᆫ듸
훗뼈진바독장거롤어ᄂᆞ우희가쓰러담아주리
솔취코송뎡에누엇스니 졀가ᄂᆞᆫ줄

I give a free translation, short and sweet :

> The boys have gone to dig ginseng
>> While here, beneath the shelter,
> The scattered chess and checker-men
>> Are lying helter skelter.
> Full up with wine, I now recline,
>> Intoxication, superfine.

Many of the songs are historic in their setting and teach
religion as they knew it in old days.

왕샹의리어 낙고밍죵 의듁슌셕거
감던머리 빙발 토록로티죠의옷을 닙고
일셩에양지 셩효를즁조굿 치

> Twas Wang who caught the carp, and Maing who
>> cut the bamboo tree
> Till whitened age had crowned his head, No-rai-ja
>> danced (dressed) to please his parents.
> Forever and a day, my father's wish, my mother's
>> heart is mine to meet like Cheung-ja.

Wang (265 A. D.) was a most noted Chinese saint
of filial piety. For his step-mother's sake he lay down on the
ice, melted it and caught the carp to save her soul.

Maing Chong, of the 3rd Century, was also an example of
filial piety. His prayers brought forth bamboo from the dead
dry earth.

No-rai-ja lived B. C., and is known as the faithful son,
who, to please his doting parents, dressed fantastically and
danced every kind of jig.

Cheung-ja, one of the disciples of Confucius (506 B. C.),
was so sincere in his devotion that he caught a telepathic
message from his mother and hastened to her aid.

These songs have to do with a great variety of subjects.
Here are a few samples done into rude verse many years ago,
that I think never have been published.

This is a sort of swan song of the neglected wife, or
sweetheart:

새벽 서리찬바람에 울고가는 기럭이야
소샹으로향ᄒᆞ느냐동뎡으로향ᄒᆞ느냐
밤즁만에 우름소리잠못일워

> Frosty morn and cold winds blowing,
> Clanging by are wildgeese going.
> Is it to the So-sang River
> Or the Tong-jung tell me whither.
> Through the midnight hours this crying
>> Is so trying.

— 16 —

Among Taoists it is the "azure" pigeon who is the mes-
senger of the gods, but in the lovers' world it is the wildgoose
who carries the letters.

리별이불이되여력우ㄴ니간장이라
눈물이비가되면붓눈불을쓰렷마는
흔숨이바람되여겹겹붓네

Farewell's a fire that burns the heart,
And tears are rains that quench in part;
But then the winds blow in one's sighs
And cause the flames again to rise.

ᄋ히야연슈처라그린념쎄편지ᄒᆞ자
검은멱휜조희눈졍든념을보렷마는
져붓대날파ᄀᆞᆺ치그릴줄만

Fill the ink-stone, bring the water,
To my love I'll write a letter.
Ink and paper soon will see
The one that's all the world to me,
While the pen and I together
Left behind condole each other.

Behold a man who wants fame and sings it out:

쳥산아물어보자고금소를네알너라
영웅쥰걸들이몃몃치나지나더냐
이뒤에뭇눈이잇겨면나도홈쎄

Green clad mountain bend thy head
And tell me of the past that's dead:
Of the great, the wise, the rare,
When they lived, and who they were.
In days to come, when asked the same,
Kindly just include my name.

Let me conclude this hurried survey with a philosphical
touch:

쳥산도졀노졀노록슈라도졀노졀노
산졀노슈졀노ᄒᆞ니산슈간에나도졀노
셰샹에졀노자란몸이늙기도졀노

That mountain green, these waters blue,
They were not made, they simply grew;
And 'tween the hills and waters here,
I, too, have grown as I appear.
Youth grows, until the years unfold,
Then age comes on by growing old.

                                J. S. GALE

# 닫는 글
## 고시조 소환의 주체, 고시조 담론의 지평
### 1910년대 게일 · 육당의 한국시가 담론과 조선'문학' · 국'문학'으로서의 시조

## 들어가며 : 육당(六堂)을 찾아간 서양인 개신교 선교사

<사진 1> 퍼시벌 로엘이 남긴 원각사지
10층석탑 도상자료

오늘날 종로구 탑골공원에 위치한 국보 제2호 <원각사지(圓覺寺址) 10층석탑>은 과거에도, 누구라도 쉽게 접촉할 수 있는 한국의 문화유산이자 옛 이정표였다. 이는 한국을 방문한 외국인에게도 마찬가지였는데, 1883~1884년 한국을 방문했던 미국의 천문학자 퍼시벌 로엘(Percival Lowell, 1855~1916)은 이 석탑의 외형을 상세히 묘사함과 동시에 서울에서 쉽게 볼 수 없는 불교적 건축물이자 예술적 영감을 제공해주는 문화유산으로 소개한 바 있다.[1]

1910년대 서울에 거주하던 육당 최남선(六堂 崔南善, 1890~1957)과 게일에

1) 퍼시벌 로엘, 조경철 옮김, 『내 기억 속의 조선, 조선사람들』, 예담, 2011, 156-159면[Percival Lowell, Chosön, the Land of the Morning Calm, Boston : Ticknor and company, 1888].

게도 <원각사지 10층석탑>은 그들이 쉽게 접촉할 수 있는 한국의 중요한 문화유산이었다. 또한 이 석탑은 오늘날 게일과 육당 두 사람의 교류를 증언해주는 흔적이기도 하다.[2] 『청춘』에 연재된 육당의 일기(「一日一件」 (1914.12.6.))에는, 당시 서울 연동교회의 담임목사로 근무하던 게일이 육당을 방문해 나눈 교유의 흔적이 다음과 같이 오롯이 새겨져 있기 때문이다.

> …쩨, 에쓰, 쩨일 博士가 來訪하야 圓覺寺와 및 敬天 등 塔에 關하야 問議가 잇거늘 金茂園 先生으로 더부러 答說하다. 그가 갈오대 碑文에도 잇거니와 朝鮮初期에 朝鮮匠色의 손에 製作된 것인대 精巧하기敬歎할밧게 업스니 갸륵하다하며 거긔 對한 몃 가지 疑難을 提出하더라.[3]

물론 그 당시 육당과 게일이 나눈 구체적인 대화의 현장, 그 자체를 복원할 수는 없다. 하지만 당시의 대화내용이 <원각사지 10층석탑>의 역사적 연원과 내력을 탐구한 게일의 논문(1915)에 반영된 사실만큼은 분명하다. 육당의 기록은 아주 짧은 것이지만 게일의 논문에 서술된 요지가 잘 반영되어 있기 때문이다. 특히 이 석탑이 조선인의 손에 의해 만들어진 것이라는 언급 자체는 매우 중요한 것이었다. 왜냐하면 이 석탑이 원 나라가 고려에 전해준 것이 아니라, 조선시대에 조선인의 손으로 건립된 것이라는 내용은 게일 논문의 요지였기 때문이다.[4]

또한 육당의 기록에서 우리가 주목해야 하는 근대 한국의 지식인이 한명 더 존재한다. 그는 육당과 함께 게일의 질문을 답변한 '김무원(金茂園)'

---

2) 이에 대한 상론은 이상현, 「육당 고전정리사업의 저변, 게일 '단군=한국민족' 인식의 전환」, 육당연구학회 편, 『최남선과 근대 지식의 기획』 1, 현실문화, 2015 ; 이상현, 「이중어 사전과 개념사 그리고 한국어문학 : 게일 고전학을 읽을 근대 학술사적 문맥, 문화재 원형 개념의 형성과정과 한국어의 문화생태」, 『비교어문연구』 42, 비교어문학회, 2016를 참조.

3) 최남선, 「一日一件」, 『청춘』 3, 1914.12.6.

4) J. S. Gale, "The Pagoda of Seoul," The Transactions of the Korea Branch of the Royal Asiatic Society VI(Ⅱ), 1915.

이라는 인물이다. 무원(茂園)은 독립운동가이자 대종교의 2대 교주로 우리에게 익히 잘 알려진 김교헌(金敎獻, 1868~1923)의 호이다. 김교헌은 1903년 『문헌비고』의 편집위원이었으며, 1909년 규장각 부제학으로서 『국조보감』 감인위원(監印委員)을 겸직한 바 있었다. 아울러 그는 조선광문회에 들어가 고서간행사업에 참여했으며, 대종교가 중광(重光)된 해(1909년)부터 교인이 되어 각종 문헌을 섭렵하며 그 사적과 역사를 정리한 인물이다. 그가 편찬한 단군에 관한 사료들이 육당의 단군론에도 지대한 영향을 미쳤음은 학계에 익히 잘 알려져 있다.5)

흥미로운 사실은 게일의 단군론에도 김교헌의 영향력은 지대했다는 점이다. 게일이 단군을 수용하는데 가장 결정적 계기를 제공한 문헌이 바로 김교헌이 편찬한 『신단실기(神壇實記)』(1914)였기 때문이다. 게일은 비록 대종교에 대해서는 우호적인 시각을 보이지 않았지만, 김교헌을 신뢰했으며 그가 남긴 기록과 지식 그 자체를 매우 존중했다.6) 이러한 사실들은 게일이 분명 조선광문회 집단과 접촉했을 것이며, 그들이 출판한 한국고전을 어느 정도 공유했을 것임을 짐작케 한다. 하지만 그가 이들 한국인 지식 집단이 출판한 어떠한 한국고전을 참조했는지 그 실상을 말하기는 매우 어렵다.

그럼에도 불구하고 게일과 조선광문회의 교류흔적은 1910년대를 전후하여 이루어진 최남선과 게일의 한국시가 담론을 함께 비교할 중요한 단초를 제공해준다. 주지하다시피, 최남선은 한국의 근대 잡지(『소년』 (1908-1909), 『청춘』(1914-1918))를 통해 구래(舊來)의 시조를 대중들에게 다양한 방식으로 소개하는 한편, 직접 기존의 가집을 그대로 복각(육전소설 『남

---

5) 이영화, 「최남선 단군론의 그 전개와 변화」, 『한국사학사학보』 5, 한국사학사학회, 2002, 11 ~15면 ; 김동환, 「육당 최남선과 대종교」, 『국학연구』 10, 국학연구소, 2005, 115-125면.
6) 이에 대한 상론은 이상현, 「한국신화와 성경, 선교사들의 한국신화해석 : 게일(James Scarth Gale)의 성취론과 단군신화 인식의 전환」, 『비교문학』 58, 한국비교문학회, 2012, 66-74면을 참조.

훈태평가』(1913)) 혹은 재편집하여 시조집(『가곡선(1913)』, 『시조유취(1928)』)을 편찬하거나, 시조에 대한 이론을 정립하기 위한 논설(「朝鮮 國民文學으로의 時調」, 「時調 胎盤으로의 朝鮮民性과 民俗」(1926))을 게재하는 등 다양한 활동을 수행한 바 있다. 물론 게일과 최남선이 어떠한 방식으로든 시조와 관련한 직접적 교류를 이루었는지, 그 실체나 양상을 살필 수는 없다. 하지만 이 '고시조 소환'의 두 주체를 비교·검토하고, 두 주체의 '고시조 담론'의 지평을 분석할 만한 연구지점과 그 의의는 분명 존재한다. 왜냐하면 무엇보다 1910년대 육당, 게일은 '한국[나아가 서울]'이라는 시공간에 함께 거주했기 때문이며, 또한 이 시공간 속에서 변모된 한국시가를 자료적으로나 담론적으로 공유했기 때문이다.

<사진 2> 조선총독부 공문서 속 원각사지 10층석탑 도상

아래와 같이 조선총독부의 관리 하에 놓인 1910년대 <원각사지 10층석탑>의 모습은 새롭게 변모된 한국시가문학의 모습을 암시해준다. 퍼시벌 로엘이 남겨놓은 <사진 1>은 그냥 '이름 없는 대리석탑'이었던 <원각사지 10층석탑>의 존재양상을 보여준다. 1902년까지 주위에 민가들이 둘러싸인 한복판에 이 석탑이 놓여 있던 모습이 잘 말해주듯, 이 석탑은 일종의 방치된 유산이었다. 이에 로엘은 한국인의 양해를 얻은 후 민가의 지붕 위에 올라가 이 석탑을 관찰해야만 했다.

반면 <사진 2>에서는 민가가 철거된 모습과 돌난간이 새롭게 생긴 모습이 보인다. 이는 조선총독부에 의해 새롭게 조성된 공원의 모습으로, 일반인에게 공원이 개방된 1913년 이후의 모습이다.7) 이 석탑은 1910년대

─────────────

7) 이에 대해서는 김해경, 김영수, 윤혜진, 「설계도서를 중심으로 본 1910년대 탑골공원의 성립과정」, 『한국전통조경학회지』 31(2), 2013을 참조.

일종의 전시 대상이자 동시에 관광명소에 배치된 문화유산으로 변모된 셈이다. 또한 제국 일본이라는 측면을 간과할 수는 없지만, 이 석탑은 육당의 일지가 잘 말해주듯이 민족 혹은 국가 단위에서 '보존'해야 할 문화유산이라는 새로운 형상을 지니고 있었다. 방치된 문화유산에서 소위 오늘날의 문화재 개념에 근접해진 문화유산으로 변모된 모습, 이에 부응하는 관념을 최남선과 게일이 공유하고 있었던 모습을 상기해볼 필요가 있다.

이렇듯 변모된 <원각사지 10층석탑>의 모습은 우리가 이 책의 마지막 장에서 고찰하고자 하는 육당과 게일의 한국시가 담론 속 시조의 형상과도 많이 닮아 있다. 요컨대, 육당과 게일 두 사람이 시조를 과거의 문화유산으로 인정하고 소환하는 방식, 이를 조선 문학의 대상으로 인식하고 논의의 대상으로 삼아 각각의 영역 속에서 '문학화'시켜 나가는 논리 및 과정은 상당히 유사한 추이를 보이기 때문이다. 또한 이러한 공유지점과 함께 서양인과 한국인이라는 서로 다른 '발화의 위치'로 말미암아, 두 사람의 한국시가 담론이 변별되는 양상 역시 우리에게 많은 성찰의 지점을 제공해줄 수 있는 연구대상이다.

## 1. 육당·게일의 시조인식과 '고(古)'시조(時調)의 소환

### 1) 『소년』에 소환된 시조: 육당과 '옛 사람들의 시(詩)'

1908년 6월, 최남선은 일본 유학 생활을 통해 자신이 경험한 근대적 출판, 인쇄문화의 집약체라 할 수 있는 출판사 '신문관'을 설립한다. 그리고 같은 해 그는 우리나라 최초의 잡지라 일컬어지는 『소년』을 출간한다. 『소년』은 철저하게 편집자 최남선에 의해 기획, 구성된 잡지였다. 편집인 최남선, 발행인 최창선을 엄격하게 구분하였던 출판 체계가 창립 초기부터 끝까지 지켜진 신문관의 무게 중심이라는 사실[8]을 염두에 둘 때, 『소년』

역시 오로지 최남선의 기획과 구상 속에서 출간된 것임을 짐작할 수 있는 것이다. 이러한 사실은 잡지『소년』에 수록된 다양한 콘텐츠들이 곧 최남선 개인의 가치관, 세계관을 표상하고 있는 바임을 짐작할 수 있게 한다.

잡지『소년』내에는 당대(當代)의 새로운 지식과 전대(前代)의 가치 있는 지식, 그리고 서구의 지식과 조선의 지식 등, 시간과 공간을 막론하는 다양한 지식들이 담겨져 있는 것으로 잘 알려져 있다.9) 서양의 역사, 지리, 철학, 문학 등에 대한 지식, 조선의 역사, 철학, 문학 등과 관련한 지식 그리고 최남선 본인이 직접 창작한 다양한 형식의 문학 작품들을 수록하였던 것이다. 그 중에서도 본 장에서 주목하고자 하는 바는『소년』에 수록된 조선의 시가문학, 그 중에서도 시조와 관련한 부분이다.

우선, 최남선의 시조에 대한 지대한 관심은『소년』의 창간호를 통해 살필 수 있다.「甲童伊와 乙南伊의 相從(一)」이라는 글을 통해 율곡(栗谷) 이이(李珥)의 시조를 시시 때때로 음영함으로써 정신적 책려(策勵)를 얻었던 본인의 경험을 서술하고 있는 내용이 그러하다. 즉 시조의 효용적 가치를 자신의 경험에 비추어 서술하고 있는 것이다.

> 余는 國詩中 愛誦하난 者 쏘한 덕다할수 업스나 쏘한 만타할수도 업
> 난 데 그 中 가댱 愛誦하야 거의 寢食에도 놋티 안난 것이 一篇잇스니
> 그는 곳 栗谷李珥先生의 디은바
> 「泰山이 놉다해도 하날아래 뫼이어니 오르고 쏘오르면 못오를理 업
> 것마는 사람이 데 아니오르고 뫼만 놉다」란 것이라.
> 이는 우리가 依裾에라도 書入하야 平生에 服膺할 만한 것이니 나는 別
> 노 古人의 言行錄을 넑어 精神은 鼓勵한 일도 없으나 多幸히 이 詩 一篇
> 을 엇어들어 無常時로 吟詠하야 向上의 行을 쉬이디 안노니 곳 지금까지

---

8) 박진영,「창립 무렵의 신문관(新文館)」,『사이間SAI』 7. 국제한국문학문화학회, 2009, 15면.

9) 한기형,「최남선의 잡지 발간과 초기 근대문학의 재편 :『소년』,『청춘』의 문학사적 역할과 위상」,『대동문화연구』 45, 성균관대 대동문화연구원, 2004 ; 한기형,「근대 잡지와 근대 문학 형성의 제도적 연관」,『대동문화연구』 48, 성균관대 대동문화연구원, 2004.

余의 精神的 策勵者가 된 것이다.

今에 特記하야 諸子에게 勸하노니 또한 余와 갓흔 此篇으로 因하야 益을 受하난 者ㅣ 잇스면 李先生을 爲하야 報德의 一道가 될가 하노라
      - 「甲童伊와 乙南伊의 相從(一)」, 『소년』 1년 1권 23면.

실제 최남선이 이선생(李先生), 즉 이이의 시조라 제시한 작품은 양사언 작(作)이라 일컬어지는 텍스트이다.[10] 하지만 중요한 것은 그가 범한 작자 표기의 오류가 아니라, 시조의 효용성에 대해 언급하고 있는 서술이다. 그는 이이의 것이라 여긴 시조 텍스트를 통해 그를 음영함으로써 얻을 수 있는 정신적 감응력을 논하는 것에 목적을 두었던 것[11]이다. 이러한 서술은 최남선이 시조에 주목하게 된 사정을 짐작케 한다.

그리고 최남선이 주목했던 시조는 다름 아닌 그의 표현에 의하면 '고인 (古人)'의 시, 전대(前代)의 시조, 중세의 시조, 과거의 시조 즉, '고시조'였다. 최남선은 시조의 효용성을 언급했던 창간호에 이어, 두 번째 발간 호부터는 별도의 항목을 두어 본격적으로 시조를 수록하는 모습을 보여준다. 그것은 바로 「녯 사람은 이런 詩를 끼쳣소」라는 제목을 지니고 있는 항목이었다. 이러한 제명은 최남선이 마주하고 있었던 '근대 전환기' 조선 문학장의 모습을 여실히 담아내고 있는 것이었다.

일단 '녯 사람'이라는 주어가 그러하다. '녯'이란 곧 '옛'을 이르는 것으로 과거를 표상하고 있는 관형사이다. 즉, 최남선이 이 항목을 통해 수록

10) 『歷代時調全書』를 통해 본 작품의 작가명이 기록된 사례를 살펴보면, 대부분의 가집들이 양사언의 작품이라 표기하고 있으나, 『靑丘永言(가람본)』, 『東國歌辭』, 『東歌選』에는 율곡 이이를 작자로 표기하고 있다는 점에서 이 텍스트를 율곡 이이의 작품이라 인식한 최남선의 오류가 그만의 실수는 아닌 듯 여겨진다. 그가 이들 가운데 어떠한 가집을 선택하여 참조하였는지는 알 수 없으나, 주목되는 것은 그가 수록한 텍스트가 종장의 말구가 생략된 시조창의 형식을 띠고 있다는 사실이다. 그러한 작품 수록 경향을 보이는 가집으로는 『時調』, 『南薰太平歌』가 있다.
11) 윤설희, 「최남선의 고시조 수용작업과 근대전환기의 문학인식」, 성균관대학교 박사학위 논문, 2013, 22-25면을 참조

하고자 하는 작품들은 모두 그가 활동하고 있었던 당대, 즉 20세기 초반의
문학장에서 창작·향유된 텍스트가 아니라, 그 이전 시기에 창작·향유되
었던 텍스트임을 의미하는 것이다. 이는 그가 창간호를 통해 이이의 시조
를 언급함에 '고인(古人)'이라는 용어를 사용한 정황과도 상통하는 바이다.
실제 그가 『소년』의 「녯사람은 이런 詩를 씨쳣소」 항목을 통해 수록하고
있는 작품들12)은 '이황(李滉, 1501~1570)'을 필두로 '장만(張晚, 1566~1629)'에
이르기까지 모두 유명씨(有名氏), 즉 작가가 분명하게 밝혀져 있는 텍스트
들이며, 작자로 명시되어 있는 이들을 살펴보면 모두 분명히 당대 이전의
'옛 사람'임13)을 인지할 수 있다. 즉, 그가 특별히 의미를 부여한 시조 항
목은 당대에 창작, 향유되는 시조가 아니라 모두 '옛 사람'을 통해 창작 향
유되었던 과거의 시조였고, 이는 그가 주목했던 시조 텍스트들을 옛 사람
의 노래이자 문학인 '고시조'로 일컬을 수 있는 근거가 된다.

　물론 최남선이 '고시조'라는 용어뿐 아니라 '시조'라는 장르 명칭을 직접
적으로 사용한 것은 아니었지만, 실제 그가 『소년』을 통해 시도한 옛 사
람들의 시를 소개하는 작업은 그 제명과 수록한 작품들을 토대로 '고시조'
를 대상으로 하고 있음을 살필 수 있는 것이다.

---

12) 최남선은 『소년』 1년 2권에서 2년 10권에 이르기까지 총 9권호의 잡지에 총 23수의 고시
　조 작품을 수록하였다. 그가 수록한 고시조 작품들은 모두 「녯사람은 이런 詩를 깃쳣소」,
　「옛 사람은 이런 詩를 씨쳣소」, 「녯 사람은 이런 詩를 씨쳣소」라는 그 표기는 다르지만
　동일한 의미의 제명 하에 수록되어 있다. 본 논의에서는 최남선이 이들 표기 가운데 가장
　많이 사용했던 「녯사람은 이런 詩를 씨쳣소」라는 제명을 사용하기로 한다.
13) 「녯 사람은 이런 詩를 씨쳣소」 항목에 수록된 시조 텍스트의 작자는 이황, 이이, 성삼문,
　변계량, 성혼, 이순신, 김응하, 김종서, 남이, 김유기, 정민교, 정몽주, 김굉필, 주의식, 박태
　보, 이직, 장만이다. 이황과 남이의 경우 다수의 작품이 수록되어 있으며, 다른 작가들의
　경우 각 1수의 작품이 수록되어 있다. 시조의 경우 작자성이 분명한 유명씨 작품들뿐 아
　니라, 작자성이 불분명한 무명씨 작품들이 다수를 차지한다. 최남선은 본 항목의 작품들
　이 옛 사람에 의해 창작, 향유된 시조임을 분명하게 나타내기 위해, 작자성이 분명한 유
　명씨의 시조 작품들을 수록하는 한편, 작품 텍스트와 함께 작가명을 부기하고 있음을 살
　필 수 있다.

아울러 「녯사람은 이런 詩를 씨쳣소」라는 제목에서 주목되는 또 한 가지 특징은 바로 '시(詩)'라는 표현이다. 본 항목에서 수록하고 있는 작품들은 크게 두 가지 장르로 나누어 볼 수 있다. 하나는 앞서 밝힌바 고시조 작품들이고, 또 하나는 바로 한시(漢詩) 작품들이다. 『소년』 2년 5권을 살펴보면, 시조 외에 백거이(白居易)의 「東坡種花」, 유정지(劉廷芝)의 「代悲白頭翁」 그리고 고계(高啓)의 「賣花詞」라는 작품이 수록되어 있다. 즉, 우리의 옛 조상들이 창작한 고시조와 중국의 문인들이 창작한 한시 작품을 하나로 묶어 동일한 제명 아래 수록하고 있는 것이다. 여기에서 '시'라는 단어를 특징적으로 주목하는 이유는 바로, 당대의 문학 담론 내에서 '시'에 속하는 장르는 오로지 한시뿐임에도 불구하고, 시조를 시의 범주 안에 묶어내고 있다는 사실 때문이다. 시조는 가(歌) 즉 노래로, 한시로 대표되는 '시'와는 구분되는 장르로 인식되는 것이 일반적이었다. 오로지 가창(歌唱)을 목적으로 창작된 텍스트, 즉 노래하기를 제시형식으로 지닌 텍스트였던 것이다. 따라서 당시의 시조는 가곡창(歌曲唱), 시조창(時調唱)과 같이 가창 방식을 구분하는 명칭을 통해 인식되었고, 그 텍스트가 수록된 책을 가집(歌集)이라 일컬었던 사정을 염두에 둘 때, 최남선이 지칭한 '시'라는 표현은 매우 낯설게 느껴질 정도이다.

그럼에도 불구하고 최남선이 시조를 한시와 동등한 위치에 두고 하나의 항목으로 묶어낸 시도는 시조를 인지하는 문학적 인식의 틀에 변화가 있음을 말해준다. 이는 연행물로서 음악적 담론 위에서 향유되었던 시조를 언어체로서의 시적 담론 위에서 논의할 수 있는 가능성을 발견한 문학적 시도였다. 즉 최남선은 전대의 한시, 그리고 신체시로 위시되는 당대의 창작시뿐 아니라, 노래로 인식되던 국문시가 텍스트인 시조를 시로 인식하는 문학적 시도를 보여준 것이었다.

이와 같이 (고)시조를 '옛 사람들의 시'라 일컬었던 최남선의 문학적 인식의 저변에는 20세기 초, 조선이 당면하고 있었던 시공간의 급격한 변동

이 놓여있었다고 할 수 있다. 그것은 바로 전대의 '옛 것'과 당대의 '새로
운 것'을 구분 짓는 잣대이자 기준인 '근대성'의 등장이었다. 최남선은 일
본 유학을 통해 '근대'적인 것을 경험, 학습했고 그 실천의 하나로 신문관
을 설립한 이후 잡지 『소년』을 출간하였다. 그리고 『소년』을 통해 시조를
소개하고자 하였던 그의 시도는 '옛 것'인 고시조를 '새 것'인 근대적 매체
를 통해, 그리고 '새 것'인 근대적 문학적 인식 위에서 재배치하는 것이었
다. 그 과정을 통해 당대 이전에 창작된 시조는 옛 사람들의 것(고시조)으
로, 그 옛 사람들의 노래는 다시 옛 사람들의 시로 재인식되었던 것이다.

### 2) 『조선필경』에 소환된 시조 : 게일과 '옛 조선의 시가(詩歌)'

이렇듯 시조가 고시조로 명명되는 과정, 그리고 고시조라는 중세의 문
학유산이 근대의 문학담론으로 소환되는 과정은 동시기 게일의 문학담론
및 시조 영역(英譯) 과정을 통해서도 유사한 흐름이 나타난다는 것을 살필
수 있다. 게일의 영역시조 17수가 수록되어 있는 미간행 자료 『조선필경
(朝鮮筆景)』(1912)의 기록을 살펴보면, 과거 그가 저술했던 조선의 문학에 대
한 논의를 재수록 하여 교정을 본 흔적이 남아 있다. 1902년 그가 'Esson
Third'라는 필명으로 게재했던 'Corean Literature'라는 논문을 'Korean
Literature'라는 제목으로 수록하여 1905년 교정을 수행한 글을 살펴보면,
조선(Korea)을 옛 조선(Old Korea)로, 양반 사대부를 지칭하는 문인지식층
(literati)라는 표현을 옛 조선의 문인지식층(Old Korean literati)으로 수정하고
자 했던 흔적을 살필 수 있다. 게일이 조선의 문학에 대한 자신의 생각을
기술한지 얼마 지나지 않아 이러한 수정과정을 거쳤다는 사실은 그 짧은
시간동안 조선의 문학장에 매우 급격한 변화가 이루어졌음을 의미한다.
현재의 조선이 아닌 과거의 조선이라 일컬어야 했을 만큼의 커다란 담론
의 변화가 매우 짧은 시간 동안 급격하게 벌어졌던 것이다.

게일의 이러한 문구 수정, 보완이 주목되는 것은 그가 『남훈태평가(南薰

太平歌)』를 저본으로 하여 영역한 다수의 시조 작품을 그 '옛-Old'의 범주에 포함시켜 이해하고 있기 때문이다. 그러한 지점은 『조선필경』의 「서문(Preface)」에서도 발견된다.

이 묘사들은 작금의 현재가 아니라 옛 조선과 관계된다. 옛 조선이 우리 곁에서 멀어져가고 있다. 그리고 이 기록들은 근대적 삶의 해일 밑으로 급속히 사라져가고 있는 위대한 동양, 한국의 한 부분에 관한 기념사진들이다. …(후략)… 14)

여기에서 게일이 '옛 조선'으로 형상화하는 바는 1910년대를 전후로 급격히 변화하는 과정에 놓여있는 작금의 현재가 아닌 그 이전의 조선 즉 과거 게일이 경험했던 '옛 조선(Old Korea)'이라는 공간을 지칭하는 것이다. 그리고 그 옛 조선이라는 형상 속에 『남훈태평가』 소재 시조 작품들은 『조선필경』의 첫 장에 그의 번역 및 해제를 통해 소환되며 포괄15)된다.

실제 게일이 시조에 관심을 가지고 그를 자신들의 언어인 영어로 번역하기 시작한 것은 1895년, 영문 잡지 *The Korean Repository*를 통해서였다. 본 잡지를 통해 1895년부터 1898년까지 총 18수의 작품을 번역한 그의 작업은 번역 시조가 산문 내에 삽입된 경우를 제외하고는 모두 특정 제목 하에 수록되어 있다는 특징을 보인다. 그 제목들을 살펴보면, 「효에 관한 송가(Ode on Filial Piety)」, 「한국의 사랑노래(Korean Love Song)」, 「삶에 대한 송가(Odes on Life)」, 「사랑노래들(Love Songs)」, 「행상인에 관한 송가(Ode on the pedlar)」, 「운명(Predestination)」, 「자유의지(Free-will)」, 「우편사업(Postal Service)」, 「사람들(The People)」과 같다. 이를 통해 짐작할 수 있듯 번역시조를 수록하고 있는 모든 항목의 제명은 모두 텍스트의 내용적 측면과 밀접한 관련

---

14) J. S. Gale, "Preface," 『朝鮮筆景(Pen-picture of Old Korea)』(『게일유고』).
15) 이 책의 4장[初出 : 이상현, 윤설희, 이진숙, 「시가어의 재편과정과 번역」, 『열상고전연구』 46, 열상고전연구회, 2015, 8, 564면]을 참조.

이 있는 것이었다. 더불어 주목되는 것은 전반부에 번역, 게재된 작품들
(1895~1896)의 경우, 'Ode' 그리고 'Song'과 같이 장르 특성을 의미하는 단어
가 함께 제시되고 있다는 사실이다. Ode란 송가(頌歌), Song은 노래(歌)를
의미하는 것으로서 시조의 음악적 성격을 부각시키는 용어임은 물론이다.

하지만『조선필경』에 이르러 그는 시조를 번역하며 'Korean Songs and
Verses'라는 표현을 사용한다. 즉, 노래를 의미하는 Songs뿐 아니라 시나
운문을 지칭하는 Verses라는 단어를 추가로 사용한 것이다. 이는 Song과
Verse, 두 영어 어휘가 지칭하는 당시의 개념범주를 살펴본 기존의 논
의16)를 통해서도 살펴볼 수 있듯, 각각이 범주화하는 개념에는 매우 큰
차이가 존재한다. Song(s)의 경우 노래, 소리, 곡조, 가곡, 타령, 조, 창가
등과 같이 노래에 기반한 음악적 담론을 함의하고 있는 개념으로 풀이되
며, Verse(s)의 경우 글 한귀, 시 한귀, 시구, 구절, 률 등과 같이 텍스트에
기반한 문학적 담론을 함의하고 있는 개념으로 풀이되기 때문이다. 따라
서 시조 본래의 장르 특성인 음악성을 기반으로 그것이 문자로 기록된 문
학 텍스트로서의 가치를 지니고 있음을 강조하고, 부연한 개념이 바로 게
일의 'Korean Songs and Verses'임을 짐작할 수 있다. 이는 앞서 살펴본
최남선과 마찬가지로 게일 역시 시조를 가창 텍스트로서의 노랫말뿐만이

---

16) 게일이 사용한 어휘를 당시 개신교 선교사들의 이중어 사전 속 어휘에 대한 한국어 대역
어를 통해 분석한 논의(이상현, 윤설희, 이진숙, 앞의 글, 566~567면)에 제시된 다음과 같
은 내용에 따르면, 두 영어 표제항은 노래와 텍스트라는 의미상의 변별이 있음을 살필 수
있다.

| | Under wood (1890) | Scott (1891) | Jones (1914) | Underwood (1925) |
|---|---|---|---|---|
| Song(s) | 노래, 소리 | 노리, 곡됴 | 노리(歌): 가곡(歌曲): 시가(詩歌) | 노리, 소리, 타령, 가곡 (歌曲), 가(歌), 곡(曲), 됴(調), 시(詩) |
| Verse(s) | 귀, 글훈귀 | 시훈귀 | 시(詩): 시구(詩句): (Stanza), 절(節): 구절 (句節) | (1) 귀(句), 절(節), 짝 (시의) (2) 시(詩), 률(律) |

아닌, 문학 텍스트로서의 가치를 지닌 장르로 인식하게 되었음을 의미한다.

이처럼 최남선이 '옛 사람의 시'로 범주화하고 있는 시조는 게일을 통해서도 '옛 조선을 담아내고 있는 노래이자 시'로 개념화 된다. 즉 최남선도 게일도 자신들이 경험하고 있는 당대 조선 사회, 정치, 문화 그리고 문학 장의 급박한 변화의 기류를 인지하고, 또한 그 변화를 기점으로 이전의 문학과 당대, 현재의 문학을 구분 짓는 작업을 수행하기 시작했던 것이다. 따라서 그들이 주목하였던 시조는 더 이상 시절가조(時節歌調), 즉 당대에 유행하는 노래가 아니라 과거, 옛 사람(조선인 혹은 조선)의 노래이자 문학 유산으로 규정되었던 것이다. 그리고 이는 그들이 표면적으로 혹은 공식 적으로 표명한 것은 아니었지만, 당대의 그리고 각자가 속한 문학담론 내에서 전대에 창작된 시조를 '고시조'로 명명, 인식하도록 하게 하는 작업이었다.

### 3) 육당·게일의 시조인식 : '옛 사람의 시'와 '옛 조선의 시가'

하지만 최남선과 게일의 시조에 대한 인식에는 분명한 차이가 존재하였다. 특히 주목되는 것은 고시조를 한시와 함께 묶어 옛 사람의 '시'로 단정 지은 최남선과 달리 '노래'이자 '시'로서의 시조의 장르적 성격을 부각시키고 있는 게일의 개념이다. 'Songs and verses'라는 게일의 개념화는 오늘날 우리가 언급하는 고전시가(古典詩歌)의 개념과 상당히 유사하다. 시(詩)이면서도 노래(歌)라는 우리 고전시가의 특성을 그대로 담아내고 있는 개념으로 시조를 지칭하고 있다는 것은 그가 조선의 문학, 특히 시조를 위시한 조선의 시가문학에 대한 상당한 이해를 가지고 있었음을 나타낸다. 최남선이 노래로서의 시조의 음악적 담론을 소거하고 오로지 문학적 담론에만 기댄 '시'라는 용어로 고시조를 소환하고 있는 것과 게일은 다른 면모를 보여주는 것이다.

이는 최남선과 게일이 서로 다른 담론 위에서 시조를 마주하고 있었기에 비롯된 차이였다. 최남선은 조선인으로서 자국의 (노래)문학을 연구하는 '근대' 지식인으로서의 위치에 놓여있었다. 따라서 그에게 고시조는 비록 옛 것이지만 반드시 근대적인 개념으로 설명 가능한 대상이어야만 했다. 특히 서구의 근대적 문학 개념이 조선의 문단에 영향을 미치고, 이에 본격적으로 조선의 문학에 대한 학술적 논의가 문단을 통해 개시, 확산되고 있는 상황이었던 점을 고려해 볼 때, 최남선이 시조를 시로 개념화하였던 것은 조선 문학의 범주 내에 시조의 우월한 가치를 인정하고, 조선 문학의 일부분으로 만들어 가고자 했던 의도가 반영된 것으로 짐작할 수 있다. 이는 『소년』을 통해 고시조를 근대적 매체에 소환한 최남선이 수행한 이후의 고시조 관련 작업 들을 통해 더욱 여실히 드러난다.

『소년』을 통해 고시조를 수록, 소개하는 작업을 최초로 수행했던 최남선은 이후 육전소설 시리즈의 첫 권으로 19세기 시조창 가집 『남훈태평가』(1913)를 복각, 출간하는 한편 같은 해 『가곡선』(1913)이라는 제목의 개인 편집 가집을 편찬한다. 그리고 이듬해 그는 다시 한 번 잡지를 통해 고시조를 소환하는 작업을 수행한다. 『소년』 이후 그가 고시조를 수록하였던 유일한 잡지인 『청춘』이 바로 그것이다. 연속적인 (시조창, 가곡창)가집 편찬 작업 이후, 매체를 달리하여 고시조를 소환한 『청춘』의 작업은 그의 변모한 시조에 대한 인식뿐 아니라, 시조를 대상으로 한 문학적 기획을 여실히 보여주는 것이었다. 『소년』에서 그가 '옛사람은 이런 詩를 끼쳣소' 항목을 통해 고시조를 연속적이고 정기적으로 수록하였던 것은 대중들에게 고시조를 소개하는 정도의 작업이었다.

물론 『소년』의 일부 고시조 작품들 중에는 텍스트와 작가명을 제시하고 이에 대한 상세한 해설을 부연한 경우도 있었지만, 작품 텍스트와 작가를 중심으로 항목을 편제함으로써 고시조 작품 소개가 목적인 것이 대부분으로 여겨진다. 하지만 『청춘』에서 최남선은 다양한 시도를 통해 고시조를 수록하는 모습을 보여주는 데, 이는 그의 (고)시조에 대한 문학적

인식을 드러내는 방식으로 이루지고 있다는 점에서 주목된다. 『청춘』을
통해 그는 삽화와 함께 고시조 텍스트를 수록하고, 고시조 텍스트와 그의
한역시를 함께 수록하는 한편, 선별을 거친 다수의 고시조 텍스트를 역사
적 흐름에 따라 수록하는 것과 같이 다양한 방식으로 고시조를 제시한다.
이는 시조의 다양한 문학적 향유방식의 제시라는 점에서도 그 의미를 읽
어낼 수 있지만, 그 중에서도 특히 「고금시조선」이라는 제명 하에 다수의
시조 텍스트를 역사적 흐름에 따라 순차적으로 제시한 부분은 조선 문학
으로서의 시조의 가치를 드러내고자 했던 의도가 분명하게 드러나는 작업
이라는 점에서 주목된다.

일단 「고금시조선」은 그가 '시조'라는 명칭을 제명으로 내세운 첫 작업
이었음을 살필 수 있다. 『청춘』 직전의 고시조 수용 작업이 『가곡선』이라
는 제명으로 이루어진 가곡집 편찬이었다는 점을 염두에 둘 때, 「고금시
조선」의 편성은 중요한 의미를 지니는 것이다. 음악적 담론에서 문학적
담론으로 시조를 이끌어 온 면모를 짐작케 하기 때문이다. 아울러 「고금
시조선」 서문의 내용을 통해 시조의 보편적, 역사적 가치뿐 아니라 조선
문학으로서의 가치를 표명하고 있음을 살필 수 있다. 조선의 풍토를 담아
낸 자국어 문학으로서의 시조의 시적 가치를 부여하고 있는 것이다.17) 이
같은 의미를 지닌 제목과 서문 이후 최남선은 기존의 가집을 토대로 작가
성을 지니고 있는 텍스트를 중심으로 하여, 그 작품이 창작, 향유되었을
것이라 추측되는 시기를 고증하여, 최고(最古)에서 최근(最近)의 순서대로
총 59수의 시조 작품을 수록한다.18)

---

17) 이와 관련한 내용은 「고금시조선」의 서문의 다음과 같은 내용을 통해 짐작해 볼 수 있다.
'時調는 우리 文學中 가장 普通의 形式이오 또 가장 由來의 久遠한 것이니...(중략)...今日에
可考할 者는 대개 三國時代의 中葉以後엣 것이니 漢文과 吏讀를 幷用하야 傳하는 所謂 「新
羅鄕歌」를 除하고 時調의 原文으로는 百濟의 成忠과 高句麗의 乙巴素의 作이 各一首式 傳
하니 이것이 아마 現存한 時調의 最古또 僅存한 것일지니라'(최남선, 「고금시조선 서문」,
『청춘』 12, 1918.)

백제-고구려-고려-조선으로 이어지는 시조 작품의 편제는 시조의 역사를 보여주는 연표와 다름없었다. 이를 거시적 시각에서 바라보면, 일종의 시조사(時調史) 편성과정이라 읽어낼 수 있을 것이다. 실제 시조라는 장르가 발생하고, 창작되었을 것이라 추정되는 시기(고려)를 넘어 삼국시대의 작자와 텍스트를 배치하고, 국가의 발생과 소멸 순서대로 작품을 구성하고 있는 방식은 시조의 역사적 맥락을 구성하고자 했던 최남선의 문학적 기획을 짐작케 하기 때문이다.19) 아울러 이후『조선문단』에 수록한 논설(「朝鮮國民文學으로의 時調」,『조선문단』16, 1926. 5;「時調 胎盤으로의 朝鮮民性과 民俗」,『조선문단』17, 1926. 6)들은 시조에 대한 이론을 만들어 가는 작업이었다. 시조의 역사와 이론을 구상하는 이 같은 작업은 고시조를 당대의 문학 담론, 지식 담론 즉 근대적 학술 담론의 일부로 편성하고자 했던 최남선의 문학적 기획을 짐작케 하는 것이다. 그리고 그 기획은『소년』을 시발점으로『남훈태평가』복각,『가곡선』편찬을 거치며 그 토대를 마련하게 되었고,『청춘』을 기점으로 보다 구체적으로 실천되었음을 짐작할 수 있는 것이다.

이처럼 당대 조선의 근대적인 학술담론 내에서 특히 조선의 문학을 구성하는 작업에 관심을 가졌던 최남선이 조선의 문학을 논하는 데 가장 큰 의미를 부여했던 것은 바로 시조였다. 따라서 시조는 시로서 그리고 문학으로서의 가치를 지녀야 했기에 최남선은 고시조를 소환하는 그 첫 번째 과정(『소년』)에서 문학적 담론을 중시한 용어를 사용했던 것으로 여겨진다.

이에 반해 게일은 제 3자의 위치에서 보다 중립적인 시각으로 시조를 인식할 수 있는 위치에 있는 외국인 학자였다. 더군다나 선교를 목적으로 조선을 방문한 그에게 시조는 '조선의 것'이기에 매우 객관적이고도 정확

---

18) 최남선이 「고금시조선」을 구성하며 참조한 것으로 추측되는 가집은 본인 소장의 『청구영언(육당본)』이다.(윤설희, 앞의 글, 105~108면 참조).

19) 이에 대한 내용은 위의 글, 98~105면 참조.

한 이해가 필요한 것이었고, 그리고 그는 그렇게 이해한 바를 자신이 속한 서구인의 그리고 개신교 선교사들의 학술 네트워크를 통해 전달, 소통시켜야 하는 입장에 놓여있었다. 따라서 그는 일찍이 학습, 인지하고 있었던 근대적인 문학 개념을 토대로 시조를 이해하였고, 그 결과 시조 본래의 장르 특성 및 그를 둘러싼 담론의 변화에서 비롯된 장르의 변화를 정확히 인식하고 그를 반영한 개념으로 시조를 범주화했던 것이다.

이를 통해 1910년대를 기점으로 급변한 조선의 정치, 사회, 문화담론이 당대의 자국, 서양 근대 지식인들로 하여금 조선의 문학담론을 재론(再論)하게 했음을 짐작할 수 있다. 조선 전, 중, 후기를 거쳐 그들이 활동했던 당대에까지 창작 향유되었던 시조를 '근대성'을 담보로 한 당대의 문학장을 기준으로 옛 것과 새 것으로 구분 짓고, 옛 것에 해당하는 텍스트를 '고시조'로 호명, 각각의 목적에 따라 개별적으로 범주화하여 소통시키는 과정을 살필 수 있는 것이다. 최남선의 경우, 불특정 다수인 조선의 대중을 대상으로 고시조와 관련한 문학 활동을 펼쳤으며, 게일의 경우, 본인을 포함한 개신교 선교사들 그리고 조선에 관심을 가지고 있는 서구의 지식인들을 대상으로 고시조 텍스트를 소개하고, 관련 문학담론을 기술했다.

## 2. 육당 · 게일의 시조담론과 조선'문학' · 국'문학'으로서의 시조

### 1) 외국인의 한국시가 담론과 '한국문학부재론'

19세기 말, 게일을 비롯한 다수의 외국인 학자들[20]로부터 촉발된 조선

---

20) 19세기 말, 조선의 문학, 특히 시가 문학-시조-에 대하여 관심을 표명한 외국인 학자들에는 조선에 체류했던 게일을 비롯한 서구의 학자들(모리스 쿠랑, 호머 헐버트 등)뿐 아니라 漢城 日語學堂의 교사로 초빙 받아 『남훈태평가』 소재 시조를 일역하여 소개하고, 조선의 문학에 대한 논설을 남겼던 일본인 학자 오카쿠라 요시사부로(岡倉由三郎, 1868~1936) 등을 살필 수 있다.

의 시가(詩歌)에 대한 학술적 연구는 시가 작품을 자신들의 언어로 번역하고 관련 문헌들을 분석, 검토하는 것뿐 아니라, '문학'이라는 근대적 지식의 범주에서 조선 시가의 위치와 가치를 논의하는 방향으로 이루어진다. 즉, 문학이라는 기준에서 조선의 시가를 이해하고자 하는 일련의 활동들이 나타났던 것이다. 그리고 그 논의의 대상인 조선 시가의 중심에는 조선 전기(全期)를 아우르며 창작, 향유되었던 시조가 위치하고 있었다.

일단, 그들은 근대적 문학 개념을 기반으로 조선의 문학을 소환, 시조를 위시한 조선의 시가문학에 접근한다. 그리고 그러한 시각은 1차적으로는 조선에 문학이라고 할 만한 것, 특히 조선의 고유성과 문예미를 지닌 자국어 문학은 존재하지 않는다는 일종의 '한국문학 부재론'으로 귀결된다.[21] 즉 그들의 기준에서 문학이라 할 수 있는 것, 시·소설·극 장르를 중심으로 한 언어 예술, 혹은 작자 개인의 상상력에 의거한 창작적 산물이라 인식할 수 있는 작품을 찾아보기 어렵다는 사실과 그 중에서도 특히 조선 고유어-국문, 한글-로 쓰인 국민문학이 거의 부재하다는 것이다. 이는 조선이 중국 문화권의 강력한 영향권 내에 존재하는 국가였으며, 국문(한글)과 한문이 통용되는 이중어 사용 국가였다는 사실과 밀접한 관련을 지닌다. 한글이라는 자국의 언어가 존재함에도 불구하고 지배계층을 중심으로 한 한문의 사용이 공적/사적인 측면에서 압도적이었고, 또한 중국의 문화를 숭상했던 역사적 전통에 따라 그 영향을 받아 창작된 문학 작품들이 대부분이었던 것이다.

따라서 그들의 눈에 비친 조선의 문화, 문학은 중국의 그것과 크게 다르지 않게 인식되었고, 결론적으로는 '한국문학 부재론'이라 명명할 수 있을 만큼의 부정적인 평가가 내려졌던 것이다. 그럼에도 불구하고 그들에

---

21) 이 책의 3장[初出 : 이상현, 윤설희, 「19세기 말 在外 외국인의 한국시가론과 그 의미」, 『동아시아 문화연구』 56, 한양대학교 동아시아 문화연구소, 2014, 2면]을 참조.

게 시조는 조선의 문학이 될 수 있는 가능성을 지닌 장르로 인지되었다. 그것이야 말로 조선의 언어로 쓰인, 무엇보다도 가장 문학적인 취미(趣味)를 머금은 것[22]으로 인정할 수 있었기 때문이다.

하지만 그들의 눈에 비친 시조 역시 '중국'이라는 영향력을 크게 벗어나지 못한 것으로 인식되었다. 게일보다 약 2년 앞서 『남훈태평가』 소재 시조를 번역하여 학계에 소개함으로서 고시조를 번역한 최초의 사례(*Korean Repository*(1895))라 일컬어지는 오카쿠라 요시사부로의 조선 문학론(「朝鮮の文學」(1893)을 살펴보면, '조선인의 생각에는 언문이 나오고 나서도 여전히 대체적으로 한문을 사용'하였고, '문학상의 사상을 말할 것도 없고 시부와 산문의 형태로 전해지는 것도 자연히 조선 고유의 기품을 띠고 있는 작품이 부족하고 구상도 창작도 거의 중국풍이 되었다'고 언급하고 있다. 특히 국문 시가의 경우 '구상에 있어서는 모두 순수한 조선풍을 나타내지 못하고 도리어 중국풍의 것이 많다. 이렇게 길러진 안목으로 한시라도 중국의 그림자를 잃어버릴 수 없는 조선인들에게는 이것이 면하기 어려운 일일 것'이며, 시조는 '중국의 시문에다 표음문자를 섞어서 이것에 곡을 붙여서 노래한 것'[23]으로 이해할 수 있다고 서술하고 있음이 주목된다. 더불어 그가 시조를 번역하는 과정에서 부연한 작품 해설의 내용을 살펴보면, 각각의 시조 작품에 한자가 어느 정도 사용되었는지를 평가하는 내용이 담겨져 있어 작품에 미친 중국풍의 영향을 언어 사용 내역을 통해 짐작하고 있음[24]을 살필 수 있다.[25]

---

22) 오카쿠라 요시사부로(岡倉由三郞), 「朝鮮の文學」, 『哲學雜誌』 8(74), 1893, 844면.

23) 위의 글, 843-846면.

24) 오카쿠라 요시사부로는 『남훈태평가』 소재 시조 작품 중 6수의 작품을 번역하는 과정에서 일부 작품에 주(註)를 달아, '이 노래와 같은 것은 한자를 가장 적게 사용한 것 중의 하나라고 보는 것이 좋다.', '이 노래에도 또한 한자가 매우 적다.' 혹은 '이 노래에는 앞의 두수와는 반대로 한자가 많이 들어가 있다. 구상도 매우 중국풍이어서 그것을 나타내고자 올렸다.'라고 평가함으로써, 한자어의 사용 빈도에 따른 중국문화(문학)의 영향력을 언급하고 있음을 살필 수 있다.(위의 글, 849면, 1040면, 1042면을 참조)

이와 마찬가지로 게일 또한 조선의 문학에 미친 중국의 영향력을 온전히 감지하고 있었다. "*The Influence upon Korea*"라는 논설의 제목을 통해서도 짐작할 수 있듯, 게일은 조선어에 대한 한문의 영향력, 그리고 한국인의 문학을 관통하고 있는 중국의 문화의 영향력을 분명히 인식하고 있었던 것이다. 특히 그의 언급에 따르면 조선어, 국문으로 쓰여진 고소설 그리고 시조를 대표로 하는 시가문학에 있어서 중국의 영향력은 예외가 없는 것이었다. 그 중 시조에 관련한 언급을 살펴보면 다음과 같다.

> 『청구악장(靑丘樂章)』에 실린 앞부분 200편의 송가에서 48명의 인명을 발견할 수 있었는데 예외 없이 모두 중국 사람이다. 여기에는 중국의 지명과 문학 작품에 대한 언급이 44번, '금강산'이나 북한(北漢)과 같은 한국의 지명은 8번 언급된다. 비록 중국인들이 한국의 영토를 점령한 기간은 얼마 되지 않는 듯하지만, 중국은 한국의 언어, 문학, 사상을 온통 장악하고 있다.[26]

국문 고소설 『심청전』에 등장하는 중국 송나라의 흔적을 밝히는 것에 이어 『청구악장』 소재 고시조 작품을 대상으로 중국의 지명과 인명, 문학 작품 들과 조선의 지명이 등장하는 비율을 비교하여 시조에 미친 중국 문화의 영향력을 감지하고 있는 게일의 논의는 앞서 살핀 오카쿠라의 논의

---

25) 오카쿠라 요시사부로 외에도 모리스 쿠랑 또한 조선의 시가에 대한 논의를 통해, '민요를 포함한 조선의 모든 시가작품들, 심지어 통속적인 것에서조차 중국의 사물에 대한 암시와 중국 시작품의 무의식적인 차용을 순간순간 발견할 수밖에 없었던 것'이라 언급(모리스 쿠랑, 이희재 옮김, 『韓國書誌』, 일조각, 1997, 71면)한 바 있다.

26) "In looking over the first two hundred odes of the Ch'ŭng Ku Ak Chang, I find forty-eight names of persons mentioned—all Chinamen, without a single exception. There are forty-four references to Chinese places and literary works, and eight references to Korean localities like the Diamond Mountains or Puk-han. However little the Chinese may seem to have occupied Korean territory, of the language, literature and thought they are in full possession."(J. S. Gale, *The Influence upon Korea*," *The Transaction of the Korea Branch of Royal Asiatic Society* 1, 1900, pp. 15-16.

와 유사성을 지닌다. 특히 게일이 지칭한 『청구악장』은 18~19세기 가곡 문화의 모습을 총체적으로 담아내고 있는 『가곡원류』의 이본(異本) 중 하나로, 일명 육당본 『가곡원류』라 지칭되는 가집이다. 즉, 그가 참고한 문헌은 곧 당대 조선의 시조 문화의 정수를 담아내고 있는 가곡창 가집으로 당대 시조 담론에 매우 근접한 것임을 짐작할 수 있는 것이다.

하지만 게일의 입장은 다수의 외국인 학자들이 지니고 있었던 조선의 문학-시가에 대한 부정적 인식과는 조금 다른 지점에 놓여있었다. 물론 그가 이후 한문 문헌에 관심을 가지고 그를 탐독하는 한편, 관련 문헌들을 번역하는 활동에 보다 힘을 쏟았다는 점을 들어 국문 문학에 대한 부정적 가치 평가가 이루어졌으며, 따라서 그에 대한 관심 또한 사그라진 것이라 짐작할 수도 있겠지만, 『조선필경』, 『일지』와 같은 미간행 책자의 내용들뿐 아니라 이후 지속적으로 이루어진 시조 번역 활동을 살펴보면 그는 여전히 조선의 국문 문학, 시조에 큰 관심을 가지고 있었음을 살필 수 있기 때문이다. 그리고 무엇보다 게일은 고시조에 미친 일명 중국풍의 영향, 즉 시조에서 나타나는 한자 어휘의 빈번한 사용과 중국 문화, 문학 관련 소재의 등장을 부정적으로 인식하지 않았음을 그의 시조 번역 양상의 변화를 통해 살필 수 있다.

### 2) 게일의 한국시가 담론과 조선'문학'으로서의 시조

게일이 서구권 학자 중 가장 처음으로 『남훈태평가』 소재 시조를 번역, 학계에 소개한 것은 잘 알려진 사실이다. 이밖에도 다수의 잡지, 학술지를 통해 조선의 시조를 소개했던 게일의 작품 번역 활동에 대한 내용은 일찍이 다수의 논자들을 통해 논의되어 왔다.[27] 1895년~1897년 *The Korean*

---

27) 게일의 영역 시조 가운데 출판물로 간행된 자료에 대한 연구로는 김승우, 『19세기 서구인들이 인식한 한국의 시와 노래』, 소명출판, 2014. 그리고 송민규의 논의들(「『The Korean Repository』에 소개된 ODE 연구」, *Journal of Korean Culture* 22, 한국어문학국제학술

*Repository*를 필두로, 1922년 6월 *The Korea Bookman*, 그리고 1924년 *The Korea Mission Field*에 연재한 "*A History of the Korean People*"에 이르기 까지 게일은 총 3차에 걸쳐 시조를 영역한 것으로 알려져 있다.[28] 하지만 우리가 주목하고자 하는 것은 게일이 1차로 시조를 영역했던 시기 (1895~1897)와 2차로 영역했던 시기(1922) 사이의 공백기이다. 이 시기는 공식적으로는 게일의 영역시조가 전무했던 시기이다. 하지만 최근 발굴된 게일관련 자료들을 통해, 우리는 공식적으로 간행되지 않았던 게일의 영역시조가 존재함을 살필 수 있다.[29] 그것은 캐나다 토론토대 토마스 피셔 희귀본장서실에 소장되어있던 게일의 유물 속에서 발견된 『조선필경』(1912), 그리고 『일지』(1921~1922)이다.

『조선필경』은 게일이 타자기로 작성한 교정원고 형태로 출간을 예비하고 있었던 자료로 추정되는 것으로 총 17수의 시조 작품을 영역하고 있다. 『조선필경』은 앞서 주목한 바, 시조에 대한 게일의 장르인식의 가장 큰 변화를 보여준 저술로 꼽을 수 있다. 『조선필경』에서 게일은 조선의 시조를 "옛 것"으로 인지하는 확고한 변화를 보여준다. 이는 1910년대 조선의

---

포럼, 2013 ; 「『The Korean Repository』에 소개된 LOVE SONG 연구」, 『현대문학이론연구』 52, 현대문학이론학회, 2013 ; 「『The Korean Repository』에 소개된 SONG 연구」, *Comparative Korean Studies* 21(1), 국제비교한국학회, 2013. 신은경의 "A Reception Aesthetic Study on Sijo in English Translation : The Case of James S. Gale," *Seoul Journal Of Korean Studies* 26, 서울대 규장각 한국학연구원, 2013. 강혜정의 「20세기 전반기 고시조 영역의 전개양상」, 고려대 박사학위논문, 2013. 등이 있다.

28) 게일의 시조 영역과정을 총 3차로 나누어 상세히 논의하고 있는 논저로는 강혜정의 글을 참조할 수 있다.

29) 게일의 미간행 영역시조에 관련한 논의로는 이 책의 4-5장[初出: 이상현, 이진숙, 「『朝鮮筆景』(Pen-picture of Old Korea(1912) 소재 게일(J. S. Gale) 영역시조의 창작연과 '내지인의 관점'」, 『우리문학연구』 44, 우리문학회, 2014 ; 이상현, 윤설희, 이진숙, 「시가어의 재편과정과 번역-게일의 미간행 역시조와 시조 담론의 계보학」, 『열상고전연구』 46, 열상고전연구회, 2015]과 함께, '이상현, 윤설희, 이진숙, 『게일유고 소재 한국고전 번역물 (1)-게일의 미간행 영역시조에 대하여」, 『열상고전연구』 46, 열상고전연구회, 2015.'을 참조할 수 있다.

문학담론이 급변한 면모를 반영한 언급으로, 이를 기점으로 그 이전에 창작·향유된 시조를 옛 것-즉, 고시조로 호명하는 태도를 보여주는 것이다. 아울러 시조를 지칭하는 표현 또한 변화하는데, 이전의 시조 번역을 통해 "Song, Ode" 등과 같이 음악적 명칭을 사용하여 텍스트를 범주화했던 것과 달리 "Verses"라는 문학적 담론을 반영한 명칭을 부연함으로서 시조를 가곡창, 시조창과 같은 음악적 담론에서 분리된 언어-문학텍스트로서 조명하고자 했던 면모를 살필 수 있었다.

뿐만 아니라 『조선필경』을 기점으로 『남훈태평가』 소재 시조 가운데 번역 대상을 선정하는 기준에 있어서도 미묘한 변화가 있었음을 살필 수 있다. 게일은 시조 영역의 첫 시도였던, *The Korean Repository*를 통해 한국 구어의 통사구조를 중심으로 이루어진 시조에 초점을 맞추어, 한문 통사구조를 지닌 어구가 담긴 시조 작품을 상대적으로 배제[30]하는 성향을 보여준다. 따라서 그의 첫 시조 번역은 '한국적 특성이 강하거나', '보편적 정서를 담고 있는 작품'을 대상으로 한 것이었고, 이는 한국에 대한 지식이 전무했던 서구 사회에 한국의 시조를 처음 알리는 기회였기에, 한국인이라는 민족의 특성을 알리기 위해 제일 앞에 관련 작품을 두고, 이어 동서양의 보편적 정서인 애정을 다룬 작품, 그리고 한국인들의 삶에 대한 태도가 두드러지는 작품을 수록한 것이라는 평가[31]로 이어지기도 하였던 것이다. 그리고 그의 두 번째 시조 번역에서는 '한국적 특성', 즉 한국인의 삶이나 민족성을 담아낸 노래뿐 아니라 이전의 작업에 비해 상대적으로 한문 어구를 다수 포함하고 있는 시조 작품을 추가로 담아내고 있음이 주목된다.

그것은 작품의 일부에 중국의 지명이나 사자성어를 활용하고 있는 시조[32]나 중국 명문(名文)의 일부분을 그대로 담아내고 있는 시조[33]가 그대

---

30) 이상현, 윤설희, 이진숙, 「시가어의 재편과정과 번역-게일의 미간행 역시조와 시조 담론의 계보학」, 『열상고전연구』 46, 열상고전연구회, 2015, 602면.
31) 강혜정, 앞의 글, 50면.

로 반영된 모습을 통해 살필 수 있다. 즉, 게일은 『남훈태평가』에 수록된 작품들 가운데 비교적 중국의 영향을 많이 받은 작품, 한문 어휘나 중국의 지명을 담고 있는 시조뿐 아니라 중국의 문학작품과 직접적인 교섭양상을 보이고 있는 시조에도 관심을 표명하였던 것이다. 이는 다수의 외국인 학자들이 시조 및 조선 시가에 영향을 미친 중국문화, 문학의 흔적에 대해 부정적으로 평가했던 것과는 다른 면모를 보이는 지점이다. 오히려 게일은 조선의 문학에 놓여있는 중국 문화, 문학, 그리고 언어의 의미와 가치를 보다 중대하게 인식하고 있었던 것이다.

　그리고 이러한 인식은 『조선필경』 이후의 시조 영역 작업인 『일지』를 통해 보다 분명하게 나타난다. 『일지』는 게일의 친필로 작성된 육필 원고로 당대 게일이 접했던 한국의 문헌에 대한 번역물이 큰 비중을 차지하고 있는 기록물이다. 그리고 그 속에는 『남훈태평가』 소재 시조 42수에 대한 번역이 담겨져 있다. 『일지』 7권에는 「남훈틱평가」 그리고 "Korean Ancient Songs"라는 제목과 함께 시조 24수 그리고 이어 21권에는 나머지 18수가 영역되어 있다. 총 42수의 영역시조는 『남훈태평가』의 수록작품을 첫 번째 작품부터 42번째 작품까지 순서대로 번역한 것으로서, 게일의 시조 영역 작업 중에 가장 방대한 분량이었다.

　『일지』에 함께 기록된 다른 논저들을 토대로 『남훈태평가』에 대한 기록이 이루어졌을 것이라 추정되는 시기는 약 1921~1922년으로 이는 그의 공식적으로는 두 번째로 알려진 시조 번역 작업(The Korea Bookman(1922))

---

32) 삼월 삼일 니빅도홍 구월 구일 황국단풍 / 금쥰에 슐이 잇고 동정호에 달이로다 / 아희야 잔 가득 부어라 완월장취(『남훈태평가』#20)
　사람이 죽어가셔 나을지 못나을지 / 드러가 보니 업고 나오다 보니 업늬 / 유령이 이러험으로 장취불셩(『남훈태평가』#171)

33) 천지는 만물지녀려요 광음은 빅디과긱이라 / 인싱을 헤아리니 묘창히지 일솟아라 / 두어라 약몽부생이 아니 놀고(『남훈태평가』#168)
　이 시조는 이백(李白)의 「春夜宴桃李園序」의 '天地萬物之逆旅 光陰百代之過客' 구절을 그대로 활용하여 지은 작품이다.

과는 일부 중첩되며, 세 번째 작업보다는 앞선 시기(1924)이다. 따라서『일
지』의 시조 번역은 *The Korea Bookman*과 유사한 양상-시조 번역 양식의
변화,『남훈태평가』소재 작품 번역 순서, 작품에 대한 해제 수록-을 띠면
서도, 결과적으로는『일지』를 기반으로 *The Korea Bookman*의 작업이 수
행된 것임을 추측케 한다.

『일지』에서 가장 두드러지게 나타나는 시조 번역의 특징은 바로, 시조
의 원문 텍스트에 대한 번역과 동시에 텍스트와 관련한 논평(Note)을 남기
고 있다는 것이다. 그 논평의 내용은 대개 시조 작품에 등장하는 한자 어
휘나, 전고(典故), 용사(用事)에 대한 보충 설명이었다. 게일의 시조 번역이
당대의 서구인을 대상으로 한 것임을 염두에 둔다면, 이는 동양 문화권,
특히 중국의 문화와 문학 특히 중국의 고사(古史/古事 모두), 고전(古典) 등에
대한 지식이 부족한 서구의 독자들에게 작품의 원활한 이해를 도모하기
위함이었을 것이다.

> 져건너 일편셕이 강공의 됴디로다/ 문왕은 어듸가고 빈디홀노 미엿
> 는고/ 셕양에 물찬 졔비는 오락가락(『남훈태평가』#9)

> Across the way the rock from which great Kang-tai fished Stands bare. /
> No kings has come; an empty boat swings on the tide. / The evening
> swallows back and forth fly low and kick the water
> Note: Kang-tai was the wise man whom King Moon found fishing and
> made his minister. King Moon was founder of the Choo Dynasty of China
> and one of her greatest master saints(1120 B.C.)[34]

이밖에도 오추마(烏騅馬)에 얽힌 이야기, 굴원(屈原), 동정호(洞庭湖) 등과
같은 한문 표현, 즉 중국의 역사와 문화, 문학을 담아내고 있는 한문고전

---

34)『일지』 7, 41면 ; 주석: 강태공은 지혜로운 이로, 문공은 낚시하고 있던 그를 발견한 후 신하
　로 삼았다. 문공은 중국 주나라의 시조로 중국의 위대한 성현 중 일인이다(기원전 1120년)

의 어휘들에 대한 상세한 주석을 덧붙이고 있는 내용을 살필 수 있다. 『조선필경』을 기점으로 한문 어휘들이 포함된 시조 텍스트들에 대한 관심을 표명했다면, 『일지』를 통해 본격적으로 한문 어휘들을 설명하는 별도의 기록을 남기는 작업을 수행하기에 이르는 것이다. 이러한 시도는 게일이 중국풍이라 호명할 수 있는 시조에 남겨진 중국 문화, 문학의 흔적을 시조의 문학적 특성의 일부분이라 인식했던 결과물이라 볼 수 있을 것이다. 즉, 게일은 중국풍의 어휘 즉 한문고전의 어휘들을 단순히 조선의 문학에 대한 중국 문화(문학)의 압도적인 영향력의 상징이 아니라, 시조를 구성하는 핵심 시어의 하나로 인식했던 것35)이다. 따라서 그는 조선의 문학, 시조의 가치를 중국풍의 어휘와 내용을 담아내고 있다는 사실을 기준으로 낮추어 보거나, 폄하하지 않고, 오히려 그러한 측면이 곧 시조의 문학적 특성을 이해하는 데 있어 매우 중요한 의미를 지님을 인지하고 적극적으로 설명하고자 하는 노력을 기울였던 것이다. 즉, 게일은 그러한 한문고전이 시조에서 매우 중요한 문학어로 기능하며, 더불어 이는 조선인의 입장에서 그들의 감정과 사상을 표출하는 도구로 적극 활용하고 있음을 인식했던 것이다. 따라서 한문고전을 포함한 중국풍의 영향은 시조의 문학적 가치를 재단하는 기준이 아니라 시조의 일부분임을, 그렇기에 그 역시도 번역의 대상이 되는 문학어라는 사실을 강조한 그의 문학론은 동시기의 다른 외국인 학자들과 변별되는 지점에 놓여있었던 것이다.

### 3) 육당의 한국시가 담론과 국'문학'으로서의 시조

시조에서 살필 수 있는 중국문화(문학)의 영향력은 비단 서구인 학자들에게만 논란이 되었던 것은 아니다. 20세기 초 조선 문단 내에서도 이 문제는 매우 중요한 화두로 등장하였다. 1910년대를 전후하여 촉발된 조선

---

35) 이상현, 윤설희, 이진숙, 앞의 글, 602면.

문단 내의 '조선 문학'에 대한 논의는 근대적 학술 개념으로서의 서구의 'Literature'의 개념을 근간에 두고 있었다. 이광수에 의해 'Literature'의 역어(譯語)로서 문학 개념과 갈래가 정의되고, 이후 조선의 학자들에게 닥친 가장 큰 고민은 그 개념에 합치되는 조선의 문학 양식을 찾아가는 과정이었다.

이광수는 「文學이란 何오」(『매일신보』, 1916.11.10~23)라는 제목의 논설을 통해 재래로부터 사용되어온 문학과는 상이한 개념으로서, 서양의 'Literature'라는 용어의 번역을 통해 새로운 뜻의 문학 개념을 설정36)한다. 이렇듯 과거와의 단절로부터 시작된 조선 문단의 문학에 대한 논의는 실제 당대 이전의 조선 문학, 즉 과거의 문학 양식에 대한 부정적인 인식으로 이어졌고, 시조 역시 예외는 아니었다. 이미 문학에 대한 근대적 개념을 수립하고 있었던 외국의 학자들의 논의를 통해서도 지적되었던 바, 오로지 조선인이 조선인의 사상과 감정을 조선문(朝鮮文)으로 지은 문학이라야 조선의 문학이라 일컬을 수 있었기에, 중국 문화(문학)의 강력한 영향 하에 창작, 향유되었던 과거의 작품들은 부정적으로 인식될 수밖에 없었던 것37)이다. 이에 이광수는 조선문학에는 과거는 존재하지 않으며, 오로지 장래만 있을 뿐이라는 언급과 함께 한문으로 창작되었거나 중국풍의 양식과 내용이 포함된 문학 텍스트에 있어서는 부정적인 평가를 내린다. 따라서 그는 한자이지만 우리식 한자 표현인 이두(향찰)로 창작된 『삼국유사』 소재의 몇몇 노래38)와 국문으로 창작된 최초의 시가 작품인 「용비어천가」

---

36) 如此히 文學이라는 語義도 在來로 使用하던 者와는 相異하다. 금일, 소위 文學이라 함은 西洋人이 使用하는 文學이라는 語義를 취함이니, 西洋의 Literature라는 語를 文學이라는 語로 飜譯하였다 함이 適當하다. 고로 文學이라는 語는 在來의 文學으로의 文學이 아니요, 西洋語에 文學이라는 語義를 表하는 者로의 文學이라 할지라.(『이광수 전집』 1, 우신사, 1979, 547면).

37) 위의 글, 547-556면.

38) 朝鮮文學이라 하면 母論 朝鮮人이 朝鮮文으로 作한 文學을 指稱할 것이라. 然이나 三國以前은 邈矣라 물론하고, 三國時代에 入하여 薛聰이 吏讀를 作하였다. 吏讀는 文字는 漢字로

의 문학적 가치만을 인정[39]할 뿐, 시조를 포함한 여타의 국문시가 양식에 대해서는 주목하지 않는다.

이에 조선 문단의 내부에서는 이러한 인식이 주류를 이루어 중국의 영향력이라는 과거를 배제시키는 것이 당연하다는 논리 위에서 시조 역시 비록 중국의 한시와 언어와 형식은 다르지만 중국을 모방한 것과 다른 없다는 평가[40]로 부정적으로 논의된다. 특히 전대(前代)에 창작된 시조, 일명 고시조의 경우, 중국의 제재와 사상을 담은 작품들이 대부분이었기에, 조선의 혼이 담긴 조선의 시가이자 문학이라 보기 어렵다는 평가[41]가 이루어지기도 하였다. 하지만 게일이 여타의 외국인 학자들과 다른 면모를 보여주었듯, 최남선 역시 동시기에 활동했던 조선인 학자들과는 전혀 다른 문학적 인식을 보여준다. 그는 오히려 시조가 조선의 문학에 대한 논의의 중심이자 핵심이 되어야 함을 주장하였던 것이다.

최남선 역시 당대의 다른 문인들과 마찬가지로 Literature의 역어로 개

---

되 朝鮮文으로 看做함이 當然하다. 당시 文化程度의 高함을 觀하건대, 此 吏頭로 作한 文學이 應當 贍富하였을지나, 爾來 千餘年의 數多한 變亂에 전혀 喪失하고, 當時 文學으로 至今 可見할 者는 三國遺事에 載한 十數首의 歌뿐이라. 此 歌도 아직 讀法과 意味를 解치 못하니, 此를 解하면 此를 通하여 不充分하나마, 當時의 文學의 狀態와 思想을 窺知하리로다.(앞의 글, 554면).

39) 爾後, 高麗로부터 李朝 世宗에 至하기까지는 朝鮮文學이라 稱할 者 無하다. 但, 太宗과 鄭圃隱의 唱和한 二首歌가 有하니, 此도 漢字로 記하였으나, 文格語調가 朝鮮式이라 하겠고, 世宗朝에 國文이 成하고 龍飛御天歌가 作하니 此가 眞正한 意味로 朝鮮文學의 嚆矢요, 爾來로 歷代君主와 臣民이 此文을 用하여 作한 詩文이 頗多하려니와 漢文의 奴隷가 되어 旺盛치 못하였도다. (위의 글, 554면).

40) 과거 우리 사회에 노래라는 형식으로 된 문학이 잇섯다 하면 대개 세가지가 잇섯다 하겠습니다. 첫재는 중국을 순전히 모방한 한시오 **둘재는 형식은 다르나 내용으로는 역시 중국을 모방한 시됴이오** 셋재는 그래도 국민덕 정조를 여간 나타낸 민요와 동요입니다. 그 세가지 중에 필자의 의견으로는 셋재것이 가장 예술덕 가치가 잇다고 봅니다.(주요한, 「노래를 지으시려는 이에게(1)」, 『조선문단』 1, 1924.10, 49면).

41) 멧個를 除하고는 다갓치 題材와 思想을 中國에서 빌어온 것 만큼, 이름만은 時調이며 詩形만은 朝鮮것이나, 하나도 朝鮮의 魂이 담기어지지 아니한 듯 합니다.(김억, 「作詩法(4)」, 『조선문단』10, 1925.7, 79면).

념화 되었던 문학 개념과 갈래 구분의 기준을 적용시켜 이를 토대로 조선의 문학에 대한 고찰을 시도한다. 그리고 그는 서구의 문학 갈래의 기준을 토대로 조선의 문학을 살펴본 결과, 조선의 문학장에는 "小說로, 戲曲으로 도모지가 아직 發生期(乃至 發育期)에 잇다 할 것이지, 이것이오 하고 내노흘 完成品은 거의 업다 할밧게 업슴이 섭섭한 事實이다."[42]라고 언급한다. 즉, 조선에도 서구의 대표적인 문학 갈래인 소설, 희곡이라 할 만한 양식들이 존재하고 있기는 하지만, 그것은 완성된 형태의 완벽한 내용과 형식을 갖춘 것들이 아니라, 발생기 내지 발육기 정도의 미흡한 수준임에 안타까움을 토로하고 있는 것이다. 하지만 이 같은 진술은 시, 소설, 희곡으로 대표되는 서구의 문학 갈래를 기준으로 조선의 문학을 평가한 것이라는 사실을 전제로 할 때, 그가 미흡하다 언급한 소설과 희곡을 제외한 부분에 있어서는 완성품과 같은 즉 문학이라 할 만한 것이 존재함을 이르는 것이기에 주목할 필요가 있다. 즉, 그가 언급하지 않은 '시'의 경우, 조선의 문학장 내에 그 개념에 합치될만한, 그러한 가치를 지닌 양식이 존재하고 있음을 뜻하는 것이기 때문이다. 그리고 그것은 바로 당대의 문인들의 대다수가 그 문학적 가치를 부정적으로 평가하고 있었던 '시조'였다.

시조가 조선 문학을 대표할만한 양식이 되기 위해서는 민족성을 필수적으로 갖추어야만 했다. 조선인의 심성과 사유를 조선어로 표현한 문학 양식이어야만 했기 때문이다. 그리고 최남선은 시조야말로 그러한 조건에 부합한 양식, 즉 '조선어'를 통해 '조선인의 조선심과 조선국토'를 '조선의 음율'로 표현하고 있는 유일한 양식이라 생각했다. 이는 앞서 살펴본 시조에 반영된 중국문화의 영향을 강조하는 다수의 조선 학자들과는 배치되는 개념이었다. 그 형식과 표현되는 언어만 조선적일 뿐 그 내용과 사상에 있어서는 중국의 모방이자, 조선의 혼이 하나도 담기지 않은 문학 양식이라는

---

42) 최남선, 「朝鮮國民文學으로의 時調」, 『조선문단』 16, 1926.5.

기존의 평가와는 전혀 다른 문학적 인식이 반영된 결론이기 때문이다.

물론 최남선에게 시조에 드리운 중국문화의 그림자가 문제가 되지 않았던 것은 아니다. 그 역시 한문학적 취향을 지닌 시조가 전해지고 있는 상황에 안타까움을 표명하는 모습을 보여준다. 최남선이 고시조를 다양한 방식으로 수록하여 고시조의 근대적 재편 양상을 보여주었던 잡지 『청춘』의 「고금시조선」(1918) 항목 서문의 다음과 같은 내용이 그러하다.

> 最古의 것과 最近의 것이 그 相去가 千餘年이매 調格과 語句에 자못 差異가 잇스되 大體의 型式은 그다지 變함이 업스며 다만 儒學이 行하고 漢文을 崇尙한 뒤로 純粹한 邦語土風으로 咏嘆한 者는 不知中散逸하고 漢文的色美를 帶한 者만 流來함은 甚히 섭섭한 일이니라.

그는 유학을 행하고 한문을 숭상한 뒤로, 즉 중국의 문명(문화)에 대한 긍정적 인식이 주류를 이루고 그것을 따르려 하는 동안, 순수한 방어토풍(邦語土風) 즉, 조선어로 쓰여진 조선풍의 작품은 부지불식간에 흩어져 사라지고 오로지 한문적 색미, 중국풍의 작품이 주로 전해지게 된 상황에 대한 아쉬움을 토로하였다. 이는 곧 최남선이 한문 어휘는 물론, 중국 문화 요소가 반영된 다수의 시조작품들에 대해 부정적인 인식을 지니고 있었음을 나타낸다.

하지만 그는 한시와 시조를 대조하는 서술(『시조유취』 「서문」)을 통해, 시조가 곧 조선의 민족성을 지닌 양식으로서, 옛 사람들의 사상과 감정을 여실히 펼칠 수 있는 문학적 도구였다는 사실을 강조한다.

> 저 漢文 漢詩에서 보담 아모래도 鄕土的으로 自由活潑한 氣象을 發揮하면서 古人들이 그 북바치는 하소연을 다토아 時調의 우에 等狀하얏습니다.

특히 '한문(漢文), 한시(漢詩)'라는 서술은 역으로 '조선어'로 쓰여진 '시조'

를 강조하는 표현으로 뒤이어 언급되는 '향토적'이라는 표현과 맞물리며
최남선이 조선인이 조선어로 조선의 마음(조선심)과 조선의 국토를 담아내
는 시조에 얼마나 중대한 가치를 부여했는지 짐작할 수 있게 한다. 이에
뒤이어 시조가 조선심을 조선어로 표현한 금자탑과 다름없다는 평가를 내
리게 되었던 것이다.

**時調는 진실로 朝鮮心 朝鮮語의 金字塔이며 또 朝鮮歷史의 大綱領이**
**라 할 것입니다.** 어느 意味에 잇서서는 **時調는 朝鮮歷史의 大文이오 一**
**切의 文獻은 그 註疏로 볼수도 잇습니다.**(『시조유취』「서문」)

최남선에게 있어 가장 중요한 임무는 근대적 개념의 문학의 틀 내에서
조선의 문학을 논하는 것이었다. 그리고 그 과정에서 그가 조선의 문학으
로 선택하였던 것은 시조였다. 시조야 말로 "詩의 本體가 朝鮮國土·朝鮮
人·朝鮮語·朝鮮音律을 通하야 表現한 必然的 一樣式"[43]이라는 것, 즉 가
장 조선적인 형식이고, 가장 조선적인 내용을 조선의 언어로 표현하고 있
는 문학 장르라는 것이다. 이에 그는 근대적 학술 개념으로서의 문학의
기준에 시조를 합치시키기 위한 노력을 기울인다. 시조의 역사와 개론을
만들기 위한 노력을 시도한 점이 그러하다. 앞서 언급한 바, 『청춘』의 「고
금시조선」을 통해 시조의 역사적 배치를 시도하고, 이를 통해 일종의 시
조사를 구성하고자 하는 시도를 하는 한편, 『조선문단』을 통해 「朝鮮國民
文學으로의 時調」, 「時調胎盤으로의 朝鮮民性과 民俗」라는 제목의 논설을
발표하며 일종의 시조학 개론을 서술하고자 하는 모습을 보여주었던 것이
다. 그의 일련의 노력은 결국 조선의 문학, 조선어 문학 곧 국문학을 구상
하는 과정이었고, 그 중심에 시조를 위치시키고자 하는 것이었다.

그가 끊임없이 주장하였던 조선 문학으로서의 시조의 위상은 세계문학

---

43) 최남선, 「朝鮮國民文學으로의 時調」, 『조선문단』 16, 1926.5.

의 범주에서 시조의 가치를 강조하는 논의를 통해서도 두드러지게 나타난
다. 그는「朝鮮國民文學으로의 時調」를 통해 단테의『신곡』, 그리고 괴테
의『파우스트』를 언급하며 문학으로서의 시조, 시로서의 시조의 가치를
평가[44]하는 한편, 세계의 문학장에 내어놓을 뜻있는 시는 시조뿐임을 주
장[45]한다. '조선으로 세계에'라는 관점[46]에서 조선 문학으로서 세계 문학
장에 내세울 수 있는 문학 형식은 그의 기준에서는 오로지 시조뿐이었던
것이다. 이에 그는 세계 문학사에 그동안 주목받지 못했던 시조가 조선
문학의 대표로서 등장하게 되었으며, 이에 모든 시선이 시조로 향하게 될
것이라 주장[47]한다. 그는 세계문학이라는 보편적 인식 위에서 조선의 특
수한 문학으로 내세울 수 있는 것으로서 시조를 발견하였고, 이를 관철시
키기 위한 끊임없는 노력을 기울였던 것이다.

　실제 그의 노력이 성과를 거두었음은 그가 고시조를 수용, 정리하는 사
업을 진행하는 것 외에도 작가로서의 면모를 발휘하여 새롭게 창작한 시
조 작품들을 모아 편찬한『백팔번뇌』라는 시조집에 이광수가 언급한 내
용을 통해 짐작해볼 수 있다.

> 　時調와 六堂은 國語와 周時經 가튼 關係가 잇다. 時調를 國文學中에 重
> 要한 것으로 紹介한 이가 六堂이오, 그 形式을 取하야 새 생각을 가지고
> 時調를 처음 지은이도 六堂이다.『大韓留學生會報』와『少年』과 또,『青春』
> 雜誌에 '國風'이라는 題로 發表된 六堂의 數十編의 時調는 時調가 新文學
> 으로 再生하는 선소리엿섯고, 또 六堂의 撰集한『歌曲選』은 青年에게 國

---

44) 文學으로의 時調, 詩로의 時調가 얼만한 價値를 가진 것인가. 時調라는 그릇이 담을 수 잇
　　는 全容量과 나타낼 수 잇는 全局面이 얼마나 되는가. ...(중략)... 이것을 벌려서「神曲」을
　　일운다든지, 이것을 늘여서「파우스트」를 짓는다든지. ...(후략)... (앞의 글, 3면).
45) 위의 글, 6~7면.
46) 위의 글, 6면.
47) 世界文學史에 時調라는 숨엇든 音階와 拍子도 인제는 參入할가하야 새로운 凝視가 時調로
　　向함을 마는수 업다.(위의 글, 7면).

文學으로의 時調를 보여준 처음이엇다. 이 意味로 六堂은 時調를 復活시
킨 恩人이다. 이 六堂의 時調集이 時調集中에 嚆矢로 世上에 나오게 된
것은 極히 意味 깁흔 일이라고 아니할 수 업다.

－「六堂과 時調」(『百八煩惱』跋文)

최남선이 고시조를 처음으로 소환·호명하였던 『소년』부터 이후 고시
조를 근대적 방식으로 재편하여 새롭게 제시한 『청춘』뿐 아니라 기존 가
집을 토대로 작품을 선별하여 수록한 가곡집 『가곡선』에 이르기까지 그
동안 최남선이 수행한 고시조 관련 활동들을 총망라하고 있는 이광수의
서술에서 주목되는 것은 바로 '국문학'이라는 언급이다. 그는 최남선이 시
조를 국문학 중에 중요한 것으로 소개하였고, 『가곡선』을 통해 국문학으
로의 시조를 보여준 첫 시도를 하였음에 의의를 부여한다. 이는 곧 시조
가 국문학을 구성하는 한 양식으로서 문학적 가치를 인정받았으며, 그 과
정에 있어서 최남선이 매우 중요한 역할을 수행했음을 인정하는 것이다.

최남선이 19세기 후반 다수의 외국인 학자들이 한국문학부재론을 논의
했던 것과 마찬가지로 조선이 문학의 국가, 조선인이 문학의 국민이라기
는 어렵기에 문학국으로서 민족 문학이란 것에 특수한 정의를 가지고 덤
빌 필요가 있다고 주장[48]하였던 것을 고려한다면, 『백팔번뇌』의 발문을
통한 이광수의 평가는 최남선의 그 주장이 실현되었음을 의미한다고 볼
수 있다.

다만, 최남선은 조선인 학자이자 근대 지식인으로서, 조선의 문학, 특히
근대적 지식의 범주에 포함되는 국문학을 성립시키는 데에 가장 큰 목적

---

48) 朝鮮은 文學의 素材에 잇서서는 아모만도 못하지 아니하고, 또 그것이 胞胎로 어느 程度
만큼의 發育을 遂한 것도 事實이지마는 大體로는 文學의 成人 成立文學 乃至 完成文學의
國 又 國民이라기는 어렵다. 朝鮮도 相當한 文學國-民族獨自의 文學의 殿堂을 만들어 가진
者라고 하자면 몬저 文學-民族文學이란 것에 特殊한 一定義를 맨들어 가지고 덤빌 必要가
잇는 터이다.(앞의 글, 4면)

을 두었던 입장에서 조선인의 민족성을 표상하는 것들에 집착하여 시조를 비롯한 조선의 문학에 드리운 중국문화의 영향력에 대해 부정적인 평가를 내리거나 배제하는 것 외에 적극적인 해명을 내놓지 못한 것이 사실이다. 이는 앞서 게일이 시조 등에 나타나는 한문 어휘-한문고전과 관련 소재들이 조선 문학의 특징 중 하나이며, 이중어 사용국가로서 겪을 수 있었던 자연스러운 문학 현상으로 이해하고, 오히려 그러한 표현들을 문학어로 인식하는 태도를 보여 주는 것과는 대조되는 모습이다.

하지만 이 역시 일찍이 근대적 의미에서의 문학개념을 인지하고 그에 익숙했던 서구의 학자가 객관적인 입장에서 바라본 '조선의 문학'과 조선의 학자가 이전과는 확연히 달라진 새롭게 받아들이게 된 문학개념 위에서 '자국의 문학=국문학'을 논의해야 했던 사정에서 비롯된 차이라고 여겨진다. 그럼에도 불구하고 최남선과 게일의 시조와 관련한 활동에 의미를 부여할 수 있는 것은 그들의 노력이 노래에서 문학으로 재편되어 가는 시조의 모습을 여실히 살필 수 있는 과정이었다는 점이다. 그리고 그 과정에서 시조는 게일에게는 조선의 '문학'으로 최남선에게는 국'문학'으로서의 가치를 지닌 장르로 자리잡게 되었던 것이다. 그리고 이들의 활동은 이후 다수의 외국인 학자, 그리고 조선인 학자들을 통해 시조를 비롯한 조선의 시가가 근대적 지식으로 유통되는 계기적 작업이었음에 의의를 부여할 수 있다.


## 나오며 : 근대의 학술담론과 시조의 존재양상

우리는 논의를 통해 1910년대를 전후로 이루어진 조선과 서양의 근대 지식인의 시조 관련 활동들을 고찰함으로써, 근대 학술 담론 위에서 논의된 시조의 존재양상을 살펴보고자 하였다. 그를 위해 서구의 학술 네트워크에 최초로 시조를 번역, 소개 하였던 게일과 조선문단 내에 시조에 대한 관심을 불러일으키는 데에 큰 힘을 기울였던 최남선의 업적에 주목하였다. 특히, 1910년을 전후한 시기가 시조를 둘러싼 문학담론의 가장 큰 변화를 가져왔던 기점이라는 사실을 염두에 두고, 게일과 최남선이 그 시기에 중점적으로 행했던 시조와 관련된 작업들을 대상으로 삼아 그 특징적인 양상을 짚어보고자 하였다. 이에 게일의 미간행 시조 영역 자료『조선필경』과『일지』뿐 아니라 최남선의 고시조 정리사업과 관련한 전반적인 활동 내용을 고찰의 대상으로 삼았다.

  논의를 통해 우선 최남선과 게일 모두 그들이 대상화 하는 시조를 현재의 '새 것'에 대비되는 '옛 것'으로 인식했음을 살필 수 있었다. '옛 사람들이 끼친 시' 그리고 'Old'로 표상되는 '옛 것'으로서의 시조의 위치는 그들이 경험하고 있었던 당대 조선의 사회, 정치, 문화 전반에 걸친 이해에서 비롯된 것이었다. '근대성'의 발현으로 표상되는 1910년대를 전후한 조선 사회와 문화의 급박한 변화는 문학장에서도 다름없었고, 이에 그들의 문학을 당대의 것과 당대 이전의 것, 즉 현재와 과거의 문학으로 구분 짓는 작업이 이루어진 것이었다. 그리고 이러한 과정은 물론 그들이 공식적으로 호명한 것은 아니었지만, 시조를 '고시조'로 명명, 소환하는 작업이었다고 볼 수 있다.

  또한 그들의 작업을 통해 시조는 더 이상 노래로 불리는 텍스트가 아닌 언어체로서의 시적 담론을 함의한 '문학'으로 인지되는 담론의 변화가 나타남을 살필 수 있었다. 최남선이 시조를 한시와 더불어 시의 일부분으로 명명하고, 게일이 노래를 지칭하는 개념어 외에 운문을 지칭하는 문학적 개념어를 통해 시조를 지칭했던 정황이 그를 짐작케 한다. 특히 최남선은『소년』이후, 고시조를 수록한 두 번째 잡지였던『청춘』을 거치며 시조를 온전히 문학 담론 내에서 이해하고자 하는 모습을 보여준다. 이전까지 시, 가곡, 시조 등 시조를 다양한 방식으로 지칭했던 것과 달리『청춘』을 기점으로 '시조'라는 장르명칭을 일관성있게 사용하는 모습을 보여주는 한편, 시조사의 구성(「고금시조선」)과 시조론(「朝鮮國民文學으로의 時調」, 「時調胎盤으로의 朝鮮民性과 民俗」)을 예비하는 작업을 수행하기 때문이다.

하지만 게일이 시이자 노래로 기능했던 국문 시가의 본질적 특성을 온전히 이해하고, 그 바탕 위에서 시조를 이해하는 모습을 보였던 것과 달리, 최남선은 고시조를 호명, 소환하는 첫 작업이었던 『소년』에서부터 시조를 곧바로 '시'의 일부로 인식, 그 문학적 측면에 더 큰 의미를 부여하는 태도를 보임을 살필 수 있었다. 그리고 이는 최남선과 게일이 서로 다른 담론 층위에서 시조를 마주하고 있었기에 비롯된 차이임을 짐작할 수 있었다. 최남선은 조선인으로서 자국의 (노래)문학을 연구하는 '근대' 지식인의 위치에 놓여있었기에 그에게 고시조는 비록 옛 것이지만 반드시 근대적인 개념으로 설명 가능한 대상이어야만 했다. 따라서 그는 시조를 근대적 문학 개념인 시로 설명할 수밖에 없었던 것이다. 이에 반해 게일은 내지인의 입장, 즉 제 3자의 입장에서 시조를 매우 중립적인 시각으로 마주할 수 있었던 위치에 있었다. 따라서 그는 시조 본래의 장르 특성 및 그를 둘러싼 담론의 변화에서 비롯된 장르 특성의 변화를 정확히 인식하고 그를 반영한 개념으로 시조를 범주화 했던 것으로 파악할 수 있었다.

아울러 최남선과 게일이 놓여있었던 담론층위의 차이, 그리고 그들의 연구가 소통되는 학술 네트워크의 차이는 시조의 장르특성에 대한 이해뿐 아니라, 시조 텍스트 내부에 영향을 미친 중국문화(문학)의 영향력에 대한 이해에 있어서도 큰 차이를 보임을 알 수 있었다.

19세기 말 20세기 초 외국인 학자들뿐 아니라 조선의 학자들을 통해서도 논의되었던 시조에 미친 중국문화(문학)의 영향력과 조선 문학으로서의 시조의 가치에 대한 부정적인 태도에 대해서도 게일과 최남선은 다른 시각을 보여준다. 게일은 시조에 등장하는 한문고전 어휘를 문학어로 인지하는 한편, 시조에서 살필 수 있는 중국풍의 색채를 조선 문학의 고유성으로 인지하는 태도를 보여준다. 또한 최남선은 당대 다수의 조선 학자들이 중국의 한시의 모방에 다름없다는 태도로 시조를 부정적으로 인식하고 있었던 것과 달리 시조가 가장 조선적인 것임을 주장, 시조를 조선 문학의 조건에 부합하는 가장 완벽한 문학 양식이라 주장한다. 게일과 최남선은 모두 자신들이 속해있었던 학술 네트워크의 일반적인 견해와는 변별되는 의식을 지니고 있었던 것이다. 하지만 게일과 달리, 최남선은 시조에 영향을 미친 중국적 색채에 대해 부정적인 인식을 표출할 뿐, 그에 대한 어떠한 결론도 내리지 않았다. 오로지 시조가 조선 문학으로서의 가치를 지닌 가장 완벽한 문학양식이라는 사실만을 거듭 주장할 뿐이었던 것이다.

이는 앞서 언급한 바, '조선문학'으로 시조를 인식했던 게일과 '국문학'으로서 시조를 인식했던 최남선의 입장 차이에서 비롯된 것이었다. 근대적 개념으로서의 문학을 이미 체화하고 있었던 게일이 제 3자의 입장에서 객관적으로 시조를 인식할 수 있었던 사정과 이전과는 단절된, 특히 서구로부터 새롭게 이입된 근대적 문학의 개념을 적용시켜 국문학으로서의 조선 문학의 의미를 발견해내야 하는 입장에 놓여있었던 최남선의 사정 간에는 엄청난 간극이 존재했던 것이다.

또한 게일이 『남훈태평가』라는 한정적인 자료만을 기준으로 조선의 시조를 번역하는 정도의 문학 활동을 펼쳤던 것과 달리, 최남선은 자신이 소장 혹은 접할 수 있었던 다수의 가집들이라는 비교적 풍부한 인프라를 토대로 시조(가곡) 선집을 출간하거나, 잡지에 관련 자료들을 편집하여 수록하거나 문학론을 개진하는 등의 다양한 수준의 활동을 펼쳤던 것에도 그러한 인식의 차이가 반영된 것이라 할 것이다. 조선의 문학으로서의 시조의 가치와 위상을 제고하는 것에 목적을 두고 있었던 최남선은 보다 적극적인 시조 문학 활동들을 기획, 수행할 수밖에 없었던 것이다.

그럼에도 불구하고 최남선과 게일의 시조와 관련한 활동에 의미를 부여할 수 있는 것은 그들의 노력이 노래에서 문학으로 재편되어 가는 시조의 모습을 여실히 살필 수 있는 과정이었다는 점이다. 그리고 그 과정에서 게일에게 시조는 조선문학으로 최남선에게는 국문학으로서의 가치를 지닌 장르로 자리 잡게 되었음을 짐작할 수 있다.

그리고 그들의 작업은 이후 시조를 조선문학(국문학)의 전통이자 고전(古典)으로 탄생케 하는 예비과정이었음을 짐작할 수 있다. 시조를 과거의 유산으로 규정, 고시조로 호명하고 이를 근대적 학술 담론의 장에서 문학으로 소환하는 과정은 단순히 시조를 문학의 한 장르로 범주화 하고자 하는 작업이 아니라 고전, 정전을 만들고자 하는 기획과 의도를 내포하고 있는 면모를 보이기 때문이다. 이에 추후의 논의를 통해 이러한 지점에 대한 보다 심도 깊은 고찰을 도모하고자 한다. 아울러 최남선과 게일이 공통적으로 관심을 보였던 가집인『남훈태평가』의 의미와 게일이『조선필경』을 통해, 그리고 최남선이『청춘』을 통해 시조를 회화와 함께 수록 했던 기록을 함께 검토하여 그 시조사적 의미와 문학사적 의의를 고찰하고자 한다.

## [자료] 게일의 『남훈태평가』 소재 시조 번역물 집성

### [일러두기]

이곳에 집성한 자료는 게일(James Scarth Gale, 1863-1936)이 1895년 4월부터 1926년 6월 사이 남긴 『남훈태평가』 소재 시조 번역물들이다. 한국 개신교 선교사의 영미 정기간행물과 『게일 유고』 소재 게일의 영역시조를 집성한 것이다. 먼저 게일의 육필 영역시조를 재구해 주신 이진숙 선생님의 노고에 감사의 인사를 전한다. 해당 영역시조의 출처는 작품 말미에 "Gale(년.월)"의 형식으로 표기했다. 영역시조가 수록되었던 저술을 밝히면 아래와 같다.

1) 1895년 4월~1898년 12월 : *The Korean Repository* 소재 18수
2) 1912년 : 『朝鮮筆景(*Pen picture of Old Korea*)』 소재 17수
3) 1920년 : 『일지(*Dirary*)』 7, 21권 소재 42수
4) 1922년 6월 : *The Korea Bookman* 소재 9수
5) 1924년 9월~1926년 6월 : *The Korea Mission Field* 소재 15수

더불어 첨언할 점이 몇 가지 있다. 첫째, 『남훈태평가』 소재 시조 원문은 영역시조와 대비에 있어 편의를 제공하기 위해, 띄어쓰기를 했으며 한자를 병기했다. 둘째, 게일의 육필본 『일지(*Diary*)』 소재 영역시조의 경우는 물론 기록시기를 확정할 수는 없지만 2)와 4) 사이라고는 추정할 수 있기에, 편의상 "Gale(1920)"으로 출처를 표기했으며, 시조 작품에 해당되는 번역 부분만을 발췌했다. 게일이 남긴 육필본 영역시조의 원문 영인본과 주석을 포함한 재구본 전문은 이 책의 5장에 수록된 자료를 참조할 수 있다. 더불어 판독이 어려운 부분은 "■"표기를 했으며, 게일의 교정흔적을 재구할 수 있을 경우, 최종 교정흔적에 의거하여 옮겼다.

| 번호 | 원문 및 영역시조 |
|---|---|
| 1 | 간밤에 부든바람 만정도화(滿庭桃花) 드지거다<br>아희는 뷔를 들고 스로랴 흐는고야<br>낙화(洛花)들 고지아니랴 스러무숨 |
| | Last night it blew, and the court is covered wide with flowers<br>A lad swings out with broom in hand to sweep them off.<br>But are not fallen flowers,  flowers still?<br>　　Why sweep them?<br><div align="right">- Gale(1920)</div> |
| | Last night it blew, and the court is covered wide with flowers;<br>A lad swings out with broom in hand to sweep them off.<br>But are not fallen flowers, flowers still, why sweep them?<br>- Gale(1922.6) |
| 2 | 뎍무인(寂無人) 엄중문(掩重門)흔데 만정화락(滿庭花落) 월명시(月明時)라<br>독의사창(獨倚紗窓)흐야 장탄식(長歎息)만 흐든 츠에<br>원촌(遠村)에 일계명(一鷄鳴)흐니 이긋는듯 |
| | The gates are closed, the silent hours,<br>Look with the moon upon the flowers,<br>While I behind the silken screen,<br>Deserted and heart-broken lean.<br>The distant hamlet cock now crows,<br>My lonliness who knows? who Knows?<br><div align="right">- Gale(1912)</div> |
| | The gates are shut fast closed while wide the court is lifted by the moon<br>　　With blossoms fallen   here and there<br>I sit alone beside the silken blind and sigh<br>Off in the distant village crows   the cock<br>　　While breaks my heart!<br><div align="right">- Gale(1920)</div> |
| | No one astir, fast closed the inner gates, throughout the court the flowers fall, soft shines the moon.<br>I sit alone and, leaning on the silken blind, sigh deep and long.<br>Off in the distant village crows the cock, while breaks my heart.<br><div align="right">- Gale(1922)</div> |
| 3 | 아희는 약키라 가고 죽정(竹亭)은 횡덩그러이 부엿는데<br>훗터진 바독 장긔를 어늬 아희가 스러 담아쥬리<br>술취코 송정(松亭)에 누어스니 절가는줄 |
| | The boys have gone to dig ginsen' |

| 번호 | 원문 및 영역시조 |
|---|---|
| | While here beneth the shelter,<br>The scattered chess and checker men,<br>Are lying helter-skelter;<br>Full up with wine, I now recline,<br>Intoxication, superfine!<br><div align="right">- Gale(1898.12)</div> |
| | The boys have gone to dig ginsen'<br>　While here beneath the shelter,<br>The scattered chess and checker men,<br>　Are lying helter-skelter.<br>Full up with wine, I now recline,<br>Intoxication, superfine!<br><div align="right">- Gale(1912)</div> |
| | The lads have gone to dig for herbs and silent sits the hall within the bamboo grove.<br>The scattered pieces, chess and checkers, who will gather up?<br>Drink as a lord I lie<br>Let time go bang.<br><div align="right">- Gale(1920)</div> |
| | The boys have gone to dig ginseng<br>　While here beneath the shelter,<br>The scattered chess and checker men,<br>Are lying helter-skelter.<br>Full up with wine, I now recline,<br>Intoxication, superfine.<br><div align="right">- Gale(1922.6)</div> |
| 4 | 왕상(王祥)의 니어(鯉漁)낙고 밍동(孟宗)의 죽슌(竹筍)겍거<br>감든 머리 빅발토록 노리ᄌ의 옷슬입고<br>일싱에 양지셩효(養志誠孝)를 증ᄌ(曾子)갓치<br><br>Twas Wang who caught the carp and Maing who cut the bamboo tree.<br>Till whitened age had crowned his head Norai-ja danced to please his parents<br>Forever and a day my father's wish, my mother's heart is mine<br>　Like Cheung-ja.<br> - Gale(1920) <br><br>Twas Wang who caught the carp, and Maing who cut the bamboo tree<br>Till whitened age had crowned his head,<br>No-rai-ja danced(dressed) to please his parents. |

| 번호 | 원문 및 영역시조 |
|---|---|
| | Forever and a day, my father's wish,<br>my mother's heart is mine to meet like Cheung-ja.<br><div align="right">- Gale(1922.6)</div> |
| 5 | 일각(一刻)이 숨츄(三秋)라ᄒ니 열흘이면 몃숨츄(三秋)요<br>너 마음 질겁거니 남의 시름 싱각는지<br>각득에 다 셕은 간장(肝腸)이 봄눈스둧<br><br>They say a minute's like three autumns, how long then ten days pray?<br>Says he " I'm happy, what care I for other's woe?"<br>My broken soul melts like the snows in spring.<br><div align="right">- Gale(1920)</div> |
| 6 | 이러니 져러니 히도 날더럴낭 마를마소<br>나 죽은 무덤 우희 논를 풀지 밧 갈논지<br>쥬부도유령분상토(酒不到劉伶墳上土)니 아니 놀고<br><br>It may be this or that I care not what it be<br>Above my grave when I am dead rice fields or millet plough<br>To You Young's tomb who thinks to carry wine<br>  Let's dance the day.<br><div align="right">- Gale(1920)</div> |
| 7 | 인싱이 둘짜 셋짜 이몸이 네다셧짜<br>비러온 인싱이 쑴에 몸 가지구셔<br>일싱에 살풀닐만 ᄒ고 언제 놀녀<br><br>Have we two lives or three.<br>Four or five bodies we?<br>This borrowed life in dreams,<br>Takes on a form it seems.<br>Knows only sorrow at the best,<br>  Ne'er finding rest.<br><div align="right">- Gale(1895.8)</div><br>One life not two or three; one body never four<br>This borrowed soul dreamed in its dream of flesh<br>Knows only sorrow- when shall come delight?<br><div align="right">- Gale(1920)</div> |
| 8 | 산촌(山村)에 밤이드니 먼데 기가 지져긘다<br>시비(柴扉)를 널고보니 하날이 차고 달이로다<br>져 기야 공산(空山) 잠긴 달 보고 지져무삼<br><br>A mountain village, night grows late,<br>  Dogs in the distance bay, |

| 번호 | 원문 및 영역시조 |
|---|---|
| | I peek out through the bamboo gate,<br>　The sky is cold, the moon is gray.<br>These dogs! What can suck barking mean,<br>When nothing but the moon is seen?<br>　　　　　　　　　　　　　　　　　- Gale(1912) |
| | The hamlet sleeps; dogs in the distance bay<br>I push aside the shade; so cold the sky, so dull the moon<br>Ye dogs why bark at empty hills just as the moon goes down?<br>　　　　　　　　　　　　　　　　　- Gale(1920) |
| 9 | 져건너 일편셕(一片石)이 강틱공(姜太公)의 됴틱(釣臺)로다<br>문왕(文王)은 어듸가고 빈딕 홀노 미엿는고<br>셕양(夕陽)에 물찬 제비는 오락가락 |
| | Across the way the rock from which　great Kang-tai fished<br>Stands bare. No kings has come; an empty boat swings on the tide.<br>The evening swallows back and forth fly low and kick the water<br>　　　　　　　　　　　　　　　　　- Gale(1920) |
| 10 | 오츄마(烏騅馬) 우는곳데 칠쳑장검(七尺長劍) 빗나거다<br>자방(子房)은 결승(決勝)쳔리(千里)ᄒᆞ고 한신(韓信)은 전필승(戰必勝)공필취(攻必取)라<br>항우(項羽)는 일범증부릉용(一范增不能龍)ᄒᆞ니 이 굿는듯 |
| | The black horse neighs, while Hang-oo's sword gleams high<br>Cha-pang(Chang-yang) has planned his victory far away　while Han sin fights and wins and fights again<br>Hang-oo, though, great, missed Pum-jeung's word and died, how sad!<br>　　　　　　　　　　　　　　　　　- Gale(1920) |
| 11 | 초강(楚江) 어부드라 고기 낙과 삼지마라/ 굴숨녀(屈三閭) 충혼(忠魂)이 어복니(漁腹裡)에 들엇는이/ 아모리 정확(鼎鑊)에 살문들 익를소냐 |
| | Fishers of Cho, boil not your catch<br>For faithful into death was Kool whose　soul lives in the fish<br>However much you heat the pot and boil<br>　　Will boil a soul?<br>　　　　　　　　　　　　　　　　　- Gale(1920) |
| 12 | 사벽 셔리 찬바람에 울구가는 기럭이야<br>쇼샹(瀟湘)으로 향ᄒᆞ는냐 동정호(洞庭湖)로 향ᄒᆞ느냐<br>밤즁만 네 우름소리 잠못니러 |
| | Frosty morn and cold winds blowing,<br>Clanging by are wild geese going. |

| 번호 | 원문 및 영역시조 |
|---|---|
| | Is it to the Sosang river?<br>Or the Tong-chung, tell me whither?<br>Through the mid-night hours this crying,<br>    Is so trying.<br><div align="right">- Gale(1895.4)</div> |
| | Frosty morn and cold winds blowing,<br>Clanging by are wild-geese going,<br>Is it to the So-sang River,<br>Or the Tong-chon, tell me whither?<br>Through the mid-night hours this crying,<br>    Is so trying.<br><div align="right">- Gale(1912)</div> |
| | By frosty morn and through the wind clanging the wild goose goes.<br>Whither away? To the Sosang or the Tong jung?<br>Through the midnight hours the crying is most trying.<br><div align="right">- Gale(1920)</div> |
| | Frosty morn and cold winds blowing,<br>Clanging by are wild geese going.<br>Is it to the So-sang River<br>Or the Tong-jung tell me whither.<br>Through the midnight hours this crying<br>    Is so trying.<br><div align="right">- Gale(1922.6)</div> |
| 13 | 청명(清明) 시절 우분분(雨紛紛)헐졔 노상(路上) 힝인(行人)이 욕단혼(欲斷魂)이로다<br>문노라 목동들아 슐파는 집 어듸메뇨<br>져 건너 청념쥬긔풍(青帘酒旗風)이니 계 가셔나 뭇소 |
| | The festal days of spring are blessed by rain and travellers on the road run for their lives.<br>Tell us my boy where there is an inn?<br>Across the way can you not see the blue flag flutter in the wind. Go there and ask.<br><div align="right">- Gale(1920)</div> |
| 14 | 남훈뎐(南薰殿) 달 밝은 밤에 팔원팔기(八元八凱) 거느리시고<br>오현금(五絃琴) 탄일셩(彈一聲)에 히오민지온혜(解吾民之慍兮)로다<br>강구(康衢)에 문동요(聞童謠)ᄒ니 졀가는쥴 |
| | To Nam Hoon palace gilded by the moon they come his counters fair<br>The five strings' harp rings out its mirthful tune<br>In happy mood I walk the street; and listen to the children's song |

| 번호 | 원문 및 영역시조 |
|------|------------------|
|  | And lose all sense of time.<br><div align="right">- Gale(1920)</div> |
| 15 | 옥에는 틔나잇지요 말곳ㅎ면 다 남편됨나<br>늬안 뒤여 남 못뵈고 요런 답답헌 일도 쏘 어듸잇노<br>열놈 빅말를 ㅎ야도 드르리 짐작<br><br>Pure jade itself may hide a flaw, but me because I speak am I condemned?<br>I keep my inner heart well wrapped away, 'tis most distressing  their mouth I hear<br>Many ten should wrong me by a hundred words still ye who hear can judge.<br><div align="right">- Gale(1920)</div> |
| 16 | 반(半)나마 늙어쓰니 다시 졈든 못ㅎ리라<br>일후(日後)ᄂ 늣지말고 미양 이만 ㅎ얏고ᄌ<br>빅발이 졔 짐작ㅎ야 더듸 늙게<br><br>More than half of life is over!<br>Young again? no never! never!<br>Cease then from this growing gray<br>And as you are so please to stay!<br>These white hairs must surely know,<br>How to turn more slowly so.<br><div align="right">- Gale(1895.8)</div><br>More than half of life is over<br>Young again? no never, never!<br>Cease then from this growing gray<br>And as you are so please to stay<br>These white hairs must surely know.<br>How to turn more slowly so.<br><div align="right">- Gale(1920)</div> |
| 17 | 녹양(綠楊) 삼월(三月)졀에 년근(蓮根)키는 져 목동아<br>잔 년근 킬지라도 굴근 년근 다칠셰라<br>곳속에 빅한이 잠드러쓰니 션잠쌜나<br><br>Green willows on the month of May. come list ye lads who dig for lotus roots<br>Out with inferior ones but let the big, the strong go by<br>The white bud sleeps within the blossom of the flower<br>You'll wake him.<br><div align="right">- Gale(1920)</div> |
| 18 | 달 밝고 셜이치는 밤에 울고 가는 기러기야<br>소상(瀟湘) 동졍(洞庭) 어듸두고 녀관(旅館)한등(寒燈)에 잠든 나를 씨우느냐<br>밤중만 네 우름소리 잠못니러 |

| 번호 | 원문 및 영역시조 |
|---|---|
| | Frosty morn and cold wines blowing,<br>Clanging by are wild geese going.<br>"Is it to the Sosangriver?<br>Or the Tongchung tell me whither?<br>Through the midnight hours this crying<br>　Is so trying!'<br><div align="right">- Gale(1895.4)</div> |
| | Reach the moon and through the frosty air crying the wild goose goes<br>Whither away? So sang or Tong jung tell me? or have you come to the poor inn of mine?<br>Though the mid night hours your clanging mars my sleep<br><div align="right">- Gale(1920)</div> |
| 19 | 서싀산젼(西塞山前) 빅노비(白鷺飛)ᄒ고 도화뉴슈(桃花流水) 궐어비(鱖魚肥)라<br>쳥약닙(靑蒻笠) 녹사의(綠簑衣)로 사풍셰우(斜風細雨) 불슈귀(不須歸)라<br>지금에 쟝지화(張志和) 업기로 그를 셔러 |
| | Before you Western Hills the heron flies, peach flowers drop down upon the stream, the ■■■ fish stouts.<br>Green bamboo hat, and grass thatch coat sit neath the rain and wind<br>Where now is Chang Chi-wha I long to see him?<br><div align="right">- Gale(1920)</div> |
| 20 | 삼월(三月)삼일(三日) 니빅(梨白)도홍(桃紅) 구월(九月)구일(九日) 황국(黃菊)단풍(丹楓)<br>금쥰(金樽)에 슐이 잇고 동졍호(洞庭湖)에 달이로다<br>아희야 잔 가득 부어라 완월쟝취(玩月長醉) |
| | Third moon, third day,<br>Plum flower, peach spray,<br>Ninth day, ninth moon,<br>Maple and crysanthemum.<br>Golden goblet full of wine,<br>Tong-chon River, evening time,<br>Jovial comrade, wise and rare,<br>Drinking to the moon up there.<br><div align="right">- Gale(1912)</div> |
| | The spring has come with pear and red peach blossom<br>The autumn with chrysanthemun.<br>Fill up the cup on Tong-jung's Lake fair shines the moon.<br>Pour out my boy and let us drink our fill. |

| 번호 | 원문 및 영역시조 |
|------|------------------|
| | Note: As with B ■■■ county Korea has ever been a land where drinking songs aloud.<br><div align="right">- Gale(1920)</div> |
| 21 | 초경(初更)에 비취(翡翠)울고 이경(二更)야(夜)에 두견(杜鵑)이 운다<br>숨경(三更) 사오경(四五更)에 슬피우는 져 홍안(鴻雁)아<br>야야(夜夜)에 네 우름 소리에 잠못 니러<br><br>In the first watch, the kingfisher,<br>In the second, the goatsucker,<br>In the third, and fourth, and fifth,<br>These wild geese in clangor lift<br>Their voices night by night,<br>And sleep has ta'en its flight.<br><div align="right">- Gale(1912)</div><br>At even tide the peacock cries; by second watch the cuckoo<br>On through the third, the fourth, the fifth deep clanging goes the wild goose<br>Night after night ~~sleep meets only baleful cries~~<br><div align="right">- Gale(1920)</div> |
| 22 | 사랑인들 임마다허며 니별인들 다셔루랴<br>평싱 처음이오 다시 못볼 임이로다<br>일후에 다시 만나면 연분인가<br><br>We meet but do I love them all; we part but am I always sad?<br>You are my first, my dearest, no man else<br>To meet again would be a destined act of God<br>Note: This is a song of the dancing-girl. She had to accept all who fell within ~~her appointed dais~~.<br><div align="right">- Gale(1920)</div> |
| 23 | 셜월(雪月)이 만졍(滿庭)헌데 바람아 부들마라<br>예리셩(曳履聲) 아닌줄를 버년(判然)니 알것만는<br>아숩고 그리운 마음예 힝여건가<br><br>Deep snow and moonlight  fill the court; Ye winds cease please to blew<br>Whose creaking shoes will miss? But no!<br>Deserted my poor thoughts read on in line<br>　　Would it were he!<br><div align="right">- Gale(1920)</div> |
| 24 | 만경창파지슈(萬頃滄波之水)에 둥둥 썬는 기러기야<br>구월 구일 망향디(望鄕臺)에 홍나둥(鴻那從) 북지리(北地來)냐<br>너의도 니별를 마즈ᄒ고 져리 둥둥 |

| 번호 | 원문 및 영역시조 |
|---|---|
| | Long rollers of the deep lift and fall the scattered wild goose<br>When I look north beneath the autumn moon  why come ~~they carrying~~ south?<br>Is it fear to part that makes you ride there hearing to ■■■ together?<br><div align="right">- Gale(1920)</div> |
| | 청순(青山)아 무러보즈 고금순(古今事)를 네알니라<br>영웅쥰걸(英雄俊傑)드리 몃몃치나 지나드냐<br>이 뒤에 문나니 잇거든 나도 함끠<br><br>Green clad mountain bend thy head,<br>And tell me of the past that's dead:<br>Of the great, the wise, the rare,<br>When they lived, and who they were.<br>(In days to come if asked the same,<br>Kindly just include my name).<br><div align="right">- Gale(1912)</div> |
| 25 | Green mountain let me ask you. All the past you know<br>The great, the wise, the rare how many, please, have come and gone?<br>In days to come should others ask please mark my name.<br><div align="right">- Gale(1920)</div> |
| | Green clad mountain bend thy head<br>And tell me of the past that's dead:<br>Of the great, the wise, the rare,<br>When they lived, and who they were.<br>In days to come, when asked the same,<br>Kindly just include my name.<br><div align="right">- Gale(1922.6)</div> |
| | 빅구(白鷗)야 한가ᄒ다 네야 무슴 닐잇스리<br>강호(江湖)로 써단닐제 어듸 어듸 경(景)됴트냐<br>우리도 공명(功名)를 하직ᄒ고 너를 됴차<br><br>Ye white gull of the sea,<br>    So free!<br>What earthly care or rue,<br>Is there for a bird like you,<br>    Swimming on the sea?<br>Tell of those happy islands, where<br>Poor mortals may resign their care,<br>    And follow after thee!<br><div align="right">- Gale(1895.8)</div> |
| 26 | |

| 번호 | 원문 및 영역시조 |
|------|------------------|
| | You white gull of the sea, so free, that knows no worry.<br>Amid all the lakes and rivers that you know tell me the best<br>I too would leave my hope of name and follow thee<br><div style="text-align:right">- Gale(1920)</div> |
| 27 | 기러기쎼 쎄만니 안진 곳에 포슈야 총를 함부로 노치마라<br>서북 강남 오구가는 질에 임의 소식를 뉘견흐리<br>우리도 그런쥴 알기로 아니 노씀네<br><br>Wild geese in flocks close seated here. I call "Huntsman hold back."<br>Shoot not at random<br>From the far north and from the south they come, they go bearing me letter from my absent lord.<br>The huntsman says "I know, I know, and on account I shoot not."<br><div style="text-align:right">- Gale(1920)</div> |
| 28 | 초산(楚山) 목동드라 남무 뷔다 디 닷칠노<br>그 디를 고이 길너 흐으리라 낙디더를<br>우리도 그런쥴 알기로 나무만 뷔요<br><br>You lad who gathers wood up in the hills, be careful lest you<br>Harm the bamboo. I've reared it for my fishing rod.<br>The lad replied "I know it and shall cut but wooded trees."<br><div style="text-align:right">- Gale(1920)</div> |
| 29 | 글흐면 등용문(登龍門)흐며 활 쏜다고 만인젹(萬人敵)흐랴<br>왕발(王勃)도 조사(早死)흐고 염파(廉頗)라도 늙어느니<br>우리랑 글도 활도 말고 밧갈기를<br><br>If I were learned I'd climb the dragon gate; or knew my bow<br>　　I'd fight the fiercest fiend.<br>Wang pal, the scholar, died in early years; the warrior Yum-pa<br>　　Lived too old and shrivelled age<br>What use? Let go the pen; let go the bow I'll plough the fields instead.<br><div style="text-align:right">- Gale(1920)</div> |
| 30 | 아희야 연슈(硯水)쳐라 그린 임쎄 편지흐즈<br>거문먹흔 죠희는 졍든 임를 보련만는<br>져 붓디 날과 갓치 그릴쥴만<br><br>Fill the ink-stone, bring the water,<br>To my love I'll write a letter;<br>Ink and paper soon will see<br>The one that's all the world to me,<br>While the pen and I together, |

| 번호 | 원문 및 영역시조 |
|---|---|
| | Left behind, condole each other.<br><br>             - Gale(1896.1) |
| | Fill the ink-stone, bring the water,<br>To my love I'll write a letter;<br>Ink and paper soon will see,<br>The one that's all the world to me;<br>While the pen and I together,<br>Left behind, condole each other.<br><br>             - Gale(1912) |
| | Fill the ink stone bring the water<br>    To my love I'll write a letter<br>Ink and paper soon will see<br>The one that's all the world to me<br>    While the pen and I together<br>Left behind condole each other<br><br>             - Gale(1920) |
| | Fill the ink-stone, bring the water,<br>To my love I'll write a letter.<br>Ink and paper soon will see<br>The one that's all the world to me,<br>While the pen and I together,<br>Left behind condole each other.<br><br>             - Gale(1922.6) |
| 31 | 바람부러 누은 남기 비온다고 니러나며<br>임그려 누은 병에 약쓴다고 니러나랴<br>져임아 널노난 병이니 날 살녀쥬렴<br><br>The tree that falls before the wind<br>Will it arose when rains come on?<br>My lord is gone and ill from pain am I<br>Will medicine work a cure?<br>This death I die is yours my lord<br>Will you not save me?<br><br>             - Gale(1920) |
| 32 | 녹초(綠草) 장제상(長堤上)에 도긔황독(倒騎黃犢) 져 목동아<br>세상 시비사(是非事)를 네 아느냐 모르느냐<br>그 아희 단젹(短笛)만 불면셔 소이부답(笑而不答)<br><br>My lad who ride your ox along the grassy ridge |

| 번호 | 원문 및 영역시조 |
|------|------------------|
| | And sit face turned to lad<br>Have you not heard how fights this world along its way?"<br>He blows his whistle in reply says not a word but passes by.<br>　　　　　　　　　　　　　　　　　　　　　　　　- Gale(1920) |
| 33 | 나 탄 말은 청총마(靑驄馬)요 임탄 말은 오츄마(烏騅馬)라<br>니 압헤 청삽살기요 님의 팔에 보라미라<br>저 기야 공산(空山)에 깁히든 쩡을 자루두져 투겨라 미쯰여보게<br><br>The horse I ride is blueish black; my lord sits one that's reddish gray<br>A woolly dog leads on before and on my lord's arm　sits his hawk<br>Now, Towser, to the hill and rouse the pheasant up so that my lord<br>　　　May loose his valiant bird<br>　　　　　　　　　　　　　　　　　　　　　　　　- Gale(1920) |
| 34 | 군불견(君不見) 황호지슈(黃河之水) 천상니(天上來)헌다 분류도히불부회(奔流到海不復回)라<br>우불견고당명경비빅발(又不見高堂明鏡悲白髮)헌다　됴여청사모셩셜(朝如靑絲暮成雪)를<br>인싱(人生) 득의슈진환(得意須盡歡)이라 막사금쥰(莫使金樽) 공디월(空對月)ᄒ소<br><br>Have you not seen Whang ha as it drops from heaven<br>And speeding forth into the sea returns no more again<br>How in the palace hall forth tears drop over whitened lovers within the mirror<br>By morning tide so black they were; at ~~eventide snow~~ has fallen<br>If you but run your way rejoice for late unrequited you will be beneath the moon<br>　　　　　　　　　　　　　　　　　　　　　　　　- Gale(1920) |
| 35 | 우연(偶然)이 지면(知面)ᄒᆫ 정(情)이 심입골슈(深入骨髓) 병(病)이드러<br>일미심월(日未深月) 미계(未幾)에 분슈상별(分手相別)이 웬말이냐<br>아희야 괴꼬리 날녀라 쑴결갓게<br><br>By chance we met and now your　love has turned a sickness in my bones<br>As days move on it's worse and with the months I die. What do you mean by parting?<br>Boy, let go the oriole and leave me to my dream.<br>　　　　　　　　　　　　　　　　　　　　　　　　- Gale(1920) |
| 36 | 만경창파지슈(萬頃滄波之水)에 둥둥 쩌는 불약거뮈 게오리들아 비솔금셩진경(琵瑟錦成繪頸)이 둥둥강셩(江城)너싯 두루미드라<br>너 쩐는 물 기퓌를 알고 둥둥 쩐너냐 모로구 둥실 쩌잇느냐<br>우리도 나뮈 임 거러두고 기퓌를 몰ᄂ<br><br>On the wide lifting sea ye floating water fowl<br>Courters and gulls and divers of the deep! ~~Do you know~~ how far beneath the water is |

| 번호 | 원문 및 영역시조 |
|------|------------------|
| | As on its face you softly rise and fall?<br>~~Though found under my lord his deeper soul I know it not~~<br><div align="right">- Gale(1920)</div> |
| | On the wide lifting sea, ye waterfowl,<br>Curlews and gulls and drivers of the deep,<br>Could you but know how far the water lies beneath,<br>As on its face you softly rise and fall,<br>Then you might know my lord, how deep his soul;<br>I know it not.<br><div align="right">- Gale(1926.6)</div> |
| 37 | 쳥셕녕(靑石嶺) 지나다가 옥호관(玉河館)이 어듸메뇨<br>호풍(胡風)도 참두찰사 구진비는 무슴일고<br>뉘라셔 너형상 그려다가 임계신데<br><br>We pass the Green stone Hill and seek the Ok-ho Hall<br>The Manchu winds how cold they blow and with them sweeps the rain<br>Who is there that can write my sufferings out and tell them to my lord?<br><div align="right">- Gale(1920)</div> |
| 38 | 쳥산이(靑山裡) 벽계슈(碧溪水)야 슈이 가물 자랑마라<br>일도창희(一到滄海)ᄒ면 다시 오기 어려웨라<br>명월(明月)이 만공산(滿空山)ᄒ니 슈여갈가<br><br>Thou rapid stream that flows from out the mountain just pray don't be glad<br>That you can fly so swift<br>When once you fall into the deep blue sea there will be no return<br>The shining moon rides up among the hills. Let we go.<br><div align="right">- Gale(1920)</div> |
| | rapid stream that flows through mountain gorges,<br>Pray don't be glad swift-winged to fly away ;<br>When once you fall into the deep blue sea,<br><div align="right">- Gale(1925.5)</div> |
| 39 | 사벽달 셔리치고 지시는 밤에 싹를 닐코 울고 가는 기러기야<br>너가는 길에 정든 임 니별 ᄒ고 참아 그리워 못살네라고 젼ᄒ야 쥬렴<br>쎠 단니다 마흠나는디로 젼ᄒ야 줌셰<br><br>Silvery moon and frosty air,<br>Eve and dawn are meeting;<br>Widowed wild goose flying there,<br>Hear my words of greeting!<br>On your journey should you see |

| 번호 | 원문 및 영역시조 |
|---|---|
| | Him I love so broken-hearted,<br>Kindly say this word for me,<br>That it's death when we are parted,<br>Flapping off the wild goose clambers,<br>Says she will if she remembers.<br><div align="right">- Gale(1896.1)</div> |
| | Silvery moon and frosty air,<br>   Eve and dawn are meeting.<br>Widowed wild goose flying there,<br>   Hear my words of greeting:<br>On your journey should you see<br>   Him I love so broken-hearted,<br>Kindly say this word for me,<br>   That it's death when we are parted.<br>Flapping off the wild goose clambers,<br>Says she will if she remembers.<br><div align="right">- Gale(1912)</div> |
| | Silvery moon and frosty air<br>Eve and dawn are meeting<br>Widowed wild goose flying there<br>Hear my words of greeting<br>On your journey should you see<br>Him I love so broken-hearted<br>Kindly say this word for me<br>That it's death when we are parted,<br>Flapping off the wild goose clambers<br>Says she will if she remembers.<br><div align="right">- Gale(1920)</div> |
| 40 | 쳥초(靑草) 우거진 곳에 장기 벗겨 소를 미고<br>길 아레 졍즈나무 밋혜 도롱이 베고 잠들드니<br>쳥풍(淸風)이 셰우(細雨)를 모라다가 잠든 날를<br><br>I fling my plough beside the grassy slope and make my bullock fast<br>Here underneath the kiosk shade I fold my grass cloth coat and sleep<br>The wind blows rain that falls to wake me.<br><div align="right">- Gale(1920)</div> |
| 41 | 오려 논에 물시러 노코 고소디(姑蘇臺)에 올ㄴ보니<br>나 심은 오됴팟혜 시 안져스니 아희야 네 말녀쥬렴 |

| 번호 | 원문 및 영역시조 |
|---|---|
| | 아모리 우여라 날녀도 감도라듬네 |
| | I lead the water to the paddy field and mount the height to look abroad<br>The birds are seated on my millet fields. Shoo them my lad!<br>However much I shoo and shoo and drive them off they circle round and come again.<br><div style="text-align:right">- Gale(1920)</div> |
| 42 | 가노라 가노라 님아 언양단쳔(彦陽端川)에 풍월강산으로 가노라<br>님아 가라가 심양강(潯陽江)예 피파셩(琵琶聲)를 어이ᄒ리<br>밤중만 지국총 닷감는 소리에 잠못니러 |
| | "I'm off, I'm off, my love, off to the hills and streams of On-yang Tan chung"<br>"If when you' re gone you meet the pretty girls and hear flutes of Simyang what then?<br>By mid night hours the rocking of the boatman keep me from sleep<br><div style="text-align:right">- Gale(1920)</div> |
| | 져 건너 거머 웃쑥헌 바회 졍를 드려 쌀여니야<br>털삭여 쌀조차 네발모와 경셩드무시 거러가는드시 삭이이라 쌀고분 거문 암소<br>두엇쟈 임니별ᄒ면 타고 나갈쌔 |
| 48 | That rock heaved up on yonder shore,<br>I'll chisel out, and cut, and score,<br>And mark the hair, and make the horns,<br>And put on feet and all the turns<br>   Required for a cow.<br>And then my love if you go'way<br>I'll saddle up my bovine gray<br>   And follow you somehow.<br><div style="text-align:right">- Gale(1895.4)</div> |
| | That rock heaved up on yonder shore,<br>I'll chisel out, and cut, and score,<br>And mark the hair, and make the horns,<br>And put on feet and all the turns<br>   Required for a cow;<br>And then my love if you go 'way<br>I'll saddle up my bovine gray<br>   And follow you somehow.<br><div style="text-align:right">- Gale(1912)</div> |
| | That rock heaped up on yonder shore,<br>I'll chisel out and cut and score, |

| 번호 | 원문 및 영역시조 |
|---|---|
| | And mark the hair and make the horns,<br>And put on feet and all the turns,<br>Required for a cow ;<br>And then, my love, if you go 'way,<br>I'll saddle up my bovine gray,<br>And follow you some how.<br><div align="right">- Gale(1925.4)</div> |
| 49 | 만근(萬斤) 쇠를 느려늬야 길게 길게 노흘쇼와<br>구만(九萬) 장천(長天) 가는 희를 미우리라 슈이슈이<br>북당(北堂)에 학발(鶴髮)쌍친(雙親)이 더듸 늙게<br><br>That ponderous weighted iron bar,<br>I'll spin out thin, in threads so far<br>To reach the sun, and fasten on,<br>And tie him in, before he's gone ;<br>That parents who are growing gray,<br>May not get old another day.<br><div align="right">- Gale(1895.4)</div><br>That pond'rous weighted iron bar,<br>I'll spin out thin, in threads so far<br>To reach the sun, and fasten on,<br>And tie him in, before he's gone ;<br>That parents who are growing gray,<br>May not get old another day.<br><div align="right">- Gale(1912)</div><br>That ponderous weighted iron bar,<br>I'll spin out thin in threads so far,<br>To reach the sun and fasten on<br>And tie him in before he's gone,<br>That parents who are growing gray<br>May not get old another day.<br><div align="right">- Gale(1925.5)</div> |
| 55 | 사랑 삽셰 사랑를 삽셰훈들 사랑 팔니가 누잇쓰며<br>니별삽소 니별를 삽소헌들 니별사리가 누잇스리<br>지금에 팔고사리 업쓰니 장사랑에 장니별인가<br><br>Buy me love! Buy me love! I say,<br>But who sells love?<br>Buy my parting! buy my parting! |

| 번호 | 원문 및 영역시조 |
|------|------------------|
| | Who will buy my tearful parting?<br>No one sells and no one buys,<br>My lover's gone; my spirit dies.<br><div align="right">- Gale(1926.6)</div> |
| 61 | 니별이 불이도야 틱우는니 간장(肝腸)이라<br>눈물이 비가도면 붓는 불를 쓰련마는<br>훈슘이 바람도야 겸겸붓네<br><br>FAREWELL's a fire that burns one's heart,<br>And tears are rains that quench in part,<br>But then the winds blow in one's sight,<br>And cause the flames again to rise.<br><div align="right">- Gale(1896.1)</div><br>FAREWELL's a fire that burns one's heart,<br>And tears are rains that quench in part,<br>But then the winds blow in one's sighs,<br>And cause the flames again to rise.<br><div align="right">- Gale(1912)</div><br>Farewell's a fire that burns one's heart,<br>And tears are rains that quench in part;<br>But then the winds blow in one's sighs<br>And cause the flames again to rise.<br><div align="right">- Gale(1922.6)</div> |
| 64 | 간밤에 꿈 됴트니 임의게셔 편지왓네<br>그 편지 바다 빅번이나 보고 가슴 우희 언꼬 잠를드니<br>구틱야 무섭지 아니히도 가슴 답답<br><br>My dreams last night, how fair!<br>A letter from my love, so rare!<br>A hundred times I read and read:<br>It selpt with me, it shared my bed.<br>So light its weight, so fleet its part<br>And yet it almost broke my heart.<br><div align="right">- Gale(1926.6)</div> |
| 68 | 청산(靑山)도 졀누졀누 녹슈(綠水)라도 졀누졀누<br>산졀누 슈(水)졀누ᄒ니 산슈(山水)간에 나도졀누<br>세상에 졀누 자란 몸이 늙기도 졀누<br><br>That mountain green, these waters blue,<br>They were not made, they simply grew, |

| 번호 | 원문 및 영역시조 |
|---|---|
| | And 'tween the hills and waters here,<br>I too have grown as I appear,<br>Youth grows until the years unfold,<br>Then age comes on by growing old.<br><div align="right">- Gale(1895.8)</div> |
| | That mountain green, these waters blue,<br>They were not made, they simply grew;<br>And 'tween the hills and waters here,<br>I, too, have grown as I appear.<br>Youth grows, until the years unfold,<br>Then age comes on by growing old.<br><div align="right">- Gale(1922.6)</div> |
| 76 | 자규(子規)야 우들마라 네 울어도 속절업다<br>울거든 네나울지 잠든 나를 씨우느냐<br>밤중만 네우름소러에 잠못니러<br><br>You cuckoo bird, why cry?<br>What use however much you cry?<br>But if you cry, then cry alone, and don't wake me;<br>Your cries at midnight break my anxious sleep.<br><div align="right">- Gale(1926.6)</div> |
| 81 | 군자(君子)고향너(故鄉來)ᄒ니 알니로다 고향사(故鄉事)를<br>오든날 긔 창젼에 한미화 픠웟드냐 안픠웟드냐<br>미화가 픠기난 픠웟드라마는 임즈그려<br><br>Absent husband inquiring of a fellow-townsman newly arrived)<br>Have you seen my native land?<br>Come tell me all you know; Did just before the old home door<br>The plum tree blossoms show?<br><br>(Stranger answers at once)<br>They were in bloom though pale 'tis true, / And sad, from waiting long for you.<br><div align="right">- Gale(1895.11)</div> |
| 84 | 창밧게 가자 속막이 장사야 니별(離別)나는 궁도 네 잘 막일소냐<br>그 장시 디답허되 초한(楚漢)쎡 항우(項羽)라도 녁발산(力拔山)ᄒ고 긔기셰(氣盖世)로되 심으로 능이 못막엿고 삼국(三國)쎡 졔갈냥(諸葛亮)도 상통쳔문(上通天文)에 ᄒ달지리로(下達地理)되 지쥬로 능이 못막여쩌든<br>허물며 날거튼 소장부(小丈夫)야 일너 무슴<br><br>Outside the window wends the tinker-man, |

| 번호 | 원문 및 영역시조 |
|---|---|
| | Who fixes pots and pans. But can he fix a broken heart?<br>The tinker answers, 'Even Hsiang Yu of the Han,<br>Who lifted hills and tossed them o'er the land,<br>Cloud not do that; and Chu-ko Liang himself,<br>For wisdom famed, who read both earth and sky,<br>Not even he cloud mend a broken heart.<br>How much the less a creature such as I.<br>Don't ask me, please.<br><div align="right">- Gale(1924.11)</div> |
| 87 | 딕들에 동난젓 삽소 외느니 장사야 네 무어시니<br>그 장시 디답허되 디독(大足)은 이독(二足) 소독(小足)은 팔독(八足) 양목(兩目)이<br>상쳔(上天) 외골니육(外骨內肉) 쳥장흑장(淸醬黑醬) 압두 절벽 위도 절벽 전힝(前<br>行)ᄒ고 후거(後去)도 ᄒ고 썰썰긔는 동난젓 삽쏘<br>장사야 픠룻게 외둘말고 그져 방궤젓 삽소 |
| | Here's a pedlar passing me,<br>Calling Tongnan pickle.<br>What can this word Tongnan be?<br>Some fresh dish undoubtedly,<br>One's appetite to tickle.<br>Then the pedlar stops to state,<br>"Large feet two and small feet eight<br>Looking upward, heaven-eyed,<br>Armor-plated, flesh inside,<br>Stonach, ink of black and blue,<br>Body round and cornered too,<br>Creeping fore and aft mystical,<br>Very best of Tongnan pickle"<br>(Looks into the pedlar's basket.)<br>Pedlar! cease this rigmarole ;<br>Pickled crabs! well, bless my soul!<br><div align="right">- Gale(1896.8)</div> |
| | Here's a pedlar passing me,<br>    Calling Tongnan pickle.<br>What can this word Tongnan be?<br>Some fresh dish undoubtedly,<br>    One's appetite to tickle.<br>Then the pedlar stops to state:<br>"Large feet two, and small feet, eight |

| 번호 | 원문 및 영역시조 |
|---|---|
|  | Looking upward, heaven-eyed,<br>Armor-plated, flesh inside,<br>Stomach-ink of black and blue,<br>Body round and cornered too,<br>Creeping fore and aft mystical,<br>Very best of Tongnan pickle"<br>(Looks into the pedlar's basket.)<br>Pedlar! cease this rigmarole ;<br>Pickled crabs! well, bless my soul!<br><div align="right">- Gale(1912)</div> |
| 88 | 일소(一笑) 빅미상(百媚生)이 틱진(太眞)의 녀질(麗質)이라<br>명황(明皇)도 니러무로 만리(萬里)힝촉(行蜀) ᄒ얏느니<br>지금에 마외방혼(馬嵬芳魂)를 못ᄂ 셔러<br><br>At her sweet smile fades every other beauty,<br>On her soft charm kings marched ten thousand li,<br>Now her fair soul, hung from the crags of Ma-wei,<br><div align="right">- Gale(1925.7)</div> |
| 90 | 간밤에 우든 녀흘 슬피우러지나거다<br>이졔야 싱각ᄒ니 임이 우러 보니도다<br>져물이 거슬니 흐르량이면 나도 울게<br><br>In the night I heard the water,<br>Sot bing on its journey thro,<br>Then I learned what was the matter,<br>T was my lone had told it to.<br>Turn ye waters, turn, please do!<br>Tell him I am weeping too.<br><div align="right">- Gale(1898.12)</div> |
| 92 | 니 정녕 술에 셧겨 임의 속에 흘너드러<br>구회(九回) 간장(肝腸)를 촌촌이 차자가셔<br>날 닛고 남 ᄉ랑ᄒ 마음를 다슬혀볼까<br><br>My soul I've mixed up with the wine,<br>And now my love is drinking,<br>Into his orifices nine<br>Deep down its spirit's sinking.<br>To keep him true to me and mine,<br>A potent mixture is the wine.<br><div align="right">- Gale(1896.1)</div> |

| 번호 | 원문 및 영역시조 |
|---|---|
| 114 | 촉(蜀)에셔 우는 시는 한(漢)나라를 그려울고<br>봄비에 웃는 곳은 시졀맛난 탓시로다<br>두이라 각유소회(各有所懷)니 웃고 울고<br><br>Down in Ch'ok the birds are crying,<br>Frantic o'er the fall of Han;<br>While the flowers laugh, replying,<br>Smiling all they can.<br>Thus it appears, men live their years,<br>Some born to smiles, and some to tears.<br><br>                  - Gale(1898.12) |
| 118 | 달아 두렷흔 달아 임의 동창(東窓) 비췬 달아<br>임 홀노 누잇드냐 어늬 낭즈 품엇드냐<br>져 달아 본디로 일너라 亽성결짠(死生決斷)<br><br>O moon, o shining moon,<br>My master's shining silver moon!<br>Tell me he sleeps alone.<br>Or has some partner won her way?<br>You Know and see. Tell me, o moon,<br>My life hangs on it.<br><br>                  - Gale(1926.6) |
| 125 | 쳥쳥(靑天)에 쓴 기러기야 네 워듸로 향흐느냐<br>니리로 져리갈졔 니 한말 드러다 한양 셩니(城內) 임계신데 잠간 들너 니룬 말이<br>월황혼(月黃昏) 계위갈졔 임그려 참아 못살네라고 부디 흔말만 젼흐야 쥬렴<br>우리도 상호(湘湖)에 일이 만호 밧비가는 길이민로 젼(傳)할똥 말똥<br><br>You clanging wildgoose of the night,<br>Whither away? List for a moment, Please!<br>My master is in Seoul. Halt will you, pray,<br>And say to him: 'Just as the moon goes down<br>I feel your loss so great, my sprit dies.'<br>'I have a deal to say to,' says the goose,<br>'Am pressed for time. Whether I'll manage it or not....'<br><br>                  - Gale(1924.9) |
| 140 | 감장시 쟉다흐고 디붕(大鵬)아 웃지마라<br>구만리(九萬里) 장공(長空)에 너도날고 나도난다<br>두어라 일반비죠(一般飛鳥)를 일너 무습<br><br>"Very small my little man!"<br>Says the ostrich to the wren; |

| 번호 | 원문 및 영역시조 |
|---|---|
| | But the Wern went on to say; <br> "Ill outfly you any day, <br> Size is nothing but a name, <br> Big or little all the same." <br><br>        - Gale(1898.12) |
| | "Very small my little man!" <br> Says the ostrich to the wren; <br> But the wren went on to say, <br> "Ill outfly you any day, <br> Size is nothing but a name, <br> Big or little all the same." <br><br>        - Gale(1912) |
| 153 | 밤은 깁허 삼경(三更)에 니루엇고 구진 비는 오동(梧桐)에 훗날닐졔 이리 궁굴 져리 궁굴 두루 싱각다가 잠 못 니루에라 <br> 동방(洞房)에 실솔셩(蟋蟀聲)과 청천(靑天)에 뜬 기러기 소리 사롬의 무궁훈 심회(心懷)를 짝지여 울고가는 져 기럭아 <br> 가쓱에 다 셕어스러진 구뷔 간장(肝腸)이 이밤 시우기 어려웨라 |
| | The third watch of the night, with roaring rains <br> That slash the *odong* tree! I turn and turn <br> As endless thought race madly through the brain, <br> No sleep, no sleep! <br> The cricket in the inner room cheeps out. <br> The wildgoose calls across the blinding sky <br> The endless longings of my soul. <br> Knows, crying wildgoose, in yous flight, <br> My heart is broken! Dreadful is the night! <br><br>        - Gale(1926.6) |
| 160 | 니 집이 빅하산즁(白下山中)이라 날 차즈리 뉘 이시리 <br> 입오실자(入吾室者) 쳥풍(淸風)이오 디아음자(對我飮者) 명월(明月)이라 <br> 정반(庭畔)에 학 비회(徘徊)하니 너 벗인가 |
| | My home is in the White Cloud Hills <br> Who knows to call on me? <br> My only guest a clear soft breeze; <br> My ever-constant friend, the moon. <br> The crane-bird passes back and forth; <br> He stands my guard. <br><br>        - Gale(1926.6) |

| 번호 | 원문 및 영역시조 |
|---|---|
| 161 | 슐을 디취(大醉)호고 두렷시 안져쓰니<br>억만(億萬) 시름이 가노라고 호직(下直)혼다<br>아희야 잔 자루 부어라 시름 전송<br><br>Deep drunk with wine, I sit here like a lord,<br>A thousans cares all gone, clean swept away.<br>Boy, fill the glass! Let's make an end<br>Of anxious thought.<br><div align="right">- Gale(1926.6)</div> |
| 168 | 천지(天地)는 만물지녁녀(萬物之逆旅)요 광음(光陰)은 빅디지과긱(百代之過客)이라<br>인싱을 헤아리니 묘창희지(杳滄海之) 일숫(一粟)이라<br>두어라 약몽부싱(若夢浮生)이 아니놀고<br><br>Heaven and earth, creation's inn;<br>Time the lodger found within;<br>Life launched on eternity,<br>A grain of millet in the sea;<br>Like a dream is one's short day,<br>Why not spend it merrily?<br><div align="right">- Gale(1912)</div> |
| 171 | 사람이 죽어가셔 나을지 못나을지<br>드러가 보니 업고 나오다 보니 업너<br>유령이 이러험으로 장취불셩(長醉不醒)<br><br>Man he dies and goes away,<br>Will he not come back some day?<br>All have seen him go, but then,<br>None have seen him come again.<br>This is why men love to hear,<br>Jokeful songs and gleesome cheer.<br><div align="right">- Gale(1912)</div> |
| 174 | 우레갓튼 님을 만나 번기가치 벗쓴 맛나<br>비가치 오락가락 구름가치 허여지니<br>흉중(胸中)에 바람 갓튼 흐슴이 안기퓌듯<br><br>*Thunder* clothed he did appear,<br>Chained me like the *lightning* air,<br>Came as comes the summer *rain*,<br>Melted like the *cloud* again,<br>Now in *mists* from tears and crying,<br>I am left forsaken, dying.<br><div align="right">- Gale(1895.4)</div> |

| 번호 | 원문 및 영역시조 |
|---|---|
| 192 | 가마기를 뉘라 물드려 검다ᄒᆞ며 빅노를 뉘라 마젼ᄒᆞ야 희다드냐<br>황시 다라를 뉘라 니워 기다ᄒᆞ며 오리 다리를 뉘라 분질너 쌸으라 ᄒᆞ랴<br>아마도 검고 희고 길고 잘으고 흑빅 장단이야 일너무슴 |
| | Hollo[인용자: Hello]!<br>Who dyed thus black the crow?<br>　Explain,<br>Or bleached so white the crane?<br>Who pieced the lege of the heron tall,<br>Or left the duck no legs atall?<br>　I wonder.<br>Still, black or white, low-set, long-reached,<br>Pieced out or clipped, black-dyed or bleached,<br>　Who cares? What matters it?<br>　　　　　　　　　　　　　　　　　　- Gale(1912) |
| | Hello!<br>Who dyed thus black the crow!<br>Explain!<br>Or bleached so white the crane?<br>Who pieced the legs of the heron tall<br>And gave the duck no legs at all?<br>I wonder!<br>Still, black or white, low-set, long-reached,<br>pieced out, or clipped, black-dyed, or bleached,<br>Who cares? What matters it?<br>　　　　　　　　　　　　　　　　　- Gale(1926.6) |

# 참고문헌

## 1. 자료

경기도박물관 편,『먼나라 꼬레-이폴리트 프랑뎅의 기억속으로』, 경인문화사, 2003.

국립중앙도서관 편,『국외소재 한국 고문헌 수집 성과와 과제』, 국립중앙도서관, 2009.

권문해, 남명학연구소 경상한문학연구회 옮김,『대동운부군옥』1-10, 소명, 2003.

_____ ,『대동운부군옥』14, 민속원, 2007.

奇一, 「나의 過去半生의 經歷」,『眞生』, 1926. 10~1927. 7.

___ , 「回顧四十年」,『新民』26, 1927.

김시습, 세종대왕기념사업회 편역,『국역매월당집』3, 세종대왕기념사업회, 1978.

김억, 「作詩法(4)」,『조선문단』10, 1925. 7.

김지남, 김경문 공편, 세종대왕기념사업회 역,『국역 통문관지』, 세종대왕기념사업회, 1998.

러시아 대장성 지음, 한국정신문화연구원 옮김,『국역 한국지』, 전광사업사, 1984[Составлено въ канцеляріи Министра Финансовъ, *Описаніе Кореи (съ картой)*, С.-Петербургъ : изданіе Министерства Финансовъ, типографія Ю. Н. Эрлиха 'Ju. N., 1900].

성원묵, 정승모 옮김,『조선대세시기IV – 동경잡기』, 국립민속박물관, 2007.

심재완,『校本 歷代時調全書』, 세종문화사, 1972.

안동림 역주, 「消遙遊」,『莊子』, 현암사, 1998.

안확, 「朝鮮語의 價値」,『學之光』4, 1915.

원두우 편,『찬양가』, 예수성교회당, 1894.

유영식 편역,『착훈목쟈 : 게일의 삶과 선교』2, 집문당, 2013.

이광수,『이광수 전집』1, 우신사, 1979.

조윤제,『조선시가사강』, 박문출판사, 1937.

주요한, 「노래를 지으시려는 이에게(1)」,『조선문단』1, 1924. 10.

최남선, 「고금시조선 서문」,『청춘』12, 1918.

최남선, 「一日一件」, 『청춘』 3, 1914. 12. 6.

최남선, 「朝鮮國民文學으로의 時調」, 『조선문단』 16, 1926, 5.

파리외방전교회, 윤애선, 이은령, 김영주 역, 『(현대 한국어로 보는) 한불자전』 소명출판, 2015.

한국서지학회, 『해외전적문화재조사목록-미국의회도서관 소장 한국본 목록』, 한국서지학회, 1994.

황견 엮음, 이장우·우재호·장세후 옮김, 『고문진보』 후집(2판), 을유문화사, 2007.

황호덕·이상현 공역, 『개념과 역사, 근대 한국의 이중어사전』 2, 박문사, 2012.

황호덕·이상현 공편, 『한국어의 근대와 이중어사전』 I -XI, 박문사, 2012.

C. C. Dallet, 안응렬·최석우 역주, 『한국천주교회사』(上), 분도출판사, 1979 [*Histoire de L' Eglise de Coree*, 1874].

H. B. Hulbert, 신복룡 역, 『대한제국멸망사』, 집문당, 2006[*The Passing of Korea*, 1906].

J. S. Gale, 김인수 역, 『James S. Gale의 선교편지』, 쿰란출판사, 2009.

J. S. Gale, 신복룡 역, 『전환기의 조선』, 집문당, 1999[*Korea in Transition*, 1909].

J. S. Gale, 장문평 역, 『코리언 스케치』, 현암사, 1970[*Korean Sketches*, 1898].

M. Courant, 이희재 역, 『한국서지』, 일조각, 1997[1994][*Bibliographie Coréenne*, 1894-1896, 1901].

M. Courant, 파스칼 그루트·조은미 옮김, 『프랑스 문헌학자 모리스 쿠랑이 본 한국의 역사와 문화』, 살림, 2009[Collège de France éd., *Études Coréennes de Maurice Courant*, Paris: Éditions du Léopard d'Or, 1983].

P. Lowell, 조경철 옮김, 『내 기억 속의 조선, 조선사람들』, 예담, 2011[*Chosön, the land of the morning calm*, 1888].

W. E. Griffis, 신복룡 역, 『은자의 나라, 한국』, 집문당, 1998[*Corea : The Hermit Nation*, 1882].

關野貞, 강태진 역, 『한국의 건축과 예술』, 산업도서 출판공사, 1990.

『게일 유고(James Scarth Gale Papers)』[캐나다 토론토대 토마스피셔 희귀본 장서실 소장].

『플랑시 문서철(PAAP, Collin de Plancy)』 2[프랑스 외무부문서고 소장 마이크로 필름 자료].

A. H. Kenmure, "Bobliographie Coréene," *The Korean Repository* Ⅳ, 1897.

A. Wylie, *Notes on Chinese literature*, Shanghai: American Presbyterian Mission Press ; London: Trübner & Co. 60, Peternoster Row, 1867.

H. B. Hulbert, "Korean Poetry," *The Korean Repository* Ⅲ, 1896. 4.

_____, "Korean Vocal Music," *The Korean Repository* Ⅲ, 1896. 2.

H. G. Underwood, "Introductory remarks on the study of Korean," 『韓英文法(*An Introduction to Korean Spoken Language*)』, Yokohama:Kelly & Walsh, 1890.

_____, "A partial Bibliography of Occidental Literature on Korea," *Transactions of the Korea Branch of Royal Asiatic Society* 20, 1931.

_____, "Occidental Literature on Korea," *Transactions of the Korea Branch of Royal Asiatic Society* 20, 1931.

H. N. Allen, *Korean Tales-Being a Collection of Stories Translated from the Korean Folk Lore*, New York & London : The Nickerbocker Press, 1889.

J. S. Gale, "A Few Words on Literature," *The Korean Repository* Ⅱ, 1895. 11.

_____, "Introduction of the Chinese into Korea," *The Korea Review* Ⅰ, 1901.

_____, "Korean Hymns—Some Observations," *The Korean Repository* Ⅸ, 1897. 5.

_____, "Korean Love Song," *The Korean Repository* Ⅱ, 1895. 4.

_____, "Korean Song," *The Korea Bookman*, 1922. 6.

_____, "Ode on Filial Piety," *The Korean Repository* Ⅱ, 1895. 4.

_____, "The Influence of China upon Korea," *The Transactions of the Korea Branch of Royal Asiatic Society* 1, 1900.

_____, "The Ni-T'u," *The Korea Review* Ⅰ, 1901.

_____, "The Pagoda of Seoul," *The Transactions of the Korea Branch of the Royal Asiatic Society* 6(Ⅱ), 1915.

_____, *A History of the Korean People*, Seoul: The Christian Literature Society of Korea, 1927.

O. Nachod, *Bibliography of the Japanese Empire*, London:E. Goldston, 1928.

Ross King & Park Sinae ed. *Score One for the Dancing Girl, and Other Selections from the Kimun ch'onghwa : A Story Collection from 19th*

*Century Korea*, University of Toronto Press, 2016.

W. E. Griffis, *Corea : the hermit nation*, New York : Charles Scribner's Sons, 1882.

W. F. Mayers, *The Chinese reader's manual*, Shanghai, 1874.

W. G. Aston, "On Corean popular literature," *Transactions of the Asiatic Society of Japan* XVIII, 1890.

W. M. Royds, Introduction to Courant's "Bibiliográpie Coreene," *Transactions of the Korean Branch of the Royal Asiatic Society* 25, 1936.

岡倉由三郞,「朝鮮の文學」,『哲學雜誌』8(74-75), 1893.

小倉親雄,「(モーリスクーラン)朝鮮書誌序論」,『揷畵』, 1941.

淺見倫太郞,「朝鮮古書目錄總敍」,『朝鮮古書目錄』, 京城 : 朝鮮古書刊行會, 1911.

김인택, 윤애선, 서민정, 이은령 편, "웹으로 보는 한불자뎐 1.0" 저작권위원회 제호 D-2008- 000026, 2008.

_____, "웹으로 보는 한영자뎐 1.0", 저작권위원회 제호 D-2008-000027, 2008.

## 2. 참고논저

### 1) 단행본

고미숙,『19세기 시조의 예술사적 의미』, 태학사, 1998.

고영근,『민족어학의 건설과 발전』, 제이앤씨, 2010.

고영진·김병문·조태린 편,『식민지 시기 전후의 언어문제』, 소명출판, 2012.

권도희『한국 근대 음악 사회학』, 민속원, 2004.

김민수 외,『외국인의 한글연구』, 태학사, 1997 .

김수경 역,『조선문화사서설』, 범장각, 1946.

김승우,『19세기 서구인들이 인식한 한국의 시와 노래』, 소명출판, 2014.

류대영,『초기 미국선교사 연구』, 한국기독교연구소, 2001.

백낙준,『한국개신교사』, 연세대 출판부, 2008.

부산대 인문학연구소 편,『한불자전 연구』, 소명출판, 2013.

부산대 점필재연구소 고전번역학 센터 편,『한국고전번역학의 구성과 모색』2,

점필재, 2015.

성무경, 『조선후기, 시가문학의 문화담론 탐색』, 보고사, 2005.

신경숙, 『19세기 가집의 전개』, 계명문화사, 1994

연동교회, 『게일 목사 탄생 150주년 기념논문집』, 진흥문화, 2013.

오윤선, 『한국 고소설 영역본으로의 초대』, 지문당, 2008[初出 : 「韓國 古小說 英譯의 樣相과 意義」, 고려대학교 박사학위논문, 2005].

왕유 지음, 박삼수 역주, 『왕유詩全集』, 현암사, 2008.

유영식, 『착훈 목쟈: 게일의 삶과 선교』 1, 도서출판 진흥, 2012.

육당연구학회 편, 『최남선과 근대 지식의 기획』, 현실문화, 2015.

이민희, 『파란, 폴란드, 뽈스카』, 소명출판, 2005.

이상현, 『한국고전번역가의 초상, 게일의 고전학 담론과 고소설 번역의 지평』, 소명, 2013.

이언 F. 맥닐리 · 리사 울버턴, 채세진 역, 『지식의 재탄생: 공간으로 보는 지식의 역사』, 살림출판사, 2009.

이원섭 역해, 『이백 시선』, 현암사, 2011.

이윤석 · 大谷森繁 · 정명기, 『세책 고소설 연구』, 혜안, 2003.

장효현, 『한국 고전문학의 시각』, 고려대 출판부, 2010.

제임스 클리포드, 조지 E 마커스 편, 이기우 역, 『문화를 쓴다 - 민족지의 시학과 정치학』, 한국문화사, 2000.

황호덕 · 이상현, 『개념과 역사, 근대 한국의 이중어사전』 1, 박문사, 2012.


2) 논문

강경호, 「가곡원류계 가집의 편찬특성과 전개양상 연구」, 성균관대 박사학위논문, 2011.

강이연, 「최초의 한국어 문법서 GRAMMAIRE CORÉENNE 연구」, 『프랑스어문교육』 29, 한국프랑스어문교육학회, 2008.

강혜정, 「시조의 한시 수용 양상 연구」, 고려대학교 석사학위논문, 1995.

강혜정, 「20세기 전반기 고시조 영역의 전개양상」, 고려대학교 박사학위논문, 2013.

권순긍 · 한재표 · 이상현, 「『게일문서(Gale, James Scarth Papers)』 소재 <심청전>, <토생전> 영역본의 발굴과 의의」, 『고소설연구』 30, 한국고소설학회, 2010.

김동환, 「육당 최남선과 대종교」, 『국학연구』10, 국학연구소, 2005.

김석회, 「한시 현토형 시조와 시조의 7언절구형 한시화」, 『국문학연구』 4, 국문학회, 2000.

김승우, 「구한말 선교사 호머 헐버트(Homer B. Hulbert)의 한국시가 인식」, 『한국시가연구』 31, 한국시가학회, 2011

_____, 「한국시가(詩歌)에 대한 구한말 서양인들의 고찰과 인식 – James Scarth Gale을 중심으로」, 『어문논집』 64, 민족어문학회, 2011.

_____, 「호머 헐버트(Homer B. Hulbert)의 아리랑 논의에 대한 분석적 고찰」, 『비교한국학』 20(2), 국제비교한국학회, 2012.

_____, 「선교사 프레더릭 S. 밀러(Frederick S. Miller)의 한국시가론」, 『비교한국학』 21(1), 국제비교 한국학회, 2013.

_____, 「19세기 말 『미국민속학보(the Journal of American Folklore)』에 소개된 한국시가의 특징 – 애나 스미스(Anna T. Smith)의 한국 자장가(Nursery Rhymes) 고찰」, 『우리문학연구』 40, 한국문학회, 2013.

_____, 「19세기 말 프랑스인들의 한국시가 고찰」, 『온지논총』 38, 온지학회, 2014.

김준수, 「한시(漢詩) 번역 시조(時調)연구 : 제 양상과 미발굴 작품을 중심으로」, 『한국시가연구』 28, 한국시가학회, 2010.

김해경, 김영수, 윤혜진, 「설계도서를 중심으로 본 1910년대 탑골공원의 성립과정」, 『한국전통조경학회지』 31(2), 2013.

김학성, 「18 · 19세기 예술사의 구도와 시가의 미학적 전환 : 여항, 시정문화와의 관련양상을 중심으로」, 『한국시가연구』 11, 한국시가학회, 2002.

다니엘 부세, 「모리스 꾸랑과 뮈텔 主敎」, 『한국교회사 논총』, 한국교회사연구소, 1982.

다니엘 부세, 전수연 옮김, 「한국학의 선구자 모리스 꾸랑」, 『동방학지』 51 · 52, 연세대 국학연구원, 1986(D. Bouchez, "Un défricheur méconnu des études extrême-orientales Maurice Courant," *Journal Asiatique*, Tome CCLXXI, 1983).

문옥배, 「근대 선교사의 찬송가 가사 번역에 관한 연구」, 『음악과 민족』 22, 민족음악학회, 2001.

박애경, 「20세기 초 대중문화의 위상과 시가―시가의 지속과 변용양상을 중심
　　으로」, 『민족문학사연구』 31, 민족문학사학회, 2006.

박이정, 「대중성의 측면에서 본 남훈태평가 시조의 내적 문법연구」, 서울대 석
　　사학위논문, 2000.

박정세, 「게일의 텬로력뎡과 기산의 풍속삽도」, 『신학논단』 60, 2010.

박재연・김영, 「애스턴 구장 번역고소설 필사본 『隨史遺文』 연구: 고어 자료를
　　중심으로」, 『어문논총』 23, 국민대 어문학연구소, 2004.

박진영, 「창립 무렵의 신문관(新文館)」, 『사이間SAI』 7. 국제한국문학문화학회,
　　2009.

박진완, 「러시아 동방학연구소 애스턴 문고의 한글자료」, 『한국어학』 46, 한국
　　어학회, 2010.

백주희, 「J. S. Gale의 Korean Folk Tales 연구 : 임방의 『천예록』 번역을 중심으
　　로」, 성균관대 석사학위 논문, 2008.

사이토 마레시, 「번역과 훈독: 현지화된 문자로서」, 『코기토』 72, 부산대 인문
　　학연구소, 2012.

성무경, 「보급용(普及用) 가집(歌集) 『남훈태평가』의 인간(印刊)과 시조 향유에
　　의 영향(1)」, 『한국시가연구』 18, 한국시가학회, 2005.

송민규, 「『The Korean Repository』에 소개된 ODE 연구」, *Journal of Korean
　　Culture* 22, 한국어문학국제학술포럼, 2013.

＿＿＿, 「『The Korean Repository』에 소개된 LOVE SONG 연구」, 『현대문학이
　　론연구』 52, 현대문학이론학회, 2013.

＿＿＿, 「『The Korean Repository』에 소개된 SONG 연구」, 『비교한국학』 21(1),
　　국제비교한국학회, 2013.

신경숙, 「『가곡원류』 초기본 형성과정과 의미―<육당본>, <프랑스본>을 중심
　　으로」, 『한민족문화연구』 36, 2011.

와타나베 다카코, 「훈민정음 연구사 : 일본인 학자들의 연구를 중심으로」, 연
　　세대 석사학위 논문, 2002.

유정란, 「일제강점기 재조일본인의 국문시가 연구에 대한 고찰」, 고려대학교
　　석사학위논문, 2016.

＿＿＿, 「일제강점기 재조일본인(在朝日本人)의 시조번역 양상과 그 의미 : 호
　　소이 하지메(細井肇)의 『통속조선문고』를 중심으로」, 『반교어문연구』

44, 반교어문학회, 2016.

유춘동, 「프랑스 파리 국립동양어대학교 소장 주요 자료해제 : 구한말 프랑스 공사관의 터다지기 노래, 「원달고가」」, 『연민학지』12(1), 연민학회, 2009.

_____, 「프랑스 파리 국립동양어대학교 소장 주요 자료해제 : 「언문한약잡가」에 대하여」, 『연민학지』13, 연민학회, 2010.

윤덕진, 「가사집 『기사총록』의 성격 규명」, 『열상고전연구』 12, 열상고전연구회, 2011.

윤설희, 「20세기 초 가집 『정선조선가곡』연구」, 성균관대학교 석사학위 논문, 2008.

_____, 「최남선의 고시조 수용작업과 근대전환기의 문학인식」, 성균관대학교 박사학위 논문, 2013.

윤애선, 「개화기 한국어 문법 연구사의 고리 맞추기」, 『코기토』 73, 부산대 인문학연구소, 2013.

_____, 「파리외방전교회의 19세기 한국어 문법 문헌 간 영향 관계 분석」, 『교회사연구』 46, 한국교회사연구소, 2014.

이민희, 「20세기 초 외국인 기록물을 통해 본 고소설 이해 및 향유의 실제」, 『인문논총』 68, 인문학연구원, 2012.

이상현, 「제임스 게일의 『구운몽』병역과 문화의 변용」, 성균관대 석사학위 논문, 2005.

_____, 「제국의 조선학, 정전의 통국가적 구성과 유통 : 『천예록』, 『청파극담』 소재 이야기의 재배치와 번역·재현된 조선」, 『한국근대문학연구』 18, 한국근대문학회, 2008.

_____, 「제임스 게일의 한국학 연구와 고전 서사의 번역 : 게일 한국학 단행본 출판의 변모와 필기, 야담, 고소설의 번역」, 성균관대 박사학위 논문, 2009.

_____, 「언더우드의 이중어사전 간행과 한국어의 재편과정」, 『동방학지』 151, 연세대 국학연구원, 2010.

_____, 「<춘향전> 소설어의 재편과정과 번역 : 게일 <춘향전> 영역본 출현과 그 의미」, 『고소설 연구』 30, 한국고소설학회, 2010.

_____, 「근대 조선어·조선문학의 혼종적 기원 : 「조선인의 심의」(1947)에 내

재된 세 줄기의 역사」, 『사이間SAI』 8, 국제한국문학문화학회, 2010.

_____, 「『조선문학사』(1922) 출현의 안과 밖」, 『일본문화연구』40, 동아시아일
본학회, 2011.

_____, 「알렌 <백학선전>영역본 연구: 모리스 쿠랑의 고소설 비평을 통해 본
알렌 고소설 영역본의 의미」, *Comparative Korean Studies* 20(1), 국제
비교한국학회, 2012.

_____, 「한국신화와 성경, 선교사들의 한국신화해석 : 게일(James Scarth Gale)
의 성취론과 단군신화 인식의 전환」, 『비교문학』 58, 한국비교문학회,
2012.

_____, 「고전어와 근대어의 분기 그리고 불가능한 대화의 지점들: 『조선문학
사』(1922) 출현의 근대학술사적 문맥, 다카하시・게일의 한국(어)문학
론」, 『코기토』 73, 부산대 인문학연구소, 2013.

_____, 「한국어사전의 '전범'과 '기념비' : 『한불자전』의 두 가지 형상 그리고
19C 말~20C 초 한국의 언어-문화」, 부산대 인문학연구소 편, 『한불자
전연구』, 소명출판, 2013.

_____, 「『삼국사기』에 새겨진 27년 전 서울의 추억 : 모리스 쿠랑과 한국고전
세계」, 『국제어문』 59, 국제어문학회, 2013.

_____, 「19세기 말 한국시가문학의 구성과 '문학텍스트'로서의 고시가－모리
스 쿠랑 한국시가론의 근대학술사적 의미」, 『비교문학』 61, 한국비교문
학회, 2014.

_____, 「이중어 사전과 개념사 그리고 한국어문학 : 게일 고전학을 읽을 근대
학술사적 문맥, 문화재 원형 개념의 형성과정과 한국어의 문화생태」, 『반
교어문연구』 42, 반교어문학회, 2016.

이상현・윤설희, 「19세기 말 在外 외국인의 한국시가론과 그 의미」, 『동아시아
문화연구』56, 한양대 동아시아문화연구소, 2014.

이상현, 윤설희, 이진숙, 「시가어의 재편과정과 번역」, 『열상고전연구』 제 46집,
열상고전연구회, 2015.

_____, 「『게일유고』 소재 한국고전 번역물(1)-게일의 미간행 영역시조에 대
하여」, 『열상고전연구』 46, 열상고전연구회, 2015.

이상현・이은령, 「19세기 말 고소설 유통의 전환과 '민족지'로서의 고소설 : 모
리스 쿠랑 『한국서지』 한국고소설 관련 기술의 근대 학술사적 의미」,

『비교문학』 59, 한국비교문학회, 2013.

_____, 「모리스 쿠랑의 서한과 한국학자의 세 가지 초상 : 『플랑시 문서철 (PAAP, Collin de Plancy Victor)』에 새겨진 젊은 한국학자의 영혼에 대하여」, 『열상고전연구』 44, 열상고전연구회, 2015.

이상현·이진숙, 「『옥중화』의 한국적 고유성과 게일의 번역실천」, 『비교문화연구』 38, 경희대 비교문화연구소, 2015.

이영화, 「최남선 단군론의 그 전개와 변화」, 『한국사학사학보』 5, 한국사학사학회, 2002.

이은령, 「『한어문전』의 문법기술과 품사구분 : 문화소통의 관점에서 다시 보기」, 『프랑스학연구』 56, 프랑스학회, 2011.

이은령, 「『한어문전 Grammaire Coréenne』과 19세기 말문법서 비교 연구」, 『한국프랑스학논집』 78, 한국프랑스학회, 2012.

이혜은, 「북미소재 한국고서에 관하여: 소장현황과 활용방안」, 『열상고전연구』 36, 열상고전연구회, 2012.

장효현, 「한국 고전소설 영역의 諸문제」, 『고전문학연구』 19, 한국고전문학회, 2001.

_____, 「한국고전소설영역의 제문제」, 『한국고전소설사연구』, 고려대 출판부, 2002.

_____, 「<구운몽>영역본의 비교」, Journal of Korean Culture 6, BK21 Korean Studies, 2004.

_____, 「구운몽 영역본의 비교연구」, 『한국 고전문학의 시각』, 고려대 출판부, 2010.

전재진, 「『남훈태평가』의 인간과 개화기 한서림 서적발행의 의의」, 『인문과학』 37, 성균관대 인문과학연구소, 2007.

정연태, 「19세기 후반 20세기 초 서양인의 한국관 : 상대적 정체성론·정치사회부패론·타율적 개혁불가피론」, 『역사와 현실』 34, 한국역사연구회, 1999.

정병설, 「러시아 상트베테르부르크 동방학연구소 소장 한국 고서의 몇몇 특징」, 『규장각』 34, 서울대 규장각한국학연구소, 2013.

최규수, 「남훈태평가를 통해본 19세기 시조의 변모양상」, 이화여대 석사학위논문, 1989.

한기형, 「최남선의 잡지 발간과 초기 근대문학의 재편 :『소년』, 『청춘』의 문학
　　사적 역할과 위상」, 『대동문화연구』 45, 성균관대 대동문화연구원, 2004.
＿＿＿, 「근대 잡지와 근대 문학 형성의 제도적 연관」, 『대동문화연구』 48, 성
　　균관대 대동문화연구원, 2004.
한용진, 「갑오개혁기 일본인의 한국교육 개혁안 고찰: 근대화 교수용어 선택을
　　중심으로」, 『교육문제연구』 33, 2009.
허경진・유춘동, 「러시아 상트베테르부르크 국립대학과 동방학연구소에 소장
　　된 조선전적에 대한 연구」, 『열상고전연구』 36, 열상고전연구회, 2012.
＿＿＿＿＿＿, 「애스턴의 조선어학습서 『Corean Tales』의 성격과 특성」, 『인
　　문과학』 98, 연세대 인문과학연구소, 2013.
황인한, 「『가곡원류』의 이본계열 연구」, 고려대 박사학위 논문, 2008.
A. Schmid, 「오리엔탈 식민주의의 도전－Anglo-American 비판의 한계」, 『역사
　　문제연구』 12, 역사문제연구소, 2004.
Uliana Kobyakova, 「애스턴문고 소장 『Corean Tales』에 대한 고찰」, 『서지학보』
　　32, 한국서지학회, 2008.
신은경, "A Reception Aesthetic Study on Sijo in English Translation-The Case
　　of James S. Gale", Seoul Journal Of Korean Studies 26, 2013.
조재룡, "Traduire le vers coréen sijo : approche théorique et practique," 『프랑스
　　문화예술연구』 33, 프랑스문화예술학회, 2010.
＿＿＿, "Les premiers textes poétiques coréens traduits en français a` l'époque de
　　l'ouverture au monde," 『통번역학연구』17(4), 통번역연구소, 2013.
Sonya Lee, "The Korean Collection in the Library of Congress," Journal of East
　　Asian Libraries 142(1), 2007.
R. King, "James Scarth Gale and the Christian Literature Society(1922-1927):
　　Salvific Translation and Korean Literary Modernity ( I )," In : Won-jung
　　Min (ed.), Una aproximacion humanista a los estudios coreanos. Ebook
　　distributed by Patagonia, Santiago, Chile, 2014.
＿＿＿, "James Scarth Gale and the Christian Literature Society: Salvific
　　translation and the crusade against 'mongrel Korean'," 『한국문학과 번역
　　프로시딩 자료집』, 서울대학교 규장각 한국학연구원, 2013. 3.15.
＿＿＿, "James Scarth Gale, Korean Literature in Hanmun, and Korean Books,"

서울대 규장각한국학연구원 편, 『해외 한국본 고문헌 자료의 탐색과 검토』, 삼경문화사, 2002.

R. Rutt, James Scarth Gale and his History of the Korean People, Seoul : the Royal Asiatic Society Korea Branch, 1972.

柾木貴之, 「國語教育と英語教育の連携前史-明治期・岡倉由三郎「外國語教授新論」を中心に」, 『言語情報科學』8, 東京大學大學院總合文化研究科言語情報科學專攻, 2010.

佐藤義隆, 「日本の外國語學習及び教育の歷史を振替える一日本の英語學習及び教育目的論再考一」, 『岐阜女子大學紀要』31, 2002.

小倉進平, 『朝鮮語學史』, 刀江書院, 1940.

## 3. 초출문헌

### 1부 재외 외국인의 한국시가 담론
1장 한국시가집의 발견과 시조의 번역

이상현, 김채현, 윤설희 , 「오카쿠라 요시사부로 한국문학론(1893)의 근대 학술사적 함의 : 19세기 말 한국시가집의 발견과 시조의 번역」, 『일본문화연구』 50, 동아시아일본학회, 2014.

2장 한국시가문학의 집성과 '문학텍스트'로서의 고시가

이상현, 「19세기 말 한국시가문학의 구성과 '문학텍스트'로서의 고시가 : 모리스 쿠랑 한국시가론의 근대학술사적 의미」, 『비교문학』 61, 한국비교문학회, 2014.

3장 한국시가론의 유통과 학술네트워크

이상현, 윤설희, 「19세기 말 在外 외국인의 한국시가론과 그 의미」, 『동아시아문화연구』 56, 한양대 동아시아문화연구소, 2014.

### 2부 한국개신교선교사의 한국시가 담론
4장 개신교선교사의 시조번역과 '내지인의 관점'

이상현, 이진숙, 「『朝鮮筆景(Pen-picture of Old Korea)』(1912) 소재 게일(J. S. Gale) 영역시조의 창작연원과 '내지인의 관점'」, 『우리문학연구』 44, 우리문학회, 2014.

5장 시가어의 재편과정과 번역
이상현, 윤설희, 이진숙, 「시가어의 재편과정과 번역 : 게일의 미간행 영역시조와 시조 담론의 계보학」, 『열상고전연구』 46, 열상고전연구회, 2015.

닫는 글 : 고시조 소환의 주체, 고시조 담론의 지평
윤설희, 「1910년대 조선-서양 근대 지식인의 고시조 담론」, 『코기토』 81, 부산대 인문학연구소, 2017.

## 저자약력

**이상현(李祥賢, Lee, Sang-hyun)**은 성균관대 국어국문학과 및 동대학원 박사과정을 졸업하고, 서울대 국어국문학과에서 박사후과정(Post-Doc), 부산대 점필재연구소에서 HK연구교수를 거쳤다. 현재는 부산대 인문학연구소의 HK교수로 근무하고 있다. 한국 고소설을 비롯한 고전문학 전반에 있어서의 번역의 문제, 외국인들의 한국학 연구, 한문 전통과 근대성의 관계, 한국문학사론 등에 관심을 갖고 공부하고 있다. 주요저서로 『개념과 역사, 근대 한국의 이중어사전 : 외국인들의 사전편찬사업으로 본 한국어의 근대』(2012), 『한국고전번역가의 초상, 게일의 고전학 담론과 고소설 번역의 지평』(2013) 등이 있다.

**윤설희(尹雪姬, Youn, Seol-hee)**는 성균관대 국어국문학과 및 동대학원 박사과정을 졸업하고, 건양대학교, 대전대학교, 한국방송통신대학교 등에서 시간강사로 활동했다. 현재 성균관대학교, 원광대학교에서 고전문학을 강의하는 한편, 최남선의 고시조 정리 사업, 외국인들의 고전시가 번역 및 연구를 비롯한 근대전환기 고전시가의 존재양상과 그 담론에 대해 관심을 가지고 공부하고 있다. 주요 논문으로는 「20세기 초 가집 『정선조선가곡』 연구」, 「육당 최남선의 시조정리사업과 그 의미」, 「최남선의 고시조 수용작업과 근대 전환기의 문학인식」, 「1910년대 조선-서양 지식인의 고시조 담론」 등이 있다.

주변부 고전의 번역과 횡단 1

# 외국인의 한국시가 담론 연구

초 판 1쇄 인쇄 2017년 5월 25일
초 판 1쇄 발행 2017년 5월 30일
저 자 이상현 · 윤설희
펴낸이 이대현
편 집 박윤정
디자인 안혜진
펴낸곳 도서출판 역락 | 등록 제303-2002-000014호(등록일 1999년 4월 19일)
주 소 서울시 서초구 반포4동 577-25 문창빌딩 2층
전 화 02-3409-2058(영업부), 2060(편집부) | 팩시밀리 02-3409-2059
전자우편 youkrack@hanmail.net
ISBN 979-11-5686-883-5 93810

■ 정가는 표지에 있습니다.
■ 잘못된 책은 교환해 드립니다.

■ 이 도서의 국립중앙도서관 출판예정도서목록(CIP)은 서지정보유통지원시스템 홈페이지(http://seoji.nl.go.kr)와 국가자료공동목록시스템(http://www.nl.go.kr/kolisnet)에서 이용하실 수 있습니다.(CIP제어번호: CIP2017012957)